カバー画　町田久美 Kumi Machida
蜜月 honeymoon with life 2013
雲肌麻紙に青墨、茶墨、顔料、
岩絵具、金泥、金箔、鉛筆
162 × 388 cm
協　力　西村画廊
装　丁　須田杏菜

ひとりぼっちじゃない

ひとりぼっちじゃない

伊藤ちひろ

角川書店

5月13日（水）

昼休みも終わろうという頃、小山田《おやまだ》さんが突然、「スレンダーG．見ませんでした？」と騒ぎはじめた。女のコたちは皆、知らないと答え、院長や原口《はらぐち》も「スレンダージィって？」という反応を見せたので、僕も「ん？」と言うような顔をした。

さらに僕は、「女性誌なんですけど、待合室から消えちゃったんですよ」と焦る彼女に、「どんな表紙の雑誌なの？」とも、言ってしまった。

「えー、白いニットを着たモデルが笑ってるような表紙だったと思うんですけど、背景がたしかグレーで、とにかく、スレンダーG．4月号って書いてあるやつなんですよ」と、彼女は一生懸命説明してくれた。

少し苛立《いらだ》っているような口調で、「その雑誌がなんだよ」と訊《き》いたのは院長だった。小山田さんは、午後に予約の入っている患者さんが前回待合室で読んでいた雑誌で、もうちょっと読みたがっているようだったので、次回の予約の時まで残しておきますよと約束していたのだと言う。「昨日まであったのにぃ」と泣きべそをかき、院長は「それは困ったね」と深刻な顔になった。北《きた》さんは「私は小山田さんに頼まれていたので、あの雑誌はちゃんと捨てないでとっておいたはずなんだけど」と言った。

「こんなことならあの時、持って帰っていいですよって言ってあげればよかった」と小山田さんがしつこくぐずるから、いよいよみんなが本気になって、「じゃあみんなでもう一度よく捜してみよう」とか、「本屋に行ってももう手に入らないの？」だとか、「誰か患者さんが持って帰っちゃったのかな？」「えっ、何も言わないで勝手にそんなことしないでしょ」なんてことも言い出して、もうそれは、大ごととなった。

「あっ、ごめん、もしかして僕が持っているやつかな。ちょっと気になる記事があったから家でゆっくり読もうと思って、さっき拝借したんだけど、それかな？」という言葉を用意したが、時間が経つほど切り出すのが難しくなった。

〝あなたの周りにもきっといる！　空気が読めない困った人々〟という特集ページが昨日からどうしても気になっていた。それで今朝カバンに入れた。僕は、貰《もら》っていいか確認を取ってもよかったが、面倒だった。備品を担当している北さんはもちろん、誰もまだいなかったし、それにどうせ確認を取ったところで、「別にいいんじゃないですか？」と言われるに決まっていると思っていた。2ヶ月も前の号だし、くたびれ方からいっても、どうせそろそろ処分されるのだろうから持って帰ったって誰も気に留めないだろうと思っていた。

貰ってもいいかと訊《たず》ねることで「ススメ先生はなんでこの雑誌が欲しいのだろう？」と詮索《せんさく》されるのを避けたいという思いがあったことは、認めよう。まさかこんなことになるなんて思いもしなかった。

持って帰って読もうなどと考えず、みんなが来る前に読めばいいって話。記録しておきたいことがあれば得意のメモを取ればよかったのだ。コピーを取ったってよかったのだ。

首がおかしい。肩もとても張っている。こんな雑誌の、たった6ページのために、罪悪感と緊張感に襲われて、僕は、こんなに体を痛めた。いままで一度だって待合室の雑誌に興味を持ったことなどなかったのに、なんでこうなるのか、本当にどこまでも運に見放されている。

僕が読みたかった特集にはこんな投稿があったので、貼っておく。

とにかく「よりによって何で今？」というような事を言ったりやったりするA子先輩。このあいだも会社の飲み会で新人たちが課長の経験談を真剣に聞いている中、まさに今がこの話のクライマックスというところで割って入り課長に次に注文するお酒の銘柄を聞いてしまったり、新人の子に来てない料理の催促をしてこいなどと命令してその場の空気が台無しに。しまいには、そろそろお開きかなという時に鮭のハラスを2皿頼んでしまいました。こんなことばかり……。本人にはまったく悪気がないと分かっているだけに誰もなにも言えません。でも、自分の行動が周りにどんな影響を与えているか本人がまったく認識出来ていないというのも結構な罪ですよね？　またこういう人に限ってなぜかとっても自信家なんですよね。厭《いや》でも空気を読んでしまう私たち同僚は、そんなA子先輩を傷つけることなく認識を持たせる方法はないものか、現在協議中です。

なんともイヤミな物言いだ。A子先輩も悪いけど、なんだかみんなで協議だなんて、醜い。しかもこんなふうに雑誌にまで投稿して、この投稿者は、A子先輩がみんなのお荷物になっていることで自分が少し強くなったような気分にでもなっているのだろうか。人の欠点を集団でいじくったって自分の欠点が薄れるわけでも、安心が手に入るわけでもない。自分の欠点を無視して変わる努力をしないA子先輩も醜い。そして僕もだ、醜い。小山田さんも今日のこと、投稿しようと考えていたりするのだろうか。

『私は歯科クリニックで歯科助手をしているのですが、先日、待合室の雑誌が1冊、忽然《こつぜん》と消えたのです。それに気づいた私は焦りました。なぜなら、その日、予約の入っていた患者さんにその雑誌を置いておくように頼まれていたからです。他のスタッフに訊いてみると、みんな一様に「知らない」と答えたのですが、S先生の反応だけが明らかにおかしいのです。たしかその雑誌には〝あなたの周りにもきっといる！　空気が読めない困った人々〟という特集が組まれていました。S先生はきっとこの特集が読みたかったのでしょうね。いつも朝一番に出勤するS先生がコソコソと自分のカバンにその雑誌をしまう姿が目に浮かびました。その日、S先生はやたらと自分のロッカーを意識していたので間違いないと思います。私が患者さんに謝る姿をS先生は一体どんな気持ちで見ていたのでしょうか。』

だいたいこんなところだろうか。

せっかく新しいノートに替わったというのに、こんな一日から始まってしまった。

これからの1頁〱、素敵なことで溢《あふ》れるよう願う。

5月14日（木）

週末から読み始めた『パスカルの愚行』という小説に〝ラタトゥイユ〟という食べものが出てきた。主人公であるアラン・パスカルは、恋人のテレーズが作ってくれた〝ラタトゥイユ〟という料理を皿ごと壁に投げてしまう。〝壁にへばりついてのんびりとくだっていく憎きズッキーニ〟とあるが、いったいどんな食べ物なのか、調べて作ってみようと思う。僕はズッキーニがパスタに入っていると嬉《うれ》しくなるけどな……

大沢敏明《おおさわとしあき》さん、今日で治療がひとまず終了となる。患者記録帳の大沢さん分を整理してから寝ることにする。

久しぶりにあの夢が出た。淡い水色の空に、いくつもの巨大な絵が浮かんでいる。僕は、頭の中が凍ってしまいそうなほどの恐怖を感じている。あってはならないことが起きているのに、僕以外誰もそのことに気づいていない。「みんな空を見て！」僕はなぜそう叫ばないのだろう。

子どもの頃から何度も見ている夢。夢の中でも感じている、「またた。僕はこの空を、もう何度も見ている」と。目覚めてからはその絵がどんなものだったか具体的に思い出すことができない。印象だけが残っている。不思議だ、たしかに見ていたはずなのに。花火のように輝きを持った美しいものと違う、たぶん透過しているような感じで、もっとずっと大きくて、平らな、動きもない、温度もない、それが空を支配している。どこか宗教画のように神秘的で、だけど、見たら誰もが不安を感じるような、不気味さがあって、そんな絵だったと思う。ただただ異様な光景。

子どもの頃、僕はそんな空を本当に見たのかもしれない。あまりの恐ろしさで閉じ込めた記憶がこうやって、たまに飛び出る。

まだ3時。もう一度寝るべきか。このまま起きてしまおうか。今日は金曜日。眠る代わりにお湯に浸《つ》かるのも良さそうだ。

湯ぶねの蛇口を開けて戻ってきたら、外がわずかに明るくなっていて、少し早すぎはしないかと恐る〳〵カーテンの隙間から覗《のぞ》いてみたが、空に絵など浮かんではいない。当然だ。秒針が動いてなかった。ちょうど夢のさなかに止まったのではないか。2時48分16秒。電池を交換しなければ。近頃、どうもおかしい。あの夢は、何か良からぬことが起きようとしている知らせであるとも考えられる。浴室のドアを開けたときから、耳の中で妙な音が細く響いている、これは予感の音だ。

今、鼻に抜けた。ツーンとして少し痛い。せっかくお湯を入れているけれど、時間がないのでさっと済ませなければならない。今日は金曜日。数時間頑張って乗り越えれば、休みが待っている。

5月16日（土）

頭痛がひどい。夕方までダラダラ寝てしまったせいだ。首もおかしいままだし肩コリも取れないからマッサージチェアが欲しい。

3ヶ月ほど前に買ったまま埃《ほこり》をかぶっていた新商品のカップラーメンは、麺《めん》がスカスカでスープも想像していたものとは全然違い、おいしくなかった。寂しい気持ちで麺をすすっていたら、外で遊ぶ子どもたちの声が聞こえてきて、僕は思い出した、ここに引っ越してきた日のこと。夕日が部屋を照らし、フローリングには僕の影が、気持ち良く伸びていた。あの床の広さを取り戻したいと思った。ここでの新生活を思い浮かべて弾んでいた頃の自分を取り戻したい、そう思った。あの日もこんな夕方だったのに、何もかもが変わってしまったなー、そう思ったら泣けてきた。けどそれは、僕しだいでいくらでも取り返せるものなのだ。だから、明日は本気で片づける。きっちり収納し、ここは、もう二度と散らからない完璧《かんぺき》な部屋になる。明日が少し楽しみだ。

5月17日（日）

心が折れそうだ。このまま手あたりしだいに片づけていくのでは、正気を保つことすら難しい。どうしてこんなになるまで散らかしてしまったのだろう。

①どんな部屋にしたいのか、しっかりビジョンを描くこと。

②いま足りていない物を思いつきしだい、書きだしていくこと。（収納用品など）
　そしてまとめて買いにいく。（買い物は効率よく動く）

③使用頻度の低い物に対しては、とやかく考えたりせず、思い出にも引っ張られたりせずに、ゴミ袋にどんどん捨てていくこと、その覚悟を持つこと。
　どうせたいした思い出など僕にはないだろう、自分に厳しく。

④細かい物のひとつひとつを、使い勝手をよく考えて分類、出し入れしやすいように丁寧にしまっていくこと。その際、どこに何を入れたかを全部日記なりメモ帳なりに記録していったほうがいいかもしれない？
⑤洋服などはすべて写真に収めてファイルにしたほうがいいかもしれない？
⑥ホコリをかぶっているものに関して、洗える物は洗う。洗えない物は、ぞうきん、もしくはアルコール除菌のウエットティッシュで拭《ふ》いていくこと。

とりあえずこの6点をクリアすると考えれば部屋は片づくはずだ。

アルモドバルの映画に出てくる登場人物の部屋みたいに色に囲まれた感じにも憧《あこが》れるけど、そうすると家具などを総入れ替えしなくてはいけなくなりそうだから、予算的に厳しいだろう。穏やかでいられるような空間を目指したいのでベージュを基調にするのもいいが、清潔感が出るような若草色や淡い水色なんかもいいだろう。白を基調に若草色や淡い水色で彩る、というのがいいかもしれない。

僕には好きな色がこれといってないことに気づく。柔らかな桃色なんか、落ち着けそうだけど、ちょっと女性的だろうか。桃色のカーテンに魅せられて下着泥棒が狙いを定める、しかし、待てど暮らせど吊《つ》るされているのは、しなびたオヤジの下着ばかり。僕は、肥えた妄想のやり場を失い怒りを露《あら》わにした下着泥棒からなんらかのいやがらせを受けることになる。

カーテンと言えば、安部公房《あべこうぼう》の小説に、たしかレモン色のカーテンという表現があったはず。あれは、なんの小説だったか。『燃えつきた地図』だったか、『箱男』だったかもしれない。

黄色は風水的に金運アップというのを聞いたことがある。カーテンに取り入れても効果があるのだろうか。

風水の本を買うために、本屋に行ってきた。風水の本は買えなかった。

僕はうっかり手から本を落としてしまった。すばやくキャッチできず、床に落ちた。慌てて変な動きを見せた僕に嘲笑《あざわら》うような視線を向けた若い男がいた。全体の雰囲気も、やけに要領を得た感じで、ビジュアル的に優れているから、平気でそういう態度に出る。後から来て男の服のスソにつかまったあの小柄な女、彼女もどうせ見かけだおしで、ろくでもない考えの持ち主に違いない。カフカの『変身』なんか手に持っていたけど、あの女にあの主人公の気持ちなんか分からないだろう。

彼らが去るのを待ってから、本をよく確認してみると、派手に落ちたわりには、表紙にかけられていた帯の内側がちょっと折れてしまっている程度の損傷で済んでいた、奇跡。丁寧に直して、本棚の元の位置に戻した。

だってそれは風水の本でなく、その近くにあってちょっと気になっただけの夢占いの本だったから。仕方ない。帯だし、内側だし、破れたわけじゃない。セーフだろう。部屋を片づけようと思っている人間が不要な本を、しかもあんなに分厚い本を、3,000円近くも出して買うわけにはいかないのだ。

見えるところに店員はいなかったけど、防犯カメラでこの後の僕の対処をじっと窺《うかが》っているかもしれないということに気づいてしまってからはダメだった。せめて目的の本を買うことで少しでも売り上げに貢献すべきだと分かってはいたが、風水の本はあまりにも種類が多く、腰のあたりはもぞもぞ落ち着かないし、汗は大量に出てくるし、もうどれがいいか判断できる余裕などどこにもなくて、僕は店から出た。

僕は、やっぱり責任を持って買うべきだったのだろうか。どうせ夢をよく見るのだから買ってもよかったかもしれない。でも今は、部屋を片づけたい。読む時間も、置く場所もない。だから、仕方ない。

疲れてしまった。部屋の片づけは風水の本を購入後、始めることにする。つまり、来週に延期された。今日は明日の治療の予習をやって、早めに寝ることにする。

5月18日（月）

今日は2時間以上かかる治療が2つも入っていたので疲れた。

原口たちは朝から金曜日の飲み会の話で盛り上がっていたけど、何がそんなに楽しかったのだろう。参加者は、原口と青井《あおい》くん、山根《やまね》、小山田、川西《かわにし》、といったところか。僕の悪口でも言って盛り上がったのかもしれない。

今日、鍋島遼《なべしまりょう》さんの紹介で新規の患者さんが来てくれた。葉山典子《はやまのりこ》さん。たぶん、鍋島さんの恋人だと思う。ちょっと神経質そうな人だったけど鍋島さんには少しとぼけたようなところがあるのでバランスの良い2人なのだろう。

葉山さんは、8番を抜きたいとのことでの来院だったが、セラミックの冠が被《かぶ》せてある右下6番の根の先に膿《うみ》が溜《た》まっていたのでその治療を先にすることとなった。

5月19日（火）

人間は無駄に脳を使い、そして、そのせいで自滅する運命なのかもしれない。

実は、僕はここのところ暗いことばかり考えている。僕は考え過ぎている。

5月20日（水）

いつからか僕の日記帳は、下水池となった。怒り、憎しみ、不満、不安、どうしてもそんな負の感情ばかり書くことになる。そもそもは、悩みや心のモヤモヤを整理整頓《せいとん》させて明日をより良く迎えるために始めたはずなのに、僕にはそれがうまくできない。ここに負の感情を吐き出しても楽になることはなく、気持ちも整わないまま、いっこうに浄化への一途をたどる兆しなし。かえって気持ちを昂《たかぶ》らせ、頭に焼きつけて、明日を不安にさせている。

溜まりに溜まった負の感情は、臓器に影響を及ぼす。血液によって体内をめぐる。僕の毛穴から、また、穴という穴から、出口を求めて下水の臭いがこぼれ出る。僕の汗は感情の下水だ。感情を浄化させれば、汗も変わる。赤ん坊のように甘い匂いの澄んだ汗が流れる。

新しいノートになったことだし、まずは、嫌なことがあった分だけ、それを覆す前向きな考えを書くという努力から始めてみてはどうだろう。そうすれば、前向きに物事を考えるという思考回路が身につくのではないだろうか。新鮮で清々《すがすが》しい風が入ってくる。体が軽くなり、爽《さわ》やかな清涼感が皮膚に漂う。希望に向かって走る、新しいノートから始まる新しい僕。

だから、今日あったことは書かない。人生には、色々あるし。

いちいち気にしていたら身が持たない。気にしない。気にしないが、気にしないでおこうと思えば思うほど気になる。無視できない感情だと気づく。心底、嫌な気分だ。やるせない。僕が神経質過ぎるのか？

平気で人を傷つけたりできる奴は、自分が同じ目にあっても傷つかないというのか。そんなことはないはずだ。自分のことしか考えられていないからああやって刃物のような行動や言葉が出せるんだ。悪意がないなどとは言わせないよ。

こういうのをやめようと決めたのに、結局書いてしまった。前向きとはなんだ？

僕は、もっと鈍感になるべきだ。傷つけられても、くすぐったいよ、と笑いたい。大らかになりたい。

あんな奴のことを気にしてどうなる？　そう、どうにもならない。自分が自由に立ちまわれなくなるだけ。心を縛られるだけ。気にしないことほど最強の武器はない。あんな奴、どうでもいい存在なのだ。僕はもっと自分に自信を持てばいい。僕は他者に害を与えるような悪いこと何もしてない。一介の若造新人歯科助手なんかに負けてはいけない。

誰からもよく思われたいなどという願望を心のどこかで未《いま》だ抱いているから変なことになる。無理をして変なふうに媚《こ》びたりするから、どんどんおかしなことになっていくのだ。もっと自分らしくしていればいい。大らかでいることだ。そうすれば明るい気持ちでいられるだろう。人の顔色も気にせずにいられる。

次の週末で、今度こそ部屋の片づけを終わらせる。汚い部屋は負の温床だ。

5月21日（木）

帰り、駅のホームで青井くんと遭遇。油断していた。「お疲れ」と挨拶《あいさつ》を済ませたのにもう一度会う、最悪のシチュエーション。気づかないフリを決め込むはずが、うっかり目が合った。そしたら青井くんはわざわざウォークマンのイヤフォンを外し、接近してきた。「あっ、同じ電車ですね。お疲れさまです」と言われ、「うん、お疲れ」と返すと僕は話すことがまったく浮かばず、ただそわそわと電車を待ったが、こういう時に限って電車はなかなか来てくれない。急いでいる時に、信号はすぐ青にならない。エレベーターはすぐ来ない。探しものは、探している時にはみつからない。これだけはと願うことは、叶《かな》わない。それが僕の人生だ。

青井くんは、沈黙を破った、軽やかに。だいたいこういう感じで僕と2人きりになってしまうと皆、僕がかもし出す異様な緊張を感じ取ってか、居心地悪そうな仕草を見せるのに、彼はまったくただの凛《りん》とした、いつもの、つるんとした綺麗《きれい》な顔の青井くんであった。

彼は、やっぱり何かが違う。世渡り上手とは、ああいう人間を言うのだろう。彼みたいな人は将来きっと、大物になる。院長より顔も良く、服のセンスだって上だ。歯科医としての腕も、油断していたら僕なんか越されてしまう。今はまだ、まあ、青井くんのほうがスマートで患者さんウケが良かったとしたってさすがに技術は、断然僕のほうが上と言い切れる。だけど、努力しなければ越されるだろう。あっという間だ。

青井くんは、僕の出勤時間について訊いてきた。「いつも早いですよね」と言う彼に、「うん、早いよ」と答えてしまったら、また沈黙になりそうで、考えた僕は、事情を説明することにして、「満員電車が苦手だから、混雑時を避けてるんです」と、馬鹿をやった。答えに遅れて焦っていたし、緊張して、後輩相手に情けない。ほぼひとまわりも年下なのに。自分のペースでゆっくり喋《しゃべ》ればいいんだよ。「朝の誰もいないクリニックは勉強するにもいいからね」と付け加えてみたけど、「です」と言ってしまった事実はもうどうしたって誤魔化しようがないから、僕はこのまま会話を続けていく自信をなくした。

青井くんは、「偉いですね」と言ってくれた。朝早くに出勤して勉強していることが「偉い」って。目上の人間に「偉い」という言い方はどうかとも思うけど、だけど嬉しかった。彼は僕のこと、尊敬できる人間と少しは思ってくれているのだろうか。ない。彼はきっと僕を変だと思っている。きっと明日からはもっと敬遠されるに違いない。車内が、こういう時に限ってけっこう混んでいたものだから、青井くんと凄《すご》く顔が近くなってしまって、だから急いでカバンの中のミントを探したけど、見つからないから焦ってしまって、そしたら汗が噴き出した。カバンがぐちゃぐちゃになって、僕もぐちゃぐちゃになった。叫んでしまいたいくらいの限界だった。だから、「ちょっと寄っていくところがあるから」と嘘をついて電車を降りた。

急に変な角度を向いて小さくそんなことを言った僕は、たぶん相当不自然だったのだと思う。「あっ、そうですか、ではまた明日」と言った時の青井くんはちょっと変な顔をしていた。

口のにおいぐらい開き直ってもよかったのではないか。結果、感情の下水まで撒《ま》き散らすことになって最悪だ。だけど、歯科医として彼に軽蔑《けいべつ》されたくない。「う蝕《しょく》がね、ちょっとほったらかしにしているのがあるんだ」なんてこと、言ったらどうなるだろう。青井くんのことだから、「僕、診ましょうか？」なんて言ってくれたりして、でもそれは大変に困る。

ホームのベンチで落ち着いて探したら、ミントはあっさり出てきた。どうせ、あの場でスムーズに見つかっていたとして、その後の会話が盛りあがったかどうかは分からない。短く無意味な会話の羅列にしかならず、彼を退屈させてしまう自分に耐えられなくなっていたかもしれない。そうなったら下水はもっと大量に放出されただろうし、だから結果オーライかもしれない。わずかな違和感を残すに留《とど》めたのだから。

次またこうやって青井くんと2人きりになってしまった時には、今度は僕からも何か話ができるようにしなければならない。

なぜ前のクリニックを辞めたのかを訊いてみるのはどうだろう。それなりに会話が続きそうな気がする。あとは、たとえば、耳にイヤフォンをさしているからといって安易に「青井くんは普段、どんな曲を聴いているの？」などと口にするのだけは絶対によそう。「ホニャララです。ススメ先生もご存知ですか？」なんてことを言われて、「いやぁ、知らないなあ」と僕が答えて、会話はそれで終了してしまう。それならまだしも、青井くんが頑張ってくれて、「結構いいですよ。聴いてみます？」なんて続けてきたら、僕はきっと、「ううん、大丈夫。今度ゆっくり聴かせてよ」とか「今度ＣＤを貸してよ」って答えてしまう。そして、そのまま青井くんがＣＤを持ってくる日は訪れない。それから僕は〝ああ、あの会話はやっぱりただ間を埋めるためだけのもので、青井くんはもう僕にＣＤを貸すと言ったことすら忘れてしまったんだな〟なんて、別にそのＣＤを聴きたかったわけでもないのに、つまらない被害妄想に苦しめられて、青井くんにとっての僕の存在意義とか考えてしまうんだ。

でも、僕はその場で、「うん、聴いてみたい。聴かせて」とは言えない。瞬時に感想を言わなければならなくなる。何も感想が浮かばないのに青井くんから良く思われたくてなんとか気の利いたことを言おうとして、こんがらがっちゃったり、または、いい曲だと本気で感じているのにそれを上手《うま》く表現できなくて誤解させてしまったり、そういうのが、わずらわしい。

僕が自分でも不思議なのは、本人を前に褒めるだとか慰めるみたいな類《たぐい》のことをしようとすると、変なところに妙な力が入って嘘っぽくなってしまうところだ。お世辞を言うのが下手くそなのはもちろんのこと、本当に思っていることを言うだけなのにわざとらしくなって、言葉も顔も硬くなる。すると、そうなっている自分に意識が集中してしまい、途中から何を言っているのか、結局何が言いたかったのか、どんどん分からなくなっていく。

感想などの類は、伝えることの上手い下手があるだろうに、それでこちらの感性をジャッジされるのかと思うと、そういうシチュエーション自体を避けたくなる。感情を表現するのはどうしてこんなにも難しいのだろうか。胸の内をそのまま引っ張り出して相手に見せることができたならいいのに。

それで最悪なのは、「今度、聴かせて」とその場を断ってもまだ青井くんが、「あとは、有名なのだと、ナントカカントカなんかも聴きますねぇ」などとしつこく自分の聴く曲を紹介してくれた場合だ。僕にレベルを合わせてくれたのにそのミュージシャンさえも知らなかったら、「じゃあススメ先生はどんなの聴くんですか?」なんて苛立たしげに質問されて、その場で思いつく人を適当に答えたらさらに「あ、僕も好きです。アノ曲なんていいですよね」なんて言われて、僕はその曲を知らなくて、好きだって言ってしまった手前その曲を知らないとは言えなくて、だから頑張って合わせるけど、どうせどこかで咬《か》み合わなくなって、「こいつ、知ったかぶりしてんな」って思われて、そして、しらける。彼の中で僕は、とことんつまらない残念な人に認定されるのだ。
だからイヤフォンに触れてはならない。

5月22日（金）

風水の本、棚2列に渡ってぎっしりと並べられていて絞りきれず、2冊買った。1冊と決めていたのに、この決断力のなさ。前回、手から落として帯を折ってしまったあの夢占いの本まで買った。今の本棚で収まるよう本を取捨選択すると決めたばかりなのに。スマートに生きられない自分がイヤになる。本棚をもうひとつ買うことになるのかもしれない。

本屋で長時間立ち読みができる人、うらやましい。僕は、電車の中でだってあれだけ理解力が落ちてなかなか次の行へと進めないのに、特有のあの静けさの中では余計に周りが気になって、自分だけの世界に入り込むのは難しい。今日は1時間以上も滞在して、2冊に絞り込んだだけ頑張ったほうだ。

それでも本屋の前を通ると吸い込まれるように中に入ってしまうというのは、どうやら、仕事帰りにふらりと本屋に立ち寄るという行為そのものにどこか酔っているところがあるらしい。本棚はおそらくもうひとつ買うことになるだろう。それでいい。

見かけない中年の男が僕のレジを担当した。彼が数回鼻をスンスンさせたのが気になった。実際僕は、だいぶ汗をかいてしまっていた。もしその行動に意味がないのならば、接客中にあんな無愛想な顔で鼻をスンスンさせるのは慎んでほしい。鼻水が垂れてしまいそうなのだったら構わない、しかし彼の音は、乾いていた。

へとへとだったけどツタヤまで足を延ばし、ＣＤを借りた。店員のコメントがついていたものの中から邦楽と洋楽2枚ずつ。部屋の片づけをしながら聴いてみようと思う。

磯田直美《いそだなおみ》さん、今日でひとまず治療が終わり。患者記録帳を整理したら、さっそく、風水の本を開いてみたい。まずは、『あなたにも風水・片づけで人生がおどりだす』から先に読むのが良いのではないかと思う。

5月23日（土）

今日やること

①まずは右側のカーテンを洗濯機に入れ、その制限時間の中で不要な物や長いこと使っていない物をスピーディーにゴミ袋へと入れていく。
②右側のカーテンをベランダに干す。
本当はこの流れで左側のカーテンも洗濯したいところだけど、カーテン2枚を干すスペースがないから左側のカーテンは、明日。レースのカーテンは来週になるだろう。
③捨てていく作業が洗濯中に終わらなかった場合、つづきを行う。そして、目についたホコリはその都度、ハンディで吸い、雑巾《ぞうきん》か除菌のウェットティッシュで拭く。
④カーテンが乾いてきたら、程よいところでアイロンをかける。

風水の本のおかげでかなりやる気になっている。運気が低下していくだとかトラブルのもとだなんて、はっきり言われてしまったからにはもうこのままではいられない。

この部屋の場合、運気を上げるための模様替えなんていうのはまだ先のステージであり、とりあえず〝最低限片づいている状態であるのは当たり前〟なわけだから、この焦りが胸にあるうちに勢いで動く。

不要なもの＝のぼれる運気に蓋《ふた》をするもの、であるわけで、そんなものは素早く排除だ。ホコリや汚れも取って、まずは部屋を清潔な状態にすること。今日はノンストップでテキパキと頑張る。

もう2時。夜食にピザトーストを作って食べた。とても眠いし、疲れているが、気分がいい。右側のカーテンだけものすごくキレイだ。左と見比べると、いかにホコリが付着していたかが分かる。そして清潔な匂いがするのが良い。早く左側のカーテンもキレイにしたい。レースも。

チラシ類が、やたら多すぎてイヤになる。電化製品などのカタログだとか、商品説明の紙、最新映画の広告、駅に置いてあるフリーペーパー、家でゆっくり読もうなんて思って持ち帰るけど、なかなか読まず溜まっていく。この癖を、なんとかしたい。ゴミ袋へそのまま捨ててしまえば楽なのは分かっているけれど、チラと読み始めると、この先なにかと役立ちそうな情報だったり、覚えておきたいことなどがあったりして、そんなわけだから、そういった部分をなるべく厳選しつつ切り取ってひとまとめに紙袋に入れた。この作業に結構な時間を取られた。今日だいぶ頑張ったのにまだ半分以上も残っている。滅入《めい》る。こういうのはどちらかというと、休日にまとめてやるよりは、夜とかにちょこ〳〵時間を見つけて根気よく進めていくほうが良さそうだ。そして、うまいことジャンル分けして、綺麗に見やすくファイリングしていけたらいいだろう。

今後、チラシなどを持って帰ってきてしまったときは、その日のうちに目を通し、役立つ情報があればファイルへ、目を通せなかった場合は時間切れということで潔く捨てる、という厳しいルールでいく。

あと、昨日借りた洋楽のＦｉｏｎａ　Ａｐｐｌｅという人の曲がなかなかカッコよくて気に入った。店員のおすすめコメントに身を委《ゆだ》ねて借りてみたけど、有名な人なのだろうか。あんまり有名じゃないといいなあ。青井くんが知らなかったら教えてあげたい。今度この人の別のアルバムを買ってみよう。

明日も頑張れ自分。

5月25日（月）

今日、川西さんが鼻に手を添えた。僕はマスクをしている気でいて、うっかり間近で話してしまった。慌ててマスクをしてからも、何度か鼻に手が運ばれていたので、におっていたのは体のほうだったかも。もしかしたら自分自身の鼻毛か何かを気にしていただけかもしれない。けど彼女のことだから、「いまさらマスクされたって、もう鼻にこびりついて、くっさーい」っていうのを僕に伝えたくてやったのかも。

帰りの電車でも、隣の若い男が何度か鼻をいじり、せき払いもした。僕をちらちら見ていたようにも思う。最近においのケアに油断が出ている。このあいだの青井くんの件もあったというのに、ダメだ。別のことに気を取られ過ぎているからだ。今日のことはとてもまずかった。よりによって彼女に。帰りに薬局に寄り、汗ふきシートを3パック購入。早く右下6番を取っ払いたい。

5月26日（火）

首藤和成《しゅとうかずなり》さんが定期検診に来た。シンガポールから先週帰って来たそうだ。でも来月また、香港《ホンコン》に行かなければならないのだそう。あれだけ忙しくしているのに、相変わらずプラークコントロールが良好で美しい口腔《こうくう》内であった。そして、僕の意識を高めてくれるあの、同じ人間なのに、顔だって決して整っているとは言えないし、イグアナに似ているのに、あの雰囲気、眩《まぶ》しいほどの清潔感。なぜあのように僕はなれないのか。なにが違うのか。彼には、物腰の柔らかさ、品があって、それでいてクールな印象がある。あの綺麗な着こなしも、つまりそれが服のセンスということなのだろうけど、それが彼の雰囲気をより特別なものにしている気がする。今日着ていたベージュの、あれはセーターというよりは、カットソーだとかニットだとかいうのか、とにかくセーターと呼ぶには薄手で編み目の細かいあれ。似合っていた。絶妙な明るさのベージュで、それがまた優しさとか華やかさみたいなものを演出している。ふんわりいい匂いもする。本当にずるい。いつもどこで服を買っているのだろう。なんの洗剤を使ったらあんなにいい匂いが出るのだろう。

初期う蝕にならないかな。こんなこと考えてはならない。でも彼が、う蝕にでもなったとして、そしたらもう少し長い時間、観察して、彼を魅力的にしているより具体的な要因を見つけ出すこともできるだろう。そしてそれをそのまま真似るのだ。僕はあんな男になりたいのだということを今日、改めて強く感じた。僕の目標は彼だ。

今の僕は、いつも不自然な態度で人を困惑させて、そんなだから上品さもないだろう。人に媚びるし、ちっとも爽やかじゃない、臭いかもしれなくて、自分にどんな服が似合うのかも分からない、今日はもしかしてオシャレな感じに仕上がっているのではなかろうかと思って無駄に私服でウロウロしてみても、誰からも何も言われずに終わる。そもそも服が似合わないのだろう。首藤さんになりたい。

5月28日（木）

今日の昼休み、北さんのお弁当に入っていた春巻きがおいしそうで、食べたくなってしまった。帰りにスーパーららの総菜コーナーで春巻きとエビチリと春雨サラダを選んだら、久しぶりに紹興酒なんていいかなと思い、買ってみた。酒が並ぶ棚の隅に紹興酒はあって、ホコリをかぶっていた。

僕にとっての紹興酒、昔に一度、横浜《よこはま》の中華街でケンちゃんと飲んだ。あの日は、楽しかった。久しぶりに飲むと、正直、こんな味だったっけ、という感じだ。でも、コップ1杯飲んだだけだったけど、久しぶりのアルコールだったせいかなんだかいい気分で、とても眠たくなっている。たまにはこういうのもいい。

5月30日（土）

なぜ僕は沈黙を恐れずにいられないのか、起きてからずっと考えている。

相手を退屈させてしまう、それが恐い。いやつまり、退屈なやつだと思われること、相手が僕といることで苦痛を覚えることに耐えられない、そうだろう。

人に有意義な時間を提供できる自分を、夢見ている。こんなこと人に知られたら笑われるかもしれないが、面白い人だと思われたい。ススメといると楽しい、みんなからそんなふうに思ってもらえる自分に進化できる日がいつか来る、そういう思いが、なぜかどうしても捨てられない。だけど、誰かと2人になるようなことがあればやはり毎度のように沈黙は訪れて、実際のキャパシティーを思い知らされる。「あの人と話してもつまらない」認めたくなくても僕はきっとそう思われているという自覚がある。だからこそ沈黙が起こりそうな気配を感じ取ると、なんとかしなきゃって、混乱して、変なことを言ってしまったり、緊張で声が小さくなるから訊き返されたりなんかもして、でも緊張がバレたくないから必死に格好つけようとしたり、しっかりしろよって、自分をさらに追いつめることになって、頭は凄いうるさいことになっているのに、口はまったく開かなくて、どんどん気まずい空気になって、相手の表情を見ることに耐えられなくなって逃亡。そこからは、苦痛や不快感を与えてしまっただろうという不安が何日間も僕を支配する。

誰だって盛り上がらない会話をしてしまうことなんかある。そんなもんだ、よっぽどのサービス精神と話術の持ち主でない限りは。僕も高い理想は捨てるから、せめて人並みではありたい。その中で、時には誰かに笑って欲しい。

この僕も、交友関係が広かったり、もっと経験豊かな人生を過ごしていれば、自然とそういうことが上手な人間になっていたのだろうか。それとも、こういったことというのは単純に生まれ持った性質が大きく関係しているのだろうか。

どんなことでもいいから質問を投げかける、その後のことはどうなってもかまわない、そう考えれば容易《たやす》いはずだ。だけどうっかり無神経なことを言って相手を傷つけたくない。だから無難に些《さ》細《さい》なことを訊く、だけどそんなのって、くだらない、そうだ、僕はどこかでそんな無駄なやりとりはくだらないと思ってきたんだ、たとえば、電車の中で聞こえてくる、お決まりの、盛りあがりのない、時間潰《つぶ》しでしかないような会話を、どこか見下している。だから僕は高度な話題を、分不相応にも見つけ出そうなんてする。そんなもの僕の中から出てくるはずもないのに。

だったらいっそ、最初から黙っているほうが、楽だし格好もつくのではないか。開き直って、寡黙。相手に気を遣わせるぐらいに堂々と、黙っている。必要なのは勇気だろ。

沈黙を受け入れる。沈黙に慣れてしまえばいい。いいのか？　理想に向かって努力することをあきらめてしまったら、僕は社会性を一切失ってしまう気がする。

無意義な会話だっていいじゃないか、沈黙より絶対いいよ。くだらなかろうといい、どんな些細なことでも質問して会話を続けてみるべきだ、途切れないことを目標に。だいたい本当に僕は無意義な会話をする人たちを見下したりなんかしているのだろうか。たとえ無意義でも続けられるというのは、本当は凄いことなんじゃないの？

僕に対して相手が意味のない質問で沈黙を埋めようとする時、僕は、自分を責める。僕に興味がないから話したいことなんて本当はこれといってないのに、気を遣ってくれている、それが申し訳ない。沈黙を埋めようとこんな僕に対して努力してくれるだけその人は優しいってことで、ありがたい。

もしかしたら僕が、他者に興味を抱く能力というのが、ひょっとして人より劣っているのか？　相手に対し純粋な関心を持てないという欠陥。そうなのかもしれない。なぜ持てない？

寿々音《すずね》がよく僕に言っていた「プライドが高い」というのも、僕のこういったところが、そのように感じさせてしまっていたのかもしれない。

他者に関心を持てない、僕がそういった人間であるとして、でもそれは、こんな自分だから自分のことで精一杯になってしまって、そこに気持ちが集中してしまい、余裕がなくなっているってだけじゃないのかな。

かまってもらいたい、良く評価されたい、そういった欲求はたしかに強い。でも他者に関心があるからこそ良く思われたいと願うんじゃないのか。自分をどう思ってくれるのか、ということでしか相手を見ない、僕は他者を自分の欲求を満たすための対象でしかないと考えているのだろうか、そんな傲慢《ごうまん》で愚かな淋《さみ》しい人間なんだろうか。寿々音ともう一度話したくなった。僕を責める時に言っていたことがいったいどういう意味だったのか、もう一度ちゃんと訊きたい。今だったらあの時よりもうちょっと理解できるような気がする。ボロッカスに言われても、ムキになって言い返したりせずに、彼女の主張を、僕への助言を、素直に理解しようとすることができるような気がする。

時間潰しでやっているようなどうでもいい会話のやりとりを、案外みんなは楽しんでいるのかもしれない。僕がひねくれた、他者に愛情の持てない、愚かで、つまらない人間だから、会話を純粋に楽しむことができないだけなのかもしれない。会話をすることは、相手を知ること。知ろうとするから自然と会話が生まれる。それは決してくだらない事なんかではない。大切な時間であり、素敵な行為だ。

僕は、会話はしなければならないものだと思っていただろう。したいものではなく、しなければならないものと。

たしかに僕は、人間が苦手だ。でもそう思っているのは僕ばかりではないはずだ。人間嫌いでも話の上手な人はいるだろうし、人見知りだなんて言っておいて充分に人当たりが良く、そんなやつに限ってやたら雰囲気が魅力的だったりするんだどうせ。青井くんなんかまさにそのタイプに違いない。

関心がなかったり小馬鹿にしているような相手とも上手に会話する人や、会話を得意としているような、つまり喋るのが好きだったり、自信に溢れた社交能力が高い人間だとか、そういった人たちが世の中には結構大勢いるだろう。それはたとえば原口のように、上手くやる奴はいる。そういう器用さを持って生まれたかった。根っこから明るく生まれたかった。

ちゃんと仲良くなりたいんだ僕だってみんなと。周りを思いやれる人間になりたいって思うし、みんなのこともっと知ることで、好きになれるなら、最高だ。特に青井くんなんかとは、もっと仲良くなりたいと思っている。今のところ彼はこれといって誰かと特別に親しくしているという様子は見られない。原口に対しても少し距離を取っているように見える。もちろん僕に対しても青井くんはなんの興味もないだろう。

青井くんは、他者に興味を持たない。いや実際のところは分からないが、そう見える。僕が他者に興味を持てない人間だとして、しかし、この「持たない」と「持てない」では、きっとだいぶ違う。このままではいけない。

たとえば、僕は青井くんに興味を持ってもらえるようになりたい。であるなら、まずは僕が周りのみんなに対しちゃんと興味を抱くことだ。もっと積極的に質問をぶつけてみて、相手を知る努力をする。

ここに、みんなの気になるところを書き出してみる。

まず院長に対して、以前から気になっていたことがある。それはあの気の強い奥様のことだ。そういえば最近クリニックに来てないけど、それも気になるところだが、そもそもなんであんな人と結婚したのか。院長が、なぜあの人なのか。どんな出逢《であ》いで、なぜ結婚を決めたのか。これといって色気があるようにも、美人にも見えないし、あえて言うなら才女だからだろうか。人の女房を悪く言いたくはないが、頭が良いのならもう少し僕らが好意を抱けるような態度でクリニックにいらしてくれてもいいんじゃないか、という気がするんだが。家であの2人はどんな会話をして、どんなふうに過ごしているのだろう。

僕は院長と、これまでほとんど雑談らしい雑談をした記憶がない。僕以外の人とは結構しているのに。黙って僕を見る院長は、何を考えているのか。治療に時間をかけるし、気弱で根性なしで、瞬発力がないから使えない、怠け者だし、話しづらくて可愛げもない。僕のこと、きっとそんなふうに思ってる。

院長は、分からない。あの人から無意識というのを感じたことがない。いつだって準備の整った顔をしている。だから恐い。心のどこかが、完全に冷えきっているのかもしれない。

業務上のことですら質問しづらいのに院長に私的な質問をしてみるなんてこと、これからもまずできないだろう。

こんなこと絶対に訊けるわけないけど、「院長はこのクリニックにどんなドクターがいることが理想的だと思っているのですか?」というのは、とても知りたいことだ。

うちのスタッフの中で院長の理想に一番応《こた》えられているのは、やはりそこは、星川《ほしかわ》さんなのではなかろうか。星川さんの徹底した美意識には、感心する。彼女のテリトリーである受付まわりはいつも整っている。なんといっても彼女自身がとても整っている。引き締まった体と、綺麗にひかれたあの眉毛《まゆげ》。つやつやとした肌は、年齢を感じさせない。32歳と嘘言ったって充分通用する。受付に座る彼女のおかげでうちのクリニックには上品な印象があるだろう。裏で一体どんな努力をしているのか。家の中でも、たとえば、ストレッチをしながら歯を磨いたりなんかしているのだろうか。ソファーにさえも常に正しい姿勢で腰かける。美しく整った部屋は、いい匂いがして、それは、院長の好む匂いなのだ。院長との関係は、どうやって自分を納得させているのか。いつも大人の星川さんでも人知れず淋しさに泣くこともあるのだろうか。僕に何かできることがあるだろうか。お酒に付き合って話を聞いてあげるくらいならできるかもしれないけど、僕が相手じゃ不足だろう。なんのアドバイスも慰めも言えない。どうせ彼女は、院長のことをクリニック内の誰かに軽率に話したりするような女じゃない。

こんな、本人に訊けないようなことばかりを書き出して何になる。川西じゃあるまいし、僕はデリカシーのない好奇心で相手を汚したいわけではない。こんなことに興味を抱くべきではない。イタズラに引っぱり出すことはいけないことだ。

いまの僕に、相手を楽しませることのできる質問を考えるのは難易度が高くても、せめて退屈させない質問を備えておくのがいい。しかし、星川さんみたいな人を退屈させないというのは、それもなかなか、何を訊いても丁寧に答えてくれるような人だけど、それじゃあただ気を遣わせるだけだ。受付つながりで先に北さんについて考える。

北さんには、食べ物についてのあれこれを訊いてみるというのはどうだろう。あの人、結婚しているから。

「冷凍したご飯ってどれくらいまで、もつものなんですかね？　というのは、けっこう前に冷凍したと思われるご飯が奥から出てきてしまったんですけど、見た目にはこれといって危険な様子は感じられないんですけど、どうでしょうか」「白米？」「ええ、炊いた白米」「そうですね……」と、北さんの見解が語られる、といった具合に展開してくれるだろうか。

僕は、食べ物にまつわる素朴な疑問なら結構持っているから、あの無口な北さんとも会話ができる気がしてきた。北さんに対する興味とはちょっと違うことになっているが、気軽に会話できるようになれば、今より北さんのことも分かるだろう。これからは、部屋の掃除の際に発生する疑問だったり料理のことなんかを相談してみる。なぜ今まで気づかなかったのだろう。こんな手があったのに。

衛生士さんたちは、田端《たばた》さんから。でも、あの人とはわりといつも構えずに話せている。人の噂や悪口が大好物のくせに平気な顔で誰にでも愛想よく接する姿には、圧倒されるけど、でも、そのぶん話しやすいというのは、あの人のいいところでもある。あの調子だから僕なんか裏で何を言われているか分かったもんじゃないけれど、それでもその愛想のよさに救われる時もあるから。山根とか川西とかみたいに露骨に態度に出してくるよりは、ずっといい。

じゃあその山根だが、沈黙で結構。このまま原口にボロボロにされるがいい。彼女が泣き崩れていようと僕は声をかけない。

次、郡司《ぐんじ》さんは「最近、何かあった？　大丈夫ですか？」

訊けないかな。いきなりそんなこと言ったらビックリされてしまう。気持ち悪いって思われるかもしれない。だけど最近の郡司さんは絶対に何か変だ。だって、ウップンみたいなものを宿らせて目が窮屈そうだ。あの人は派手顔のくせしてたぶん生真面目だから、ああいう人は、誰にも愚痴などこぼさず、弱音も吐かず、恋人がいたとしてもその人の前でも無理をして、友達の前でも無理をして、思うことを、苛立ちなんかも、素直に相手に見せることができずに、もう我慢してく、ある日突然、張りつめたものがボカン。ダメだよ。

だけどうっかり「頑張り過ぎちゃダメだよ」なんて言ってしまったらきっと、「おまえはもっと頑張れよ」って言わないにしたって、思われる気がする。

ないからな。
「日記はいいよ」と勧めてあげたいけど、それも無理だ、僕が日記をやっていることは知られたく

彼女が溜め込んだウップンの内、僕がもたらしたものは何％ほど含まれているのだろうか。彼女への接し方だけど、これまで以上に気をつけたいと思う。

さて、助手のコたちは、

小山田さんにおいては、何を言っても平気そうだから、今より一歩踏み出すならば、やっぱりちょっとだけ私的なことに突っ込んでみるということになるけど、「小山田さんは恋人いるんだっけ？」なんて言ってしまうのは、口説こうとしているみたいだ。誤解を受けたら、大変なことだ。「先生は？」と訊き返されてしまうリスクもある。そういう話題には、「そういう類の話は秘密」と答えるようにしているけど、その度に、どうせ裏で笑われていると思う。「何が秘密だよ。どうせ浮いた話なんてないって分かっていて訊いてるのに。バカだよねー」って、みんな笑ってんだ。ダメだ、陰口のネタを自ら提供してどうする。女のコたちって、どうして群れるとあんなに意地が悪くなってしまうのか。人の弱さだとかをわざわざ引っぱり出して面白がったりしちゃダメだ。さっきの僕は、星川さんに、院長にも、これと似たようなことをしてしまったわけだ。

なんだかいい質問とか、浮かばない。僕はやっぱり、あの人たちのこと、好きになれないのかもしれない。苦痛になってきた。それに考えれば考えるほど、やっぱり彼女たちは僕になんの関心もない、どころか、むしろ嫌っている。

助手のコたちの続き。

垣内《かきうち》さん、彼女に対して積極的に話しかけるのは、気が乗らない。彼女が衛生士になろうとしている理由は知っている。そもそも歯科助手として入ってきた理由は、ドクター目当てのタマノコシ

狙いだなんて、裏でみんなに言われているけど、本当の理由を僕は知らないし、それを訊いてみてもいいけど、「垣内さんはなんで歯科クリニックで働こうと思ったの？」と訊いたところでいまさらどうなのか。彼女が今、歯科衛生士の国家資格を取ろうと必死になっているのは、山根や郡司さんに馬鹿にされているのが分かっているから悔しいのだ絶対に。原口も垣内さんに対してどこか冷たいと思えるふしがある。言葉尻《ことばじり》もなんだか彼女にだけいつもキツイ気がする。彼女からすれば、そうやって見下されていることを僕とかに同情されたりするのもまた、みじめなのだろう。早く衛生士になって見返してやればいい。

とはいえ、院長から夕方の出勤でもいいから来てくれなんて言われているご身分なのだそうで、なぜかあの院長には気に入られているようだから、それならば環境としてはそんなに悪くもないだろう。結局のところ院長を味方につけていられるのは大きい。やっぱり垣内さんに訊きたい質問はひとつも見つからない。

「どうして、そんなのどうでもいいじゃないか、というところでさえも、いちいち闘志を燃やしちゃうの？」とか、

「自分以外の女のコが患者さんやドクターにチヤホヤされると、あんなに悔しそうな目で涙ぐむのはなんでなの？　ちょっと、あまりにもなんていうか、恐いです」

言いたい。あのコにそんなふうに言ってみたい。泣くだろうな。悔しそうに泣いて一生懸命反論するのだろう、あの剝《む》き出しの顔で。

彼女のそういう気持ち、本当は分からないでもない。ただ、あまりにも大げさだ。僕がそう思うくらいだから、それは本当に大げさだよやっぱり。悪いコではないのに。ドクターの事とかを絶対に悪く言わないし、でもそれは、たぶん、いいコだと思われたいからなんだろ？

話をするとしたら、「専門学校はどう？　楽しい？」とかでいいか。楽しいって言葉はちょっと

違うか。

助手で残るは川西だけど、どうやったらあのコと仲良くなれるのか分からない。他のコたちだって分からないんだけど、あのコは本当にもうまったく分からない。エイリアンだから。

「兄弟とか、いるの？」

「あなたも将来はやっぱり歯科衛生士の国家資格取ろうとか考えてる？」

「旅行とか、よく行くの？　やっぱり最近のコは海外なのかい？」

どう返されるのか、意外と普通に答えてくれるのか。とんでもないことを言われることになるのか。なんで僕がこんなにあのコに怯《おび》えなければならない。なんでエイリアンと頑張って会話しようとしているのだろう。

青井くんには「青井くんは、なんでうちのクリニックに移ってきたの？」の質問が待機している。一番肝心なのは青井くんで、他にも用意しておくべきかもしれない。

気づいてしまった。この訊き方では、「なんでうちに来ちゃったの？　迷惑なんだよね」という意味を含んでいると彼に思われちゃうかもしれない。声の出し方で回避できるのだろうけど、こうして意識してしまった今、僕のことだから、わざわざ本当に何か意味深なイントネーションで言ってしまう気がする。誤解を受けるような言い方をしてこれ以上イメージをおかしくしたくない。

「青井くんは、なんで、前のクリニックからうちに来たの？　まあ、きっかけみたいな意味でということなのだけど」×

まわりくどいかもしれない。ちゃんと質問の意図は伝わるようにしつつもシンプルというのが望ましい。

「青井くんが、前のクリニックから、うちのクリニックに移ったのはどうして？」×

最初より変になっている気がする。

「青井くんは、なんでうちに移ったの？」◎？

「青井くんはやっぱり、休日とかは友だちと会ったりするの？」「ああ、そういう日もありますよ」「へえ。青井くんの気の合う友だちっていったら、どんな人？」変な質問だな。

原口には「原口先生は開業とか考えてないんですか？」がいい。絶対考えていると僕はみている。だから訊いてみたい。どんな顔をするのか見たい。これは、開業して、さっさとここから出ていってほしいという思いを込めて言ってみよう。絶対本当のことなんか教えてくれないだろうけど、表情で真意を読み取ってみせる。

疲れてしまったから寝る。

頭が冴《さ》えて、寝られない。

相手を知りたいと思っていても、話したいこと、訊きたいことがあっても、踏み込んではならないことだってあるわけだ。相手との距離を考慮し、訊ける範囲の中から僕が素直に関心の持てることを見つけ出すというのは、なんて難しいんだろう！

色々悩んだが、僕の場合、会話の内容に困る理由はこの遠慮にあるのかもしれない。他者に興味がないわけではないのだ。ただ相手の上っ面には興味がない、もっと奥深くにある何かが知りたい。だけど、深くまで入り込んでいきたいのならその前に、距離を縮める必要がある。縮めるためには、とにかく話をしないといけない。だからなんでもいいから話をしないといけない。そういうことだ。

5月31日（日）

昨日の日記を読み返して、僕は、よけい自分が分からなくなってしまった。いったい、どうしたいのか、僕はやはり、望むばかりの人間なんだろうか。相手から話しかけられたら、それがつまらない内容であっても嬉しいよ。だったら僕だって、つまらないことでも人に話しかければいいはずだけど、僕が話しかけても、喜ばれないだろうって思うから、そうなるとやっぱり相手を退屈させないことを言うしかない。そういうふうに考えてしまうのは、プライドからとかじゃなくて、自分に自信がなさすぎてのことだ。だけどじゃあ、僕自身の中に純粋に、人と話したいという欲求は？あるよ、あるにきまってる。

人で考えるから複雑になって難しいのかもしれない。道ばたの猫で、猫が言語を理解していると想定して、僕が話しかけられることといったら、

「腹へってるか？」

「エサ、うまいか？」

「おまえ、仲間は、いるのか？」

ほら、せいぜいこんなものだ。僕は猫を可愛いと思っているから足を止めて、近づいた。猫が僕を警戒しつつも逃げないでくれたら嬉しい。猫はこんなこと訊かれたって、うるさいニャーって思うだろう、だけどどう思われたっていい、さすがの僕だって猫相手に自分をよく見せたいなどとは考えない。それなのに、話しかけられることが、たったの3つ。猫に関心がないわけじゃない。だって可愛いんだから。今どんなことを考えているのかとか、生きるうえで何を強く望んでいるのかとか、どんな食べ物が実際のところ一番好ましいのかとか、まあ、そんなことに本当のところ興味があったりするわけだけど、でも僕は訊かない。だって、訊いても仕方ない。猫が「オレ、大トロが好み。喰《く》いてえなぁ」そんなふうに返してきたところで、僕はその猫に大トロを喰わせてあげられるわけではない。いや、あげられないわけではない、あげようと思わないんだ。わざわざ魚屋に行って、高いお金出して、そんなことはしてやれない。僕のものでもない猫に。

何を考えているのかとか生きる上での望みとかだって、知りたいと思うけど、だけど実際教えてもらったところで僕にはどうすることもできないし、どうしてあげたいということでもない。なのに訊いてしまったからには、無視できなくなる。「へー」では済まないと思う。ただの好奇心でしたー、っていうのは、無責任というか、失礼というか、まあ、相手も僕に何かをしてもらえるなんてこれっぽっちも期待していないのだろうけど、それでも僕は勝手に苦しみだす。なんだか、ますます人と会話することがおっくうになってきてしまった。余計なことはあまり考えるものではない。

6月2日（火）

今朝、小山田さんが来た時、すっかり油断してだらしないポーズを取っていた僕は驚いて、時計を見たら、まだ7時を過ぎたばかりだった。正直、大切な時間を邪魔されて居心地が悪かった。小山田さんも、「おはようございます。ススメ先生って、こんな時間からいるんだ……」と驚いた様子を見せたきり、しばらく何をするでもなくぼーっとユニットに座ったまま黙っていた。僕はカルテに集中しているふりをしていたけど、まだ1時間以上もこうして2人きりでいなければならないのかと思うと、息苦しくなった。「どうしたの？」と訊くべきかこのまま放っておくべきか迷っていたら、小山田さんが立ち上がり「ススメ先生、私、紅茶いれますけど、先生も飲みますか？」と声をかけてきた。僕のカップの中にはコーヒーが残っていて、正直、もう水分要らないという気分だったんだけど、せっかくの厚意を無下にするのはよくないと思って僕は「うん、ありがとう」と答えてしまった。

小山田さんが紅茶をいれてくれている間、僕は考えた。紅茶を渡されたら、さすがに何か話しかけるべきだろうと。だから、「小山田さんって、恋人いるの？」と訊いてみた。変な意味に取られないよう「そういえばさ」といったニュアンスで僕にしては上手く訊けたつもり。

小山田さんは、同棲《どうせい》して3年になるカレシがいると教えてくれた。「3年一緒に暮らすってすごいね。もう夫婦みたいなものだね」と言ったら、「そうですねえ……」と歯切れの悪い答えが返ってきた。僕は思い切って「倦怠期《けんたいき》？」とたずねた。そしたら小山田さんは、カレシの浮気を疑っているという話をしてくれた。小山田さんが最近ニンニク臭くないわけも、このことが関係しているのかもしれない。たとえば、肉好きのカレシに焼き肉屋へ連れていってもらうことがなくなってしまった。カレシは前日に別の女と焼き肉を食べてしまったから、もしくは明日別の女と焼き肉を食べる約束をしているから、食べたくない。なんだか気の毒な話だ。

小山田さんが堂々とニンニク臭くいてくれる日、僕は気が休まる。たとえ僕がなんらかの不快においを発していたとしても、ひとりじゃないと思えるのがいい。

小山田さんはカレシの携帯電話をこっそりチェックしてしまうべきか否かで悩んでいる。実は今日はその誘惑に負けそうだったから、早く家を出てきてしまったのだと告白してくれた。意外だった。小山田さんは、そういうことに関してはなんというか、どちらかというとあっけらかんとしているというか、右に左にとパッパッパッって考えを仕分けていくような、そんな感じの人なのかなあと勝手に思っていたから、けっこう繊細な面もあることを知れたのは、よかった。

親近感が湧いて、「なんで悩むの？　見ちゃえばいいのに」と言ってしまった。見てもし浮気が明らかになったら、そんな男とは別れてしまえばいいだろうと思ったので。だけど小山田さんは「そんな簡単に言わないでくださいよ」としょげてしまった。小山田さんは、男というのはどうせ浮気するものなのだから、まだ隠れてコソコソやっているうちは、自分のほうがその相手よりも大切にされているのだと考えるようにしているらしい。そうだろうか？　「僕は浮気なんてしたことないけどなあ」と言いたかったけど、やめておいた。「そりゃあ、ススメ先生では浮気なんてできないでしょう」なんて思われたらいやだったので。

でも僕にもしも本当に大切で、本当に大好きだと思える恋人がいたなら、別の人に心揺れたりなんかしないと思うけど、それでも万が一、本当に掻《か》き乱されてしまうほどに素敵な人と出逢ってしまって、しかもその人が僕のことをすごく好きになってくれたら、どうなるだろう。恋人はすごく僕に良くしてくれていて、だから、別れようだなんて簡単に告げられずに、じゃあ諦《あきら》めようと思っても、誰もが惹《ひ》かれてしまうほど素敵な人を断ち切ることなど、こんな僕を好きだと言ってくれているのに、僕は本心を隠して、ねじ伏せて、「ごめん、僕、付き合っている人がいるんだ。だから、ごめん」だなんて、言えるのだろうか。どちらかを選ぶなんて、それはとても難しい。どちらの傷つく顔も見たくないから。2人を比べなくてはならないこと自体、つらいだろう。こんな僕を好きでいてくれる貴重な人に、自ら、永遠のサヨナラ、そんなの無理だ、できない。それに、正直、もったいないって、思ってしまう気がするよ。誤魔化しながら2人と付き合う、悪い選択。絶対にバレないように努力する。そんなことは、だんだん耐えられなくなる。二股《ふたまた》はいつか知られることとなる。そして、せっかく愛してくれた人に、見損なわれて全て終わり。2人とも僕のもとから去り、またひとりぼっちになる。そんな状況に立たされているわけでもないのに、なんだかものすごく胸が苦しくなってしまった。僕は1人だけを誠心誠意、愛していられる人間でいたい。欲望というものは残酷だ。

「やっぱり携帯電話は見ないほうがいいかもしれないね」と撤回しておいて良かった。「うっかり見てしまったら、相談に乗ってくださいよ」と言われた。嬉しかった。ただの社交辞令だろうけど。もしも相談されたら、どうしようか。恋愛関係にある2人の問題に、僕なんかが、いったいどう意見すれば、無責任にならずに済むのか分からない。

6月4日（木）

今日、垣内さんとの会話が少々弾んだので、川西にも話しかけてみた。間違いだった。まず、昼休みの終わり頃、僕は、垣内さんに、「垣内さんは、最近だと休日とかも勉強に追われているの？」と話しかけてみた。褒められたい、労《ねぎら》われたい、そういった類の願望がやはり彼女は強いみたいで、瞳《ひとみ》が輝くのを見た。「そうなんですよ〜！　もうさすがに夜は友達とかとご飯に行ったりもしますけど、昼間はもうひたすら勉強です」そんな答えが返ってきた。「そうなんだ、偉いね」と、僕はそう言ってやった。そしたら、「もう資格取ったら絶対に、ごほうび旅行に行こうって、今からもう気分を上げる為に計画を立てているんです」と言ってきたので、僕は「なるほどね」と合槌《あいづち》を。「そういう計画を具体的に立てておくとやる気も上がりそうだね」くらい付け加えても良かったと、だいたいこういうのは後になってから思う。だけどあの時は、彼女の最近の口癖なのかな、「もう」ってやつがやたら鼻について、気が散った。大らかな心と、俊敏な頭脳が欲しい。

もしそんなふうな一言でも付け加えられていたら、「ですよね。先生の時もやっぱり何か自分へのごほうび考えてました？」みたいなことを言われたりして、「うん、僕の場合はねえ、思いっきり、罪悪感もなしに、好きなだけ、寝る、って決めていたよ」みたいなことを僕が言ったりして、それで何か違う広がりを見せたのだろうか。

実際には「なるほどね」としか言わなかった僕で、彼女はそれに「はい」と答えて、それから僕の目をじっと見たまま、黙ってしまった。何か次の言葉を待っているみたいに。僕にもっと労ってほしいみたいに。僕は少し焦ってしまって、でもなんとか、「旅行、好き？」と次の言葉をつなげることができた。「はい、もう大好きなんです〜」と彼女は言って、僕が「へえ」と返すと「ススメ先生は旅行、好きじゃないんですか？」と訊いてきた。「嫌いってわけじゃないけど、あまり行かないな」そう答えるしかなかった。社員研修以外で旅行というと、いとこの結婚式でバタバタと京都、母さんの50歳の誕生日で連れていった箱根《はこね》、あとは学生時代の修学旅行とか、それくらいしか覚えがないのに、好きかどうかのジャッジは難しい。一人旅なんて、もってのほかだし、ケンちゃんとか、旅行あまり好きじゃないみたいだし、誘われないし、誘わないし、寿々音も旅行に行きたいって言ってくること一度もなかった。僕は、社員研修も苦痛だし。家にいるほうがホッとする。

垣内さんは「そうなんですね〜」と言ってまた黙った。今度は、僕の目ではなく床のほうを見ていた。僕はここで、用事でも思いついたような感じでどこかに行ってしまおうと考えた。だけど急にパッとひらめいて、「ごほうび旅行って、どこに行くか決めてあるの？」と訊いた。そしたら「え、お薦めあります？」と返してくるから、僕は旅行にあまり行かないって言ったばかりなのにな一と思ってしまい、だから、「ごめん、ない」と投げやりに言ってしまった。いま思えば垣内さんとしては、テレビとか本、もしくは友人なんかの情報でいい所を知っていたりするかもと考えただけのことだったのだろう。僕が悪い。ただ、旅行に興味のない僕が無責任にどこかを薦めるわけにはいかない、それは分かって欲しい。

彼女は「いくつかは、もう候補があるんですけど、まだここって決めてはいないんです」と言った。僕は「そうか、何か良さそうな所があったら教えるよ」と、言えば良かったのだろうか。実際は、「そうなんだ〜」と答えた。そして、僕は、用事を思い出したような素振りを作って彼女から離れた。

「へー、候補ってどこ？」と訊けばよかったのか……さっきまで僕は、垣内さんとの会話はそれなりに上手くいっていたと思っていたはずなのに、こうやって整理してみると、なんでそんなふうに思えたのか分からない。

それでも僕はあの時、彼女との会話を楽しんでいたのだろう。なんだか、混乱してきてしまったけど、今日ここに書くべきことはこんなことではない、重要なのはここからだ。とにかく、僕は勢いづいて川西にまで声をかけた、「川西さんって、旅行行くの？」と。

「え？　なんのことですか？……いつ？」と言って川西は僕に怪訝《けげん》な顔を向けた。それで気がついた。「よく」という言葉を付け忘れてしまったようだと。出だしから変な感じになった。僕の中では垣内さんとの流れがあったから、川西も頻繁に旅行に行ったりするのかって訊こうとしたのに、「近々、旅行に行くってホント？」みたいな意味に捉《とら》えられてしまったらしい。だから僕は「ああ、ごめん、そういう意味じゃなくて、よく旅行とか行くのかなって」というふうに訂正したけど、「ああ……まあ、行きますけど……なんで？」なんて言われて、なんか面倒なことになっているなと気づいていたけど、「いや、垣内さんは旅行が好きらしいんだよね、だから川西さんはどうなのかなって思って」と返した。僕の当初の思惑では、「行きますよ」「へぇ〜、今までどんな所に行ったの？」てな具合で単純に展開させていけるはずだったのに、川西は、「それがどうしたっていうの？」とでも言いたげな顔で「はあ……」とだけ言って、沈黙した。

　おかしな空気になっているのだからここでやめておけばよかったのに、なんとか好転させてから気持ちよく終わりにしたくて、僕は、頑張ってしまった。「ところでさあ、川西さんも、将来はやっぱり衛生士の国家資格取ろうとか考えてる？」と言ってしまった。川西は、「えー、考えてません」と言ってまた沈黙。僕はムキになって「どうして？」なんて訊いてしまった。「ダメですか？」と返された。別に衛生士になりたくてこのバイト始めたわけでもないと彼女が言うから「なら、なんで？」って訊いたのだけど、「今日は、やけにグイグイきますねぇ……」と、いびつな顔をされた。僕が返事に困ってしまうと、さらには「何かやましいことでもあるんですかぁ？」と突っ込んできた。だから僕は、自分でも変だと分かる下手くそ過ぎの笑顔で「ないよ」と言った。

「私がここでバイトしようと思ったのは時給が良かったからですよ」それ以外に理由はないらしい。ここで僕も素っ気なく「はあ……」と言ってやればよかったのだろう。でも僕が返せたのは「へえ……」であって、「はあ……」よりも、随分と優しい。だから彼女に「もう行ってもいいですか？」なんて口を利かせてしまったのだろう。僕は得体の知れない敗北感に結構ムカッときていたものだから、「ああ、ごめんね、どうぞ」と、つい語気を荒めに返してしまって、なんだか、とてもイヤな空気になった。

なんで僕がグイグイいったら「やましい」につながるのか。エイリアンの思考回路は本当にまったく分からない。

たしかに僕も、「川西さんも」だとか、「衛生士の国家資格取ろうとか考えてる？」みたいな言い方が、ちょっと良くなかった気はする。その前に中途半端に垣内さんの名前を出してしまっていたから、「垣内さんは勉強してるけど、君はどうなの？」といったように、つまり、比べられていると勘違いさせてしまったかもしれない。そうでなかったとしても、資格を取ることが偉いこと、そう思って僕が発言しているように見えて気に障ったとか、他に考えられるのは、「資格を取るつもりでいるならさあ」と、僕がうるさく説教でも始めるように思った、なんていう可能性だってなくはないわけだ。無論、僕にそんなつもりはなかった。緊張で言葉がおかしくなっただけだ。ぎこちなかったのは自分でも分かってる。彼女はそれがただ気持ち悪かったというだけかもしれない。僕だって、あんな小娘相手にあたふたする自分が恥ずかしいし、気持ち悪いと思ってるよ。だけどほんとにあいつの態度は、やっぱりあまりにも酷《ひど》いだろ。僕、目上なのに。

ちょっと距離を縮めたいと思っただけだ。その為に僕から歩み寄ったのに、あんな態度を取られたら、いやになる。うちに来てまだ3ヶ月にも満たないというのに、なぜあっちのほうが偉そうな態度なんだろう。

同じタイミングで同じことを、僕でなく院長とか、原口とか田端さんなんかが話しかけても、彼女は同じようにあんなそっけない態度を取っただろうか。絶対に取らない。どう接すればあのコとの変な感じを解消できるのだろう。なんで僕がなんとかしようとしなければならないのか。初々しさの欠片《かけら》もないな。化粧濃いし。ブース！

6月7日（日）

昨日は、いったん水まわりの掃除に集中しようと決めて、ずっとやらねばと思っていた洗濯槽の除菌をしながら、浴室掃除。やりだしたらピカピカにしないと気が済まなくなり、浴室だけで丸1日取られてしまった。この週末で水まわりをやりきりたかったのに、腕が痛くて今日は使いものにならない。あと、天井のカビが右目に入ったせいで、洗ってこすると、まつ毛が把握しているだけでも8本抜けた。目が腫《は》れずに済んだのはよかった。むしろ、心なしか右まぶたが以前より軽いように思う。

壁のタイル、天井、床、湯ぶねはもちろん、風呂釜《ふろがま》の徹底除菌と、シャンプーボトルやドアのゴムパッキンまで全部完璧なのでかなり満足している。今回購入した掃除用品はまとめて洗面台の下にしまった。

せっかくピカピカだからもったいないけど、この筋肉痛を少しでも和らげるためにはお風呂に浸からないと。昨日シャワーで済ませてしまったのは失敗だった。このままだと、明日の仕事に支障をきたす。

あと、昨日川西にブスと書いてしまったが、それは度が過ぎたと思う。ただ、もっとブスだったらよかったんだと思うよ。そしたらあんなにちやほやされず、もうちょっとマトモな性格になっていたのではないかと思う。恵まれているから、あんな感じのワガママでいられるのだ。

6月9日（火）

「私、嫌いな人の前では、すぐに顔や態度に出しちゃうんでぇ〜」

今日の帰り際、耳に入ってきて、声のほうを向いた。そしたら目が合った。川西はいつから僕を見ていたのか、おそらく、その言葉を吐く時にはもう僕を見ていた。僕は自然に目をそらすことに努め、聞こえなかった素振りで「お疲れさまです」とみんなに声をかけ、ちゃんと川西のほうにも声をかけて、そして、壁の時計を大げさに見て、まるで誰かを待たせている人が約束の場所へ向かう時のような小走りをやってクリニックから出た。でも残って、僕の悪口だったとしても、川西が田端さんとなんの話をしているのか、耳をそばだて確かめるべきだった。気になって仕方がない。

嫌いな人を前にすると顔や態度があからさまになるなんていうのは、どういった流れから出てくる言葉なのか。田端さんが川西の僕に対する失礼な態度を注意してくれていたとかで、それで川西があんなふうに反論した、というのは、違うように思う。あの感じは、注意を受けているような雰囲気には見えなかった。2人はあの後も僕の悪口で盛り上がったのだろうか。明日、田端さんは僕にどんな目を向けるのか、僕はちゃんと上手に「おはようございます」って笑えるだろうか、川西にも、「おはよう」って言えたら言ってみるけど、いつものように気だるそうに「おはようございまぁす」と返してくるのか、それともついに開きなおって、無視だろうか。

本当に僕のことを話していたかどうか分からない。たまたま目が合っただけかもしれない。だけど、たとえさっきのが僕に関する話ではなかったにしても、あいつの僕に対する態度は、どのみちあれは、出ちゃっている。あんな態度をとるのは、僕のことが嫌いということだ。

僕は、我慢してた。嫌いだということを一度ハッキリ認めてしまえば、その思いで頭の中がぎゅうぎゅうに埋めつくされて、苦しむのは結局僕なのだ。でも我慢している今も、どうせ苦しんでる。最近なんだか身長も縮んだ。本当のところ、僕の心は完全に煮えたぎっている、マグマのごとく。

このマグマに突き落として溶かしてしまいたいよあのクソ女を、なんでもかんでも顔や態度に出しちゃう、それが度胸ある格好いい生き方だとでも思ってんのか？　違うなあ、それは子どもってだけだ、あと、感受性の欠如とも言える。そんな明け透けに振る舞うことなんて僕だってやればできる、でもやらない、おまえとは違うから。

本当は僕だって声に出したい、本人にぶつけたいよ「オレ、おまえのこと嫌いだわ」言えたら、スッキリするんだろうか。

山に行けばいいのか、人々が爽やかにヤッホーと叫ぶ中、あいつへのこの溢れ出る憎しみを力の限り叫ぶ。ヤマビコが返ってきたら少し笑えるかもしれない。向こう側にも川西を嫌うやつがいて、一緒になって叫んでくれているような気分で笑える。

嫌いだ凄く。山根よりも嫌い。原口よりも嫌い。だけど彼女を嫌いだとハッキリ認めることは自分にとってどこか不利になるような気がして、だから、我慢して、僕が努力していけば、そのうち何かのきっかけで好転して、仲良く、というか、普通に、認め合えるぐらいの仲には、なれるんじゃないかって思ってきたけど、もう限界だわ。右顎《あご》に突如大きなおできができたしな！　これはね、拒絶反応だよ、明らかな。

おまえもオレを嫌いだろうけどなあ、ようはそれをオレに言いてえんだろうけどさ、まずオレがおまえを嫌ってんだよ、おまえがオレを嫌う気持ちよりもオレがおまえを嫌う気持ちのほうが遥《はる》かに大きいんだわ！　ざまあみさらせ！　おめえよお、オレが嫌ってることちゃんと気づいてる？いいかげん気づいてくれよ、こっちは、おめえの平気で人を傷つけるそのふざけた態度に、無神経な発言に、人をナメたようなそのツラがまえに、心底ご立腹なんだわ。いっつも甘ったれたような声響かせてよ、こっちはその度にムッカムッカしてゲロ吐きそうになってんだよ！　おまえ自分がスペシャルな人間だとでも思ってんだろ、ところがどっこいオレには分かる、おまえは絶対ニセモノだよ。ばあ〜か！　ブス！　かんちがいしてんじゃねー、おまえがちやほやされるのはおまえのその態度に大人のみんなが気を遣ってあげているだけなんだ、分からんかねバカたれが！

　おまえへの苦手意識がどれほどオレを狂わせているか分かるか？　この苦手意識のせいで、余計に色んなことがうまくいかなくなって、どんどん自分が自分で気持ち悪いことになっていってるこの今のオレの状況を、おまえには理解できないだろうよ。自分が哀れでしかたないよ。

　くやしい、まったくもって、くやしい、あいつの前でこそ、うまく立ち回りたいのに、どんどんおかしくなっていく、ズレた愛想笑いなんか向けてしまう、ダサイことになってる、そんな自分に一番くやしい、みじめだ。好かれたいと望んでた。今も、たぶんまだ思ってる、あわよくば、川西の中にある僕のイメージを払拭《ふっしょく》して、挽回《ばんかい》したいと！　情けないんだ僕は。

　ひどい汗、あんなやつのこともう考えたくない。頭がおかしくなりそうだ。風呂入って、寝る。

　冷たい反応にも、ふざけた返しにも、あの、人を小馬鹿にした態度、そういうの全部に耐えて、優しくしたつもりだった。何がやましいことでもあるんですかぁだよ、あの時の会話は最悪だった。足元が溶けていく感覚。なかったことにしたい。でももう遅い、首まで浸かっている。このまま引きずり込まれて僕は、もうすぐ沈む。何を言っているのかよく分からない。かなり苛立っている、自分でも驚くほどに。

　とことん嫌い合うことに決めた。

「君に対して頑張るのはもうやめだ」

　明日、本人にそう宣言してしまいたい。「君が僕を拒絶するんじゃない。僕が君を拒絶するんだ」と、それをハッキリさせておきたい。

　川西は、僕を卑屈にする。患者さんにもスタッフにもなぜだかちやほやされている川西を、嫌いだと認めることは、難しいことだった。だから自分を誤魔化して、軽く苦手という程度にとどめておけば、いつかは関係性も良くなる、僕がまず、あのハチャメチャぶりにも慣れて、そしたら案外あっさりと彼女の個性として受け入れることができたりして、心から好きにもなれるかもしれないし、彼女が何かのきっかけで僕を慕ってくれるようになることだってあるかもしれない、話す機会さえ増えればしだいに打ち解けて、本当の僕を知るようになり、思っていたほど悪いやつじゃなかったって思い直してくれたりして、そこそこの好意は抱いてくれるようになるなんて、そんなこと思ってたんだろうよ、僕は。だけど、嫌いだと認めてしまったほうが、きっと僕はもっと堂々とできる。そのほうがこれ以上彼女に変な違和感を与えずに済む。僕は疲れた。嫌いだと認めるよ。それでいいんだ、それがいい。

2時半を過ぎてしまった、寝られない。山に行きたい。ヤマビコに耳がうんざりするほど叫びたい。

やっぱりどう考えてみても苦手意識を先に向けてきたのはおまえのほうだよな。残念だよ。まあ、おまえはどうせ、「あんたの性格が気持ち悪いからだよ。仕方なくない？」とか言って簡単に僕の心をブチッと潰して笑うのだろう。

我慢してくれよ。僕はおまえに向かって何か悪いことをしたわけじゃないだろ？　ただ生理的に僕を苦手というだけなら、それくらい我慢しろよ。みんなの前で表に出すな。攻撃するな。職場なんだ。おまえは新人で、僕は13年目のドクターなんだぞ。

おまえが先に苦手意識を向けてきたせいで、僕も君に苦手意識を持ってしまった。でも僕は、そういう気持ちに負けないよう努力した。その努力をおまえは知らない。考えたこともないはず。僕がおまえに対してどれほど苦しんで、どれほどの時間を費やしておまえのために自分を変えようとまで考えてきたのかを。でももう、それも今日でおしまいだ。そんな努力はもうやめだ。おまえは僕が嫌い。僕もおまえが嫌い。それでいいじゃないか。僕はもう、それを受け入れるべきなのだ。それでいい。

6月10日（水）

今日の僕は、やっぱり川西の機嫌をうかがっていたと思う。なんでだろ、昨日あれほど決心したのになんで堂々と振る舞えないのか分からない。これ以上あいつのことで苦しむのをやめたいんだ。あんなやつに嫌われたって、平気だ。

どうすれば、川西に目上の人間として認めさせることができるのか。そんなことは可能だろうか。嫌われるより好かれるほうがいいに決まっている。もっと優しくすれば変わるだろうか。

いや、好かれることを望んではダメだ。あきらめるんだ、すでに限界値を超えてるじゃないか、本当に昔からあきらめが悪いな、「根性なし」のくせに。

ミスをした彼女に厳しく一喝する、というのはどうだろう。ここらで一度ビシッと突いてギャフンと言わせてやろう。あいつは僕をナメている。ならば、ドクターとしての威厳を見せつけてやる。職場は好き嫌いでまわっているんじゃないのだということをあいつは知るべきだ。僕だって原口を嫌っているが、彼のほうが2年先輩だから我慢してる。そういうのが社会なんだってことを教えてやるよ。僕は甘やかし過ぎたのだ。ああいう若者には、厳しく接する、それが大人の役割ってもんだろ。うちの連中はみんな甘やかし過ぎなのだ、ちゃんと教育しろ！　なぜあいつを野放しにするんだ？　大人の責任を放棄するなんてどいつもこいつもどうかしている。僕はやる。

失敗をしろ川西。

ところで小山田さんは今日、なんだかものすごく元気だったけど、カレシと何かいいことでもあったのかもしれない。疑いが晴れたとか。そうだといいけど。ちなみに僕にはなんの報告もないのか。別にいいけど。

6月11日（木）

川西は器具も的確に渡してくれるし、バキューム操作も上手だし、セメント練和も丁度よく、気に障る。ミスはあるはずだが、あいつばかりを観察しているわけにもいかないから見逃しているだけだ。

だいたいあの化粧は、どうにかならないのか。ただでさえイヤミったらしい目つきをしているのに、まつ毛は、カラスの羽のように光を宿してバッサバッサと音を立てるし、コンタクトレンズもノーマルな透明のものに替えてください。

院長はあれでいいなんて思っているのだろうか。本当に分からない。変なところで寛容なんだな。僕から注意するとしたら、なんて言えばいい？

「その化粧もうちょっとなんとかならないの？　そのまつ毛とか誰も注意してくれない？　派手すぎるってそれは。クリニックの信用にも関わると思うんだよ」言えそうだったら言う。女性陣はなんで黙っているのか。歯科助手の先輩として、そういえば、小山田さんなんか、最初のうち指導係をやっていたのだから、その時にしっかり注意すべきだったし、あいつら得意の衛生士の威厳ってやつで、たとえば郡司さんあたりが言ったっていいわけだ、そうだよ、ついでにウップンをこの際だから全部あいつにぶつけてしまえばいい。山根は、自分の化粧もギリギリだからあの異常さに気づいていないのかもしれないが。もしかして、あの化粧は今どきでいうと常識の範囲内なのか？　おできが痛い、くり抜きたい。

6月12日（金）

院長の患者の魚村《うおむら》さんという人が、手相の勉強を始めたそうで、みんなの手相を見てくれるということになり、お昼休みに入るとみんなで集まり手相くらべに盛り上がったわけだけど、ところで原口は、もうすぐ人生の大きな転機を迎えるのだそう。「ってことは結婚？」「嘘ぉ、結婚？」などと女のコたちが茶化した。その中で山根は含みのある目で原口を見て、「原口先生もとうとう、結婚ですか？」と笑顔を作った。あれで本心を隠したつもりでいるなら、下手だ。もしわざと顔に出したのなら、そんなことはやめておいたほうがいい。原口はそういうのを嫌うのだと思う。どちらにせよ、あの顔は、自分が本命ではないことを分かっているということだろう。原口に本命と呼べる相手がいるとするならば、患者としてうちのクリニックに来ているはずだ。山根にはそれが誰か分かっているのだろうか。なぜ彼女は原口にしがみつくのだろう。愚かだな。頑張ればいつかは自分のものになるだなんて本気で思っていたのだろうか。

それよりも、院長はやはり川西を可愛がっているのだ。「マイカちゃんも手相、見てもらいなよ」と促し、結果、川西は「あなたは豊かで繊細な感性と優しさを持っているね」などと褒められた。僕は、ほら出たと思って「感性……」と呟《つぶや》いてみたが、「そうそうマイカちゃんはホントそういうタイプ。当たってる～」だとか、「見た目ギャルだし、ちゃらちゃらしてる感じなのに、実は頭いいし、よく気がまわるんだよね」だとか、それで院長が「そうだな、マイカちゃんはちょっと言葉の遣い方とか知らないとこあるけど、実はしっかりしてるんだよな。成長も早いもんな」と言った。おいおい、「けど」じゃねーだろ、あの言葉遣いが気になってるって認めるんならなぜ放置する？　なんで？　まさか本気で川西を評価しているってわけ？　謎。このクリニックの人たちは謎だ。どいつもこいつも本当にどうかしてしまってる。あいつの全ては計算だよ、発言なんかにちょいちょい詩的な表現を織り込んだり、奇抜なこと言ったりやったりすることで感性が人よりも特別ってキャラを演じているだけでしょ、個性が強いように見せているだけなんだって、みんなしてそんな小芝居に惑わされてあいつのペースに巻き込まれるなんて、ありえない。それとも川西によく思われたいなんて気持ちが働いてそんなふうに、おだてているの？　あんなのただの小娘じゃないか、どう考えたって性格悪いだろ、ゆたかでセンサイな感性ってさ、世の中に特別扱いされて生きているような人間に物事が敏感に感じ取れるわけないだろ。あんなに空々しく「えっ、そんなことないと思うな。私なんて全然」とかそんな時だけ言っちゃってさ、腹の内は満足感でいっぱいのくせに。オレは見抜いてるからね、ハッキリ言ってなあ、発言も表情も、ぜーんぶ嘘くさいからね。オレはいつかその黒い腹の内を明かしてみんなに見せてやりたいって思ってるよ。「あんたたちとは考えてることが違うんだよ、人間としての質が違うの。あんたたちみ～んな、くそつまんねえ雑《ざ》魚《こ》ぉ～」くらいは余裕で思ってるね。もっと酷いこと思ってるかもしれない。若いって恐いよな。みんながそうやって安易にほめそやすからどんどん勘違いするんだ。あんなにいちいち一挙手一投足わざとらしい人間、他にいるかよ、本当に気持ち悪いったらないよ、ヘド出るわ！　みんな分かってない、ほんとに、分かってないよ。

「もうすぐ何かいいことがありそうだ」なんてことも言われてた、運までが川西の味方らしい。そんなことある？　あの人もね、もっとちゃんと手相を勉強した上でものを言ったほうがいいよ。あいつのいったいどこに優しさが？　それは手相の線ではなく、ただのシワではないの？　あんな奴に幸運って、おかしいよ、不公平だろ。垣内は垣内でそんな川西に嫉妬《しっと》心むき出しのご様子で、「私も見てください」って申し出ちゃうしさ、そしたら、「あなたは、損得勘定で人を見るところがある。でもお金には困らないね」なんて言われるんだからみんなどう反応していいのかって感じになってたんだよ分かってる？「えー、そんなことないのに」って反論する顔も痛々しかった。あのコはどうしてあんなにも愚かなのか。

そうやって安易に惨めな姿をさらすのはやめろよ、見てらんない。もっと凜としなきゃダメだ、少なくとも君は川西のこと苦手と思ってるんだろ？　かたい表情向けて、ほとんど敬語を使ってしまっているし。実際川西は、自分にそういう様子を見せる垣内を馬鹿にしている。見ていてつらい。川西のほうがまるで年上のようだ。僕の川西に対する態度も、あんな感じに周りから見られているのだろうか。まったく終始どの位置からものを言ってんだ、ってなもんだろあいつの態度、全然納得いかないだろ？　やり返してしまえばいいんだ、僕は、必ず近日中に、あいつを見返してやるから。

川西が人を緊張させるのはなぜか。ああやって、けん制して、それで自分の立場を確立させているのかもしれない。いわゆる処世術。優しくなんかない、ズルイやり方だ。

僕だって、「ススメ先生も手相、見てもらいなよ」と院長に言って欲しかった。もちろん僕は、自ら申し出られるはずもなく、手相を見てもらうことは叶わなかった。「みんな」と言ったのだから、あの人もちゃんとスタッフ全員の手を見てくれたらいいじゃないか、というのは良くない考えだけれども、貴重なお昼休みを減らして人の手相の結果を聞かされるだけなんて、なんだかなって思うんだよ。今度、道端の易者に、見てもらおうか。

川西の悪口ばかり書いている僕は醜いな！

6月14日（日）

残っていた紹興酒を飲むため、冷凍のシュウマイを温め、かまぼこチャーハンを作った。からしの賞味期限がかなり過ぎていたことに気づかず使っていた。今度スーパーに行った時、忘れずに買う。からしでテーブル上に絵を描いた。そのまま捨てるのが、もったいない気がしたからだ。チューブからダイレクトに絞り出すという大胆な行動に出たわりには、特徴もない地味なスマイルにしかならず、だから指でのばして髪を立たせた。スマイルの髪、3本。なんてやっていたけど、ちゃんと拭き取るのに苦労した。食べ物で遊んでしまったから、また罰があたる。洗ったのに指のにおいがまだ辛い。無着色のからしじゃなかったら指が黄色になっていたかも。

コップ3杯も飲んでしまって、なんだか酔っぱらっている。でも、もう1杯飲もうかな。

淋しくなっている。誰かと話したくなってケンちゃんに電話をしてみたけど、出なかった。ケンちゃんは今日もあの暗い研究室で顕微鏡の中の舌癌を見つめているのだろうか。それとも、もう眠ってしまったのだろうか。ふっくらと温かなベッドで。僕の布団は湿っている。片づけははかどらない。細かい作業ばかりして全体の変化がいつまでも見られないというのは、僕の生き方そのものだ。

こういう日は、日記は話し相手としてふさわしくないな。指がつかれる。僕は口を動かしたい。今だったら楽しく人と話せる気がするのに。

6月15日（月）

久しぶりに満員電車に乗った。昨日飲み過ぎたせいで起きられなかった。しかも雨だった。雨とか汗とか溜息《ためいき》で、車内には湿った空気が充満していて、みんなの気分を暗くさせていた。僕もどんどん憂うつになった。だんだん奥に押しやられて、菊名《きくな》駅でやっとつり革をキープすることができ、ほんの少しの自由を手に入れて安堵《あんど》した、のも束の間、前に座っていた30代半ばと思われる女が突然、「ヒザにあたってるんですけど」と、かなり強気な態度で睨み上げてきた。僕の傘がほんの少し彼女のヒザにあたっていたようだ。恐縮して僕は、スミマセンと声を絞り出し、慌てて傘を自分の脚の間に挟んだ。彼女はたぶんその後もしばらくこっちを睨んでいたと思う。

たしかに濡《ぬ》れた傘があたるのは嫌なものだ。だってその時、僕のズボンにも後ろの人の濡れた傘がしっかりくっついていたから。その位置に入るちょっと前には鼻息が荒い男の大きな腹の湿り気がずっと僕の腕にあたっていた。乗ってすぐの時、僕の背中の湿り気も誰かにあたっていたし。

今日の出来事はまだここで終わらない。その人は寝に入った。変な濃いピンクのマニキアが汚らしく剝《は》がれた爪で、その指から力が抜けていくと、傘がズルズルとこっちに向かって滑ってきて、僕の左足のズボンをゆっくりとなぞって濡らした。僕はその事態に、誰かの同情を得たくなって隣に立っていた中年のサラリーマンに視線を送ったが、その人は知らん顔を決め込み、僕と目を合わせてはくれなかった。

電車が駅に入って停車し、女は起きた。彼女は自分がやってしまったことをよく理解しただろう。それなのに、何事もなかったかのような顔で傘を持ち直し、そしてとぼけて目を閉じた。そこからは絶対に、たぬき寝入りだ。指は堅く、傘は動かなかった。

クリニックでは帰り際、「雨があがりましたよ。こういう日は外に出たら、アスファルトの匂いに喉《のど》がきゅう〜ん、ってビールをねだるんですよねぇ」なんてあの女がお得意の感性で訳の分からない言葉を使い甘ったれ声をあげるから、「じゃあ、俺がうまいドイツビールをご馳走《ちそう》してやるか」と兄貴ぶる原口を囲んで便乗型の女のコたちが「わ〜い！　ビール、ビール♪　ドイツのビール♪」と盛り上がっていた。今ごろビールでうるおした喉をカラオケで消耗している頃だろうか。今日も川西を一喝できるようなチャンスは訪れなかった。

6月16日（火）

トイレに行ったら、川西が出てきた。思わず、残り香を確認してしまったが、清潔な匂いだった。獣のようなにおいを期待していたので悔しい。

だけど僕は気がついた。トイレットペーパーが筒だけになっていることに。あいつは、自分が使い切っておきながら、放置した。ほら、これはあまりにも不親切だろう、次の人のことをまったく考えていないってこと。これはひどいよ。なにかと気が利かない僕をちょくちょく馬鹿にした顔で見ているが、人目のつかない所では、こうしてずさんな本性をさらす、そういう奴なんだよ。まさかそんなことが平気でできる人がこの世に存在するなんて思いもしないからこっちは用を足してから気づいたし。お陰で中腰で立ち上がり、上の棚に手を伸ばすといった無理な体勢を強いられたんですからね。ところがこのことで厳しく注意しても、僕が大便をしたことをわざわざ公表することになるし、あまり効果的ではないと思ったのでやめておいたけど、全然納得いってない。ほんとあいつヤダ。

6月17日（水）

大倉秀俊《おおくらひでとし》さんが久々に来院。僕の「右下6番と2番、C3」という言葉に反応し、体を起こすやいなや口をゆすぐのも惜しんで「何？　サカモトとオガサワラ？」と言って嬉しそうに笑顔を向けてきた。その意味が分からず僕が反応できないでいると、大倉さんの表情がしぼんでしまい、焦った僕が無理にヘラヘラ愛想笑いをしていると、「そうですよ、残念なことに大倉さんのサカモト選手とオガサワラ選手は怪我で降板のようです。早く復活できるように、しっかり治療していきましょうねー」と川西が言った。するど大倉さんはこれ以上ないほどの満面の笑みで川西を見た。川西はまた患者さんの心を摑《つか》んだらしい。苦し紛れに僕は川西に笑顔を向け「もしかして野球？　詳しいんだね」と言った。「別にそんなに詳しくないですよ」と返された。大倉さんにも「結構常識だよね、それくらい」と言われてしまった。僕は「すみません、もうちょっと世間と繫《つな》がりを持つようにします」と言ってしまったが、「すみません、もっと勉強します」と言えばよかった。「すみません、もっとスポーツにも興味を持たないとですね」これが一番爽やかで印象が良かったかもしれない。首藤さんとかだったらきっとそんなふうに言ったのだろう。

川西は、「うちのお兄ちゃんがジャイアンツファンだから、ついこのあいだ東京ドームで一緒に観戦して来たんですよぉ」なのだそうだ。彼女はタイミングにも恵まれている。「へえ、お兄ちゃんと仲がいいんだね」と大倉さんは感心していたが、本当にお兄ちゃんかどうかは疑わしい。川西の口調を真似て、「本当にお兄ちゃんなのぉ？　お兄ちゃんがいるなんて初耳だなぁ〜、本当はオトコなんじゃないのぉ？　やらしぃ〜」みたいに言ってやりたかった。だけどそんなこと言っても負け惜しみにしか聞こえないだろうし、また余計なことを言って場をしらけさせてしまったら終わりだと思ってやめた。一喝どころか、ついに一本取られてしまった。今日は、今からスポーツニュースを観て、寝る。

6月18日（木）

川西のあのスキンシップは、なんのためのスキンシップなのか。顔をあんなに近づけて、男にも女にも見境なくベタベタ、院長にまでベタベタ触って、僕にはしない。嫌いだから態度に出ちゃうんだよな、そんなに強調してこなくたってもう分かってるよ。

「うちのスタッフにはまだいいにしても、患者さんにまでそうやってなれなれしく接するのはよしなさい。失礼だよ」という言葉を今日は何度も頭の中で練習した。言えなかった。自分に自信がないからだ。自分の数ある欠点を棚にあげて人を叱るということが、難しい。こんなことやめようか。疲れた。

昼休みは田端さんがまた原口に治療をしてもらっていた。いつも僕に治療を任せてくれていた鮫《さめ》島《じま》さんが恋しい。育児が落ち着いたら復帰するかもしれないと言っていたけど、どうなったのだろう。

田端さんの心の内がいったいどういった構造になっているのか見当もつかない。ずいぶん親しげに大口を開けちゃって、ついこのあいだその口で原口の悪口を言っていたよね、見たよ。自分が恥ずかしくないのかな。悪口を言ったことなんか、都合よく忘れてしまうのだろうか。それを聞かされていた郡司さんはどんな思いで今日の光景を見ていたのだろう。

なんだか本当に疲れている。こうやって人の悪い部分ばかり見ようとするから疲れるのではないだろうか。この性格をなんとかしたい。

僕は、この僕を理解してくれる人が欲しい。一番の味方になって、誰よりも親身に話を聞いてくれる人。どんな僕でも深く受けとめてくれるんだ。間違ってない、大丈夫って。間違っている時は、優しく叱ってくれる。僕は誰かに分かってほしいんだと思う。そしたら僕だってもっといい人間になれる。

6月19日（金）

自転車に乗った警官が2人、近くで停まった時、なんとなくぎこちなくなってしまって、それでやっぱり呼び止められた。「今、何されてるんですか?」と訊かれて、家に帰るだけなのだから堂々とそう伝えればいいのに、「えっ、なんでですか?」とか動揺して言っちゃうから呆《あき》れる。

患者の歯と共に日々自分の神経を摩《す》り減らし、性格の悪い患者に泣かされそうになっても、小娘どもにナメられても耐え抜いて、それで貰えるお金で家賃を払う、その自宅へと帰るだけだ、堂々と「家に帰るんだよ!」と答えればいい。「なんでですか?」などとなぜ訊いてしまったのか自分でも分からない。そんな僕の弱さに付け入ってあの警官は露骨に偉そうな上から口調に変えてきた。「鞄《かばん》、ずいぶん重そうだけど、何が入ってるの?」だとか、「お巡りさんもね、仕事だから、悪いね」だとか、ちょっとあのタメ口は、絶対におかしい。絶対年下だよあいつ。だいたい「お巡りさん」ってさ、僕は子どもじゃないんだ。「君はね、僕が子どもの頃に憧れていたお巡りさんとはずいぶん違うなあ。だいたい、いい歳した人間に、そういう言い方はやめなさいよ」と言って、たしなめてやりたかったけどもう1人の先輩っぽい警官が「ちょっとご協力いただけますか」と、一応そう言ってきたので、やめてやった。でもそいつも、僕の鞄の中を見て、顎《がく》模型が出てきた時、変なふうに笑って、あの感じはとても不快だった。近頃この辺で、一人暮らしの女性を狙った強盗事件が起きているのだそうだ。

子どもの頃は、しょっちゅうお巡りさんに褒められていたんだ。鍵《かぎ》を拾って届けたこともあるし、お財布だって届けたことある。今だって落ちているのを見つければ届ける。そういえばこのあいだだって駅の改札で携帯電話を拾って駅員さんに届けたよ、そんな僕を怪しむなんて人を見る目がないくせにあの口調かよ。

格段にストレスの溜まる仕事なのかもしれないし、ナメられちゃいけないっていうのも分かるけど、わざわざ全身で僕を見下すような立ち方をして、やり過ぎでしょう。あれじゃあ尊大に振る舞える立場を獲得したくてお巡りさんになったんじゃないのと疑えるほどだ。あんな暗い目して正義感はどこやった。僕が歯科医になった理由も、あまり誇れるものではないから、これ以上強くは言いませんよ。でも僕は、年上の方に先生と呼ばれることに申し訳なさすら感じている。患者さんに尊大な態度をとったことは一度もない。彼は警察官としての威厳の示し方を勘違いしちゃってるんだね。僕もドクターとしての威厳は、どうしたら格好がつくのか分からずに苦労している人間なので、そう考えれば少しは共感できますよ。

こうして日記を書いている今となっては余裕も出てきて、このように色々と考えることができるけど、さっきの僕はやり直せない。身分証明書の提示まで求められて、差し出す手を震わせてしまった。僕の肝っ玉は蒸した豆つぶだ。

「僕はそういうことをする人間なんかじゃないですよ。善良な市民です」そう堂々と、強く真っ直ぐな目で、言えなかった。あんな態度をとられてしまう自分の存在を憐《あわ》れに思う。僕は、こんなに真面目に生きている。たぶんあの警官よりも真面目にだ。悔しさが哀しみに変わってきたからもう忘れよう。

いやー、やるせない。なにが「戸締まりなどにご注意ください」だ！　おまけのように付け足しやがって。協力を感謝する言葉もなかったな、人の心をこれほど汚しておいて。もう絶対に真犯人を捕まえてもらわなければ困る。じゃなきゃ傷つき損だ。

あともうひとつ書いておかなくてはならないことがある。僕は今日、川西のミスを突いて、叱りつけることに成功したのだ。川西にオキシドール補充しておいてくれと頼んだのに、彼女はそれをうっかり忘れて別のことをしていた。僕は随分早い段階から、忘れられていることに気づいていたけど、わざと様子を見て、時間が経ってから「ねえ、川西さん、頼んでいたオキシドールどうなってるの？　待ってるんだけど」とめちゃくちゃ厳しい顔つきで突っ込んだ。「あっ、すみませんでした。原口先生に印象材練るの頼まれちゃって、うっかりしちゃった」と言ってきたので、「言い訳はいいから、早く持ってきて」と、冷たく攻撃してやった。どうだっただろうか。

まあ、今回は叱りつけるというよりも注意といった感じになったけど、満足してる。「すみませんでした」という言葉が聞けて、少し驚いたようなあの目が見られて、申し訳なさそうにして持ってきた姿にも。そういえば驚いた時のあの、まつ毛がバサッとなる感じはやっぱり羽を広げたカラスに似ていた。

気分が晴れないのはなぜ？　こんなイヤミなことをしてまで、僕は川西をどうしたかったのか。やっぱりできれば、同じ職場で働く仲間とは友好的な関係を築きたいと思う、僕はそういう人間だ。

6月22日（月）

「ヘビ、肌焼けたな、海か？」

大竹敏男《おおたけとしお》さんは、いつの間にか川西にヘビというあだ名をつけていた。僕はエイリアンと思っていたけど、確かにヘビとも言える。体つきもそういえばヘビみたいだ。触ったらきっとひんやり冷たいのだろう。

カラスの羽をつけたヘビは、「海行ってないですよぉ〜、フェス行ってたんです」と言っていた。フェスとはなんだ？　大竹さんもそれに対して何も言わなかったから、僕同様分からなかったのではないかと思う。

もう川西の話題はやめよう。僕の日記をこう毎日彼女に占領されるわけにはいかない。

大竹さんの新義歯も、次回が試適でそろそろ終盤。順調だ。

寝違えたのか、また首が痛くなっている。

6月23日（火）

今日の帰り、ついにホームで青井くんと一緒になった。「青井くんは、なんでうちに移ったの？」かねてより用意していたこの質問を口にした時、胸が破けるんじゃないかってくらい心臓が躍り狂って、でも次の彼の、「あー、実はこれ、まだ誰にも話してないんですけど」という言葉が、それを優しく撫《な》でつけた。誰にも話さずにいたことを聞かせてくれる、たとえこの先誰かに話したとしても、一番初めは僕なのだ。嬉しい。

青井くんは、前のクリニックで女性患者からしつこく付きまとわれて、かなり参ってしまったのだという。それで逃げるようにうちのクリニックへと移った。僕は思わず、「その人って可愛いの？」と質問してしまい、「う〜ん、どうでしょうね、まあ、ブスではないですけどね」青井くんはそう言った。青井くんの口から「ブス」、まずそこが衝撃だった。

それはさておき、僕は、「じゃあ問題ないだろ」と、さらに野暮なことを言ってしまい、青井くんは「大問題ですよ」と顔を険しくした。「本当に大変だったんですから。何かしら理由つけて毎日のようにクリニックに来て、お弁当まで作ってくるんですよ。僕が処置したところが痛むとまで言われるし。わざと誰かに殴られて腫らした顔で歯ぶら下げてきた時には震えましたよ。僕を困らせて喜んで、とにかく異常でしたね」彼はそんなふうに言った。僕は、「青井くんのその優しい雰囲気にやっぱり女の人は弱いんだろうね」と言った。そしたら彼は「僕はどちらかというと優しくないほうの人間なんですけどね」なんて言ってきたけど、じゃあ、そうなのかもしれない。本当はものすごく優しくないのかもしれない。僕のほうが実は優しいのかもしれない。この話をしていた時の青井くんは、なんだかいつもと違って、荒くて、とても、冷たい感じがした。その女の人に対する強い軽蔑が感じ取れて、なんかちょっと、まあその人があまりにも恐かったから当然と言えば当然なのかもしれないけど、そんな話し方もするのだなあという彼の新たな一面を見た。

その人の行動はさらにエスカレートしていって、青井くんのマンションの出入り口から少し離れたところに立って待ち伏せし、帰ってくる青井くんを見つけても近寄ってくるわけでもなく、ただニッと1本欠けた前歯を見せて笑いかけてくるというのがほぼ毎晩続いたため、「限界だな」って思ったらしい。ホラー映画みたいだ。

「ほら、思い出すだけでも鳥肌立ってきちゃいました」と腕を見せてくれた青井くんにつられてこっちまで寒気に襲われたけど、いまになって思うと、あの時、どこからかその女が僕らを見ていたのかもしれない。そんな気がする。青井くんはその女の情念から未だ、逃れられてはいないのではなかろうか。「まあ、今は引っ越しもしたんで安心です」と青井くんは言っていた。

僕としては今日、いい時間が過ごせたと思っている。青井くんには嫌われてないと思っていいのかもしれない。「僕を困らせて喜んでいる」か……川西みたいだ。青井くんのそれとは全然違うか。

6月26日（金）

だめだもう。今日のこと、僕が悪いのだろうか。僕は、いや、まず、始まりは、大竹敏男さんが、今日も川西を「ヘビ」と呼んだことからで、川西はいつもの調子で「も〜、なんで私がヘビなんですかあ」、ところで、川西も今日まで自分がなぜ「ヘビ」と呼ばれているのかを知らなかったのだ。そんなことはどうでもよくて、「蛇《じゃ》は一瞬にして人をのむ、ってね」と言う大竹さんに「え〜何それぇ。どんなイメージなんだろう、私」だとか、「大竹さんはアライグマみたい。目が可愛い〜」なんてことも言っていたし、しまいには「歯をちゃんと磨いてくれないと、ジャが噛《か》みつきますからね」だなんてそんなふうにズケズケほざく川西の態度が許せなかった。あいつはバカだ。非常識の塊だ。なにが「ジャが噛みつく」だ、あの大竹さんを、アライグマ呼ばわりなんかして、どうかしているとしか思えない。だいたいちっともアライグマなんかじゃないし、目だって可愛くなんかないし、ワニだよあれは。よくもそういうことがぬけぬけと言えたもんだな、ほんと呆れるよ、大竹さんもなんでそんなふうに言われて嬉しそうにしてんのか、ほんと分からない、もう僕の理解の域を超えている。随分長いこと診させてもらってるけど僕はずっと、気難しい人だと思ってた。年配の人が時折かもし出すピリッとした、わざとがましい威圧感、みたいなものに僕は怯えてきた。意味深な溜息をつかれる度に不安になる。新人だった垣内さんの手際の悪さに腹を立て、かなりキツく当たった時のこと、思い出すと胃腸がいまでも痺《しび》れる。いつ声を荒らげるか分からない、そういう人なんだよあの人は。ヘビだって丸呑《まるの》みにする恐い人なんだということを、あいつは知らないから、だからあんな無礼な振る舞いができたのかもしれないけど、大竹さんは、たしかに僕からも嬉しそうにしているように見えたけど、それはたまたまで、よっぽど機嫌が良かったってだけなんだ。僕がどんな思いでこれまで大竹さんと向き合ってきたかなんて、分かるまい。それでも大竹さんは僕にとっては、本当に、前のクリニックから続いている数少ない、一応この僕を信頼して付いて来てくれているのであろう大切な患者さんの一人で、だから僕の怒りも分かって欲しい。そうやってちゃんと想いを伝えていれば、少しは理解を得られたのだろうか。そうしていたら、彼女に、もう少しマシな展開になっていたのだろうか。

僕は、大竹さんが帰った後、消毒コーナーで片づけをしていた川西の腕をつかまえて、「ねえ、患者さんにああいう態度で接するのやめてくれる?」と注意をした。「ああいう態度ってなんですか?」あいつはそう言い返してきた。僕は想定外の返答に動転してしまったけど、それでも冷静であろうと必死で言葉をつないだ。「分からない? あなたのその言葉遣いとか、なれなれしい態度のことだよ。ここのクリニックはそういうことに対してみんな寛容なところがあるから、誰からも注意されてないのかもしれないけど、ちょっと気をつけた方がいいよ。患者さんは友達じゃないんだから、もっと丁寧に対応しないと失礼だよ」だいたいこんな感じで言ったと思う。こうやって振り返ってみても、やっぱり僕が間違っているとは思えない。だけどあいつは、「え?」と言って僕を見下したような顔で見て、「私なりにちゃんと患者さんに合わせてやっているつもりですけど。私、友達なんて思ってません。私は大竹さんにリラックスしてもらって、気分よく帰ってもらいたいだけです。ススメ先生には大竹さんの緊張が全然分かってないんじゃないですか?」そんなふうに言い返してきた。それで僕は、混乱してしまった。一瞬分からなくなって、自分が間違っているのかもしれないという強烈な不安のようなものに襲われた。彼女があまりにも自信に溢れ、強気な姿勢を見せるから、「とにかく気をつけた方がいいよ。君の態度ってさ、他にも色々と目に余るものがあるから」とシドロモドロになりそうなのを必死で踏ん張って言えたのがやっとで、一刻も早くその場から逃げたかった。それなのに「だから色々ってなんですか? だったら、具体的に言ってくださいよ」と彼女は喰ってかかってきた。頭がパニックになっているから何も考えられないし、まともなことが言えそうもないから離れたいのに、まだそんなふうに追いつめてきて、とりあえず「だからさ」とは言ったものの、次の言葉がまったく出てこなくて、そしたら青井くんが来て、「川西さん、悪いんだけど、ちょっとパノラマ用意してくれない？」と僕らのあいだを割った。

この時は、さすが青井くんだと思った。正直、助かったと思った。気づいてくれてありがとう、って。川西は「はい、スミマセン」と言って去っていった。もちろんそのスミマセンは青井くんに対するものだ。僕には一言もナシ。でも、僕が最も気に入らなかったのはその後の青井くんの態度だ。まさか彼が僕にあんな、「まあまあ……」って、厄介なクレーマーをなだめるような顔を向けてくるなんて思わなかった。なんだったんだあの顔は。僕が築けつつあると思っていた関係は、幻だった。彼は僕をこれっぽっちも信用してなんかなかった。でなかったら状況を勝手に決めつけてあんな顔したりしない。まず僕に、いったい何があったのか、事情を訊いてくれたはずだ。その後に、「大丈夫ですか？　彼女は困った人ですね。大変でしたね」みたいに労ってくれたり、「前からたしかに僕も気になっていたんで、僕からもちょっと言っておきますよ」みたいに援護してくれたってていい。でも彼は、最初から僕を理解しようとはしなかった。彼も他のみんなと同様、僕を煙たがっていた。それが今日、はっきりしてしまったことが、僕は一番、この今日の出来事の中で、哀しかった。他のやつらはいいんだもう、こっちのただならぬ雰囲気を嗅《か》ぎつけてちらちらと様子をうかがって、ススメが何か1人で騒いでいるぞと、好奇の目を向けてきても、そんなのどうだっていい。山根なんて青井くんをつかまえて「何があったの？」って半端に面白がってんじゃねえよ、おまえに知る権利なんてねーんだよ、カス！

僕は、間違ったことを言っているわけではない。思わずぐらついちゃって、中途半端にしか川西に伝えることができなかったというのは僕の失敗だけど、でも僕の考えやこの事態をきちんと説明させてもらえていたら、みんなだって僕に加担してくれたはずだ。僕が大げさに川西に喰ってかかっている、本気でそんなふうにあそこにいた全員が受け取ったんだろうか、僕はそこまで信用のない人間ではないと思いたい。言葉の遣い方を知らないところがあると前に川西のことを言っていた院長は、こんな日に限っていない。だけどいたところで、釈明の場を与えてはもらえない気がする。院長は、川西に甘いから。女には甘いから。

僕がいけないんだ、情けないから。目下の人間相手にうまく注意することもできない。言い方やタイミングを吟味してから注意すべきだったんじゃないか、なんて、そんな後悔、するだけバカバカしい。川西にドクターとしての威厳を見せつけたいと努力してきたのに、もっと見下される結果に陥った。言い返されて、ひるんだ。僕にあんなバケモノを飼いならす力量などないことは、はなっから分かっていた。落ち込んではならない。明日には引きずらない。

言いたいことが言えない人間だっているんだ。言いたいことをズバズバ言えるからって威張るんじゃないよ。そんなのちっとも偉かないよ。感性が豊かなら、もっと人間の弱さに寛容になったらどうなんだよ。

僕に弱さがあるからいけない。根性なしなのが透けて見えるからナメられる。僕は、人を注意する前に、人のことにいちいち神経質になる前に、自分をもっと見つめ直す必要がある。普段の僕の在り方に、問題があるからこんなことになる。目下の人間を注意するのに、こっちが気を遣って言い方やなんかを吟味するなんてやっぱりおかしい、そういうことではなく、もっと根本的なことなのだ。つまり、人に厳しくなるには、僕が胸を張れる人間でなければならないということ。そして信用を得ることだ。立派な人間になりたい。僕が誰かを注意していればそれは注意されているほうに何か悪いことがあったのだと当然のようにみんなに受け取ってもらえるような、そんな信用ある人間になりたい。

たしかに僕は、一瞬で川西にのまれてしまった。あの目、あの口、あいつは、大竹さんの言うように蛇なのだ。

やっぱり納得いかない。どんどん怒りがふくらんでくる。なんでおまえにそんなこと言われなきゃならないんだ？　大竹さんの緊張が全然分かってないんじゃないかなんてなんでおまえが僕に言えるんだよ。たとえそれが正しかったとしたって、僕は目上の人間にそんな指摘できないよ。僕に楯突《たてつ》いて満足か？　目上の人を敬う気持ちって僕は大切だと思うけど。おまえが物凄く、本当にとても、誰もが認めざるを得ないくらい素晴らしい人間性を持っているのだったら、いいよ。お叱りを甘んじて受けるよ。だけど自分のことを完全に棚に上げてるじゃないかよ。くやしいよ、川西ごときに簡単にあんなふうに言わせてしまう自分の存在が情けない。

職場で、入ったばかりの若造が、目上の人間に、楯突く。いつからこんなことがまかり通る時代になったんだろう。若者が作りだす空気にあらがえない大人たちが増えて、上下関係の緩和を許した。若者は強気になって、大人は黙る。僕はその情けない大人。おかしな世の中になっていくと気づいていても何もできない。このあいだだって集団で狭い歩道を占拠してお菓子なんかを広げて大声で笑いながらビデオを撮っている若者たちに、何も言えずに逃げた。僕はどうすればいいのか、若い人たちの手本、憧れとなるような、そんな影響力のある人間になりたいって気持ちはあるけど、いつだって自分のことで精一杯で、ガッカリするほど臆病《おくびょう》で根性なしで、だからこうしてみんなにナメられて当然なんだ。

川西は、どうしてあんなに自分の考えに自信満々でいられるのだろう。なんで自分を疑わないのだろう。どうして僕はこんなに自信がないのか。彼女と僕では何が違うのか。

川西や青井くんみたいな人は、たくさん褒められて、けなされることなくここまで育ったのかな。

僕は、ほとんど褒められたことがない。大人たちにどんなに理不尽なことを言われても言い訳や口答えなんてできなかった。しかし理不尽さは、僕を少なからず成長させてくれたと、この歳になった今では分かる。特に研修医時代の時枝《ときえだ》先生にはこっぴどくやられたから、正直いまでも嫌いだし、でも、感謝の念を抱いているとも言える。複雑なもんだが、時枝先生を異常に呪い、ふてくされたあの頃の自分を、今は恥じている。恥ずかしすぎて思い出したくもない。そう思えるほどには一応成長した。理不尽は栄養になった。こんな僕だけど、これでも成長しているのだ。これからだって成長できる。今度は僕が、川西たちの世代に理不尽さをぶつける役目を担うべきなのだろう。「なに急にやる気になってんだよ、うるせーよ、はあ？」と、暴言を吐かれたとしたって、多少の嫌がらせを受けたとしても、本当はやらなければならない。それくらいのことで、ひるんではいけない。道端の若者を注意することはできなかったとしても、身近な人間の教育を一人一人が意識していけば、そこから世の中は多少整うはずなんだ。

頭を使えば使うほど失われていくのではないかと思える「純粋さ」みたいなものは、つまり若者のほうがどんな時代であろうと、持っているはずで、そこは、尊重できる。僕なんかもう純粋さの欠片も残っていないのかもしれない。だけど、「考え方」は変わっていくもので、変わることは決して悪いことではなく、だから人の考えに耳を傾けてみるべきで、自分の価値観でそれを拒絶したりさげすんだりしてはいけないんじゃないかって思う。そうやってジャッジして世界を狭くして、傷つくことを恐れたり面倒に思っていたら、本当の成長は訪れない。若いうちに自分をさらすんだ、恥ずかしい思いをしたって傷ついたって、さらしてしまうんだ。そうすれば、何に対しても及び腰な今の僕のようにならずにすむのではなかろうか。僕に足りないのは、そういう経験から得られる自信というか、手ごたえのようなものだ。逃げて自分を守っちゃダメだ。この歳で今から率先して恥を、傷つくことを、恐れずにぶつかっていくのはキツイけど、このままでいいのか？　僕は恐れを捨てたい。

なんて、若者の前に立って自分をさらすような演説をしたら、笑われて、弁の立つ奴なんかに言い返されたり、血の気の多い奴からいたぶられたりで反撃にあうのだろうか。ずいぶん大きなことを言っちゃって、弱虫のくせに。

堂々と人に注意するためには、自分が手本となるような大人でなければ説得力がないってことだ。だったら僕はなぜ、お世辞にも手本になるとは言えないような大人からの理不尽に耐えたのだろう、刃向かわずに。単純に僕が真面目で、目上の人を敬う精神を持った若者だったからではない。尊敬できなくとも目上の人間は、恐いものだと思っていたからだ。余計なことを言ったら怒られる。怒られるのが恥ずかしかった。まして怒られていることを他の人に知られるのはもっといやだった。だから不満に思っても耐えた。ということは、つまり川西や青井くんみたいな若者は、すでに恥を恐れていないということだろうか、いや、違うでしょ、恥をかかされるなんて思ってもいない、つまり、怒られると思っていない、自分は正しい事をやっている、それなのになんで怒られなきゃならないの、そう思っているということでしょ、怒る人のほうがおかしい、「なんで怒るんですか？ちゃんと私が納得できるように説明してみてくださいよ」ってさ、そんなふうに言うんだろ川西さんよ。

やっぱりあの頃の大人には有無を言わさぬ威厳があったんだ。頭ごなしで、理不尽でも、そこに威厳があれば成立する。威厳を手に入れて川西を徹底的に僕の思い通りにしたい。いや、誰かを思い通りにしようなんて考えは間違っている。思い通りにならなくてもいいから、せめてちゃんとさせたい。軽はずみな物腰で人に迷惑をかけたりしないような、目上の人間を露骨にさげすんだり、からかったり、刃向かうことのないようなちゃんと常識を持った大人に変えたい。僕も、立派な大人になろうと思う、自分のために。

6月27日（土）

ここのところサボりがちだった部屋の片づけを再開。晴れていたから、敷き布団を干したのに、雨が降った。1年以上開けていなかったカビ臭い下駄箱を必死で掃除していたから、雨に気づけなかった。ドライヤーはかけたけど、干す前より湿っている気がする。哀しくてもうイヤだ。明日晴れるだろうか、天気予報は曇りだと言っている。晴れたなら、布団を干し直して、汚れたスニーカーも洗おうと思う。頑張れ。頑張ろう。

6月28日（日）

湿った布団のせいで変な夢ばかり見た。内容はもう忘れてしまった。今朝は各局の天気予報をしっかり確認したので雨が降らないことは分かっていたが、ベランダで空の様子を窺いながら2足のスニーカーを洗った。これがけっこう楽しくて、小学生の時、夏休みなどで持って帰ってきた上履きをよくこうして洗ったなと懐かしく思った。スニーカー自体は結構キレイになったのにヒモの汚れがうまく落ちなかった。ヒモは新しく買って交換する。消臭剤に、防カビ剤も買う。下駄箱のカビ臭さが取れない。靴磨きセットもちゃんとしたのを揃えたい。今後はまめに靴を手入れして、玄関に置きっぱなしにせずにしまう習慣をつける。そのためには絶対下駄箱の扉の前に物を置かない。

敷き布団がどうもまだしっとりしている気がしてる。一度カンカン照りの太陽の下で干したいなあ。

6月29日（月）

スーパーららのレジ担当に、新しく若い女のコが入った。テキパキとしていてとても感じがいい。声に少しクセがあって、それがまたいい。彼女は、雨の中に咲くアジサイのようだ。鮮やかで青いやつ。今の僕にとって、そんな存在。接客とは、あのようにあるべきだ。愛想の悪い店員に傷つけられるのは勘弁。僕も患者さんには愛想よくやっているつもり。上手じゃないかもしれないけど、精一杯、愛想よくやっている。

あのコ、しっかりしているけど年齢はおそらく20代前半だろう、川西とそんなに変わらないはず。だけど全然違う。なんであああいうコがうちのクリニックに入ってきてくれないのか。川西で通用するなら、彼女が面接に来た日には即採用に違いない。院長だって川西より彼女を可愛がるようになるだろうし、患者さんのウケだって彼女のほうがいいだろう。みんなから愛される。そして川西の存在は、かすむ。本気でスカウトしたくなった。みんなが彼女に魅了されていくのを目の当たりにして川西は、嫉妬して、ふてくされて、自ら辞めていく。現実を知るんだ、自分より上がいくらでもいることを。ああ、そうなったらいいのに。

6月30日（火）

僕はここにいないと感じた。今日は具体的な何かがあったわけではない。だけどなぜか、僕は存在しない。ここにいるけど、いない。痛みまでも鈍って、音は遠いところで響いている。油断して力を抜いたら、地球からポーンと弾《はじ》き出されてしまうんじゃないか、そういった感じの、恐怖というより、圧倒的な喪失感のような、遥か遠く未来へのタイムスリップのような、たった独りの宇宙旅行のような。天候のせいだったかもしれない。

力強く、土の上を進みたい。手ごたえのある現実、温もり、誰かの手。僕をつなぎとめてくれる存在があったなら幸せ。みんなは知っているのだろうか？　自分がどう生きればいいのか。僕には、世の中、器用に生きている人間のほうが圧倒的に多いように思える。人見知りだとか、マイナス思考だとか、悩んでばかりいるだとか、みんなそうやって自分のことを言うかもしれないけど、僕からすれば充分にチャーミングな人間だ。愛される存在。歓迎されている。僕は違う。僕を好きだと言ってくれる人はいない。白髪が増えた。

7月3日（金）

角のラーメン屋、最近どうもレバニラ炒《いた》めのレバーが、行くたび減っている気がしてならない。誤魔化すつもりなのか？　レバニラ炒めのレバーが減って気づかないやつがどこにいるんだ。僕はニラやもやしを食べたくてレバニラ炒めを注文しているわけではない。むしろ、もやしはともかく、ニラはそんなに好きではない。レバーのスパイスとして受け入れている。

あれはつまり、「こんな奴、ニラだけ食べさせておけばいい。どうせ文句も言えないヒ弱野郎だろう」ってことだろう？　人を見てレバーの量を調整してる。不況で店の経営が厳しいのかもしれない、しかし不平等は許さない。だけどあいつら、店の経営に協力しようなんて気があるようにはまったく見えないけどな、いつも何かこそこそ喋って笑ってさ、あれ駄目だろ。何度かさりげなく睨んでみたことあるけど、それを根に持っていて、僕を面白がってからかっているのだろうか、「どこまでレバーを減らせば、あいつ、クレームつけてくると思う？」って賭《か》けでもして。だいたいあそこは、どの人が代表なんだか見当もつかない。みんな似たような雰囲気で意地悪な顔をしているから。

クリニックでは、また山根が季節限定のチョコを買ってきて、なんだか最近やたらとこの季節限定にはまっているみたいだけど、なんだよ、みんなに配ってたくせに、貰えなかった。というかそんな予感がしたので、恥をかく前に、さりげなくトイレへと逃げた。本当にその気があれば、戻ってきた時にくれるだろうと思った。でも、やっぱりくれなかった。たまに山根はそうやって僕を仲間外れにするけどさ、そうやってちっちゃくおちょくって裏で原口と楽しんでんの？　小せえな。別にブルーハワイ味のチョコなんて食べたくなんかなかったからノーダメージだよ。世の中意地悪な奴ばっかでどーなってんの？

7月6日（月）

今日、藤木泰蔵《ふじきたいぞう》さんが来ているのを見た。藤木さんは印象採得したまま来なくなって、4ヶ月くらい経つ。それでなぜ原口が診ているのか、分からない。みんなで手を組んで僕をこのクリニックから排除しようとしている裏でいったい何が起きているのか。

「藤木さん、こんにちは。お久しぶりですね。来院されないんで心配していたんですよ」と声をかけに行こうか悩んだ。でも露骨にイヤな顔をされたり、無視されるかもしれないわけで、結局目を合わせることもできなかった。考えたくないが、藤木さん自らドクターの交代を希望したかもしれないのだ。だから原口が診ている。目が合ってしまえば、藤木さんも気まずかろう。気まずくないか。

原口は「おまえ、この状況がどういうことか、ちゃんと分かってんのかよ」と僕に念を送っていたかもしれないが、僕は気にしていないふりでそれを無視した。そうやって今日1日を僕は、何も気にしていないふりをして過ごした。

分かっている、僕がしっかり藤木さんの心を摑めていれば、こんなことにはならないのだから。たしかに僕のやり方は他のドクターに比べたら、ちょっと時間がかかっているように感じるかもしれないけど、でも精一杯丁寧な治療を心がけているつもりだ。もたもたやっているように思うかもしれないが、ちゃんとそれなりの理由がある。いつも歯を残すことを最優先に考えて大切に扱っている。

みんなで、僕の陰口を言っている気がする。考えこんじゃだめだ、

泣くのはイヤだ笑っちゃおう、すすめ～　ひょっこりひょうたんじーま

本当にいい歌。僕は、今のやり方を、改善するべきなのだろう。僕は誰からも必要とされていない。

何かがきっと待っている、だけど、くじけない。進め。

7月7日（火）

帰りの電車の中で、カップルが笑っていた。僕の背後で続く、人を小馬鹿にしたような笑い。あまりにも不快だったから、「鼻から息を吹き出し過ぎて女の鼻毛が飛び出してしまえばいい」と考えていたら、その女が「できない」と言った。笑いながら男に、もうやめようよ、みたいなニュアンスで。何ができない？

さっきから、ずっと部屋にクモがいる。背中にある白い模様みたいなのが気持ち悪い。ビニール袋を用意したけどまだ届かない。

あれは、僕の背中に消臭スプレー、もしくは香水か何かをかけようとしていたのではないだろうか。僕のにおいを種にいつまでも馬鹿みたいに笑っていたのかもしれない。

湿り気のあるおまえらの鼻息が服に沁《し》み込んだから余計ににおったんだと思うよ。だから半分はおまえらのにおいなんだよ。

さっきまで天井の隅にいたクモが、かなりの速さで近づいてきている。

7月8日（水）

今日、ある患者さんの治療中、うっかり別の歯にヘーベルをかけてしまった。それに気づいてくれたのが、川西だった。「先生、ちょっといいですか?」と隅っこに連れていかれ、「今やってるところ、違います」と指摘された。こんなミス、僕はどうかしている。しかも、川西の前で、やってしまった。

昨日うっかり潰してしまったクモの、呪いかもしれない。指に何かが貼りついている気がしてならない。外に出してあげようとしたのに、ぴょんぴょん跳ねて逃げるから、そうなった。

あのクモ、平家ガニみたいだった。人の怨念《おんねん》を背負ったクモだったのかもしれない。指を塩で揉《も》む。日本酒にも浸してみる。

7月9日（木）

僕みたいな人間は、むいてない。不純な動機でなってしまったからこういうことになる。歯科医になんかなるんじゃなかった。結局自分の羞恥心《しゅうち》やコンプレックスは、消えやしない。一方的に、人の口腔内を見ることで、優越感が得られるなんて、バカな考え、結局僕は、見る側には立てずに、見られる側にいる。田端さんは、口では何も言わなかったけど、目が軽蔑してた。

メタルコアの除去がうまくいかなかった。歯根の残存部がうすく、除去する際に歯根壁が破折して抜歯になる可能性があることは患者さんに事前に説明していたものの、本当に破折するというのが僕はこれまでなかったし、うまくやれると思っていた。

田端さんのことだから、きっとみんなに言いふらしてまわってる。「新規の患者さんで、そこは自覚症状なかったのよ。ススメ先生から再治療を提案したのに抜歯になるなんてねえ。その患者さんも原口先生にあたっていればこんなことにはならなかったのに可哀相だわ」とか言っているのだろうか。

川西の耳にも届くだろうか、だとすれば川西は、昨日のミスを話すだろう。今日は、大竹さんを診ていた時、川西が、これ見よがしになれなれしい態度をとって僕を挑発してきたから、僕は、無性に苛立っていた。苛立ちが手元に影響したのか？　いや、そんなことはない、ちゃんと慎重にやっていたつもりだ。運が悪かっただけだ。クモの呪いがある。

このままじゃダメだ。川西のことなんか、もう気にしない。あいつに僕の人生を邪魔されてたまるか。

今から明日入っている治療のトレーニングをやる。切り替えていく。繊細さを取り戻す。集中。

7月10日（金）

ほとんど眠れなかった。以前、大竹敏男さんが言っていた言葉の意味を調べてみたら、「一瞬」ではなく、「一寸」だった。大竹さんは、『蛇は一寸にして人を呑む』と言っていたのだ。意味は、すぐれている人は幼いときから常人とはちがったところがあることのたとえ、だそうだ。なぜ川西をこう表現したのかまったくピンとこないが、結局大竹さんも川西という人間を評価していたということだろう。なぜ川西ばかり、あいつのせいで僕はこんなに苦しんでいるのに、誰も分かってくれない。あんな表面的なものにだまされて、簡単だな、だったら僕も、表面的につくろうことを頑張ったら、みんなだまされてくれるの？　大竹さんもああ見えて案外たいしたことないな。自分はそれなりに世の中の黒い世界も見てきたし、酸いも甘いも知ってるよ、みたいな顔してるけど、あの目は節穴だ。貫禄《かんろく》あるようなあの風情も見かけだおし。みんな表面的に生きてやがる。

楽に生きよう。彼女には惑わされない。自分を取り戻す。

帰ってきて、今朝書いたものを読み返して、嫌気がさしている。ナーバスになっていたとはいえ、大竹さんにまで悪態をつくとか、やりすぎだ。僕は醜いです。最低で無能のダメ人間、クソダメ人間、この世のカス！

今日、失敗はなかった。だけど全然余裕が持てなくて、ずっと変な汗が止まらなくて、田端さんが口腔外バキュームを多用した。きっと僕があまりにも臭かった。僕の悪臭、負のオーラ、いっそ僕ごと吸い込んでくれても構わなかったのに。帰り、駅の階段で、誰かが通りすがりざまに「臭っ」って、言った気がした。振り返ったけど、誰か分からなかった。スーパーららでは、若いカップルが顔を寄せてこそこそと笑っていた。しっかり目が合ったので、僕を笑っていたに違いない。このあいだのやつらもそうだけど、若いカップルというのは2人でいれば強くなった気で、見ず知らずの人を平気で嘲笑うような態度に出るから嫌い。2人だけの世界に浸っていればいいだろ。電車に老人が乗ってきたって会話に夢中になって気づかないふりで席を譲らないくせに、人の汚点だけは見逃さないんだね。どうせならとことん外に目を向けず互いをよく見つめ続けたらいい。そしたら何が見えるんだ？

今は僕こそ、人に目を向けてばかりいないで自分を見つめてみろよ、患者さんの前に立つのが恐くなってるくせに。

明日、晴れていたらちょっと外を歩いて、日向《ひなた》ぼっこでもする。そういうのって大事だ。心が汚れきっている。

7月12日（日）

この2日間、晴れていたのに、外にも出ず、無駄に生きた。勉強をしていたはずなのに、気づいたら眠っていた。

気づいたら、なんていうのは嘘で、目がだるくなって、少しだけ休めようとまぶたを閉じたら、次に開けた時にはもう部屋が夕日に染まっていて、青くなった僕は、いま、落ち込んで、それで、こうやって日記を書いている。

何がそんなに眠いのか、どうしようもない怠け者。僕が得体の知れない疲れに体を起こせなくなっているあいだにも、原口は別のクリニックで精力的に働いている。なんであんなに働けるのか。同じ24時間を有意義に使えない自分が、情けない。情けないなんてもんじゃない。原口は、歯科医師として、立派。そりゃあ僕みたいなやつにイヤミの1つや2つ、言いたくもなるだろう。当然だ、原口が悪いのではない、苛つかせてしまう僕が悪い。あいつがあれだけ強く出られるのは、その分、頑張っているからなのだ。僕は苦しい。でも、僕の苦しみは、そう、どちらかと言えば、血を流しているのは原口のほうで、僕はただ単に、汗を流しながら生きている。目的地まで電車で行けばいいものを、わざわざ炎天下の中、たらたら走っている。もともとチンケなエネルギー量しか持ち合わせていないくせに浪費して、疲れて、肝心なところで100%を出せない。

歯周外科の実習ができる顎模型と歯根管の模型を注文した。新しい頭蓋《とうがい》模型も欲しかったけど、今回は断念。手技の向上。繊細でありながら手早くやるということ。

7月13日（月）

今日は雨のち曇り。僕は今日、原口が大きなミスでもおこしてくれないかなどと、とても愚かなことを考えた。僕はもう医療人として、アウト。人の失敗を望む、人間としてもアウト。どこまで堕《お》ちるんだ、これ以上堕ちることのできない所まで堕ちても、自分で穴を掘り続けてしまいそうだ。そこに原口を引きずり込んで、どうなるというのか。

階段を上がる原口の体にしがみついて、じわじわ這《は》いのぼって、頭の上で立ってやろう、ぐらいの意気込みで僕は、頑張らなければいけないのではないか、いや、勝った負けたではないのだから、僕は僕で、僕なりに、立派なドクターであればいい。僕は、堅実に、基本に忠実にやっていく。邪念を払って、真剣に治療に向かう。

今日僕が診た患者の数は、驚きの2人。キャンセルが4人も出た。優木《ゆうき》さん、野々村《ののむら》さん、古城《こじょう》さん、相馬《そうま》さん。優木さんは水曜日に、古城さんは来週の火曜日に、変更とのこと。相馬さんと野々村さんに関しては、未定。

相馬さんはお仕事の関係上、ドタキャンはしょっちゅうだからあれだけど、他の3人はいったいどうしたの？　僕から逃げたいの？

7月14日（火）

今日は浅井源《あさいげん》さんから朝一番に、キャンセルの電話、次のアポイント未定。キャンセルは1人だが、今日はもともとアポイントが少なかったので、つらかった。飛び込みの患者もない。どうにも所在ない僕の姿は、みじめで、やたらとトイレに逃げ込んで、体の調子が悪い素振りなんかしちゃって、だから暇だけど丁度いいんだみたいな、本当に、とても情けない。原口がこんな僕を見て、「俺だったら死んじゃうね」と笑っていただろう。

テレビが壊れたみたいだ。うんともすんとも言わない。一度プラグを抜いてみたけどダメ。ちょうどいい機会だし、テレビを見ていた時間を全部、手技の向上につぎこもう。これはきっと、そういう啓示に違いない。早く新しい模型が届いて欲しい。

部屋が静かすぎて、淋しくて、久しぶりにラジオをつけたら、聴いたことある曲だと思って、そしたら、思い出して、泣きたくなった。寿々音がよく口ずさんでいたやつだった。

7月15日（水）

いじけた。店員が酷すぎる。難解で意味不明な商品説明のあいだにいちいち挟んでくる「うん」が物凄く不快だった。合槌の「うん」と、意味を持たない口癖の「うん」が合わさって、ずっとうんうんうんうん言っていた。垣内の「もう」のレベルをはるかに超えていた。「う〜ん、よく分からないから、もういいです。買うのやめます」という言葉で精一杯の反撃をかまして、露骨にそいつの前から逃走してやった。あんな自己満足野郎を受け入れて財布を開くわけにはいかない。客は俺の説明をすんなり受け入れて速やかに金払ってお帰りくださいませってか？　ヤダよ。

世間の機械関係に対する知識レベルがいつの間にか物凄く高くなっている。ほとんどの人がパソコンや携帯電話をフルに使いこなせている。ついて来られない者を、平気で置いてきぼりにする。こんなことも分からないのか、という顔をされたって、分からないものは分からない。でもこの時代、それでは許されないらしい。歯科業界もどんどんコンピューター化してきている。せめてパソコンとは慣れ親しんでいくべきなのだろう。院長がパソコンを苦手としてくれている今のうちに、パソコン教室にでも通うべきか。うちのスタッフみんなして口々にパソコンが便利と言う。あんなにややこしいのにどこが便利だというのか。カルテを入力するたびに生じるストレス、それを減らすためにもパソコン教室、やっぱり行くべきか。いつか、今日の日記を読み返して「こんなこと言っていたのだなあ」と、笑える日が来るだろうか。

みんなの話題についていけなくなるのはマズイと思い直して電器屋に寄ったけど、もうテレビいらない。クリニックに来る子どもたちの喋りから、お笑い芸人などの流行を知るというのもなかなか格好いいかもしれないよ。微笑ましげに、「へえ〜、今そういうのが流行《はや》ってるんだねえ」と、流行を遠巻きに見られるのはちょっと渋い。院長みたいで、いい。でもクソガキだと、「え〜、知らないのぉ」とか言って馬鹿にしてくるだろう、「先生んち、テレビないんだよ」と返しても、この格好よさを子どもにはまだ理解できない、「だっせえ〜」って言ってくる、「なんでテレビないの？　お金なくて買えないの？」とか言ってくる。そこからは「ビンボー先生」というあだ名で呼ばれるようになる。面倒くせー

今日もキャンセルがあった。大槻絵里《おおつきえり》さん、キャンセルの理由は、なんだ、強かった雨のせいか。そのうち原口の前で口を開けている大槻さんを見ることになるのだろうか。今日は青井くんの患者さんも少なかった。

僕はさっきのあの店員のように無自覚に患者さんを不快にしているのだろうか。あんな無愛想でゴウマンな接し方は絶対にしないけど、安心感や気持ちのよさを提供できていないのも事実だろう。頑張るよ。

7月16日（木）

うちのクリニックのいいところは、スタッフ専用のトイレがあることだ。

便器にただ座っているというのもいたたまれなかった為、掃除した。掃除をすることによってトイレにいる理由ができたと喜んでいたら、魔のノック。

「ちょっとまだですかぁ？　漏れちゃう〜」

一番聞きたくない声だった。ドアを開けると奴が真顔で立っていた。「うんこ？」と訊かれた。女のくせによくそういう言葉が恥ずかしげもなく言えるよ。

今になって思えば、別にムキになって否定しなくても、においを嗅げば分かることなのだから、「そうだよ、待たせたね」くらい言ってやればよかった。すました顔で。むしろ本当にうんこだっ

たらよかった。あんな奴には残り香を食らわせてやればいい。僕のうんこのにおいに耐えながら、しぶしぶ用をたす川西の姿は、想像するとかなり笑える。

でも冴えない僕は、「違うよ。ちょっと汚れが気になってね、掃除してたんだ。待たせちゃった？　ごめんごめん」と、少し愛想笑いまで浮かべてしまったんだな。そして川西は、なんのリアクションも返さずにドアの中に消えた。鍵をかける音が激しく響いた。おまえがキレイなトイレで用を足せたのは僕のおかげだ。結構汚れていたよ。でもおまえのためじゃない。

寿々音はどうしているだろう。知りたくない。考えるだけ。彼女が僕といた頃より遥かに幸せになっていたらイヤだ。かといって、不幸であっては、哀しい。そこそこ普通に、まあ、なんとなく淋しさを感じながら、退屈に日々を過ごし、僕といた頃をふと思い出したりすることもありながら、とりあえず、頑張って生きています。なんていう生活であってくれたらなと思う。会いたくはない。僕は、あの頃からすると、随分と老けてしまった。それに、あの頃のようにはもう君に尽くせない。

元気にしていますか？　僕はたまに君のことを考えます。そして、今夜みたいに少しあの頃を想い、淋しくなります。楽しかった部分だけを抽出して巡らすから。笑えていますか？　あの、少しニヒルな笑顔は、今はもう変わっているのかな。僕の話はいつも、オチがなくてつまらないから、君は僕といても何ひとつ楽しくなかったろう？　前に電話してしまった時、「会えない」って言ってくれてよかったよ。もう二度と会うこともない。あれから鳴らしてみたことないけど、きっと番号もとっくに変わっているだろう。

君が僕に吐いた「根性なし」という言葉が今も忘れられずに僕の心に棲《す》みついている。僕は相も変わらず根性なしで、男らしさのかけらもないよ。自分で自分を罵倒《ばとう》しても、何ひとつ改善できない。君がいたらなって、思う。

成長していない僕を君は笑うだろう。今夜は君の夢を見てしまうかもしれません。念が強すぎて、生き霊として現れてしまったら、すみません。お元気で。おやすみ。くじけそうだ。

7月17日（金）

今日、北さんにトイレットペーパーを別のものに替えて欲しいと申し出た。クリニックで大便をしていることを北さんに知られてしまうのはこの際、仕方がないと判断しての行動だ。

もういっそこの先、無地のトイレットペーパーで一貫してもらえないか、と提案した。あれを運だめしのひとつとしてみんなが楽しめるようにという考えから北さんが選んでいるものと思っていた僕は、かなり気を遣いながら、「あのクローバーのトイレットペーパー、本当に申し訳ないのだけれど、気になっちゃうからやめてはもらえませんか?」とドキドキして言ったのに北さんは、「え?」と不思議そうな顔をした。「あれ、三つ葉のプリントに時々四つ葉がまぎれているじゃないですか」と説明すると、「え……そうでした?」だなんてまったくとぼけているなぁ。たいして考えもなしに買い、しかも、気づかずに使っていたことに、ちょっと驚いたが、そこは心穏やかに、変なこと言って申し訳ないけど、やっぱり使う時に四つ葉に出逢えないとどうしても気になるのだと伝えたら、次からは無地のものを用意すると約束してくれた。

「こんなこと言って馬鹿みたいだって自分でもちゃんと分かってるんで、このことあまりみんなには言わないでくださいね」と念をおしておいた。北さんは無口だから、人の恥部を面白おかしく口外したりしないはずだ。

来週の水曜日にフラップ手術が入っている。当日は絶対にお腹が痛くなるに決まっていて、そういう時に四つ葉が出なかったら、もっとおかしなことになるわけだ。ナーバスになっている時の僕の心はどんな些細なものでも引っかける。どんどん引っかけて、重くなったら、アウト。ベリベリと崩壊する。

一刻も早く交換してほしかったのでトイレットペーパーをこっそり2ロール持って帰ってきてしまったが、どうしようか。駅のトイレに置いてくればよかった。

水曜日までになんとか気持ちを立て直さなければ。今の僕には、自信が必要。水曜日が来ないでって、思ってる。こんな気持ちじゃいけない。

7月18日(土)

僕は生まれ変わったら、白イルカになる。

7月19日(日)

空気が淀《よど》んでいる。今にも雨が降りそうだ。闇、そこらじゅう闇。通り過ぎる人たちも腹から闇がはみ出していた。外に出るべきじゃなかったと後悔し、下着を買うのをあきらめて逃げ帰ってきた。湿気が闇と混ざり合って僕にしつこくへばりついている。酸素が足りなくて吐きそうだ。この感じ、文字に流れて、ノートの上で蒸発してくれたらと思ってる。

どんどん部屋が暗くなっていく。今日は駄目だ。こういう日は何かが起きる。危険なことが。

希望はない。みんながそれを認めてしまったら、この世から夢の数は減っていく。そしたらこの世はもっと残酷になる。生きられるだろうか。誰かと手をつなぎたい。

7月20日(月)

テレビを買ってしまった。駅の反対側にできた電器屋まで歩いて行った。家からで、30分くらい。祝日の電器屋は家族連れなんかで混んでいた。にも拘《かか》わらず、親切にしてくれた松本《まつもと》さんにはとても感謝している。ああやって優しくじっくり教えてくれたら、僕だって理解できるのだ。このあいだの店員が、たいして難しくもないことを、いかに複雑にして説明していたかがよく分かった。

　僕は今日、松本さんの人柄のおかげで、とても満足のいった買い物ができ、良い一日になった。僕ももっと患者さんとコミュニケーションを積極的に取れるようにしたい。

　最近の僕は陰気で、そのくせおかしな角度で媚《こび》を売る。だから患者さんは居心地悪く感じたり、不信の念を抱いたりして、離れていくのだ。もっと気兼ねなく相談してもらえるような柔和なドクターでありたい。原口は、クールで、いかにも遣《や》り手な感じのするドクターだ。説得力がある。青井くんは、顔立ちが良くて、若いのに仕草や物言いが淡々と落ち着いていて、器用そうなドクター。僕は今後、無理はしない。妥協するわけではなく、しかし、無理はしない。温かくて親しみやすいドクターへと軽やかに変貌《へんぼう》する。別に話術に長《た》けた面白い人になる必要はないのだ、きちんと口腔内の知識があればいい。それを丁寧に分かりやすく伝えることができればいい。真面目でいい。今日のあの、松本さんの感じを見習いたい。患者さんに親身になること、そこを一番に考えればできるはず。最近の僕はいつの間にか、やっぱりゴウマンになっていたんだ。話をちゃんと聞いてくれなかったり理解してくれないと苛立ったり、好き勝手な要求を心底疎ましく感じたりすることも多くなっていたように思う。患者さんの心を無視して、置いてきぼりにして、一方的にこっちの都合を押し付けて進めてきたのかもしれない。ワガママな人をただ面倒に思う前に、僕にやれることがあったはずだ。もっと主張や態度の裏にある意図を汲《く》み取ってあげるべきなのだ。僕はすぐに被害者に徹してしまう癖があり、自分に対する攻撃と受け取ってしまう。その考え方は確実に間違っている。患者さんをぞんざいに扱ってきたこと、無自覚だったなんて言うのは、言い訳だ。いくらだって自覚できる機会はあったはずだ。僕は、僕がもう二度と行かないと憤慨したあの電器屋の店員と同じ穴のむじなだった。

　僕はもう今後、絶対、患者さんに対して妥協しない。どんなに我の強い人でも、たとえ無理難題を言われても、僕は精一杯丁寧に対応してみせるよ。それが強さだ。負けない。患者さんを不安にさせない。僕は信頼されるドクターになる。「気軽に通える場所」になる。今日も今からトレーニングをする。温厚な表情を自然と出せるように、そういう外見的なことも込みでトレーニングしよう。鏡の前で。

あと、オーブンレンジも買ってしまった。テレビを決めた後、「ご購入は以上でよろしいですか？」の言葉に、なぜかこのまま終わってしまうことを物足りなく感じ、松本さんを連れてオーディオプレイヤーとやらも見たけれど、僕には必要ないと思ってやめた。でも、たくさんの種類を比較して一生懸命説明してくれた松本さんに申し訳なくなり、電子レンジだったら買い替えてもいいかなと思い、結果、オーブンレンジを買った。あんなに機能のたくさんついたオーブンレンジなんて、僕に必要か？　松本さんの説明を聞いていたら、色々な料理が簡単にできそうなので、欲しくなってしまった。来月の給料はいつもより少ないはずなのに、お金をいっぱい使ってしまった、けど、いいんだ、それ以上のものを貰ったから。いい刺激になったから。僕もいつか、誰かに影響を与えられる存在になりたいと思う。体が熱い。

7月21日（火）

今日の夕方からトイレットペーパーが無地に替わった。トイレにいる時間が長かったせいで習慣づいて快便だ。そんな僕のせいでトイレに消臭スプレーが置かれた。北さんが無地のトイレットペーパーと一緒に買ったのだろう。しかし、トイレ用ではなく、寝室用だったのが気になった。忙しい原口先生は便秘だろうか、可哀相だ。

柔和な雰囲気でいることを意識した。帰りは本屋に寄って、コミュニケーション術の本を購入した。疲れていたし、真剣な顔で吟味するのもなんだか恥ずかしくてインスピレーションから適当なものを手に取り会計に直行。それなのに、今日はレジが一つしか開けられていなくて、順番を待っているあいだ、後ろに並んだ派手に頭を染めた若い男に腕の中の本を覗かれた。コミュニケーション術の本を3冊も抱え込んだ僕は、彼より何年長く生きているのだろう。彼の悩みの数は僕と比べて多いだろうか、少ないだろうか。彼が持っていたのは、バイクの専門雑誌だった。

仕方なく僕はレジで大きめに「これ、プレゼント用に包んでもらうことってできるんですか?」と言った。彼はちゃんと見ていてくれただろうか、悩んでいる部下にプレゼントするために買っているのだという僕の芝居を。彼がよほど無頓着だったりマイペースな人間とかでないかぎりは見てくれていただろう。本がやたら丁寧にラッピングされていく中で、客が五人も並んだのだから。他の店員はなぜ出てこなかったのか、レジが混んだのは僕のせいではない。

今から『もう人間が恐くない! 元恋愛詐欺師から学ぶ人たらしの極意』を読んでみる。明日からさっそく本に書かれていることを参考にして、少し雑談を交えながら患者さんの心をほどいていき、抱えている口腔内の悩みや、治療に対する不安の根源などを徐々に引き出していきたい。焦らずに。それを大きな心で受けとめる準備はできている。

明日は野口明生《のぐちあきお》さんのフラップ手術だ。野口さんはアレルギーはないとのことだが、以前、麻酔で脳貧血発作を起こしたことがあるらしく、とても緊張されていると思うので気をつける。まず叫ばれても、こっちは絶対に動揺しないこと。

7月22日(水)

今日は急患もあって久しぶりに忙しかった。いま、疲れが心地よい。

ケンちゃんが電話に出ない。だいぶグラグラしてきたので、明日お願いしたかったけど、むりかな。今日もきっとケンちゃんは、まだあの暗い研究室。顕微鏡の中に入り込んでいる。僕も頑張ろう。

ケンちゃんから電話があった。最近、さらに視力が落ちているという。任せるのは危険だから鏡で見ながらしっかり指示を出すしかない。久しぶりにケンちゃんに会えるのが嬉しい。

いま、元恋愛詐欺師の本を読んでいたのだけれど、なかなか面白い。ただ、これを実践するのはちょっと、僕には何ランクも上のステージって気がするのだが。まあ、志は高く。

7月23日（木）

今日も結構忙しかった。院長が一日べったり治療に入っている日だったので、暇を持て余している姿を見られずに済んでよかった。

そしてついに右下6番の抜歯完了。ケンちゃんの、ふにゃった口調が好きだ。あんなに童顔だったケンちゃんが少し老けたのは、やっぱり結婚の影響だろう。

「これ、僕が書いたんだ」と見せてくれた論文、物凄いオーラだった。ケンちゃんは格好いい。自慢の友だ。僕の唯一の友。ケンちゃんはきっと教授になる。僕は、ケンちゃんにとって恥ずかしい友であってはいけない。

ケンちゃんのところに向かうバスの中でイヤなものを見た。僕は、善からぬものに視線が吸い寄せられる。つり革を手に、黒い窓に映るぼやけた自分の姿を見ていたら、背後で小さく動いているものがあり、気になって振り返った。見るからに醜悪な中年のサラリーマンが前に座っている若い女性の長い髪に鼻くそをつけているのを見た。「やめなさい！　あなた自分が何やってるか分かってるんですか？　どうしてそんなことするんです」そう言えたならヒーローだった。もちろん、助けたかった。何度も近づこうとした。でも、僕には勇気がなかった。男の行為を怒りの視線で監視しながら、ただずっと、バクバクバクバクバクバカみたいに胸を鳴らしていただけだ。せめて男が降りた後にでも、彼女に教えてあげたかった。「いま降りた男、あなたの髪の毛にいっぱい鼻くそをつけてましたよ。これ、よかったら」と未使用のポケットティッシュを差し出す。「帰って早くシャンプーしたほうがいい」と言う。

僕は、その醜悪な中年男の残していった気味の悪いぬくみを尻で受けながら、彼女の綺麗に手入れされた髪に付着した、見るも無残な数粒の鼻くそをただ見つめることしかできなかった。せめて、こっそりと拭きとってあげたかったけど、それもできなかった。助けてあげるべきだったのだ。「ちょっと君！　やめなさい！　そんなことしちゃいけない！」そう言って男の腕を摑み、捻《ね》じり上げ、「彼女に謝りなさい！」と謝罪を要求し、「あなた、自分が何をしているのか分かってるんですか？　そんな汚らしいものをなぜ他人に付けたりするんです？」と叱りつけて、追い込む。さらには、二度とそんなことができないように、徹底的に罵倒するべきだった。

きっと院長ならできる。意外とできないのかもしれない。原口にはできるだろう。青井くんが一番あっさりとやってのけるかもしれない。事もなげに、「何やってんだよ」って言えそうだ。原口だったら、「あんた、そういうの犯罪だからね。一緒に警察に行きましょう」とか言いそうだ。ケンちゃんは、きっと普通に注意する。「何やってるんですか？　駄目でしょう、そういうのは。拭いて、彼女に謝って」とか。

僕は何度か周りを見渡したけど、会話をしている3人組のサラリーマンと、夢中で携帯電話をいじっているOLや大学生、女子高生。動かないスーツの背中、カップルもいた、30代くらいの。でも誰の視線も向いてなかった。直視しないようにしていただけで、みんなも僕と同じ葛藤《かっとう》に苦しんでいたのだろうか。今頃になって僕みたいに後悔しているの？　気づかなかった人は幸せ。でも、鈍感だよね。僕は非情。

あの男はなぜ、あんなことをするのだろう。他所《よそ》の美しいものと、自分の中の汚いもの。ふしだらだ。とんでもない。

僕は今、大変なことに気づいてしまったかもしれない。彼女はバスから降りる時に僕の顔を見た。きっと見た。僕は彼女の顔がどんな感じなのか本当は見ておきたかったけど、気まずいから目が合わないようにして遠くを見てた。でも彼女はきっと僕を見た。そして今頃、自分の髪に付着した異物に気づいた彼女はきっと、僕を犯人と思う。鼻くそ野郎が去った後、あの席に座ったりなんかしなければよかった。こんなこと、はじめから気づかないほうがよかった。だめだ違う、助けるべきだったのに、できなかった僕が悪い。たかが鼻くそ、死ぬわけじゃなし、だから、無理して僕が頑張らなくても、いいだろうって、どこかで言い訳してた。

人間の心に悪意は必要ない。なぜ存在する？　僕の中にも存在する？　このあいだ、原口の足を引っぱってやりたいって思った、この、自分をも押し潰す強烈な嫉妬心、弱気な心も、生きることへの甘えも、捨てたい。

彼女がそのままシャンプーをして、気づかないままで洗い流されていたらいい。傷つかずに済むだろう。気づいていたら、彼女の中で犯人は僕になる。

明日調子が良ければケンちゃんに今日のお礼で夕飯をおごると約束した。僕のほうが終わったら研究室に迎えに行くと言ってしまったが、あのバスに乗りたくない。あの人が僕に謝罪をさせようとどこかのバス停で待ち構えているかもしれない。鼻くそ野郎にだってもう一度会ってしまうかもしれない。僕の前であいつがまた同じことをしたら、僕はまた苦しむ。

待ち合わせを駅に変更すべきか、これは逃げだろうか、僕は来週が良かったんだ、そのほうがお酒だって飲めたんだ、ケンちゃんは来週、何が忙しいというのか、あの女房と、気どった店で食事でもするのだろうか、こんな状態で無理に明日食事をしたっていいことないんだし、やっぱり再来週のどこかに変更させてもらえないか電話してみるか。

僕はこんなに苦しんで、それなのにあの人、気づかないままもうすっかりシャンプーで洗い流して、恋人とイチャついていたりして。まあ、それならそれで、そのほうが、いいんだから。すごく顔が腫れている。明日、マスクでちゃんと隠しきれるだろうか。プレドニンを使うしかないか。明日の朝の状態で判断だ。こんなことなら明日お願いすればよかった。あの鼻くそ野郎にも遭わずにすんだかもしれない。でもそれは、僕が関わらずにすんだってだけで、あいつがその行為を実行していたことは変わらないわけだからな、明日だっているかもしれないんだし、腹が立つ。ボルタレンが切れる前に寝てしまおう。明日、ケンちゃんに会うのがおっくうになってきた。やっぱり電話してみる。

7月25日（土）

昨日は約束を変更しなかった。駅を出てバス停に行ったら、列の先頭から3番目にあの鼻くそ野郎がいた。あの時より30分ほど遅いバスのはずなのに会うなんて、何か大きな力に試されているのだと感じた。幸いにも、鼻くそ野郎の前に立っていたのは、毛量の少ない初老の男だった。列の中に女性は3人いて、僕のすぐ前に立つ女性はショートカットで、他の2人は、うねりのあるような感じで肩につく位の長さの、いずれも若い女性だった。バスの扉が開いて、僕が中に入った時には、奴はすでに同じ席に陣取っていた。前の席が空いていた。僕の前のショートカットが、少し迷うようにしてから、その席に座ろうと体勢をとった、僕は彼女を押し退けるようにして無理やり座った。彼女は僕のこと、なんだこいつって思っただろう、かなりムッとしていたみたいだ。

僕は、興奮していた。やがてふと、そんな自分を気持ち悪く思った。自己満足で胸が熱くなっている自分がイヤだった。

僕は、自分をとことん嫌っている。自分のやることなすこと、心の動かし方ひとつひとつにまで、嫌悪感が付いてまわる。

振り返ったら鼻くそ野郎はふてくされたような顔で目を閉じて、溜息のような息を何度も鼻から吐き出していた。でもそいつに対する嫌悪感より、自分に対する嫌悪感のほうが強かった。こんな自分を、僕自身が付き合いきれないと感じているのにケンちゃんは、僕といて、こんな僕とのお喋りに笑ってくれる。一緒に食べるご飯、物凄くうまかった。話している内容なんてほとんどお互いにくだらないことばかりだったけど、物凄く楽しかった。お酒が飲めたらもっと良かった。また近々会おうという約束をした。

ケンちゃんは本当に面白い。微生物だけを相手にさせておくのがもったいないなと僕は思う。彼が臨床をやったらきっと患者さんたちの人気者だ。そうなったら僕は、ケンちゃんにまで嫉妬してしまうのだろうか。

川西なんかケンちゃんに、どう接するのだろう。まったく想像がつかない。でも合わないよ、お互いに全然咬み合わない。違うかな、案外、楽しくやったりするんだ。2人で飲みに行っちゃったりなんかして。川西がやたらケンちゃんに、なついちゃってさ。ケンちゃんは川西になに言われたってきっと穏やかに笑ってる。なんなら面白い言葉で返したり。川西もそんなケンちゃんが好きなんだ。僕はケンちゃんになりたい。ケンちゃんはいいよ、研究は充実しているみたいだし、花を活《い》ける美しい女房までいるんだから。今は家が、百合《ゆり》の香りに包まれているのだそうで、優雅だ。おしゃれだ。ケンちゃんが結婚してしまった当初は、ケンちゃんをあの人に奪われたような気持ちで、淋しくて、けど今はもう、ケンちゃんとのこの少し開いた距離にもすっかり慣れた。あの時はあの人のことを裏で、ケンちゃんをたぶらかす女狐だとか、化け猫だとか、もっと酷いことをボロクソ書いてしまったと思うけど、僕は心が汚いから、淋しいと、とことん最低の人間になるから、どうかしている。僕もケンちゃんみたいな女房が欲しいよ、あの時期の日記は、捨てたい。ケンちゃんの穏やかさが、沁みた。笑っちゃうよ、なんだか涙が出てきた、

ケンちゃんに会うと、学生の頃の気持ちがいつも蘇《よみがえ》る。まだ今よりは少し、キラキラと未来に希望を描いていたあの頃。僕はもっと立派な格好いい大人に変身できているはずだった。まだ遅くないだろう？　諦めない限り、人生はいつだってやり直せるってよくみんなテレビなんかで言ってる。ぜいたくな悩みで苦しむな。前向きな気持ちで頑張ろう。そういえば昨日は、クリニックの中で終始マスクを外さず、静かに淡々と過ごしてみて、なんだかそれが、とてもしっくりいった。こういう感じが案外僕にはむいているのかもしれない。静かに過ごす。力まない。

7月26日（日）

今日は雨。今も降っている。朝はもっと激しくて、僕は急に思い立ち、コンビニで雨ガッパを購入。ベランダをデッキブラシで掃除した。異常な蒸し暑さの中、汗と雨でぐっちゃりしちゃって、気分が変になった。だからお風呂に浸かった。午後は根管治療の勉強をした。昼にはそうめんを食べた。夜には山芋ご飯、卵入り。充実した一日だった。

7月27日（月）

駅前で久しぶりに、しょうがないよおばさんに遭遇した。相変わらず「え、しょうがないよ」って、表情もなく何度も繰り返していた。僕に向けているはずないのに、いつだってあの人は正しいタイミングで姿を現すから、いつも鳥肌が立つ。今日の僕は、ただ普通に大のほうをしていただけだ。なのに、ドアを開けると川西が立っていて、「トイレ、長っ。ここに住んでるの？」と言われた。本当に今日はただ、普通にトイレだ。それなのになんであんなふうに言われなきゃならないの

か、心外だ。でも僕がこのあいだまでトイレを逃げ場にしていたのを、彼女は知っていたということだ。見抜かれていた、僕の弱さ全部。だけどわざわざなんであんなふうに言ってくるんだよ、なんで放っておいてくれないの、僕の弱さをダサいと笑ってからかう、それがそんなに楽しいか？　僕は、へつらい、から笑いをした。あはは。川西はそんな僕を蔑《さげす》んだ目でじっと見た。それが恐くて、「ごめん、ちょっとお腹の調子が良くなくて」と言ったら、「じゃあ臭いの？」と言われて、僕はなんて返せばいいか分からなくて、まごついて、そしたら川西はつまらなそうにしてトイレに入っていった。

あいつと接するたびに、僕は反省と後悔を繰り返す。それなのに、なにも進展しない。必ずこうなる。みじめだ。気持ちが淀む。僕が弱いから、冴えないから、あいつにおちょくられてもしょうがない、そんなふうに、飲み込めない。しょうがなくなんかない。人たらしになってみたい。あの伝説の恋愛詐欺師、鷹峰豊四喜《たかみねとしき》のように。

今、蚊を殺してしまった。このあいだのクモのケースとは違うから大丈夫だ。このノートで叩《たた》いたら、血、蚊はまるで自分が血を流しているかのようにして潰れているが、僕の血だ。たっぷり。だから今回は、相手にも非があった。だって物凄く痒《かゆ》い。右足の中指、すっごく痒い。痛さもある。痛痒いってやつ。

あいつ、トイレのドアを閉めてすぐ、イヤミのように消臭スプレーを撒いていたけど、僕だってしっかりやっておきました。聞こえてたでしょ？　それでもまだ臭ったっていうならそれはスプレーの問題だから。寝室用になっているからだろ。

ただイヤミでやっているとするならそれは消臭スプレーの無駄遣いなんだよ。

7月28日（火）

今朝、受付に北さんが一人でいるところを見計らい、アポイント帳を見せてもらった。「僕の患者さん、どうなってます？　なんだか最近、減ってきている気がするんですけど、何かあります？　クレームとか、聞いたりしてませんか？」こんなふうに、僕にできる最大限の爽やかさで、言った。それで、「いいえ、ススメ先生の患者様がお忙しいだけだと思います」とのこと。はぐらかされたのだ。

仮に、たまたま揃いも揃って僕の患者さんだけ忙しかったとしよう、でも、新規の患者さん、青井くんに優先的にまわしてないですか、僕の手が空いているというのに。

「はぐらかさないで言ってくださいよ。最近のこの状況、絶対おかしいですよね、僕だけ空き時間が、多すぎやしませんか。キャンセルも多くなってるし、何が起こっているのか知ってるなら教えてくださいよ、正直に言ってもらっても僕、傷つきませんから」と言いたかった。僕の中のわだかまり、洗いざらい解消してしまいたかった。

「そうですね、クレームは多々あります。他の先生に替えてほしいという患者様も結構います。この際ですから、前から一度ちゃんとお話ししておかなければならないと思っていたことを言います。正直、先生は評判が悪いのです。私にはもう、どうにもなりません。うちのクリニックの信用を考えると、新規の患者様も青井先生にまわしたほうがいいというのが院長のお考えです。ススメ先生、このままでは、困ります。なんとかしてください。無理ですよね……だからもう、辞めてしまえばいいのに……」もしも北さんからそんなふうに言われたら、立ち直れない。大人しく引き下がっておいて正解だった。北さんは、濁してくれた、僕はそこに希望をかけるよ。今ならまだ、挽回できるということだ。

藤木泰蔵さんの件も訊いてしまえばよかった。「僕が担当していた藤木さん、どうして原口先生が診てるんですか？　治療の途中だったんですけど」そしたらなんて言われるのか、「藤木さんがススメ先生をイヤがっているんです。院長が忙しかったものですから、一番信頼のおける原口先生にお願いすることになったんです。あなたが、無能だから。仕方ありませんよね……」北さんもそういう時は、やけにジョウ舌になってさ、実はけっこー刺々《とげとげ》しかったりするんじゃないの、そんなふうに言わないにしたってどうせ内心そう思ってんだろ、この際、知ってしまいたいよ、なにもかも、どうせ新しく生まれ変わるつもりでいるんだ僕は、それに、あまりにも傷つくような、想像を絶するような答えが返ってきたならば、それはもう、ドクターを辞めるべきってことだ、世のために。これまで積み上げてきた人生をゼロにして、生き直すしかない。生きる意味を見失いそうだ。今だって生きる意味なんか見えてやしない。積み上げてきたなんて、そんなたいそうなものもない。むしろ、ゼロにしてしまったほうが、生きる意味が見えてくるのかもしれない。

明日は、「リコールの患者さんで来てない人、いっぱいいますよね？　ちゃんとお知らせしてくれていますよね？とだけ確認しておくことにしよう。これだけは絶対に言う。

「お知らせはしてますけど、とっくに別のクリニックで治療を終えられているのだと思いますよ」

考え過ぎて気持ち悪くなってきた。本当に気持ちの悪い男だよ僕は。

どんなにワガママな患者さんを前にしても動揺せず、ムキにならず、大きな心で対応する。どんなに忙しくても丁寧に対応する。患者さんの緊張をほぐせるように努力する。一緒になって緊張しないで、変に意識しないで、川西に助けてもらったりもしない。僕だって、本気になれば、患者さんを和ませることぐらいできる。

7月29日（水）

今日一日、空いた時間を周りを見渡すことに使った。デクノボウと思われないように堂々と、いくらか偉そうにも見える態度で、腕を組み、むずかしいことを思案中であるといった顔つきで、頭の中では、患者さんの気持ちになってみたり、他のスタッフの気持ちになってみたりしていた。変なふうに茶化したりすることはおろか「どうしたんですか?」などという質問さえも許されないような緊張感を僕なりに張り巡らせたつもりだ。実際、そのようにしているあいだ誰にも何も言われなかった。

青井くんは、手が空いても何かしらやれることを探して常に上手に動いていた。以前から女のコたちの手伝いをしていたのは知っていたけど、あの気の遣い方、まめさ、さり気なさ、見ていて気持ちがいい。垣内さんあたりは、青井くんに惚《ほ》れていたりするんじゃないの、惚れない人のほうがおかしいだろう、患者さんへの応対もあんなに美しくて、しなやか、そう、彼には「しなやか」という言葉がピタリとはまる。僕も常日頃、しなやかさを意識して生活してみよう。

帰り際、思い切って「青井くんはまだ3年なのに落ち着いているし、たいしたものだね」と伝えた。そしたら、「いえ、僕はもう毎日必死です」なんて言う。謙遜《けんそん》だろうか。本当に必死なのだとしたら、どうしてそれが表に出ないのよ、必死さや焦りみたいなものってどうやったら隠せるのか、どうして若いのにそんなに仕上がった雰囲気でいられるんだよ、器用すぎるだろ。

感情を表に出さず、しなやかに振る舞い、時たま見せる笑顔がみんなの心をくすぐってしまう、そんな男に、僕だってなりたい。

精神的にも強いよ彼は。繊細そうな姿して、でも絶対に強い。大勢の人の前で臆することなく、堂々と発言できるような強さがある。一発芸をしたって、それがどんなにつまらなくとも、しらけることはないだろう。どんな場をも、しらけさせないようにもっていけるパワーのようなものを持っている。彼の持つ華が自然とそうさせているのか、まるで世界が味方であるかのように。空気までが彼に魅了されている。もっと言うと、神に見守られた存在なんじゃないの、彼のような人間が、僕のような人間の幸運の分け前を少なくさせているんじゃないの。彼みたいな男は、どんな恋愛してるのか、訊いてみたいね。

あと原口先生だけど、患者さんの目になって見ていると、あのきびきびと処置している姿は、悔しいけど、なんだか妙に、カッコイイって思ってしまった。患者さんの顔を見ていても、来た時と帰る時ではあきらかに表情が違っていた。スタッフが自分の歯を彼に託したくなる気持ち、分かった。

僕も本当だったら右下6番のう蝕歯、抜くのではなく、原口先生に助けてもらいたかったかもしれない。彼に僕の口腔内は絶対に見せられないけどさ。でも素直にそう思えたよ。人を罵倒するより、拒絶するより、敬意を持てるほうが美しいのは分かっている。

僕が処置している姿は、みんなの目にどう映っているのかな、僕だって、調子がいい時は、それなりにカッコイイ感じに見えていたりするのだろうか。自意識が停止するほど集中している時なんかは。アハハ
今の自分に苦しくなったなら、こだわりとか全部捨てて初心に返る。

7月30日（木）
印象の石膏《せっこう》を外していたら郡司さんに、「大丈夫ですよ、置いておいてください」と言われたのだけれど「いや、次の患者さんまで時間が空いちゃって暇なんだ、やらせて」と言ってみたら「じゃあ、すみません。お願いします」って、言ってもらえて、なんか、そういうことになるとやっぱりじゅわっと僕は熱くなっちゃうからイヤだ。なんか善いことをしたってことにいちいち胸を熱くしてしまうこの精神が、心の働き方が、満足感みたいなものに向かっているように思えて、本当に物凄くイヤなんだが、だからといって、何も善いことをしない、となるよりは、そうなってしまう

自分を受け入れるほうを選ぶしかないのだろう。青井くんのように、別に当たり前のことですって顔でサラリとしていたいよ本当は僕だって。

田端さんからは、超音波かけたバーを戻していたら、「あらススメ先生、手伝ってくれてるんですか?」と声をかけられた。

今日の僕の姿にやたらみんなが驚いていたように思う。これまでも結構ちょこちょこ気づいたことはやってきたつもりなのだが、別にそれをアピールしたりしないし、1人の朝だったり誰も見ていないようなところでやっていたりするから、やったのが僕だってことを誰も分かっていないだけのことだ。まあ僕がこれまでやってきたことなんてだいたいが人魚姫みたいに別の人の手柄になっていたのだろう。

まあいい、どうせたいしたことはやってない。基本的には、「あっ、大丈夫です」とか「私がやります」とか言われると、「そう?」とあっさりその場を離れるようにしていたから、でもそれは、ドクターである僕がやっては出過ぎたまねになるって、いわゆる遠慮の気持ちでそうしてきたわけだ。そりゃあ少し、「そうだよね」って気持ちがなかったとは言えないけれど。それに大丈夫だと言われているのに「いや、僕がやるから」などと強引に手伝おうとすれば、なんて思われるか分からないでしょう、ピリピリした女子は動線をふさいでしまっただけでも吠《ほ》える時があるわけだから、刺激したら、「は? そういうことじゃねえんだよ。そんな暇があるのかっつってんの。なんでおまえは暇なんだ? もっと頭使え、患者さんを増やすこと考えろ。原口先生をご覧よ、一日にあんなにたくさんの患者さんを抱えて頑張ってる、なのにおまえはトロトロトロトロやりやがって、もっとクリニック全体のことを考えたら? 処置をスムーズにこなしたり、患者さんの信頼を得るためにはどうするべきなの? こんなこと言わすなよ」みたいなことも平気で言ってくるかもしれないわけだ。だけど、なんだかそういうことを気にして自分の動きを封じ込めるの、これからはやめたいって思った。人は色々な考え方をするもので、今日思うことと明日思うことが違っていたりもするし、素直に喜んでもらえることだってきっとあるわけで、今日なんて、たぶん、いい具合に受け取ってもらえたんじゃないかって気がしている。女のコたちが本当に忙しそうな時を見計らって動いたのもよかったんじゃないかと思う。そうやってちょっとずつみんなとうまく呼吸を合わせていけるようになりたい。今までの僕はそういう気持ちが足りなかったのだと思う。こんなこと言ったりやったりしたら、こう思われるのではないかなどといちいち考えるからいけない。思われたっていいんだよな、もうこの際。余計な考えを持たずに、僕がやれることは全部やってやる。

僕は田端さんにも「ええ、ちょっと暇になっちゃったんで」と返した。こんな感じで自虐的な言い回しがなんのチュウチョもなくできるようになれたらいい、そしたら自然とつまらない見栄《みえ》も不要になっていく気がする。僕に足りないのはそういうところでもある。で、あのさ原口先生、女のコたちを手伝う僕に、眉間《みけん》にシワを寄せた顔を向けるのよしてよ、言いたいことはなんとなく分かってるから。でも今はこんな感じで頑張らせてくださいよ。黙って見守っていてください。

あと、小山田さんが1人の時を見計らって、「僕をどういう人間だと思ってる?」と訊いてみた。「どういう意味ですか?」と訊き返された。どう言えばスムーズに相手に伝わるかをよく考えてから発言することを心がけたい。「小山田さんから見て、僕ってどんな人?」と言い直したらなんとか伝わった。小山田さんいわく僕は、寡黙で、慎重な人らしい。理想はいつも遠いところにある。もっと具体的に訊きだせればよかったのだが、ちょっとできなかった。

今日も今から勉強。

あと、今日は帰りに駅の雑貨屋でオリーブの植木を買った。なぜか心惹かれるものがあった。

7月31日（金）

お腹が痛い。僕のつむじって、これまで何粒シズクを受けたのか。雨あがりには、電線や木の下なんか人並み以上に注意して避けるようにしている。それなのに油断している時を狙ってシズクは直撃する。つむじがシズクを吸収するとなぜお腹が痛くなるのだろう。この吸引力はなんの役にも立たない。特殊能力ならば予知能力とかがよかった。地球に危機が訪れて、特殊能力を持った人間が集められたってなった時に、つむじに吸引力を持つ男って、どんな活躍が期待できるんだ。せめて、つむじを向けたらありとあらゆる生き物たちの関心やら好意やらを引き寄せられるくらいのことがあればよかった。

今日は川西が原口の患者さんに、最後までちゃんと通えたのはあなたがいつも親切にしてくれたからだというふうに感謝されているのが聞こえた。僕にももう少し親切にしてくれないかなって思う。川西がいなかったら、僕の人生は今よりいくらか楽なのに。

明日から部屋を徹底的にキレイにする。部屋をキレイにすることは、自分をキレイにするということ。この部屋は僕そのものだから、愛情を込めて丁寧にやる。部屋がキレイになれば少しは苦しみから解放されるだろう。

昨日買ったオリーブの木がかわいくて仕方ない。明日は晴れるそうだ。外に出してやりたいが、悪い虫がついたり、卵なんて産みつけられて、それに気づかず部屋に戻してしまったら、部屋の中で虫が繁殖して、そして駆除するたびにバチがあたるリスクを考えると、繁殖を許すほかなくて、虫に部屋を乗っ取られる。なんで買っちまったんだ、僕みたいなのに買われた為に、太陽の光を受けることができない。やはり外に出そう。そのあいだ、ずっと見ていればいいのだ。

8月2日（日）

この土日は、クローゼットの中をやると決めていた。クローゼットの扉が塞《ふさ》がれていたのでまずはそこからやらなければならなかった。チラシ類がわんさか出てくる、うんざりだ。むやみにチラシを持ち帰るのは本当に今後は絶対よすからね！

細かい作業は時間がかかるわりに見た目の成果はさほど出ないので、虚《むな》しいよ。だけど、「あとで」とか「いつか」と後まわしにしたって、蓄積されていくだけだ。もしここが、1ヶ月誰からも触れられない物は消失するというルールで動く世界だったなら、諦めることもできるのに。触れなかったのだから、生きるのに重要な物ではないのだ、と、初めてそこで納得がいくような僕なのだ。でも1ヶ月で消失されたら毛布とか、うっかり触れ忘れると冬になる度に買わなきゃいけなくなるから大変だ。1ヶ月というところに無理がある。

1年誰からも触れられなかったら、消失する。だから人々は皆、必要な物には1年の間に1度は触れておく。撫でてあげたり、綺麗に手入れしてあげたり、そんなふうに物が大切にされる世界は美しいね、きっと。人間だって、誰かに優しく触れられなかったら消える。僕は、消えてしまう。

どんなに小さかろうと、ひとつ〳〵ときちんと向き合い、片づけていかなければ、いつまでたっても問題は解決しない。そして、そういった険しく地道な作業の中に、時たま現れる光、そう、発掘の喜び。なんと掛け布団を入れてクッションにできるという画期的な布袋が出てきた。随分前に買ったまま、開封せずにほったらかしになっていた。置き場に困ってこの時季になると敷き布団の下に敷いていた冬用の掛け布団。一応日光除菌してから、その布袋に入れた。大きなクッションの完成。上半身を預けると、これがなかなかいい。

クローゼットの中でぐちゃ〳〵になっていた服もたたんで、洗濯したままソファーやら棚の上やらに積み重ねられていた服も、全部クローゼットの中に納めることができた。とりあえずは納めたがこのままでは奥や下のほうにある服がどうしても取りづらく、またすぐにぐちゃぐちゃになってしまうだろうから本を参考にしてクローゼットの中を機能的にするための収納用品を買う必要がある。

捨てることにした服を、うっかり忘れて捜してしまった時のために一応ここに記しておく。

捨てることにした服

・グレーのカーディガン
　背中の部分が、どこかに引っ掛けたのか糸が出てしまったので切ってみたら、そこからどんどん穴が開いてしまったから
・麻の白いシャツ
　間違って乾燥機にかけてしまってパツパツになったうえに、しょう油みたいなシミも落ちないからお気に入りだったので哀しいけど
・ちっちゃい象の絵がいっぱいプリントされているシャツ
　全然似合わないからなんで買ってしまったのかも今となっては不明
・カーキ色のコーデュロイのパンツ
　尻のところが、ずいぶん擦れて薄くなっているから

せっかくなので生地を少し切り取ってファイリングしてみる。こんな服を持っていたっけなと、後で懐かしく思えるのではないか。余った生地はぞうきんに。コーデュロイなんて結構拭き掃除にむいているかもしれない。

ところで、目当てのグリーンのシャツが結局見つからない。なぜだ？

8月3日（月）

今日、菅井《すがい》タエさんが、「いつもありがとう。先生のおかげで、美味《おい》しくごはんが食べられます」と言って僕に水まんじゅうをくれた。僕は思わず泣いてしまいそうになり、こらえた。ここのところ過敏になっていた心が、じんわり温かくなったわけで、まったく、タエさん大好き。タエさんの可愛い笑顔には、本当に癒《いや》されている。僕、もっともっと患者さんのために尽くせる歯科医になりたいと思います。

本当は水まんじゅう、丸ごと一人占めにしたい気分だったのに、僕だって患者さんからこうして心のこもったお礼とかを頂くこともあるのだということをここでアピールしておきたいなどというつまらない邪念が芽生えてしまい、タエさん担当の田端さんにはもちろんのこと、北さんと星川さんと、青井くん、そしてあえての川西におすそ分けした。それぞれ1人の時を狙って、「これ、タエさんから貰ったんだ。6個だからみんなには行き渡らないんだけど、良かったら1個食べる？」と差し出した。こういうのは小山田さんにあげたら喜んでもらえるの分かっていたけど、今回はどこにアピールするかが重要だったから、仕方ない。

涼しげで、真ん中のあんこを守る透明のプルプルがツヤツヤして、本当に綺麗だ。ずっと眺めていられる。食べるのがもったいない。食べないのはもっともったいないので、写真を撮ってからゆっくり大切に頂こうと思う。

8月4日（火）

今、まだすごくいやな気持ちで、この感情をどう処理したらいいのか、分からない。

患者さんの悪口は書かない。

やっぱり今日は特別、書かせてもらう。

「ああもういい、もういい、あんたじゃダメだ、院長出して。おい、ネエちゃん、もうこいつはいいから院長出せよ」クリニック中に響き渡るほどの声で。

59歳の男性、新患。持参した雑誌を広げ、「こういうふうにやってくれ」などと、素人めが。こんなこと言いたくないけど、だって雑誌に載っているのは、健全歯の治療に対する症例なのに、その人の歯はすでにP4になってしまっているのだ。それなのに口腔内の状況が違うということをいくら説明しても一向に理解を示してくれない、まともに聞こうともしない。せっかちな様子で「うんうん、いいから、とにかくやってくれよ」とばかり言って「ですから、このようにはできませんよ。それでもよろしいのですね?」と伝えれば、「だからなんでできないんだよ、あんたの腕が足りないのか」なんて言ってくる。

あまりの話の通じなさに僕の我慢も限界だったけど、それでもなんとか理解してもらいたくて、僕は気持ちを立て直し、改めて丁寧に説明を始めたら、相手の堪忍袋の緒が切れた。ふざけやがって、切れたいのはこっちなのに、なんで話を聞けないのか、いい歳をした大人が、おかしいだろ、専門家が説明しているのだから、ちゃんと聞こうという心を頂戴《ちょうだい》よ、これまで本当にどうやって生きてきたんだか不思議だよ、そうやって誰の言葉にも耳を貸さずに自分一人で拡声器持って、周りを蹴散《けち》らしながら生きてきたか。

もしかしたらあれは、うちのクリニックに来る前もどこかで同じようなことを言って、揉めてきたのかもしれないよ。だから説明を聞くのにうんざりしていたのかもしれない。だとするならばだよ、なんでそれほどまでに、あの雑誌で紹介された通りの治療を望んだのかってことだろう、最初は、「雑誌でこんなの見つけたんだけど、自分もこんな感じでやってもらえないだろうか」程度の気持ちでいたが、みんなして寄ってたかって不可能だと説得してくるものだから、もう意地になってしまい、引くに引けなくなってしまった、とか、そんなことってあるか分かんないけど。

それにしたってだ、その後しっかり院長の治療をうけておきながら受付では理想通りの治療を受けられなかったなどとまた文句をつけて、そうとう治療費を値切ったみたいだし、酷いよ。悔しかった。僕なりに真剣に向き合って、できる限りの丁寧さで接したつもりだったけど、僕では駄目だった。院長には、鎮めることができたのに。それってつまり、落ち度は僕にあったということになる。

そもそも院長出せだなんて、あいつ、最初から院長にやってもらうことを狙ってのパフォーマンスに僕は付き合わされただけなんじゃないか？　いや、たとえそうであったにしても、僕に落ち度があった。もっと頭を使って相手の心を汲み取れていたなら、巧妙な話術で、溢れ出る説得力で接していれば、つまり、対処できる方法はいくらでもあったような気がする。院長は終始、毅然《きぜん》とした態度で、本当に立派だった。院長は「久しぶりにちょっと大変な人だったな」と僕に慰めの言葉をくれたけど、その時は僕もついその言葉に甘えて院長に被害者面を見せてしまったけど、こんな騒ぎになったのは、僕の力不足に他ならない。院長からの評価がまたひとつ下がっただろう。

人と接することはなんで僕にとってこんなにも難しいのか、原口だったら、きっと上手くやれた。ハッキリこうです、と言い切れる原口は、うらやましい。強い、ぶれない。「では、別の大学病院を紹介しましょうか？」とか、なんなら、「その症例を挙げているドクターのところへ行かれたらどうですか？」と言い負かすことだってできただろう。あの時の僕になぜそれが言えなかったのか。

隙があるから、こんなふうにつけ込まれるんだ。心の弱さを見抜かれた時点で負けたのだ。今日は原口が研修でいなかったからよかった。

僕は、患者さんの主張をなんでもかんでも真面目に受け取ろうとし過ぎているのだろうか、もうちょっと強引に自分のプランを推し進めるほうが、いいのかもしれない。第一印象で「このドクターに任せれば、大丈夫そう」と思ってもらえるようになりたい。どうしたらもっと患者さんに信じてもらえるのか、僕は自分本位な遣り方で患者さんに損をさせたりしないのに。

院長はあのイントネーションの独特な喋りで、絶対に得をしていると思う。耳に心地よいし、多少きついことを言ってもイヤミな感じがない、それでいて、あの風格ってズルイだろ、大きな体で強面《こわもて》からのあの喋り方って、そのギャップってズルイでしょう。僕なんかいくら穏やかに喋ったって、心の中でどんなに相手を思いやったとしてもだよ、胡散臭《うさんくさ》いだとかきっとそんなふうに受け取られるんだどうせ。明日から突然イントネーションをおかしなふうに変えてみたら、みんなどう思うだろう。院長の真似だってバレバレで笑われるな。

僕という人間を、中和できるものが欲しい。愛嬌《あいきょう》のない硬質な声だからせめてゆっくりしたトーンで話すようにということだけは心がけたいと思っていても、気がつくといつもの調子に戻っている。いまさらだけど、喋り方の練習ってやってみたら何か変わるのだろうか。客観的に何度も自分の声を聞いてみたりして。そしたら僕の声に合った一番心地よい喋り方ってやつを見つけることができるだろうか。この際だから体も鍛えてみるといいかもしれない。

8月5日（水）

帰りに理髪店に寄り、そして今、髪が赤茶色になっている。

「今日は、髪の色を明るくしてみようかなと思うんです」

「ええ、どんな色がお望みで？」

「そうですね……」そうですねと言いながら脳内で戦っていた。本当は駅で貰ったタウン誌からちぎった1ページをポケットに忍ばせていた。でもいざとなったら、浴衣《ゆかた》を着て微笑む10代の女のコの写真を指差して、「この色なんですけど」と言える呑気《のんき》な自分ではなかった。覚悟を阻む羞恥心との決着つかぬ脳内戦に疲れてしまい、かといって「帰ります」とも引けず、少し投げやりになって店内を見回し、かすみ草と水色の小花を活けたレジの前の花瓶を指差した。「あそこに花瓶があるじゃないですか。あんな色とかってなるんですかねえ？」と言った。

「あの色ですか」「はい、あんな感じで。イメージとしては、ちょっと今よりワイルドになるといいな、なんて……えへへ……」このワイルドというキーワードだけはなんとしても伝えたくて勇気を振り絞ってへらへら言った。

アクション映画の主人公を演じる俳優気どりで役作りなんてものをしてみたとしたら、自分はどうなるのか、案外それが似合っちゃって、中身もそっちに引っぱられて男らしく振る舞えたりするんじゃないか、いつもと同じ仕草をしてみても今までとまったく違うように見えたりして、というようなことを考えだしたら、弾んでしまって、最後の患者さんを送りだすと急いでクリニックを飛び出した。ただ、この僕の理想をどうあの店主に伝えるかが難しく、苦心した。そしてタウン誌の中にいいなと思える色を見つけてからはわくわくと緊張で心臓が壊れそうになった。だってさ、「いつもと同じ感じでお願いします」とばかり言い続けてきたわけで、たまには少し変えてみたいなと思っていても「お任せします」と言うのが精一杯で、お任せにしたところでいつも同じ髪型になって、それでも僕は不満な顔を一度だって見せたことはなかったよ、どんなに内心ガッカリしていたとしても。店主とのそんな関係性の中で、今日僕は、「ワイルドに」と言った。そう言って一人照れる僕を店主は物ともせずに、いつものクールな調子で「はい、かしこまりました」と応じ、僕の髪をこのように染めた。仕上がって「いかがでしょうか」と言われたって、「これ、あの花瓶と同じ色ですか？」なんて言えるわけないだろ。時間だって遅いのに頑張ってくれた店主に、僕は何も言えなかったよ。

だけどちょっと思うのは、そもそも高校生じゃないんだから突然髪を明るくするなんて言い出すこの中年男に「いいんですか?」とほんの少しでも店主が驚いた様子を見せてくれてさえいれば、チュウチョすることもできたし、目を覚ましていたかもしれないなってこと。お任せにしたっていつも同じ髪型にするくらいなのだから、僕をそういう地味な男として受け取っているわけだろ、それならそんなワイルドな色なんて似合わないと思うけどなあ、ってな具合の戸惑いや困惑みたいなものを少しくらい態度に滲《にじ》ませてくれてもよかったでしょうよ。そしたら僕は思い留まって、「そうですよね、ちょっとワイルドっていうのは、違いますよね〜。いい歳して、いまさらねえ、そんなの似合いませんよねえ。ちょっと言ってみただけです。いつもの感じでお願いします」と言っていた。

というかそもそも花瓶を指差す僕に、「あの色は思っているより派手になりますよ。それでもよろしいですか」って確認してくれてもよかっただろ。そこだよ問題は。

髪が染まるのを待っている最中は、遅い時間まで付き合わせてしまっていることを店主に申し訳なく思い、料金に少し謝礼を乗せようと考えていた。「遅くまでありがとうございました。これで少ないですけど晩酌代の足しにでもしてください」なんて、そんなことが僕に言えるかな、なんてドキドキしちゃったりしていた。

彼は僕のこの派手に浮いた髪の色を見ても、顔色一つ変えなかった。「言われた通りにやりました」って顔してた。違うよね? 「こんなのでいいのかな?」って、内心では心配してただろ、「あちょっと染まり過ぎちゃったな」って絶対思ってたくせに。「いかがでしょうか」という問いに、「はい、これです。ありがとうございました」と答えた時の僕の顔、ちゃんと見た? 全然違ったんだよ、僕の思い描いていた理想とは全然。帰り道、OLと思われる2人組が笑っていた。道がいつもより明るく感じられた。

もう気分としてはあの理髪店に行きたくない。けどあの店主の無口さが、僕には楽でもあって、おそらくこの先もあそこ以外のところへは行けないだろう。

そろそろ帽子をかぶってコンビニへ行ってくる。もうこの時間なら道にもコンビニにも人は少ないだろうから。コンビニに髪の黒染めがなぜ置いてあるのかとずっと不思議に思っていたが、こういう僕みたいな人のためだったのだ。


染めようと鏡の前に立つと、結構悪くないんじゃないかと思える自分がいた。目が慣れてきて、受け入れられるようになったのか。でも、もうやっちゃった。そして今はなんだか自分の顔に物足りなさを感じている。せっかくお金をかけてイメチェンを図ったのに、いまは、何も変わらない、いつもの僕がいる。いや、むしろ以前より地味になった。やっぱり一日くらいあの髪でクリニックに行ってみれば良かったのだろうか。あームリだよ、想像するだけで笑っちゃうよ、今日が金曜日ならもうちょっとあの感じを味わっていられたな、2日間限定のワイルドごっこ。煙草買ったりしてさ。

自毛の黒より、不自然な黒になってしまったし、ものすごくゴワゴワしてる。こういう時こそちゃんとコンディショナーしなきゃいけないんだな。

しかし、このちょっとボワッと広がっている感じは悪くないのかも。ちょっと浮き世離れした天才、みたいな雰囲気がある。博士というか。

せっかくだったのだから写真を撮っておけばよかったのか。ここに貼っておけばよかった。いい記念になっただろう。きっといつか、笑える。

8月6日（木）

カルテを入力していて、後ろで山根が待っていたのは分かっていたけど続けていたら、「次使いたい人がいるんですがねっ。もっと速くやれないのかなあ」と聞こえよがしに言われた。面倒だったから先にどうぞと譲ることにした。ちょっと失敗してしまって手間取ったのは悪かったけど、あの態度はなんだろう。昨日だって、印象採得のやり直しをお願いしたらはっきりと舌打ちされた。目で訴えてくることはあっても、そこまでされたのは初めてだ。あれは聞き間違えではない。つい出てしまったものでもない。完全にこっちに聞かせようという狙いで発せられた舌打ちだった。僕とそして僕の患者さんにまで聞かせたくてやったのだ。僕がいかに周りのスタッフから慕われていないドクターかということを患者さんに知らせたかったのかもしれないけどいいよ、別に好きにしたらいいよ、だけどあれに関してはおまえが悪いんだからな、僕を細かいと思うなよ、きれいに採れてなかったのだから。

彼女の僕に対する態度がどんどん強気になっている。理由として考えられるのは2つだ。僕の患者さんが減って立場が弱くなっているから攻撃しやすくなっていること、そして、あの川西の自由すぎる振る舞いがクリニック全体の秩序をおかしくさせていること。

いいんだ、僕はこれからどんどん大人になるから。そうなったら山根なんぞに今のような態度は取らせない。川西にもだ。だけどもうあまり時間がないようだ。僕の立場はどんどん貧弱なものになっていってる。これ以上立場が悪くなるようだと、たぶん取り戻せない。

せめてカルテ入力は迅速に。トレーニングしないと。アナログ人間に優しい未来はきっとこの先、訪れない。努力しない人間は、置いていかれるのだ。

世界には、色々な人間がいる。生き方はみんな違う。苦しみもそれぞれだ。生きていかれぬほどの苦しみから逃れることすらできない者だっているだろう。贅沢《ぜいたく》なことに、どんなに小さく見える苦しみであっても、その人にとってはその苦しみがすべて。生死を左右するほどに。僕の苦しみは、プラークみたいなものだろう。ちっちゃい細菌がいっぱいうごめいている感じのな。

8月7日（金）

今、幸せ。

「北さんから聞きましたけど、ススメ先生、患者様のアポのこと気にしていらっしゃるんですか？」

こう訊かれて、僕は「ええ、院長にも迷惑をかけてしまって……院長、困ってますよね」と、院長の気持ちを探った。星川さんは「院長はススメ先生のこと、とても期待していらっしゃいますよ」と言った。僕は訊き返してしまい、「期待していらっしゃいます」と星川さんは笑顔でもう一度言った。あの笑顔は、僕の不安を見抜いてのことだ。

院長から期待されていると感じたことはない。だけど、良いことは疑いたくないから、信じる。「ススメ先生のことは以前から評価していらっしゃいましたから」という言葉も信じる。しかし、「ススメ先生のことは」の、「ことは」には、どんな意味があるのかな。僕以外の誰かを院長は評価していないなんてことがあったり……そういうことを考えるのはよそう。

ニヤけてしまいそうになるのを必死で隠しながら、欲ばって、「どのように評価してくれているのでしょうか」と訊いた。でもそこは、「先生はもっと自分の腕に自信を持たれることです」と、硬い声で言い返されてしまった。「教えてください。そういうの聞かせてもらえると僕はもっと頑張れそうなんです」と言いたかった。

星川さんは「たしかに最近ススメ先生の患者様、少なくなっていますよね……なんでしょうね」と、一緒になって心配してくれた。「こちらの調整も悪かったのだと思います。申し訳ありませんでした」と言ってくれた。

院長はちゃんと僕のことを見ていてくれた。嬉しすぎて、誰かに話したいけど、ケンちゃんに言ってもな、「よかったね」であっさり終わるだろうし。そんなケンちゃんに悪気はなく、ただ興味がないだけなのだから、仕方がない。まあ僕のこんな話聞かされてもな、誰だってな、一緒になって喜んでくれるような人は、僕にはいないから、ここに書いて満足するしかない。良い事があっても、厭な事があっても、僕が心のままに語れる相手はこのノートだけなんだ。どうせ淋しい男だよ。

8月8日(土)

僕は院長にもっと認められたいし、必要とされたい。セミナーにももっと行くべきなのは、分かってる……あの雰囲気が苦手だから、勇気を奮えずにいる。院長から誘われたら、いいのに。どうせなら院長と一緒に参加できたら、いい。「院長、今度セミナーなどに参加する際は、僕も誘ってはいただけませんか」言えるだろうか。

昨日久々に来院の板野《いたの》晋平《しんぺい》さんは左手の小指の爪、相変わらず長かった。他の爪はやはり、しっかり深めに切ってあって清潔にされている。どうしても気になって仕方がない。川西がついたから持ち前の図々《ずうずう》しさで訊いてくれるんじゃないかと期待していたが肝心な時に役に立たない。川西のことだから絶対に気づいていただろうに。

小指というところに意味があるのだろうか、誰かと何か大きな約束をしているとか、板倉さん独身だし、いつか結ばれようねと約束している訳ありの人がいるとか、その約束が継続されている証《あかし》として伸ばしている、とはいえ伸ばしっぱなしというわけにもいかないから、1㎝って決めようねって。長い歳月を経て、その約束が果たされた時、一緒に爪を切る。互いの爪を切り合う。そんなロマンチックなタイプには見えないけどなあ。

8月9日(日)

昨日スーパーららに行くついでに本屋に寄った。買ったのは、『ロダンの言葉』高村光太郎《たかむらこうたろう》編訳。
キーホルダーの「考える人」は戻ってこないけど、彼をつないでいた鎖はまだどこかに残っているはずだ。部屋を片づけているうちに出てくるだろう。出てきたらその鎖、捨てること、できるだろうか。思案することの尊さの、いわばシンボルみたいなものとして大切にしていた彼が、どこかへ行ってしまったのは、たぶん、それが地獄の門を覗いている姿勢だということを知ってしまった僕の、戸惑いや不安のようなものを感じ取ったからで、だから、申し訳なく思っている。だけど彼はやはり僕の分身のような存在でもあり、そもそも地獄の門を覗くことと考えることは同じというか、だから、きっと今もどこかで苦しんでいるような気がする。変な気持ちになってきてしまった。

「こつこつと一人でする勉強は、人に先ず辛抱を教える。辛抱は精力を教える。そして精力は永久の若さを与える。永久の若さは専念と熱中とで出来る。其処から、人は生活を見又会得する事が出来る。此の微妙な生活をわれわれは自分達の息づまった精神の人工で不自然にする。自然や藝術の傑作に囲繞されていながら、会得しないのだ。あせりながら何も為ないのだ。」
『ロダンの言葉』より

日々勉強。

8月10日（月）
「あれえ？　なんか印象が違う。もしかして髪型変えました？」川西のでかい声のせいで女のコたちの視線が一気に集まった。いたのは、郡司さん、小山田さん、山根、北さん、だったかな。でも誰もこれといって、ナシ。どうコメントしていいのか分からなかったのだろうどうせ。「そもそもどんな髪型だったっけ？　全然思い出せない……」といった感じだろう。小山田さんなんて露骨に、ひどくどうでもいいといった顔していたし、郡司さんなんか、僕に一瞬目を向けた後、顔の前を舞うホコリかなにかをふっふと息で払っていた。

だけど、それはしごく当然の反応だと思うよ。変な空気にしやがって、なんのつもりだよ、ちなみに髪だったら先週からだしね。今更うるさいんだよ。川西は余計なことに気づくからイヤだほんと。放っておいて欲しい。そんなことより郡司さんの機嫌がここのところ最高潮に酷いことのほうなんだろ、みんなが気になっているのは。さっきまで笑っていたかと思うと、突然殻にこもったりして、そうなると話しかけたって、そっけなく、一言しか返ってこない。僕にってことじゃなく、誰にだってそんな態度をとっていて、状況によっては返事もしない恐ろしさ。以前からそういうところあるけど、これはいよいよもってヤバイと思う。おかげでクリニック内がおかしな雰囲気に包まれている。みんなで郡司さんを腫れものに触るようにしていて、息がつまる。なんだよ、せっかく僕が頑張ろうと心掛けている時なのに。女のコは感情の浮き沈みが、よく分からないから、難しい。僕がムードメーカーになれたら、僕が鷹峰豊四喜だったなら、そっといいタイミングで近づいて郡司さんの感情をほどいてあげられるのに。無理だから、明日も僕は真面目に頑張る。

8月11日（火）

今日は、かなりさらりと女のコたちの役に立てたと思う。それにしても、今日の原口の服は一段とギラついていた。やらしい。若いホストが海に行くようだった。僕は彼らがどんな格好で海に行くのかを知らないけど、格好良さを追求し、カジュアルなのに高級感を漂わせ、そしてどこか派手っていうのが、ホストの海を感じさせた。白衣を着ずに患者さんの前に立ったら絶対に僕のほうが誠実に見える。

ああいった服装は、女ウケがいいのだろうか。実際、飲み会やパーティーに参加する度、女性患者を増やしているというのだから、たいしたものだ。「君のお口の中は僕に任せておいで。優しくやってあげるからね、大丈夫だよ」と耳元でささやくのか。

ああいうのって僕が着たらどうなるだろう。まあ、好みじゃないね。僕にはあの男が欲望の塊みたいに思える。軽蔑したい気持ちと、うらやましい気持ちで揺れる僕がいる。

8月12日（水）

星川さんのおかげでいつものペースが戻ってきている。今日、お礼を言った。自信を持ってくださいと言われたばかりだったので言い方に迷ったけど、「助けていただいてすみません。色々迷惑かけます」と、少々卑屈な言い方に、結局なってしまった。

星川さんは、優しい。「もともと偶然が重なっただけでしょうから、今後もよろしくお願い致します」なんて言って、僕を励ましてくれる。頑張って院長と星川さんの期待に応えたい。一日一日を丁寧に生きよう。

8月14日（金）

原口がお盆休みで昨日からいないのに加え、今日は川西もいなかった。ついでに郡司さんもいない。僕の腕は一日中テンポよく動き、すべてが順調にいった。この集中力。僕が日頃どれほど原口や川西の視線を意識しているかが分かる。勝手に監視されているような気分になって、でもそれは、馬鹿げた僕の自意識のせいだから。あの2人だってそんなにいちいち僕に注目なんかしていないことは、分かっている。彼らがいてもいなくても、なぜ自分らしく生きられないのか。今日の僕を、本来の僕を、彼らに知って欲しい。

なぜ歯科医師になったのかを青井くんに訊いてみた。青井くんが青井くんたる所以《ゆえん》が、そこから少し垣間見《かいまみ》られるのではないかと思った。だから青井くんが、「僕は家が歯科医院やってるんで必然的に選んだ道だったんですけど……」と言った時、正直、なあんだそっちか、って思ったけど、「どうせやるなら頑張ったほうがいい、くらいに思ってたんですけど、ここ最近になって、歯科医になって良かったなって感じ始めたんですよね」と言うから、半ば興味を失いかけていた僕は、まあ、そう言うだろうな、と思いながらも、コミュニケーションの一環として、「へえ、なんで？」と訊いた。「やっぱり食べる行為って、人間の基本っていうか……そこを見守る仕事って、まあ、見守るって言い方もなんか変ですけど……」と丁寧に言葉を選びながら青井くんは、「人間の基本にたずさわる仕事っていいなっていう意識が芽生えてきてるんですよね。ほんと、最近になってなんですけど」と言った。実に青井くんらしい回答だった。立派というか。ただ僕は食べる行為を人間の基本とする考えには少し引っかかりのようなものを感じた。

「ススメ先生は、なんで歯科医師になろうって思ったんですか？」と質問を戻されて、僕は、「うん、僕もいま君が言ったような考えに近いかな、予防医学の観点から行き着いたんだ」などと言った。「一方的に人の恥部を覗くことで、優位に立てるんじゃないかって思ったから」そんなふうに打ち明けるのは違うだろう。

最初のきっかけはなんであれ、今はこの仕事に誇りを持っている。と、胸を張って言いたい。

今、母さんからの電話。あいかわらず元気そうでよかった。朋子《ともこ》さんとの生活がよほど楽しいのだろう。2人でブルーベリー狩りに行き、僕の分も送ってくれたという。目が疲れているので嬉しい。明日インターフォンが鳴っても驚かない。

8月15日（土）

ラタトゥイユのレシピがスーパーららに無料で置いてあった。作った。シンプルな味だけど、野菜たっぷりで体に良さそう。セロリとズッキーニ、最高。これを壁に投げつける、けしからん。あの主人公は、人生への苛立ちを抑える力が欠け過ぎている。それなのに、献身的に愛してくれる人がいる。僕にはいないのに。体を気遣ってラタトゥイユを作ってくれる人が僕にはいない。

彼女の真心をどんどん傷つけていく残酷さが、読むに堪えず、止まっていたけど『パスカルの愚行』、続きを読みたくなった。あいつの結末は、不幸になるべきだ。テレーズはあいつから離れたほうがいい。あいつよりいい男は沢山いる。

ローリエなんていうものを初めて料理に使った。その辺によく落ちている枯れ葉となんら変わらなく見えるけど、匂いがいい。とても洒落《しゃれ》た匂いがする。袋に、パスタにもと書かれてあったので今度使ってみようっと。

あとラタトゥイユには味ソをちょっと入れてみてもおいしいのではないだろうか。

今日、レジ係のあのコはいなかった。

8月18日（火）

お盆休みが終わってしまった。僕は、だらしのない人間だ。

明日からまたあの人たちと顔を合わせるのかと思うと、憂うつ。僕の不安は、得体の知れない淀みを絡めて巨大な塊になる。僕は、フンコロガシだから。豆だるまコガネ、だっけ、寿々音がよく僕をからかって言っていたのは。

何がそんなに不安なのか、何がそんなに難しいのだ、もっと鈍くなれ、そしたら陽気になれるだろう。そう、思春期の少年じゃないのだから。もうすぐ僕も37歳。いい加減、大人になろうって思っている。

8月19日（水）

今日、古城栄太《えいた》くんが久々に来院。子どもだというのをいいことに、いつも星川さんのおっぱいを触っていたあの栄太くんが、すっかり大きくなっていた。びっくり。子どもの成長は早い。あれほど丸出しだったスケベ心も、小学校4年生にもなると包み隠す術《すべ》を得る。星川さんのおっぱいを触ったことをまるで覚えていないかのような素振りで、大人ぶっちゃって。治療も頑張った。

8月20日（木）

今日は、うっかりした。歯周組織再生療法の本を読みながら帰りの電車を待っていたら、前に立っていたサラリーマンの携帯電話が鳴って、どうやら急な夕飯の誘いらしく、彼は嬉しそうに通話口の向こうにいる相手と話しながら、行ってしまった。目の前に、線路がよく見えた。日頃から先頭には立たないと決めているわけで、こんな展開は初めてのこと。振り返ってみるとビックリするくらい至近にボサッと太った中年男が立っていて、その後ろにも5人ほどの人がいて、みんな褪《あ》せた顔して立っている。後ろに下がりたかった。だけど、待っている時間が僕より短い人の後ろに並び直すということに抵抗があった。車内では待った時間の長短に見合ったポジションを与えられなければならないよな、とかそういう些細な意地が判断を鈍らせた。電車はまもなくやってくる、後ろの人に体がくっついてもいいから極限まで下がろう、そしたら後ろの人もできるだけ下がってくれるかもしれないって思って、そしたら、よろけそうになった。風が吹いたわけでもないのに。線路に吸い込まれるようだった。車内でどんなストレスに見舞われたって、たかが数分の我慢なのだからやっぱり後ろに並び直そう、そう決めた瞬間、電車がものすごいスピードで威嚇しながらこっちに向かってきた。もはや下手に動くほうが危険、そう思って僕は電車が来るほうへ少し向いて足を縦に開き、地面から離れないように足全体に力を込め、重心を後ろにやって、神経を尖《とが》らせて耐えた。「妙なオヤジが変なポーズを取ってるよ」とヤユされるのを代償に、僕は安全を勝ち得た。

　ということがあったので、今後、出し抜けに先頭にされた場合は、欲ばらず速やかに並び直す。前に最低でも3人はいる列に並ぶのがいいだろうということ。あと、足腰をもうちょっと鍛えたほうがいいと思った。

　それと今日、「CRのシェードテイキングがすっごく上手くないですか?」という垣内さんの声が聞こえてきたので耳をダンボにしたら、それは青井くんのことだった。「ねー、充塡《じゅうてん》のセンスいいよね。今度私、青井くんにお願いしてみようかしら」なんて田端さんも言って、垣内さんが、「え〜、私もお願いしたーい」と言った。「だって、まず、キレイなのに早い!」と、興奮した2人の「早い」の声が重なり、そのことがどうやら面白かったらしく、笑っていた。

「早い」とは、僕を比較対象にしている。たしかに同じキレイなら早いほうがずっといい。クリニックにとっても、患者さんにとっても。でもまあ、キレイさだけでいったら本当は充塡は僕のほうが上手いはずだけどね。実際僕は、うちに入って来たばかりの頃の青井くんに「ススメ先生の充塡、物凄くキレイですよね」と言われたことがあるわけで。そのことを皆さんはご存知ないかもしれませんが。それに、難抜歯に関しては青井くんより僕のほうが早いと思う。

「でも、青井くんに頼むの原口先生に知られたら気まずいでしょう」「それなんですよねー、絶対ムッ、ってなりますよね」なんて言われてる原口も気の毒だ。あと、僕だってムッとしていますよ。僕のこともちゃんと見て。

8月21日(金)

　今朝のホームで、とんでもないことに気がついた。それは僕が、前に立つ人を自分を守る壁のように思っていたのだということ。自分だけが助かろうとしているわけじゃない。僕は非常停止ボタンの位置を確認している。前の人が万が一ホームから落ちたら、助けたい、そう思っている。だけど、この先も僕は先頭に立つつもりはない。僕が落ちたって、誰も助けてくれない気がするから。

今朝僕の列の先頭にいた人は、携帯電話をいじっていた。ものすごく無防備な感じがした。まあ、早い時間だったので、列にもゆとりがあったけど、誰かがぶつかってくることがないとはいえないわけだから、注意が必要で、僕は、そんな彼のために自分の命の危険を冒して助けることはできないんじゃないかと思った。でもそんな僕の後ろから助けに出る人がいて、そしてもしその心ある人が目の前で命を落としたらと、考えてしまって、僕は、いや、もしそんなことが起きたら急いで非常停止ボタンを押さなきゃならない。僕はその人を助けたい。そういう人を死なせちゃならない。

世の中のホーム全てに、あの画期的なホームドアという逸物を設置してくれたらいいのに。あれってお金が物凄くかかるのかな。かかるのだろう、でなければとっくに設置されている。

帰りのホームでは、あえて2番目に並んだ。そんな僕に対し、前に立っていた女は不審な目を向けてきた。彼女がバランスを崩した際には、素早く手が出るようにと、心の準備をしていたこの僕に。そのためにわざわざ2番目に並んだこの僕に。

安心を感じさせる風貌に変えたい。時代は安心安全を求めている。

8月24日（月）

今朝、道でビー玉を見つけた。子どもの落とし物だろうか。持って帰ってきてしまった。黄色い模様のビー玉。ティッシュを小さくたたみ、座布団を作った。

透明のフイルムケースに一番お気に入りだった青い模様のビー玉を入れて、ズボンのポケットに忍ばせ、廊下やトイレで一人になるとこっそりと眺める、そのビー玉には、何か特別なパワーがあって、僕に何か奇跡を起こしてくれるかもしれないって、思いつく呪文《じゅもん》を言ったりする、そんな子どもだった。オタマジャクシを入れたフイルムケースと並べて、同じように水も入れて、生き物のように接したこともあった。よく口にも含んでいた。もちろん味がないのは分かっていて、でもアメ玉のように舐《な》めながら家に帰った。そうすると不思議と元気が出た。家にはたくさんのビー玉とおはじきを入れた巾着があり、中でぶつかり合うガラスの音を聞くのが好きだった。みんなどこへ行ってしまったのだろう。それがなんの奇跡も生まないただのガラスの塊なのだと分かった時、ゴミに変わってしまったのだろうか。夢のない、つまらない人間になった。こんなでいいのか？　明日は僕の誕生日。

8月25日（火）

誰にも何も言われない。毎年のことだけど、今年は、少しだけ期待を持ってしまっていた。つい1ヶ月ほど前に青井くんと誕生日のことについてちょっと話をしていたから。

　朝から勝手にドキドキしてしまって、だけど、やっぱり何もなかった。僕は、青井くんの誕生日が、10月7日だということ、忘れていない。あいつ、「結構誕生日近いですね」なんて言ってたのに。ただのお調子者だった。よくよく考えてみれば、全然近くなんかねえじゃん、1ヶ月以上も離れてるじゃねえか。あれは、僕らの誕生日がってことじゃなくて、誕生日が近づいてますね、って意味の「近い」だったのだろうか。それならなおさら気に留めておいてくれてもいいだろう。まあそんなこと、どっちだっていいわ。とにかくあいつは僕になんの興味もないんだってことだけはよく分かった。10月7日、「おめでとう」なんて絶対に言ってやらない。どうだろう、言ってやるほうが僕の誕生日を来年は意識してくれるかもしれない、罪の意識にかられて。当日の朝一番に言ってやる、爽やかに。

　川西は相変わらず変なことを言って患者さんからウケている。たまに笑わせ過ぎてしまうから患者さんがお口を開けたまま苦しそうにしているけど、僕は全然面白いと思わない。でも笑ってあげている。愛想笑い、大人だから。

今、母さんから電話。結婚を考えていないのかと、また言われた。「私がこんなだから、形にこだわるつもりはないけど、毎年〳〵誕生日を祝ってくれる恋人もいないっていうのは、親としては心配しちゃうのよ」だって。今はまだ自分のことでいっぱいいっぱいなんだから放っておいてくれと返したら、「そんなこと言って、どんどん歳取っていっちゃうのよ。このままじゃ、私が死んだら、あなた本当に独りぼっちじゃない」そんなふうに言われた。目が僕を無視してするすると涙を出した。そうか僕は独りぼっちか。一緒に暮らせるような友達もいないし。

「気が合わなくても、多少無理をしてでも、一緒に暮らしてみようかと思った女の人が過去にはいたんだよ、でもそういうのって違うだろ?」って、言えば、少しは安心したのかな。母さんは知らないだろうけど、こんな僕にだって1人くらいそういう女がいたんだ、つまり、寿々音のことだけど。でも、違うと思った。

たとえ、分かり合える未来を想像できない相手であろうとも、1人でいるより2人でいるほうが幸せなのかな、そうなのかもしれない、こてんぱんに傷つけ合ってでも、息を詰まらせてでも、2人でいるほうが、でも、今の僕は、それを認めたところで、そんな相手もいないから、ごめん。独りでごめん。こんな僕は、37歳になった。今の僕は人生という言葉に、重苦しさしか感じない。歳を取ったと言うのにはまだ早く、若いと言うのにはもう遅い。

母さんは、今日もまた小出しにしてきた。さらりと、「私がこんなだから、形にこだわるつもりはない」そう言った。僕に話したいことがあるんだろ? もうちゃんと感じてるよ。でも、分からないかな、僕は聞きたくないんだよ。お願いだから勝手にやって、僕の許可は必要ないから。自由にやってよ、母さんが幸せなら、それでいいから。

8月26日（水）

母さんの言葉がまだ痛い。あの人は、たまにああやって僕を傷つける。竹光での切腹を命じられているような残酷さを感じるんだけど、本人はそれをまったく自覚してくれてないので僕は苦しい。子どもの頃からずっとただ黙って傷ついてる、だから母さんはきっと一生自覚してくれない。刀をくださいって思ってる僕の気持ち。大人になっても僕は、母さんに心配をかけているんだね、ごめん。

弱っている時にあの人の電話に出てしまった僕がいけないんだ。だけど、ブルーベリーのお礼をまだ言えてなかったからと思って、出てしまった。

出なければ、誰かに誕生日を祝ってもらっている僕を想像して、そしたら僕のこと、心配せずに済んだのかな。来年の誕生日は電話に出ないよ。そして翌日にでも電話をかけて、「ごめん、昨日は人と会っていたから」と言えばいいんだろう？

あの人からすれば、日頃の想いを僕に投げかけてみただけだ。僕にダメージを与えようとしてのものではないってことはもちろん分かってる。僕だってこんな言葉、万事うまくいっている時期だったら、何も引っかからずに「はいはい、分かったよ。そういうのは縁だからさ、ごめんよ。もうちょっと待っていて。必ずいい人を紹介するから」なんていうふうに返すこともできる。僕が勝手に母さんの言葉を竹光にすり替えて、内臓をえぐっているだけだ。滅多滅多に血で自分を汚してる。だけどもうね、自分でなんとかするから、だから僕のこと憐れまないで。母さんに心配かけているっていうのが一番つらいんだ、こんな息子でごめん。

あと、山根だけど、筆積法でテンポラリークラウンを作っていたら、「これやるより練和法のほうが効率がいいんじゃないですか？」なんて言ってきやがった。うるさい黙れ。僕は原口とは違うんだ。僕には僕の考えやこだわりがある。なんでおまえが指導するんだよ。だったらドクターになればいい。おまえには絶対に無理だろうけどな！　原口にだけひっついてろよヒル女、たいして自分の仕事ができてるわけでもないくせに人のことにとやかく生意気なことばっかり言ってんじゃねーよ。おまえは自分の仕事をきっちりやってればいいんだよ。あんなやつに急《せ》かされたって、もう慌てない。無駄にゆっくりやっているわけではないんだから堂々としていればいい。僕は僕のペースでやる。患者さんの口腔内を最善の状態にする為に！　自信を持つ！

あと今日は、クリニックを出てすぐ、香水を買った。別に自分への誕生日プレゼントというわけではない。今の気分を変えたかっただけ。さっそく駅のトイレで振りかけて、だけどやっぱり気持ちが悪くなった。今回は匂いを何度も確かめてだいぶ爽やかなものを選んだつもりだったのに、結局クドく感じてくる。また無駄になった。トイレに並ぶ香水の瓶がまた一つ増えてしまった。こんなのいつまで経っても使い切れない。捨てたくてもどうやって捨てたらいいのか分からない。

明日、誰かに訊いてみるか。北さんは、これに関してはどうだろう。垣内さんに訊いてみようかな、「使わなくなった香水って、どうやって捨ててる？」って、でも、あれススメ先生って香水使ってるんだ、全然活かされてなーい、くさーい、とか思われるんだろうか。

「友だちからちょっとプレゼントで香水貰ったんだけどさ、なんか匂いが合わなくて、申し訳ないけど、捨てるしかないと思ってさ、でも香水って、どうやって捨てればいいのかな」やっぱりまずは北さんに訊いてみるかな、「香水みたいな瓶って、まだ中身が沢山入っているんですけど、ああいうのはどうやって捨てればいいんだと思いますか？」

車内では隣の若い男が突然苦しそうに、むせだした。駅のホームでも40代ほどの女が咳《せ》きこんで、そのあと何かをぼそっと呟いたように感じた。患者さんの気分を害してしまうのが一番マズイ。なんで僕はこんなに香水を選ぶのが下手なんだろう。たとえば原口なんて、うまい具合にいっているように思うが、原口のあれは入手困難な香水なのだろうか。日本で売ってないとか、有り得る。どうせものすごく高級な香水を使っているのだろう。僕も次は値段で選んでみようか。

もっとさりげなくて、僕になじんでくれる香り、きっといつか出逢えるだろう。この失敗は無駄じゃない。動かずして見つかるものじゃないのだから。諦めないで探そうっと。

8月29日（土）

昨日、院長主催の食事会に参加した。もっとみんなと仲良くやっていきたくて。そして、やっぱり参加しなければよかったと思っている。久々の参加にも拘わらず一度も話題の中心になることもなく、僕はただ周りの話にヘラヘラと愛想笑いを浮かべていただけ。みんなはとても楽しそうだった。僕だけがどんどん遠のいていく感じ。みんなにとって僕の存在はなかったも同然。いる価値のない人間が、院長のお金で、何杯も焼酎《しょうちゅう》を飲んでしまった。恐縮の至り。持て余してしまった口をグラスで塞ぐしかなかったからだ。食べ物には、ほとんど手が出せなかった。川西が取り分けてくれたものを少し口にしただけ。川西は、ちゃんと周りに気を配れていた。意外にも。もっとお姫様な感じで座っているのかと思っていた。それに比べて僕は、みんなから、「君はなんの為にいるの？」と、思われていただろう。ちょっとした気遣いもできないで、気の利いたことも言えずにただじっと酒を飲むぼんくら。隣の星川さんに酒ばかりつがせてしまうぼんくら。常に積極的に有意義な会話を楽しんでいる原口が、誰かのグラスが空いていると、さらりと気遣う、それなのに相づちしか打ってない僕がそういうことを見過ごす。せめて店員を呼ぶくらいはと、「すみませーん」といくら大声で叫んでも、店員に気づいてもらえない。気遣って話しかけてくれる星川さんに気の利いた返しもできない。「ススメ先生全然食べてないですよね。何か取りましょうか？」という言葉にも「いえいえ、あまりお腹減ってないんで、大丈夫です」なんて言って、卑屈になって、誰よりも動いてないのに汗ばかりかいていた。

黙っていたって自然と周りの興味を惹きつけてしまうような、そうやって周りから構ってもらえるような、自分がそういう特別な人間でないことは充分、分かっている。むしろその真逆のところに存在しているということも。だからこそ、自分から話題をふる、そういう積極性を持たなければならないことも分かっている。2回くらい、みんなの会話に隙間が生まれることがあった、その時、何か話をしてみようという気持ちが僕の中に、なかったわけじゃない。だけど思い浮かぶのは、どうでもいいことばかりで、そんなことを言って場を白けさせるのが恐かった。僕が話すと、空気が変わる。歯科にまつわる真面目なことを言えば、なぜか院長の顔がムスッと、曇ったような感じになるし、冗談めいたことだったり、こんなことがあったみたいなエピソードを話そうとすると、僕は話しているうちにオチを見失って、焦るけど、結局そのまま尻すぼみに話を終えるしかないから、変な空気になる。だいたいみんなトイレに行きたがる。

絶対に盛り上がる話なんかを、その話し方のコツなどの詳細付きで売ってくれる店があったらいいのに。そんなのがあったなら借金してでも買い集めたい。

たとえば、自分のこれまでの体験談なんかをどのようにして話せば相手を退屈させずに済むか、なんてことを親身になって考えてくれるコーディネーターが、いてくれたらいいのに。ひとつひとつのことに色々と細かく相談に乗ってくれて、「今日、こんなことがあったんですよ」と話して聞かせると、「ではそのエピソードを、このように相手に話してみたら面白くなるでしょう」なんて教えてくれて、その話し方まで練習させてくれる、とか。マンツーマンの英会話教室みたいなスタイルで。「その話し方だったら大丈夫、つまらなくないですよ」と太鼓判を押されたら、自信を持って外で話せるだろう。そういう所って探せばどこかにあったりするのか、そしたら僕通うけど。

週に2回は、いや3回は通う。電車の中でそんな類の教室の広告を見たことはない。そういうことを必要としている僕みたいな人は、少ないのだろう。

このクリニックに移って初めのうちは、みんなといい関係が築きたくて積極的に食事会などに参加して、でもそれが逆効果になっている気がして、避けるようになって、そして久しぶりに参加してみても、僕は何も変わってなくて、凹《へこ》む。僕ってどうしてこうなのだろう。気遣いはほぼ誰かに先を越されてしまい、うっかりすると院長にまで気を遣わせてしまう始末。原口は、自慢めいた内容や、堅苦しく偏った持論を展開させることが多いもののそれなりに語り上手だし、流行りの料理だとか酒なんかにも詳しいから、みんなを退屈させない。院長も原口の話には、曇った表情を見せない。

鍋《なべ》の屈辱、あれは、その日の日記にどうせくどくどと書き残してあるだろう、後でちょっと読み返すとして、あの時は、野菜などを入れる順番や配置にたしかに僕はオタオタした。原口に「ああもう、俺にやらせて」と皿を奪われ、その後の見事な仕切りを見せつけられた時、ギリギリだった気持ちがポキッと音を立てて折れた。どうしてこんなに何をやってもダサイのかとみんなに責められている気がして、みんなの目の動きが恐くて、店のトイレでこっそり泣いて、あれが決め手になった。無理をして飲み会に参加しても、逆にみんなからの印象が悪くなっていくだけだし、自己嫌悪にも押し潰されそうで、何もいいことはない、だから極力参加は避けようっていう、それなのに昨日は自分の変化を過信して参加し、結局、また同じ気持ちになっている。

ついこのあいだ、恥をかいてでも変わるんだなんて心に誓っていたのに。そんなことも忘れて何ひとつ勇気を奮えずに、早く帰りたい、と、それればかり考えていた。途中から記憶だって曖昧《あいまい》でどうやって帰ってきたのかも思い出せない。書いているうちに思い出せると思ったけど、出てこない。最悪だ。みんなに変なこと言ってないだろうか。誰にも迷惑をかけずにひとりで帰ってきたのだろうか。

　成長できないのは、逃げてばかりいるからだ。臆病な精神が、経験の邪魔をする。自分を守って恥をかくことから逃げるからますます臆病になって、人と関わることが恐くなる。もっと若い頃に沢山恥をかいておけばというこの後悔を抱いたまま過去に戻ってやり直したい。世の中、若さを理由に許されることって、沢山あったのだ。若い時になぜそれに気づけなかったのか。率先して恥をかいて、恥と引き換えに多くを学ぶべきだった。若い頃に全部ポッキポキにへし折られておけばよかったよ。経験が、大人になった時の自分を支えるんだ。自信になる。

　青井くんが昨日、原口に、「おまえ、たまにムカつくよな」って言われてた。原口も少し酔ってたみたいだ。原口は、青井くんの器用さを、どのように思っているのだろう。原口は、努力家だ。逃げることなく、自分に打ち勝ってきた男だろう。青井くんは、若手なのに、いつだって澄ました顔をして、そんなところが原口は、面白くないのかもしれない。天然の魅力、華やかさで成立してしまうようなところとか。まだ僕みたいにドギマギしているほうが、先輩風も吹かせやすいし、安心材料なのかもしれないね。でも、努力して出来上がった今の原口、僕は格好いいと思ってる、本当はな。あまり認めたくないけど、でも見習わなきゃいけないんだよ、原口みたいな先輩を。そしていつかは、僕を馬鹿にする原口の鼻を明かしてやりたい。

　原口に嫉妬されるほど、強いしなやかさが欲しい。僕だって変われるはずだ。テレビの中の芸能人とかを見ていても、昔見た時はあまりいい印象がなかった人が何年後かに見ると、何か殻を破ったようにしなやかに変貌していることがある。ああいった変化の裏にはどのような経験が、努力があったのか。僕にだってできるはず。何がなんでも今の自分を変えたいのだという強い意志を持って、恥をかいても、傷だらけになっても、諦めない。自分を好きになってあげたいから。僕はもっと大きくなれるはずだ。

思い出した、昨日の帰りの電車の風景を一部、覚えている。ちゃんと自分で電車で帰った、よかった。向かいのシートに座っていた、いかにもお金を持っていそうな男が、頭を揺らして、空気を手で摑んでいた。パカパカと指を開いたり閉じたり。あれって、いったいどんな夢を見ていたのだろう。楽しい夢だろう。僕は恐い夢ばかり見ている。さっきから外で蟬の羽音がする。いやだな、明日になってベランダを見たら、死んでいるかもしれない。

8月31日（月）

今朝、院長が早く来て、一緒に2人きりでコーヒーを飲んだ。僕は思いきって言った。「川西さんのあの化粧ってどうなんですかね」と。院長が「うん、まあなぁ……」としか言わないので「注意しなくても大丈夫なんですか、あの目の周りの黒い縁取りとか豊か過ぎるまつ毛とか、それに前のコンタクトレンズだってなかなかでしたけど、今のあの紫みたいな目はさすがにないですよ。仕事中なんだから透明でいいじゃないですか」みたいな感じで僕は、言い出したら止まらなくなった。院長は「今のあれって紫？」なんて言ってきた。「紫でしょう」と僕は言った。「でもカッコイイよね、似合ってるし」と言ってきて驚いた。そういう問題ではないだろう、仕事中の話をしているのだから。そして院長は、「言いにくいんだよなぁ、女性の化粧っていうのはさ、僕たちでは分からない色々としたこだわりがあるんだろう？」と言った。そこにちょうど星川さんが「おはようございます」と入ってきた。おそらく、星川さん今日は院長の車で一緒に出勤したのだろう。それはさておき、僕らの深刻な表情に星川さんが「どうしたんですか？」と加わった。院長が、「ん？　いやさぁ、マイカちゃんの化粧がさ、ちょっと派手めじゃない？　あのカラーコンタクトって言うの？　あれとかもどうなのかっていう話になったわけよ」というような感じで説明した。星川さんは「私から上手に言っておきますよ」と言った。院長は「上手にって？」と言った。僕も院長とまったく同じことを思っていた。上手にって、いったいどうやって？　と。

星川さんは「女性同士の会話の流れでうまくやっておきますから。カラーコンタクトと、あとメイクのこともですよね。たしかにもうちょっと抑えてもらったほうがいいですね」と言ってくれるからさすがだ。でも女性同士の会話の流れっていったって、いったいどう話すつもりなのだろうか。

とにかくそれでも今日は院長と星川さんに川西への僕の不快感を知ってもらうことができて、良かった。本当は、僕が今日、院長に一番言いたかったのは、セミナーのことで、川西の化粧なんていうのは、その前のきっかけみたいなものだったのだが、院長の機嫌があまりいいようにも思えず、だから、院長が参加するセミナーに同行させてもらえないかというのが、言えなかった。

あと、実は今日、僕の患者記録帳が消えた。鞄を勝手に漁《あさ》って盗んでいった奴が、いるってことなのか、青井くん、なわけない、と思う。僕の治療プランだったりに興味がある者などいるだろうか、原口だろうか、僕が患者記録帳にどんなことを書いているのか盗み見て、笑ってるのか？　僕を陥れようとしている奴がいて、治療を邪魔しようという魂胆だろうか。もしかして、星川さんから化粧のことを聞いた川西からの復しゅうが始まったのか？　実際、あのノートがないと困る。本当に川西だとしたら、あのノートをどんなふうに利用して復しゅうするつもりだろう。密《ひそ》かに書き留めている患者さんの似顔絵、あれを見られるのが、非常にやばい。インターネットとかに載せられてしまったら、クビになるのだろうか。こんなこと、誰の仕業なんだろう。

9月1日（火）

患者記録帳はオペ室にあった。昨日の朝、橋爪《はしづめ》まさ子《こ》さんの治療記録を確認していて、鞄にしまい忘れたのだろう。みんなを疑ってしまった。昨日は誰もオペ室を使っていない。だからたぶん誰も見てない。コーヒーが残った僕のマグカップと一緒に、ポツンと置かれていた。ひとりで悶々《もんもん》と眠れぬ夜を過ごして、愚かだ。

9月2日（水）

今日、小山田さんから、カレシが痛がっているから診て欲しいと頼まれた。小山田さんは以前、同棲中のカレシの浮気を怪しんでいることを僕に話してくれたけど、あれからどうなったのだろう。とても気になるところではあるのだが、僕からは訊ねない。焼き肉屋には最近また通っているようだし、うまくやっているということなんじゃないかと思う。なんだかそんな内情を知ってしまっているせいで、彼を診ることをちょっと気まずく思うのだが、小山田さんは、全然気にならないのだろうか。それとも僕にそんな話をしたことすら、すっかり忘れてしまったのだろうか。

もしも僕に彼の人間性を見てもらいたいという思いが隠されているなら、たとえば彼が帰った後に、「どうでした、うちのカレシ、怪しい感じがしませんでしたか？」みたいに訊かれるのだろうか、「大丈夫だよ、誠実そうな人に見えたよ」と言ってあげたほうがいいのだろう、緊張する。いずれにせよ、この僕に頼んでくれたということがまず嬉しい。

9月3日（木）

今日の昼休み、久しぶりに川西の攻撃に遭う。無視でかわしたら何度もしつこく絡んできて、しまいには、みんなの前でウソ泣きされた。そんなことしなくても、みんなおまえの味方なのに。あまりに腹が立ったからトイレの壁に、悪口書いてきた。

明日の朝、消そうと思う。大人げないことをして、いやになる。すごく小さく、下のほうに書いたので、たぶんまだ誰にも気づかれてないと思う。

もう振り回されたくない。あいつと関わると自分をどんどん嫌いになる。あいつはなんでこんなに人を弄《もてあそ》ぶんだよ、そうやって良くも悪くも人の興味を惹きたいんだろうけど、ほんとに大嫌いなんだってば、絡んでくんなよ。
　あいつは僕をこのクリニックから追い出すつもりなんだ。みんなを取り込んで、僕を悪者にしたい。星川さんは、川西に化粧のこと話したのだろうか。何も変わってないんだけど。星川さん、「ススメ先生がマイカちゃんの化粧が濃いって院長に文句つけていたわよ。私はマイカちゃんの化粧、すごく可愛いって思うけど」なんて僕を裏切ったりしていないよね？　それだから僕は今日、川西に絡まれたんじゃないのかな。星川さんに限ってまさかだよ。川西が手ごわくて、星川さんもタイミングを計るのに苦労しているだけだ。

9月4日（金）

　ちょっと熱っぽい。ここのところ寝汗もすごい。どうでもいいことに頭を使い過ぎているのがいけないんだ。ずっとずっとストレス、それがいけない。頭を楽にしてやりたいけど、僕には趣味がない。なんだか笑いたい。今からコメディ映画でも借りてきて観ようかな。思いっきりくだらないやつがいいね。

9月5日（土）

　やはり角のラーメン屋、レバニラ炒めのレバーが減っている。今回は、さらに減らされているということではなかったが、前回同様に少なかった。まあこれ以上はさすがに減らせないよな、ニラもやし炒めになっちゃうからね。レバニラ炒めを食べている者を他に見ないから、これが僕個人への嫌がらせなのか経営の厳しさによる苦渋の決断なのかが判別できない。
　次回は、他の客が注文するものを真似てみる。それで何かが少なかったりしたら、それは、抗議してやるからな。

9月7日（月）

また変な夢を見た。僕が、自分の性別が変わってしまっていることに気づかないという夢。複雑で、どう書いていいのか、気づかないと言ったって、客観的に自分を見ているような、夢だから、変だけど、女になったことに全然気づかないで、僕は働いている。といっても、それは、どこかの広いオフィス。クリニックではない。それでも同僚の中に田端さんと山根がいた。もちろん衛生士ではなくそこの会社員として。みんなが僕を他人行儀に扱う。僕はそんなみんなの態度を、不思議に思ってる。何年も共に働いている同僚なのに、なぜ突然みんなして僕を来客のように扱うのかと戸惑っている。実際、自分のデスクがない。そして、トイレに向かうとそこでも不思議な顔をされた。当たり前のように男子トイレで用を足しているから。

しかし、肝心なブツがなくなっていることに気づかないで用を足すことは、不可能だし、ブツは、付いていたということか、無意識でやりきっていたような、でもおねしょしてないし出なかったのかもしれない。とにかく目覚めてしまえば、いかにも夢らしい内容で、夢というのは、いつも掴めず、追究し過ぎると、脳が混乱してくる。それってなんだか、僕にとっては、女性のよう。

睡眠時に見る夢＝女性

それにしても、あの、コバエを引き寄せて、静電気で一気にやっつける画期的な筒。打ち上げ花火のような筒で、筒の先から2本の、しなやかな針金のようなものが垂れ下がっていて、その針金の先端には小さくて丸くて黄色い玉がついている。筒の先が回転すると、針金が黄色い円を描く。するとなぜかコバエが集まってきて、バチッと音を立てて消える。跡形もなく。あれ欲しい。あれだけは夢で残念と思う。その筒を巨大化させたら、僕だって消せるのだろうか。

早く仕度をしないと、行きたくないけど、頑張るぞ。

帰ってきて今朝の日記を読み返してみたけど、この夢をもうほとんど思い出すことができない。夢ってどんどん遠のいていく。よほど現実的であったり、ショックの強い夢であったりしない限りは、ほぼ記憶から消えていく。そうでなくてはならないだろう。でなければ、夢の中の出来事と現実、区別がつかなくなってしまうのだから。まあたまにあるか、たしかに、ある記憶が夢だったのか現実だったのか、分からなくなってしまうことが。それならば僕は夢の中で特別な体験をしてみたい。恐くないけど刺激的な体験とか。急に幸せになれるやつとか。びっくりするくらいモテる夢とか。

コバエをやっつける筒は、どこに置いてあったのだろう。オフィスの床か？　やけに広いところに置いてあったような気がする。変なの。いったいなんの会社だったのか。どうでもいいことだ。本当にどうでもいいことばかり書いている。もう日記を書くの、やめようか。僕がこんなことをしているのは資源の無駄遣いなのではないかと思う。シャーペンの芯《しん》、なくなりそうだから、文房具屋に行かなければ。

あと、今日、川西の化粧が変わっていた。なんか童顔になっていて、驚いた。あんなに可愛らしい目をなぜ隠していたのだろうか。髪も黒くしたらいいのに。結構上品な感じになると思う。まあ所詮、見かけ倒しだけど。

星川さんって本当にたいしたものだ。どうやってあの化粧を変えさせたのか訊いたら、「マイカちゃんに自分の可愛さを知ってもらったんですよ」と言っていたけど、それはいったいどういう意味だろう。星川さんてやっぱスゲー

9月8日（火）

今夜は大根おろしの冷たいそばを作って食べた。辛くて美味しかった。怒りにまかせておろしたからか。苛々した気持ちで大根をおろすと辛くなるのはなぜだったか、以前テレビか何かで知識を得たはずだが、忘れてしまった。それを知った日の日記に書き残してあるのかもしれない。でもそれがいつの日記だか思い出せるわけない。こういう時にパッとうまく引き出して読み返せないわけだし、やはり過去の日記は捨ててしまえばいい。場所を取って邪魔なだけだ、どうせたいしたことなど書かれていない。僕が死んだら、誰かが読んで、こんなこと考えてたんだ、生きづらかっただろうに、って少し同情して涙なんか流してくれたりするのだろうか。ないなー、そんな優しい人はいないだろう。こんなくだらないことで悩んでいたのかあいつは、やっぱりしょうもない奴だったんだな、と笑われるだけ。一番読む可能性があるのは母さんだ。母さんにだけは読まれたくない。

今日、僕がロッカー室に入った瞬間に、みんなが慌てて僕のロッカーの前から散ったように見えたけど気のせいだろうか。僕のロッカーの中のにおいを嗅ごうとか、そういうよからぬことを企《たくら》んでいたのだったらどうしよう。あそこにいたの、山根、垣内、北、田端。このあいだの香水をロッカーに撒こう。ロッカーなら、1プッシュしておけば、あの匂いもちょうどいいだろう。

余った大根を煮てから寝る。今日はなんだか、うっかり火をかけたまま眠ってしまいそうな気がする。ラジオ体操をしている間だけ煮ることにして、そのまま鍋に寝かせておいて、明日食べる前にまた煮る。やっぱりタッパに移して冷蔵庫で寝かす。だったら最初から明日食べる前に煮ればいい。でも運動不足なので、ラジオ体操は5セットやる。

夢占いの本を買ったことを思い出して昨日見た夢を調べてみた。女性に変身する夢を見るのは、今の自分に満足できていないから、らしい。そんなこと分かってる。

9月10日（木）

まだ暑いのに、もう秋が来たらしい。山根が新たな季節限定チョコを買ってきた。原口だけにあげてればいい。みんなに配らなくていいから2人で仲良く食べてなさいよ。もし僕にまわってこなかったらどうしようというあのどうでもいい緊張感、もう耐えられない。別にいらないのに、貰えないと妙な気持ちになるからいやだ。そもそも僕は、新たな季節の到来をもっと違うことで感じたい。こんなことなら、「僕は甘いのが苦手なので大丈夫です」とあらかじめ言っておけばよかった。地獄だ。山根はそうやって、あげたりあげなかったりで僕をからかっているのだろうか。今日は、「スズメ先生も食べます？」と1粒差し出されたので、頂戴した。スイートポテト味。ちょっと甘過ぎると僕は思う。

9月11日（金）

あの文房具屋の、店主らしき男は、電話をしながら、受話器の向こうは客なのか業者なのかは知らないが、とにかく電話をしながら耳の穴を小指でずっとほじくっていた。客の目に入るところでなんたる様。何も買わずに帰った。商品にかかっている埃が全部あいつの耳くそに思えた。もう行かない。だいたい電話の相手にだって失礼だろ。シャーペンの芯は、明日スーパーららで買うことにする。

今日はインプラントの適応症について田端さんに訊かれたので、インプラントは顎骨の状態がポイントなんだよねと説明していたら、原口が横から「ああ、インプラントはね、顎骨だけじゃなくて全身状態や生活習慣まで総合的に診て判断するべきなんだよ」と割って入ってきた。僕だってそれは分かっていたけど、顎骨が不足していたらその時点で禁忌症だからそう答えていた。田端さんに、最初から原口先生に訊けばよかったと思われてしまっただろう。

原口は昼休みに、郡司さんを診てあげていた。忙しい原口先生にとっては貴重な休み時間であろう、親切なことだ。しかし郡司さんはこれまで院長に診てもらっていたのではなかったか。

9月12日（土）

あの角のラーメン屋でラーメン定食を頼んだ。注文に悩んでいるふりをしていたら、後から入ってきた客がラーメン定食を頼んだからだ。僕の前に置かれたラーメンにはナルトがなかった。もうひとつのラーメンにはナルトが呑気な姿をして浮かんでいた。「これナルトが入ってませんよね？レバニラ炒めのレバーといい、あきらかに変だなあ、わざとでしょ？」と言えなかった。たかがナルト、されどナルトだろ。僕は、みじめで、だけどナルトのことなど気づいていない素振りで、店員の顔を見ることもできず、ラーメン定食を完食して、勘定で、おつりを貰う際には、つい、「すみません」とまで言ってしまい、店を出た。僕が出ていった後、あいつらは笑っただろう。お腹を抱えて笑い転げたに違いない。いいよ、もう行かないから。二度と。別の店にだっていくらでもうまいレバニラ炒めはあるんだよ。

9月14日（月）

「あ、足りない……」ってさ、「ああ、全然平気だから」と言うしかない。そこは、なるべく軽くさらりと対応しなければもっと恥ずかしいことになる。なにが「ごめんなさい……」だよ、変な空気にしやがって、やめろよそれ。院長だっていたのに。何個入りかなんてことは、最初から分かっていたんだろ、僕は君がコンビニの袋からチョコの箱を出した瞬間からなんとなくこうなることは読めていたけれども。なんだよもみじ味って。変なチョコばっかり買ってきやがって。なんなの？どんな味か全然想像できないよ。

あと、小山田さんにカレシを診る件はどうなったのかと訊ねたら、「ああ、なんか、勝手に自分の会社の近くのクリニックに行っちゃったみたいなんですよね、すみません」と、言われた。たぶん嘘だけどいいや。

それと僕は実は以前から、十橋鞠子《とばしまりこ》さんを可愛いなと思っていた。先週アポイント帳で彼女の名前を見つけた時から、久しぶりに会えるのを心待ちにしていたのに、左上5番にC3、そして、左薬指に光るものを発見。恋に忙しかったから歯をないがしろにしてしまったのだ。がっかりだ。

9月15日(火)

いま帰ってきてすぐに書いている。気持ちを落ち着かせたい。やばく尋常じゃない汗、一人でこんなに汗をかく僕をみんな驚いて見ていた。その視線に追いつめられてあと3駅なのに耐えられず電車から降りた。僕はどうかしてしまったのだろうか。ここのところどうもおかしい。電車にはもう乗れなかった。タクシーにも乗りたくなかった。歩いて帰ってきた。自分が半分ほど溶け出しているのではないかと思えるくらいにびっちゃりで、風邪をひくかもしれない。

シャワーを浴びたらだいぶスッキリした。どいつもこいつも苛立った様子で互いを睨みつけ、自分のことばかり考えて、ちょっとしたことで敵意をむき出しにする、そんな奴ばかりだ。心に余裕がなくて、醜い。人間の中に潜む邪気、その邪気を増殖させる憂うつ、湿度を含んだ外氣。世界を変える力なんて僕にはない。せめて口腔内の苦しみからは救い出してあげたい。僕の仕事はストレスを軽減させる力を持っている。

今日クリニックでは、郡司さんに「ちょっとバキュームを持ってくれない?」と頼んだら、「いや、私できないです」と言われてしまった。午後になって、彼女の態度はさらに酷くなった。患者

ていたのだろう。

作もとても乱暴で、顔は、つり上がった目を、潤ませていた。マスクの下の口はきっと固く結ばれ

さん以外の誰に対しても、ひたすら黙りこくり、二度三度と質問してやっと声が聞ける感じだ。動作もとても乱暴で、顔は、つり上がった目を、潤ませていた。マスクの下の口はきっと固く結ばれていたのだろう。

僕は、ここ最近の彼女を見ていて、心配はあったけど、ああいったかたちで態度に出すというのは、自分がいかに苛立っているかをみんなに知ってもらいたいというアピールに思えるわけで、それなのに、原口に「どうしたの？　何かあった？」と訊かれても答えず、「大丈夫？」と原口が言って、そしたら、「何がですか？」と返すのは、その声は明らかに反抗的なのに、複雑すぎる。原口も困った様子で「だってなんか機嫌悪くない？」と返したけど、「そんなことありません」と去られた。そしてそれをじっと見ていた僕と目が合った原口は、変な顔でお手上げのポーズを向けてきたので、僕も「?」みたいな感じで首をかしげて見せた。この時、僕は原口に妙な、親しみ、というか、ちょっと説明しづらい熱が湧いて、そんな自分をまた気持ち悪く思った。

彼女の目的はなんだろう。いっそハッキリと怒鳴り散らしてくれたほうがいいってみんなも思っていたんじゃないかな。ちゃんと、然《しか》るべき相手にぶつけるべきだろう。怒っているということを表現するならば、それは、いったい何に、そしていったい誰に、怒っているのかってことまで、ちゃんとやってほしい。それが僕だと言うのなら、それでもいいよ。何に怒っているのかちゃんと直接ぶつけてくれたら、直すよ。無言で怒る人の怒りの原因を探ることは、非常にしんどいことだ。たとえばこれが院長だったり僕にとってそういう目上の人がやっていることであれば、それは、「心当たりがある者は正せ」という合図として受け取って、必死で自分の落ち度を探すけどさ、なんで郡司さんに対してこんなにもみんなで神経を酷使しなければならないのかって、やや納得がいかないんだよね。どいつもこいつも、といった具合で僕ら全員に怒っているということならばまだしも、そうでないのなら、関係のない人を巻き込んで、気を遣わせて、自分は何も間違っていない、

怒らせた奴が悪い、怒っている私に対し周りが気を遣うのは当然である、といったワガママっぷりは社会人としては、どうなのかな、今日の態度はあまりにも、幼くて、僕は郡司さんを見損なった。

このあいだのX線撮影装置が突然動かなくなってしまった件が関係しているのだろうか。でもあれは郡司さんのせいではないし、それを誰も責めてなどいないわけだからねえ。

僕は院長と何かあったのではないかという気がしている。院長は、郡司さんのあの態度を完全無視していたようだし、それに若干ピリピリしているようにも見えた。郡司さんの態度に対して、院長の中にも怒りがあったんじゃないかと思う。でもそれをこらえたのだろうか、たとえ本当に原因が院長にあったとして、でも僕は、丸一日彼女にあの態度をとらせることを許してしまうのは、院長としてやっぱり違う気がする。最近うすうす感じてはいたが、院長は案外、気弱なのでは？　うまく誤魔化せているだけで、本質的には僕とさほど変わらない人種なんじゃないの？

院長も彼女の怒りの原因に心当たりはなく、ただ、そんな子どもじみた態度に出るやつを相手にするつもりはないという姿勢を見せているだけなのかもしれないけど。たしかに感情的になっているスタッフを甘やかす必要はない。そんなことにいちいち反応していたら、みんな図に乗っちゃって、うちのクリニックは、えらいことになる。でもあの空気の悪さが続くようならば動いてくれないと、毎日あれじゃ、こっちが摩り減っちゃうよ。何があったのか問い詰めるとか、一回しっかり怒りを爆発させてあげるとか、それを許さないのなら徹底的にねじ伏せるだったり、それなりの解決を院長がするところ、見たい。だけどこのまま いくと、ひょっとしたら、「いつも格好いい院長」像が、崩れる瞬間を見ることができるかもしれない。

9月16日（水）

今朝、僕よりも先に川西と郡司さんが、いた。泣いている郡司さんを川西が抱きしめていた。僕は、気にしていないふりをして、ただ「おはよう」と挨拶した。2人とも今日は素直に「おはようございます」と返してくれたけど、そのまま佇《たたず》んでしまった僕に、川西が「早くあっちに行ってよ」と言わんばかりの顔を向けてきたので、おとなしく着替えに向かった。喋っている音がなんとなく伝わっていたのでドアに耳をおしあててみたが内容までは分からなかった。僕はコーヒーを淹《い》れに行き、2人を盗み見た。だけど川西に気づかれて睨まれた。だから「大丈夫？」と声をかけた。郡司さんは「大丈夫です」と返事をしてくれたけど、川西は僕をうざったそうに見た。僕は気まずくなって、コンビニへ出た。

戻ると、郡司さんの顔に涙は残っていなかった。2人に「朝食べた？」と訊いたら、郡司さんが首を横に振ったので、サンドウィッチをあげた。郡司さんが「ありがとうございます」と言ってくれた。川西も続いて「ありがとうございます」と言ったけど、それはいかにも仕方なくといった様子だった。

郡司さんは今日一日、元気とまでは言えないものの平常に仕事をこなしていた。川西と喧嘩《けんか》をしていて、そして、今朝、両者話し合いにて解決。そういうことなのだろうか。それとも川西が郡司さんの相談に乗り、心を楽にした、とか、2人して目がとても、疲れていたように見えたけど、何度も泣いたからなのか、もしかしたら、あの時間にクリニックにいたということは、昨日は夜通し2人でいたのかも。僕はもう郡司さんの泣き顔も怒り顔も見たくないなあ。クリニックが平和でありますように。

帰りにシャーペンの芯を買うためスーパーららに寄った。明日の朝に食べるパンにハムを挟みたくなって、というのも、郡司さんにあげてしまったサンドウィッチがハムサンドだったわけで、そのハムサンドに、心残りがあったというわけでもないのだけれど、それで、ロースハムか生ハムかで悩んでいた僕の横に、割引シールを貼る作業をしていた僕より5つほど年下ではないかと思われる男の店員がいて、その彼のもとに、大学生くらいの男の店員が、「紹興酒を探しているお客の人がいるんですけど……」と助けを求めにきた。「お客の人」だなんて変な言い方だと思って引っかかっていると、シールを持った店員は不安げに呟いた。「紹興酒……」と。そして、ピンと来ていないといった表情のまま、その大学生くらいの店員とともに酒コーナーへと歩いていった。以前からあの店の紹興酒の配置には疑問を持っていたから気になって僕も店員たちについていくことにした。

ずらりと並ぶ酒瓶の前にその2人の店員は立ったわけだが、その姿は、頼りなかった。先輩面で偉そうぶった表情の男と、ぬぼーっとだらしのない素振りの男が並んで、紹興酒を探しているわけだけど、その視線は雑に運ばれていて、先輩面は簡単に諦めの色を見せた。そして、「紹興酒は置いてないみたいだな……」みたいな呟きを漏らした。そこにあるのに！　僕は、「紹興酒を探しているんですよね？」そう割って入ってしまった。この僕が。自分でも驚いた。だって僕には埃をかぶった紹興酒の瓶がしっかり見えているわけだから、いてもたってもいられなかった。そしたらなんとその先輩面は、僕に対し、客である僕に対して、平然とした顔で「ええ、あのお客さまがお探しです」と言ってきた。訳が分からない。まったくおかしな言い方だ。しかし僕はもうすでに心臓がオーバーヒートで、直進するしかなかった。先輩面が示した先に立っていた女の人に、「紹興酒ですよね？」と言うと、その人は、その状況において場違いなほど明るい声でにこやかに「はい」と頷《うなず》いた。綺麗な人だった。ここにありますよと教えてあげられて良かった。お節介だったかもしれないとも思ったけど、僕が教えなかったらあの女の人は紹興酒を探し求め夜の街を彷徨《さまよ》わなければならなかったかもしれない。そんなの可哀相だろう。それを防ぐことができたのだから、良かった。せっかくそこにあるのに見逃すのは、とてももったいない。

その綺麗な人は、僕の指差す紹興酒を、埃などまったく気にしない様子で手に取った。仕草といい雰囲気といい、なんだかとても華のある人だった。しかもとてもいい匂いがした。僕はくさかったかもしれない。興奮して汗をかいていた。

紹興酒は、もうこれを契機に配置を変えるべきだ。ああいう死角にはワインとか日本酒みたいに種類をたくさん用意しているものを並べておくべきだろう？　ワインや日本酒目当ての客は、どの銘柄にしようかと端から見ていくわけだから一番下の左隅であろうとも目が届くわけで、でもあまり頻繁に購入されないであろう紹興酒は、しかも1種類しか置いてないわけだから、そういうものこそ目立つところに置いてやれよ。あの場所じゃ「今日は何を飲もうかな」なんて迷っているフリーの客にも気づいてもらえない、それでいて紹興酒目当てで来た客も見つけられず、店員まで「紹興酒は置いていません」って、それでついには、売れ行き悪いということで置かれなくなったりしたら、そんなの報われないよ。たいしてお酒を飲まない僕が何もこんなにムキになることはないが、どうも納得がいかない。是非そうしてほしい。僕はららが好きだ。でもその理由は、レジに1人、とても愛想のいい女のコがいてくれるからだ。アジサイのようなコが。今日もいた。でも隣のレジが空いてしまっていて、そっちに行くしかなかった。あの無愛想なおばさん苦手。みんなアジサイのレジに並びたいのだ。もうちょっと愛想が良ければな。愛想ひとつで彼岸花、ふたつでコスモスにだってなれそうだけど。同じお金を払うなら愛想のいい人に渡したい。アジサイみたいなあのコがスーパーららの価値を高めているのだ。愛想がいい人に触れると、自分も人に愛想よくしたいって思える。自分も愛想をよくすることで誰かの気分を良くすることができるんじゃないかと。そうやって人から人に伝わっていくこれは、ひとつの魔法ともいえる。ああいうコが世界を変えるのだ。明るく塗り替えていく。

ちなみに、季節の新作チョコを発見して、買ってみた。柿味。僕の知る限りでは、まだ山根が買ってきていないチョコのはず。明日、昼休みにみんなに配ってみようと思ってる。ちょっと照れくさい。山根はどう思うだろうか。普段の仕返しで自分だけ貰えないんじゃないかって不安になるだろうか。でも僕はそんなことしないから安心していいよ。ちゃんと、スタッフ全員に配れるよう数量を確認して2箱買った。でも、ちょっと不安にさせるために、もったいつけて最後にあげることにしよう。

山根、柿味に喰いついてくれるだろうか。それとも、自分の楽しみを奪われたと逆に気分を害してしまったりなんてこともあるのだろうか。私の真似してんじゃねえよって思うのかも。

喰いついて欲しいという願望が、実はある。だから買ったわけで、本当は箱を開ける前に最初に山根に見せたい。「山根さんほら、見て。このチョコ、知ってる？　昨日、帰りに家の近くのスーパーで見つけたから買ってみたんだ。食べる？」この言い方だと、「食べる？」までの前置きが長いので、「山根さん、これ、食べる？」と言えばいい。「なんですか、これ」と山根が言う。「柿味。昨日スーパーで見つけて気になったから買ってみたんだ。（好きでしょ？　山根さん、こういう季節限定のお菓子）」でどうだろう。（　）の部分は言うか言うまいか。余計なことは言わないほうがいいかもしれない。その場の雰囲気で判断しよう。どっちみち明日、山根の態度が悪かったら出さないで翌日に見送る。

このあいだ山根から貰えなかったもみじ味も売っていたのでさっき食べてみたけど、どちらかというと、ニッキの味がした。箱の裏の原材料名を見ても、もみじなんて使っていないのだ。よく見ると味ではなく風味となっているわけだけど、それでもなにがもみじなのか分からない。

9月17日（木）

「何これー！　知らなかったです」山根に柿味のチョコを見せたら、喰いついたので、1粒あげた。川西が冷めた目でこっちを見ていたので、媚びているわけではないぞ、ただ純粋に、新しいチョコを見つけたから買ってみただけだぞ、と、無言で言い訳をしながら、「食べる?」と彼女にも差し出したが、全力で不味《まず》そうな顔をして「柿味でしょ? 私は大丈夫です」と言った。

食べた山根の感想は、「んー、びみょ〜」。僕も食べてみたけど、「たしかに、びみょ〜」と言ってしまった。オレンジ色したそのチョコは、美味しくもなく、かといって笑えるほどの不味さでもなかったせいで、盛り上がらず。僕がもう誰にも配る気がないことを感じ取った川西が、面白がって「院長の机に置いておきましょうよ」と提案。僕が未開封のほうの箱を渡すと川西は院長室に持っていった。院長が明日来て食べたら「なんだこれ」とムッとする、そしたら僕のせいにするつもりだろう。川西のことだ何を企んでいるか分かったもんじゃない。やっぱり明日の朝、回収する。

ところで、川西が僕に冷めた目を送ったのは、媚びた相手が山根だったからって気がしたんだけど、気のせいだろうか。郡司さんがああなった原因が山根にあるのかも。それで今日一日注意深く見てみたのだが、たしかに山根と郡司さんは喋ってなかった。川西も山根と喋ってなかった。でも山根が郡司さんをイジメるようなことをしていたとして、郡司さんの味方に川西が付いているのならば、山根に勝ち目はない気がするのだけれど、山根に仲間がいるとするなら、田端さんだろうか。クリニック内で対立が起こるかもしれない。前のクリニックのように大変なことになるのはイヤだな、ああいうのは。女は恐い。

9月18日(金)

暗証番号が頭から抜け落ちてお金がおろせなかった。2回間違えたので恐くなって帰ってきてしまった。ストレスが原因だ。冷静になって考えれば必ず思い出せる。

財布には4,673円入ってた。これが尽きる前に思い出せればいい。僕の性格上、意識が働くと、これまで自然と動かせていたものが硬くなる。大切なのは、無意識の状態を作ること。これまでも何度か自信がなくなったことはあった。その度に控えておいたほうがよさそうだと薄《うっす》ら感じていたが、泥棒に入られる確率が10％とするならば、頻繁に使う口座の暗証番号を忘れてしまう確率なんて3％にも及ばない、くらいに、高をくっていたところがあった。

高校1年生の夏に立ち食いそば屋「くいねぇ」でアルバイトを始めて、その時に作った口座、どのハンコを使ったのかは、最早《もはや》思い出すこと、不可能と言える。家にあったハンコのどれかなのだろうと思うから、つまり母さんのハンコということだ。暗証番号は、自分のは避けて、当時好きだったエマニュエル・ベアールの生年月日から数字をランダムに入れ替えたのだった。彼女の生年月日、調べればいい。

やっぱりストレスの原因、書いておこうと思う。僕は今日、自分の悪口を聞いた。山根と垣内、そこには川西もいた。意外にも川西の口からは、悪口めいたことは出なかった。でもどうせ、ざまあみろと思って聞いていたのだろう。

「ホントそう！　今日だって3歯ブリッジの支台歯形成に1時間だよ？　原口先生は30分もかけないでやってるのに」と山根。この「ホントそう！」の前にも誰かの発言があるわけだから、もしかしたら誘導したのは、川西だった、ということは有り得る。

「自分のことばっかり考えて、もっとトータルで考えるべきですよね」と垣内。

「でしょ？　そう思うでしょ？　ああいうのって自分勝手なこだわりなわけで、ホント見ててイライラしちゃうんだよ、短くできるところは短くしようよって感じ」と山根。うるせー、チョコ返せ、吐き出せ。

「青井先生が要領いいだけに、なおさら浮いちゃってますよね」と垣内も調子に乗る。

「アオッチって要領いい？」と川西。「良すぎでしょ。あれはどんどんいい先生になるよね」って山根、何を偉そーに批評してんだ。どっから物言ってんだ？

川西のあの発言は、あれは、青井くんのことを川西は要領がいいとは思ってないということだろうか。あと、川西しっかり山根と会話してるじゃん。ま、そんなことどうでもいいや。

僕の悪口から青井くんを褒める会に発展していったようなので、僕は見つかる前にその場を離れた。

自分勝手なこだわりか……患者さんに、「まだやるんですか?」と言われる時の僕の気持ち。あー、本当に誰も、僕の想いを分かってはくれない。虚しくなって、それでそのまま院長に社員旅行に参加できないと言ってしまった。「母がちょっと手術で入院していまして、ちょうど社員旅行の時期に退院なのですが、付いていてあげたいんです。急で申し訳ないのですが……」と、母さんには申し訳ないが、使わせてもらった。僕は、あいつらと社員旅行だなんて、うんざりなんだ。毎年みじめな思いに浸かる。途中で帰りたくなる。今の僕は、そんな自分の弱さに、なにより耐えられそうもない。

「お母様、ご病気なの?」と心配する院長に、「腰椎《ようつい》椎間板ヘルニアなんですけど、一人暮らしなもので……」と説明した。院長は「そう、それなら仕方ないね」と言ってくれた。嘘なのに。母さんは有難いことにピンピンしているし一人暮らしでもない。とにかく行きたくないという思いで必死だったからわりとすんなり口が動いた。心臓はバクバクいって痛かったけど。

今日は、そんなことで疲れたのだ。でも、社員旅行からも解放されたし、明日からは連休だし、ゆっくり休めば回復するだろう。

あと今日、
やっぱり、書くのやーめた、寝る。あー働かないで好きなことだけして生きていけたらいいのに。好きなことっていっても、特にやることないけど。

9月20日（日）
テレビを観ていたら、カメラに向かって陽気に振る舞う男性レポーターの背景に、思いっきりティッシュで洟《はな》をかみながら歩くおばさんが映っていて、僕は釘《くぎ》づけになった。そのおばさんはどんどん前進してきて、ハンバーグ屋さんの前で足を止めたレポーターとすれ違うところで、とうとうティッシュを鼻の穴へとねじ込んだ。大きく膨らんだ鼻、口呼吸。おばさんはそこではじめてレポーターに目をくれたが、なんの興味も示さずに平然と画面から消えた。レポーターもハンバーグへの期待を表現することに熱中していてそのおばさんに気づかなかった。平和だ。あのおばさんのような強さが欲しい。僕に足りないのは、そういうところだろう。ハンバーグ食べたくなってきた。ジューシーで、あったかいやつ、大判のハンバーグ、食べたい、食べたい食べたい、手作りの。

9月22日（火）
調子が悪い。気持ちが悪い。苛々して仕方ない。だらしない自分への苛立ち、器量が悪い自分への苛立ち。
熱っぽい。自分を責めるのはやめよう。無理をせずに、ここはゆっくり休もう。僕は疲れている。疲れているのだ。なんだか、漂って生きてみようかと思う。
心を無にして生きてみようと思った。

9月24日（木）
川西がまた患者さんにご飯誘われているのが聞こえてしまった。あんな小娘のいったいどこがいいのか、センスを疑う。川西は行くつもりなのだろうか。そんなことはどうでもいい。
今日の帰り際、院長と星川さんが話している姿を陰から、じっと見つめる郡司さんを見た。恐かったので「お疲れさま」と声をかけてみた。そしたら、「あっ、お疲れさまです」と慌てて振り返った彼女の唇は変に力んで歪《ゆが》んでいた。大丈夫だろうか。

9月25日（金）

帰り、駅のホームを歩いていると、横で突然ドンッという大きな音がした。それは、電車を待っていたおじいさんが紙袋を地面に落としてしまった音だった。落とした衝撃で中に入っていたワインの瓶が割れてしまったんじゃないかと思うのだけど、よく分からないのは、丁寧に瓶の注ぎ口からドクドクと中身が流れ出ていたところだ。もともと開いていた飲みかけの瓶だったのかもしれない。紙袋のせいで全容は分からないけど、とにかくワインはどんどん出て、持ち主のおじいさんも周りの僕らもただ途方に暮れたように、広がっていくワインの紫の溜まりを、見ていることしかできなかった。

この出来事が、僕のせいである可能性について考えている。おじいさんにはぶつかっていない。近かったは近かったが、おそらく服すらかすってない。でも、僕が横を通ってしまったから、あのおじいさんの手が緩んでしまったような気がしてる。僕が髪を染めたあの日も、あの無口な店主が僕の髪を乾かそうとしたところ、「壊れてる」と呟いて別のドライヤーを使っていたし、昨日は僕と同じ車両に乗っていた女が突然吐いた。そして、その女の近くにあったドアの横に貼られた広告はなぜか天地逆さまになっていた。こんなの、冷静に考えたら普通じゃない。1週間ほど前だって、原口が処置中に突然タービンが壊れたと言っていた。このあいだの、X線撮影装置が急に動かなくなったのだって、あれも全部僕のせいなんじゃないのか、半年前に通販で買った腹をシェイプさせるマシーンだってこのあいだ久しぶりに使おうと思ったら壊れていた。お祓《はら》いとかしたほうがいいのだろうか。こんなこと誰かに相談したら、余計にみんな僕に、近寄られたくないって、なる。

しかし川西は壊れない。今日も元気だ。というか、すでに最初から壊れている。あの図々しさ、ホント理解できない。ついに院長との関係を星川さんに突っ込んでしまった。驚愕《きょうがく》。「星川さんと院長って、付き合ってるんですかぁ～?」って言った。その場にいたみんなが凍った。僕、原口、山根、そして、そこに郡司さんもいたっていうのが、この出来事のキーポイントなんだと思う。「う～ん、院長先生素敵だけど……院長先生ってどちらかというと私より、マイカちゃんのことを可愛いと思ってるんじゃないの?」星川さんは、そう言った。あんな失礼なことを言われたのに、さすが元CA、動揺は見せない姿、格好いい。でも恐い。川西も「え～、いやだぁ、どうしよう～」なんて言っちゃって、白々しいっていうんだよ、そういうの。恐いよみんな。

川西がいまさら、わざわざあんなふうに、しかも僕らがいる前で星川さんに直接突っ込んだこと、その時の郡司さんの星川さんを見る目の強さ、このあいだの朝の涙、周りを困らす不機嫌な態度、やっぱり僕の予想は当たっているのかもしれない。すべてを知っていると思われる川西は、いったい何を企んでいるのやら。クリニック内の人間関係が壊れたら、僕はお祓いに行く。

9月28日(月)

このあいだの金曜日、またみんなで飲みに行き、2次会は院長の家だった。そんな話をちらと耳にした僕は、田端さんと2人になった時に、「何、このあいだの金曜日はみんなで院長の家に行ったんですって?」と、何気ない感じで訊いてみた。

「ええ、もう、すごかったですよ、広くて」そりゃあ院長の住まいは広いだろう。だけどそんなことはどうでもよかった。「へえー」と相づちを打ってから、「なんで行くことになったの?」と訊ねたが、「なんでって、成りゆきですかね」なんて言って黙る。この人は、もっとその先にあることを、なぜいつものように勝手に喋り出さないのかと、僕は歯痒かったが、「成りゆき?」と、何気なさをキープした。そしたら、いつもの店で飲んだ後にもうちょっと行こうという話になって院長が「うちに来る？」と提案したのだと言う。まずそこに驚いた。どうせ誰かが言い出して、つまり、何かを企んでいる川西がそこで駄々をこね、仕方なくそうなったのかと僕は想像していたので。

「先生も来れば良かったのに。楽しかったですよ、高価なワインも開けてくれて」と言われたが、僕は、誘われてない。このあいだの飲み会も断ってしまったから、どうせ来ないだろうと思われた、ということでそこは理解したい。田端さんが、来れば良かったのに、と言ったということは、人選の裏にこれといった大々的な作意があったわけではない証だろう。今日はそんな詮索はどうでもいい、続きを書かなければならない。

　僕がまず気がかりだったのは、院長の家に郡司さんや星川さんが、行ったのかどうか、ということで、2人が、またはそのどちらかでも院長の家庭に足を踏み入れたのであれば、そこで何も起きないはずがないわけで、しかもこのあいだの金曜日なんて、川西が星川さんに、「院長と付き合ってるんですかぁ～？」などという馬鹿げた至極失礼なことを言った日で、だから僕は院長の家で起きた出来事を田端さんから上手く訊き出したいのだけれども、僕は、好奇心を剝き出しにしているように田端さんに思われて同類扱いされるのはイヤだったので、何気なくお喋りをしていたら、物凄いことを聞いてしまった、という展開を望み、そしてそのせいでこんなにも手順を踏まなければならなくなっている自分を馬鹿らしいと思いながらも、「で、院長の家には何人で行ったの？」と訊いた。それでやっとそこに郡司さんも星川さんもいたということが確定した。「えー、郡司さんでしょ、マイカちゃん、原口先生、あと星川さん、それで私だから、5人ですね」とのこと。この時、僕の内心は「やっぱり星川さんも郡司さんもいたのか！」だったのだが、いま田端さんからこの話を聞いて初めてその事実に驚いている、事前に想像などなにもしていない、というのを表現するために僕は、「え！　だって院長の奥さん家にいたんでしょ？」という言い方をした。そしたら

「ああ、そのことですか。先生知りませんでした？　院長、離婚したんですよ」と、まさかの新事実に本当に驚かされた。だって院長の離婚というのは、今のクリニックにおいて、一大センセーションなんじゃないかって思ったら僕は「知らない知らない。離婚？　なんで？　いつ？　何があったの？」と喰いついてしまって、結局、好奇心剝き出しとなった。田端さんも理由などは詳しく知らないとのことだが、どうやら3ヶ月ほど前に離婚したらしいという話を1ヶ月ほど前に原口から入手していた。つまり院長は離婚して4ヶ月ほどになるということだけれども、原口はその情報をどうやって得たのか。院長から直接教えてもらったのだろうか。「知りませんでした？」だなんて、そういうことは田端さんから教えてもらわないかぎり僕は知らないでしょうよ。院長が星川さんとそういう関係だということだって教えてきたの田端さんなわけだから。

僕は、ここ最近の郡司さんのおかしな態度との繫がりや、離婚に至った原因などについてだとか、色々と憶測が湧いたけど、口にできずに言い淀んでいたら、「先生もやっぱり離婚の背景に星川さんがいるのか気になるんでしょ」と言われた。この人のこういうところが気に入らない。それに田端さんは考え方が浅い。僕はもっと色んなことが気になっている、一緒にしないで欲しい。僕は田端さんへの不快感を抑えて、「そういうんじゃないけど……」と言ったのに、田端さんはさらに、「そりゃあ気になるわよねえ？」なんてニヤニヤして体を近づけてきたから、僕は一気に冷静になり、口を閉じた。

自分が情けなくなった。他人のどうこうに興味を持つ、面白がる、そういうの、嫌いだ。そもそもは僕の場合、心配から始まっていた。僕は郡司さんの涙も、嫉妬深い目も、目撃している。だから心配なんだ。そこに何があるのか、知りたいって、たしかに思ってる。だけどそれは、田端さんのような、ただのイタズラな好奇心とは違う。とはいえやっぱり、いつの間にか面白がっていたのも、たぶん事実。人のプライベートなことに首を突っ込んで面白がるなんて、根性の曲がった奴がすることだ。こういうのって、面白がっちゃ駄目だ。

田端さんは、たぶん郡司さんと院長の関係に、まだ勘づいてないのだろう。このまま何も気がつかないでほしい。厄介だから。

院長の家って、どんな感じなのだろう。シンプルで、片づいている、もう奥さんの物とか残ってないのだろうか。ずっと一緒に暮らしてきた場所に、たった1人。見慣れたはずの視界から物がぽつぽつ消えている。どんな別れ方であっても淋しいものだろうな。長い年月共にして、離ればなれ。なんで奥さんのほうが出ていったのだろう。しかもあの奥さんが。こういう時って、なんとなく、問題を起こしたほうが出ていくものだと思っていた。案外、奥さんの事情で、離婚したのか、うちの親のように。

面白がっているわけではない。でも、気にしてしまう。

9月29日（火）

鈴虫の音が心地よい。癒されてる。

9月30日（水）

僕はしつこい人間なので気になった。それで今日、田端さんに「ねえ、院長の部屋ってどんな感じなの？」と訊くと、「すごく素敵でしたよ。上品で、イメージ通りって感じで」、そうやって言うから「イメージ通りって？」と訊いたら、「だからすごく院長〜って感じの部屋でしたよ」なんて言う。田端さんには、表現力がない。僕は、「イメージ通り」であるのならそのイメージがどんなものであるかを訊いている。だからせめて、黒で統一されていただとか、カーテンの色だったり、どんなスリッパだったとか、ソファーが革でなく布だったんだとか、トイレがどんなで、洗面台の横にはこんなタオルがかかっていただとか、そういうことを教えて欲しかった。僕は、面倒くさくなったから「でもさ、なんで奥さんのほうが出ていったんでしょうね」と言った。やっぱり田端さんはニヤニヤして、でも今日はそれに対する苛立ちは起きなかった。「何よ、その顔は」と言うと、「やっぱり色々気になりますよねえ？」って言ってくるから、「うん、気になるね」と、認めた。「やっぱり気になるんじゃない」なんて言って田端さんは素直じゃない僕を批判してきたけど、田端さんだって僕に話したかったに違いないのだ。認めてしまったおかげで、あの金曜日の夜のことをかなり具体的に知ることができたので、よしとする。どうせ僕は矛盾している。結局は、好奇心があって、ただ、いくらかマシなのは、僕はそれを恥じているという、それくらいのものだろう。

田端さんは、酔っぱらった川西が郡司さんを巻き込んでこのまま自分たちもここで一緒に暮らすと言い出したので、2人を残して先に帰ったのだと言っていた。だいたい僕の見解だと、どうせ川西のことだから、郡司さんの腕にでも巻きつきながら「こんな広い部屋に院長ひとりなんて淋しそう～。私たちが一緒に暮らしてあげますよぉ～。マッサージとかしてあげちゃう～。郡ちゃん家事得意だもんねー。3人で一緒に暮らそーよぉ～」みたいに勝手なこと言って、かなり何度もしつこく言って、それで原口あたりが配慮して「そろそろ、お開きにしましょうか」と仕切り、2時頃にはみんなで帰ることになったが、川西は「まだ帰りたくない～、このまま泊まってもいいでしょ、院長ぉ～」とごねた。と、そんなところだろう。目に浮かぶ、声も姿も、まるで自分がそこにいたかのようだ。あの女の、存在の濃さは、強烈だ。2人は本当に院長の家に泊まったのだろうか。星川さんはどういう気持ちで川西の言動を見ていたのだろう。そもそも星川さんは郡司さんと院長のことに気づいているのだろうか。あの星川さんが、川西の挑発に気づかないわけがない。

ところで田端さんは、この夜に水面下で起きていた各々の心裏の戦いを、その場にいたというのに、感じ取れなかったようだ。そんな田端さんに僕は一応、「川西さんは相変わらず変なこと言うね。せっかく院長、独身を謳歌《おうか》できるっていうのに、川西さんたちが転がり込んだら、これはちょっと賑《にぎ》やか過ぎて耐えられないでしょう。本当に独創的で面白いコだよ」というような感じで言ってみたわけだが、田端さんは「マイカちゃん、星川さんと院長の関係を知らないのかな、教えてあげたほうがいいんだろうか。私、マイカちゃんって院長のこと好きなんじゃないかって思うんだけど。それとも知っていて、あえて星川さんを挑発しているのだとしたら大変ね」などとひどくトンチンカンなことを言った。田端さんは、あとでこの三角関係が明るみに出たらきっと、自分の鈍感さを悔やむだろう。「院長、困ってた?」と訊いても、「困ってる様子ではなかったな、というよりむしろ、悪い気はしてない感じでしたね」と呆れたように笑っていた。院長もかなり酔っぱらっていて、甘えたように「じゃあこれからはマイカが全部、俺の面倒見てくれよ」なんて言ったらしい。田端さんは、「院長もマイカちゃんのこと可愛がってますしね。星川さんから、マイカちゃんに乗りかえるってこともありうるのかもしれませんよ。結局、若い女の誘惑には勝てないんですよ男って、そうでしょ?」と言っていた。田端さんもきっと、夫と色々あるのだ。つい僕は「僕は若い子は苦手ですね」と余計なことを言ってしまった。そしたら、あらアンタはそんなこと言っていられる立場じゃないのよ、とでも言いたげな顔で「あら、そう?」って返ってきた。

川西がわざと挑発するような態度をとって院長と星川さんの関係を壊そうとしている、というのはおそらく間違ってないが、それは自分の為ではなく、郡司さんの為にだろう。田端さんは、このことよりも星川さんが院長の家の台所をかなり把握していたことに一番注目してしまっていた。「あれはやっぱり、しょっちゅう通ってるね。もしかしたら、もうあそこに住んでるのかもしれない。あの日だって、タクシーで帰るふりして、マイカちゃんたちが帰るのをどこかで時間を潰して待ってたんだと思うよ。健気《けなげ》よね。だからマイカちゃんは、ダメね。あったとして、愛人? そのうち星川さんとの再婚話が出たりして、そうなったら今度は星川さんが本妻で、マイカちゃんが愛人ってわけでしょう、ややこしいわ〜、もうそういうの、ややこしいからや〜ね」って、嬉しそうに言う田端さんはバカだ。勝手にいろいろと憶測して、何も分かっていないくせに。だけど僕は黙った。こういう事を、それこそ「ややこしく」させるのは、大抵、外野の人間なのだ。静かに見守るべきなんだ。当人たちの問題なのだから。

川西はなぜわざわざ掻きまわすようなことをするのか。郡司さんが川西にやらせているのだろうか。郡司さんはいったい何を考えているのだろう。だけどこの件で出しゃばり過ぎの川西が、院長にうっとうしがられて、辞めることになればいい。

うちの人間関係がややこしくなるのは、良いことではない。社員旅行が心配だ。今になって、社員旅行に参加しないと決めたことを少し後悔する気持ちが芽生えている、けど、どうせ僕が行ったところで中和させられるわけでもない。誰かの気持ちを汲み取ってさり気なく慰めるなんてことだってできやしない。青井くんは、このごちゃごちゃに気づいているのだろうか。意外とそういうことには無頓着って気がする。というよりも、興味がないのか、そんなこと、どうでもいいと思ってるのだろう。彼は、人に興味がない。だからあんなに器用でいられるのだ。僕は、見守る。もうそうせざるを得なくなってしまったから。ただ、僕は誰の味方だろう、星川さんだろうか、院長なのかな、郡司さんは、泣いていた、星川さんだって、1人の時は、泣いているのかもしれない。院長は何をやっているのだろう。誰の味方って、そうやって考えるのは難しいし、僕は、そんなこと、誰にも望まれていない。

10月2日（金）

ただいま！　これでしばらくは面倒な人間関係から解放される。楽だ。郡司さんたちのこととか、気がかりではあるけど、それもたいしたことではない。

「お母様はもう退院したの？」と院長に訊かれて、僕は「はい、昨日、退院しました」とまた嘘を重ねた。「ハワイの土産、買ってくるよ。お母様、お大事に」なんて院長は言っていたけど、本当は僕の嘘に気づいているのではないだろうか。帰ってきたらまた何か訊かれるかもしれない。「お母様の具合どう？」とか言われて、僕は「はい、おかげさまでだいぶん良くなりました」とかまた嘘言っちゃう。嘘だってバレているかもしれないのに。気が重い。でもあの時は仕方なかった。しかしこの休みを無駄にはしない。充実したものにして、みんなが驚くような僕になって、みんなを迎え入れようと思う。

10月6日（火）

ダメだ、久々に数独にハマっている。あともう1問だけ、今度こそあともう1問だけだからと、やめられず、だからとりあえず日記を開いて自分をいましめることにした。なんで僕ってこうなのか。こういう時に、しっかりと勉強したり努力したりしないから、いつまでたっても成長できない。怠け者のくそったれなんだ。歯医者ではなく敗者とは、なんて僕にピッタリのダジャレ！　こんなこと書いてもシャーペンの芯のムダ、エネルギーのムダ、握力、ノート、全部ムダ。本当は手より口を動かしたい。誰が僕のこんな話を聞いてくれるんだ、僕の横にいて、しょっちゅうこんなことばかり聞かされてたら、ストレス溜まると思うよ。「で、その話、オチは？」ってね。寿々音はどうしているだろうか。道で偶然会ったりしないかな。まだあのマンションに住んでいるのかな。見に行ったらストーカーだよな。

こんな過ごし方は今日までだから、明日からは片づけもするし、勉強もする。

今頃みんなはハワイで何をしているのだろう。僕は今から最低でも2時間は集中して勉強しよう。でなきゃバチがあたると思え。

10月7日（水）

クリニックでこれを書いている。いま、なんかとても変な感じがしてる。異常な静けさで、それはまた、朝に一人でいるのとは違う、なんだか、まるでこの世から人が、すっかり消えてしまったような、僕は、こんなふうに日記を開いて、この世に独り取り残された淋しさを慰めようとしているみたいだ。

不安になって、窓際に移動した。窓外に、人がいる。携帯電話を手にしたスーツ姿の男が、足早に歩いている。取引先に向かっているが、遅刻するかもしれない。以前にもそこへ遅刻したことがあり、焦っているが、汗だくになるのがイヤで走れない。彼はもう、「タクシーに乗ったら渋滞に巻き込まれてしまいました」と嘘をついてしまおうと決めた。

荷物をたくさん載せた台車を転がす宅配員、宛先のひとつに、学生時代に自分を苛《いじ》めた同級生と同じ名前のものがある。あいつかもしれない、同じ名前ってだけでも届けたくない、どうするべきか。あいつが今でも憎い。

細長いヒールで颯爽《さっそう》と歩くキャリアウーマン、自分に自信がありそうだ。何人もの男を手玉に取ってきた。いまもオフィスでは彼女に恋い焦がれる男が数人、彼女の戻りを待っている。それに嫉妬する同僚の女が彼女の机の裏に噛み終えたガムを付けた。彼女が戻って座り、自慢の脚を組むと、膝《ひざ》にそのガムが付着する。高いストッキングが台無しだ。モテる女はつらい。

好奇心旺盛《おうせい》な幼児たちを連れて歩く笑顔の保育士、夜になれば、潤んだ瞳で甘えてくる年配の男の弱々しい髪の毛を「いい子いい子」と撫でる。それもそろそろ負担になってきていて、どう別れ話を切り出せばいいのか、頭を悩ます。部屋で会ったりなんかしたら、きっと床に転がって駄々をこねるだろうから、昼間に相手の会社を訪ね、ロビーで話そうか。重役である彼は、きっと何もできない。腕を摑んで離さず、いつものように瞳を潤ませる程度か。そしたら言ってやるんだ、「気持ち悪っ」って。

重たそうなスーパーの袋を両手に持って家路を急ぐ主婦、今日は娘の家庭教師が来る日だから、腕を振るう気だ。外見も頭脳も優れた青年に、母も娘も夢中になっている。1人の男を巡って争う母と娘。ドロ沼化するだろう。

ほうきで道をキレイにするお爺《じい》さん、目の前で若い男にゴミをポイ捨てされ注意をしたら、「だってあんたが片づけてくれるんでしょ？　だからここに捨てたんだよ」と言い返されて以降、もう未来に希望が持てなくなった。なんでこんな世の中になってしまったのかと嘆いている。自分は教師という職業に人生を捧《ささ》げ、少年少女が社会に羽ばたき、よき未来を築いていけるよう導いてきたはずだった。みんな生まれた時は純粋無垢《むく》なのになぜ悪が芽生えるのかと心を痛めている。人間は生まれながらに悪が備わっているのかもしれないよ。赤子の固く握られた手を開いてごらん。小さな悪が、もうそこで仕度を始めてる。

ものすごく可愛い人が通った。メガネが似合っていた。綺麗な形の白い脚だった。手ぶらだったけど、どこに行くのかな。人が生きている。僕は、すぐ感傷に浸り、甘え、立ち止まろうとする。歯科医を辞めてしまおうかなんて考えていた。だらしない人間だ。

僕は余計なことに気を取られ過ぎている。みんなは僕のことなど見ていない、意識もしていない。分かってる。だけど僕は自分がどう見られているかを気にしてる。僕は、人を意識し過ぎて、うらやんでばかりいる。人のことが、生き方が、考え方が、気になって仕方ない。自分と何が違うのか、どうして違うのか、考えてしまう。

僕は、自分をさらけ出して、この際だから全部、それで、みんなにしっかり嫌われて、とことん傷ついてみようか。自分の血で血まみれになってしまえば、もう何も恐くなんかないんじゃないか、ヨロイを捨ててさらけ出す生身の自分、それがどんな人間なのか、僕も知らない。無防備に立って、容赦なく剣を受けて、血まみれになって、その血を洗い流したら、いったいどんな自分が出てくるのか、傷口が塞がる頃には少し、丈夫でマシな僕になるんだろうか。そんなこと、できない。傷だらけになったら、僕は二度と立ち上がれないだろう。僕はいったい何を求めているのか。今一度、考えてみる必要がある。

帰ってきた。

そういえば今日は青井くんの誕生日だった。あっちでみんなに祝ってもらっただろうか。彼は28歳になるのか？　青井篤司《あつし》はその若さでたいした男だ。僕とは根本的に素材が違う。おめでとう。

10月8日（木）

今日も来てしまった。しかも平常通りの時間に入った。これ以上体をなまらせると、復帰できないという焦りがあった。今日は一日のあり方を、ここでゆっくり見直してみたい。

この時間の僕は、アポが入っている患者さんの治療をざっとシミュレーションしたり、患者記録帳で前回交わした会話の内容をおさらいしたりしながら、コーヒーを飲み終えようとしている。みんなが揃う時間が近づくと、僕の体にじわじわと力が入っていく、しかるべき所から、あらぬ所まで、力が入っていく。みんなの声や、醸し出す雰囲気に敏感になる。変な空気を感じると、影響を受けて、自分を見失う。だけど、これからの僕はそういった、無駄な意識を捨てるから。周りに人がいても、いつでも1人の世界に没頭できるように、今日のこの感覚をしっかりと頭に摩り込む。自分のペースを確立させて、周りに流されないで生きる。

良い一日となった。

帰りにあの角のラーメン屋に寄ったら、レバーは正常な量に戻っていた。店員たちは相変わらず態度が悪く、カウンターの中で何やら楽しそうにお喋りをしていたが、まったく僕には興味を示していないように今日は感じられた。やっぱりただの僕の被害妄想で、レバーが少なかったのもたまたま、ナルトが入っていなかったのもたまたま、僕のところにそういった店員のミスが集中するのは、運が悪かっただけ、ただそれだけのことなのかもしれない。銀行にも寄った。いつものようにすっとおろすことができた。脳がパンパンに疲れていたんだずっと。少し回復している手ごたえを感じている。気分がいい。今日はゆっくりお風呂に浸かって、上質の睡眠を。

10月9日（金）

溜まっていた洗濯を済ませ、台所掃除もやった。あまりにもキレイになったので使うのをもったいなく思う。とりあえず今日はららららでお弁当を買った。お会計の際、感じのいいあのコから、ふわっとオレンジのような匂いがした。爽やかな気持ちになった。レジ担当というわけでなく、裏でカット作業なんかもしていたりするのだろうか。今度カットフルーツを買ってみようと思う。

明日からは自炊。健康管理。台所まわりは使ったらその都度掃除。それを習慣付ければあのような酷い状態に戻ることはないはずなのだ。今日みたいな苦労は、もう避けたい。部屋だって、キレイになったら二度と散らからないように、汚したら掃除、使ったら戻す、物を買ったらすぐしまう、といった具合でやっていく。

しかしながら現状はまだ、不要な物を捨てる作業に手こずっている。いったい時間をどれだけ使うのか、自分でも呆れる。どこを見ても物が溢れかえっている。苛立つ。やはり引っ越しがいいのか、そのほうが考え方を変えてサクサク物を捨てていけるだろう。ならばそういう気持ちで臨めばいいわけだ、ダンボール箱を用意して、引っ越しごっこだ。

実際に引っ越しとなると、新しく選んだ部屋が風水的に良くない場所だったりして現状をより悪くされると、僕はしんどい。この部屋を改善してみて、それで運気が上がらなかったら、ここより運気の悪い部屋を選んでしまう確率のほうが低いだろうってことで引っ越しを決意することもできる。

明日も地道に頑張るのみ。腕と腰、痛い。

10月10日（土）
二子玉川《ふたこたまがわ》で久々の買い物。目当ては以前、首藤さんが着ていたようなベージュのセーターだった。顔を優しげに見せてくれる、明るくてソフトなベージュ。あの絶妙なベージュだった。
デパートの緊張感はやはり苦手だ。今日も澄ました店員が「君がうちの服？　とっとと帰んな」という顔で見下してきた。悔しくて値段を確認せずに「ください」と言ってしまった。ベージュというより卵焼きみたいな色して、それにセーターではなくカーディガンで、¥37，800。くやしい。お金を支払う時、なんだか店員のやつ、笑いを嚙み殺しているように見えたのだけど、僕の動揺を感じ取ったのだろうか。あんなやつに挑んだりせずに、とっとと逃げるべきだった。せっかく二子玉川まで足を運んだのだから、ちょっと頑張って色々な店を回るつもりでいたのに、その最初に入った店で全てを消耗した。だけど僕は、そこからさらに、細身の黒いズボンを買った。¥16，800。退散するつもりで下りのエスカレーターに向かっていたら、マネキンが理想に近いベージュのセーターを着ていたので、つい入ってしまった。店員と目を合わさないようにして、そのセーターを探し、そそくさと値段を確認すると、¥23，100だった。泣きそうになって、そしたら背後から「そのセーター、かっこいいですよね。薄手だし、その色なので、季節的にも長く活躍してくれますよ」と言われて、恐る恐る振り返ると、ものすごく格好いいモデルのようなお兄さんが優しく微笑んでいた。「着心地がすごくいいんですよ。ご試着してみませんか？」彼の誘導は柔らかくて、僕は「はい、着てみます」と言った。かなり感じのいいお兄さんだったから、試着するだけで、買わずに店を出ても、快く送り出してくれそうに思えた。

前の店で受けた精神的暴力により汗だくになっていたから、試着室に入ってまず、汗ふきシートで体を拭いた。裸のままで少しクールダウンして、それで、着てみたわけだけど、鏡の中には肌着を着た貧相なおっさんがいた。急いで脱いで、「やめます、すみません」と言うとお兄さんは「分かりました」と爽やかに、やはり変な表情ひとつせずそのセーターを受け取ってくれたけど、できればあんなに積極的に誘導しないでもらいたかった。僕が勝手に勘違いしたのだけれど。

自分にがっかりして、帰りたかった、だけど、そのまま店を出ていくというのがやっぱりどうしても気が引けてしまって、他の商品も見て回ることにした。そして出逢ってしまったのが細身の黒いズボン。あんなに細いズボン買ったのなんて、初めてなのではないか。お兄さんの「足がすっきり長く見えるからお薦めですよ。うちで定番のラインで、人気なんです。穿《は》いてみますか？」という次なる誘導に、「いやぁ……」って言えずに再び試着。「いかがですか？　出て離れたところで鏡見てみませんか？」と声をかけられたから、カーテンを開けたら、その彼が物凄くいい表情をして、「ああ、いいですね、すごく似合ってます。サイズもぴったりです」って言うからその気になってしまった。お金をいっぱい使っちゃった、だけど、いい買い物ができたから良しとしよう。そのかわり明日からがんばる。

今日買った服を上と下で着るとして、どんな靴を履けばいいのか分からない。はー、首藤さんと買い物したい。僕をコーディネートして欲しい。患者さんにそんなこと言えない。

なにはともあれ、片づけ癖。買ってきた服をハンガーにかけ、写真を撮る。このままクローゼットに入れるにはちょっと抵抗があるので、一度着て、ちゃんと洗濯してからクローゼットにしまう。そして紙袋は潔く捨てよう。

大変だ。卵焼きのカーディガンを着てみたら大きかった。試着したかったのに、あのお澄まし野郎のせいでいやな汗をいっぱいかいたから「試着してみてもいいですか」と言い出せなかった。あの店員も「試着のほうは大丈夫ですか？」とか言っておきながら、「試着しないでほしいな。汗すごいし、くさいし」なんて思っていそうな顔してたし。

明日、交換に行こうか。でももうあの店に行きたくない。あの店員がいたら、また値の張る服を買ってしまうかも。あいつにはそうやって僕を刺激する何かがある。それがヤダ。今度からはあの感じのいいお兄さんがいる店で買い物するよ。

堂々とすればいいわけだけど、憂うつ、カーディガンだし、大きくてもいいか！　いや、ちゃんと交換すべき。サイズが合わないと結局着なくなるから。そういう無駄をなくすって決めただろう。

電話で前もってサイズの交換を申し出よう。そうすれば、万が一、交換できませんと言われてもダメージが少ないし、当日は交換するだけでＯＫ。スムーズだな。急いでいるふりしてスッと入って、スッと出る。

10月12日（月）

明日から、日常が戻ってくる。こう考えることにしよう、一日単位で丁寧に生きるために、「今日という一日を、精一杯、良い一日に」

明日、「ご迷惑をおかけしました」と、院長が来たら真っ先に挨拶しなければ。母さんのことを訊かれるだろう。また嘘をつかなければならない。

10月13日（火）

院長からハワイ産のハチミツを貰った。ハチミツと言っても、白いので、ハチミツに見えないのだけれど、どんな味がするのだろう。明日の朝、パンで食べてみる。みんなからはマカデミアナッツのチョコ。星川さんはそれとは別に、挽《ひ》いてあるコナコーヒーをくれた。星川さんのそういう気遣いが僕はいつも嬉しい。小山田さんは今年も平気で日焼けしている。

久しぶりにみんなに会えて、不思議なことに、嬉しいと感じる僕がいた。

10月16日（金）

恐ろしく疲労。疲れが抜けず、ただただ積み重なっていく。良質な睡眠をとるよう心がけなければいけない。僕は何にこんなに疲れているのか。明日も頑張らないと。僕は、どうなろうと、僕のまま、僕でいる。一人でいる時みたいに僕でいると決めたから、気にしない。鈍くなる。陽気になる。

10月19日（月）

僕は無理をしている。だからこんなにも疲れている。毎日毎日、ハワイの思い出話で盛り上がるやつらがいい加減うっとうしい。だけど、あの一体感の中で僕が自分の世界に入り込んでおとなしくしていたらまるで、除《の》け者にされているることをイジケているみたいに見える気がして、そう思われるのがイヤだから、この状況を大らかに受けとめている人の感じを、わざわざおおげさに演じてしまう。ついていけない話に笑ってる。みんなが楽しそうに笑うから、一緒になって。僕には同じ思い出がないから、その背景がよく分からないから、本当は全然笑えない。郡司さんたちのこととか色々心配していたが、よかったよみんな楽しそうで。そうだよね、今年は川西と青井くんというナイスなキャラクターのニューFａｃｅがいるうえに、空気をおかしくする僕もいなかったわけだからね。川西は、僕の疎外感を楽しんでいるのだろうか。あまり川西を見ないようにしているから分からない。

僕が僕らしくいるというのは、結局のところ、どういう僕でいるということだ？　僕は、僕には何もない。そして自分に自信がなくて、自意識過剰。それが僕なのか？　それだけの僕なのか？　僕とは？　僕なんか、

10月20日（火）

今日もまた、自意識が、僕を自由に振る舞わせてくれなかった。離れた所から嘲笑う、もう一人の僕。「なんでもっと自然体でいられない？　変だよ。おまえ、どうしたいんだよ」難しいよ、僕には。

今日も後になって、さっきの会話はこう言えば良かったんだな、とか、その場が勝負で、後から思いついたってなんの意味もないのに。

さっきから、擦りむけた手のひらがヒリヒリ痛い。

青井くんの人間的魅力についてはもう語らない。人と自分を比べてはいけない。僕もこんな人間になりたいなどと人をうらやみ、理想を描いても、結局、自分の本質からは逃れられないっていいかげん気づき始めてる。もうこうやって一日を振り返るのも、やめたい。今日で日記をやめる。

今日も僕は、居場所を求めて、へつらった。嘘の笑顔を繰り返す。ちょうどいい立ち振る舞いってやつが分からないし、自分らしさも分からない。ヨロイを脱ぐどころか、重ね着。好きでもないやつにどう思われたって、それで僕が何かを失うわけではない。そう思っているのに、僕はこの性

格から逃れられない。よく、芸能人なんかのインタビューなどでも目にする「人から嫌われるのを恐れない。万人に受けるのなんて不可能だから、自分は自分らしくありたい」などというような決まり文句、僕もそう思う。だけどやっぱりそれって、どこかで自分に自信があるから言えること。僕は、嫌われるのを恐れずに生きられない。僕には、好いてくれるファンの応援がないもの。僕だって、誰かが僕という人間を認めてくれていると分かっていれば、それを自信に強く生きていけるのかもしれない。僕はかわいそうだ。だって、僕自身が、誰よりも僕を嫌っているから。「まずは自分が好きでいられる自分にならないと、他者からも愛されない」とか言うけど、じゃあ僕は愛されないよ。永遠かもしれない。自分の人間性にある程度満足できるようになりたくて、何年もく考えて、努力してきたつもりだよ、だけど、なにも変わらない。努力の仕方が違うのかな。世の中はいつだって僕に冷たい。僕は世の中の鼻つまみ者だ。そして、誰よりも僕をうとましく思っているのが僕なんだから、世話がない。

傷つき過ぎる男はダサいな。敏感で、僕は自分が恥ずかしい。

書くつもりはなかったけど、実はさっき駅の階段で、派手に転んだよ。気持ちが落ち込んでいる時に限って、とどめを刺すように、こういうことになる。ものすごくみじめだった。そこにいたみんなが、きっと僕を「みじめなやつ」って思ったに違いない。僕は体が物凄く硬くなって、痛かったけど、なんともなかったような澄ました顔で無理をして普通に歩いた。僕が転んだことを知っている人がいない場所まで逃げた。こんな時、横で一緒に笑ってくれる人がいたら、たとえば電話をかけて「今、かなり派手に転んじゃったよ」と報告したら、「ドジだなあ」とか「大丈夫なの？」とか言って笑ってくれる人が、一人でもいたら、ここまでみじめにならずに済んだだろう。昨日また、自分のこと死んでしまえなどと書いたから、こんなことになる。あれは勢いで書いた。消した。そしたら消しゴムが折れた。縁起が悪い。明日が恐い。僕は生きる。ちゃんとする。あんな言葉は今後二度と字にも口にもしない。

階段に足を滑らす原因となる何かがあったはずだ。誰かが、危険物を階段に落としていった。どうしてそのままにして平気でその場を去ることができたのか、打ちどころが悪かったら大変なことになっていたかもしれないわけで、犯罪だ。落とした当の本人は、まったく自分の犯した罪に気づかずに、今頃、家に帰ってテレビでも観て笑っている、もしくは、居酒屋かどこかで共犯者の友人と酒でも酌み交わしながら平和について語っているかもしれない。僕は、こんなことを絶対にしないよう、気をつけなければならない。落としたら拾う、汚したら自分でできる範囲であれば自分でキレイにするし、大がかりになってしまいそうなら駅員さんに助けを求める。万が一、「忙しいので後でやっておきます」なんて言われることがあったなら、「では、掃除用具を貸して下さい。僕が自分でやります」と言ってやる。そんなやりとりをしている間にも僕のせいで誰かが転ぶのではないかと考えたら気が気じゃない。

もしかしたら、そうやって駅員さんに助けを求めに行っている最中だったのかもしれない。そう思えば、許せるから、そういうことにしたい。

なんで僕なんだ。僕はこのあいだだって、階段の下にコーヒーの缶が転がっていたのを見つけて、階段を下りた人が気づかないで缶の上に足を着いて転び、階段に頭を打ってしまう姿を想像してしまって、いてもたってもいられずに拾った。ゴミ箱が見つからず、結果、家まで持ち帰った。見ず知らずの人間が口をつけた空き缶を。

僕は、助け合いと、自分の身を守る意識を大切にしたい。僕はまだ頑張れる。今のまま頑張れる。

左向こう脛《ずね》に大きな痣《あざ》ができている。一瞬のことだったしショックが強くてあまりよく覚えていないけど、前のめりになって転んだ。きっと、なんとか止まろうと膝を曲げて、正座のような感じになって、それでも結局、階段の下までずるずると滑り落ちた、そんなところだろうか。

前のめりに落ちる、ということは、それって、何かに足を滑らせたのではなく、単に自分で足をからませたってことなのだろうか。

いま靴の裏を確認してきたが、これといったにおいは付いてなかった。においが消えてしまったのかもしれないし、もともとにおいのない物だったのかもしれない。ビニール製の何かとか。袋みたいな。どうでもいいや、とにかく滑りにくい靴を買おう。

10月21日（水）

結局また日記を書いている。だって今日、田端さんたちがまた青井くんの話をしてた。悔しかった。「ライトの細かい汚れまでいつもキレイに清掃してくれてて助かるよね」と言っていた。それをやっているのは僕だ。なぜ青井くんがやってることになっているのか分からない。青井くんがうちのクリニックに来る前から、ずっと僕がやり続けていることなのになぜ今さら彼女たちはそう思うのか。たしかに青井くんがやる時だってあるだろう。だけど僕のほうがやっている。何倍もやっているし、徹底的にこだわって丁寧にやっている。僕がやっているところを見たことないかなあ、言いたかった、「ああ、それ僕です。いつも僕がやっています」と。

いや、僕は誰かに褒められたくてやっているわけではない。自分のために、クリニックの効率のために、みんなにも喜んでもらいたくてやってる。だから、いいんだけど、それが青井くんの手柄になっていたというのは、どう飲み込めばいいのか分からなくて、やっぱり誰も僕の行動になんか注目してくれてないんだってこともよく分かったから、それで哀しくなっただけだ。明日から、僕はやらない。青井くんがやるのだろう？　それで彼はちゃんと、「いつもありがとう」って、誰かに言ってもらうのだろう。彼の行動は目立つから。僕は人魚姫なんだ。泡になって消える。

小さいこと言ってるって分かってる。でも僕は子どもの時、人魚姫の話を知ってくやしく思った人間なんだ。くやしくてくやしくて苛々した。なんでうったえないんだよ、助けたのは私だって、どんな方法でも伝えられたんじゃないか、黙って泡になって消えないで、ちゃんと王子様に伝えて、本当であることを証明して、愛してもらえよって。それって見苦しいことなのか？

必死にうったえても、それがいくら本当のことでも、じゃあ君を愛すよとはならないのが、世間だからね。徐々にそれが分かるようになっていったよ僕も、小学生くらいの頃からかな。だから僕みたいな、関心を引けないような人間は、生きるのが苦しい。

10月22日（木）

些細なことで苦しんで悩んでいる。勝手に追いつめられている。僕は、ぜい沢だ。

不満だとか、不安だとか、そんなことばかりに頭を支配されているこのちっぽけな自分に終止符を打ちたいと思っている。僕が他人としてこの日記を読んだなら、僕はこの日記を書いている奴が嫌いでたまらない。だから僕は、僕を救う。誰も救ってなどくれないのは当然で、だから僕が救う。

慕われたいとか、必要とされる人間になりたいだとか、そんな特別なことに憧れるからいけない。こんな僕なのに、分不相応な理想を描いているから苦しくなるのだ。魅力なんてなくていい、ちゃんと真面目に生きていればそれでいい。

おだやかに暮らしたい。多くを望まずに、堅実に、質素に。一歩ずつ丁寧に進み、目の前の景色や対象物を慈しみ、たとえそこに陰りや棘《とげ》があろうとも、そういうものだと受けとめて、向き合う。傷を負っても、慌てずに、少し休んでもいい、多少だったらへこたれてもいい、でもそのまま簡単に負けを認めて後退したりしない。傷をいたわってあげたら、また前に進む。自分でいたわるんだ、つらそうにして歩けば、いつか誰かが肩を貸してくれるなんて絶対に思ってはいけない、そんなふうに思うから、その誰かが現れないことに苦しくなるんだ。自分を無視して通過していく人を恨むこともしない。全てを、そういうものだと受けとめる。人への敵意で心が重たくなれば、その分、自分の体に負担がかかって前に進むのがつらくなるだけ。これ以上、自分を苦しめない。丁寧に、丁寧に。

それが僕の身の丈に合った生き方だ。自分の身の丈を受け入れる、それこそが覚悟だ。

明日という一日をよい一日に。

明日の院長主催の食事会、参加する。つまらない話しかできなくても、焦ったりしない。それが僕だから。場がしらけても、いい、恥をかいたっていい、受けとめるから。とにかくなんでも、やる前から無駄に恐れること、それだけはしない。でも無理をしてまで喋ったりしようともしない。力を抜いて、丁寧に人と接すること。それだけ。傷ついたっていいんだ、そのぶん強くなるから。保守的になっていたって、いいことはなかった。どうせ攻撃を受けるときは受けるのだ。だから、普通でいる。

歳をとれば、みんなが気を遣ってくれて、場を楽しめると思っていた。しかしそれも自分しだい。魅力がないものをみんな嫌う。だけど僕は魅力を持とうとすることをやめる。魅力がない自分を受け入れるし、みんなの、僕に対する扱いがどんなに冷たくても、厳しくても、受け入れる。それが魅力のない僕に対する妥当な対応だから、受けとめる。足掻《あが》かない。僕は、ちゃんと心を大人にする。その準備はできている。

明日はこのあいだ買ったカーディガンとズボンを着ていくつもり。

10月23日（金）

川西に殴られた。どうせ僕は、みじめさの中に生きることを、運命で定められている。

歯科助手で、新人で、しかも時給が高かったというのだけが理由で入ってきた、まだケツも青い小娘で、あいつもう、僕の前からいなくなってくれないかな

自分で自分をいやすんだ。自分で自分を、痛いくやしいくやしい消えろ消えてくれ

院長はあんなふうに言ってたけど、あんなやつとても、話し合いできるような相手なわけないじゃん

院長に今までのあいつのひどいとこ全部言う、川西は僕のこと院長になんて言うつもりか、今日のうちにすでにあいつなにか言ってるかもしれない。ばーか、ばーか、消えろよおまえ

10月24日（土）

昨日は院長の横にべったりと貼りつけばよかった。だけど原口に取られた。せめて院長の前か斜め前に座れていれば昨日のあの事態はまぬがれただろう。院長はなぜ端の席に座るのか、いつだってそう。もっと中心に座ってくれたらみんなが院長の話を聞けるし、あんなことだって起きなかったかもしれない。

冷静になって書こう。

僕は結局、院長から一番遠い端に座ってしまった。僕の隣に田端さん、前に郡司さん。とにかく無理せず、丁寧にこの時間を乗り越えるのだと自分に言い聞かせ、隣の田端さんと話していた。院長のそばに座ってしまった川西が、つまらなそうにしていることには気づいていたが、ざまあみろと思っていた。よくは聞こえなかったが、院長と原口たちの話題がおそらく彼女には難しく、そういう時の彼女は薄っぺらな愛想笑いぐらいしかできないのだ。しかし僕がトイレから戻ると、みんなゲームで盛り上がっていた。テーマが限定されたしりとりで、患者さんが言いそうな言葉をしりとりしてた。こんなのは絶対に川西が提案したのだ。みんなを自分のペースに巻き込むために。僕

も途中参加させられたけど、プレッシャーに弱い僕には珍しく負けずにすんだからまだ良かった。まず罰ゲームを受けたのは、田端さん。罰ゲームは、思い出の中で一番刺激的なキスを告白すること。全然興味のない話を聞かされて不快。どうせなら青井くんのそういった話が聞きたかったよと思っていたら、次のしりとりが始まってすぐに院長が負けた。僕の番がまわってくる前で本当に助かった。今度のテーマが異性に言われた衝撃的な言葉しりとりだったから。そんなのいっぱいあるから有利だったけど、みんなの前で言いたくはない。罰ゲームでの院長の刺激的なキスの話を聞けたのは、よかった。高校生の時のこと、好きだった他校の子に駅で告白して、一緒に乗った電車の中でって、院長はやっぱり楽しい青春を過ごしたのだろう。

川西がトイレに行ったことで、このくだらないゲームは終わった。そしてトイレから戻ってきた川西が郡司さんの所に来て、自分の携帯電話を見せ、何やらこそこそと喋り出した。男から来たメールでも見せていたのだろうか。人に見せるなんて、相手の男が可哀相だ。2人はそうやって恋愛相談をし合っているのだ。人としてまじで最悪だ。そんな奴になぜあんなふうに言われなきゃならないのか、

冷静になって書く。

僕は、院長が飲んでいるワインを注ぎに行くことでなんとか院長たちの輪に入りたいと考えていたが、まだグラスの減りが弱いしな、とタイミングを見計らっていた。そして、僕の話し相手になってくれていた田端さんが携帯電話を手にどこかへ行ってしまう。一人になってしまって困ったぞ、と思ったが、無理をしないようにと力を抜いていたら、川西に目の前で手を振られ、「寝てる?」と絡まれた。うざい、どうすればいいのか、と思っていたところに、店員がレタスチャーハンを持ってきた。僕はテーブルにスペースを作ろうとして、自分のグラスをうっかり倒す。まだ2口ほどしか飲んでいなかった梅干し入りの焼酎ソーダ割りがテーブルに広がった。それを真っ先に拭き始

めたのが川西だった。何が「大丈夫、大丈夫」だよ。拭くためのおしぼりはすぐに店員が持ってきてくれたし、店員と僕でいくらでもなんとかできるのだから、川西が手を出さなくたって全然「大丈夫」だった。瞬発力のある気遣いをアピールして、上からものを言うんじゃねえ、「あ〜あ」なんていう非難の声をあげた山根も本当にうざったいんだよ、あいつの口は、いつか縫合してやる。

すべてのことにうざったさを感じながらも、借りを返すつもりで川西と郡司さんにレタスチャーハンを取り分けてあげていたら、手づかみで皿に残った最後のアボカドコロッケを食べた川西が、飲み物を持ってきた店員に、これ見よがしに「新しいおしぼりを2個、あ、やっぱり人数分いいですか？」と言った。新しいおしぼりね。気がつかなくてすみませんね。僕が気を利かせるべきでしたね、君のおしぼりを使わせてしまったのだから。だけどあいつが勝手にやったこと、絶対に「ごめんね」とは言わないぞって思った。

取り分けたレタスチャーハンを差し出そうとしたが、2人は何やら話し込んでしまって渡せなくなった。黙ってまず郡司さんの前に置き、もう1皿取り分けると、川西の前に置いた。でも2人は何も言ってくれなかった。ちらっとチャーハンを見たように思えたのに、話し込んでいたから僕は、「レタスチャーハン、置いとくよ」と言った。そしたら郡司さんは気持ちの入っていないような声で「ありがとうございます」と言い、川西は「私、もうお腹いっぱいだから、先生が食べて」と拒否。だったらアボカドコロッケ食べるなよ。僕は星川さんが注文した時から、どんな味なのか気になっていたけど人数分なかったのでちょっと遠慮して食べるタイミングを見計らっていた。あいつに食べられた時、「あっ」って思ったけど、許してやったのに、お腹いっぱいだなんて言うからムカついた。なんだか胸がおかしくなってきたので無理にでも院長のほうへ行こうかと思ったけど、ワインをちょうど原口に注がれているところで、もう完全に気分が萎《な》えた。頑張ったけど、僕の気持ちはどうしても卑屈な感じになっていった。郡司さんの隣に座っていた垣内さんは青井くんと映画の話で盛り上がっていて楽しそうだった。青井くんとの距離を縮めるのに必死という感じだった。どうやってその2人の会話に割り込もうかタイミングを計っていたら、川西が、「ねえ、なんか面白い話してよ」と突然僕に言ってきた。僕はこれで川西に捕まった。空いていた田端さんの席に尻を移しておくべきだったのだ。「あ~あ」なんて言われてムカついていたけど山根に話しかけながら、そのまま流れで院長のほうへ首を伸ばしていけばよかったんだと思う。川西がいた席に移動したってよかった、なぜあの時はそのことに気づけなかったのだろう。

　捕まった僕は、「そんなのないよ」と言った。そして「もう、暗ぁいぃぃ~！」って言われた。あいつはそう言った。この僕に。目上の人間に面と向かって暗いなんて言う奴があるか。あいつは完全にどうかしている。「刺激的なキスの話でもいいよ」なんて言ってくる。僕は「なんでよ、ゲームで負けてないのに」って言った。穏やかさを心がけて言った。内心は煮えたぎっていたけど、がんばった。なのにあいつは「じゃあなんでもいいから、なんか話して」ってまだ言ってきた。僕は「えー？」って返して、そのままとぼけるつもりでレタスチャーハンを食べることに集中した。そんな態度をとらずに、トイレにでも行けばよかった。あいつは、「ねえってば~」と、どこまでも絡んでくる。ほんとにムカつく。また手がふるえてきた、冷静になる。

　冷静に書く。

「面白い話なんてものはない！　おまえがしろ！」ときっぱり言い放ってしまえばよかったんだよな。でも僕は、黙殺、という言葉が頭の中に浮かんで、新しく来た焼酎ソーダ割り梅干し入りを店員から受け取ったりして誤魔化し続けた。「もうなんなの……」とあいつはほざき、それでも僕はグラスに口をつけ、黙っていた。川西は絡むことをやめない。「っていうか、ススメ先生はなんなの？　澄ました顔で黙ってないで、もっと話せばいいじゃん」

　もうどうしたらいいか分からないと苦しくなった矢先、田端さんが戻ってきた。だから僕は必死で田端さんに笑顔を向けた。「電話ですか?」なんて無意味な質問をした。これで場の空気も変わり、逃げられるんじゃないかって思った。すがった。でも川西だ、しつこく「ねえ、ススメ先生、こっち見てよ。あんたに話してんの」とか言って攻撃をやめない。なんなんだよあいつ、あいつの声が今でもリアルに思い出されるよ、ものすごい粘着質の声だから! どうやったら消えるのこれ、ほんとに。

だけど僕はあいつの攻撃に、強情にも顔を向けなかった。異様な雰囲気だっただろう。「どうしたの?」と訊く田端さんに僕は、困っちゃいますよね、という表情を送ってさらに無視。そしたら今度はあいつ「ススメ先生って、甘えてるよね」、そう言ってきた。

いま思えば、おまえに言われちゃうわけ? って感じだよ。「おまえに言われたくない、おまえにだけは」ってあの時、瞬時にそう言い返せなかったのが悔しい。僕は、甘えている自分を分かっているから、僕が一番分かっているから、あの時は頭が真っ白になって、そんな中でなんとか、「川西さん、酔ってるの?」と返した。バカみたいに笑って、なんとかその場を流そうとした。「ねえ、こっちに顔を向けてよ」としつこく川西が言ってくる、だけど僕は、川西の顔を見られなくなっていた。どうしても顔を向けることができなくなっていた。言い返すべきだった、「甘えてるのは、おまえもな」って、あいつの顔をちゃんと見て。

田端さんが「ススメ先生は別に甘えてなんかいないわよねえ」とフォローしてくれた。僕は頭が真っ白のままでとりあえず、へへっと笑った。その時、川西が立ち上がったのが、顔を向けられずにいるのに分かった。そして、「あんたさぁ、思いっきり年下の私なんかにこんなこと言われて悔しくないの? 悔しいんでしょ? 私に直接何か言い返せば? ほら、言い返してみろよ」その言葉に、さすがに僕も顔を上げた。川西は今までに見たこともないような真剣な顔でこっちを見おろしていた。僕は涙をこらえるのに必死だった、ただただ混乱していた。

たぶん、僕らはしばらく黙って見合っていたのだろう。田端さんや郡司さんの川西をなだめるような声がしてた。「やめなよ」だとか言ってた。院長の「何、どうしたの」という声もした。でも、誰も川西の体を止めることはなく、すごい勢いでこっちに来た川西が僕の胸ぐらをつかみ、顔を殴った。殴ってからみんな慌てて川西を止めた。遅い。

「何か言えって！」と言って先に涙を流したのはあいつだ。なぜあいつは泣いたのか。あいつが泣いたせいで、僕もこらえられなくなってしまった。殴られたから泣いたのではない。なんで泣いてしまったのか、分からない。

殴られても僕は、こっちは大人なんだから我慢すればいい、殴られても僕が感情を我慢したら勝者でいられるのではないか、って思いが一瞬よぎった、けど、結局できなかった。「悔しいよ！　おまえなんかに言われたくねぇよ！　おまえが嫌いなんだよ、ずっと前から、だからおまえの言葉なんて適当に流してんだよ！　相手になんかしねぇんだよ。おまえ人を馬鹿にしたようなことばっか言っておちょくってんじゃねぇよ何様だよ、おまえいくつだよ」

だいたいそんなようなことだった言い返したのは。ずっと言いたかったことだ。ついに言えた。そうとう興奮してたから言えた。あの勢いでもっと言えばよかった。「何が甘えてるだよ、言いたいことばっか言ってんじゃねえよ、甘えてるのはおまえだろ？　そのことにも気づいてないのかよ！　みんなおまえに付き合ってやってるだけなんだよ！」とか言ってやればよかった。「面白い話しろってなんだよ！　いつもそうやって目上の人間をからかうのやめろよ！」とかも言いたかった。

仲裁に入った院長が泣いている川西の肩を優しく抱き、僕のほうへ向けた。川西は「ごめんなさい」と素直に謝り、院長は「ススメ先生も思うことはあるだろうけど、とりあえずは許すんでいいよね？　お互いの言いたいことは後日、僕が聞くから。それで話し合うなら話し合うでちゃんと場を設けるから。いいね？」みたいなことを言うので、僕は「はい」と答えるしかなかった。

そして、「よし、じゃあ今日はもうお開き。月曜日からまた気持ちを新たに頑張りましょう！」と会は閉められた。僕だって泣いていたのに、どう考えたって傷つけられたのは僕のほうなのに、川西をなぐさめる手ばかりが伸びていた。ようするにみんな川西の味方なのだ。僕は自分がみじめで仕方なかった。なんで僕は殴られなければならなかったのか、あいつにこんなふうにされるって、なに？　ここまでのことされるほどのことある？　僕のことが嫌いなら、放っておいてくれればいい。なぜあいつは僕に絡むのか、目上の僕にそんなことして、甘えているのはおまえのほうじゃないの？

あいつには、自然と周りに人が集まってくるから、僕のように必死で誰かにすがらなければいられないそんなみじめな気持ち分からないだろう、僕みたいな環境に立たされたら分かる。あいつだって甘えてる。絶対に甘えてる。僕は、甘えてるかもしれないけど、努力もしている。僕なりに。ただ、君にその努力を見せる必要はないよね。

もう辞めよう。辞めてしまおう。もう僕にはムリだ。あんな敵だらけのクリニック。

院長にどう話そう。突然行くのをやめてしまってもいいんじゃないの？

そんな辞め方するわけにいかない。患者さんにだって悪い。僕でなくたっていいか、他の先生のほうが、むしろいいか。

もう、僕の中で何かが弾けてしまったような気がしている。もう、きっとムリなんだ。

朝から何も食べていない。さすがにお腹が減っている。今日は何も食べないでこのまま寝てしまおうと思ったけど、残念ながら、無理そうだ。案外、落ち込んでいないらしい。寿々音に罵《のの し》られた時のほうが、ダメージは大きかったということか。あの頃はたしか、3日間とか、食べないでいられた。平気だ平気。あんな奴に殴られたくらい。お腹も減るんだ、たいしたダメージではないんだよ。

いずれにせよ、クリニックは辞める。自分をこれ以上苦しめる必要はない。自分を守ってあげるために辞める。つらいなら、逃げ出すことも大切だ。溜め込んで、自分を追いつめるより、新しい世界へ顔を向けるという選択だってあるだろう?

10月25日(日)

やっぱり僕が出ていくというのは違うだろう。院長に言う。僕が辞めるか、川西が辞めるかだと、言う。

「院長、僕が辞めるか、彼女が辞めるかですよ。僕は彼女のような人間とは仕事できません。ずっと思っていたことです。ずっと我慢してきたんです」

これでも僕はドクターだ。あいつより僕を選ぶに決まっている。そう思いたい。僕の代わりなんていくらでもいるなんて言わないで、どうか言わないで。明日行きたくない。あいつがどういう態度に出てくるか、それればかり想像している自分がいやだ。

10月26日(月)

改めて謝ってくるわけでもなく、無視をするでもない。あいつは金曜日のことをなかったことにしようとしている。「おはようございます」も言われたし、「お疲れさまです」も言われた。ユニットの不具合に関することでちょっとした会話も交わした。じゃあ僕もなかったことにしてあげるよ、もう今後は絡んでこないでね、態度に気をつけてくれれば許してあげる、ってわけにはいかない。かといって、どうしたらいいのかも分からなかった。あんなこと言っておいて院長は学会で不在だし、みんな、ふつうに楽しそうに笑っていて、それって、金曜日のことに誰も触れないのって、みんなでなかったことにしようとしてるのかもしれないけど、僕だってそうしたいけど、そうならない。だって本当に何もなかったことにはならないから。だったらみんな本当に忘れてよ、僕のみじめさ丸出しの姿も、僕に向けたであろう侮蔑や憐れみの感情も全部だよ、記憶から完全に消してくれる？　できないだろ？　小娘に、言いたいこと言われて、殴られて、それで泣いて叫んだ僕のこと、情けない男としか、見られないにきまってる。こんなことがあったって、みんな面白おかしく友だちや家族に話しただろ？　消えないよ、そうだろ。

辞める。自分に疲れた。一人になりたい。とにかく今は一人になりたい。

やる気が復活してから、先のことを考えたい。生活や将来への不安に耐えきれなくなってから次のクリニックを探す。そうしたらいい。先手先手でとやかく悩んだりしないで、必要な時になって初めて、必要なことをじっくり考える、そういう生き方をする。とりあえず部屋の片づけだけする。仕事のことはもちろん、人間関係のことも、嫌いな自分のことも、立ち直るまで一切考えない。

次のクリニックは、この際、東京を離れたっていい。広い視野で考えたい。今のイメージを覆そうと骨を折るよりも、新しい場所でゼロから構築していく苦労のほうが容易いように思える。幾分かは。希望だって持てる。新しい場所では最初から、おとなしくしてる。それでクールな人だと認定されれば、無理をしてコミュニケーションを取ろうだなんて頑張る必要もなくなるのかもしれない。川西みたいな奴がいたって、最初に隙を見せなければ、冷たくあしらえば、絡まれずに済むのではないか。とにかく最初が肝心だ。案外、別のクリニックに行ったら、もの凄い重宝されて、他のスタッフからも憧れられたりするのかも。そんな話も、歯科医師をもう一度やる気持ちになれたらのことだ。

きっと僕は歯科医師を辞められない。何年間もの苦労を、あの死に物狂いで頑張ったあの日々、脱毛を何十円分も作って、手に入れた免許、簡単に手放したら、あの頃の僕があまりにも可哀相だ。

それに他に何ができるっていうんだ。

　また気分が悪くなってきた、全財産、尽きるまでは何も考えたくない。あまりないけど。これまで派手に貯金を使ったこともないのだ、人生で一回くらい、そういう時間を過ごしてみたっていいんだよ。お金がなくなればどうせ働く気を起こさざるを得ないのだ。歯科医師に戻る気になれなかったら、別の仕事探す。人間関係に苦しめられない仕事って、そんなものあるだろうか、せめて極力喋らずに済む仕事、どんなものでもいいから、そういう仕事を見つけたい。

10月27日（火）

　朝から空が暗い。陰うつな気分だ。今日、院長と話さなければいけないのかな。いけないよな。川西と何があったのかと訊かれたら、「僕にも分かりません」と言おう。彼女が僕の弱さを放っておいてくれないんです、ひっぱり出して面白がってるんです、それがつらいのだと、あの院長に言っても、困るのだろう。

　すでに川西が院長に自分の都合のいいように話しているのではないか、味方につけるのは得意だもんな。院長は平等に、僕の想いにも親身になってくれたりは、しないだろう。

　辞めるとか、川西に辞めてもらいたいだとかいう話を今日するのはやめておく。冷静になったら乗り越えられるかもしれない。今日はぎゅうぎゅう電車でもいいや、時間ぎりぎりに行こう。

川西と2人で話をさせられることになったらどうしよう。行きたくない。お腹痛い。辞めたい。

　田端さんに「マイカちゃんにやられっぱなしじゃダメですよ先生。研修医じゃないんだから。しっかりね」と言われた。川西を避けて挙動不審になっているところを見られた。あの人は、絶対裏で笑ってる。そのために僕を注意深く観察してる。あの日は、僕のこと「甘えてなんかいない」ってフォローしてくれて、それは感謝してる、けど、たぶんあの人は、川西にもいい顔してる。どんなふうに言っているのだろう。「このあいだ、実は気持ちよかったのよね〜、私もススメ先生にはイライラすることたくさんあったんだ〜、マイカちゃんが言ってくれたからスッキリしちゃった。泣いちゃうなんてビックリしたわ、いい歳した男があんなことで、や〜ね〜」とか、言っていそう。

院長には、なるべく目が合わないようにしていたら何も言われなかった。僕の気持ちを考慮してくれているからなのか、はたまた面倒に思っているからなのか。僕に呆れているのかもね。川西から話は全部聞いたのだろうか。田端さんが全部説明したかもしれない。郡司さんかもしれない。あの時、一番すべてを見ていたのは郡司さんだ。院長と郡司さんの仲がこじれていないとするならば、そこから話を聞く可能性が高い。そうなると川西ビイキの説明になる。

田端さんは絶対にあの日参加していなかった小山田さんたちにも「こんなことがあって大変だったのよ〜」と話しているにきまってる。田端さんは、「金曜日はビックリしちゃいましたね」とか院長に言って、「あれは何があったの?」という院長の言葉を巧みに引きだし、自分の見解を勝手に織りまぜて、なにもかもを分かっているかのように話す、「ほら、ススメ先生っていつも弱気な態度でしょ、オドオドしちゃって、変なところで媚びてくるし、ああいうのが日頃からマイカちゃんみたいなコには気に障ってたんでしょう、マイカちゃんから積極的にススメ先生に絡んでいって、それにススメ先生が耐えきれなくなって、プチン。ススメ先生って、あれで、プライド高くて頑固でしょう、奔放なマイカちゃんの無邪気な攻撃に対応できないんですよ」だいたいこういう感じでイヤミな言い方をするんだあの人は。そうやって話を聞いて院長は介入するまでもないと判断したんだ。あまりにも低次元のケンカだから。自分でなんとかしろって思われた。だから院長はあえて僕に何も言わない。子ども同士のケンカに大人は介入しない。

昼休み、昨日は外で食べたけど、今日はみんなのところで食べた。みんなで僕の話をされるのがいやだったから。

今日一日、普通にいつもの空気が流れる中で、僕だけが胸のあたりで、猜疑心《さいぎしん》だとか、不安だとか、そういった暗くて重たいものが乱れ混じって、ざわざわしてた。

日記じゃなくて誰かに相談したいけど、ケンちゃんに話すのはいやだ。この気持ちは、なんだろう。こういうのもプライドっていうのだろうか。

10月29日（木）

院長に、有休を申し出た。

以上

10月30日（金）

昨日の院長の誘いを断るべきではなかった。一緒に飲みに行ってじっくり話をするべきだった。体調が良くないだなんて見えすいた嘘をついた。今になって後悔してる。

ものすごく緊張した状態で院長に、「お話があるんですけど」と言った。そしたら、川西とのことだと思われて、「そうだったね。それで？　あの日はどうしたの」と言われた。僕は、有休をもらう話をすることだけに神経を奪われていたから、つい、「たぶん、彼女が僕を苦手で、僕も彼女を苦手ってだけです」なんて言い方をしてしまった。「ああ、あれは僕が悪いんです」とでも言っておいて、すぐに有休の話に入ればよかったのだ。

しばらく院長は黙った、厳しい顔を僕に向けて。その院長の口が開きそうになって、それで僕は慌ててその口を塞ごうと、なぜか思ったのだろう、なんらかの危機を感じ取って、本能的に口が動いた、「僕だって自分の考え方が甘えたものであることはよく分かっていますよ。でも彼女にあんなふうに言われる必要ありますか？　僕は川西のほうが甘えているって思いますから。院長はそう思わないんですか？　あんなふうに言いたい放題、なんで許しておくんです？　おかしいですよ」って、言ったと思う。言っているうちにまた感情的になって、こりずに涙見せて、本当に恥ずかしいと思ってる。無様に震える声、涙と汗、もっと変なことも言ってしまったような気がするけど、思い出したくない。「川西がどうこうは、どうでもいいんだよ。要は、君がそれでいいのかってことだろ？」院長は声を強くしてそんなふうに言った。恐かった。辛辣《しんらつ》で。やっぱり院長も僕に不満があるのが、その言い方で、伝わってきた。

ちゃんと筋立てて話すことができていれば、僕の気持ちをもっと違うふうに分かってもらえたかもしれないのに、気持ちを落ち着かせようというのに必死でしばらくなにも言うことができず、その長さに見かねた院長が「今日、仕事が終わったら少し飲みに行くか？」と、言ってくれたのに僕はあの時なぜか断った。ものすごく後悔してる。掻きむしりたい。

お酒を飲みながらゆったりと話せば、共感を得られたかもしれない。たとえ説教を受けたとしても、素直になれて、うまい具合に終われたかもしれなかった。時間を戻したい。そしたらあんなふうに取り乱したりなんかしないし、院長の誘いを断らない。僕は自分の感情をゆっくりと、大人らしく説明して、「自分の弱点を突かれて、つい大人げなくムキになってしまったんですよね」とか言えた。自分を卑下する余裕だって持てた。弱さを認めることもできた。「自分を変えなきゃって分かってるんです。もっと強くならなきゃって。院長にもいつも迷惑かけて、本当にすみません」そんなふうに言えてたら院長は、なんて言ってくれただろう。僕のここを直したほうがいいとかそういうことを言ってくれたのかな。院長の口から、僕のどこをどう正すべきかを聞けるチャンスだった。僕は、ひとつひとつ気持ちを整理して伝えて、そしたら院長と心を通わせられたかもしれない。「しっかりしろ」って温かい声で励まされたかもしれない。院長にそんなこと言われたら泣きそうだ。自分が可哀相で泣いてるみたいな格好悪い涙じゃなくて、じゅわっと溶け出てくる感動の涙を見せられた。院長の意見を聞きながら、自分の気持ちを前に進ませることができたはずだ。僕は昨日、自分を変える最大のチャンスを逃した上に、院長に心底呆れられたんだ。

こんなことばっかりだからそろそろ時間を戻せる能力が身につかないかな。

悔いても仕方ない。ちゃんと立て直してくると約束したのだ、有休でしっかり気持ちをリセットさせて、前向きになりたい。せっかく院長が最後の優しさで「常に進化していくためには気分をほぐす時間も大切だから」と言ってくれたのだから、僕は、頑張ってみる。辞めるとしたらその前に有休を消化しないともったいないって考えだったけど、違う心で頑張りたい。

院長に突き放された、見切られたんだって、昨日はそれしか考えられなくて、だけど、僕がおかしいのだ。まだ巻き返せるよ。今の気分をほぐして、そのあとしっかり進化できれば、院長に見直してもらえる。そういうことだ。一週間も休んだら、僕が要らない存在だということがみんなの中で明確になるだろう。それはとても恐い。だけどたとえそうなっても、僕は気にしない。それくらいの強さを持って挑まなければ進化はない。世間が冷たいのは当たり前のこと、そこにしがみついていける強さを持たなければ永遠に川西のような邪悪な奴らに馬鹿にされながら生きることになる。そんなの、堪《たま》るかよ、図太くなってやる。

もう行かないと。とにかく有休までは心を眠らせて、淡々と業務をこなすのみ。

今日、星川さんと相談して、有休は来月の9日からの週に決まった。それまでは、ひたすらに無感情で生きる。みんなにどう思われているとか、絶対に気にしたりしない。

11月1日（日）

3時27分。今日も眠れない。休みに入ってからゆっくり考えればいいと分かっている。今は自分でもどうしたいのか、どうするべきなのか、分からない。心を動かせば、たちまち巨大な不安が襲う。こんな精神状態のままとやかく考えたってどんどんストレスになるだけなのだから、考えない。

ただ誠実に、真剣に、口腔内に集中するのみ。

11月2日（月）

奈々子《ななこ》ちゃんが、久々に来た。もう中学校3年生で、なんか、あのコは前からちょっとそうだったけど、色気みたいなものを出してきて、すごい困る。でも、僕の話を一生懸命聞いてくれるし、他のスタッフにとる態度と違って僕にだけ、素直、みたいなところが、可愛いし、正直、嬉しくもある。

「先生のマスクの下の顔が見たい」って言われて、たぶん、前だって見たことあると思うけど、僕は、「え、いいよ見なくて。がっかりするだけだよ」なんて、言ってしまったけど、その返し方ってちょっと、うぬぼれだったかもしれない。どんな理由で顔を見たいと言ったのだろう。あんなこと言わないで「なんで？」と言うべきだった。改めて僕の顔見て、奈々子ちゃんは何を思ったのか。

明日は祝日。

11月5日（木）

必要最低限のことしか口を開かずに過ごしている。楽だ。有休までは院内で一瞬たりともマスクを外さないと決めた。目だけしか晒《さら》されてないと思うとなぜだか安心する。だから昼も、外で一人、今日は牛丼を食べた。楽だ。

11月13日（金）

長風呂でふやけた肌を、ひたすら指でこすって、垢《あか》を剝がしたら、体が軽くなって部屋を片づけたくなった。急いで髪洗ってヒゲ剃《そ》って浴室を出ると素っ裸で片づけをした。生まれたままの姿で、ってやつ。軽いから体がスイスイ動いた。

垢は、上半身だけでもTシャツ1枚くらいは出たんじゃないかと思う。脱皮する蛇の気分とか、こんな感じなのだろうか。僕を縛りつけていたのはすべて、老廃物だったのかもしれない。部屋のほとんどの物をゴミ袋に入れることに成功した！　今まで、使いもしないくせに捨てられずにいた物すべて、ゴミ袋の中。嬉しい。

11月14日（土）

今日も長風呂。昼間のお風呂は気持ちがいい、とても、贅沢な感じがする。音の響き方もどこか違う。今日も一日素っ裸で過ごそうと思っていたけど、お腹が冷えて断念し、ストーブで温めていたら、さすがにお腹がへってきて、さっき生姜《しょうが》焼きを作って目玉焼きのせて食べた。おいしかった。誰かの作ってくれた料理が食べたい。

冷凍していた豚肉が終了した。買い貯めた野菜も尽きた。玉ねぎ1個とニンジン2本、残ってる。夜ごはんは、ハムがあるし、コンソメあるし、ケチャップライスにしよう。

今日は片づけの中で見つけた大学時代の教科書を久しぶりに開いた。ガムシャラに頑張っていた頃の僕。やる気が空回りして、蛍光ペンを多用しすぎ。付せんだらけ。読みづらいけど、熱意が伝わる。一生懸命だった。僕は一生懸命だった。やっぱり僕は、歯科医師でいたい。たぶん。

ケチャップライス、うまかった。誰かと食べたい。そしたらオムライスにしてた。

川西の言葉がずっと引っかかっている。

11月15日（日）

いつまでも自分という人間に納得がいかず、生活に不満をたれるのは、僕が甘えた考え方を捨てられないから。みんなに認めてもらいたくて、気持ちを向けてもらいたくて、待ってる。だけどそれがいつまでも叶わないから、自分の存在意義を見出《みいだ》せなくて、人と自分を比べて虚しくなって、自分を変えるのだと、頭の中はそういう思いでいっぱいなのに、結局、挑むより逃げることで楽をとる。ふがいない僕。

自分で自分をなんとかしろ。他人の心を求めるな。自分へ向けられるみんなの想いが温かければ居場所を感じられる、そうじゃない。その気持ちを川西に見透かされているからあんなことになった。だけどね、「澄ました顔して」って言うけど、いっぱいいっぱいなだけで、気どってるとか、君はどう受け取っているのかよく分からないけど、そういうのではないんだよ。自分を嫌う感情が、余計に自分を駄目にしていると思う。人の心を摑めない、支持されない、慕われない、つまりそういう自分の不人気さがはっきりと露呈してしまうことは、たまらなく恥ずかしいことで、それに僕は、おっちょこちょいだし、つまらない話しかできないし、世間知らずだし、そういう自分を晒すのは、そんな自分であることは疾《と》うにバレているとしたって、極力そんなところは見せたくないと考えるのが普通ではないだろうか。誰だって自分の格好悪い姿、見られたくないでしょう、自分のダサさを隠したいはずだ。

僕はそういった意識が人並み以上に表面に出過ぎているんだろうか。だから川西はこんなにも僕を攻撃したくなるんだろうか。だって格好いいところは見せられなくても、せめて格好悪いところだけは見られたくないって思うじゃないか。僕なんてただでさえもう見た目がこんななんだ、圧倒的な美男子に生まれたかった。それでいて不器用だし。手先だけは器用だけど。生きることに不器用。何をやっても上手くやる自信がないから、恥をかくことになると思うと本能的に避けようとしてしまう。逆にそう思わないでいられる人って、なんなの？　自分は魅力があるからなにやっても平気だと思ってるわけ？　失敗して照れるような姿すらチャーミングに見えるだろうという自信があるんじゃないかな、恐いもの知らず、自分は愛される価値のある人間だという圧倒的な自信。もしくは、どんなダサイ自分を見られても、馬鹿にされても、全然平気、そう思える陽気さを、持っているとか、いい意味で自分に投げやりになれる人。そう、僕には陽気さがない。僕も、人の目なんてお構いなしにもっと、ドーンとできたらいいのに。

恥をかくことはそんなに警戒せねばならないことなのだろうか、僕は恐れ過ぎている。だって人より欠点が多すぎるから、それを隠すために僕はいつだって物凄く意識して行動しなければならなかった。だけど変な物言いや立ち振る舞いをしてしまう。意識すればするほど逆におかしくなっていくのが自分で分かる。そうやっておかしくなっちゃってる僕の物言いや仕草なんかを違うように受け取られて、それはたとえば「澄ました顔して」だとか、気どっているだとか、意地が悪い、気持ちが悪い、変な性格している、なんか一緒にいるとひたすら不快感、みたいに受け取られて非難されたりするのは、つらいことだ。

僕には演技力がないし、だったらもう隠すことを諦めるしかないわけだ。だけど何も考えずに人前に出たら、どうなっちゃうのか、想像もつかない、という恐ろしさがある。この欠点の塊といえる自分を、そのままに晒せないことが、他人からはプライドに見えるかもしれないけど、僕の場合、これ以上嫌われたくないという必死の思いからという気がするんだけど、だからそこにある恥ずかしいという思いは、プライドとはちょっと違う気がするんだけど、とにかく、格好いい奴が考える格好悪い自分は晒せないというプライドとは全然違うよ。と思うんだけど。

たとえば、僕が寿々音なんかの言うとおり本当に、プライドの高い人間だったとして、それを捨てられたら、こんな欠点だらけの自分を抵抗なく受け入れられるということ？　自分を嫌わずに、人からどう思われるかなんてことに怯えずに堂々としていられるの？

でもそんなのって、いま以上に嫌われるかも。冴えないくせに鈍感で図々しい奴って。意識しすぎて結果変なふうに振る舞うことになってそれで「澄ました顔して」だとか誤解を招くよりは、こっちのほうがいいのだろうか、でも無神経な人間、僕は嫌いだ。

自分が置かれている立場をすんなりと呑み込めないこのわだかまり、捨てたい。自分が人から愛されて、必要とされて、いつもみんなの中心的存在でいること、それは、分不相応の理想だと分かっているつもりで分かってない、まったくその素質がないくせに、青井くんのような華もないのに、自分を変えようといつまでも足掻いて、でもちっとも上手くいかなくて、自分にも周りにも不満を抱くことになって最終的にはイジケるわけだけど、それで川西に「甘えてる」って言われちゃう。

何も求めず、隅っこの存在であることを受け入れてしまえばいい。それを邪魔しているのがプライドならば、僕はそんなものいらないんだけどね。隅でドーンってできたら、けっこう最高だ。抱いた理想と現実のギャップに耐えて、慣れる、それが人生なんだ。みんなきっとそうやって生きてる。

耐える→慣れる→そしてほぼあきらめる
僕だって、そのやりかたを知らないってわけじゃない。たとえば、美女をはべらせて街中を闊歩《かっぽ》したいという願望がないわけではないけど、それができないからって苦しいとは思わない。そんなの無理だってとっくの昔に気づいているから望まないし、望まないでいることにすっかり慣れている。美女なんていうのは、遠くから眺めるもの。傍《そば》に置いて触れられるものではない。つまり、耐える→慣れる→あきらめる（現実を受け入れる）ができているということだろう。苦しみもない。この形式で、隅っこの存在である自分にもいいかげん慣れるべきだ！　生まれてこのかたずっと隅っこなのだから。努力しだいでどうにかなるなどという考えは捨てるべき。頑張っても手に入らないものだということを、受け入れる覚悟。まずは耐える。そして、一刻も早く慣れて、あきらめてしまうのだ。

だけどまだ頑張ってみたい気持ちが、ある。駄目かな。せっかく休んだのだし、部屋もだいぶキレイにすることができたのだし。なんだか何かが変わりそうな気がしている。

周りにどう思われようといいから、自分自身がこういう人間でありたいと思えるしっかりとしたビジョンを持つことが大事なんだ。強くイメージする。あとはブレずに、ひたすらただそこに向かって、努力する。

なんだろう、僕は自分がどうなりたいというのがよく分からない。もちろん強くありたいとか優しい人間でありたいとか、漠然と浮かぶけど、根本的には僕ってどうしても、人からこう思われるような人間になりたい、という考え方になっちゃってダメだ。つまり僕って観点がおかしいんだ。なんとなく分かってきた、そうだな、これは立派な僕の欠点といえる。

日頃僕が人に何かをする時、優しくしようとしたり、気を利かせようと必死になるのは、それは全部、そうすることで相手から、高評価を得たいだとか思っているんだよ、見返りを求めているってこと、僕ってやっぱり醜いな。どうしたらもっと真っ直ぐな心で生きられるのだろう。心から人に愛情を持って接することができるようになりたい。

だいたいにして、僕が自分の何もかもに自信が持てないのは、それを裏付けるストイックな努力というのがないからだろ、もちろん根拠のない自信を持てるほど図々しくもないわけだから。原口のように「俺はやってるよ、だから何を言われても構わない」って言えない。自分を甘やかしてきたから。

みんなから好かれたくて、どうしたら好きになってもらえるのかということばっかり考えて、好かれるようになれば、自分に自信が持てる、自分でも自分を好きになれる、人生を楽しめるんだって思っていた。

プライドとは、誇り。自分を誇れることは悪いことじゃない。ストイックにやってこそ、そこから自信を得てこそ、プライドは美しさに変わる。裏付けのないプライドほど醜くうっとうしいものはない。だからあんなふうに川西に攻撃されるんだ。あれは、愛だ、そう受け取りたい。中学時代、同じクラスの優等生に、わざわざ校舎裏に呼び出されて罵倒されたことがあったけど、あいつの名前なんていったっけ、あいつのあれは、自分がいかに僕を嫌っているかということを延々と吐き出すためだけのものだったけど、そうやって目障りな僕をねじ伏せたかったんだ、そうやって自分のいる世界を、自分の理想どおりに、統制する。時谷《ときや》朱音《あかね》だ、あいつ、どんな大人になってんだろう。大人になっても職場や近所付き合いの中でそういうこと続けているのだろうか。川西もあいつと同じだろうか、何か違う気がして、僕にムカついているということに変わりはないと思うが、あれは、叱咤《しった》激励に似た、何か。おまえ、それでいいのかよ、と、言っている気がする。しっかりしろよって。院長も言ってる。みんなにそんなこと言わせて、僕ってそんなに人より劣っているのかな、たしかに自分でも欠点の塊って思ってるけど、でもダメなやつ他にも沢山いるのにそんなに目立つほど酷いのかな、だけど、あのクリニックの中ではたしかに僕が一番劣ってる。それに他人は今、関係ない。

僕の変な仕草や物言いは、目に余る。「俺はダメ人間だ、何が悪い」という態度でいるほうがまだマシで、欲しがる分、相手に与える不快指数は、僕みたいなほうが上なのだ。僕のややこしさが、人に迷惑をかけている。これじゃダメだ。

頭を使い過ぎて、なんだか汗がすごい。喉が渇ききっている。明日から復帰だし、早く寝ないと。川西と、ちゃんと話してみたい気がしてる。川西が僕に抱いていること、一度ちゃんと聞いてみたい。恐いけど。でも面と向かって2人だけで話したら、そこまで酷いことにはならないような気がする。これ以上関係は、悪くなりようがないだろうし、あいつに対してどんな自分を晒しても、あれ以上の恥ずかしいことはない気がするし、話をしたら少しは、分かり合えるかもしれないから、川西を、ランチにでも誘ってみるなんて、できるだろうか、みんなに知れたら、とやかく詮索されそうで面倒だし、絶対に2人きりのほうがいいし、どうやったら誘いだせるのか。川西のことだ、みんなには内緒にしてって言ったって、無理か、誰かがついてきたら絶対にいつまでたってもペースが摑めないで、なあなあで終わってしまう気がする。

川西と2人きりでごはんを食べる。どんなことになるのか、想像もつかない。でもちゃんと向き合ってみるべきだって気がする。変えなくちゃ、今まで自分がやらなかったことを積極的にやったら、それだけでも何かが変わるのだ、きっと。前進する。

眠れない。自分の醜さがたまらない。僕は相手に、おしつけてきたのだ、こうしてやるから感謝して、好意を持ってと。どう思おうが、相手の自由なのに。無理に動かそうとしたって、それはやっぱりおかしなことになる。僕の気遣いは、思いやりじゃなかった。本当にその人のためであるとか、いたわりじゃなかった。心から真っ直ぐに湧き上がる柔らかい感情が、もしかしたら僕にはない。見返りを求める気持ちが常にどこかに隠れていたかもしれない。欲しがってる。常に何かを欲しがっている。自分を守るためだけに生きてる、そんなのいやだ。自分にとって相手がどう動いてくれるのか、ということにしか興味がないだなんて、本当に僕はそんな人間か？

前にもこんな今の気持ちに似た、気持ち悪さを経験したと思って、ノートを見返してみた。すでにこのノートの前半、5月30日に同じようなことに気づいて自分を責めていた。自分がどんなに身勝手な人間かとっくに分かっていたのに、変われないで今も自分のことだけ見てる。目がまわって最後まで読めなかった。気持ち悪い。僕は同じ感情をただ繰り返している。繰り返して、ただそれだけ。進化しない。そんなだから誰からもいつまでも相手にされないのだ。なのにそれを不満に思って、日記に愚痴って。僕が、表層的な人間だから、みんなが僕を好きになれないってだけなのに。僕を好きになる理由がない。こんな薄っぺらい自分本位の人間。利己主義。プライド高い。甘ったれ。それなのに、他者に不満を抱く愚かな人間。みんなが冷たいんじゃない、僕がみんなをそういう気持ちにさせているのだ、甘えるなよ。

知ってたのにね。僕は人に望むばかりで誰にも何も与えていない。僕がみんなを大切にできていないのに、大切にしてもらえるわけがない。この人は自分をどう思ってくれるのか、この人にこう思われたい、そんな目でしか相手を見ようとしない。つまり自分しか見てない。自分が満足感を得るために存在する他者。

川西と2人きりで会って、僕は、どうするつもりでいるのだろう、本当は何がしたいのだろう、この僕が抱えているわだかまりをスッキリさせるために僕という人間を川西に分かってもらおうとしているのなら、そんなことはやめるべきだ。そういう考えで行動するのはもう駄目だ。自分の本意が分からない。目がまわる。自分の本意から目を背けないでちゃんと向き合わなければならない。

できれば、川西と仲良くなりたいと思ってるよ。川西のおかげで、こんなにも考えることができてる。自分の醜さにも気づけた。逃げ続けたら、僕はきっと、本当に、永遠に独りぼっち。まずは僕のほうから相手を理解しようとしなければ、永遠に誰ともいい関係は築けない。

どうしたらこんな自分を変えられるのか。

「僕みたいな人を見てどう思う?」「そうだなー、やっぱりもっと明るく物事を考えたほうがいいんじゃないかって思うよ。一緒にいるとこっちまで気持ちが沈みそうだ。周りの人間、みんな敵だと思ってる? 人のいやなところばかりを見るんじゃなくて、良いところを見るんだよ。基本的にはみんな良いところも悪いところもあるんだからさ。分かってるんでしょ、そんなこと。相手のこと本当に尊敬できるなら、自然と興味だって愛情だって湧くはずだよ。じゃあ尊敬の念を抱けない相手だから愛情が持てないでいるのかな、なんて思うなよ、その考え方がおかしいんだ、問題は相手にあるんじゃなくて、常に自分にある。相手を尊敬できない自分にあるんだから。よく見てちゃんと感じられない自分にある。そして、評価を得ることを前提に考えるのやめろ。評価は頑張っていれば後からついてくるもんなんだ、自ら求めて追いかけたりしちゃいけないよ」

良いところよりどうしても、いやだなって思えるところのほうが気になっちゃう。人の良いところを見ると、尊敬がもちろんないわけじゃないけど、妬《ねた》みも同時に生まれちゃう。

評価という言葉自体、嫌いになりそうだ。なんだよ評価って。僕はなんなのか。陽気になりたい。人を好きになりたい。心から。

川西だって、あいつたぶん、優しいんだ。泣いたのは、どうして? 川西の考えていることが、知りたい。僕だって人と仲良くしたい。だけど相手が拒絶する。だからそれは、自分に問題があるからなんだって。僕と仲良くしたい理由がないんだから。分かってるよ。だから変わるよ絶対に。心から人に愛情を持てるようになる。恥ずかしいって感情を捨てる、っていうか恥ずかしさを乗り越えて、克服する。なんでも全開。「恥を乗り越える」って紙に書いて壁に貼っておくよ。

明日から、日常が再開する。頑張れる。これからは、定期的に日記を読み返すことにしよう。気持ち悪くなるから避けてしまいがちだったけど、自分を客観的に見ることに役立つ。

今度こそ、新しい僕の始まりだ。

11月16日(月)

今日は始発で行った。そして逃げ場にしてきたスタッフ専用トイレを徹底的に掃除した。壁から床から全て。朝のミーティングでは、急な休みを貰って迷惑をかけたこと、きちんとみんなにお詫《わ》びした。みんなは僕を温かく迎えてくれたけど、それが気恥ずかしく、こそばゆい感じで、なんでもかんでも恥ずかしがる心に参る。

とにかく大事なのは逃げないこと。焦らない。僕は軽やかに生きるのだ。評価を求めず、格好つけず。周りの気持ちを大切にする。

川西をつい避けてしまうのが悩みだ。あの日のことをまだ引きずっていると思われただろう。川西の中に変な遠慮が見えた。ごはんに誘うのは違うのかもしれない。緊張と苦手意識で、すごいことになっている、この煩わしい感情、潰して食ってしまいたい。そしたらただのうんこ。

忙しかったので、疲れた。ありがたく、幸せなことだ。

11月17日(火)

誘えない。意識し過ぎていてこんなんじゃ、殴られて恋に落ちた変態みたいじゃないか。僕と川西舞華が恋愛なんて、まず考えられない。勘違いされるとさらに気持ち悪がられることになって困る。このままじゃどんどん誘えなくなるぞ、スパッと言ってしまえ、「ご飯に行こう」。

11月18日(水)

「えー、ヤ〜ダあ〜」と断られた。「こわい〜」だって。やっぱり彼女にとって僕は、どうでもいい他人なのだ、断って当然か。同じ職場にいる変なオジサンってだけなのだ。目障りだから意地悪を言ってみる、それだけのことだ。僕はいったい何を期待していたのか。これもまた僕の悪い癖だ。

いいんだ。そりゃ川西からすりゃこんな変なオジサンと2人でご飯なんて、退屈で、負担なだけだろう。いくらでも好きなもの食べさせてあげると言ったとしたって、気が置けない友達とインスタントラーメン食べてるほうが楽しいのさ。ウインナー入れたり、ネギ入れたり、卵入れたりしてさ。あと何入れたら美味しいかなとか言いながら。用意していたお酒じゃ足りなくて近くのコンビニに買い出しに行って、朝までワイワイ楽しく話して、笑って〳〵頬が筋肉痛になるまで。「聞いてよ、うちのクリニックに変なオジサンがいてさ〜、もう大変〜」と、僕は酒の肴《さかな》になる。いいなあそういうの楽しそうで。

朝までとかって、みんなよく言っているけど、いったいどんな話をしたらそんな長時間、盛り上がれるのか、すごいな、そんなに人に話せること僕にはないな。

誘わなきゃよかった。恥ずかしい。僕も今からインスタントラーメン食べる。味ソ味にして、お湯少なめで卵とキャベツ入れようかな。

まあ、何はともあれ今日も一日、お疲れ様だ。

やっぱり今日は川西に「近々、2人でご飯に行かない？」と言えたのだから、結果はどうであれ、頑張った自分を、褒めてやりたい。

11月19日（木）

今朝ロッカーを開けたらなんと、川西からのメモが貼ってあった。胸が熱くなった。

記念に貼っておく。なんだかんだいって、いいやつ。

明日の夜だったら金曜だし、おごられてもいいよ。
タクシー代もください。
マイカ

電器屋に寄ってICレコーダーを購入。このあいだお世話になったあの人が見当たらなかったので仕方なく別の店員に会話を記録したいと説明したら、「ノイズキャンセラーがついていれば、だいたいどれでも大丈夫です」と当たり前のように言われた。ノイズをキャンセル。つまり、ノイズを取り消すということなのだろう。どういった仕組みでそんなことが成り立つのか。

本体で再生する時でも音がキレイに聴けるという商品で、2万と1，300円也。

川西との会話をこれで録音する。これで自分の話し方などの欠点や、川西の感情だったり意図を、後に冷静になってから分析することができる。川西の許可を取らずに密かに録音するつもりなのだが、それって犯罪だろうか。だけど録音させてと申し出れば、絶対にいやだと言われ、「変態」だとか「きもい」などと言われるに決まっている。後からバレたら、「盗聴？」とか言って大騒ぎされるだろうけど、だから優先は、しっかり録音することよりもとにかくバレないことだ。

ついでに香水も見てきた。あのららで会った紹興酒の人がまとっていたような、思わず触れたくなるような温かい清潔感というか、親近感みたいなものを与えられる香りを探した。薬局にも寄って柔軟剤のサンプルみたいなものをひと通り嗅いでみたけど、どれも違う感じだった。あの人の匂いは、使っているせっけんやシャンプーの匂いだろうか。はたまたそういう体臭か。そんな体臭があるのなら、うらやましい。汗をかけばかくほどいい匂いが出る体だったらいいのにな。いろいろ嗅ぎ過ぎてちょっと喉が痛くなっている。

明日は余計なことを考えず力を抜いて過ごしたほうがいいことは分かっているけど、本当に何も考えないでいたら必ずもたつくのだから僕の場合、今日のうちにある程度のことは軽くシミュレーションしておかないと、きっとまた川西をイラつかせてしまうことになる。

まず、クリニックを出る時にさっそくどうしようか、揃って出るのは、誰かに「なに2人でどっか行くの?」とか言われそうで、避けたい。かといって外で待ち合わせしようよなんて川西に言ったら、「え、なんでよ秘密のデートじゃあるまいし。気持ち悪い〜、やっぱ帰りたい」とかなりそうだ。

川西はどうしたいだろうか。みんなの前であっちから「さあ、行くよ」とか平気で言ってくるのかも。そしたら絶対みんなに「どこに行くの?」って訊かれる。僕は、「いや、ちょっとご飯に」とか答えるしかなくて、そしたら面白そうって思われてみんな付いてきたらどうしよう。川西も「スヌメ先生が美味しいものおごってくれるんだって〜。みんなも行こうよ〜」とか、そういうこと言っちゃう? 僕は2人でって誘ったのだけど。というよりも川西が僕のロッカーにメモを貼る時点で、すでにみんな知っているんじゃないの? 明日はみんなに「いってらっしゃい」と送りだされてしまうのだろうか。田端さんには「しっかりね。言われっぱなしじゃダメよ」とかまた言われちゃうのだろうか。それで月曜日になったら、みんなで川西に群がって「金曜日の仲直りの会」はどうだったのかと根掘り葉掘り。みんなで僕を面白がる。いいけどね、別にどうしてもらっても。

お店決めていないの、大丈夫なんだろうか。何食べたい? ってなって、例えば焼き肉食べたいとかなって、お店探したら、どこも満席ですってなるかも。今日のうちに川西に確認してお店予約しなきゃいけなかったんじゃないの?

明日が憂うつになってきた。この約束、なかったことには、できないだろう。彼女が明日のことを誰に話すわけでもなく、たとえ話していたとしても、面白がっているわけではなく、善意で僕と食事に行くことを了承してくれているのだとしたら、それを踏みにじるわけにはいかない。でも、「お店がちょっと用意できなくて、やっぱり今夜やめようか」と言ったら、川西もそのほうが楽なのだろうか。「後日また」って言っておいてなんとなくなあなあにできないものだろうか。そういうこと考えるのやめよう、ちゃんと話すと決めたのだから。

明日は、力を抜いて、リラックス。これだけは絶対に守る。川西に負担を与えてはいけない。少なくとも、僕との時間を作ったことを後悔させてはいけない。

クリニックを出る方法は、成りゆきに任せることにしよう。変に考えてもよくない。お店をどうするかのほうが重要だ。川西が何を食べたいか、なんで訊いておかなかったんだ！

明日の朝、駅の周辺をまわって目処《めど》をつけておくしかない。いつもの居酒屋だと、あの日のことを思い出して気まずいだろうし、だいたいみんなで使うところや院長に連れていってもらったことのある店とかじゃないほうがいいだろう。誰かに会っちゃうってこともあるだろうし。ある程度の目処を立てておいて、それで川西に何食べたいか訊いて、昼休みに予約。

あとは、服装だ。川西みたいなギャルと並んでも健全な関係に見えるように、紳士的に振る舞うつもりでいるから、清潔感を大切にしたいけど、白いガーゼのシャツで、ズボンはあの黒。カーディガン。エンジ色の。カーディガン、黒のほうがいいかな、ジャケットはダメだ。「ちょっとぉ〜、何これ張り切っちゃってる？　デートじゃないからね、やだ〜」とか言われる。分かってるよ。コートは、ベージュのほうのコート。

それで、僕は何を話すつもりでいるのだろう。2人で話すということは決めたけど、いまさら、あの日のことを蒸し返すことは、正しいことなのだろうか。自然と川西が僕の欠点を罵倒しだしてくれたら、まだ有難いけど、お店に入ってすぐ彼女が、「で、何？」と言ってくる可能性のほうが高い。そしたら僕はなんて答えればいい、そこでドギマギしたら、一番駄目だ。「このあいだは、ごめん」ごめんと言うのは、ちょっと違う気もするから、「このあいだのことは優しさだと思ってる、ありがとう」と言いたい。そうだよ、基本的には僕は、川西に感謝の意を示す会だと思って臨めばいい。そして川西から、僕に抱いているわだかまりを訊き出すところまで行ければ、合格だ。僕も心を開くから川西も開いて欲しい。僕にそんなことができるだろうか。緊張するからあまりそういうふうに難しく考えるのよそう。

明日、ケンちゃん空いてないだろうか。やっぱり不安になってきちゃったかも。2人きりで、無言になって、川西のテンションがどんどん下がっていっちゃったらどうしよう。もっと気楽な飲み会にしたほうがいいんじゃないのか、ケンちゃん交ぜて。

電話した。持つべきものは友。ケンちゃんが知っているすきやき屋さんを予約してくれる。しかも個室。やっぱり金曜に急に店を探すのは困難な場合が多いらしい。電車に乗らなければならないのが問題だけど、いいお店っぽいし、何より予約で安心だ。川西、電車移動イヤがるかな。というよりも僕が川西と2人で電車に乗るのイヤなのでタクシーを使ってしまおう！　どうせ明日はお金が出るのは覚悟してるのだ。その店、ケンちゃんは最初、教授に連れていってもらったらしい。それ以来、気に入って、結婚記念日とかの特別な日にあの女房を連れていくのだ。明日の出費は仕方ないって思ってる。Ｒｅｂｏｒｎのためだ。

川西には申し訳ないけど、「何が食べたい？」と、訊かない。「美味しいすきやき屋を予約したけど、いいよね？」って言う。いま、川西の「え、ヤダ」って声が聞こえた。でも仕方ない。「美味しいすきやき屋を予約したから、行こう」って強引に言ってしまう。申し訳ないけど。

まず個室っていうのがいいじゃないか。そして、お店の人がテーブルに付いてすべて世話してくれるという安心保証。鍋に気を取られずに済むし、川西に気が利かないと白い目で見られずに済む。

ただし、お店の人に僕のおかしな話は聞かせられない。もしかして店員は、部屋にずっといるのだろうか。それは困る。

気になってケンちゃんにもう一度電話したが、出ない。

ＩＣレコーダーの使い方を把握しておかなければならない。説明書を読むのが大変だ。

お風呂に入りながら読んで、出たらすぐに寝る。

ケンちゃんから電話。予約が無事取れたとのこと。ケンちゃんに感謝。明日はケンちゃんも思いっきり食べて飲んでください。あと、お店の人は出入りをするのであって、ずっといるわけではないとのこと。よかった。ちなみに今後の為にと、評判のいい飲食店を携帯電話で調べる方法まで教えてもらった。そこにはだいたい店内の様子や料理なんかの写真が載っているし、営業時間も書かれていて、お店の情報がほとんど分かってしまうらしい。試しに明日の店を見てみようと思って、教わったとおりやってみたけど、ちょっと難しかったので今度時間があるときにちゃんとやってみる。ただ、僕に今後それが必要かどうかは分からない。

川西がすきやきを断固拒否したらどうしよう。

11月21日（土）

僕は昨日、川西とすきやきを食べた。1時くらいまでお店で飲んで、ケンちゃんを見送ってから、さらに2人で20分くらいだろうか、歩いた。手をつないだ。川西が分からない。正直疲れた。だから今日は昼過ぎまで起きられなかった。物凄く体がだるい。とりあえず、昨日は酔っ払ってそのまま寝てしまったから今からお風呂に入る。

まず、クリニックを出るのに、まごついた。朝、挨拶する際に、すきやき屋を8時に予約してあるからとは伝えたけど、そこから川西とは一言も交わしておらず、だからどうしていいのか分からなくなってしまった。

僕は、とりあえず、なんとなく、残業していくような感じで、じっと集中しているような顔して模型をいじり、誰とも目が合わないようにしていた。そうしていたらクリニックが静かになってしまったので不安になって、ロッカールームに行った。ちょうど帰り仕度を終えた川西が郡司さんとロッカールームから出てきた。僕は思わず「いたんだ」なんて言ってしまった。川西に「いるよ、そりゃあ」と笑われた。郡司さんもついてくるつもりならそれはそれでいいやと覚悟を決めて、急いで着替えてロッカールームを出ると川西が1人、退屈そうにして待っていた。それで僕はちょっと嬉しくなってしまった。帰らずに1人で僕を待っていてくれた姿に、なんか。

川西はおそらく僕と食事に行くことを、みんなに話さなかったのではないか。郡司さんには話しているかもしれないけど。いずれにせよわざわざ話してないというだけで別に隠しているわけではないのだろうから、月曜日になればどうなるのか、分からないわけだけど、とりあえず行く前にみんなからからかわれずに済んだのはよかったということ。

「もう遅い～。8時だよ」と言われて慌てた。時計を気にしていなかった。僕たちはタクシーに乗って白金《しろかね》に向かった。30分遅れるというお詫びの電話をお店に入れた。そして、僕は、鞄の中に忍ばせていたICレコーダーの録音ボタンを押した。

ICレコーダーには、僕の変な声がしっかり入っている。聴くのに抵抗を感じる。テストで録《と》った時の声よりももっと、これは思った以上の気持ち悪さだが、これまでこれを人に聴かせてきたわけだから、僕が受け入れられないでどうする。

お店の住所をカーナビに入れてもらうことにしたのだが、信号で停まった時に、と言われ、そしてわりとすぐに信号に引っかかり、「どうぞ」と言われた。赤のうちに伝えきらねばと焦った僕は運転手さんの打ち込めるスピードをうっかり無視してしまい、川西の「早いよ」と怒る声が入っている。あはは、可愛い。

「お腹へった」と呟く川西に、僕が「すきやき好き?」と訊いている。川西は「お肉大好き」と即答するが、それで僕がすきやきにしてよかったーって思っていると「でも生卵はキライ」と言った。卵つけないで食べるから平気だと言った。

しばらく無言が続く。タクシーの中で川西は終始、携帯電話をいじっていた。薄暗い中で携帯電話の画面が光っているから、つい目が誘われてしまう。でも、見てしまうと絶対にニラみつけられると思ったので、僕はずっと窓に顔を向け、流れる景色を無駄に眺めた。「お腹鳴ってるぅ」と突っ込まれた。我慢してたけど鳴ってしまった。恥ずかしくなって、僕も携帯電話を出してみた。だけど僕の携帯電話は、殺風景で、ケンちゃんからの連絡もまだなく、参加できても遅くなるかもしれないと言われていたから、不安になった。「やっぱり今日は帰ろう、川西さんはこのままタクシーに乗って帰って」という言葉を、いまならまだ言っても間に合うなあと、3度は考えた。

すきやき屋に到着すると、仲居さんが個室に案内してくれた。座敷だったので、靴を脱ぐ。これはケンちゃんに事前に確認してないけど想定内だった。一応、靴下のにおいを確認したが、大丈夫なように思えた。上座をどうぞと勧めると、川西は分かっているのかいないのか「はーい」と言って、あっさり座った。

川西は「すきやきだしなあ……」と言ってウーロンハイにすると言った。僕は好きでもないのになんとなく生ビール。おしぼりを持って来てくれた仲居さんに、僕は「ウーロン茶と生ビールをください」と言ってしまい、川西にウーロンハイだと正された。自覚がなかった僕はこの時、川西の指摘を疑ったのだが、たしかにハッキリ「ウーロン茶」と言っている。

仲居さんに本日の予約の確認をされて、たぶん遅れるので先に始めますと言ってしまったため、川西に、「ちょっと、誰か来るの？」と訊かれた。以下、そのまま書き出してみる。

「ああ、ごめん、このお店を紹介してくれた友達が来るかもしれない」と僕。

川西が「はぁ？」

「すごくいい人だから」と僕。

「男？」と川西。

僕は「うん。大学で一緒に勉強した仲間」

「じゃあその人も歯医者？」って川西。

「歯科大の医局で病理やってるんだ。めちゃくちゃ凄いんだよ」と僕。

川西は少し黙って、「かっこいい人？」と訊く。

僕「結婚してるよ」

川西「どうして誘ったの？」

僕は答えない。沈黙が続く。

川西「私も誰か連れてくればよかったよ」

「そうだよね、ごめん」さらに僕、「じゃあ来てもらうのやめる」

川西「いいよ、約束してるんでしょ」

僕「でも」

川西「いいってば。そのかわり物凄く飲んでやる」

僕「はい」

という会話……

仲居さんが飲み物とつきだしを持ってきてくれる。京野菜のジュレ。京野菜と柚子《ゆず》の香りのする
ジュレの下に豆腐も入っていて美味しかった。

仲居さんがすきやきの準備を始めてくれる。僕らは乾杯をした。

川西の携帯電話が鳴ったので、「出ていいよ」と言ったら、「ううん、メール」と言って川西は携帯電話をいじり始めた。僕はビールをぐびぐびと飲んだ。何を話せばいいのか考えていた。仲居さんが鍋に手をかざし、温まったのを確かめると、牛脂を引いていく。その整った所作を僕は見つめた。川西はまだ携帯電話をいじっていて、ICレコーダーが一度途絶える。

箱に内蔵メモリー最大録音時間1073時間とはあった、でもその文字があまりにも小さく、それに内蔵メモリーという言葉が妙に引っかかっていて、連続で録音できるのが最大何時間なのか、1073時間そのままいけるということなのか、説明書を読んでもよく分からなくて、だからちょこまか録音ボタンを入れ直して確実を取ることにした為である。

仲居さんがお肉を焼いてくれた。僕は言われるままに卵を混ぜて待った。霜ふりの美味しそうなお肉が色を変えていくのを眺めた。美しいお肉だった。川西はまだ携帯電話をいじっていたので、僕は鍋をひたすらに見つめていた。ジャリジャリな感じの、特製だれというやつを少しかけ、お肉に絡めると、ジャリジャリは溶けて、お肉はツヤツヤになった。仲居さんが川西と僕のお皿に1枚ずつ載せてくれた。川西はいつの間にか携帯電話を離してお肉を見つめていた。「うわ〜っお！おいしそー」って歓喜の声を上げた。はしゃいでいた。川西はやはり卵をつけずに口に入れ、「うまっ！」と言った。それが美味しそうだったので僕もまずはそのまま一口。「あー、ほんとだ」という僕の声はなんだかとてもわざとらしく聴こえるが、でも本当に美味しくて、川西も本気で喜んでくれているようだったし、僕は幸せな気持ちになっていた。仲居さんは、「それではお野菜などを入れさせていただきます」と言って、鍋の中に綺麗に野菜を置いていった。僕は二口目からは卵をつけて食べた。つけなくても充分美味しかったけど、やっぱり僕はつけて食べたい。卵につけてはじめて、すきやきって呼べる気がする。

仲居さんに「お飲み物、いかがいたしましょうか?」と言われて自分のビールがほとんどなくなっていることに気づいた。メニューを開いたが、迷ってしまって、僕は無言で待たれるというプレッシャーに勝てずに川西と同じウーロンハイを頼んでいる。初めてウーロンハイを飲んだ。そんなに美味しいものではない。あの店でそんなに美味しくないのだから、僕はもうウーロンハイは飲まないだろう。

仲居さんが出ていくと、川西が僕を見ていた。「ちょっと、汗やばいよ。どうした?」と言って、彼女は自分のおしぼりで僕の顔の汗を拭いた。体をグインとこっちに伸ばして、川西の手で、川西のおしぼりで。

僕は「あっ、ごめん、大丈夫だよ、大丈夫大丈夫自分でやるから、ごめん、おしぼり大丈夫?」と言っている。かなり慌てている。その声が、また一段と気持ちが悪い。川西はこの時「うん、平気」と言ってくれて、おしぼりを自分のところに戻したが、ウーロンハイを持って戻ってきた仲居さんに、新しいおしぼりを頼んだ。僕の「へへっ」という声が入っている。恐い。これは、そういう意味の平気に決まってるだろという、僕の汗を拭いたおしぼりを使い続けて平気なわけないのに、一瞬、もしかして、僕の汗を汚くないと思ってくれているのかななんて考えてしまった自分を笑っている。

2枚目のお肉もやっぱり川西は卵をつけずに食べる。「しょっぱくないの?」と訊いたけど、平気なのだそう。仲居さんがおしぼりを置いて出ていった。僕の分のおしぼりもあって、僕は「あ、すみません」と言っている。川西が笑った。僕を見て笑ったのだ。「え、何?」と訊いたけど、「ううん」と首を横に振った。仲居さんがすでに出ていった後の戸に向かって言ったのが面白かったのかもしれない。

僕は「あ、野菜も食べて。あ、取ろうか?」と訊いているが、「え、いいです、自分で取りますので」と拒絶されている。そりゃそうだよ、自分で取るさそんなもん。川西が「私、ごはん食べようかな」と言った。「あ、そうする?」と言って僕はベルのボタンを押そうとしたが、「もう押したよ」と言われて、「あ、ごめん」と謝っている。

とうとう「ねえ、今日私とどうしたいの?」と訊かれた。「どうしたいの?」なんて訊き方、やめてほしい。僕は考えた挙げ句、「話」と答えている。そこに仲居さんが「お呼びでしょうか」と来てくれて、助かった。川西がごはんを頼む。僕も、「あ、僕もいただけますか」と言った。さらに川西は待宵《まつよい》という米焼酎をロックで頼んだ。仲居さんが出ていくと「で、なんなの? 話?」と川西は言った。僕は「うん。あ、お肉入れようか?」なんて誤魔化している。「ごはん来てからにする」と言われちゃっている。

僕が質問に答えないから、僕らは少し無言になって、痺れを切らした川西が「あの〜、どうでもいいからさ、もっと力抜いてくんない? さっきから居心地悪くて疲れちゃう。楽しくなかったら帰っちゃいますけど?」そう言った。言われるだろうなって分かってた。僕は「ごめん」と謝った。川西が野菜を食べている隙に、深呼吸を2回した。

川西が「友だち来ないの?」と訊いてくれたので、「あ、そうだね」と言って携帯電話を確認したら、電話が来ていた。鞄の中でマナーモードになっていて気がつかなかった。「ほらぁ〜」と責められて、ケンちゃんに電話をかけると、もう研究室を出ようかと思っていたところだと言った。僕はここでまたおかしなことを言った。「そっか、じゃあ待ってるよ。お店分かるよね。あ、分かるに決まってるか、ごめん」だって。ケンちゃんにも失礼だ。言ってしまってすごく焦った。川西の子どもみたいな笑い声。そして仲居さんが「失礼します」と戻ってきた。1時間以内に着くとケンちゃんが言った。電話を切って、仲居さんに、あと1時間以内にはもう1人来ますと伝えると、馬場《ばば》様でいらっしゃいますよねと訊かれた。ケンちゃんの女房がこの店の為にお花を活けたこともあるらしい。僕はなんだかテンションが上がってしまって、飲み物を訊かれて、川西と同じものを頼んだ。米焼酎、待宵のロック。

川西に「今から来る友だちの女房だけどさ、いけばなやってるんだよ」と説明すると、川西は「女房?」と笑って、「いけばなの人なの?」と訊いてきた。僕も「いけばなの人ってなんだよ、華道家って言いたいの?」と笑ってやればよかった。それはさておき、「うん。おうちが代々続く有名なところで、なんて言ったかな、凄いよね。だから家にいつも花がある生活なんだ」と興奮気味に答える僕は、ケンちゃんの女房をよく思っていなかったはずなのになぜそんなにも自慢気なのか。川西は「ふ〜ん」って言ってる。この時の状況はなんだかものすごくハッキリと覚えてる。「ふ〜ん」って言うと川西は、お肉をごはんにのっけて食べた。それに誘われて僕もごはんにのっけて食べたんだ。卵につけてから。凄く美味しかったのをよく覚えている。

仲居さんが僕の米焼酎を持ってきてくれた。米焼酎を飲むのは初めてだった。びっくりするほどの美味しさに僕は、「あ、これすっごくウマイね」と言った。そしたら川西が「あ、うん、待宵だって。こういう字」とメニューを見せてくれた。あの時は、わざわざ見せてくれるんだ……って思ったけど、もしかしたら、自分が美味しいと思う酒の名前くらい記憶しておけということなのかもしれない。そして川西は、「ねえ、その、あ、あ、って喋る前につけんの、癖でしたっけ? 一緒にいるとうつっちゃいそー」と言った。たしかにここまで聴いていて、僕は、あ、って本当に沢山言っていて、とてもうっとうしい。以下、ICからそのまま書く。

僕「あ、って言ってるよね。ごめん。気をつける」

川西「話って、なんの話?」

僕「いや、別に話したいことが具体的にこれといってあるわけじゃないんだけど……まあ、このあいだのことも謝りたかったしね」

川西「このあいだのこと？」

川西は意地悪だ。言いにくそうに僕は「だから、院長たちとの食事会の時に、悪かったなって」と言っている。口の中が絡まってうまく言えてない。こんな言い方しないで、「院長たちとの食事会の時に、あんなこと言わせてしまって、申し訳なかった。でもあれが自分を見直すいいきっかけになったから、ありがとう。僕、ちゃんとするから」と、スパッと言って終わらせればいいのに。曖昧すぎるんだよな僕って、言ってることが。だから気持ちがいつもスムーズに伝わらないのだ。

川西は「何が？」と言った。

僕「いや、だから、迷惑かけて」

川西「殴ったの私だよ？　私に謝れって言わないの？」

僕「なんで？」

川西「そう来るのか……」

僕「そう来るって？」

変な間があって、「なんでだろう、ススメ先生との会話って、ものすごくつまずく」って川西が言った。

「ごめん。理解力がなくて……」と僕。そりゃあ謝ってほしいかほしくないかで言ったら、謝ってほしいけど、でも、僕がこんな会までひらいて言いたかったのは、感謝してるってことだったから。「じゃあ謝って」と言えばよかったのかな、どうしていつもこうやって、川西の言う通り、つまずいてしまうのだろう。もともと僕は誰とでも会話、下手だけど、相手が川西だと3倍は酷くなっている気がする。きっと相性が悪い。苦手意識のせいもある。

川西がお肉も残りの野菜も全部入れた。帰りたいってことかもしれないって思った。急かされるように僕は「だから、反省してるんだよ。甘えてるとか、気どってるみたいなこと言ったでしょ。

あれから考えて、本当にそうだなって思ったんだよね」と言うと、「それで？」と川西は言った。
「考えるきっかけをくれたって思ってるから、だから今日は、お礼も兼ねてというか……こうやって時間をね、用意してもらって」
僕は、思っていることを上手に伝えられない。もどかしい。僕の口から出る言葉、それはいつだって軸が曖昧で、肝心な思いは相手に伝わらない。で、おまえは何が言いたいんだ？
青井くんがうらやましい。クールなくせに、人の良い部分をさらりと口にできてしまう青井くんの、仕組みが知りたい。
「私のこと嫌いなんでしょ？」川西にそう言われた。僕は慌てた。
僕「あれは、つい、言った。そんなふうに言ってごめん」
川西「嘘だぁ、嫌いなくせに」
僕「違うよ」
川西「変なのぉ」
僕「変なんだよ。焼酎のおかわり飲む？」
川西「うん飲む」
僕はベルのボタンを押した。おかわりするって言ってくれて僕は嬉しかった。「もういらない、そろそろ帰ろ」って言われるかもしれないと思っていたから。僕は待宵のロックを2つ頼んだ。
僕「人に何かを求めるんじゃなくて、与える、っていうか、なんていうかな、与えられるようにっていうか、なんかそんな考え方をできるようにしたいって思ったんだよ。そういう考えが変なプライドを意味してて、甘えなんだって思ったし。欲しがる、求めるって考えがさ」
川西「そう？　私は貰う生き方でいくけどなあ。そして、時に、奪う」
僕「え」

川西は悪魔の顔して笑ってた。

僕「でも、そうかな。川西さんは、そうかな」

川西「そうですよ、私は」

川西がグラスの中の氷をカチカチ言わせている音がする。彼女の本心はいつも分からない。

僕「まあ、川西さんはそれで大丈夫だよ」

川西は「なにそれ」とグラスを見たまま笑っていた。

僕「今のままでも、みんなに愛されてるもんね」

「どこが?」川西は笑ってる。

僕「自覚してるでしょ?」

川西「違うよ。私は嫌われることに慣れてるだけ」

僕「なに、どこが?」

どういうつもりで言ったのか分からない。僕だって彼女はもっと周りから疎ましく思われてもいいはずだって思っているけど、いつだって彼女はみんなに可愛がられている。

僕はさらに「そうなの?」って訊いてるけど、「う〜ん、よく分かんないよ。私の話はいいじゃん。それで?」とかわされた。

「え、それで?……うん、ありがとう……それが言いたかった」照れくさそうな僕の声がくさい。こんな声イヤだ。ありがとうって感情込めて上手に言えない。恥ずかしくなるのを止めるのは、とても難しい。

川西は「何これ、息がつまる」と言った。僕は苦笑いするしかなかった。

仲居さんが待宵のロックを2つ持ってきた。

グラスの中の大きくて四角い氷を、指先でくるくる回しては、その指先を舐めるといったことを繰り返す川西を、僕はただ、見ていた。
しばらく僕らは黙っていた。氷が少し溶けて、待宵が飲みやすくなってきた頃、川西が「求める与えるみたいな、そういうのってよく分かんないけど……そういうのよく分かんないけど、でもなんか、ススメ先生はさ、もっと素直になったほうがいい人だなあ、とは思うかも」と言った。それで僕が「ああ、そういうダメ出し、聞きたい」と言うと、川西は本当に嫌そうに「え〜」と言った。
僕は、「そんなに素直じゃない感じするのかなあ」
川西「なんかいつも、つくろった感じでしょ、気持ち見たいのに、ちょっとツンツンってするだけで、ちょっとなのにすぐ怒るんだもん」
僕「そう？　怒ってるかなあ」
川西「だってからかわれるのとか嫌いでしょ？　このへん、変になってるんだよいつも」
このへんと言った時、川西が僕の眉尻から頬骨くらいのところを指で丸描いた。つまり側頭筋に僕の感情が露呈するということか。
川西「打ち解けやすさがないんです」
僕「うん、分かります」
川西「怒り方、本気なんですもの。だけどドスンッて来ないで、ベトベトしてるっていうか、なんだろ、こっちを妙な気持ちにさせるから、もうこっちがウワワってなる。なんかそういう、すごいなあって思うのは、汚点つけさせねーぞっていうのか、ガードすごくて、そこがすごい、かたくなな感じ」
僕「へえ、そうなのかあ」
川西「そういう今みたいなムリにニコニコした感じになってる顔ヤダ」
そんなこと言われて、僕はさらにどんな顔になっていただろうか。ICレコーダーじゃなくてビデオをまわしておきたかった。
川西「そういうとこ、いま笑顔っておかしくない？」
僕は「そうかな」って小さく反論してる、しなきゃよかった。
川西「いまなに思ってるの？」
僕「え、なにも思ってないよ、聞いてるだけ」
川西「ほんとにぃ〜？」
僕「ほんとだよ」
川西「怒ってるんじゃないの？　うるせークソガキって反撃してよ」
僕「なんでよ、怒ってないのに」
もう無理ってほど恥部を刺激されて思いっきり動揺してるのに、僕はいったいどんな顔をしてたっていうんだ。
川西「思うことは言ったらいいじゃん」
「ちょっと待って、一回落ち着かせて」と僕は、しばらく黙りこんだ。僕は、やっぱり素直な反応を人に見られることに耐えられないのだ、一生懸命冷静になろうとしている。すごく長い時間黙りこんでいたように感じていたけど、結構すぐに喋り出している。
僕「でも、たしかに変な意識が常に働いてるんだよね。意識しちゃうんだよ。思ってるのに口に出すと、ぎこちなくなるっていうかさあ、頭の中と表現が一致してないみたいなのが」
川西「そういうことなのかなぁ〜？」
僕「そういうことじゃないか。素直って分かんないな」
川西「いちいち頭使い過ぎなんだよ」
と、やっぱりそうらしい。川西の場合、無駄な考えに向かって行きそうになったら、とりあえずパチンと切るのだそう。
川西「考えるの嫌いだし。疲れちゃうし、生きるパワー失う」
僕「でもそれって、もともとが物凄く考えちゃうから、考えちゃうからこそ、切りどころを大切にしてるってことなんでしょ？」
川西は「はあ？」と笑い、そして、「恐い〜」と言った。
「違うの？」と僕。「そういう質問嫌い。そうやっていきなしグワ〜って入ってくんのやめてくんない？」そう言われて、僕はまた「ごめん」と謝り、川西が「お腹いっぱいになってきちゃったなぁ」と言った。
僕「うん」
川西「食べなよ」
僕は食べた。川西がトイレに行った。僕の「おー」という溜息から少しして、またICが途絶えた。一人になった僕は、ICがちゃんと録れているかをここで確認したのだった。
僕はケンちゃんを誘わなくてもよかったなという気持ちになってきていた。川西が戻ってきた。
「あのさ、今日は気に障るところがあったら、そうやってバンバン言ってよ」と僕が言って、川西が「ゲー、めんどくせー」と呟いた。
僕「じゃあいいや」
川西「あれ〜、怒った？」
僕「怒ってないよ。とにかく素直じゃないってことだよね。気どってるとかも言ってたもんね」
川西「気どってるって言った？　私」
僕「うん、あの時言ってたよ。そう思われてんだな、って。さっきもつくろってるって言っただろ？」

川西「違うの?」
僕「いや、分かんない。自分ではそんなつもりはないけどね、でもそうなんだろうなって気もするし、気どってるつもりは全然ないけど、つくろってるっていうのは分かる気するし」
しばらく沈黙があったので、僕もトイレに、と思っていた。
川西が「なんかススメ先生って、どうやら自分のフォローに必死なんだよなぁ」と言った。
僕「自分のフォロー?」
川西「うん」
僕「え、フォロー?」
川西「うん」
僕「どういうやつ? たとえば?」
川西「う〜ん、うまく言えない」
僕「どういうのだろう、それ」
川西「みんな、そこどうでもいいと思ってるのに、言い訳みたいなの始めちゃう、って言いますか、どういうのか、ちょっと独特な」
僕はまたしばらく黙ってしまった。僕が黙る度、変な空気が流れてしまってイヤだったけど、すぐには返せる言葉が見つからなかった。いい加減なことは言いたくなかった。
川西「大丈夫? 私、言わなくていいこと言ってるからそろそろやめたい。頭、混乱してきちゃった」
この時間、川西は、僕の為にたぶん物凄く考えてくれただろう。僕はそんな川西からひたすらに自分の姿をあさろうと躍起になってばかりいて、本当に、申し訳なく思う。この時の僕は、川西がうまく言葉にして説明してくれないことを、じれったく思ったりもしてた。本当に僕は自分本位でヘドが出る。

僕「うん、ごめん。分かんないけど、たぶん分かるそれ、そういうスイッチみたいなの、たぶん
　流れができちゃってて癖になってる、たぶん」

川西「えっと、何が？」

僕「いや、そのフォローみたいなやつの、癖がさ」

僕はまた喋れなくなって、最悪なことに、泣きそうにまでなっていた。

僕「格好悪ぃよ」

川西「まあ、そうだね」

川西にそう言われて僕は、「自信が欲しい」と言った。こんなことを突然言い出したのは、僕にだってみんなくらいの自信さえあれば、もっと違っているんだよと、これもまたポイントのズレた言い訳であって、川西もきっと「ほらさっそくフォローしやがった」と思ったに違いない、そこには一切触れてくれなかった。

川西「癖ねぇ……頭の回路に、交通規制だよねぇ……」

僕「ん、どうやんの？」

川西「そんなの分かるかー」

子どもみたいな川西の笑い声。僕はだいぶひどい顔をしていたんじゃないかと思われる。それを見て笑っているのだ。

川西「ねえ、飲んでる？」

僕は待宵を飲んだ。氷の冷たさがありがたかった。

僕「交通規制ね。その意識しちゃう部分にうまいこと麻酔が打てたらいいのにねってことでし
　ょ？」

「ぷしゅっ」と言って突然、川西が僕の眉尻にまた触れた。僕はどう反応していいか分からなくて、困惑した。「どう？」と訊かれ、「うん、いいよ凄く」としか言えなかった。

川西「変な人」

僕「変な人って……」

川西「僕は変な人でーす、ってしてれば？　ねっ」

僕「なんだよ」

川西の笑い声、ほんと子どもみたいに笑う。

僕「あーもうなんでこんななんだろう」

川西「その気持ちを前面に出しちゃったらば？　なんで僕はこんな感じなんだぁー！って、全力でジタバタしてるキャラとか可愛いよ」

僕「え、それって可愛いの？」

川西「どうだろう。しくじっちゃっても、キャー、くらいに思ってたらいいんだよ。ムキになってとりつくろおーとなんかさ、しないでよ。私とにかくスズメ先生のもっと素直な反応が見たい」

僕「やっぱり素直が大事か。でも自分の中の素直な状態ってさ、なんなのかほんと自分でよく分かんないんだけど」

川西「ほんと面倒くさい人、あなた」

僕「そっか」

川西「私が根気強く引き出してあげましょうか？　でも手荒にすると怒るからなあ」

僕「もう怒らないよ」

川西「えー、怒らないでいられる？」

僕「いられるよ。でもやっぱいいや」
川西「おっ？」
僕「川西さんの手荒さはイヤだ」
川西がまた笑っている。
川西「家で1人の時は、どんな感じなの？」
僕「どんな？　仕事の勉強したりもしてるよ。あと、最近は部屋の片づけが趣味みたいなもんだし、まあ、そんな感じだよね」
川西「そーゆーのじゃない」
僕「どーゆーの？」
川西は黙ってしまった。
僕「だらしなくやってるよ。寝そべって、だらだら考え事したりしてる。1日の反省とか。ぐちゃぐちゃになってる頭を整理しないと眠れないし」
川西「うっわぁ、独り言とか激しそぉ〜」
僕「実は日記とかつけてる」
川西「ほんとにぃ？　え〜、中身凄そうだなあ」
僕「まあね。だから独り言はあんまり言わない」
川西「読みたい」
僕「イヤだよ」
僕は「トイレ行ってくる」と立ち上がった。川西は「逃げたな」って言った。やっぱり僕がトイレを逃げ場にしてしまうこと、気づいているのだろう。僕は立ったまま「あのさ、甘えてるっていうのは？」と言った。「ん？」と訊き返され僕はもう一度「僕のこと甘えてるってそれはさ川西さんから見て、どういうところ？」と言った。
川西「特に意味なんかないよ」
僕「どういうこと？」
川西「ツンツンしてみただけ」
僕「ツンツン？　そういう感じじゃなかったでしょうあれは」
川西「イタズラみたいなもんだったの！」
僕「イタズラ？　あれが？」
川西「なのにあんなにムキになっちゃって、まったく幼いんだから」
僕「先にムキになったの川西さんのほうだろ」
川西は首を傾げて「違うと思うけど」と言った。
僕「でも甘えてるって思ったんだよね？」
川西「もう忘れたぁ」
僕「なんでよ」
川西「早くトイレ行ってきなよ、漏れちゃうよ」
僕「いいよ、座る」
川西「なんで？」
僕はそのままその場で正座した。
僕「どういうところが甘えてる？」
川西「えー、もう……」
僕「どうぞ」
川西「だからススメ先生って、決まった人とばっかり一緒にいるから」

僕「うん、それで？」
川西「それで？」
僕「決まった人って誰のこと？」
川西「田端さんとか、星川さんとか、そういう自分に気を遣ってくれる人とは話してるけど、そういう人が傍にいなくなると、なんていうか、気どってる感じの中から陰湿なものを、ジユワってさせてるし、ノリが悪いしさ……私のこと避けようとするし、いじけ虫になったりさ、なんかもう、どうしたんだ？　なんなんだ？　ってなっちゃって私、そういうところススメ先生見ててなんか分かんないけど仕掛けたくなっちゃうから。でも、言い返してほしかった、すぐに。そしたらあんなに煽《あお》らずに済んだよなーって……私も、あれは、ちゃんとオチをつけようと思ったっていうか……」
僕「オチ⁉　めちゃくちゃだな」
川西「だってすっごい意地はっちゃって、全然こっち見てくれないんだもん」
僕「ああ……」
川西「凄かったなぁ、あれは」
僕「ごめん」
川西「だから謝らないで。私だって、うわー、やっちゃったなって思ってるんだからあれは」
僕「そうなの？」
川西「もう、うるさい」
僕「実は気にしてんだ？」
川西「早くトイレ行って、漏れても拭いてあげないよ」
僕「はい」

僕はトイレに行った。

咬み合わせの悪い会話は、聴いていてものすごく、疲れるなー。こうやって聴き直しても、正直、川西の言っていることがよく分かってないところもあって、彼女の表現の仕方は、ちょっと難しいけど、でも彼女なりに僕に気をつかってくれているのが分かる。優しいんだと思う。

お腹もへってきたし、夜ご飯の仕度しよう。まだケンちゃんも出てきてないよ、もう来る頃だ。ここからがまだ長い。

素直な反応って、ほんと分からない。感情の一つ一つが表に出る前に意識の道に入りこむから、汚れてしまうのだろう。意識の道に転がってる卑屈な考えが付着して汚れる。寄り道せずに表に出したいのに、僕はクリーンで真っ直ぐな道がどこにあるのかを知らない。

11月22日（日）

昨日はご飯を食べてお風呂に入ったら、なんだか振り返る気になれずに寝てしまった。でも川西に会う前にきちんと整理しておかなければならない。後半は記憶がところどころ曖昧で、変なこと言ったりしてないか不安だ。明日も休みなので時間を上手に使ってゆっくりやる。昨日みたいなやり方では疲れる。部屋も片づけたいのにテープ起こしみたいな作業で1日終わってしまうというのは、もったいないが過ぎるのでは？

もうちょっといつものようにラフに書く。音があるとつい緻密《ちみつ》に追いかけてしまうからいけない。

洗濯するのを忘れていたので、回してきた。始める。

しょっぱなにいきなり「変なの」という川西の独り言が入っていた。おそらく僕のことを言っている。これは盗聴しているのと同じだ。咳払《せきばら》いとか、あくびの声とか聴こえて、川西は録られていることを知らないのだから、1人でいるところを聴いたらダメだ。

聴いてはダメだと思いつつ、早送りできずに聴いてしまった。しかも、いけない音を聴いてしまった。自分で「くさっ」って言っていた。これは録音していたことが後でバレたりしたらえらいことになる。まず、聴かなかったことにしよう。忘れてしまったほうがいい。でも可愛い音だったから、まあいいじゃないか。こんな音、恥ずかしくないよ全然。それに、僕が戻った時くさかったというのはなかった。

まだにおいが残っていて、僕が反応していたなら、川西は白状したのだろうか、「もう戻ったの？　ごめん、今ちょっとオナラしたから」とかあのコだったら平気で言うのだろうか。何も知らない僕は戻ってきてすぐ、「ごめんね、楽しくないでしょ」と言っている。

「そんなの最初から期待してないよ」だって。

「そっか」と僕。

仲居さんに案内されてケンちゃんが入ってきた。「いいにおいさせてるねー」と言っている。

仲居さんに、ケンちゃんはビールを注文し、「仲居さん、すみません」と呼びとめて、遅くなってしまったので自分はコースをやめて別のものを頼みたいと伝えた。僕は「仲居さん」と呼ぶべきなのかとここで知った。たしかにそのほうがふさわしいよな、僕はまだなんとも呼んでいなかったけど、おそらく店員さんと呼んでしまったことだろう。

僕「えっと、ケンちゃんです。歯科大で一緒に勉強した仲間で、僕の大好きな友達。歯科大の医局で病理をやっている超エリート。ちょっと、眼鏡かけても視力が悪いから、臨床は無理だったんだよね」

ケンちゃん「うん、電子顕微鏡が相棒」

川西「何してるってこと？」

ケンちゃん「舌癌の研究」

「へ〜」と川西は驚いた顔してた。

ケンちゃん「分かりやすく言うと、顕微鏡で細胞を追いかけてるの」

僕「ケンちゃんのチームで出した論文が新聞に載ったこともあるんだよ。半年ぐらい前だっけ？」

ケンちゃん「うん」

川西は「ふ〜ん」って、声が退屈そうだ。なのに僕は止まらない。僕の友達はすごいんだってことを伝えたい。「これ僕が書いたんだ、って見せてくれるんだけど、何が書いてあるのかさっぱり分かんないんだよ。化学式がザアーっと並んでて凄いオーラで、日本語なのに、何が書いてあるか全然分かんないの。とにかく、そんなカッコイイ人です」

川西に「分かりましたぁー」って言われた。穏やかなケンちゃんは、ただ笑った。たしかケンちゃん帰る頃に、川西のこと面白いって言ってた。やっぱり余裕がある人は、彼女のこと、そう思えるのだ。

川西が、「けど、友達がいてよかったね。私、先生は友達いないんじゃないかって心配してましたよ」と言った。心配なんかはしていなかっただろう。

僕は「彼女は、うちのスタッフの川西舞華さんです。歯科助手さんです」と言った。僕という人間はなんだろう、「スタッフの川西舞華さんです」でよいものを、わざわざ歯科助手ですと付け加えるのだ。

ケンちゃんはなぜかここで「こんばんは」って言った。川西は笑って「こんばんは。なんか、独特の空気感ですね」と言った。ケンちゃんは「そう？」と言い、僕は「癒し系でしょ？」と言った。川西は少し黙って結局、「ふぅ〜ん」と言う。じゃあ独特っていうのはどういう意味を言っているのかと訊きたかったけど、やめた。

「川西さんは歯科衛生士さんになるの？」とケンちゃんが訊いた。「バイトでやってますから、そんなに長くはやらないと思うし」と川西。僕は「もったいないよね、素質あるだろうし、患者さんで彼女のファンって人たくさんいるんだよ」と言っている。しかしこれは、たぶん僕の素直な言葉じゃない。これが、もしも彼女の答えが、「興味はある」だとか、「今は考えてない」みたいなことであったなら、「前はあくまでもバイトって言ってたよね？」などとわざわざそんなことを言ってしまいそうな気がして、そんな自分の底意地の悪さにゾッとする。こうなるのは僕がたぶん、川西の特性に、強く嫉妬しているからだ。それ以外に理由が見当たらない。余裕のない僕は、こうやって自分の醜さを晒している。

ケンちゃん「へえ、看板娘なんだ」
川西「看板娘？　なにそれ」
僕「字のまんまだよ」
川西「私が看板ってことですか？」
ケンちゃん「うん」
川西「ああ、全然。私、人の口とかいじるのヤなんですよぉ。助手だとさわらないで済むので」
ケンちゃん「人の口腔内をさわれるのって楽しくない？」
人の口腔内をさわって楽しいなんて表現はいかにもケンちゃんらしく、変態だ。「え〜、やだぁ〜」って、川西は本気で苦い顔をしていた。僕も、「僕も全然楽しくない」と同意している。
ケンちゃんに「毎日さわってるとそうなるんだね」と言われて、つい「どうかな？　学生の時からそんなに好きってわけじゃないよ」って答えてしまったけど、もしかしたら僕は昔ケンちゃんに、歯科医師になろうと思った理由を赤裸々に告白したことがあったような気がしないでもない。
ケンちゃんは、すきやきを特別に丼にしてもらって、あとはサラダと、いくつかのおつまみを頼んだ。「みんなもつまめるでしょ？」と言われたが、僕らは結構お腹いっぱいで、結局ほとんど手をつけられなかった。

仲居さんが僕らに「最後のデザート、よろしい時おっしゃってください。馬場様もよろしければデザートいかがでしょうか」と言った。川西が「はい」と答えた。ケンちゃんは「いただきましょう」と言った。洗濯機が呼んでいる。時間がもったいないのでICを聴きながら洗濯物を干すことにする。


今日はとても天気がいいので嬉しい。洗濯物を干して、2回目も回した。部屋の片づけをしたいが、これは書いておかなければならない。

僕らは赤ワインを飲んでいる。

ケンちゃんの「ワイン飲む?」に、川西が飲む飲む〜ってなって、赤ワインを1本注文。支払いの際、ケンちゃんは僕も出すよと言ったけど、ここはたとえいくらになろうとも僕が払うと決めていたので遠慮してもらった。まあこんなことはどうでもよくて、この赤ワインでかなり酔いがまわった。

川西が笑っている僕の口をじっと見た気がしたので、前歯に何かが付いているのではないかと気になった。そして口をもぞもぞさせたのをやはり彼女が見逃すはずもなく、イタズラに笑って「ねえ今、歯に何か付いてるんじゃないかって気になって、ベロで確認してたでしょ」と突っ込んできた。そんなことわざわざ言う人いる? しかし、僕が頭を爆発させそうになったのは、そこではなく、その後の川西の言葉だ。

「私、ススメ先生の唇見てたんだけどな」

僕はそう言われて、たしか指でこすったのだろう。

「だから、そういうんじゃなくて、先生を男として見れるかどうか考えてたの」だって。あのコおかしいよ。どうしてこんなことが言えるのか。またそこでひょうひょうとケンちゃんが「で、どうでした？　ススメくんは川西さんにとって男ですか？」だなんて、とぼけたいつものトーンで訊いてしまう。

「それがですね」って言ってから、ためるだけためて、「無理でした」って、邪悪な子どもが笑ってる。こうやって院長たちの心も摑んでいるのだ。

僕が「小悪魔だよね？」と言うと、ケンちゃんは「そうなんだぁ」って返してる。なんだかケンちゃんと川西って、ちょっと似てるのかな、どうも2人して僕の言っていることに対してなんだかちょっと遠い返事をする。僕がおかしいのかもしれない。こういう感じが普通なのかもしれない。つまずくわけだ。お昼食べながら続きを聴くことにする。

こうやって客観的に聴きながらよくよく考えると、川西はもしや、僕の気どりを剝がして素直にする荒療治をすでに始めてくれていたのではないか。

僕がトイレに行っている間のIC、やっぱり盗聴してるみたいで、犯罪だけど、でも書いておく。

ケンちゃん「ススメくんって、クリニックでどんな先生なの？」

川西「いい先生ですよ。ぶきっちょですけどね、指先以外のところがどうも」

ケンちゃん「はいはいはい」

川西「あのかたは頑張っちゃうから、我が強いみたいな難しい患者とかワガママ言ってくる人に一生懸命説明しようとかやって、よく下手こいてます」

ケン「そうなんだあ」

川西「なぜかまたそういう患者さんに当たること多いから……なんか、ススメ先生がそうさせてんのかなあ。傍で見てて、あちゃちゃ～ってなります」

ケン「真面目だからね」
川西「親切なドクターだと思うんですけどねぇ、だいぶ損してるかなあ？」
ケン「そうなんだあ」
川西「はい。あとそうやって患者さんひとりひとり丁寧にやるから、うちのお姉様方に、ちょいちょいせっつかれてますね。次待ってるんですけど、とか」
川西だって一緒になってせっついてたんじゃないのか？
ケン「大変だね」
川西「またもう一人の原口って先生が神がかってて早ウマだから、余計みんなもそうなっちゃうみたいなところありますね。時間かけるところとかけないとこの抜き差しができないだとか」
やっぱり言われているのだ。そんなことケンちゃんに報告しなくていいのに。そういうのは全部、僕に直接教えてくれたらいい。ケンちゃんは「そうなんだあ」って言ってるけど、どう思っただろう、ケンちゃんにとって誇らしい友人でなくてごめん。
川西が「ああ頑張ってますね、歯みがき。これ口癖です」ってたぶんこの人、僕の口調を真似ているつもりなんだろうけど、ケンちゃん笑わなくていいよ。
僕はこの時、トイレの鏡で、赤ワインが唇に染み込んで黒くなっていることに驚いていた。川西はそれで僕の唇を見ていたのだと分かったら、恥ずかしくなった。洗ったら綺麗になったけど、戻って川西にまたなんて言われるのかと思ったら、洗わないほうがよかったんじゃないかって後悔して、そのまま無頓着なふりをしていたほうがよかったんじゃないかって、なんかそんなふうに考えたら戻りづらくなって、それで便器に座ったんだ、そしたら、なんかすごいグワングワン酔いがまわってきて、このままここにいたらいけないって思って、それで慌てて戻った。だけど、結局、唇については何も言われてないはず。

川西が「ケンちゃんさんはススメくんのどこが好きなんですか?」と訊いて、ケンちゃんは、「付き合い長いしあんまり考えたことないな。一緒にいて楽しいよ。優しいし」と、ありがとうケンちゃん。一緒にいて楽しいなんて、そんなこと言ってくれるのケンちゃんだけだ。僕も同じ気持ち。ケンちゃんと話していると癒される。

「川西さんはススメくんのどこが好きなの?」ってケンちゃんが訊く、その訊き方、絶対おかしいけど、川西は「見てると面白いところ」って一応答えてくれている。好きなところなんてない、って言われなくてよかった。ケンちゃんは僕と一緒にいて楽しい、川西は僕を見ていて楽しい。というか面白い、だけど。僕は必要以上に自分を苦しめているのかもしれない。

ちょっと部屋の片づけをしよう、このままだと夜になっちゃうので。

部屋の片づけをしながらとりあえず最後まで聴いてみたけど、僕自身はそこまで変なことを言ったりやったりはしてないみたいで、よかった。川西に「も〜、まどろっこしーなー」とか言われて怒られたり、転びそうになって大笑いされたりしてたけど。

自分の喋り方、声、嫌いだ。緊張したり、気どったり、嫌いだ。まいる。ＩＣレコーダーで毎日、喋り方の特訓をしようと思う。

11月23日(月)

昨日は片づけもそれなりにできた、今日はゆっくりしたい。そして、ＩＣレコーダーの中身は消去しよう。川西のいけない音が入っているだけでなくやはり内緒で録音するのは、冷静に考えてとても悪いことであって、自分が日頃どんな声でどんなふうに話しているかを客観的に聴くことができたのはよかったけど。いけないことだ。その前に、残しておきたい会話だけざっとここに抜粋しておく。

僕と川西の会話。

「ねえ、日記見せてよ」

「だからイヤだって」

「じゃあ今日ついていっちゃおう」

「はい？　もうそういうのやめてよね」

「つまんない～、日記見たい～」

「見てどうするんだよ」

「笑う」

「絶対に見せるわけないでしょ」

まあこんな会話はどうでもいいんだ。でもこのノートに、ほんの少し価値が生まれた気がするよ。なんかよく分かんないけど。

3人の会話。

僕「川西さんってズルイよね。なんか、一緒にいると、えぐられるんだよ。人の、そこ触れちゃダメだろってところをわざと突いてるでしょ？」

川西は嬉しそうに笑ってる。

川西「本音が出てきたなあ」

僕はケンちゃんに「ズルイよね、こういう人」って同意を求めてる。ケンちゃんはなんて言ったかというと、「川西さんはSなの？」って言った。僕は「この人はSだよ、ドS」と一生懸命言っている。川西は「私ドMだもん」と言っておきながら僕が「そうなの？」と訊くと、内緒って言いやがった。なんだか、まったく話がズレちゃった気がするよ。ケンちゃんが口を開くと、僕が話したいことからどんどん横に逸《そ》れていく。だいたいSだとかMだとかそういうことってどうでもよくて、なんかどうも、この線引きとか、自己申告が好きじゃない。

とにかくケンちゃんは、あくまでも、誰にでも、マイペース。こういうのを最強っていうんだ。僕もこうやって生きたい。


僕「たまに冷たい顔するのやめてよ、恐いから」

川西「そんな顔してないよ」

僕「するんだよ。何もかもどうでもいいみたいな、しらーっとした顔、そういう時って、何考えてんの？」

川西は首を傾げて「そうかなあ？　してないけどなあ」と言った。はぐらかしてばかりで、真面目なことを言う時だって、自分の胸の内は明かさないのだ。人を丸裸にしようとするくせに。それなのに、彼女は人から愛される術をよく知っている。それを多用している。感情の壊し方も、寄り添い方も、彼女はよく分かってる。彼女はいつだって確信犯なのだ。だからずるい。彼女の手段はずるい。僕にはそれができないから、自分をフォローするやり方で、ありもしない何かを守ろうとしてしまう、必死で。

この夜に川西が唯一、自分のことを話しているところを書いておく。

ケンちゃんが眠っている時だ。

「ねえ、この人、寝ちゃったよ？」

「だね。疲れてるんだよ。昔からどこででも寝ちゃうんだ」

川西が黙って、僕も黙って、しばらく静かだった。川西が突然言った。「置いてきぼりにされるって思って、無性に恐くなる時、ある。私、恐がりだし、弱虫だし……だから私も差はないよ」と。僕は、「なんか分かる気がする」と言った。

「そういうふうに言われるの嫌い」と言われた。

「違うよ、そういう意味じゃなくて、僕もそういう気持ちが分かる気がするっていう意味で言ったんだよ」

「だからそういうことを言われるのがイヤなの」

「そうなの……ごめん」

「はい……でも、恐いって感じること全部、逃げたくない」

僕は黙って聞いた。

「常に何かを越えてかないと、置いてかれちゃうんだよ。心を強く持てる人たちって、同じように頑張ってる人たちと肩組んでどんどん進んでいっちゃうから。私のまわりには、自分の弱さにぶつかって、さんざん泣くし落ち込んだりするけど、しっかり越えて大きくなっていく人が多くて、たぶん、私、そういう傷だらけで笑ってる人たちが好きなんだと思う。私がそういう人たちに、ひっ付いてる。優しさと強さをおすそ分けしてもらってんの」

しばらく沈黙が続いた。2分ほど過ぎて僕が「ごめん」と言った。「はあ？　何が？」と言われ、「なんでもない」と僕。

なんで謝ったのか、僕もちょっと覚えてない。この沈黙の間に僕は何を考えていたのだろうか。

ワインを注ぐ音がする。

僕「あ、やってあげる」

川西「もう注いじゃった。いる？」

僕「大丈夫。ありがとう」

川西「小学生のとき、ハードル走が嫌いだったなぁ。なんでこんなややこしいことしなきゃいけないのって思って、あーもう全部なぎ倒しちゃいたいって。でも、思ってるだけでできない子だった」

僕は黙って聞いている。僕もハードル走は苦手だった。気分が乗ると、リズムよく跳べてあっさりゴールできたりするけど、意識した途端、調子が狂って、1個倒すともうダメで、どこかやけになって、ほとんど倒しちゃうんだ。運動神経が良くて、いつだって安定したハードル越えを見せていたような子は、今いったいどんな大人になっているのだろう。

「くさいこと言っちゃってるな私。ちょっとなんか言ってよ～」

川西が照れている。

「ススメくんといるとなんか辱められるんだよなぁ」

「なにそれ」

「私の言葉を殺すでしょ！」

「そうなの？　ごめん」

じゃあお互い様だ。川西は僕をえぐって、僕は川西を辱める。一緒にいちゃいけない2人だ。

川西が笑ってる。たしか僕はここでおしぼりを投げられた。肩にのっかっちゃって笑われたのだ。

僕「違うよ、聞き入ってたの。くさいこと言えるって凄いよ。僕はほら、言いたいこと、照れみたいのでほとんど言えないから」

川西「たとえば？」

「はあ？」

「言ってみて」

「ヤだよ」

「いいから」

「イヤだって」

「しらけるー」

僕は、知ってた気がする、川西が、そういう人間だって、なんとなく分かる。だから僕を見ていて頭にくるのだということも。だから僕はさっき、ごめんって言ったのかもしれない。ちゃんと川西と話したかったのに、飲み過ぎた。

くさい話のついでに思いきって訊いてみた。ここはさすがによく覚えている。悩んだけど、僕の羞恥心が酒で緩んでいるうちに訊いてしまおうって思った。

「ねえ、くさいことっていうかさ、僕ってちょっと、におったりする？」そう言うと、川西が顔を寄せてきた。

川西「んん？　なに、汗っかきだから？」

僕は黙る。

川西「気にしちゃってるんだ？」

僕は黙っている。

川西「あ～、はずかしぃーんだぁ～」

イジワルな川西がまた嬉しそうに笑ってる。

僕「からかうなよ」

川西「どうして気になるの？」

僕「緊張とかして汗かくと、急に口腔外バキュームつけられることが多い気するし、よく近くにいる人にむせられるんだよ」

「私もしてた？」

「してたよ」

「ケンちゃんさんに訊けばいいじゃん」

「ケンちゃんは鼻が悪いからダメなんだよ。教えてよ。正直に言っていいから」

「感じたことないなぁ」

「ほんとに？」

「いま改めてちゃんと嗅いであげる」

「いや、いいよ」

「嗅ぐ」

「いいって、普段感じてるか訊いただけ。いまそこからにおってないならいいから」

「人間生きてるんだから多少のにおいはしょうがないよ。加齢臭とかも納得だし。肉体が使い古されていくわけでしょ、自然の成り行きですよ、たった一つの体を何年も使っていくんだから」

「やっぱりにおうの？」

「におわないと思うけど。気になるんだったらケアすればいいだけじゃん」

これを信じることはできない。実はああ見えて、川西は肝心なところで気を遣うところ、ある。

「僕がそれを望んでいるのだから、本当のことを言ってくれよ」ともう一度強く言っておけばよかったか。

川西がケンちゃんの寝顔に「落書きしちゃおっか」と言い始めて、僕は「ダメだよ、絶対にダメ！」と必死で止めた。

川西「分かったよ」

僕「この顔よく覚えておいたほうがいいよ、いつか新聞やテレビで目にする日が来るよ」

川西は笑って、「この寝顔？」と言った。
僕「うん、この寝顔でもいいよ」
川西「いい人だね。優しいし」
僕「うん。自慢の友だち」
川西「はい、充分伝わりましたぁ」
僕が笑ってる。変な声で。
川西が「私も眠くなった」と言って、あぐらをかいていた僕の腿《もも》の上にちょこんと頭を載せて横になった。どういうつもりなのって、ちょっと色んなものを抑えるのに、苦労したけど、僕はそのまま動かないようにして、じっとしてた。普段使わない変な力が入ってしまっていたようで、なんかいまだに右の腿に違和感がある。
しばらくしてケンちゃんが起きて、川西を見て「あれ、寝ちゃったの？」と言った。自分も寝てたのに。
僕「うん。いいお店だね。こんなふうにしてていいの？」
ケンちゃん「うん、いいんだよ。2時閉店だけど。そろそろラストオーダーだね、何か頼む？」
僕「ううん、もう平気。ワイン、飲む？」
ケンちゃん「うん」
僕はケンちゃんのグラスにワインを注いだ。
僕「最近どう？」
ケンちゃん「うん、変わらないね」
僕「そっか」
ケンちゃん「川西さんいい人だね」

僕「そうかな」
ケンちゃん「うん」
僕「ケンちゃんもそう思うのか。愛されるんだね、彼女はやっぱり。こんなに過激なのに」
ケンちゃん「うん、ちょっと疲れるけど、面白いよ」
僕「うん」
ケン「このあいだ、嫁と久しぶりに遊園地に行ったんだけど、その時の感じに似てるよ」
僕「ケンちゃんが遊園地？　想像できないなあ。嫁さんが行きたいって言ったの？」
ケン「ううん、僕。ジェットコースターとか嫌いじゃないよ」
僕「そうなんだー。遊園地ね。毎日行ったら、大変だろ？」
ケン「ああ、そうだね。2日間が限界かな。2日間だけでもその後、2、3日は疲労で使いものにならないだろうね」
僕「そうだよ、毎日遊園地は、大変なんだよ。ケンちゃんの研究室に遊園地があったらどうする？」
ケン「遊びには行かないな。遊園地が横にあったって顕微鏡があれば僕はそっちを覗くから」
僕も口の中だけ覗いていよう。
ケン「帰りにちょっとジェットコースターだけ乗って帰れたら面白いけどね」
ケンちゃんは自分で川西を遊園地に喩《たと》えたことを忘れているらしい。喩えたつもりじゃなかったのかもしれない。
遊園地は、楽しめばいい、自分のペースで。チャレンジして、精神を酷使するためのものではない。僕は遊園地にほとんど行ったことがないから、そんなことも分からない。
ケンちゃんに「このあいだ、ウーパールーパーの話してたでしょ、飼う気ってある？」と言われた。たしかにこのあいだ抜歯を頼んだ時に、ちょっとウーパールーパーの話をした。

僕「どういうこと?」

ケン「嫁の友人が、どうやらウーパールーパーの貰い手を探してるみたいなんだよね。嫁にこのあいだの話をしてたら、飼う気あるか訊いてみてって言われたの」

僕「自分の家で飼うなんて考えたこともなかったなあ、ウーパールーパーって飼うの大変なんじゃない?」

ケンちゃんが僕のウーパールーパーの話を女房にしたことにちょっとビックリした。できればそういうのはやめてほしい。あんな特に面白くもない話を夫婦の間で共有して何になるっていうのだ。あの2人って普段どんな会話をしているのだろう。ケンちゃんも女房と2人の時は甘えたりするのだろうか。僕の知らないケンちゃんの姿があるのだ。

「説明だけでも聞いてみる?」と言われたけど正直、ちょっと気が引けた。ケンちゃんの女房の友人って人に会うのも、そんな大きい家に行くのも。その気があるのなら育て方もその人がしっかりレクチャーしてくれるらしい。もちろん途中で育てられなくなって放流とか絶対にダメなので、飼ってくれる人に対し、渡す前にいろいろ説明したいということなのだそうだ。

その友人って人も、知人がもともと飼っていて、卵産んだら、すごい沢山孵化《ふか》しちゃって、育てきれなくなって、殺すわけにもいかないし、外来種だから放流するわけにもいかないしで困っていて、大きな水槽を置けるスペースのあるその友人が預かることになったのだそうで、絶対に放流しないって約束できる里親を探していると言われると、もちろん僕はそんなこと絶対にしないけど、妙なプレッシャーを感じてしまってどんどん気が重くなった。それに、卵をこれ以上産まないようにオスとメスで分けて2つの水槽に入れてたら共食いされちゃったそうで、もっと分けて入れることになった為に水槽はいっぱいあるし水の問題もあるので必要なものは一式、水槽も含めて貰《もら》えるということなのだけど、ウーパールーパーが共食いするなんて知らなかったのでさらに気が重くなった。

60センチの水槽で、底を這うから高さは低いとのこと。ボディが半透明というだけでなく、底を這う生き方……貰ってあげたほうが喜んでもらえるのだろう、でも、僕の中のウーパールーパー像が、ファンタジーが、崩れていきそうで、飼うって言えない。

ケン「僕もちょっと調べたんだけど、口の前に動くものがあると食べちゃうっていうのがあるらしいんだよ。気をつけてればだいぶ防げるらしいんだけど、それでも食べられちゃったっていうからね」

気配を感じて下を見ると、川西が目を開けていた。「ウーパールーパーって何？」と訊いてきた。

僕「知らない？」

川西「知らない」

世代の問題だろうか。川西は体を起こし、「ちょっとお水もらおうかな」と言った。

「うん」と言って僕はベルのボタンを押す。

僕「ちょっとここで即答はできないかな……ちょっと急すぎて。心の準備も必要だし」

ケン「だよね。だから実は嫁もけっこう前から悩んでたんだって。このあいだちょうどスズメくんから話が出たっていうのがタイムリーでしょ？　ネオテニーだし、再生能力があるから僕も興味はあるんだけどね。野生は、もう絶滅危惧《きぐ》種なんだって」

川西「嫁⁉……今度はヨメぇ？」

僕「何？」

川西「自分の奥さんのこと嫁って呼んでるんですか？」

ケン「家では違うよ。嫁っていうの普通でしょ。普通だよね？」

川西「そうですか？」
僕「僕はケンちゃんの嫁さんのこと、ケンちゃんの女房って言っちゃったんだよ」
川西「なんて呼んでるんですか？」
ケン「貴子《たかこ》さん」
川西「さん付け？」
ケン「そうやって崇《あが》めるんだよ、いつまでも」
川西「ラブラブ〜」
ケンちゃん「うん、うちはラブラブ」
ケンちゃんみたいになりたいよ。ケンちゃんと入れ替わりたい。
川西の「まだ帰らないの？」という言葉で、僕らは帰ることになった。ケンちゃんは仲居さんにタクシーを頼んだが、川西は仲居さんに「私いいです。自分でつかまえますから」と言ったので、「呼んでもらえばいいのに」ともう一度確かめたけど、「いいの」と頑《かたく》ななので仕方なく僕も断った。川西に「ススメくんは呼んでもらえばよかったのに」と言われたけど、「ダメだよ。ちゃんとタクシー乗るの見届けるよ」と言ったら、「お〜？　優しい」だって。「当たり前だよ」。
無事お会計も済んで、ケンちゃんのタクシーが来たので、表に出たら、段差につまずき、おっとっとってなって、川西に大笑いされた。
ケンちゃんを見送ると川西に「気持ちいいし、少し歩かない？」と言われた。「え、どこを？」って訊いたら、「そのへんを！」と怒られた。歩き始めたら、「手つないでおく？」なんて言って、笑って、また僕をからかう。ドギマギしてたら強引にコートのポケットの中に入れていた僕の手の甲を握ってきた。何も言えなくなってしまった。緊張でまたすごい汗が出た。手汗も出てきたから、ポケットから手を出させてほしいって思った。けど何も言えなかった。川西の華奢《きゃしゃ》な手は、冷たかった。僕らはしばらく黙って歩いた。冷たい風と、内側から発せられる熱の温度差に、体がおかしくなりそうだった。川西が、月が見えないねって言った。僕はそうだねと答えた。僕らはしばらく歩いて、川西がまたウーパールーパーって何って訊いてきたから、昔流行った両生類の生き物で、当時ウーパールーパーと自分を重ねて見ていたことを話した。川西が手を離して、携帯電話をいじった。写真を調べたらしく、エイリアンみたいでかわいいって言った。

今もそうだけど、昔から、人に見てほしい時に見てもらえなくて、見てほしくないところばかり見られてしまうところが透明人間になりきれない半透明で、半透明のウーパールーパーに、せめて自分にもこの可愛さがあったらなあと考えるようになってから、ウーパールーパーは僕にとってのアイドルになったことを、話した。それで言ったんだ、川西が、「ススメは人を許す気持ちが少なすぎるんだよ。あれ？　人に許す気持ちかなあ？」って。川西はさらに、「器が小さいってこと」と言うと、「帰るね」って軽やかに道路へ駆けていき、タクシーを停めた。タクシー代を入れた封筒を渡したら、「封筒？」って笑って受け取った。「ありがとう。バイバイ」って言葉を残して消えた。

川西が言ったのは、たぶん、人に心を許せ、そういうことだろう。そして大きな懐で人を受け入れろってことなのだ。彼女と手を重ねていたら、たしかに心がぐっと近くに感じられた。

僕は川西ほどの破壊力は持ってないけど、もうちょっと勇気を持ちたいと思った。

11月24日（火）

「もう一回訊いておきたいんだけど、僕って本当に、におわない？」と訊ねたら、「うわ〜。しつこいなあ」って、「もう気にしすぎだよ、うるさい」って、言われた。「だったらいい」と言ったら、「どんなにおいを言ってんの？」と訊かれ、僕はそれが分からないから訊いているわけなのだけれど、だから、「不快じゃない?」というふうに訊き返した。そしたらいきなり僕の心臓の近くに鼻をつけてクンクンしてきたから「やめてよ!」って素早く離れたけど時すでに遅しで郡司さんに見られた。さらに川西は「だって、におわないか知りたいんでしょ?」とわざわざ大きな声で言った。絶対に聞かれた。まったく配慮してくれない。「しーっ、静かに喋ってよ」と言うと嬉しそうに笑っていたからあれはどうせまたわざとやったのだきっと。嗅いだ感想も「大丈夫じゃない?」って言い方で、「大丈夫って? もっとしっかり臭わない、って明言してよ」と言ったのだが、「え〜、変なにおいはなんもしないよ」なんて言う。「変じゃないにおいはするの? 無臭ではないってこと?」と確認したら、「なんか体温のにおいはする」と言う。だから、「なんでちゃんと言ってくれないの? どういうにおいってこと?」と、自分でもしつこくていやだったけど訊いたら、「もうよくない? くさくないって言ってんだから」って苛立ち始めたから、諦めるしかなかったけど、体温のにおいなんて言うから、くさくないと言われたって、一抹の不安が残るじゃないか。川西はイジワルだ。絶対に僕を楽にしてくれない。

12月1日(火)

久しぶりに日記を書いている。喋り方の練習がてら、しばらくICレコーダーを日記代わりにしていた。後から要点だけ日記に書くつもりでいたけど、やめます。あまりにくだらないことを語る男のぎこちない声に涙が出る。僕は自分を愛せない。

何も恐れるな。恐れても恐れなくても、やることは同じ。今日が過ぎれば、明日を生きるんだ。それだけ。贅沢なのは分かっている。明日を生きたいと感じられることを幸せに思いたい。

川西と話してから、心が少し軽くなった気でいたのに、もう魔法がどろどろと溶け始めている。頭で分かっているのに、柔軟になれない、心をオープンにできない。頭で分かっている分、苦しい。

漂白剤を入れた洗濯機の中に頭を突っ込んで洗い流せたらいいのに。そして柔軟剤で仕上げたい。力を抜いて、気どらずに、変なところで頑張ったりせずに、人に心を許し、人を受け入れる。イメージするのは常に大きな器だ。

このままちょっと日記を書くのやめてみようかと思っている。日記に感情を逃がすんじゃなくて、日記の中で感情を整理したりするのもやめてみて、頭の中でじっくりゆっくり、落ち着いて考えられるようにする訓練。そうしたら新たな道が開通するかもしれない。

12月3日（木）

紹興酒の人がいて、逃げてきた。スーパーららで、彼女は、大根を手にしていた。こっちのほうに体を向けそうになって、僕は、なんか思わず背を向けて早足で角を曲がって隠れるという、心臓が破裂するんじゃないかってほど激しくポンプした、どうせ彼女は僕の顔なんて覚えてやしない。それなのになんで僕はこんなにも自意識過剰なのか。顔を合わせてしまって、万が一彼女が僕を覚えていたとして、それならば挨拶くらい余裕で交わしたら良い。それだけのことだろう。気さくに誰とでも仲良くなれる心をオープンにした人間になりたいのに。イメージするのは大きな器だろ。だけど今日来た新規の患者さんとは結構うまくやれたと思う。武部徹《たけべとおる》さん。

今日は焼きそばを作ろうと思っていたけど紹興酒の人のせいで材料を買えなかったから、インスタントのカレーがあるはずなのでそれを食べることにする。

12月4日（金）

川西に褒められた。突然、「頑張ってるなあ、よしよし」というふうに言われた。何をもって褒めたのか、でもイヤミとかではなさそうだ。子ども扱いされちゃっているのに、なんだか頭にこなかった。これも成長かもしれない。

美容室に行くなんていう話が聞こえてきて、つい、黒髪のほうが似合うんじゃないのと言ってしまったけど、意外とすんなり「そう？　じゃあ、久しぶりに黒くしてみよっかなあ」というふうに言ってくれたのが嬉しい。僕が人にアドバイスするなんていうのは歯科関係のこと以外で初めてかもしれないなあ。月曜日が楽しみだ。

あと、実は今日、ららら で少しだけ長居してみたけれど、あの人には会えなかった。本当に会ってしまったらどうするつもりだったのか、どうせまた恐くなって逃げだしただろうに。あの日から何日経っていると思っているのか。会っても、素通りされたら、無駄に傷つくだけだ。

気持ち悪いな僕って、人生で少し、すれ違っただけの人だ。ストーカーじゃあるまいし、よく知りもしない人を変に意識するものではない。僕は爽やかな色した大きな器でいたいのだ。もしまた偶然に会って、そしたら今度は逃げないし、もし僕に気づいてくれたとしたなら、挨拶ぐらいは交わしたい。それだけのこと。第一印象が良かったくらいでそれをまるで一目惚れのように感情を膨らませていくのは、とても危険なことだ。

日記をやめてみると言っていたのに、僕はついノートを開いてしまう。こんなこと書いてる、こんなことやめたい。

12月7日（月）

川西が黒髪になった。僕があんなこと言ったから。驚くほど地味で、地味というか、顔の印象が重たくなってしまった。正直まったく似合わない。院長たちもみんな驚いてしまって、似合うなどと言ってはいたが、本心ではなさそうだ。川西も感じ取っているはずだ。僕も、「やっぱり似合うなあ」とか「大人っぽくて、綺麗になった感じがする」などと一生懸命言った。でも本当に良いと思っている時でさえ褒めるのが下手くそなわけで、どうしても嘘っぽくなる。実際、嘘だし。川西がまったく僕を責めないところが余計に心苦しい。僕のせいだ。

12月8日（火）

今日、奈々子ちゃんが来て、そのあと川西に、「顔が真っ赤になってたけど、なにぃ〜？」と、からかわれた。「何言ってんだよ、なってないよ」と返したが、実は奈々子ちゃんに、とんでもないことを耳打ちされて、なんというか、後ろ暗いような、書くのに抵抗があるけれど、要は、治療中に伝わる僕の体温が、指の、それとグローブの感触が、どうも奈々子ちゃんを熱くさせるといった、まあ簡単に言うとそういった内容で、そんなことを囁《ささや》かれたわけだから、仕方ない。奈々子ちゃんの声は、小さかったし漏れていることはないと思うけど、アシストしてくれていた郡司さんの目に、僕への軽蔑を感じた。僕が悪いわけじゃない、それなのに僕が後ろ暗くなるのはなぜだ。奈々子ちゃんは中学3年生でありながら、もう勘弁してほしい。奈々子ちゃんは明後日も来る。今度はなに言われるのか、もはや痴漢だ。恐い。

12月9日（水）

来週の土曜日は、院長の知り合いの先生の講演を聴きに行くことになっている。院長と。

僕は原口を越えようとは思わない。自分らしく、そして何より常に患者さんのためになるよう考えて行動できるドクターであることだ。

自己満足では駄目だ。もっと患者さんのことを第一優先に考えなければ駄目だ。寄り添う。大切にする。この仕事をただの、自分が生活する手段のように考えては駄目なのだ。

日々勉強、日々進化。僕はやれる。無駄口を叩かず、行動で示す。

12月10日（木）

奈々子ちゃんは来なかった。奈々子ちゃんは、当日のキャンセルが多いように思うのだけれど、今日だって、何があったのだ？　ここに来るのを楽しみにしているのだと思っていた。

あのコは、教師なんかにもあんな態度で接するのだろうか、そうであるなら、男の教師は皆、苦労されていることだろう。中学や高校などの教諭ともなれば、少女たちのそういう悪戯《いたずら》な誘惑にも慣れていて軽くあしらえるのかもしれない。奈々子ちゃんほどのコはそうそういないだろうけど。僕も気をつける。少女の気まぐれにやられて道を踏み外すわけにいかない。あのコから発せられるものにいちいち反応していては駄目だ。うっかり本気にでもなって、そしたら途端に、あっさりと幻に変わって、残酷な仕打ちを受ける羽目になる。奈々子ちゃんはたしかに魅力的ではあるけれど、あれまだ、子どもだ。

12月11日（金）

「うちの女のコの8番は全部俺が抜いてるから」というのが原口の自慢のひとつだということは川西だって知っていたはずだ。その原口の前で彼女は僕に、「パノラマがあるから診て」と言ってきて、その意味が分からず反応できないでいたら、「私の親知らず、抜いて」と言った。原口は「抜くことにしたの？　だったら俺がやってあげるよ」と割り込んできたが、川西は原口に「結構です。私はススメ先生にやってもらいたいの」そう言ってくれた。僕を見る川西の目は強く、僕は直視できなくて、俯《うつむ》いてしまった。川西は容赦なく僕の顔を覗きこんで「ＯＫですか？」と訊いてきて、もちろん僕は頷いた。

原口はなんでもないような態度で去っていったけど、あれは動揺していた。ざまあみろって、ちょっと思った。僕の心は、小さくて、汚れている。

みんなが帰って、川西はユニットに座った。麻酔の準備をする僕に、「私、ここ辞めるんだ」と言った。僕は驚いて理由を訊ねた。そしたら、「できちゃった」って。相手は高校時代から付き合ったり別れたりしていた男で、「くされ縁ってやつ?」と、あいつは笑った。「たぶん結婚するんだと思う」と言った。「思う?」と訊き返すと、「する」と言った。

「おめでとうでいいんだよね?」と訊いてしまったのは、なんとなく幸せな報告に聞こえなかったからだ。照れくさいってだけなのかもしれないけど、彼女の心情が全然分からなかった。

僕の質問に答えずに、「だから、麻酔どうすればいい?」って訊いてきた。僕がそりゃあやめておいたほうがいいよと言ったのは、麻酔ってこと以前に抜歯をやめようってことだったのに、彼女は「だよね、だからうまく頼むよ」なんて言ってきた。僕らは押し問答になった。できないって言ってるのに、やっての一点張り。産んでから抜けばいいんだ。虫歯になっているわけでもない。「痛むの?」って訊いたけど、痛くない、ただ抜きたいんだ、気合いなんだって無茶苦茶なこと言う。産む前に抜くんだって聞かない。しまいには黙りこむ。僕だって抜きたい、だから悩んだ。僕を信頼してくれてるんだって、伝わってきたから、嬉しかったし、別の誰かに抜かれちゃうことを考えたら、ものすごくイヤだった。でも僕は、やめようと言った。赤ちゃんが産まれて落ち着いたら必ず、彼女の8番は僕が抜く。

僕は、「くされ縁って、その人のことちゃんと好きなの?」と訊いた。あいつは、「よく分かんない」って言った。「でも、悪いやつじゃないからそういうことになったんだし、好きなのかな」って言う。なんだよ、それ。

それでいいのって訊いても、分からないって、「でも、そういうことなんだろうね」ってあいつは言った。

僕らは、そのまま、お茶を飲んだ。川西といるのに、めずらしく静かな時間だった。そして少しだけ、話をした。川西は、できるだけギリギリまで働きたいから院長にはまだ報告してないと言った。「これから色々とお金もかかるだろうし、働けるだけ働かないと」って大人の顔で言った。僕は旦那《だんな》になる人は何をしている人なのか訊いた。原宿《はらじゅく》のショップで働いているらしい。何を売るショップなのかは言ってなかったけど、原宿っていったら、服だろうか？　なんの店なのか、なぜ訊かなかったのか、訊けばよかった。どんな人なのか訊けばよかった。オシャレな男なのだろう。とりあえずちゃんと働いている人で良かった。

「つらい時は、言って。なんでもするから」と伝えると、「ホントになんでもしてくれる？」とイタズラに笑った。僕は、川西を失うのだ。せっかく少しだけ仲良くなれたのに。

本当に辞めちゃうのだろうか。本当に結婚するのだろうか。幸せな顔を見せてほしかったのに、彼女は、僕に、何をしたいのか、彼女の心情が分からない。でも、辞める前に、しかもわざわざ原口の前で8番を僕に委ねてくれたのは、間違いなく川西の優しさなのだ。大事な体でありながら、僕のことを考えてくれた。また一人、僕の大切な人がこのクリニックを去ってしまう。なんでそういう人ばかり辞めていくのか。世の中にはこんなに沢山人がいて、それでも大切に思える人は少ない。それなのに、離れて行くんだみんな。

12月12日（土）

川西が夢に出てきた。ちょっとうなされた。実は昨日、あることを書かなかった。でも頭がおかしくなりそうで、こわくて月曜日、どんな顔で会ったらいいのか分からない。川西は僕にキスみたいなものをした。2人でお茶を飲んだ。ほとんど会話もなくて、僕のカップの中は乾き始めていて、帰るタイミングが、僕はすっかり分からなくなっていて、だから、川西から帰ろうのサインが出るのを待っていた。川西はユニットに体を預けたままで、だから僕もドクターチェアに座っていた。彼女が突然口を開けた。僕は「抜かないよ」って言った。そしたら「もう分かったよ」ってあいつは言って、じゃあ何と訊いたら、「私の口の中、よく覚えておいて」そう言った。「なんで?」と返したけど、川西は目を閉じたまま答えずに、口を開けて、動かなくなった。僕は言われるままに中を覗いた。へし折ってやりたいって思ったこともあった彼女の唇側転位した犬歯を見ていた。「もう閉じて。乾いちゃうよ」と言っても動かないので、寝ちゃったのって訊いたら、彼女は目を開けて、僕を見た。ものすごく近い距離で目が合って動けなくなった。動いたらいけない気がした。それで川西が、マスクをしている僕に唇を寄せた。マスク越しの一瞬の接触で、意味が分からなくて動揺していたら、彼女は「帰ろう」って言って、起き上がった。

あれがなんだったのかが分からなくて、こんな気持ちになってる。マスク越しだったし、言葉もなくて、2秒ほどのあの、意味が分からない。変な感情を抱いてしまいそうで、困惑してる。彼女は人を困らせるのが好きだからだと、分かっている。女って、こわい。

帰り道はただ気まずくて、僕はずっと動揺したままで、どうしたらいいのか、このまま別れていいのか、分からずに、なんとなく、「ごはん食べていく?」と誘った。けど川西は「ちょっと調子悪いから、帰る」と言った。大丈夫かと訊くと、「うん、全然」って言うけど、なんかいつもと違うから心配になって「家まで送ろうか?」って言ったら、川西はまた僕をじっと見つめた。僕はもう限界だったので何を言われるのか不安で恐かったのに、彼女は、「オオカミ。私、結婚するんだよ」と言った。そうだよ、結婚するくせに。だから、何事もなかったように接すればいい。身重で働く彼女を支えるだけ。そうすることが僕が今の彼女にできることだ。

12月13日（日）

男に生まれてこなければよかった。

12月14日（月）

川西はいつもの川西に戻っていた。まったく、惑わされそうで危なかった。川西みたいな人は、どこに身を置いても、その周りの人たちにとっての忘れられない存在となるのだろう。充分に引っ掻き傷を残していくから。これから先、僕は、マスクを装着する度にあの時の、川西からの接触を思い出すことになる。あいつは僕がそうなることを分かっていてあんなことをしたのだろうか。ひどいやつだ。

12月15日（火）

「ちょっと、やめてよ、そういうの」と怒られた。川西のやることに、手を出し過ぎた。見ていると無防備過ぎて勝手に僕の中で、どうしても悪いイメージが浮かんでしまうから、いてもたってもいられないし、とはいえ最近の僕の負の考えには物を壊す力があるから、僕がそうやって悪いほうに考えることはとても危険なことだということも充分に分かっている。だから何とかしなきゃならないという感じですごく頭が過熱してしまって、僕自身、困っている。だけど川西からすれば本当にそれは迷惑な話だろう。彼女のことあまり見ないようにすればいいのかもしれないけど、そういうわけにもいかない。みんなに話したほうがいいんじゃないかと言ったら、さらにムッとされた。ギリギリまで働きたいということをちゃんと話せば院長もみんなだって快く受け入れてくれるに決まっているし、安心じゃないかと言ったのだが、間違ったことを言ったつもりはないが、僕の考えは今の川西にとって、出過ぎたものでしかないようだ。「うるさい」と言われた。心配かけたり気を遣わせたりして邪魔な存在になるのがイヤなのだそうだ。それに色々訊かれるのもイヤなんだと言った。邪魔な存在になりたくないなんていうのはどちらかといったら建前で、色々訊かれるのがイヤだってことのほうが本音じゃないかと思う。

　僕は「変なの。誰も邪魔だなんて思わないし、色々訊かれたって、幸せな話なんだからいいだろ？」と言ったのだ。わざわざ挑発というか、探りを入れるようなことを言ってしまった。そしたら、「ほっといて、私はちゃんとお腹の赤ちゃんと相談しながらやってるんだから」って。そうやって僕の質問に答えてくれないから、こっちは余計不安になるんだろうが。それもわざとか？　そうやってまだ僕を困らせたいのか？　そもそも妊娠自体が嘘なのか？　さすがに違うだろそれは、でもみんなから色々訊かれるのがイヤだっていうのはなぜなんだ、自分は人にデリカシーのないこと平気で訊くくせに。ただ面倒だというだけならいいけど、でもまだ郡司さんにも話してないっていうのとか、なんでだ、なんでそうやって僕を安心させてくれない、今の感じは、僕が何か言えば言うほど、どんどん気持ちを、隠すというか、閉ざすような方へ向かっていってる気がしてならない。

　こっちだって心配なんかしたくない。別にいいのだ。人生の急な展開に今はただ戸惑っていて実感がないだけとか、照れくさいだけだとか、そういうのだったらいい。

　たしかに川西は、子どもを産む、結婚する、急にそんな状況に立たされて、それを全力で「幸せー！」って言えるようなタイプの人間ではないかもしれない。すべてを自分の思い通りに動かして、常に自分は人を翻弄《ほんろう》する側にいて、笑っていたい、彼女はそんな人間だったはずだ。本当は気も小さくて、恐がりで、でも奔放に振る舞うことでかろうじて成立させてきた人生だから、こんな想定外のことを楽しめる余裕なんて実はどこにもない。なんて、こういう勝手な憶測、彼女に知られたら、ほんと殴られる。

実際彼女は今どんな気持ちでいるのだろう。不安もあるだろうし、しっかりしなきゃって思うだろうし、相手の家族にも挨拶しに行ったりしなきゃならないとかそういうのもあるのだろうし、きっと実質的にも忙しく、頭の中も忙しく、といった状態だろう。きっと分からないことだらけで、でも待ったは利かないから、押し寄せてくるものを身重のデリケートな体でひとつひとつ整理していかなければならないのだ。幸せは、そういうのが落ち着いてからじわじわ感じてくるものなのかもしれない。

川西は母親になろうとしている。あの細い体の中に、もうひとつ命がある。僕は彼女のために何ができるだろう。せめて、これ以上ストレスをかけてはいけない。余計なお節介を彼女は嫌う。僕の感情はいちいち重いからいけない。控え目に見守ろう。彼女が僕に助けを求めた時にいつでも手を差し出せるようにしていればいいのだ。さりげなく。僕は僕の生活を大切にする。だから今日も今から勉強だ！

12月16日（水）

声をかけられた。空々しく目を他所に向けて通過しようとした僕を、彼女は「あっ、このあいだはありがとうございました」ってサラリと呼び止めた。僕は、ちょっと、えっなんでしたっけ的な小芝居をしてしまい、それがあまりにもぎこちないものになったので見抜かれただろう、恥ずかしい。「紹興酒」と言われて初めて分かったような顔で「ああ、いえ」なんて、僕はまったくお粗末。「このあいだもお見かけしたんですよ。でも見失っちゃって」と言われた。たぶん思わず逃げてしまったあの日のことを言っているのだろうけど、僕はそれも「えっ、いつですか？」なんて訊いてしまって、そしたら、「えっと……」って彼女は困ったように考え込んでしまったので、僕は慌てて、「僕、家がすぐそこなんで、ここにはしょっちゅう来てるんですよ」と言った。

「私はここで友人が働いていて、終わるの待ってるの」と言っていた。彼氏と待ち合わせとか、彼氏の家が近いとか、そういうのではなく友人を待っているだけだったこと、喜んでもしょーがない。だけど彼女はものすごく、いい人だったから、声も良かった、少しハスキーで、それなのに少女のように弾む、独特の声で、「お料理、ご自分でされるんですか？」って訊かれた。「ええ、独身なもんで」と答えたら、笑顔で「へえ、なんだかお上手そう」って言われてしまったけど、「もう全然ダメです。焼きそばとかチャーハンとか、そんなもんで」と正直に答えるしかない。「今日は、なに作られるんですか？」とも訊かれて、もっといい答えを返したかった。でも、卵とかはんぺんとか入れておでんみたいに煮ようかなと思っていることを正直に伝えた。僕はもう絶対に気どらないと決めたのだから。彼女はそれでも「へえ、美味しそう」って言ってくれたけど、「いや、僕の力じゃないです」と認めたら、クスクス笑われてしまった。その笑い方が可愛かった。

僕は過剰に、鼻の穴の入り口を指の背でこすっていた。鼻毛が出ているような気がしたから。だんだん彼女が僕のその行動を気にしているように思えてきた。あまりにも不自然にいじっているから見てしまったというだけだったのかもしれないけど、これってまるで相手のにおいを不快に思っているみたいな行動だから、変なふうに受け取られたらいけないと思った。彼女は本当にビックリするくらいのいい匂いを発しているのに。だから言った、「なんか、いい香りですね、香水ですか？」って。なんの香りなのか知りたかったというのもあったけど、それだけの気持ちじゃとてもこんなこと言えなかっただろう。そしたら、「本当に？」ってものすごく喜んでくれて、そして名刺をくれた。彼女はハーブやアロマオイルなどを扱うお店をやっていて、自分で調合した香りだと言った。「え、自分で？　すごい」と思いっきり喰いついてしまった。お店に行けば、僕に合った香りを作ってくれるらしい。気分とか体質とか、性格なんかにも合わせてくれるという。行ってみたいなと思う。

お店の名前はハーモニアスで、彼女の名前は松坂宮子《まつざかみやこ》。下の名前をひっくり返すと子宮になるし、なんとも神秘的で、柔らかくて、彼女にピッタリの名前だ。彼女は、いい人だったけど、でもなんだろう、独特で、目が合っているようでいないような、人を惑わすような澄んだ瞳で、僕の言葉も、届いているのかいないのかよく分からない感じがするというか、僕が人に対して感じてきたものとちょっと違う不安定な印象、うまく言えないけど、つまり、どこまでも透き通ってしまっているというか、だからつまり、S字フックだらけで何もかもを自分の中に引っ掛けまくる神経質な僕の真逆をいっているような人に思えたということ。だけどもちろん無神経というわけではなく、いい加減とかそういうことでもなくて、不思議と親近感が湧いてくるというか、この気持ちが親近感というものなのかいまいち分からないけど、でも、近づきたくなる。不思議な人だ。仕事柄のものだろうか。そもそも僕は、最初に会った日から、よく知りもしないのに、なんであんなにあの人のことが気になっていたのだろうか。何か誘われるものがあったのだ。彼女が纏《まと》っている香りに人を惹きつけるフェロモンのようなものが含まれているとか。ビジュアルが圧倒的に綺麗というのももちろんある。

彼女はきっと、内側に違う世界を持っていて、そこにいる。柔らかいところで浮かんでいる。そんな感じがする。

僕に合った香り、今度こそ見つかるだろうか、僕をほんの少し助けてくれる香り。すぐにでも欲しいけど名刺を貰ってすぐにのこのこ行くというのがな、ちょっとどうなのか。でも彼女がたとえ魅力的な人じゃなかったとしたってこれは行ってるよ、なのに魅力的だったせいで逆に行きにくい、そういうことだ。

変な人と思われただろうか。気どらなかったつもりでいたが、発言は気どらなかったかもしれないけど、心は間違いなく気どったな。僕は綺麗な人を前にして余裕を持った振る舞いができる人間ではない。そんな人間にはたぶん一生なれない。そもそも彼女の横を何食わぬ顔で通り過ぎようとした時だって、感情だだ漏れだったのかもしれない。紹興酒の場所教えてあげた僕ですよ、覚えてますかって恩着せがましくアピールしているように思われていたらどうしよう。自分がイヤだ。アロマって癒す作用とかもあるって聞くし、この自意識に縛られているところだったりも少し楽にしてくれたりするのだろうか、でも、悩みなんかにも合わせられるみたいなこと言ってたけど、「自意識が過剰なんで、和らげる香りにしてもらえたらって思うんです」なんて言えるかよ。きっとたいして悩んでもいないようなことを言ってしまって、本来の僕に合った香りにはならない。

はー心臓が疲れてる。ここのところなにかとバクバクいわせ過ぎているから調子が悪くなっている。

おでんみたいにするつもりだったけど、今から煮ると遅くなるから今日はパスタを茹《ゆ》でて、軽く済ませることにする。

12月18日（金）

朝のミーティングで院長から、川西が年内でこのクリニックを辞めることになったとの報告があった。分からないことだらけだ。ギリギリまで働いていたいと、あれほどムキになっていた人が急に年内で辞めるだなんて、変だろう。院長は辞める理由を言わなかった。どこまで知っているのか、院長もまた、みんなには内緒にしてほしいと言われているのだろうか。何があったのか本人から訊きたかったのに、今日ずっと、話しかけにくいオーラを放っていて、近づけなかった。みんなも、「またいつでも戻ってきてね」とか「就職？」とか、そんなふうに話しかけていたけど、川西のテンションはいつもとあまりにも違うし、みんなは探りを入れようとするしで、なんだか奇妙な空気になっていた。色々訊かれるのとかイヤだと言っていたからそういう態度に出てブロックしてるのかなと思っていたが、僕にまで同じ態度だった。声をかけようとすると、いなくなる。最初は偶然か、いま無理というタイミングの問題かとも思ったのだが、3回やられたので間違いない。

郡司さんはきっともう知っている。昼休みも2人で外に出ていったし。院長からの報告があった時も驚いている様子は感じられなかった。もう僕だけが知っている秘密ではないだろう。帰りにご飯でも誘おうかなって思っていたけど、川西はもういなかった。ものすごい早さで帰ってしまった。郡司さんもいなかったから一緒に帰ったのかもしれない。

そしてロッカールームで、あらぬ話を耳した。「もー、今日飲んで帰りましょーよ!」という声のトーンに直感が働いて、僕はドアを開けるのをやめて、そっと耳をあてた。僕は知らなかった、そもそも原口が水面下で開業の準備を進めているなんて話、全然知らなかった。彼女ら、そこにいたのは、田端さん、垣内、小山田さん、山根だったけど、彼女らは、原口が川西を連れていくことにしたのだと、原口は以前から川西に歯科衛生士の資格を取るのなら応援すると言っていたらしい。

なにも聞こえていないふりをすると決めてドアを開けたのに訊いてしまった、「原口先生、開業すんの?」と。「えー聞いてたんですか?」って非難されたけど、みんな濁しながら「まだ院長には絶対内緒ですけど」って教えてくれた。開業の話、青井くんも知っているのか訊いたら、「さあ、知らないはずだけど……」って、「みんな原口先生から口止めされてるし」って。たぶん、すごくいい店にでも連れていって、高級なワインでも振る舞って、みんなを口止めしたのだろう。みんなというのはたぶん、星川さんと北さん以外の女性スタッフ全員だろう。みんな、原口が開業することを知っていて黙っている。あんなにお喋りな人たちが。一体いつから隠しているのか。川西はなぜ僕に教えてくれなかったのか。

みんなの言っていたことは、間違ってないかもしれない。彼女の人間力をかっていた原口が、好条件で引き抜いたって可能性はある。原口は川西の事情を全部知っていて、それは川西が話したか原口がなんらかの形で気づいたのかは知らないが、それで、「それなら負担にならない程度でいいから、うちを手伝ってくれないかな。子どもも産んでからも働けるように待遇するよ。なんならバックアップするからDHの資格も取ってみない？」とかなんとか、今の川西にとっておいしいことを並べて誘惑した。原口ならやるだろう。僕に何も言ってくれずに突然院長に報告したのも、年内で辞めるなんて言い出したのだって、何かが彼女をそうさせたわけで、原口が動いたということならすべて納得がいくような、気もする。でなかったら11日の時点では少なくとも原口は川西の妊娠について知らなかったはずだ。でなかったら8番の抜歯の時にああいうことは言ってこない。その後に何かあった、原口が川西に「8番抜けた？」と訊いたなら、その時に、川西がなんと答えたか、原口が「8番抜けた？　どうだった？」と川西に確認する可能性は大いにある。原口から引き抜きの話があった川西は、一度断っていたが徐々に気持ちに変化が起きて、すべてを打ち明け相談に乗ってもらったなんていう可能性だってある。

「8番は抜きませんでした」

「え、なんで？　ススメ先生には無理だった？　俺やろうか？」

「いや、実は、私、妊娠していて、それで、このあいだ頂いていた話なんですけど、今はこういう状態なんだけど、それでもよかったら、ギリギリまで頑張るので、やらせてもらえないですか？」

とか、なったのかもしれない。原口の開業っていつだろう。それをちゃんと訊いておけばよかった。でも、それならそれで、川西の生活が安定するなら、今の体に無理をさせないで済むのなら、彼女の不安が減るのなら僕は、応援する。だけどもしそうなら、僕には教えてほしかった。

でも原口の開業のこと、郡司さんは知っているのに院長に黙っているのだろうか。原口が郡司さんと院長のことに気づいているようには思えない。郡司さんにも話してしまっているはずだ。

やっぱり郡司さんが院長と何かあるというのは完全に僕の行き過ぎた妄想だろうか、いや、院長は耳に入っていてもあえて知らないふりをしている可能性がある。そんなことは正直どうでもいい、原口がこのクリニックを辞めるのは、どちらかといえば、嬉しいことだし、ほんとそんなのどうでもいい、でも川西のことは、月曜日、ちゃんと本人に確かめる。

あと、ららに寄った、別にそれは、料理をする気になれなかったからで、出来合いのおかずが欲しくて、それで総菜コーナーで僕はカレイの煮つけを買った。おいしくてご飯が進んだ。ところで宮子さんのお友だちって、どの人なのだろう。もしかしてアジサイだろうか。アジサイも今日はいなかった。さっき僕が食べたカレイだったりを奥で煮た人の中に宮子さんのお友だちがいるのかもしれない。宮子さんのお友だちが調理したカレイの煮つけを僕は今日食べたのかもしれない。

12月19日（土）

院長と、講演を聴いてきた。重森《しげもり》先生の歯周治療はあまりにもハイレベルで衝撃を受けた。僕もあの治療ができるようになりたいと思った。帰りに、院長とご飯を食べたいなって願望が、少しあったけど、僕からは言い出せないまま、じゃあここでと別れを告げられてしまった。重森先生と約束していたのかもしれない。いずれにせよ大事な約束があったのだろうからへたに誘っていたら気を遣わせてしまっていただろう、良かった。それに2人でご飯に行っていたら、院長が原口の開業に気づいていた場合、そのことについて何か訊かれたりしても、困るし。駅に「くいねぇ」があったから山菜そばを食べて帰ってきた。記憶の中の味と違っていた。

さっそく今から重森先生の本を読んで勉強する。

12月21日（月）

川西に軽蔑された。僕がいけない。昼休みに川西をつかまえた。僕は、色々訊きたいことあるんだけど、って言っただけだったけど、「もしかしてあんたまで疑ってるの？」と、そう言われた。

　僕はそこでなぜすぐに、この言葉でなぜすぐに彼女が敏感になっていることを感じとることができなかったのか、「違うの？」なんて言ってしまって、それではじめて、あれなんかヤバイなって感じて、別に責めてるわけじゃなくてだとか、それならそれで安心だなって思ってとか応援したいなって思ってるんだみたいなことを、急な院長からの報告でビックリしたからみたいなことを、別に疑っているとかそういうことではないということも色々言ったけど、「信じらんない。まじムカつくんですけど。ひどいよ、あんたホント」って、今もこの声を彼女の顔を思い出すだけで泣きそうだけど、僕はただ、あんなに怒るなんて思ってなくて、僕は、頭が真っ白になった。今も困惑してるけど、でもほんとにバカだ、でもほんとに、原口のところについていくことを悪いように疑うとか、勝手に想像で色々決めつけているわけでもなんでもなくて、ただ、辞めるのが早まった理由を聞かせてほしかっただけだ。

　僕はちょっと、とっさに、「え、なんで？」みたいなことを言った。「なんでじゃねーよ」って、川西は完全に怒っていて、なんかあの時は僕も混乱してたしちょっとムキになって、なんとか、たぶん、すぐにでもこの状況を取り返そうって思ってたんだと思うんだけど、だから、「だったらさ、なんで原口が開業するって話、教えてくれなかったの？」みたいな反撃をつい、してしまった。そしたら、わざわざあんたに教えてあげなきゃいけなかったのかと言われて、「教えてくれたってよかったんじゃないの？」って言い返したら、「なんでよ、あんたになんの関係があんの？」って言われて、なんかほんとよく分かんなくなっちゃって、なんか自分の考えも、何を川西に言いたかったのかも、僕は何をしたかったのか、理由の説明をなぜ求めてしまったんだ、それがまるで当たり前の権利であるかのように思っていたのかもしれない。バカすぎる。

　川西はそれから一切こっちに顔を向けてもくれないし、無理やり正面に立って声をかけても、無視された。ちょっといま涙が出ちゃっているからお風呂に入って思いっきり泣いてくる。気持ちを整理したいけどそのまえにちょっとリラックスしないと、なんかおかしくなりそうだ。

痛い。右足の小指を、床に置いたままになっていたシュレッダーのふちで切った。血が出た。プラスチックだったけど、お風呂あがりで皮膚が軟らかくなっていたからパックリ切れた。痛い。

買ったまま放置していた赤ワインを開けて飲んだ。やけくそで、がぶ飲みした。膨れたまぶたが痛くて閉じたら、宙に浮いて、恐くなって、水飲んで、横たわって、ひたすら石になるのを目指していたら、ちょっと落ち着いた。

僕が、全面的にいけないけど、でも僕は、ほんとに、川西をうたがったわけではない。彼女たちのウワサ話を真に受けたわけではないの、ちゃんと話せていれば違っていたはず。

「そんなわけない。そういうことではなくて、なんで急に辞めることにしたの？」と、せめてそう言えていれば、ここまでのことにはならなかったのかな、でも、いろいろと訊きたいことがあるなんて言い方せずに、「びっくりした、院長に話したんだね。どうした？　急に辞めるなんて、体のほうとか、しんどいの？」と、彼女を心配する思いが先に口に出せていれば、とか、今からいくら考えても手遅れ、川西、恐かった、川西が恐かったんじゃない、たぶん、大切なものが、いっきに壊れたのが分かって、それが恐かった、たぶん、信頼、言葉にするのなら。好きな人からの信頼を失うのがこんなにつらいって、もういいんだ、今日は思いっきり泣いて、な。

今度は右の顔面を強打、トイレのドアを出る瞬間になぜだか思いきり顔をぶつけた。もういやだ、ものすごく痛い！

鏡を見たら、また唇が赤ワインで染まっていた。あの日、楽しかった。川西に謝りたい。もう自分のバカさに、孤独に、もう生きてる価値がない。

生きてる価値がないなんて、僕は、生きて、すべてを取り戻したい。

なんであんなふうに言っちゃったんだよ、僕はただ、そんなわけないじゃんって言ってもらいたかっただけだった、言ってもらえるって思ってたから。分かってたんだよ、そんなわけないってことは。これがたぶん僕の本音。ただ一応訊いてみて、そういう答えをもらって安心したかっただけだったんだ。つまり、訊かなくてもいいことだった、僕が雑だった。甘えだよ。軽く考えすぎてた、川西の気持ち、全然大切に考えてあげられてなかった。あいつ、いま不安なこといっぱいあって、考えなきゃいけないこともいっぱいあって、なのに僕は自分の中のくだらない小さなもやもやを解消するためだけにあんな言い方して、横暴このうえない。川西の気持ちを第一に考えるべきだったのに。僕が訊かなくても、話す気になればきっと向こうから話してくれていた、なんで待てなかったんだ。

それに、川西はあんなで意外と口の軽いやつじゃない。原口の個人的な事情を、僕と川西の関係で、話す必要があったかって言ったら、そうだよないよ。あいつの言う通りだよ、ね。

川西が原口よりも僕に8番を託してくれた、それがすべてだったのに。

なんて言って謝ったらいいのか、きっとまた明日も無視される。考えてみれば僕は川西のケイタイ電話の番号も教えてもらってない。それくらいの仲だったのだ。

明日、朝すぐに謝ってみる。無視されても謝りつづける。ちゃんと話をさせてって、なんとか時間つくってもらえるまで謝る。僕は本当にそういうつもりじゃなかった。ただビックリして、真相を知りたいって気持ちしかなくて、川西のこと考えてなかった、それを素直に謝りたいけど、そんな弁解、彼女に伝えても、あっそ、って話だ、時間をつくってもらったところで僕は、何をどうやって謝ったらいいか、川西はなんであそこまで怒ったのか、僕の謝罪が、その核心にちゃんと届いていなければ許してもらえないかもしれないけど、僕は結局それがよく分かってない。

川西は、「疑ってるの?」と言った。全然疑ってるとかじゃない、そう思っているのならそれは誤解で、僕は、疑うとかそもそもそういう気持ちじゃなくて、原口のところへ行くのならそれはそれでいいじゃないかって思ってた、川西が幸せなら、本当に原口のところへ行くとしたって、川西が考えて選択したことを反対したりしないし、非難もしないって思ってた、それを分かって欲しい。ダメだ、僕はもう、自分の気持ちを押しつけたくない。弁解をして自分を分かってもらおうとしてはダメだ。どうしたらいいのか、分かんない、許してもらえる自信がない、ちゃんと向かっていけるかな、彼女の今のあの目を向けられて僕は直視できるだろうか、結局中途半端に謝ることになっちゃって、もっと悪化したりするってこともあるかもしれない。謝ったことがまったく的から外れていて、そういうことじゃないからとか言われたら、もう道がない。でもこのままでいたら、このままだ。このまま川西がいなくなっちゃう、嫌われてさよなら、そんなの、絶対にイヤだ、とにかくちゃんと話し合えるところまで持っていかないと、2人になれる時間がほしい、けど、川西は疲れているだろうから、負担をかけたらいけない、朝とか、帰りのわずかな時間で、ちゃんとしっくりいくところまでいけるだろうか、ダメだ、僕はどうしても自分の気持ちを優先にして考えてる、川西はきっともう、僕のことどうでもいい、僕の話を聞くことがもうイヤなのかもしれない。負担なのかもしれない。川西のことを本当に想うなら、僕はもう、だまっているのが一番なのかもしれない、でも謝りたい。

だから、余計なこと言っちゃ、絶対にダメだ。ひたすら、謝って、川西がこっちを向いてくれたら、ゆっくり2人で話せるか訊いてみよう。僕の気持ちを押しつけてはダメ、焦って変なこと言っちゃうのもダメ、また変なこと言って無神経な僕の考えで彼女をこれ以上傷つけたくない。院長からの報告で年内って知ったものだからビックリしちゃったよ、みたいなことも言うのよす、また、なんであんたにいちいち報告してから動かなきゃならないのとか、言わせてしまうだろう。

体の調子が、よくないのかもしれない。ものすごい辛《つら》いのを必死でこらえて仕事してるのかもしれない。様子がおかしいのだって、そのせいかもしれない。そんな彼女の事情も知らないで、考えようともしないで、僕は本当に、雑だった。このままお別れなんて絶対にいけない、明日、土下座してでも謝る。明日が忘年会だなんて、こんな時に勘弁だ、きっと川西の送別会も兼ねるのだろう。

12月22日（火）

昨日は酔っ払っていて、起きて日記を読み返して、こんなことを書いた記憶がまったくない。今日、行きたくないよ。でも、昨日の自分が言っていることはそのとおりだ、ちゃんと川西に謝らないと。そして、絶対に自分の感情を優先しないことだ。よし、行ってくる。

やっぱり彼女とはもともと分かり合えないところにいる。たぶんもうダメだ。彼女は朝ギリギリに来て、僕も今日はずっと忙しかったから、忘年会の席でうまく近づけるチャンスを、狙うつもりでいた。

川西に殴られた店で、通されたのもあの日と同じ個室だった。最初の注文で川西がビールを頼んだ。僕はびっくりして、やめさせたかったけど、いつものように注文しないとみんなに怪しまれるからとりあえずビールを頼んで、なんとか誤魔化すつもりなのかもしれないとも思ったから見守ることにしたけど、あいつはグビグビ飲んだ。心配になって僕は水かオレンジジュースでも頼もうと思った。だけど、みんなの目を盗んでそれを注文して川西に渡すということの難しさに頭を悩ませているうちに川西はウーロンハイを注文した。さすがに黙っていられずに僕は彼女の近くに動いて、小さく、「ちょっともうお酒はやめておいたほうがいい」と言った。そしたら地獄耳の田端が横にいて「なんで？」と喰いついてきやがって、ややこしくなった。川西は僕を睨んだ。僕は慌てて

「川西さんはなんか風邪っぽいから」って言ったけど、そしたら今度は垣内が「そうなの？　マイカちゃん風邪？　大丈夫？」とでかい声で言った。僕は焦ってどうしたら話を横に流せるか必死で考えて、原口がこっちを見ていて、目が合って、なんかムカついた。そしたら川西が席を立ってどこかへ行ってしまったので、僕は慌てて追いかけた。みんなに何事かと思われてしまうかもしれないということが頭をよぎらなかったわけじゃない、だけど追いかけるほうを選んだ。トイレの前で川西の腕をなんとかつかまえて、「僕の気が利かなかった、ごめん」と謝ったけど、「もういいかげんにしてくんないかな、ほんとなんなの？」って、泣きそうな顔で僕を責めた。本当にごめんと謝ったけど、川西はトイレに入ってしまった。僕は出てくるのを待って、でも全然出てこなくて、トイレに来た小山田さんに「どうしたんですか？」って声をかけられちゃったから、僕は、なんでもないと言って席に戻るしかなかった。戻ったらやっぱり垣内と田端が「マイカちゃん具合悪いの？　大丈夫？」とか訊いてきたけど、「たぶん。僕の勘違いかもしれないんで。今日、咳とかしてたんで風邪かなって思ったんですけどね」と僕は言ったが誤魔化せたのか分からない。

それからも何度も川西に話しかけようとしたけど、できなかった。川西はさすがにウーロンハイを飲みきることはしなかった。みんなが川西との別れを惜しんでいた。垣内たちみんな、裏で川西と原口のこと憶測であんなに好き勝手言っていたくせに、なんであんなふうにできるのか、川西だって、そういうの耳に入ってるくせに、ここのところ郡司さん以外とは少し距離を置いているような感じを見せていたのに、今日は何事もないみたいにみんなで仲良くやっていた。僕以外には、わりと本来の川西に戻ったような態度を見せているように感じられた。院長は川西に何かプレゼントを渡していたけど、何と言っていたのかよく聞こえなくて、川西はとても喜んでいたけど何を貰っていたのか。

一番腹立たしいのは、原口の川西に対するやけになれなれしい態度だ、あいつのせいで僕と川西はこんなことになって、川西だってみんなに色々言われて、こんなに色々渦まいているのに、おまえだけ何のうのうとやってんだよ、それって考えてみたらかなりムカつくよ、僕は、前に川西に言われたことだから、こんなことになっていても陰湿なものを出さないように必死で、拍手したり笑って相づち打ったりしてたけど、心は思いっきり遠くに弾かれていてずっと血の気が引いていたのに、あいつはなんだ、楽しそうにしやがって、川西になれなれしくしやがって、僕はたいしてお酒も飲んでないのにずっと頭から変な音がしてた。

僕には川西の気持ちが全然分からない。もう何を言っても拒絶される気がして、恐い。どうしたらいいのか本当に分かんない。なんとか2人の時間を作ってちゃんと謝りたい、でも川西がその隙を与えてくれない。たぶんもう無理だ。

明日、星川さんに電話して、ちょっと川西と話したいことがあるからって電話番号を教えてもらおうか。これ以上しつこくしていいのか？

もう諦めたほうがいい。どうせあと数日でいなくなるのだ。苦労して無理やり関係を回復させたって、あいつはどうせ、いなくなる。

12月23日（水）

心のままに伝えるのがどうしてこんなにも難しいのか。僕はいつだって、こんなだ。相手に自分の気持ちを明確に理解してもらえたことがない。未だかつて一度だってなかったように思えてきて、落ち込んでいる。いつだって誤解される。誤解されているのならその誤解をときたいと思う、それは普通のことだと思っていたけど、でもそれは、自分の思いを押しつけることになるわけで、それはしたくない、けど、押しつけることなく理解してもらえる方法が、そんなものがあるだろうか、理解してもらおうと思うこと自体がダメな考え方なのかもしれないけど、誤解をといて理解しても

らえないかぎり、
違うよな、僕の思いを理解してもらうんじゃなくて、川西の思いを理解したいはずなのに、またこんなこと考えている。違うよな、大事なのは、許してもらうことじゃない、川西の気持ちを理解することだ。
良くも悪くも自分の都合で解釈する、それは無自覚で、どうしてもそうなる、僕も、川西だってそうだ。だからどんどん、ややこしくなる。僕は話すのが下手だから、口を開けば開くほど、酷いことになっていくのかもしれない。
ごめんはもう何度も言った。心のままに、思いのままに、素直に、彼女と話がしたい、でも僕は、今この状況で緊張せずにいられないだろう、意識すればするほどどきっと変な顔になっていって、言葉も空々しい感じになって、ぎこちない嘘つきの振る舞いになって、なにひとつ信じてもらえないだろう。川西の前に正座して、「蹴ってもいい、殴ってもいい、髪を刈れと言うのなら刈るし今この場で引きちぎってくれてもいい、君の気の済むまで、なんでもするから、だから話をさせて」と、そう言ったら、少しは受け入れてくれるだろうか、「じゃあ刈って」って、絶対に言う。言うだろうか、今の川西は、なんかもう僕の知らない人に見える。もともと知らない人だ、色々勝手に悪く噂しているやつらとは普通に接しているのに、僕のことは絶対に許さないって態度なのは、なんでこんなことになっているのか、川西は、だって僕のこと、そもそも好きじゃないと思うんだよ、なのに、僕が彼女を頼るようなことになったから、少し僕に情が湧いたというか、気にかけてくれるようになった、その流れで僕に8番の抜歯を頼んでくれたのもほんの応援の気持ちからで、それを僕が踏みにじったと川西は思っている、たいして好きでもないやつに恩情をかけてやったのに、おまえごときが私に何を訊きたいの、勘違いするんじゃねーと思ってる。じゃあ、これってもう無理なんじゃない？

僕はちょっと、思いあがっていた。関係を修復も何もない、もともとないんだよ、関係なんて、僕のこと、やっぱり最低の、人の気持ちも分からないどうしようもないやつって、川西は思ってる。もう関わりたくないって、思ってる。ならばもう、放っておくしかないよ、僕がしつこく動いたら、余計迷惑をかけるだけだろう、僕はそんな肝心なことを気づかないでいた、僕ってちょっと恐いよ、嫌われているのに、なんか、ちょっと勘違いして、当たり前のように色々訊きたいことあるだとか、どうして教えてくれなかったのだとか主張して、そして避けられているのにしつこく付きまとって、本当に川西からしたら大迷惑だ。ストーカー行為だ。もう近づかない。このまま川西が去っていくのを僕はおとなしく、静かに見守る。

手紙だけ書こうか。やめよう。このまま静かに、僕が彼女から離れることが今となっては一番の、恩返しになる。そういうことだ。

12月24日（木）

山根が原口の開業を院長に告げ口した。山根は原口と揉めていたらしい。山根を連れていってあげないからだろう。もうぐちゃぐちゃだ。年末の忙しい時にクリニックの中はすっかり淀んだ。業務終了後に原口は院長室に呼ばれ、ずっと出てこなかった。1駅しか離れていない所に開業だなんて、院長はきっとものすごくいやな思いをしているだろうに、2人はどういう話をしたのだろう。田端さんたちが残っていたので僕もなんとなく残ってしまったけど、好奇心を剝き出しにしている彼女たちを見ていたらなんだかこういうことに関わっているから僕はいつまで経ってもダメ人間のままなんじゃないかって気がして、うんざりして、帰ることにした。駅のロータリーでイルミネーションを背に写真を撮ろうとしているカップルに、ダッシュでぶつかりにいって、手にしているカメラを落としてやりたい衝動にかられたけど、黙って横を通過した。電車の中で気持ち悪くなって、駅のトイレで吐いた。こめかみにまた大きなおできができた。僕も辞めたい。一人になりたい。人間が恐い。自分が一番恐い。自分のことが一番嫌いだ。

12月25日（金）

原口も年内でクリニックを去ることが決まった。院長は学会でいなかったけど、原口からみんなに報告があった。原口に「ちょっと昼行かない？」と誘われて2人で近くのイタリアンに行った。誘われた時、イヤだった。でも川西のことも分かるかもしれなかったから、だけど、彼と話して僕は正直、ハッとさせられるものがあった。ここのところ完全に沈んでいた心に、新しい風が吹いたみたいな、照れくさいし悔しさもあるんだけど、でも正直、今の僕にとって、彼の言葉は、有難かったのだと思う。最初はとにかく気まずくて、とりあえず、「開業準備、大変ですか？」とか言った。原口は「大変だよ。すごいよ借金」と笑って、なんかそれが大人に見えてちょっと、原口はやっぱり男として格好いいなと感じた。本当は1月いっぱいまでは残りたかったと言っていた。でもキリがいいっちゃあいいし、準備に集中できるからこれで良かったんだって言えちゃうところとか、彼らしい。すでに患者さんの引き継ぎも簡単に済むようにあらかた整理できているというのには驚いた。やっぱり原口はそつがないよね、山根が告げ口するのも想定内だったんじゃないのか。そういうことができるのが原口なのだ。才覚ある彼の作るクリニックは、きっと成功するのだろう。僕とは明らかに違う。

原口に言われたこと、極力明確に書き残しておく。今後の僕を支える言葉になるかもしれない。

ＩＣレコーダーで録音したかった。

まず言っていたのは、「俺が抜けたら、今までみたいに院長に甘えたようなやり方では通用しないと思うよ。経営者としての院長の要望も強くなってくるだろうし。自分の正義だけを振りかざしてたんじゃ通用しないってこと。院長が何を求めているかをさ、考えてみろってことだよ。おまえはさ、俺のやり方をどう思っていたかは知らないけど、俺はずっと考えて応えてきたつもりなんだよね。院長に思いっきりプレッシャーかけられたこともあったから。おまえはさ、自分が社会に何をアピールできるかとか考えたことある？　そういうこともっと考えてさ、そこに何を肉付けしていくかってことまでどんどん導き出していかないと、未熟なまま老いていくだけだって俺は思うよ。まあ、俺は院長から学ぶこと沢山あったけど、やっぱ色々やってきて考え方が違うって思ったから自分のクリニックを作ることにしたわけだけど。これからはさ、ススメ先生がもっと院長の気持ちを模索しながら働かないとな。DHとかに仕事が遅いとか言われてるようじゃダメだと思うよ」といった感じのことを言っていた。彼は多弁だ。僕はパスタを食べるのが憚《はばか》られ、ほとんど残してしまった。彼はあんなに話すことに集中していたのに、いつの間にか平らげていた。

　原口が言ったことがたぶん、刺さっている。

「このクリニックにもう長くいてさ、まだ院長にまともにプレッシャーかけられるような怒られ方されてないって、結構問題だぜ？」と言われて確かにそうだと思う。原口に院長がプレッシャーみたいなものをかけていたことすら知らなかった。院長はやっぱり僕に期待なんかしてないのだと思う。これからどうなるのか、原口がいなくなったら、僕に原口の代わりが務まるのだろうか、院長は僕にそんなこと、これっぽっちも期待してない気がする。すでに別の頼りになるドクターを探し始めている気がする。この今という時を、本当はチャンスにして、僕は大きく成長しなければいけないだろう。原口にあんなふうに言われて、僕は少し、その気になっている。いま見ている視点をもうちょっと変えてみろと言っていた。世の中っていうのはただ正直にやっていれば動くってもんじゃないんだよって言っていた。僕に原口のやり方が務まるとは思えない。だけど原口の言うように、院長が何を求めているのかは、もっと考えなくてはいけないし、自分が社会に何をアピールできるのかも、本当は考えなければならないのだろう。そんなに歳変わらないのに、全然生き方も考え方も僕と違う。どんどん前に進んでいる。

「男なんだから簡単にいじけるなよ」とも言われた……

自分を騙《だま》してでも貫禄と自信をつけろとも言っていた。患者さんの気持ちを考えているのも結局僕より原口なのかもしれない。原口も恐怖心を持っている患者さんに信頼されるためにベテランの風格を持つ努力をしているようだ、異常なまでの自信がはみ出しているだけなのだと思っていた。自分を騙してでも貫禄と自信、ベテランの風格、社会へのアピール、院長の求めること、原口のとてつもない努力、僕は、自分が恥ずかしかった。ひたすらに恥ずかしかった。僕は原口に素直にお礼の気持ちを伝えたかったけど、店を出るまでには言わなきゃって思ったけど、「すみません、努力します」としか言えなかった。たぶん、また原口にも僕の気持ちは伝わってないだろう、こいつ分かってんのかよ、わざわざ時間作ってこうしておまえのために言わなくてもいい事を言ってやってんのに、きっとそう思われている。僕はちゃんと理解している。そのことをちゃんと伝えたかった。なのに、言えなかったのは、普段から原口に対して、卑屈な自分がいるから、それが格好悪いのを分かっているから感謝の気持ちを、うまく表に出せなかったのではないかって思う。僕はこのどうしようもない厄介な心を根こそぎ洗いたい、僕だけがこの世で格好悪い、そう思う。

あの時、僕が言うべき言葉は、言うべきとかじゃなくて、素直に感謝の気持ちを原口に伝えるための言葉は、「こんなふうに、言ってもらえることって、なかなかないから、恥ずかしながら院長からプレッシャーをかけられもしないでいるので、ものすごく、有難かったです。こういった時間作ってくれたこと、本当に感謝してます」そんなふうに言えたらよかった。手紙にしようか、言うべきだ、月曜日、ちゃんと伝える。お別れの挨拶の時に、逃げないで言いたい。言う。

12月26日（土）

今日僕は、色々と店をまわっていた。今までのお礼として川西に、お別れの品を渡すつもりだ。そんなもので許してもらえると思っているわけではない。ただ心から贈りたいと思ったからだ。

思い立って家を出て、近所をぐるぐるしたが、新宿《しんじゅく》に向かった。銀座《ぎんざ》にするか迷ったけど、川西だし、なんとなく新宿にした。

少しでもいいから喜んでもらえるもの、だったら今の川西に必要なものがいいんじゃないかって考えた。川西の気持ちを想像する力が足りなかった僕だけど、お別れの品くらいはせめて気の利いたものを贈りたい。うぶ着とかそういうベビー用品はまだ今の川西には少しプレッシャーかなと思えたし、マタニティー服みたいなものを渡しても僕のセンスじゃ迷惑だろうし、妊婦さん用のボディーソープやクリームなんかもあって、詳しく見ていくと結構種類が多く、迷って、そのうちなんだか自分が場違いな人間に思えてきて、苦しくなった。

効きすぎた暖房に汗をかいた。どこを歩いてもすごい数の人で、新宿は、やはり苦手だ。なるべく多く店をまわってその中で一番良いと思ったものを贈る、それが大事だと思ったから、でも全然しぼれなくて、なのにどんどん疲れてくるし不安になって、喫茶店には3回入った。凍《い》てつくような外気と暖房の熱を繰り返し受けているせいで自律神経も狂ってきたから、それでふと、アロマ、と思って、宮子さんの店を思い出した。もし宮子さんの店で見つけられなければ香水だけでも作ってもらって、また明日どこかに出直せばいいと思っていた。

貰った名刺に書かれた住所でお店を探しあてた時にはもうドアにCLOSEDの札が掛けられていた。でも中にいた宮子さんと目が合って開けてくれた。「来てくれたんですね。どうぞ」と中に入れてくれた。

僕はやっぱり最初、もちろんガチガチに緊張して、でも、もともとなのかCLOSEDだからなのか照明が、少し暗めというか、ほんわりとしており、ソファーに座って宮子さんが淹れてくれたハーブティーを飲んでいるうちに緊張はだいぶ和らいでいた。優しくてほのかに甘い味のするハーブティーだった。ソファーは綺麗な色のグリーンで、包み込まれるような柔らかさだった。だけど、照明とか、ハーブティーとか、ソファーとかそんなアイテムじゃなくて、僕の緊張をほどいてくれたのは、なによりたぶん宮子さん自身だったのだと思う。あの方は、たぶん不思議な能力を持っている。人を包み込んで、たちまちのうちに癒してしまうような、なんだろう、すごくいい人だからってだけじゃなく、越えなきゃならない線を感じないというか、自然と入りこんでくるんだけど、僕のエリアに、でも積極的とかそういう感じでもないのに、本当に不思議だ。この僕が、あんなに綺麗な人を相手に抵抗なく話ができるなんて、綺麗な人が相手じゃなくても無理なのに、あの人の何がそんなに他の人と違うのかなあ、間合いの取り方とか？　口数が多くないというか、静かな印象なのに、ものすごく絶妙なタイミングでなにか言ってくれるから、楽だ。たぶん、僕のリズムに揃えてくれていたのだと思う。明るい暗いでいったら、たぶん明るい、けど、明るい人かっていうとそういうわけでもなさそうな、どこか謎めいた雰囲気がそう感じさせるのかもしれないけど、それでいて、親しみやすさというか、愛らしさというか、なんだろう、あの柔らかい笑顔は、やっぱり、たぶん陽気なんだな、花でいったら、百合、いやチューリップ、その中間だろうか。だから、学校の花壇で賑やかな子どもたちの声を浴びて育ったチューリップではなく、草原に突然ポツリと咲いた真っ赤な小ぶりのチューリップ、いや、やっぱり百合寄りの、白く大ぶりのチューリップ、なんて感じの、きっと家に1人でいるような時も、柔らかで、清潔感に溢れていて。凜としている。人が見ていても見ていなくても、いつでもきっと美しい人。そんな感じのする人だ。

目が合ってるようでいない、そんなふうに魅惑的に感じられるのはたぶん瞳の色がちょっと茶っぽくて奥まで透きとおって見えるせいだ。

自分の働く歯科クリニックで女性スタッフが1人辞めるから贈り物をしたいが、その人は妊婦さんだから、妊婦さんが喜んでくれそうなものを探していると伝えると、宮子さんはテーブルにいくつかの商品を並べてくれた。ハーブには妊婦さんが使えないものが結構あるらしい。僕はその中から、入浴剤と、ローズヒップというハーブティーを選んだ。それに透明のガラスのカップとポットをセットで。宮子さんが僕にハーブティーを出してくれた時、ポットの中で、水中花みたいなハーブが青い色を出しながら揺れていて、それが見入ってしまうほどに綺麗だったから、きっと川西にも、喜んでもらえる気がする。ローズヒップの色は、また僕が飲んだものとは違い、コハク色をしているらしい。

僕は今日、楽しかった。久しぶりに楽しかった。忘れっぽい僕だけど、今日のこの時間は忘れられそうもないし、忘れたくない。自分用の香水を作ってもらえたのも嬉しい。

木でできた肘掛《ひじか》け付きの大きくて滑らかな椅子に座ると、宮子さんは、まあるくつるりとした形の瓶を見せてくれて、これで肌本来のにおいを引き出していくから目を閉じるようにと言った。この、自分に合った香りを見つけ出す作業に最初、困惑した。肌本来のにおいを嗅がれることに抵抗があった。だからつい、「肌本来のにおいを嗅がれるのって、ちょっと自分でも分からないから恥ずかしいですね」だとか、「僕は緊張するとすぐ汗が出ちゃうし、今日なんかも暖房の効いた中、コートのままで色々駆けずり回ったので、冬なのに結構汗かいちゃいました」だとか、ちょっと喋りすぎてしまい、宮子さんは優しく相手をしてくれたけど、喋れば喋るほど逆に心が知られていくようで恥ずかしくなり、黙った。

宮子さんに「においは一般的に形の捉えられないものだから、気になるって方は多いです」と言われて改めて、ああだからこんなにも気になるのだなあと思った。不確かだから不安が解消されることはない。

感情から来るにおいもあるらしい。恐怖心とか、不安とか、ストレスとか、そういう苦しい感情からは、やっぱりちょっと不快と思われるようなにおいが出るのだそうだ。「僕なんか、じゃあしょっちゅう出てるな」と言ったら宮子さんは、「では今日はリラックスできるものを作りましょう」と言った。目を閉じると、爽やかな液体が降り注がれて、宮子さんが、顔を寄せて僕の肌のにおいを嗅いでいくのを、僕は、おとなしくそれを、感じていた。僕は、素直に晒していいんだという気持ちになっていった。なんだか宮子さんは、受け入れてくれる、そう思わせてくれる。香りのプロなのだ。僕に口の中を見せることを患者さんが拒めないのと同じだろう。百人いれば百通りの香りがあって、それを知るのが好きだと言った。僕は自分のにおいのそのままを、宮子さんに知ってもらいたかったのかもしれない。そしたら僕の中で何かが大きく楽になるような気がした、と言ったら大げさだろうか。もう目を開けていいと言われて従うと、目の前で宮子さんが屈《かが》んで僕を優しい目で見つめていた。改めてものすごく綺麗な顔だと思った。

宮子さんは僕の本来のにおいを、果物の柿のようなにおいだと言った。僕は真っ先に、山根に買っていった柿味のチョコの不味さを思い出して、不安になったけど、宮子さんは「とてもいい匂いです」と言ってくれた。自分でも嗅いでみたけど、やっぱりよく分からなかった。でも信じたいと思った。

カウンセリングも終えて、それは、僕の生活習慣から、僕がどんなものにトキメクかであったり、子どもの頃に嫌いだった食べ物や、それが今も嫌いかだとか、好きな色とか、好きな天気だったり、そういった質問に答えるもので、それを終えて10分ほど待つと、待つといっても僕はいつのまにか眠ってしまっていたのだけれど、宮子さんは、香り見本というものを作って戻ってきた。その液体を僕の肌になじませていく宮子さんの指の感触が心地よくて、僕はちょっと気分が変な感じになった。くすぐったくて、幸福感というか体が、きゅうっとなった。体温が上昇したせいで匂いが立って、それがいままでに嗅いだことのないようなものすごくいい匂いで、僕をさらにはしゃがせた。「気に入っていただけるのが一番ですから、もしも、もうちょっとこういうものにしたいというのがあったら遠慮なくおっしゃってくださいね」そういうふうに言われたけど、完全に僕と一体化しているというか、これ以上はないというほど気に入っている。香り見本をさっきから何度も肌になじませているが、ちっとも飽きが来ない。ちゃんとした香水の完成には3日ほどかかるそうで、僕はつい、「今すぐ欲しくなっちゃいますね」と言ってしまって、そしたら、「ちゃんとしたものじゃないですけど、いま試したものでよければ持って行かれますか？」って、「ちょっと香りの持ちとかが弱いですけど、よろしかったら」そう言って、この香り見本をくれて、いま僕は、我がままだったと反省している。

香水は家に送ってもらうことになった。あの店が気に入ってしまった僕としては、直接取りに行くのも良かったけど、年明けの営業は5日からになるということなので。

どんな匂いかを書いておきたいのだが、こういう匂いと言い換えられるものが見つからないので難しい。みずみずしい、澄んだ感じの匂いがする。たとえば、鳥のさえずりが聞こえるようなところ、風に揺れて煌《きら》めく新緑に、湧き水の心地よい反射、そういった感じの風景を連想させるような匂いだ。これからはこれが僕の匂いになる。しかもこれが僕に似合っている香りというお墨付き。宮子さんみたいな人からの。

頭のマッサージまで受けてしまった。閉店後だというのにすっかり長居してしまって、それなのに宮子さんは新しいハーブティーを淹れてくれて、「血行を良くしてくれるハーブティーなんですけど、ススメさん、もしかして寝不足ですか？」って。よく分かりますねと答えたら、「少し、頭まわりが疲れてる顔してるかなーって思って」と。僕はそれで、川西とケンカをしていることまで打ち明けてしまった。怒らせてしまって、謝りたいけど、そのチャンスも与えてもらえない状態で、それで寝不足なのだということを。そしたら「頭のマッサージしていかれますか？」って。図々しいって思われたくなくて、さすがにこれ以上長居したら迷惑でしょうと、僕は遠慮した。だけど、ちゃんと仲直りするためにも、頭の緊張をほぐして、気分を一度リセットして、それで贈り物を渡したらうまくいくかもしれないと言ってくれた。本当は即答でお願いしますと言いたかった僕の気持ちを、彼女は見抜いていたんじゃないかと思う。顔に出てしまっていたかもしれない。たぶん、気持ちが完全にだだ漏れだった。格好悪いね。

　カウンセリングの中でも平均睡眠時間の短さを指摘された。今日は早く寝る。今日だけじゃなくて、これからはなるべくしっかりと睡眠をとろう。睡眠不足はやっぱり精神的にも負担が大きいらしい。良質の睡眠へと誘《いざな》うお手伝いをしてくれる、というハーブティーのサンプルを貰ったのでそれは明日寝る前に飲んで、決戦の月曜日を迎えるつもり。

　リクライニングチェアーに移動して、アロマオイルをたらしたお湯に足を入れた状態で、肩をほぐしてくれて、それから頭に蒸気があてられて、そして熱いタオルで頭を拭いてくれて、そこからさらに、頭と顔をほぐしてくれた。細かくて優しいマッサージだった。撫でられて、僕は半分、モウロウとしていた。一瞬、夢を見た。草の生い茂る場所で、サラサラ〜サラサラ〜って、僕も風に揺れる。

　今は本来の重さを取り戻したようだけど、しばらくは頭がどっかに行っちゃったのかって鏡を確認したくなるほど軽くて、風が通った。頭を洗濯できたら、僕を生きづらくする汚れを溜め込むことなく洗い流せたなら軽やかに僕は生きていける、ずっとそう考えてきたけど、これって、僕の望んでいたそれに近いのかもしれない。ちょっとクセになりそうだ。マッサージっていいんだなあ、これまで苦手だと思っていたけど、癒された。

　マッサージに使用していた液体ものすごくいい匂いだったけど、あれはなんだったのだろう。

サラサラしていたように思うけど、オイルだろうか、肌も髪もなんか、ふわふわになっている。さっきから自分の肌の触り心地の良さにも、感動している。事あるごとに触ってしまうし、嗅いでしまう。ハーブボールっていうハーブを布で包《くる》んで温めたというものも、硬くなっていた首や肩にじんわり沁み込んできて気持ちが良かった。

頭のマッサージ用のカウンセリング中、何度もお腹が鳴ってしまって、最初のうち無かったことにしようと誤魔化したけど、止まらないからさすがに黙っているのが限界になって謝ったら、「お腹すいちゃいましたよね。ごめんなさい、こんな時間なのに引き止めちゃって」と逆に謝られ、気を遣わせてしまい、申し訳ないことになった。お腹が鳴らないようにって踏ん張ったら、「力抜いてくださいね」とクスクス笑われてしまった。宮子さんが準備をしている合間にクッキーを出してくれた。今朝、試しに作ったものだというそのクッキーはものすごく美味しかった。宮子さんはもうちょっと甘いほうが美味しいのかなって思ったらしいのだが僕には丁度よかった。オーツ麦とレモンの皮とコショウが入っていると言っていた。あとゴマだ。体にも良さそうだしな、最高だった。

お会計も終わって、購入した商品も包んでもらって、時間は8時半を過ぎていた。だけど、これで終わりかって思ったら、淋しくなって、居心地が良すぎたから、だから、遅くまで特別にお店を開けてもらったし、ご飯でも一緒にどうだろうかという思いもよぎった。きっと優しいから付き合ってくれるかもしれないけど、無理をさせることになってしまったら悪いだろうとか考えて、手を振る宮子さんに見送られ、帰ってきた。

宮子さんからも「ちゃんと謝れるといいですね」と言ってもらったし、作ってもらった香りには緊張を解いてくれる作用があるようだし、本当は面と向かってちゃんと謝りたいけど、でも負担になるのが恐いから、これ以上僕のせいでストレスを与えたくないから、これは朝一で川西のロッカーに入れておこうと思う。メッセージカードは添える。

最後まで、ごめん。いままでありがとう。いいお母さんになってください。とか、かな、そんな言い方したら、おまえに言われなくたってなるよってまた悪く取られるのだろうか、きっといいお母さんになるよ。陰ながら応援しています。とか、それはちょっとやっぱりストーカー的で恐いだろうか、

最後まで、ごめん。いままでたくさんありがとう。川西さんはきっといいお母さんになるね。お元気で、さようなら。　ススメ

これにした。月曜日で、川西ともう会えない。

12月27日（日）

起きてすぐに香りをつけた。僕に溶け込んでいく。これが、これからの僕のにおい。どうしてこんな香りが作れるのだろう。香水を完成させるのに3日間、この香り見本から何が変わるのだろう、どんな神聖な作業が行われるのか見たい。まるで鶴の恩返しのように、自分の羽根をちぎるような犠牲があるような気がして、覗いてはいけないような、彼女があんな人だから、つい幻想を抱いてしまうけど、僕のことは彼女はどう思っているだろう、気持ちの悪い人だと思われてないだろうか、考えたくない。

12月28日（月）

川西のロッカーは鍵がかけられていて開かなかった。朝はそのままどうすることもできなくて、勤務中に一度、「ごめん川西さん、ちょっとバキュームしてくれない？」と声をかけてみたが、「いま私、無理なので」と言われた。勤務中だったらロッカーは開けっぱなしになっているのではないかと見にも行った、でも閉まっていた。

結果、それで良かった。今年の業務がすべて終了して、みんなが川西と原口先生に別れを告げた。原口先生のみんなへの挨拶は、さすがというか、立派で、温かく送り出す院長の姿も格好良かった。みんなと順番にハグを交わしていく川西を僕は見ていた。全員とハグを終えて川西が、まっすぐに僕を見た。そのとき僕はものすごく、胸が苦しくなった。川西が僕のところに近づいてきて両腕を開いた。僕は、「いいの?」って言ったと思う。川西は笑ってくれて、僕は泣きそうになった。というか泣いた。川西の体にそっとくっつくと、川西が僕の背中を軽く数回トントンした。僕は「ありがとう」と言った。

それで、贈り物を、帰る前の川西をつかまえて、お礼だって渡したら「何これ～」って嬉しそうにしてくれた。「入浴剤とか、ハーブティーとか、全部オーガニックだし、今の川西さんの体に合うやつだからそれ。割れ物も入ってるから、ちゃんと包んであるけど一応気をつけて持って帰って」というような具合に中身を説明したら、「なんだよぉー嬉しいなぁ」って言ってくれた。僕は照れくさくなった。「よかった、喜んでもらえて」と言ったら、「らしくない」と言われた。なんのことをらしくないと言ったのか分からなかったけど、ややこしくしたくなかったので訊くのはやめた。僕は、「本当に最後まで、色々ごめん。許してくれてありがとう」と、つい言ってしまい、急いで「いや、許してくれてないのかもしれないけど、受け取ってくれてありがとう」と訂正したけど、川西はそれについては、返事をくれなかった。

夏に扇風機を送ってあげたいと思っている。その為に住所を知りたくて「年賀状を書きたいから住所教えて」というふうに訊いた。そしたら「ヤダ」と言われた。めげずに、そんなこと言わないで教えてよと言ったら、「なにぃ～、私のこと付けまわす気?」なんて言われたので、「違うよ。なんでそういうこと言うの?」と言い返したら、川西はイタズラに笑って、「え～」なんて言いながらも住所を紙に書いてくれた。「長い手紙とか送ってきたら、読まずに捨てるから」なんていう余計な攻撃すらも、嬉しかった。この人が年明けのクリニックにはもういない。こういうやり取りが僕はきっと、嫌いじゃなかった。

川西は、「じゃあ、これで。しっかり頑張ってくださいよ」なんて早々に別れを告げて帰ろうとするから、僕は、川西さんの8番は僕が抜くってことを忘れないでと言った。「それはもう任せたくなった」と言われるかもしれないと思っていた。川西は、「実はさ、私が辞めるって知れた後、実際、原口先生私に声かけてきたんだよね。赤ちゃん産んだら連絡してよ、働く気があったらうちにおいでって言われてさ」というふうに言った。「それで正直ちょっと考えちゃったりもして、歯科衛生士の勉強するのとか悪くないのかなとか、でも原口先生のお世話になるとかはちょっと色々面倒なことになりそうだったし、そんなんで頭ん中ぐちゃぐちゃーってなってる時にススメくんが変なふうに言うから、ちょっと頭にきちゃう、ってなっちゃったんだよなぁ……」と話してくれて、川西の気持ちが聞けて、僕はもう一度、本当にごめんと謝った。そしたら、「なんかススメくんに謝らせてばっかりいるなぁ、私」なんて川西が言うから、「僕は謝るのが口癖みたいなものだから」と言ったら、「しっかりしてよ」って、「辞めないでよね。私とこの子、お口のことはススメくんに頼るつもりでいるんだから」って、そう言ってくれた。幸せかと、もう一度川西に訊いた。「うん、まあ」と言った。「魂焦がすくらいの恋愛ってやつを一度くらいやってみたかったなあとは思うけど、こんなもんだよね、とりあえず」と言った。「そんなこと言うんだ」って返したら、「だって、まだ若いんだよ」と言った。川西は、若い。「でも、いいお母さんになるよ」と僕が言うと、「かなぁ。なるしかないけど」と、そう言った。僕は、川西にも伝えたけど、何か困ったこととかあったら、頼りないけど相談に乗るし、それに、僕に手伝えることはなんだってする。体がつらくて大変だったら代わりに食材を買って届けたっていいし、洗濯だって掃除だってやってあげたいと心から思っている。でも川西は「え〜。まあ、ススメくんに相談するのは歯のことくらいかなあ。

それ以外は夫のほうが全然頼りになるからなあ」と言った。僕は少し淋しくて、でも、安心した。

前に女房という呼び方や嫁という呼び方を笑っていたから「夫かぁ」って、からかうつもりで言ってみたら、「うん、なんて呼ぶのが相応《ふさわ》しいのかなぁ、うちの旦那とかって、ちょっと照れくさいしなあ」と言う。川西がうちの旦那って言うのも悪くはないけど、夫もなかなかいい。普段はなんて呼んでるのって、訊きたかったけど、ちょっと訊けなかった。

会話が止まってしまった隙に、「帰ろうかな」って言われてしまったので、僕はこれだけはちゃんと絶対に直接伝えたくて、川西さんに出逢えて良かったと言った。「ちょっと、なにそれ〜」って川西が涙ぐんだように見えたから、なんか僕は動揺して、また噴き出しそうな涙をこらえた。川西が「もう、重すぎ。解放して」って笑った。「もう行くよ?」と言う川西を僕は、生身の彼女をもう一回抱きしめておきたくなって、今度は強く抱きしめたけど、「ハグは2回はいらないから」と言われた。本当にイヤそうな様子だったので、申し訳なかった、でももう会えないかもしれないから、会いたいけど。

年明けにクリニックに行っても、もう、川西はいない。原口もいない。僕はこれからどうなるのだろう。

12月29日(火)

今日と明日は大掃除と決めたので、今日はものすごく頑張った。どんどんキレイになっていくのが気持ちいいなあ。

香水はまだ届かない。明日あたり届くだろうか。待ち遠しい。

僕は住所を書き間違えてはいないだろうか。香水が送り戻されて、今頃困っているとか、連絡してみたほうがいいのだろうか、でももしなんらかの理由で作るのが遅れているのだとしたら催促してしまうことになるわけだ、今年中に届かなかったら考えればいい。年明けは5日からの営業と言っていた。どうせ僕は家にいるだけなのだ、何も急ぐことはない。待てばいい。まったく、楽しみだ。

12月30日（水）

快感が、細くてしなやかな針のようになって僕をつらぬいた。気どっているわけではなく、本当に。なんというのか、体の中が浄化されていくような、なんか、泣きたくなるような、清らかさと哀愁みたいなものを感じて、すごいよ、この香水を飲んでしまいたい気持ちになったが、こらえた。彼女は香りの奥に何を忍ばせたのか、脳にうったえかけてくるものがある。思慕の念のようなもの、生まれ落ちてから今までに失ってきたものを、数々の大切だったはずのものを、誰かの、それは僕が好意を抱く誰かの口笛が響く夕方のような、僕はそういった何かを懐かしく思う、そういう、作品だこれは彼女の。彼女が自分のなんらかを削って、注ぎ込んだ作品だよこれ、僕は、感動している。今さっき宮子さんからの香水が届いて、想像以上の完成度に感動している。

手紙が付いていた。美しい字だ。もちろん社交辞令だと思うけど、このあいだの時間が楽しかったということが最初に書かれていて、仲直りはできましたかと気にかけてくれている優しさ、嬉しい。あとは、香水を日の当たらない涼しい所、できれば冷蔵庫で保存するようにということだったり、持ち運び用に使ってくださいと、小さな瓶まで入っていた。香り見本と、全然違う、同じ匂いのはずだけど、全然違う、香り見本を2次元とするなら、この完成された香水は5次元。いや無限。すごいよ、すごいと思う。本当に。

大掃除の途中だったので今からまた再開する。カーテンは年が明けたら買い換えることにした。僕は、生まれ変わるよ。

またあの店に行きたいけど、彼女は僕をどう思っているのか、僕は、ろくなこと言ってないから、良い印象じゃないよな、カウンセリングだって、あれどんな結果が出ているのか。

あのクッキーが美味しかったからまた食べたい。お店で売らないのだろうか、僕にも作れるだろうか、無理だろう。

大掃除は、とりあえず明日中に終わらせられると思う。というか、終わらせる。

母さんから電話があったけど、出なかった。今年は母さんのところには行きたくない。

宮子さんは僕を、お金を使ってでしか謝罪することができない人間だと、見下したかもしれない。男らしくない、潔くない、でもそれは本当の僕だから仕方がないな、気どらないって決めたのだ、特に来年からは絶対に。

12月31日（木）

換気扇の掃除に手こずって遅くなったが、大掃除、なんとか気合いで終了。完全な美しさではないが、まあまあひと通り掃除ができたから、自分を褒めてあげたい。別れた時ものすごく捜して見つからなかった寿々音の8番、引き出しから出てきて捨てた。来年は有言実行の年にする。いい年越しを迎えることができそうだ。

来年の抱負

・気どらない
とにかく徹底して気どらない。人間としても仕事面においても、自分らしさを見つける。いいかげん見つけないと、僕は37なのだから。

・自分らしい仕事のスタイルを確立させる

患者さんの気持ちを何よりも一番に考えられる、労《いた》わりの気持ちに溢れたやり方で、とはいえ、自信とこだわりを忘れずに、誠実に患者さんと向き合う。柔和で男らしい、というスタイル。でも、気どらない。身の丈に合った範囲で柔和に男らしくだ。自分にないものを無理して引っぱり出そうとするから気どりになるわけで、ようするに、引き算だ。今の僕から何を引き算するかっていえば、まず簡単にひるむところ、ちょっと何かあるといちいち自分をみじめに思っていじける軟弱な精神、すぐにテンパってしまう余裕のなさ、だらしのないところ、これを引き算するだけでも少しは柔和で男らしくなれるのではなかろうか。まずはそこからだ。今は足し算より引き算。あとトロトロ仕事しない。していないつもりだけど、もっと手際ってものも意識してみる。「あー、オレってトロトロやってたわ」とか、言えるようになりたい。

・日記に弱音を吐かない

そういう自分やめる。

・院長に甘えない

院長の要望を意識する。気持ちを模索しながら働く。だからもうちょっと院長とコミュニケーションが取れる時間がほしい。院長の食事会にも積極的に参加する。それにご飯、一緒に行けませんかと、僕からもお願いしてみたい。やる気を見せる。

・自分が社会に何をアピールできるのか考えてみる

そして、そこに何を肉付けしていくのか、まで考えていく。未熟なまま老いていくわけにはいかない。

でも社会へのアピールってなんだ？　僕はどうせちっぽけな存在で、社会なんて大きすぎてよく分からない。みたいなことを言わないのだ、もう絶対に言わない。今の姿勢で頑張っていればそのうち原口の言っているその、社会へのアピールってやつの意味が分かってくるかもしれないから、そんなことは言わないでとにかく考えてみる。考え続けてみる。考えるのは嫌いじゃない。

明日か明後日、本屋に行ってみよう。成功者が出している本とか読んで刺激を貰うのもいい。そこには人生を切り開くヒントがあるわけだ。

もたもたしていると年が明けてしまうので今から急いでお風呂に湯をはって、そのあいだに年越しそばの下ごしらえをして、お風呂で垢すりして、排水口また汚れちゃうけど、来年からは3日に1度は排水口の掃除をすることにしたから、よい。

お風呂からあがったら、ラジオかテレビをつけて年越しそばを食べる。携帯電話の電源は切っておく。明日こっちから母さんに電話して、電波の届かない所にいたと言えばいいのだ。

あけましておめでとうございます。

年が明けた。ちょっと気になって携帯電話の電源を入れてみたら、案の定、母さんからの留守電メッセージが入っていた。「あけましておめでとう、今年は家にいないのかな？　また連絡してみます」と。留守電だからだろうか、母さんの声が少し年老いて聞こえた。やっぱり三が日のどこかで行ってあげるべきだろうか。

そろそろ寝る。

1月1日（金）

今日は空気が澄んでいて、気持ちの良い朝だった。昼ご飯を食べたら電話しようと思っていたのに、餅《もち》を焼いている最中に電話がきた。来ないのかって、訊かれて、その感じがなんかイヤで、「今年は友人といくつか約束があるから行かない」と答えた。電話では話せない話もあるから近々寄ってほしいと言われた。母さんはやっぱり僕に朋子さんとの関係を明かしたいのだろう。そのうち聞くつもりではいるが、今は聞きたくない。

母さんが幸せならいいと、思いたいけど、やっぱり「そうか、良かったね」とは言ってあげられそうにない。だから僕の許可など取ろうとしないでくれたらいい。2人でただ暮らしていればそれでいいじゃないのよ、なんで僕に、僕にどうしてほしいのか、母さんが1人きりでなく暮らせるということには、感謝している。

気分が、濁ってしまった。でも今年からは、完全に変わると決めたのだ。僕はもう、暗い方向には沈まないから。

母さんのお雑煮は食べたい。鶏出汁《とりだし》のあの優しいお雑煮。卵の加減が絶妙で、途中からつぶして食べる。食べたい。

1月2日（土）

香水をつけて本屋に行った。ゆっくり本を見てまわっても、店員に怪しまれることもなく、いい時間を過ごすことができた。香水の香りに包まれて、それが殻のようになって僕を守ってくれているような、それともその逆で、僕の自意識の殻を溶かしてくれているような感覚だろうか。圧迫感に呼吸がおかしくなることもなく、ずっと平常心で本屋の静けさに馴染《なじ》むことができた！　もともと正月の本屋は嫌いじゃない、だから楽しめたのが嬉しい。

僕と同じような考えの人間は結構いるようだ。ビジネス本のエリアに5人の男が集まっていた。たくさんの著者たちが強い自信を持って僕にうったえかけてきたが、選んだのは、『覚悟を持ったら簡単だった』という本。一番心に響いたタイトルだったので。あとは、『自分を変えたい君に捧げる物語』という物語仕立てになっているやつ。読みやすそうで、なんとなく買ってみた。

見習いらしき若い女のコが先輩店員に教えられながら一生懸命にレジをやってくれたのが微笑ましく感じられた。

いい1年になりそうだ。明日、母さんのところに行こうか、迷っている。この香水、体調とかによってもまた少し香りが変わったりすると言っていたが、それってどんな感じになるのかなあ。

1月3日（日）

彼女が今頃どんな時間を過ごしているのか、なぜだか少し気になっている。たとえば、夫とお雑煮を作って、食べたりしているとか、若妻はどんなお雑煮を作るのか。ふんわりと柔らかいお餅。どこまでも伸びるから笑っちゃう。夫はたくましくて、易々と餅をつく。だけど独占欲が強くて心配性。そんなだからまだ若い彼女をさっさと自分のものにした、とか。結婚してないかもしれないけど。どうせ夫はいなかったとしたって恋人はいるに決まってる。あんなに綺麗で優しい人を周りが放っておくわけがない。出身はどこなのか、あの肌は雪国だろうか、里帰りしたり、そんなこと考えたって意味ないな。結局今日は母さんのところへ行く気になれなかった。朋子さんと会うのいやだ。朋子さんといる時の母さんの顔を見るのはもっといやだ。お雑煮は食べたいし、母さんの望みを叶えてもやりたい、でも、まだちょっと待ってだな。

僕の勘違いであってくれたらいい。そしたら思いっきり笑ってしまおう。母さんと朋子さんに僕の勘違いを白状して、思いっきり3人で笑えたらいい。僕の初笑いがそれだといい。明日、母さんのところに行く。暇だし。とはいえ、仕事始めまでに本を読み切らなければならない。

1月5日（火）

宮子さんから年賀状が届いていた。全然ポストを見ていなかった。丁寧に年賀状までくれて、嬉しい。正月疲れなどで起こる不調を改善する商品もあのお店には用意してあるとのこと。是非試しに来て欲しいと書いてある。

今日も結局、母さんのところに行けなかった。赤ちゃんの頃に戻りたい。それで母さんのおっぱいが飲みたい気分だ。こんなこと書いて、どうしたんだ僕は、僕はちょっとおかしいんだ、母さんのことだって、きっと何も心配ない。会いに行ったら案外話なんて、どうせたいしたことではない。きっと新しい洗濯機が欲しいだとかそんなことだったりする。洗濯機は高いから。

明日から仕事なのにこんな調子で大丈夫か？　気分を上げていかないと。本も読み終えられそうもない。有言実行のはずなのにどうしてこんなに時間を上手に使えないのか、しっかりしないと。腕立て伏せをやり過ぎた。今年は本当に頑張っていくぞ。

1月6日（水）

原口も川西もいないのが、想像以上に物足りなかった。存在の濃い2人だったから、空間はやたら広く感じたし、お昼休みのロッカールームも静かなもので、まあでも、悪くない。穏やかに気どらずに、ドクターとして、存在感を出して、僕が埋めるよ。朝のミーティングで院長は「今後はスズメ先生が率先してリーダーシップを取ってくれると思うし、新しい体制となりますが、今年も皆さんよろしくお願いします」と言った。身の引き締まる思いだ。新しい体制、いい空気感を僕が、作れるだろうか。どうなるか不安だけど、心は大きく、頭を柔軟にして、まずは今までの自分の150%を出す。僕はこのクリニックを大切にする。

今年のお正月休みは、旅行に行ったスタッフが多かった。星川さん、田端さん、小山田さん、山根さんからもお土産をもらった。山根さんは実家に帰っていたらしく、讃岐《さぬき》うどん。ちゃんと僕の分もあった。人数が減ったしな、それで「あ、足りない……」とかはしばらく通用しないよな。ともあれ讃岐うどんはかなり嬉しく、さっき晩飯にさっそく食べた、やっぱりコシが最高だ。小山田さんからはスフィンクスの缶に入れられたキャンディー。ロンドンに行って、なぜスフィンクスなのか本当に分からないけど、まあ、小山田さんは今年も小山田さんであるということで、そこを追究してはならない。

予想はしていたが急患が多く、それにスピードを上げることを意識してやったから、疲れた。

1月8日（金）

新年会。とても快い会となった。僕の人生は変わりそうだ。ここから始まるのだ。

宮子さんが作ってくれた香水に助けられていると思う。僕にはリラックスが足りなかった。淋しさはあるものの、あの2人が僕に与えていた圧は結構なものだったわけで、それが取り払われて宮子さんの香水に包まれた僕は今、軽やかだ。とはいえプカプカ昇ってはいけない。頑張ろう。

1月10日（日）

雪が降った。今日、宮子さんのお店に行ったけど、CLOSEDの札がかかっていた。カーテンの隙間からは薄ら明かりが見えていたけど、休みの日でもつけたままにしているのかもしれない。

不定休ということだし、電話で確認してから行くべきだった。

1月14日（木）

大学からセミナーの案内が来た。行くべきだ。これからは積極的に行くべきなのだ。人が苦手という思いが僕の成長の足を引っぱっている。人懐っこい性格で生まれてきたかった。

仕事をひたすら精一杯頑張ればいいことあるんじゃないかって気がするから明日も頑張る。そして今から模型で、治療の速度を上げる練習。とはいえ、宮子さんの言うようにしっかり睡眠をとると体調も良く、それに頭の働きも良くなっているようなので、早く寝られるようにしたい。

新しい頭蓋模型が欲しい。

1月17日（日）

院長とデンタルショーに行った。院長がそこで最新の、8倍のライト付きを買ったので、これまで使っていたルーペを譲ってもらえることになった。嬉しい。

1月19日（火）

奈々子ちゃんが来た。前にあんなことを言われたので手が彼女の口に触れる度に気を遣うし、つやつやした大きな目で見つめてくるから本当にやりにくくてしょうがない。今日なんて「先生のフェチってなんですか?」と訊いてきて僕が困って固まったら、「教えてくれたら、お口開けます」と言ってぎゅっと唇を閉じたのが正直、可愛くて、困った。横で郡司さんが、厳しい目で僕を見ているから、奈々子ちゃんに冷たく対応しなくてはならなくてちょっと申し訳なかったけど、傷つけていたらいやだけど、だけど奈々子ちゃんは本当にちょっとどうかしていると思う。彼女の将来が心配だ。

たぶん、僕は声フェチなのかもしれない。奈々子ちゃんの声も可愛らしいと思う。

奈々子ちゃんは川西のことを気にしていたみたいだ。「あれ、ギャルっぽい衛生士さんは？」と訊いてきた。僕が「川西さんのことかな、彼女は歯科助手だけど」と言うと、意味ありげな顔をして「川西っていうんだあの人」と言った。「どうかした？」と訊くと、このあいだ川西が恐い目でジロジロ見てきたという。目つきが悪いから仕方ない。お休みかと訊くので、辞めたのだと説明したら、なんでと訊かれて、どう答えたらいいか迷ったけど、結婚したからと教えてあげた。川西は若いので奈々子ちゃんは驚いていたみたいだ。僕と川西はどんな関係だったのかと訊かれた。なにそれと訊き返したら、「仲が良かった？」と訊かれたので、仲良かったよと答えたら、なぜか、残念だったねと言われた。僕が川西のことを好きだとでも思っているのだろうか。郡司さんも横で聞いていたのにやめてほしい。誤解だ。

1月21日（木）

毎日がとても忙しい。頭からくたびれている。今日のように院長がいない日なんか特に大変だ。新しいドクターはいつ入るのか、早く誰か来てくれという気持ちと、このまま来ないでくれるのも有りだという気持ち、とにかく性格のいい人で、つまり悪意のない、ナルシストでもなく、感じはいいけど地味な、僕より技術面でも少し劣っている人だったら来てもらってもいいなんて思うのは、恥ずかしいことに正直な気持ちで、まだまだ僕の弱さだな。

僕は頑張るのだから、優れた人が入ってきた場合、それは良い刺激になると考えなければならない。ただ性格は良いに越したことはない。明日も忙しくなるだろう。だけど忙しいことで手際良くやるコツを摑みつつある。僕には良い試練となっている。明日も頑張る。

1月23日（土）

急に思い立ち、理髪店へ。髪型を変えた。少し短めにした。しかもちょっと洒落ている。今までの髪型よりこっちのほうが似合うと自分でも思う。

1月26日（火）

「先生、髪型変えたの？」と奈々子ちゃんは気づいてくれた。たとえただの悪戯心だとしても、やっぱりそうやって興味を持ってもらえるのは嬉しい。

奈々子ちゃんは正直可愛いよ。まだ完成されていない顔で、丸い頬からにじみ出るあどけなさが、みずみずしい瞳が、小さい顎が、額にかかる柔らかい前髪が、生え際の産毛も、たしかに可愛い。彼女が明日もやってくる。ハラハラするというか、ザワザワする。大人の対応で受け流す自信がない。まずいことだけど、奈々子ちゃんは僕が男であることを実感させてくれる。勘弁してほしい。

2月9日（火）

帰り、青井くんが僕を追って走ってきた。顎関節症患者へのマニピュレーション法について相談された。ご飯でも食べて帰る？　と誘いたかったけど用事があるかもしれないし、この状況で僕が誘ってしまったら断りにくいだろうなって思ったら誘えなかった。だけど相談してくれて嬉しかった。

今日は、いい日だ。院長からは約束のルーペを貰った。しかもライト付きで。これから慣れるための特訓を始める。

2月12日（金）

なんだかここのところ変な患者さんが急激に増えた気がするのだが、類は友を呼ぶというか、僕のせいだろうか。まあでも、鍛えられるよとにかく。愚痴らないって決めたし、そんな体力だって残ってない。どんな患者さんにも誠心誠意、僕は仕事を愛す。そして、ちゃんと患者さんに信じてもらえるドクターになる。なんか息抜きしたいな、ケンちゃん、忙しいだろうか。ケンちゃんと遊園地、それはないなきっと。

2月16日（火）

院長から譲り受けたルーペになかなか慣れることができず、酔っている。頭痛も酷い。しかしよく見える。早く慣れたい。治療のスピードが上がるだろう。

あと、奈々子ちゃんが来ない。先週の水曜日がキャンセルになって今日に変更されていたのに、連絡もなかった。

前回、僕は余計なことを言ってしまったかもしれない。奈々子ちゃんが、生クリームのいっぱいかかったワッフルにはまってしまって、放課後にしょっちゅう食べていたら４kgも太ってしまったと言うから、そんなに美味しいのなら僕も行きたいなあと、ちょっと言っただけだ。一緒に行こうとか言ったわけではなかったのだが、あれが、良くなかったのだろうか。僕がそう言った後の奈々子ちゃんの反応が、なんか気になってはいたのだが、やっぱり変なふうに誤解されているのか……

そんなに細いのにどこにお肉がついたのと言ったのも、言わなきゃよかった、最悪だ。

2月17日（水）

気分が沈んでいた。それで、あの頭のマッサージ、もう一度宮子さんのところでお願いしようと思って、昼休みに連絡をして、今日は予約がいっぱいで、明日やってもらえることになった。

2月18日（木）

宮子さんのマッサージは優しく隈《くま》なく丁寧で、そんなふうに人に尽くしたら、彼女の体のほうが傷んでしまうだろうと心配になって訊いたら、自分の気持ちがうまく入る時、相手の気持ちいいという感覚が、じんわりと伝わってきて、ぽわ〜っとなる、というようなことを言っていた。そうなると自分の疲れも取れるのだとか。そんなの本当だろうか。僕の気持ちいいが宮子さんに伝わってくれていたらいいけど。ただ疲れさせただけになっていたらいやだなあと思う。

すごい特殊能力ですねと言ったら宮子さんは笑っていた。でも一緒に気持ちよくなれるなんて、だからきっと彼女のマッサージは特別なわけで、それは一種の特殊能力だろう。僕もそんなふうに患者さんに接することができたらいいのに。

このあいだ行った時は気がつかなかったのだが店内にヒーリングミュージックのようなものが流れていた、ものすごくひっそりとゆるやかに。うちのクリニックにもああいうの取り入れたらどうなのだろう。眠くなるような音楽とかでは僕が困るけど。

宮子さんとは、他愛もない話も楽しい。彼女の明るい声に引っぱられて、僕の気分も自然と上がる。

体調や精神状態に合ったものを、おのずといい匂いに感じるのだそうで、僕は、宮子さんの匂いがとても安心感を与えてくれるので好きだ。少し伸びてしまったのに、宮子さんは僕の髪型が変わったことに気づいてくれて、ちょっと嬉しかった。

2月24日（水）

サービス精神って大事だ。サービスって考えると、なんか少し楽だ。余裕が生まれるというか。僕にはこの考え方が向いているのかもしれない。

2月25日（木）

人を前にこそこそと馬鹿にするようなことを言って笑う奴は、心根の悪い人。こそこそする気もなく、言わなくていい言葉を平気で人に吐きだす奴はもっと悪。どうして故意に人を傷つけて平気でいられるのだろう。偽物の優しさしか知らない、可哀相な人。

何を言われたっていい、自分が間違ったことをしていないのなら、大丈夫だ、そうであるはず、でも僕がそう思えないのは、自分のどこかに、何かしらの心当たりがあるから。

後ろめたさや反省点が浮かぶのなら、正せばいい。傷ついているだけでは駄目だ。むしろ傷つく必要はない。正して自分に自信を持てるようになるしかない。ただそれだけのことだ。

2月26日（金）

院長と飲んだ。今後のクリニックの在り方について色々と話した。院長は予防のほうに力を入れていきたいと考えているのだと言った。衛生士たちのスキルや意識を今より上げるための方法を模索していると。

これからはもっと衛生士さんたちとの連携を大切にしようと思う。僕は、治療の効率を上げて、でもしっかり患者さんと向き合って、親切丁寧に。そして僕も当然スキルをもっと向上させる。患者さんにも予防の大切さをちゃんと伝えていきたい。

とても有意義な時間を過ごすことができた。

2月28日（日）

人はそれぞれ。能力だって、考え方だって、体質だって違う。ある程度生きれば、そんなこと、理解して生きている。

3月4日（木）

宮子さんの店に行った。宮子さんといると、とても楽しい。僕らの距離は、少し、ほんの少しだけど、縮まったように思う。それだからなにってことはない、僕はただの客だ。僕は、人と人とが仲良くなることの難しさを知っている。

生活感がどこにも滲み出ていない神聖な雰囲気と、少女のように柔らかい輪郭で、無防備な動作で、笑って、あんな人なかなかいない。

いまの僕をくつろがせてくれる唯一の人であることは間違いない。あの穏やかな時間を大切にしたいと思っている。

3月9日（火）

頑張っている自分、嫌いじゃない。自分のスタイルを摑み始めている気がする。面倒な患者さんの前でも、以前よりか、動揺せずいられるようになってきた。僕はこの調子でいけると思う。肝が据わってきたのかもな。

3月12日（金）

院長と飲んだ。新しいドクターが決まり、近々挨拶に来るそうだ。どんな人だろう。キャリアは僕より短くて、6年目だと言っていた。いい人だといいけど。いまの調子を乱されたくない。

3月15日（月）

香水の匂いを感じるたびに宮子さんのことが頭をよぎってしまい困っている。トイレでは必ず宮子さんのことを考える。宮子さん、と口に出してしまう時さえある。用を足しながらなんて、無礼だけど。なんだか癖のようなものになっていて、定着する前に早く取っ払わないと、大変だ。最近、一日を長く感じるようになった。

仕事が忙しいほうがいい。仕事に没頭できた日は考えなくてすむ。

3月16日（火）

僕は明日にでもまたあの店に行きたいと思っている。どうかしている。しばらく行くのよそう。

3月17日（水）

新しく入るドクターが挨拶に来た。印象は、悪くない。岩槻慎三先生。いわつきしんぞう来月からの出勤になるそうだ。真面目そうだし、気を遣ってくれそうな感じの人に見える。元中学教諭と言うので驚いた。子どもの扱いは上手いのか？　上手くないから転職したということだって考えられるだろう。うまくやっていきたい。

3月18日（木）

引き寄せた、僕が会いたいと思ってしまっていたせいで。なんていう考えは恐いから、そんなふうに思っているわけではない。スーパーららで宮子さんに会った。宮子さんは今日、僕を「先生」と呼んだ。そう呼ばれることには慣れているのに、なにか特別なものに感じられた。僕のことを自炊する男だと思っているみたいで、「今日は、なに作るんですか?」とカゴを覗かれたので、「キャベツで何かしようかと思っています」と答えると、「見て」と持っていた紙袋をひらいて見せてくれた。中には、せいろが入っていた。2段式の。

「今日は私たちもキャベツとか入れてせいろ蒸しをすることになってるんです」と言うから、「へー、いいですね」って返してしまったけど、僕に意図はなかった。だけど宮子さんは、「一緒にやりますか?」と言った。つい出てしまった社交辞令というか、そういうものだろうと思った。次にはすぐ「あ、でも場所どうしようかな……」とか言ったし、つまり、せいろ蒸しはそもそもヨウちゃんの家で行われる約束になっていたわけで、ヨウちゃんと面識のない人間を入れてよいかの判断は宮子さんにはできないということなのだろうから、だいたい見ず知らずの、特別面白いわけでもないこんな奴が交ざることを歓迎するというのはなかなか考えにくいわけで、だから、僕から遠慮する言葉を言ってあげたら楽にしてあげられるんじゃないかって思ったけど、もし宮子さんが本気で誘ってくれていた場合、断るのは悪いというか、もったいないというか、そういうふうに思ってしまう気持ちがあって、だからって「そうですよね、なんなら僕のうちでもいいですよ」というようなことを試しにでも言ってみるというのは、やりすぎで、気を利かせているというより気乗りしちゃっているというふうに受け取られる可能性のほうが高いというか、そうなると彼女がやっぱり勢いで、うっかり調子よく誘ってしまっていただけであった場合、それはもう完全に逃げ道を与えないことになってしまうわけで、どうせ率先して人を招ける部屋でもないわけだから、そうやって僕が、なにも言えずにいたら、宮子さんは「ちょっとヨウちゃんに確認してきます」と話を進めるので、やっぱりなんだかその感じが無理をしているように見えて申し訳なくなったから、遠慮しますと身を引きたくなった。だけど、「迷惑ですか?」と訊かれた時に、「ああ僕は全然」なんて答えてしまっていたせいで今さらどう言えば卑屈な感じに見えずに爽やかに退けるのか、しかも僕が空気を読んで引いたというのが悟られてしまえば気を遣わせることになるわけで、そうなったらすごく気まずい感じになってしまうだろうからなんだか訳が分かんなくなって、とりあえず、「イヤでなかったら僕のうちでもいいですよ」と結局言ってしまった。

「いいんですか？」と言われて、「いいですよ」と答えたら、「じゃあ食材買いましょう」と宮子さんが張りきりだして、それがなんかとても可愛かったよな。

僕は極力、さり気なさを装って訊いたつもりだ、「ところでヨウちゃんはどんな方なんですか？男の人？」と。宮子さんが足繁《あししげ》く通う友人が男でなかったのは嬉しかったのだが、僕はいよいよ不安になって、女性2人と僕でいいんですかね、と訊いた。「もちろん。なんで？」なんて言う彼女はきっと、いい友人に恵まれているのだろう。僕なんかとは、やっぱり住む世界が違う。

僕は気どらないと決めているのでそのなんでという問いかけに、「そういうの初めてで」と答えたが、それに対する返事は貰えず、「先生は何か苦手な食べ物あるんでしたっけ」と流された。カウンセリングで答えたことはさすがに覚えていないようだ。そりゃそうだ、僕はただの客だから。僕はあらためてピーマンとシシトウが嫌いだと伝えた。

今となってはこんなこと、長々と書いても仕方ないのだが、思い出だから、っていうのも変だけど、一応書いておくと、僕らはキャベツの入ったカゴに、さらに玉ねぎを入れて、じゃが芋を入れて、ブロッコリーを入れてと、やっているあいだに、僕は心配になった。ドアの前でのちょっと待っていて下さいが通用する時間内に見られてもいい部屋に仕上がるだろうかとシミュレーションして、無理のような気がした。「ごめんなさい、ちょっと1ヶ所寄らなきゃならない所があって、買い物のつづき、頼んじゃってもいいですか？」と僕は嘘をついた。僕は宮子さんにマンションの場所を説明し、携帯電話の番号を残して先に店を出た。今カゴに入ってる分だけでも重いから買って持っていくと申し出たけど、宮子さんに、これくらい2人で持てるから大丈夫と断られた。

僕は急いで家に帰って、散らばったものやら、見られたくないものなんかを速やかにクローゼットに押し込み、拭き掃除をした。シャワーも浴びようかなと思ったけど、うっかり浴室を見られて、濡れてる、って思われるとなんかそれってものすごく恥ずかしいことになりそうでやめた。それから、結構待って、といってもちょこちょこ気になるところが出てきては掃除をするということをやっていたわけだが、そしたら携帯電話が鳴った。ヨウちゃんが熱を出した、とのこと。このタイミングで。僕は「大丈夫ですか？」と心配した。「今日しっかり休ませれば大丈夫」、宮子さんはそう言った。休ませれば、というのが母親みたいだった。今晩きっと付きっきりで看病するつもりなのだろう。いいなあ。ヨウちゃんが女の人でよかった。

「食材を先生買ってないからご飯困っちゃいますよね？　どうしよう、なにか届けましょうか？」と僕も気にかけてもらったけど、「あ、それじゃあキャベツをお願いします」って訳にはいかないから「いえいえどうにでもなりますから大丈夫です。ヨウちゃんの傍にいてあげてください」と、ついこの時僕もヨウちゃんと呼んでしまった。しかもその時なぜか僕は小さく咳き込んでしまって、それが、とても恥ずかしかった。実は僕もちょっと具合が悪いんだよ、というアピールだと勘違いされていたらとてもいやだ。

僕ってやっぱり楽しそうなことと無縁だ。それだけじゃない、宮子さんとも縁で結ばれていないのだろう。僕はそれを無理やりに繋げようとしているのかもしれない。そんなことしたって、そんなの、うまくいかないだろう。今日、偶然に会えて、しかも誘われて、僕は少し浮かれた。進展を期待した。そういうのやめる。

もうちょっとグラスとか、あとクッションくらいは買っておこうかな。ヨウちゃんが、アジサイだったら、そうだったら、なんとなくいいなって思ったけど、ちょっと違うかな。宮子さんとアジサイだとタイプが違うっていうか、一緒にいる感じが想像できない。まさかあの彼岸花のおばさんってことはないだろう。と思うけど。

3月19日（金）

歯科助手の募集に3人連絡があったらしい。川西よりはノーマルな人に決まりますようにと願っている。星川さんにさり気なく、「うちには、おとなしくて愛想のいいコが合うと思うんですよね。そういう人があまりいないじゃないですかうちには。だからそういう人のほうがバランスが取れると思うんですよ」と言ってみよう。

3月21日（日）

たとえうっかりだったとしたって嫌いなら一緒にせいろ蒸しを食べようなんて誘えないだろうし、僕の家に来るとも言わないと思うんだけど、こんなことを考えても仕方ないよな。彼女の、腰を想像してしまう。そこの部分だけでいいから生の曲線が見たい。なに書いてるのか……

純粋な恋心ってなんだろう。そういった感情を抱いた経験が、ないような気がする。純粋に恋をしていく人の感情ってどんなふうになっているのか、どうやって気持ちが動いてどんな感じで想いを募らせていくのか、一度見てみたい。それって本当に純粋なものだけで成りたっているのか？あの人はどうなんだろう。どんなふうに人を好きになっていくのだろう。どんなふうになって相手に夢中になるのか、その相手が僕ってことは、まずないな。

3月26日（金）

今日、宮子さんのところに寄った。あの店には連絡を入れてから行くべきだと分かっていた。だけどふらり足を向かわせる、それしか僕にはなかった。構えてしまったら、行かないを選択してしまうからだ。

お店に入ると、僕より少し若く見える男が宮子さんと親しげにハーブティーを飲んでいた。猛烈な気まずさに襲われた。その男の表情からマッサージを受けたことが窺えた。いきなり来てしまったことを詫びた、そしたら宮子さんは、「全然いいんですよ」って、でもその後に、「今日はどうしました?」と言われて、来たことを後悔した。「お茶でも飲んでいってください」と宮子さんは一応引きとめてくれたけど、また来ますと頭を下げて帰ってきた。変に思われただろう。滞在時間はたぶん1分もなかった。余裕の態度でお茶をいただいて、そしてせめて何か、ハーブティーでも買って帰ればよかったのだ。

僕はたぶんなにか違うものを期待していて、そんな自分に気づいて、それが恥ずかしかった。だから、こうなるから早いこと打ち消そうと思っていたのだ、だけど結局ずっと、なにかが始まるような予感めいた緊張が胸を支配していて、離れなくて、僕は現実を見失っていたみたいだ。でももう大丈夫だ。よく分かったから。いま虚しい。

2人の関係は、親密に見えた。少なくとも僕よりも距離が近いように感じた。僕はもうあの店に行かない。香水を使い切るまでは。

帰らずにあそこでお茶を飲んでいたら、僕はあの男と宮子さんと、どうしていたのだろう。お互いただすり抜けていく自己紹介や挨拶をかわす。そして彼女のマッサージの凄さについて語りあう。いかに自分のほうが彼女のマッサージを繊細に感じ取っているか言葉を尽くして張りあう。彼は僕に、宮子さんとの親密さをさり気なく、もしくは大胆にアピールしてきたかもしれない。あの男がただの客であったとしても、宮子さんに好意を持っていることは間違いないよ、そんな目をしていたから分かる。こっちを警戒するような、宮子さんを自分側に抱え込むような目だったから。

あの人を前にして、少なくともなんらかの好意を抱いてしまうことは、至極当然であって、そうならないほうがおかしいんじゃないの？

今の僕の気持ちは嫉妬だろうか、そんな気持ちを抱くのにふさわしいところに僕はいないのに。そうだ、僕らの関係は、そんな浅いものだ。分かっているのになんでこんな気持ちになっているのか、考えるのよそう。

こっちが先に店にいて後からさっきの男のような客が入ってきたら、それはまた、どうなっていたのかな、あの店に通えば、いつかはそういうこともあるだろう。僕がマッサージを受け、リラックスしている時に、そうか、あの店は施術中にはきっとカーテンを閉めてCLOSEDの札を出しているのだろう。このあいだ行った時、あれはきっとそうだったんじゃないか、さっきは、マッサージを終えて、お店をふたたび開けたところに、僕がのこのこと入っていって、あの空気。そうだろう。だとすれば僕がマッサージを受けた後に別の客が入ってきて、そして僕もその客も帰らずに、長々と一緒にお茶を飲む、ということだって今後あるだろう。まあ、なんかそれはそれで面白いと考えるのもありなのかもしれない。

早く4月にならないかなあ、帰りに寄った本屋で読んだ雑誌に来月は面白いほど金運がUPみたいなことが書かれていたのだ。それなら宝くじでも買ってみようかと思っている。

4月12日（月）

桜がとても綺麗に咲いている。宮子さんのお店でも桜の花を浮かべたお茶が出た。いい香りで甘酸っぱくて美味しかった。久しぶりに頭のマッサージを受けて帰ってきた。彼女は若いのに自分で店を経営しているのだから凄い。でも自分がやっていることは経営といえるものではなく、そういった能力がゼロだと実感していると言っていた。たしかにあのマッサージはもっとお金を取っていいはずのものだ。僕には、ありがたいことだけれども、もっと高くても受けたいマッサージだから。その価値が彼女の手にはある。むしろ高くなければいけないのだ。

今度ご飯を食べに行こうという話になった。具体的な日を決めたわけではない。ただ会話の流れでそんなようなことを言われただけで、実現するか分からない。タイミング合わないとかで、流れ去っていくような気がしている。

4月15日（木）

家に鞄を置いてから夜桜の下を散歩した。宮子さんのところで出してもらった桜のお茶を思い出し、落ちてきた花びらを口に入れてみた。味がなかった。まだのどに貼りついている感じが残っている。

僕は満開時より、桜の花が半分ほど落ちて緑の葉とバランスよく交ざっている今くらいの感じが好きだ。

4月21日（水）

今日の帰りに宮子さんのマッサージを受けられたらと思って昨日から何度か電話をかけていたが、繋がらなかった。お店を休んでいるのだろうか。電話をかけるタイミングが悪いのか。別のマッサージを受ける気にはなれない。湯ぶねにゆっくり浸かって体をほぐすしかなさそうだ。

僕は、なんだか疲れを宮子さんに、押し付けて、自分だけが楽になろうとしているみたいだ。自分が酷いことをしているような気がしてきた。こんなこと続けていていいのだろうか。僕がマッサージを受ける度に、宮子さんが摩耗していくとしたら、気持ちが入ると自分の疲れも取れるなんて、あんなこと言っていたけどそんなわけないだろう。あの人は自分の疲れをどうしているのだろう。

体を壊して休んでいるのかもしれない。それなのに昨日から何度も電話をかけてしまって、着信が記録されていく電話機だったら、どうしよう。

4月29日（木）

宮子さんのところに電話してみたら、普通に出た。土曜の午後1時半にマッサージの予約を入れてしまったが、どうしようか、その後に、都合が良ければ約束の食事をしませんかと誘われた。人懐っこい人なんだと思う。それって夜ご飯ですか、昼ご飯ですかと訊いたら、夜ご飯だった。僕は、なんか、よく分からない。僕らは友人になれたのだろうか。僕はそういう友人の作り方みたいなものは、とうに忘れてしまった。

4月30日（金）

今日、漢方薬局で滋養強壮のドリンクを買った。宮子さんにあげるつもりで。だけど行くのが恐くなってきている。まずマッサージをどうしよう、彼女を疲れさせたくないから滋養強壮のドリンクを買ったのに、矛盾している気がする。

食事は、本当に行くつもりなのだろうか、やっぱり上手く断る方法を、都合が悪くなったと言ってしまおうか、明日の予約をキャンセルさせてもらいたいが、当日のドタキャンなんて嫌われるだろう。風邪をひいてしまったと言えば許されるだろう、なんだか本当に具合が悪くなってきた、なんであの人いつもあんなに安易に誘ってくるのだろう。明日、熱でも出てしまえば行かずに済む。

5月2日（日）

昨日は、宮子さんの部屋に行ってしまった。宮子さんの作ってくれた料理を食べた。行こうと思っていたお店が定休日だったそうだ。それで部屋に招かれた。料理を作るから、うちで食べませんかって。かなり戸惑って、僕は「1人暮らしですか?」と訊いた。ああいう人だ、行ってみたら旦那さんもいて、実は小さいお子さんなんかもいて一家団らんに交ざる羽目になるということだってない話ではないと思った。だけど「うん、1人。誰か呼びましょうか?」と返された。彼女の部屋で2人きりになることをシミュレーションするとそれはそれで逃げたくなった。でも誰かを呼ぶのはもっといやだった。宮子さんの部屋は見てみたかった。僕は宮子さんの良きようにしてくださいと伝えた。結局僕らは2人でご飯を食べた。

手ぶらでおじゃまするわけにいかないと思って、それは、彼女に用意していた滋養強壮のドリンクを持っていくのを忘れてしまったので、玄関に。緊張していたから。せっかく用意したのに。それで僕は、何か買ってから伺いますと言って、家の場所を教えてもらった。気にしないでと言われたが、そんなの、急にこんな展開になったら、一人で心の整理をするくらいの時間も必要であって、「何か買っていったほうがいい物とかありますか?」と訊いてみたけど、家にあるもので足りると言うので、とりあえず自由《じゆう》が丘《おか》に出て、ケーキとワインに決めた。ワインはオーガニックワインというものがあったので宮子さんが好みそうだと思い、その中からラベルの美しいものを白と赤1本ずつ。ケーキは真っ白なチーズケーキにした。店を閉めて料理をする時間を考えたら、急いでもあっちだって迷惑だろうと思ったので、遊歩道のベンチに座って、ぼうっとしたりしていた。

九品仏《くほんぶつ》という駅には初めて降りた。そこから彼女の家は驚くほど遠かった。辿《たど》りついた時、少し不安だった。周りがあまりにも静かだった。どこか異なる世界に迷い込んだみたいだった。風が葉を揺らす音だけ。古い、変わった形をした2階建てのアパートメントで、色の違うドアが5つ、地図には青のドアと書かれてあった。あとで聞いた話だと、住人は宮子さん以外、早くに夫を亡くしてひとりで暮らす大家と、老夫婦が1組住んでいるだけなのだそうだ。そのうち壊されてしまうのだと言っていた。２階に上がる階段は自分の足音だけが冷たく響いた。ベルを鳴らすと、宮子さんが「いらっしゃい」と笑顔で迎えてくれた。急に違うものに包まれた。さっきまでの哀しみを誘うような夕日も柔らかく温かい光に変わって別世界だった。そしてあの匂いがした。だから僕は思わずもう一度、１人で暮らしているのか訊いてしまった。１人暮らしという言葉の中に赤ちゃんがカウントされていないだけかもしれないと思った。だけど宮子さんには、しつこいと思われただろう。宮子さんはもう一度、「１人だよ」と言った。僕が「この部屋のいい匂いは、なんの匂いなのかな」と言うと、「どの匂いのこと？」と宮子さんは言った。

　マンションの廊下なんかを歩くと、赤ちゃんの泣き声とそれをあやす優しい女の人の声と共にドアから漏れ出ているあの匂い。まろやかで清潔な感じの、子どもの頃から知っているのにあの匂いの正体が未だに分からない。宮子さんの部屋でしたということはアロマの匂いなのかもしれない。でも僕にとってはたぶん、幸福を意味するようなもの、優しいママの手の匂いなのかもしれない。それを僕はなんとなく宮子さんに言えなかった。宮子さんが僕の傍に来た時、改めて匂いを吸いこむと、それはまた、バナナとチョコレートだとか、紅茶とレモンといったように彼女の匂いとマッチした。宮子さんは、まだ下ごしらえを始めたばかりで、少し待ってもらわなければならないと申し訳なさそうに言った。僕は全然待つのは平気なほうなので気にしないでほしいと伝えた。

　宮子さんの部屋は、ちょっと、変だったけど、僕は不思議と馴染めた。人の部屋は苦手というか、気になることが色々あって落ち着くことはできないはずなのに、誰かの部屋に入るのって寿々音の以来だったけど、あの部屋に馴染むのにはあんなに時間がかかったのに、昨日はそういう気持ちに全然ならなかった。食器や、洗面の蛇口やトイレの便器、タオル、マットの類、すべてなにも気にならなかった。あそこなら、便器で寝ろって言われても、やれたかも。本当に寛《くつろ》げた、緊張していたはずなのに。あの匂いのおかげもあるかもしれない。あまりにも変な部屋だったからいつもの感覚から大きくはずれていたのか、だから、いつもと気になり方が違っただけで、すべてなにも気にならなかったというのは違うな、まず、意味の分からない大きな岩がひとつ置いてあるのにも驚いたけどなんといっても凄いのは植物の多さで、木と呼べる大きさのものもあった。部屋中を埋め尽くしていた。「木がいっぱいだね」と言ったら宮子さんが笑った。「植物がね、ものすごく育っちゃうの」と言った。僕はサボテンだって枯らすし、このあいだもオリーブの木を枯らしてしまったと告白した。「本当に枯れてるの?」と訊かれて、僕が葉っぱも色を失ってカピカピに丸まっているし、いくら水をあげても、触るとぽろっと葉が落ちるばかりでダメだろうと言うと、「持ってきてみて」って。あんなになってしまったオリーブを宮子さんに見せていいのだろうか。軽蔑されると思う。

部屋の中で断トツに大きな木は、ガジュマル。精霊が棲むといわれる木だと宮子さんが言った。不思議な花を咲かす木もあった。ちょっと聞き慣れない名前で、なんと言っていたか忘れてしまった。幹から直接花が出ていて、甘い香りの白くて神秘的な花で、僕がイソギンチャクみたいだと言ったら宮子さんが笑った。7月には実をつけて、それがとても美味しいから食べに来てと言われた。

つい色々と話しかけてしまって料理の邪魔をしていることを詫びると、宮子さんはベランダの窓を開け、苺《いちご》を摘んで僕にくれた。それは赤くて可愛かった。甘酸っぱくて、切なくなった。一緒にベランダに出た時、顔が近くて、僕は胸を絞られた、だからその延長にあるような味に思えた。

ベランダの植物の量はもっとすごくて、こんなことになっているのは2年くらい前まで住んでいた一軒家にあったものをほとんどそのまま持ってきてしまったからだという。実家だったのと訊ねると、宮子さんは「実家みたいなものだった」と言った。親のように思っていた人と一緒に暮らしていたけど、その人は病気になって、どんどん体を動かせないようになって、そしてとうとう亡くなってしまった。宮子さんがマッサージを勉強したのも、アロマを勉強したのも、その人がきっかけだったようだ。聞いてはいけない話だったのかもしれなかった。でも宮子さんに少し、近づけた気がして、それなのに、そうやって大切な話をしてくれた彼女に僕は「そうなんだ」としか言えなかった。なんて言えば大丈夫なのかが分からなかった。宮子さんには親がないのだろうか、その親のように思っていた人とはいつからの、どういった関係で、母親のようだったのか父親なのか、そんなことは訊けずに僕は黙っていた。どこかで鳥が、聞いたことのない声を出して必死に叫んだ。ギャーギャーギャーって物凄いしゃがれ声でノドがすっかり嗄《か》れているようだった。驚いて僕らは顔を見合わせた。僕はなんだか不吉な感じがして、恐かった。とにかく聞いたことのない声だった。何かを必死で警告しているような、そんなふうに聞こえて恐かった。僕は台所から流れてくる空気を大きく吸いこんで、「いい匂いしてきた」と伝えた。宮子さんは「あと少し。座って」と言って台所に戻っていった。

僕らは当たり前のように敬語を外して喋っていた。いつの間にか、だったと思う。とはいっても僕のほうはどこかで意識していたはずだけど、自然とそうするべきだと思えたからそうなったのだろう。

僕がベランダから中に戻る時たしか閉めたはずなのに、いつのまにか窓が、網戸もされずに大きく開放されていた。カーテンはなくて、薄いレースのカーテンはあるけどそれも隅でひとつに束ねられてあった。網戸を閉めたかった。けど彼女がわざわざ開けたことを考えると、どうしていいか分からなかった。勇気をふりしぼって「網戸は、いいの?」と訴えると、「うん」と言われてしまったので、なにも言えなくなった。だけど困惑していることを気づかれたみたいで、「ごめん、閉める?」と言われた。閉めたいと言えなかった。「大丈夫。この景色が気に入ったし。でも虫が入っちゃったけど、どこか行っちゃったよ」なんて言ってしまった。「入っても平気なんだけど、虫が苦手だったら言って」、そういうふうに言われて、苦手だと言えなかったし、乗り越えられるような気もした。あの植物の量じゃ、虫とか言っていられない。部屋が暗くなってきて、僕が電気どうするのと訊くと彼女はスタンドランプをつけて、網戸を閉めてくれたのでホッとした。灯《あか》りをつけたら、虫がどんどん集まってくるだろうから、その中で食事をするのはさすがに大変だなあって思っていた。「灯りをつける時はやっぱり閉めるんだね」と言ったら、お客さんが来ている時は閉めると言った。彼女はきっとよく部屋に人を招く。駅からの地図を描くのも慣れた様子だったし、スリッパの数だって、それになにより宮子さんが人を招くのに慣れているようだった。僕を部屋に招いたことも、そんなに特別なことではないのだろう。ただ、たぶんだけど宮子さんは、会話の中で僕のことを仲のいい人というふうに言ったと思う。手作りの万華鏡を見せてもらった時に。覗かせてもらって、あまりの美しさに僕は夢中になった。万華鏡なんて、言葉を聞くのも子どもの時以来で存在すら忘れていた。宮子さんは手作りの万華鏡をひとつ選んで僕にくれた。本当に貰ってもいいのと訊くと、仲のいい人にはよくプレゼントしているからって、そう言った。

貰った万華鏡は、まるで宮子さんの心の内を覗いているような気分になる。淡い色合いで、神秘的で、覗くとたちまちに、静かで穏やかな世界に包まれる。乳白色と淡い桃色や紫、黄緑、水色や橙色《だいだいいろ》、光に透けて、形を変えていく。このまま吸い込まれて出られなくなってもいい、そんな気分になる。

宮子さんの料理はどれもおいしかった。宮子さんが育てたルッコラは、僕も洗うのを手伝ったりして生ハムや薄く切ったレモンなどが入ったサラダになった。さらにまた宮子さんが育てた玉ねぎが、溶岩のプレートで焼かれて、甘くて、塩麹《しおこうじ》に漬けられた豚肉のロースも焼かれて、柔らかくて、おいしかった。中でも「少し麺食べる？」と言ってしめに出してくれた濃くて甘辛いスープにつけて食べる麺は格別だった。レモングラスというハーブをきかせたスープなのだそうだ。たしかレモングラスってトムヤムクンで使うやつだったと思うけど、それとはまた違う味で、今まで食べたことのないものだった。以前食べさせてもらったクッキーがかなりおいしかったので宮子さんの料理には期待してたけど、想像を遥かに超えていて、僕は少し、ワインを飲み過ぎた。

宮子さんはあの部屋で普段どんなふうに暮らしているのだろう。以前、宮子さんも物をなかなか捨てられないタイプだと言っていたから、片づいてはいても結構物に溢れた部屋なのかなあと想像していたが、ちょっとそういうこととは違った。

帰りは淋しかった。駅に近づくにつれて耳に入ってくる人の声や車や電車の音に、現実に引き戻されるような、息がつまるような、熱が上がるというか、妙な感覚を味わった。

宮子さんのふとした仕草に、僕の胸は、痺れる。本当に痺れるという感覚がある。それは、下を向くような時の瞼《まぶた》の動きであったり、流れ落ちる髪のスピードであったり、指先の独特な動きだったりする。僕はもっと彼女を見ていたかった。まだ帰りたくなかった。そんなふうに思いたくなかった。本当は、天井から吊るされた丸く体を包むように編まれてある椅子にも腰かけてみたかった。だけど部屋中を弄《いじ》りまわすみたいで、気が引けた。

5月7日（金）
宮子さんから連絡があるわけでもない。そんなのはあたりまえのことだけど、僕はもしかしたらあの日に嫌われたのかもしれない。たしかにワインは飲み過ぎたが記憶はちゃんとある。失礼なことはなかったと思うけどそれは僕の見解であって分からない。それより、退屈な男だと幻滅された可能性のほうが高い。
万華鏡は覗くと心がほぐされる。昼休みに覗いていたら、山根たちが陰で笑っていたみたいだ。君たちには分かるまい。その心を万華鏡にしたら、汚い色で刺々しくて、歪みがあって、覗けばたちまち酔ってしまうだろう。僕の心を万華鏡にしてみても、地味で、いくら回しても変化した感じがなくて、つまらないのだろう。

5月9日（日）

母の日だったので母さんに電話した。カーネーションちゃんと届いたそうだ。来年は百合にしてくれと言われた。最近、百合の匂いのよさに気づいたのだそう。百合の匂いは僕も好き。親子だ。来年は百合。

5月13日（木）

帰りに電器屋に寄って、以前より計画していた川西へのプレゼントを手配した。扇風機。喜んでもらえるだろうか。突然送られてきて驚くだろう。元気にしているだろうか。久しぶりに会いたいけど、お腹の大きい川西を見ることに少し抵抗がある。

5月23日（日）

なんだか電話をかけることができずに、またそのまま行ってしまった。誰か先客がいるようだったらこっそり帰ろうと思っていた。お店は開いていて、他に客はいなかった。頭のマッサージを受けてしまったけど最近はマッサージを受ける度に罪悪感みたいなものがのしかかる。でもマッサージを受けなければ宮子さんに会う理由がない。滋養強壮のドリンク喜んでもらえたから、それはよかった。

あと、クリニックにアロマを取り入れてはどうかというアドバイスを貰った。たしかにアロマを導入しているクリニックは結構多いというのを聞いたことがある。今度のミーティングで提案してみよう。以前より考えていたヒーリングミュージックの提案は、そのアロマに対するみんなの反応しだいで決める。こんな、あまり急に新しいことを色々と提案しだすのは、これまでの僕の在り方を考えると少し、「なに急に張り切って出しゃばってんだよ」というような感じで反感を買うかもしれない。上手に見計らいながらやりたいと思う。

5月27日（木）

川西から電話があった。先日扇風機を送ったのでお礼を言われるのかと思いきや、すでに持っているし、狭いのにそんなに置けないと怒られた。送り返してもらうことにした。エアコンの風より扇風機のほうが体に優しいかなと思ったんだよと伝えると、だったら空気清浄機が欲しいとのこと。扇風機は自分で使う。ちょうど僕のは古くなっていたから、いい。川西が、残酷な女だということを忘れていた。

5月30日（日）

クリニックにアロマを導入することが決まったので一式を購入したいと電話を入れたら、オリーブの木を持ってきてくれと言われた。もう捨ててしまったと言ってしまうことも考えたが、そのほうが軽蔑されそうで、仕方なく持っていった。「いつからこの状態なの？」と訊かれて僕は、ここまでになったのは本当につい最近だと嘘をついた。「ふ〜ん、ちょっとやってみるね」と、そう言っていた。うちに寄らないかと言われ、ついていくと、ファーンリーフゼラニウムというものをくれた。華奢な葉に触れるとペタっと貼りついて、指先から森に入り込んだような匂いがする。薄いピンクの小花は中から存在感のあるオレンジ色の花粉をつけた小さなマッチ棒のようなものが飛び出していてとても可愛い。「他にも持っていく？」と言われたけど、「このコをちゃんと育ててからにする」と答えたら、「友達が欲しくなったらいつでも持っていってね」と言われた。これは枯らせられない。「見た目より丈夫でものすごく育てやすいんだよ」と言われてしまった。ちゃんと大切にすれば枯らさないはずだ。どんどん育って大きくなるみたいなことも言っていた気がする。プレッシャーだ。

部屋は今日もまたベランダの窓が全開になっていた。蝶《ちょう》が紛れ込んできて居座ってしまったから閉めることができなかったらしい。「もう出ていったかな」という宮子さんの髪に、黄色の蝶がとまった。僕はその蝶を手の中にそっと包んで外に出そうと思ったけど、ほんの少しチュウチョしたら蝶は宮子さんの髪から離れて、外へ出ていった。まるで別れの挨拶をするために宮子さんの帰りを待っていたかのようだった。僕は、あの部屋でなら、虫に耐えられるかもしれない。

開けっ放しで出かけたりしたら危ないよと言ったら、一番困る侵入者は蟬なのだという答えが返ってきた。うちの植物にとまって延々と鳴いてしまうとさすがに困るのだと笑っていた。遊びに来てくれた人にちょっとうるさがられてしまうから、そう言って笑う彼女を僕はなんだか誇らしく感じ、そして、この部屋で夏を過ごしたらどんな感じなのだろうと思い浮かべたりした。虫にまみれればまみれるほど、自由になっていけるのかもしれない。

今日は玄米茶と葛《くず》きりをご馳走になった。僕に出してくれた湯のみは白のシンプルなものだったけど、宮子さんが使っていた湯のみがやたら大きくて円みがあって惹かれた。いい湯のみだねと伝えると、窯《かま》を持っている友人のところへ遊びに行った時に作らせてもらったのだと言った。見せてもらうと、飲み口のところが一部欠けていて、宮子さんはそこから飲むのが好きだと言っていた。こういうのを作るセンスもあるんだねと言ったのはお世辞でもなんでもなく素直に出たものだったけど、そんなに言ってくれるなら持っていってと言われて、そういうつもりじゃもちろんなかったし、いつも貰うばかりで申し訳ないからと言ったのだけど、「欠けている湯のみなんて失礼だよね」と落ち込んだような顔を見せたので、「貰っていいの？」と言うと「貰ってほしい」と言われた。そんなふうにこの湯のみを気に留めてくれた人は初めてで、先生に使ってもらえたら嬉しいって。なんだか本当に貰ってばっかりいる。このあいだの滋養強壮のドリンク喜んでくれていたみたいだから今度またあれをお返しに持っていこう。

帰りはなんだか変な気分になって駅まで走った。鉢植えが何度も脚にあたって痛くなった。

6月3日（木）

宅配便の不在届けが挟まっていた。着払い。じゃあ自分で使うから着払いで送り返してとは言ったけど、本当に着払いで返ってきた。すごいよ、あの女は。悪かったな、突然予告もなしに扇風機なんか送りつけて。いま使っている扇風機、壊れてしまえ。

子どもが産まれたら色々出費がかさむだろうから倹約しているのかもしれないけど、だったらご飯にでも連れていってあげようか、それも断ってくるのだろうか、栄養のある体に良い料理を出してくれそうなお店を調べて、一応誘ってみるかな。明日宮子さんに会うから、いい店知らないか相談してみよう。近日中に空気清浄機を手配。

6月5日（土）

前に宮子さんから6月生まれだと聞いていたので今日はプレゼントを探しにいった。初夏の匂いが風に混じって鼻に入り脳をくすぐった。気持ちがよかった。どんな過去が反応しているのかは、思い出せないが、きっと幸せだった時に感じた匂いなのだろう。

宮子さんがつけている石や羽根でできた大ぶりのイヤリング、とても似合っているから同じ方向性のものを探したけど案外売ってない。彼女のことだからあれもまた手作りなのだろうか。いくつか宮子さんがつけたら可愛いだろうと思えるものを見つけたのにどれもピアスだった。彼女の耳たぶには穴があいてないから無理だ。それで、シルクのショールにした。秋口に使えそうなやつ。宮子さんは白い感じの服装でいることが多いから白にしておいたほうがいいのかとは思ったが、持っているかもしれないから、淡い青というか緑というか、という色のものにしてみた。

やっぱりもっと好みの出ない無難なものにしておけばよかったのかもしれない。さっきは、ものすごく綺麗でこれは貰っても嫌ってことにはならないだろうと思えた、でも自信がなくなった。ダサいかもしれない。もう一回包装を開けて確認したいけど、綺麗に包み直す自信がないので無理だ。

6月8日（火）

アロマが薬品のにおいをうまく包んでくれていて、患者さんやスタッフからも好評だ。しっとりと優しい空間を作ってくれている。歯の痛みだったり、恐怖心にも効くハーブなんかも入っているらしい。小塚《こづか》さんが部屋でアロマをたいているらしく、変なくせもなくていいと宮子さんのブレンドしたオイルに興味を持っていた。気に入ってくれた患者さんがいるのだけれど同じものを購入できるのですかと、いまから宮子さんに電話して訊いてみる。

6月10日（木）

宮子さんにプレゼントを渡した。本当に喜んでもらえたのだろうか。誕生日は6月5日だった。ちょうど僕がプレゼントを買った日だ。

先生のお誕生日を訊いてなかった、そう言われて、8月25日だと答えると、宮子さんが驚いた顔を見せたまま黙った。8月25日は宮子さんが、「大人になる準備が始まりましたと告げられた日」で、小学6年生の時だったとのこと。彼女は最初、驚いた理由を言えずにいたのに、ちょっと僕があんなふうにしつこい感じでこじ開けたようで、そしたらこういった理由で恥ずかしくなった。僕は極力爽やかに「そうなんだ」と返した。でもこれって凄いことだ。僕が24歳になった日に。僕はその頃の宮子さんを想像し、今とそんなに変わらないように思えて、宮子さんの可憐《かれん》さに改めて胸を打たれた。僕は自分の体から初めて精液が出た日を記憶していない。だけど宮子さんは覚えているのだ。女の人ってそういうものなのだろうか。

ところで、宮子さんは僕の誕生日を訊いてなかった、と言った。だけど僕は以前お店のカルテに誕生日を記入していたと思う。それを意識してくれてはいなかったのだから、やっぱり宮子さんは僕に特別な感情はないのだろう。もっと興味を抱いてほしいけど、僕に魅力がないってことを思い知らされる。

6月11日（金）

小山田さんから僕がアロマを提案するなんて意外だったと言われたので、友人に専門家がいるから、彼女に色々とコーディネートしてもらったんだよ、といった具合に自慢をしてしまった。さらに、「僕、いい匂いしない？　この香水も作ってもらったんだー」と言いたかったのだがやめておいた。

7月19日（月）

久しぶりに日記を書いている。最近の僕はというと、仕事の帰りに宮子さんの部屋に寄ったりしている。大して話をしているわけでもなく、目的もない。一緒にごはんを食べたりして、ただのんびり過ごしている。昨日は一緒に春巻きを作った。白身魚とチーズをベランダで摘んだハーブと一緒に巻いたものと、あとは大葉とエビを巻いたもの、これは特においしかった。

このあいだのペンネ、柚子味噌《みそ》クリームって言ってたやつ、忘れられないからまた作ってなんてつい普通に言ってしまったが、恋人でもない人の部屋に出入りして、ごはんまで作ってもらったりして、こんなのっていいのだろうか。彼女といると、この僕が何も考えられなくなる。彼女の何が、僕をこんなふうにするのか、でもなぜか僕は余計な事を考えずに、ただぼーっと彼女といる。僕にとっては、いい時間のはず。だけど家に帰って一人になると、得体の知れない不安が急激に襲ってくることがある。なにか大切な感覚というか、そういうものが麻痺《まひ》していっているような変な感じになる。

あの、駅までの道のせいもあるんじゃないか、あの道が最近恐くて、このあいだは視線のようなものを感じて、だから走って、やっと喧騒に届くとほっとした。あれだけの距離を走るのは汗だくになってつらいから、あの道を往復する用の自転車が欲しいけど、いつ無駄になるか分からない。

宮子さんは、僕をきっと嫌いじゃないけど、好きでもない。僕に対してそういう、いわゆるそういう気持ちがないと思う。宮子さんは、僕のことをなんとも思っていないという自分の気持ちに気づいているのにこんなことを続けているのだろうか。よく分かんないけど僕は何をやっているのだろう。僕も彼女のこと、恋愛感情としての好きではないのかもしれない。この歳になって僕は、恋愛とそうでない好意の境も分からないみたいだ。僕はいまのこの状況に少し、たぶん、戸惑っている。

7月29日（木）

ベランダのユウガオが綺麗だった。夕闇の中で花開き、陽が昇る頃にしぼむ白い花。「日本アサガオが開くのも見ていく?」と言われて、宮子さんの部屋で朝を待った。早朝からの僅《わず》かな時間、たった1度だけ咲く濃い紫色の花は、妖艶《ようえん》で、ほとんど眠らずにいた僕のぼやけた目を強い感動で叩いた。徐々に色を変えていく空との共演に見惚《みと》れていたら宮子さんが来て、「おはよう」と言って、僕の口に凍らせたジャボチカバの実を入れた。ジャボチカバの実は、そのままでも甘くて香りが良くてすごくお気に入りだけど、凍らせるともっとおいしかった。

やっぱり僕はたぶん、あの人のことが好きだ。あの独特の動きの柔らかさを思うだけで、心に絡みついてくる。それが、つらい。僕は分かっている。

一緒に映画を観た。『鏡』。静かな映画で、宮子さんの寝顔を見た。あまりにも動かないから、呼吸していないんじゃないかと思えて、お腹のあたりをじっと見ていたら、小さくふくらんだり、しぼんだり。それを見ていたら、幸せな気持ちになった。タルコフスキーの映画は、『サクリファイス』を観たことがあった。朝になるのを待つあいだに『鏡』を僕は2回観た。内容はよく分からなかった、だけど僕は泣いた。観ていると、催眠術にかかったみたいに、僕の中心を勝手に動かす映画だと思った。

作ってもらった野菜ジュースが、ハーブが効いていて飲みやすかった。栄養たっぷり。そのおかげで寝不足だったのに1日調子が良かった。

8月3日（火）

宮子さんの柔らかさ。ふくらみ。正直僕は、あの柔らかそうなところに触れたい。それは特別な関係になった者だけが許されることだ。僕はあの人の、その許されないあらゆる部分に触りたい。奥行きのあるあの声を傍でずっと聴いていたい。だけど僕は越えていけるだろうか、いまの関係から、そんな特別な関係に、こんな僕が、無理だよな。

触れたいと、そればかりを考えているなんて知られたら、不快にさせてしまうだろう。

8月20日（金）

　ここのところずっと宮子さんと連絡がつかない。家にもお店にもいないのだろうか。どこか旅行にでも行っているだけなのかもしれないが、また窓を開けっぱなしにして、そういうことで事件にでも巻き込まれていたらだとか、お店で何かあったのではないかとか、悪いことばかり考えている。なぜ携帯電話を持たないのか、僕みたいにほとんど必要のない人間でも持っているのに。

　なにか起こっていたら大変だから確かめに行ったほうがいいのか、でも僕が嫌われただけでそれで避けられているなら行ったら迷惑だし、もう会いたくないということなのにこれ以上連絡するのはよくない。宮子さんのところの電話機は携帯電話のように着信番号が表示されるのだろうか、でなければ僕の番号だけを避けるのは難しいだろう。部屋のは古い電話機だった。僕ではなく別の誰かのことを避けていて、それで電話に出られないってこともあるだろうか。でも留守番電話の設定にすらなっていないからどうすることもできない。

　いやがられることを何かしたのではないかとずっと考えているが、思いあたることがなくて、でもやっぱり避けられている気がするんだけど、それなのに5日間も連続で電話を鳴らしてしまったよ、僕って恐い人間だ。彼女にとって僕が必要な存在であるのなら、放っておいたっていつかむこうから連絡がくる。それなのに僕はどうしてスマートな人付き合いができないのか、最悪だ、やっぱり、宮子さんに圧迫感を与えていたのだろうか、僕が宮子さんのことを想うたびにそれが生き霊のようなかたちで現れちゃって苦しめているのではないかって気がどこかでしていて、まさかと思うけど、でもまったく無いと言い切れることでもないだろう。

　僕の想いは異常だろうか、人は皆、恋をしたら、こんなだろうか、僕は人より常軌を逸しているのだろうか。この想いは恋なんだろうか。

　やっぱりなにか、うっとうしいと思われるようなことを言ってしまったかもしれない。お店に行ってみれば分かるだろう、行ってみて普通にお店が開いていたら、避けられているということだ。

8月25日（水）

誕生日。岩槻先生が大きなふわふわのバスタオルをくれた。オーガニックコットンでできている。使うのがもったいない。宮子さんに似合う。岩槻先生は、親切な人だ。僕の誕生日を覚えてくれているなんて。山根の誕生日にプレゼントを渡しているのを見ていたので、なんとなくの期待はあったけど、嬉しい。

母さんからの電話には出なかった。今年も独りぼっちだったから。明日の仕事終わりにでも、かけ直す。生んでくれてありがとうって言えるように生きたい。

8月26日（木）

宮子さんから電話があった。ここ数日間どうしていたのか、訊きたかったけど、何も言えなかった。誕生日も覚えてもらえない僕にそれを訊ける権利はない。おめでとうって、言ってもらえると期待していたわけじゃないけど、僕の誕生日は彼女が忘れない日のはずなのに、よっぽど僕に興味がないんだなって思う。なのになんで電話してくるのだろう。とりあえず、良かった無事で。

8月27日（金）

緑茂るベランダでガラスの器に盛った冷えたプチトマトをつまみに、アラックを飲んだ。宮子さんの育てたトマト。皮が固かったけど口の中で破ると、いっきに甘さがひろがる。僕はいつまでこんなふうにして過ごすつもりだろうか。夏が終わったら、この関係も、終わる気がする。悪い予感はいつも当たるから。

8月29日（日）

僕はたぶん、女の人というのは大概うるさいもの、というように捉えていたと思う。おとなしそうであったり穏やかそうな容姿をしていても喋ると案外勝ち気だったり語気が強かったり言葉の端々に底意地の悪さが見えたりなんかして、目を見開いたりしているときなんかは何を考えていたりするのか、あと、口元を邪悪な感じで歪ませたりとかも平気でするし、そうやって印象を平気で裏切ってくるからガッカリする。ある時から、僕が女の人に対して理想を抱き過ぎているからいけないのだということに気づいたけど、でも宮子さんは、ちょっと違う。声色からは真意を摑めない。表情も柔らかいけど、でも豊かというわけでもないように思うし、いつもただそこにいる、というのか感情の出るべきところが奥に引っ込んでいて、いや、隠れているとか隠しているとかそういうことでもないような、なんだか最初から感情に大きな膨縮が無いというような感じすらして、陰がある、でもちゃんと光もあって、そういうのも心の中から出ているものというよりは、自然とそうなっているというか、よく分からない。仕組みが、全然。だから余計に僕は、彼女のことをもっと深く知りたくなるのだと思うけど、何かが僕にそれをさせない。宮子さんにある被膜のようなもの。彼女と過ごす時間が増えて、不安は大きくなった。仲良くなるのは早かった。人懐っこい人だと思っていた。でも被膜のようなものがあって、傍にいるはずなのに、心が遠い、宮子さんの鈍さは、美しさでもあるけど、だからあんなに柔らかいままでいられるのかもしれないけど、喜怒哀楽が激しかったり、お喋りが過ぎて中身が剝き出しになっちゃう人のほうがよっぽど人間味があって、分かりやすくて、いいのかもしれない。たとえば川西には翻弄されるけど、でも接していて、心がいまここに存在していることを明確に感じることができる。僕はたぶん、川西みたいな人と一緒にいるほうが満たされる気がする。不本意ながら。なのに僕はなんで宮子さんとの時間をこんなに守りたいと思ってる？　なんとなくとしか言えない。こんなこと続けていていいのだろうか。僕は、このままいくと、ついには離れたくなくなってしまうと思う。でも宮子さんはその逆のような気がして、僕を遠ざけるようになるのではないか。僕は宮子さんからそういう気配を感じている。本人は無意識かもしれない。意識的にそうしているのだろうか、そうは思えない。思いたくないだけかもしれない。でも宮子さんは、自分の心にも無頓着な気がする。どっちだとしても同じだ。

9月3日（金）

院長の食事会で星川さんが隣になったので、訊いてみた。「僕、最近よく変わったって言われるんですけど、星川さんも言ってくれたじゃないですか、患者さんからも言われるんです。どう変わったんでしょうか」と。恥ずかしい質問だった。垣内さんが「あー私もそう思ってたー、特に声が優しくなりましたよね」と言った。その声が大きくて、院長がこっちを見た。僕は話を切り上げるためにトイレに立った。戻ると星川さんが僕に「ススメ先生の良さがものすごくいいかたちで表に出てきている感じがします」と、言ってくれた。僕の良さってなんだ、今までの僕はみんなの目にどのように映っていて、そこからどう変わったというのだろう。他人の目で自分を見ることができたらいいのに、一度でもいいからそういうことができたらいいのに。そうしたら宮子さんとも、どう接するべきか少しは分かるのだ。

9月4日（土）

僕は、変わりたい。もっと人に愛される人間になりたい。人を愛したい。

母さんに会いに行こうか、言ってあげようか、母さんの自由にしていいんだよって。愛せる人がいるって、いいことだ。愛せる人に、愛されながら生きられるって幸せだ。自分の恋を周りに、特に大切に思う人たちに認めてもらえないのは、哀しいことだ。母さんは今の僕の状況をどう思うだろうか、よく思うわけがない。僕はまた婚期を逃すような状況にいます。相変わらず、独りぼっち、しかも、変な片想いをしている。でも、今の僕にとって宮子さんが一番のいい人なんだよ。早く散ってしまいたい気持ちと、いつまでもここに浸っていたい気持ちで、ぐずぐずしてる。不毛な恋でごめん。宮子さんよりももっと心惹かれる人に出逢えるならば出逢いたい。

9月20日（月）

昨日は飲み過ぎて、非常にだるい。今日が休みでよかった。

ヨウちゃんはやっぱりアジサイだった。宮子さんに頼まれてベランダでミツバとサヤインゲンを摘んで、戻る時にはじめて、床に転がっている人がいたことに気づいたので驚いた。宮子さんも何も言ってくれないから、僕が「あれ、この人は、どうしたの？」と訊くまで何も。最初に普通、友だちが来てるとか言ってくれてもいいと思う。

「ずっと徹夜だったみたいで、来て、寝ちゃって、そのまま」起きない。ごはんが出来上がる頃には匂いで目を覚ます、と宮子さんが言うので僕らは料理を始めた。僕が前回リクエストした冬瓜《とうがん》のあんかけ、作り方を教わった。

スペアリブのソースが煮つまって甘酸っぱい匂いが漂ってくると本当に彼女は目を覚ました。僕は転がっている人がヨウちゃんだというのを知らなかったし、長い髪をおろしていたせいもあって、アジサイだとすぐには分からなかった。宮子さんが僕を「ススメ先生は、ヨウちゃんのスーパーの常連さんだよ」と紹介して、それで分かった。ヨウちゃんは僕を覚えてくれていて、それは嬉しかったけど、「やたら春雨買う人ですよね」と言われて、宮子さんが「そうなの？　春雨好きなの？」って訊いてきたのには困った。まあ、僕が春雨をどう使っているかなんていうのはきっと想像もしないだろうから大丈夫。

ヨウちゃんは芸術家で、話の感じからすると、徹夜で完成させたのはたぶん大きな彫刻だと思う。あんなに華奢な体でどんなものを作るのだろう。

3人でご飯を食べて、白ワインを1本空けて、さらにアラックを飲んだ。みゃーちゃんは普通のことが普通にできない人が好きなんだってヨウちゃんが言った。彼女は宮子さんをみゃーちゃんと呼ぶ。強いコンプレックスを持った人間は美しい、コンプレックスに苦しむのは、良くあろうとしているからだって。行ったり来たり、もがく姿って美しい、そんなふうに2人で話していた。アラックを飲む氷の中に閉じ込められた花びらが溶け出て、宮子さんの唇に貼りついた。宮子さんがその唇のままで言った、「自分を責めて軌道修正しようとする目の表情を見ちゃうと近づきたくなる」と。そういう人の、手の動きを見るのが好きだって。

2人で盛り上がって難しいこと他にも色々言っていたけど、結局は全部、コンプレックスにもがく人間の姿に色気のようなものを感じる、みたいなことだと思う。ヨウちゃんが宮子さんの花びらを食べた。宮子さんはヨウちゃんに人懐っこく笑ってみせた。ヨウちゃんの出す雰囲気がいやだった。全然アジサイって感じじゃなかった。僕たぶん、あのコのこと苦手かもしれない。なんだろう、こういった話は普段、宮子さんの口から聞けないことだし、なんか、意外だった。あんなに自分の考えをはっきり言うのも、いままで、僕の前ではなかったことだったから。

僕にだってコンプレックスあるけど、むしろすごいほうだと思うけど、でもたぶん2人が言っていたような健気な類のものではないから、僕のは美しさじゃない。僕がその対象でないことを遠まわしに伝えているのかもしれないって思った。あの時、電線をイタチが横切ってくれてよかった。あれは本当にイタチだったのだろうか。2人はイタチだと言っていた。よく現れるらしい。体がとても長かった。

連絡が取れないあいだに宮子さんは何か変わった気がする。恋をしたのだろうか。僕では宮子さんの心を動かすことができない。宮子さんは、わざとヨウちゃんを呼んで、僕にあんな話をきかせたのかもしれない。僕が帰って2人は何を話したのだろう。

9月24日（金）

春雨がきれたけどスーパーららには行きづらくなった。でもあのメーカーの春雨を置いているところは少ないから困った。

9月30日（木）

宮子さんが誕生日プレゼントをくれた。遅くなっちゃったけど、って。帽子、嬉しい。黒くて、つばの大きい、キャップ？　こういうのもキャップと言っていいのかな？　僕にとって帽子といえばニット帽くらいなわけで、過去にうっかり衝動買いした中折れ帽なんか大掃除の時、埃まみれで出てきて捨てたし、こういう洒落たのは僕にはそぐわないものと思って生きてきたのだけれど、かぶったほうがいいってことなのかな、不必要と思われるものをプレゼントに選んだりするわけない。その場でかぶるのが恥ずかしくてできなかった。「今かぶってみて」とも言われなかったし。次に会う時かぶってないと、いけないだろうな……

10月3日（日）

なんで僕を誘うのか、なんの時間なんだ？　僕は、友だちでもいい。女として見ないと決めてしまえば、それでいける気がする。だけど友だちであっても、どのみちこれ以上近くには行けないだろう。

今の現状は友だちなんかじゃない。僕はもっとぬめっとしたもので宮子さんに縛られている。僕が女だったらよかった。ヨウちゃんが羨《うらや》ましい。ヨウちゃんと宮子さんの関係が見ていてものすごく羨ましかった。2人だけの、世界があった。男であるせいで僕は特別な何かを期待している、期待していないつもりでも、期待してる、たぶん、押し込めてもくどこからか湧いて出る期待が、それはどちらかというと、カビ、しつこくて醜い、浴室のカビと同じ、いくら掃除をしても奥深くで根を伸ばしていて、僕は自分で自分を苦しめている。宮子さんは、僕の期待を完全に無視して被膜の中にいる。それを感じる度に淋しくなる。でもそれが常に彼女を守っているから、彼女が彼女のままでいられるように。僕には破けない。一緒に守らなければならない気すらしている。

　僕は、彼女の理解者になりたい。誰よりも彼女を理解できる者でありたい。そして彼女からも、一番の理解者はあなただと言ってもらえるような、そうなれたならって思うけど、僕には彼女の心が見えない。あの人は静かに何かを吐き出している、この世に対して、きっと、だけどそれがなんなのか、分からない、たぶん凡人の僕には永遠に。なんで僕はこんなに人として力不足なんだろう。僕は宮子さんにとって、要らない存在だ。頼りにならない、面白くもない、もう会うの、よしたほうがいい。

　どうせそのうち終わる。

10月5日（火）

　最近は夜ご飯を食べたらスタンドの灯りだけで生活するようにしている。宮子さんの部屋にあるようなランプが欲しいけど、まだ探せていないので雰囲気だけ真似してる。薄暗くすると気持ちが安らぐ。それに早く眠くなるのがいい。夜に起きていて考えることは、ろくなことじゃないから。

10月12日（火）

食器を洗って戻ったら、宮子さんが寝てしまっていた。気持ち良さそうな顔をしていた。僕も隣で仰向《あおむ》けに横たわった。色んなことを考えた。宮子さんのこと、これからのこと、明日入っている水平埋伏智歯《ちし》の抜歯のことも。

宮子さんが目を開けて、こっちを見ていた。なんか、自然だった、僕らはキスをした。

10月16日（土）

今日は天気が良かったので2人で散歩に出た。宮子さんは太陽の下がよく似合う。隣を歩いていると、僕に当たるべき光もすべて彼女のほうへ吸い寄せられていく。宮子さんは太陽の光も熱も体内にたくわえて、ぽわっとして温かい。視界も宮子さんの肌の発光によって明るい。心地よかった。僕は隣で、彼女の体を媒介として太陽の恩恵を得ているような気分だった。こんな日が、続けばいいと思った。

だけど宮子さんは僕の心に必ず一点のくもりを残す。ものすごくくだらないことだって分かってる、だけど僕の心はくもる。プレゼントにくれたあの帽子をかぶっていったのに、何も言ってくれなかったことが、似合うなんて言ってくれなくて全然いい、自分でもそんなふうに思ってないから。でも、かぶってくれたんだね、とかなんでもいいから触れて欲しかった。帽子をかぶってきたことが恥ずかしくて堪らなくなった。彼女はまるで自分があげたことをすっかり忘れてしまっているかのようだった。こんなくだらないことでナーバスになるくらい僕は敏感になっている。

正面から見ていれば、宮子さんは本当にいい人で、優しくて、素敵だ。だけど僕はいつも、いや、違うな、僕がおかしい。こういうことを考えても仕方ない、もういい、爽やかに受けとめたい。あいう人なんだ、あの人は。そういうのひっくるめて宮子さんなんだ。きっと僕が一日中ズボンのチャックを全開にしていたって何も言わないよ、そういう人だよきっと。でも相手が僕じゃなかったら？　宮子さんが大好きに思う人だったら？

10月20日（水）

僕らは子どもの頃の話をしようとした。僕の記憶は曖昧だ。人の思い出話を耳にする度に、自分がいかに人生をぼんやりと過ごしてきたかを思い知って哀しくなる。だけど宮子さんも記憶が曖昧らしい。「一緒だね」と言われた。僕のそれと宮子さんのそれはちょっと違うような気がしたが、それでも、共通点のまったくない2人だと思っていたから、嬉しかった。

嗅覚《きゅうかく》、聴覚、触覚、視覚、味覚からひとつずつ連想して記憶を探る、というのをやってみることにした。頭の中で埃の詰まった扉が開いていくのを感じた。それは最初に彼女の店でカウンセリングを受けた時の感覚に似ていた。

僕の嗅覚の話をするばんで、小学生の頃のプールの授業のことを思い出した。それとは別に、昔から引っかかっている匂いがあるということも宮子さんに話した。その匂いのする家には赤ちゃんがいるという印象が自分にはあって、この部屋でも実はその匂いを感じるということを言ってみた。宮子さんは「へえ、なんでかな」と言った。平然と、なんでだろうね、といった具合に。匂いのプロなのに、赤ちゃんのいない家にその匂いがしていると言われているのに、その匂いについて追究しようとしない。その匂いの正体がまったく気にならない様子で、それが彼女の性質だと、僕はもう宮子さんのそんな感じになんとか慣れようと思っている。

宮子さんにとっての嗅覚の記憶は、僕には想像できないものだった。小学生の宮子さんは、横にしたタイヤを3本の鎖でぶら下げただけの至ってシンプルな遊具に座って、鎖をひたすらひねり、足を離すと反動で回転する、という遊びのやりすぎによって目がまわり、気持ち悪くなった。なんとか公衆電話まで行って「帰れない」と家に電話すると、兄が氷を持って走ってきてくれて、その氷を口に含んだ時に鼻の奥に突き抜ける匂いが堪らなく、毎日のように目をまわしては兄に氷を持ってきてもらっていた、という話。すっかり忘れていたと、嬉しそうに笑っていた。ドッジボールで鼻を打った時のような匂いだろうか。違うか。

宮子さんの味覚、というより、子どもの頃に好きだったもの、シャリシャリ凍ったままの茹でシラス。僕は味付けのり。そういえば触覚を探らないまま終わっていた。宮子さんの触覚の記憶、これ、気になる。

11月1日（月）

思い出した、中2の夏の日のこと、あんなこと、あったこと、忘れていた。五感から記憶を探る遊びをやって以降、ぽつぽつと昔のことが思い出されるようになった。

あのコは、野坂《のざか》さん、どうしているのだろう、どんな大人になっているだろう。わりと生々しく、ところどころの景色とか、僕の中の感情も、あのコの表情も、残っている。僕の家を出たところの道で会って、「暇?」と訊かれて「本屋に行く」と答えたら、「私も行く」って、なんでって思ったけど訊けなくて、もうその時から彼女はいつもと全然違う顔をしていて、一緒に歩き始めるけど黙ってる。妙な空気を発散させながら。並ぶんじゃなくて、僕の少し前を歩いてる。歩く速度がどんどん上がって、それが本屋とは全然違う方向で、なのに僕は「こっちだよ」と言えなくて、訳も分からず後ろを歩いて、そしたら土手で彼女は突然立ち止まって辺りを見回した。あのキス、その後の震えるような「ちょっとでいいから優しく抱きしめて」って声、いつもと違うほてりを浮かべていたあの顔、半開きの口、そういうの全部、いまでも不快だ物凄く恐い、体が奇妙な感じで冷えてよじれる。呪いみたいだ。僕が恋を上手にできないのは、彼女が実はもうこの世にいなくて、それで邪魔をしているのだとしたら、だとするならこんなこと書いていたら余計に怒りを買ってしまう。まさかだ、僕を好きだったわけじゃあるまい、少女漫画のようなことをしてみたくなって、手頃なところに僕がいたんだ。

宮子さんとは自然だったはずなのに、関係は曖昧なままだ。自然だったと思っているのは僕だけで、宮子さんは僕のその時の感じを、恐く思ったのかもしれない。

12月6日(月)

このあいだ会話の中で彼女は僕に、「本当は他人を必要としない人だと思うから」と言った。その時は、この人は僕のことを本当に何も分かってないなって思った。そんなふうに自分でも考えたことはある、でもその度にやっぱりそんなことはないという結論にあたった。だけど、宮子さんの言う通りなのかもしれないって気がしてきている。あの人は遠い心で僕に接するくせに、僕のこと簡単に見透かす。僕は他人を必要としていないから素直になれずに、おかしなことになるのかもしれない。力尽《ちからず》くででも宮子さんの心を得ようとしていないのは、僕に他人を必要とする情熱が足りないからなのかもしれない。だって自分に魅力がないことを知っているのに大胆になれるか、僕は身の丈を考えている。

頭で考えていられないほどの情熱、人を必要とする感情だって、あるよ。淋しい、愛されたい、宮子さんじゃなきゃダメだって気持ちは嘘じゃないと思う。そう? 宮子さんじゃなくたっていいんじゃないかな本当は。

魅力ない僕を、変えたいって心底思ってる、けどそれって空を飛ぶくらいに難しいよな!

12月12日（日）

床でまどろんでいた僕に、くっついてきて、「今日はここで眠っていく？」と言った。何かあったのだろう。あの人を淋しくさせたのはなんなのか、誰なのか。

お昼になにを食べたいか訊かれて、牛スジカレーと言ってみた。材料を仕入れるために深夜もやっているスーパーまで2人でずっと歩いた。部屋に戻ってからも、ランプの灯りとカレーの匂いの中で僕らは話し続けた。

出来上がった牛スジカレーは母さんが作るものよりおいしかった。ごはんに麦が交ざっているのも食感を良くしていた。史上最強だと思う。

気になっていることがひとつある。スーパーからの帰り道に宮子さんが言った、以前ウサギを飼っていて、植木の一つがそのコのお墓になっていると。少しずつ木の一部になる、そう言っていた。火葬してから埋めたのか、まさかそのままってことはないと思うけど、「どの植木なの？」と、その流れで普通に訊いてしまえばよかった。あの実のおいしいジャボチカバ、あれがそうだったら、と想像してから、見つめれば見つめるほど、あの木から妙なものが出ているように感じた。随分な量を食べてしまったのに。精霊が宿っていると言っていたガジュマルのほうであってほしい。

12月30日（木）

近づけたと思っていた。また連絡が取れなくなっている。これ以上電話はかけたくない。恐い。僕と宮子さんのあいだには、なんの約束もない。関係を曖昧なまま誤魔化してでも傍にいようとしているのは僕のほうで、本当はこんなのおかしい。僕がまともな、ある程度恋の経験を積んだ男ならとっくにハッキリさせているのだろう。彼女の態度にうんざりして、さっさと別の女に向かうはずだ。別の誰かを傷つけて、この憂さを晴らすことだってできる。せめて独りを恐れない強さを持っていたなら、感情を全部彼女にぶつけて、言いたいこと言って、さっさと自分を取り戻せる。でも僕の生活は淋しくて、宮子さんといられたら楽しい。僕の人生にはどうせ何もない。だからこのままでいい。

寿々音の時よりは、楽かもしれないし。なにを言ってもやっても怒られる、言葉を使うのがどんどん難しくなって、そうじゃない、違う、分かってないって、言われるから。考え方が違っただけだ、あと、言葉の選び方にセンスがないから伝えるのが下手だっただけ、なのに否定ばかり、交際を申し込んできたのはむこうなのに。要求に応えるのはいっつも僕。あの勝手さに振り回されて、それよりは今の宮子さんとのほうがマシじゃないかな。

今日は朝から浴室掃除をした。ピカピカにした。掃除に熱中すると独り言が次から次と口をついて出るのはなんでだろう。自分の中の無意識が溢れ出す、宮子さんに対して抱いている不満のようなものが。

僕みたいなやつが彼女ほどの人に愛されたいと願うのは、愚かなことだと分かっている。宮子さんは、人間らしい感性が豊かというふうには思えない。寿々音のように、それから川西のように。頭がいいとも、正直思えない、けど彼女の持つ勘、というか感覚みたいなものは、本当にすごいし、それに、彼女の背景というか持っている世界のようなものが無垢で美しいように思えて、たぶん僕はそこに強烈に惹かれているのだと思う。彼女を見ていると、僕はほんの少し、自分という人間が恥ずかしくなる。ほんの少しなんてものではないかもしれない。僕は無駄なものにいつも縛られている。あの人は自由だ。

彼女の見ている世界と僕の見ている世界は、同じ時間の中にいても違う気がして、気まずさのようなものを感じることがある。彼女の言っていることの真意がまったく見えないことは、往々にしてある。抽象的というか、彼女の言葉には、いつもどこか核心が抜けているように僕には聞こえる。

核心を避けて、ふわっと周りを囲ったような話し方をする。どういう意味で言ってるの？　って、ちゃんと訊くべきなのに、つい分かったふりをしてしまう。あとになって、なんで宮子さんはあんなこと言ったのだろう、あれはどういう意味だったのだろうってずっと考えてしまうから変な気持ちになる。宮子さんはそういう僕に気づいていて、本当は、蔑んでいるのかもしれない。自分の言葉を理解できない僕を、それなのに分かったふりをして聞いている僕を、不快に思っているのかもしれない。

じゃあ僕の言っていることは？　僕の言っていることは、通じているはずだ。だけど、それが彼女の心に響かない、通じているのに。話している僕は相応の、手ごたえのようなものを得ることができない。大抵そう。わざとかわしているだろうって思えることすらある。

僕らは咬み合ってない、寿々音の時と同じだ、宮子さんは攻撃してこないってだけだ。全部僕に問題があるのだろう。僕がズレてる。どうして人と心を通わせるのがこんなにも難しいの、なんで僕ばっかり下手くそなんだ、心が冷たいのは宮子さんではなく僕のほうなんだ、誰からも心を通わせたいと望まれない、だめだ、こんなことばっかり考えて不健全だ、もう抜けたい、とにかく彼女のことはしばらく考えるのよす。

12月31日（金）

来年の抱負

強くなる。人に優しく、強い人間になる。そして静かに生きる。男としての魅力が欲しい。これはもう、抱負じゃなくて、願い。

1月3日（月）

ポストを見たら、宮子さんから年賀状が届いていた。書かれてあることが去年のものとあまり変わってなくて、それが彼女の僕に対する意思表示に思えた。

1月5日（水）

1人でいるのが辛くて、正月休みは母さんのところにずっといた。母さんには何も言われなかった。別に僕の了承なんて2人は望んでないのかもしれない。図々しく長居できたのも、2人の妙な雰囲気を特に感じることなく過ごせたからかもしれない。というか、なんだか母さんと朋子さんとの関係がものすごく健全なものに思えた。僕の置かれている状況のほうがよっぽど妙だ。今年は神経質になるのをやめる、というのも抱負にしようと思う。明日から仕事、仕事は有難い。

1月9日（日）

宮子さんに演劇に誘われて、行った。友人のやっている劇団だと言われたので、その友人を見たかった。演劇を観たのは初めて。話はまったく分からなかった。登場人物の中に1人、首から上がキリンになってる男がいるのも、どう受け取ればいいのかよく分からなかったし、なんで全員があんなに食うに困っていたのかもよく分からなかった。貧困や、世界の終わりを感じるような要素が描かれているわけでもない。僕が見落としていただけなのだろうか。キリン男は「みんなを喜ばせよう」と、自ら犠牲となる。手遅れなほど喰いつかれてから、みんなに不味いだとか硬いだとか、臭いだとか言われて放置される。僕は文句ばかりの奴らに苛立った。飢えてもう動けないなどとさんざん言っていたのだからせめて最後まで綺麗に食え。

さっきまで笑ったり、つまらない冗談なんかも言ったりしていたキリン男は残飯と化した。息絶えている彼に自分の顚末《てんまつ》が理解できているかは分からないまま幕がおろされるわけだけど、いやな感じだけが残った。

楽屋に挨拶に行った宮子さんは友人に「面白かったよー」と言って、なんだか抱きついた。あいつがキリンをかぶっていた男に違いない。彼によるとキリン男の最期の姿がこの劇の一番のこだわりらしく、3週間ほとんど寝ないであの残飯というか残骸《ざんがい》を作り上げたのだと言っていたが、あれは、ストイックな自分をアピールしたかったのだろうか。

僕には、いやなものを観せられてしまったという感想しかない。周りの人間はひたすらにワガママで勝手、キリン男も望まれてもいないのに、自己犠牲、自己満足。宮子さんがあの話を本当に面白いなどと感じていたとは思えない。抱きつくとか、やめてよ。それに幕が上がる前、宮子さんは2列前の席で振り返った男に対し微笑んだ。相手の男は目を細め、宮子さんを凝視し、頭を小さく下げた。「知り合い?」と訊ねると、「ううん」って言うから「いま笑いかけなかった?」と訊いたら、「目が合ったから」だと言った。そんな人いるか? 知り合いでもない人に、目が合っただけで簡単に微笑みかけるのとか、だけど楽屋で、出演者のひとりが近づいてきて「どうだった?」と話しかけてきた時の態度は少し違っていた。「良かったよ」と答えてはいたが、かすかに2人には変な距離があったように見えた。宮子さんは彼に対して冷たいように感じた。誰にだって人懐っこく接するくせにだ。

キリン男と思われる友人のほうが、今からみんなで飲みに行くけど一緒に行かないかと宮子さんを誘った。宮子さんがそこで初めて僕を彼らに紹介してくれた。紹介とは言えないだろうか、でも僕の背中に触れて「友だちと来てるから、今日は帰るよ」と言った。「お友だちの方も一緒にどうですか?」と彼はさらに言ってきたけど、僕がどう答えるべきなのか考えているあいだに宮子さんが「やっぱり帰る。ね?」って僕を見て、そして彼に「また今度ね」と言った。彼は残念そうな顔になっていた。それは、宮子さんがあの男を抱きしめたことなんか吹き飛ばすくらいに、僕の優越感をくすぐった。そんな些細なことが。僕って簡単だ。2人でタイ料理の店でご飯を食べて帰った。別れる時は少し淋しかった。今日は家に誘ってもらえなかった。

1月14日（金）

意外にも、あのキリン男の話を気に入っているというのは本当のようだ。やたらキリン男の話をしたがる。宮子さんは、彼らが美食家ゆえに飢えていると解釈しているようだった。だとするならキリン男は、自分の味に自信があったということになるのだろうか。僕には考えもつかなかった。彼女の解釈が当たっているのかもしれない。

自分たちが頂いてきた生命の中から次の転生先が決まるなら平等なのにと彼女は言う。つまり、現世で一番多く食した生物が自分の来世となる。それを繰り返す、いつかバクテリアになったとしたら人間に戻ったりするのだろうか……みたいなことを考えたようだ。だったらほとんどの人間がバクテリアと人間を繰り返すことになりそうだと思ったけど、「僕はこのままの食生活でいくと稲か豚かもしれない」というふうに答えた。宮子さんは、やけに真剣な顔で「キュウリかな」と言った。僕はキュウリになった彼女を想像してみた。彼女がキュウリに生まれ変わるのなら、そのキュウリは僕が食べたい。

僕はこの先なにを一番多く食べて生きればいいかを考えた。なんでもいいと思えた。ややこしいことを考えたり孤独を感じずにすむ生物なら。

こんな仕組みはあり得ない。宮子さんのこういう話に純粋に乗っていけない自分がいやだ。感性が乏しいのは、僕のほうだ。退屈させたくないのに彼女を満足させる会話をしてあげることができない。僕なんかより、あのキリン男を演じていた奴と話しているほうがよっぽど彼女も楽しいだろうに。あの男とはどれくらいの仲なのか。
僕は彼女に、キリン男とキリン男を食べた人たちのどっちに苛立ったかを訊いてみた。僕はキリン男のほうに、より苛立った。あれからじわじわと苛立ちが込み上げてきて治まらない。
彼女はどちらにも苛立ちはしなかったと答えた。僕の話がうまく通じていないような気がしたけど、改めて言い直したり、「苛立つとしたなら、どっち?」などとしつこく訊くことで空気がおかしくなったらいやだったので諦めた。ああ頭が変になっている。いずれにせよ僕はもう次は人間でなく、宮子さんみたいな人に育てられる植物になりたい。

1月16日(日)
「劣等感みたいなものは自分を小さくするだけだからさ」と僕に言ってくれたのは原口だ。僕が彼を敬遠していたのは、目をそらしたい恥部を見事に突いてくるからだった。最近になって原口の言葉がよく頭をよぎる。彼は僕のことをよく見ていたんだなって思う。

1月17日(月)
夢の中にチキン・ジョージが出てきた。楳図《うめず》かずお、昔、夢中で読んだな。久しぶりに読みたくなった。今日の帰り、本屋に寄ろう。チキン・ジョージが出てくるのは、たしか、『14歳』だ。『漂流教室』も読みたいなあ。あの世界にまたどっぷり浸かりたい。『おろち』も読みたい。

2月12日(土)
「先生は中身が、表面に見えている姿と違うところがあるみたい」と宮子さんに言われた。前に川西から言われたのとまた同じような意味なんだと思う。

感情ってどうやって表現したら素直になるのか僕にはやっぱりどうしても分からない。僕の感情は生まれつきこん絡がっているのだと思う。かといって宮子さんみたいになにも表現しようとしないまま生きるなんて僕にはできない。だからぎこちない姿になっても、もうそれが自分なんだと受け入れるしかないんじゃないかって思ってる。それが僕にとっての自然体でいるということなのかもしれないと、そう思うしかないのかなって、そんなふうに丁度考えていた時に突然そんなふうに言われたから、宮子さんに打ち明けてみたくなったけど、自分でもまだちゃんと整理できてない中で話しても、変な感じになって、面倒に思われるだろうから、「そうかな」とだけ言った。

あの人は、深く物事を考えていないような顔をして、まるで僕の心を読んでいるかのようなことを不意に言うから、どんなふうにものを見ているのか本当に不思議でならない。

僕が宮子さんのことをどう思っているのかだってちゃんと分かっているのだろう。それで僕をこんなふうに扱うというのも、どういったつもりでいるのか、知りたいけど、知る日が、終わる日だ。

僕は宮子さんを喜ばせることを何も与えられず、愛されなくて当然だ。変わりたいのに変われない。もういっそ、僕を切り捨ててくれたらいい。

しばらく会うの、やめてみようと思う。こんな僕じゃ駄目だ。

2月18日（金）

院長と同じものを見たいと思うようになっていて、ついに8倍のルーペを買った。

2月22日（火）

宮子さんから電話を貰って、会ってしまった。結局僕はあの人の笑顔を見ていると簡単に元気になってしまう。

久しぶりに頭のマッサージをしてもらったら、頭にヘリウムガスを注入されたような浮き感を味わった。考えずに生きたらだめだろうか、変化を諦めて、自分を諦めて、そしたら楽になるんじゃないの、そんなふうにも思う。

3月5日（土）

宮子さんの部屋で昼寝をすると、体の中心が、ごーんと、なんていうか、何かが自分から抜けてしまったようなそんな妙な、幸福感におそわれる。帰りたくなくなる部屋で困る。

3月28日（月）

宮子さんが僕に触れる。手に腕に。それは僕が宮子さんに触れたいと思うのと同じ気持ちからなのか、そう思いたいけど、ただそこにあるから、というだけな気がする。感情がなにも伝わってこないから。なにも積まれていかない。2人で一緒に過ごす時間の全てが僕には思い出でも、彼女にとっては違う。ぽろぽろと底から抜け落ちていく。話をしていてそれを強く感じる時がある。昨日は、前に一緒に牛スジカレーの食材を買いに出た時に僕がしたおばあちゃんの話も、忘れているようで、哀しくなった。これ前にも話したことあるけど忘れちゃったかなって感じることは、そんなのあの人にはしょっちゅうあるけど、さすがにこういうのは、ちょっと、あの話をしたことは僕にとって物凄く大きなことだったし、親身になって聞いてくれていたようだったのに、だから哀しい。

僕との時間を楽しいなんて言うのは口ばっかりで、どうせなにも残ってないのだろう。でも僕はこの哀しみを彼女に知られたくない。態度に出さないように努めている。僕に無関心であることを、宮子さん本人が自覚していない気がするから。もしそうであるなら、せめてそのまま、無自覚でいてほしいと思っている。僕に好意を、僅かでも持っていると彼女が今、勘違いしている状態にあるのなら、そのままでいてほしい。気分で生きているようなあの人の、ぼやっとしたものを明瞭《めいりょう》にしてしまえば僕が傷つくことになる。彼女の感情を揺さぶれるくらいの魅力が欲しい。一緒にいるその瞬間だけだ、少しでも特別でいられるのは。僕のいないところでは、またきっと全然違う心で、僕とまったく関係のない時間を送っている。一緒にいない時間をも宮子さんに縛られている僕とは違ってあの人はいつだって自由だろう。だからそのあいだに僕とのことをどんどん忘れる。苛立つよ、でも今のこの曖昧な関係に、僕はすがり続けるんだろうなって気がしてる。いつか奇跡のようなことが起きないかと期待して、今のこのバランスを保つ。僕の想いだけで保つ。奇跡なんて起きないし、僕の限界は来る。そんなことは分かっているけど、いい。

4月9日（土）

宮子さんが、「無になる時間を作ろう」って、疲れている僕を森林公園に連れ出してくれた。澄んだ空気の中で、悩みも、不安も、道順も、すれ違う人も、頭からはずして歩くのがいいということだった。

僕の不安だとか悩み、それは半分以上、君が原因だって思わず言いたくなった。彼女を通して自分の人間性に気づかされているだけなのに、僕の中にはやっぱり彼女を責める感情がある。無の時間は、君がいる限り得られない。あんな森林公園より、君の部屋がいい。

4月30日（土）

春だけど、宮子さんの体からは梨に似た匂いがした。宮子さんに触れる歓《よろこ》びを、僕はちゃんと伝えられただろうか。風がうるさくて、柔らかいレースのカーテンは何度も膨らんだ。葉を閉じて休息していたねむの木に絡まったので僕はレースのカーテンを束ねた。

細い月が綺麗で、風が雲を流すのを見ながら、僕らは床に転がっていた。僕のこと、どう思っているか、言葉で欲しくなって、どんなものでもいいから何か言ってもらいたくて、そのための方法を僕は考えていた。だけど、理性というか、考える頭の枠を飛び越えて溢れ出すものが、止まらなくなって、体が動いた。彼女の中に抵抗はなかった。自然なことのようだった。いつもよりも優しい顔で僕を見つめてくれた。寿々音の時のように、自意識に縛られながら、男としてしなくてはいけないという思いで一生懸命にこなす行為と違う、最初から湧いて止まらない想いが僕を動かしていた。こんなことを書くのは、でも大切にしたいからこの気分のまま残しておきたい。宮子さんが欲しくて、たまらなくて、彼女の体に飲み込まれていくのが気持ちよくて、僕は自分を忘れていった。夢中だった。僕の動きが彼女の頰を紅潮させているんだって感じたら、胸がしめつけられて、たまらなくなった。僕はたぶんあの姿をこの先も一生忘れることができないだろう。今までの人生の、醜い夜を、すべて洗い流してくれるような夜だった。僕が枯らしたオリーブの木からはいつのまにか新しい葉が出ていて、全部夢のようだった。でも、僕の右腕には確かに宮子さんが描いたヤモリがいる。かわいい。僕も宮子さんのお腹に同じようなヤモリを描くはずが、変な亀みたいになってしまった。甲羅がなくて、しっぽの長い亀。だけど、僕の変な絵は洗えば消えるけど、あの傷は一生消えない。悪い男が昔、心中を迫ってつけた刺し傷。ほんの浅い傷だと彼女は言った。心中と聞いて僕は密室を想像していた、でも彼女は砂の上だったと言った。あの時は、砂の上だったと。どんな状況だったのだろう。砂は宮子さんの血を吸ったのだろうか。訊けなかった。その男が、どうなったのかも。だけど、不思議だけどあの傷が嫌いじゃない。似合っていると思った。彼女ならもっと傷があったっておかしくない。

5月9日（月）

香水の匂いが変わった。このあいだ作ってもらったばかりなのにもう劣化したのだろうか。仕事に行かなければいけないけど体が重い。久しぶりに眠れなかった。僕は、彼女のことを知ろうとムキになっているのかもしれない。自分が分からない。最近疲れが抜けないし、いやになる。朝から愚痴、でもこのノートの中だけだから。

今日も頑張るよ。

5月17日（火）

眩しくて目を覚ました。宮子さんは僕の胸に額をくっつけるようにして眠っていて、その姿が可愛くてもったいなかったけど、起き上がってレースの向こうを覗いた。正面にまん丸い月が光っていた。不穏さを醸すような赤くて重い月ではなく、清らかな白い月で、清らかさが度を越えていて、人工物と疑いたくなるような違和感があった。その光で宮子さんの、むき出しになった腕や足が滑《なめ》らかさを増していた。あの夜も一緒に月を見たから、僕は宮子さんを起こした。並んで、黙って見ていた。しばらくして宮子さんは僕の肩で眠ってしまった。僕のまぶたは薄いから、月の灯りが消えるまで眠れなかった。あの場所は静かで、鳥が羽ばたく音だったり、人間の赤ちゃんがぐずるのに似た猫の声やら合唱する虫の声まで、とてもクリアに聞こえる。その中に時折人間の足音が響くのは異様で、それが向かってくると、身に危険を感じる。

僕はいつまで彼女と一緒にいられるだろうか。

5月20日（金）

左脚を骨折。今朝、駅に向かう途中、雨が降っていて、溝にある格子状の銀のフタに足を滑らせ転倒。道に脚が伸び出していたのだろう、通過した車に踏まれたようだ。大きく転倒したショックでか、踏まれたという認識はまったくない。だけど電車を降りる頃には左脚がパンパンに腫れていた。整形外科へ寄った。警察が来て、現場検証みたいなものをやった。ひき逃げされたんですよと言われたけれど、軽い骨折で済んだわけだし、あんな細い道で足を滑らした僕が悪いともいえるから、正直、大げさなことになっちゃったのがいやだった。車はきっと気づかないまま過ぎていったんだと思いますよと言ったら、車は脚に乗り上げたら気づいているはずですと言われた。運転しないから分からない。

そんな訳で、大幅に遅刻してしまい、みんなに迷惑をかけてしまった。島崎《しまざき》さんのオペが入っていたのに、本当に申し訳ない。

帰りに、軽い気持ちで宮子さんの部屋に寄った。びっくりして、心配して、そして笑ってくれるだろうと思った。だけどドアには珍しく鍵がかかっていた。連絡もなしに行った僕が悪い。お店に電話してみたけど出なくて、帰ってくるまで待とうか悩んでやめた。帰りはわざわざ大通りまで頑張って出たのにタクシーが通らず、地獄だった。両腕も手も脇も痛すぎる。駅に着いた時には汗だくすぎたし疲労も限界で、のり場に停まっていたタクシーに命辛々乗り込んだ。電車で帰る気分は1滴も残ってなかった。僕はバカだ。後悔している。最悪の1日。シャワーを浴びたいのに、ゴミ袋巻かなきゃならないし、考えるだけで疲れてしまい動けない。

5月24日（火）

宮子さんとまた連絡が取れないけど今度はどれくらい空くのだろう。どこかに遠出するとか、そういう予告は一切ない。次にあっちから電話がきた時に、「連絡してたんだけど、何やってたの？」と訊けばいい。

宮子さんが僕を優しいって言うから、その言葉が僕を、がんじがらめにしているような気がする。僕はそんなに彼女から、いい人だと、付き合いやすい人だと思われていたいんだなあ。優しくなんかないくせに。ギプス生活のあまりの不自由さに苛々したりしてるのに。この脚をひいた奴が憎いと思っている。どんどん恨みは増している。クリニックまでの往復と、お風呂に入るのが、とくにキツくて、毎日じゃなくていいから、もちろんいいから、宮子さんが少しでも僕の生活を手伝いに来てくれたら、たぶん百倍頑張れる。むなしい。

僕はこんなバチがあたるほど悪いこと、したのだろうか、痒くてワイヤーのハンガーが必需品になっている。ギプスを毎日取り換えられたらいいのに。贅沢な考えだな。

5月31日（火）

もうこのまま、関係は、ついに終わったのかもしれない。お店に行ってみれば分かる。真実に直面する必要が？

このままあっちから連絡が来なければ、そういうことなのだから、なにも派手に傷つきに行く必要ない。

１人の人間にこんなにのめり込むとか、どうかしている。愛みたいないいかげんなもの、思い込みで出来ているのだから、人生の余興だよこんなものは。愛がなきゃ孤独だとか、どうせどんな環境にいたって孤独って思いたがるんだ人間は。生きる意味なんてものを考えるからいけない。くだらないよ僕は、気持ち悪いよほんと、しっかりしなくちゃだめだ。僕は青井くんになりたい。そういえば彼には少し宮子さんと似たところがある。僕をみじめにするところ、何を考えているのかよく分からないところ、似てる。僕もそっち側に行きたい。

6月7日（火）

車窓からの風景でひとつ気になっているものがあった。それなりに高級そうなマンションの1階で、外に向けて4つのぬいぐるみを座らせている出窓。何かを誘うようで、ずっと異様に思っていた。今日、電車を降りた。なんとなくだった。初めて降りる駅だったけど、そのマンションには、すんなりと行くことができた。出窓のカーテンは閉められていて、中に灯りがついていた。締め出されたようなぬいぐるみたちは真っ黒な目で一点を見つめ、僕と目が合わない。口だけが笑っている。松葉杖《まつばづえ》でしんどいのに30分以上そこに、耐えた。警察官が通ったら、またきっと声をかけられていたことだろう。何をしているのかと訊かれていたら、なんと答えられただろう。通行人やそのマンションの住人が僕を警戒する目で見ていった。なのに僕は動かなかった。誰かを待っているような芝居をしてみせて立ち続けた。それは、もうちょっと見ている必要があると思ったから。でもだんだん本当に自分が犯罪者のように感じられてきて、帰らなきゃと思えた。その時に魚を焼くにおいが漂ってきた。そしたら僕の見ていた出窓に40代後半と思える女が現れて、その窓を開けた。部屋に充満したにおいを外へ逃がすためだろう。あの煙の量は、焦がしたのかもしれない。ぬいぐるみが汚れる。すべて、あまりにも僕の想像からかけ離れていた。彼女の外見も、焼き魚も、煙を外に逃がすという行為もすべて違った。僕は、涙が出ていた。なぜなのか分からない。

焼き魚をもう何年も食べていないということに気がついた。

6月12日（日）

宮子さんの誕生日が過ぎていた。正直忘れていた。やっぱり僕は幻を追いかけているだけなのではないか、宮子さんを好きなんだと、そうやって、想いに浸っていたいだけなのではないのか、38にもなって、愛したり愛されたりできない自分が淋しいから。ここのところ、鉛のようなものが胸の辺りにずっといる。息を吐くたびに沈むような感じがして、たまに腰のほうまで響くこともあって、左脚より生活を邪魔する。なんなのだいったい。

6月14日（火）

昨日の夜、電話をかけてしまった。宮子さんは電話に出た。骨折したと報告したら心配してくれて、今日、僕のうちに来てくれた。ファーンリーフゼラニウムの花がいっぱい咲いていることを喜んでくれた。今の時期にさし木というのをしたほうがいいとのことで、松葉杖では大変だろうからと、近いうちに宮子さんがまた来てやってくれることになった。悔しいけどやっぱり一緒にいると、楽しい。僕って簡単だ。

電話で「何が食べたい？」と訊いてくれたから、僕は「魚が食べたい。焼いたやつ」と言った。宮子さんが持ってきてくれたのは、さわらの西京漬け。焼けてくると、僕の部屋に甘い匂いが充満して、僕はそれを他所に伝えたくて大きく窓を開けた。

宮子さんは初めて見るワンピースを着ていた。色は相変わらず白だったけど。「可愛いね。それも自分で作ったの？」と訊ねたら、頷いた。本当は自分で作ったのではないのかもしれない。でもとてもよく似合っていた。腰のあたりなんかも彼女の形によく塡《はま》っていて、綺麗だった。

食事を終えると、宮子さんが友人から借りてきてくれた車いすで外に出た。車いすを宮子さんに押してもらって、僕はなんだか自分がものすごく大切に扱われているような気分になれた。だから、いけないことを考えた。宮子さんがずっと僕の傍にいてくれるなら、って一瞬、善からぬことを考えた。甘ったれている。本当にどうかしている。最低だ。

思い通りにはいかない、僕がどんなことになったって、彼女は彼女のままに生きる。それぐらい僕らは他人。一人ひとり、人間はいつも、独り。自分の人生は誰かのせいにはできない。夜空が曇っていた。今日はせっかくいい1日だったのに。そう、だから、この数日で考えたことすべて、僕の邪推だったと思いたい。

6月16日（木）

今夜は綺麗な満月だ。あの人は何をしているだろう。このあいだはあんなに楽しかったのに、いま彼女がどこを向いて、何を考えているのか、欠片も想像がつかない。人同士のつながりなんてどれもそんなものなのだろうか。自分がハリボテの世界で生きているように感じられる。毎日話したいのだと求めれば、あの人は応じてくれる気がする、でも心から受け入れてくれるわけではない。僕は困らせたくない、いや、いっそ思いきり困らせて、苦しめて、いまの関係を壊してしまってもいい。あいだに立ちはだかるこの得体の知れない何かを潰したい。その先に彼女の完全なる拒絶が待っていたとしてもだ。

6月18日（土）

気持ちが悪い。「さし木ってどうやったらいいの？」と言ったのは、うちに来て欲しいからだったのに、やり方を説明された。鉢植えもひとまわり大きなものに植え替えてあげたほうがいいと、そんなことまで言う。このあいだは松葉杖じゃ大変だろうからって、うちに来てやってくれるって言ったのに。そこから今日はなにを話しても咬み合ってない感じで、なんでこんなことになるのか、焦りが僕をこじらせた。宮子さんはそんな僕に困っているようだった。2人のあいだには変なものが漂って、それがはっきり形を持つ前に僕は必死で修正しようとしたけど、全然うまくいかなかったから気持ちの悪さが倍増した。こういうときは、いさぎよく帰るほうがよかった。無理して変に粘って、余計にややこしくしてしまった。どう思っているだろう、さすがに嫌われたかもしれない。

このままじゃまずいと思う。もういいやどうでも。

7月9日(土)

ゼラニウムの育て方が載っている本を買った。本屋で軽く読んでみると、やはり植え替えが必要だったみたいで、帰りに鉢と土も買って、リュックにして背負って、なんとか帰ってきた。汗だくのまま植え替えと挿し木をした。ギプスに土がかかって、隙間に入り込んだのが取れない。

7月10日(日)

川西に電話した。電話の向こうで赤ちゃんの駄々をこねる声がして、川西が上手にあやす、その声が優しかった。僕は、いま自分がおかれている状況を話した。「あんたは10代の女子か!」と言われた。僕には全然優しくなくて、「うわ~、なんかそれ、騙されてそーだなあ」だとか、変な女に引っかからないでよとか、そんな感じで言ってくるから思わず、変な女なんて言うなよって、僕を騙したってその人にはなんのメリットもないよとか言い返してしまって、そしたら、「はあ?じゃあ知らないよ。なんで私にそんな話するの?」と突き放された。僕が、だって彼女のこと何も知らないだろと言うと、「知らないよ、当たり前でしょ」って言われて、自分でも何がしたいのか分からなかった。

でも川西の答えは雑すぎて、あまりにも素っ気なくて、しばらく話さないと関係ってどんどん、薄れていくものなんだ。関係っていったって、そんなの最初から何もなかったのかもしれない。扇風機だって返されたし。着払いだったし。その後に空気清浄機送ったのに、そのことに一言も触れてこない。

ひとつ相変わらずだなって思ったのは、「ちょっといまドキッとさせるようなこと言ってみてよ」と唐突に無茶な命令をしてきたところ。そんなの難しくて、考えているあいだに、時間切れと言われた。ほんと色気がないって、だからダメなんだって言われた。

「エッチした？」と直球で訊かれたのにも戸惑った。そんなこと、言いづらかったけど正直に答えた。そしたら何も言わなくなっちゃったからどうしたのと言うと、僕からそんな話を聞くことになるとは思わなかったって、そんなふうに言った。よっぽど驚いたみたいだ。そんなに驚くようなことじゃない。

「尻軽じゃない？　その女」と言われたのが一番いやだった。僕が川西に、宮子さんのこと、「NO」って言わないような人みたいに言ったり、僕は不安定な立場にあるだとか、最初にそういう変な伝え方をしてしまったところがあるから、悪い印象を持たれても仕方のないことなんだけど、それでも宮子さんのこと否定ばかりされると僕は擁護したくなって、ややこしい。だけど、こんなふうにややこしくなっても川西と話していると楽だって、そういうふうに思った。それは、なんだかんだいって、何を言ってもちゃんと会話のキャッチボールが、落っことしたって、その球はちゃんと見えているというか、宮子さんとは、互いの投げる球が見えていないのか、そもそも球がないのかという感じで虚しくなることも多いから。

クリニックの近況を訊かれて、そこからはすっかりそっちの話題に切り替えられてしまった。また赤ちゃんがぐずり始めたので、悪いから切るよと言ったら、「はーい」ってあっさり電話が切れた。僕は、本当はもうちょっと話をしていたくて、「じゃあ後でかけ直す」だとか「いいよ、気にしないで」みたいに言ってくれるのを期待していた。悪い癖だ。宮子さんのこと、話さなきゃよかった。すごく後悔している。川西になんて言ってもらいたかったのか。人に答えを求めても仕方のないことだ。未熟なまま老いていく、原口の言うとおり、本当に僕はきっと、未熟なまま老いていく。

「川西さんはさ、僕のこと男としてどう感じてた？」と訊いたら、「はー？　気持ち悪いそういうの、やめて」って言われた。ちょっと訊いてみただけだ。訊き方をたしかに間違えたかもしれない。

川西から言われて身に沁みた言葉を書いておく。「とにかくその人のことばっかり考えちゃうわけでしょ？」と訊かれて、僕が認めると、

「考えるとハッピーになれるんならいいだろうけど、疲れるんならやめたほうがいいよ。そういうのは、たいていヤバいよ。望みが捨てきれないだけで本当は自覚してるんでしょ？　この恋は違うって」

そうだね、ハッピーになれることもある、でも疲れることのほうが圧倒的に多い。

7月31日（日）

あの部屋の匂いや、安らかな寝顔や、植物が風に反応する音、クモの巣があったりなかったりするあの天井が、好きだ。ここにいられる時間を失いたくないと思ってしまう。手を伸ばせば柔らかくてすぐに浸透する温もりに安心する。夏なのに他人の体温を気持ちいいと感じるなんて思わなかった。僕は彼女を感じている。おとなしく。本当は、むしろ自分の汗ばむ手で、その汗を全部彼女の皮膚に擦り込んで、浸食したい。彼女に僕を感じさせたい。互いに吐き気がおこるまで。

今年はアサガオが異常に多く咲いている。朝と夜に入れ替わる紫と白。連絡がつかなくなる時、彼女は本当にあの部屋にいないのだろうか。いないとしたら誰があの植物たちに水を与えているのだろう、僕に頼んでくれたら、喜んでせっせとやるのに。

8月6日（土）

宮子さんの白いワンピースが、いまここにある。昨日彼女は約束に遅れた。僕は1人あの部屋で

長いこと待たされた。宮子さんの部屋に向かっている途中で連絡が入って、まだ帰れないから中で待っていてと言われた。無頓着なドアを開けて、部屋の灯りを、付けた。そのスイッチを入れるのは、主《ぬし》であるべきなのだ。彼女のいない彼女の部屋は、何か違って見えた。なんとなくゴミ箱や便器だったりに顔を近づけてみたりしたけど、見られているような感じがして、吊られた椅子におとなしく座って待った。宮子さんが時々枕にしているクッションを抱えた。寝不足が続いていたから何度か眠りに落ちたけど、彼女に淋しくて退屈だったことを空気で伝えたかったから、帰ってくる瞬間は絶対に起きていようと決めていた。階段を上がってくる音がしっかり聞こえた。ドアを開けて入ってきた宮子さんは、汚れていた。なんか沢山の色で。クレヨンと言っていた。友だちに付けられちゃったって。いつもより声の調子も仕草も弾んでいた。僕の出している雰囲気などお構いなしで。

落ちるのと心配した僕に、「どうかな、でも、可愛くない?」と彼女は言った。正直、綺麗ではあった。だけど厭だった。腹が立った。笑って許してしまう彼女のことも厭だった。友だちって誰なのか、ヨウちゃんだったらそう言えばいい、僕はもう知り合いなんだし。他にもいるのだろうか、そういう友だち、クレヨン使う友だち。僕が知らない向こう側に、沢山いる友だち。

僕は彼女が眠っているあいだに、勝手にワンピースを洗った。あの汚れを可愛いと言った彼女が、僕にはなんて言うのか知りたかった。元に戻してくれてありがとう、だろう、本当は汚れてないほうがいいに決まっているのに、これはこれで可愛いからいいのだと自分を納得させている、宮子さんはそういう人だろう。もし違って、本当に気に入っていたとしても、僕のことを責めたりはきっとしない。万が一、責めたり、落ち込んだりするのなら、むしろその姿を見たいと思った。どうやって落とせばいいのか分からなくて、漂白剤も見あたらなくて、洗剤らしきやつがひとつあったからそれを付けてこすってみたけど、変に広がるだけで、醜いものになった。混乱して、ひどい汗が出て、巨大な虚しさが襲った。そのまま放り出して帰りたくなった。だけど、彼女は平気だとしても、僕は眠っている彼女を鍵の開いた部屋に残すのは厭だった。ワンピースはゴミ袋に入れて自分の鞄に隠した。朝になって彼女が起きると、今日は用事があるからと僕は嘘をついて帰ってきた。
ゴミ袋から出してみたけど、シワシワで縮んでいて、醜い。

8月7日（日）

「私に何を望んでるの？」と、夢の中で宮子さんが言った。心が痛んだ。人を愛するって、それってどういうことだろう。無理をさせているのだろうか、宮子さんは柔らかい表情でいつも僕に接してくれているはずなのに、後で僕の中に浮かぶ宮子さんは冷めた目をしてる。宮子さんは変なところで優しいから、僕は自分の感情をコントロールするのに苦労する。
「無理をさせてしまってはいない？」と訊いたら、どう答えるだろう。正直な気持ちを知りたいのに、聞きたくない。自分が恐いし、堪らない。つい、宮子さんの気持ちを推し量れない、そういう時の、自分の余裕のなさや身勝手さに、堪らなくいやになる。なんでそうなってしまうのか、なんで宮子さんに甘えてしまうのか、宮子さんは、僕を変えようとはしない。僕を僕のままで受け入れる。僕も脳みそばかり使うんじゃなくて、心で生きたい。彼女のように。やっぱり優しいんだ、残酷な優しさだ。

8月17日（水）

ワンピースのことを宮子さんは何も言わなかった。なくなったことに気づいてないというわけではあるまい。どういうつもりで黙っているのか、もう返すのは、あの汚れを落とす気にもなれない。このままさっさと捨てるべきだ。

8月28日（日）

昨日、宮子さんが誕生日を祝ってくれた。期待していなかった、だからものすごく嬉しい。青い薄手のカーディガンをくれた。ものすごく鮮やかで正直な青。着こなせるだろうか。

ワンピースのことは相変わらず何も言われない。捨てることができずにいる。

9月19日（月）

あの人といると時々、ここにすら書きたくないようなことまでも全部まるごと晒してしまいたくなる。自意識に縛られた窮屈な、弱虫でだらしない未熟な、嫉妬深くて、すぐにひがんで、僕は、それを直せないまま、取り繕うことも下手クソで、隠すことに必死になって、でも、こぼれ出る。それでも隠したい。みじめな自分に直面したくないから。僕は、そういう人間だ。

それなのに、あの人には駄目な姿も見て欲しいなんて、本気でそんなふうに思っているのだろうか。そういう気分になるのは、あの人への酷い甘えだ。そんなだからいけない。あの人はたぶん、人を面倒に思わないのだろう。僕は誤解している、あの人はたぶん本当に優しい。心が澄んでいて、人を悪く思わない。否定しない。僕のねじけた心で見るから彼女を理解できないだけで、もっと純粋に、優しいだけの人なのだ。このあいだ誕生日プレゼントに贈ったネックレスも、着けてくれている。特別気に入ってもいないだろうに。

僕は、こんなのいけない、これじゃあ僕は、キリン男を喰い散らかしたあいつらの醜さと何も変わらない。しっかりしたい。僕のほうが年上なのに。

9月30日（金）

2人でアラックを飲んでくつろいでいたら突然、階段を駆け上がる音がして、恐かった。すぐに勢いよくドアノブを引っ張る音がして、でも僕が鍵をかけていたから開かなかった。特に驚いている感じもなく、宮子さんは僕の顔を見た。「誰か来たね」というような、ただそれだけの顔だった。僕はどんな顔をしていただろう。宮子さんは立ち上がりドアを開けた。ヨウちゃんだった。「色々考えちゃって、来ちゃった」と言った。宮子さんは「連絡してくれたらよかったのに」と言った。そしたら、ヨウちゃんは「だって連絡したら出ないでしょ？」と言ったので僕はなんだか少し嬉しいというか、救われた。急な連絡にあまり対応してくれないのは僕に対してだけではなく、ヨウちゃんにも同じということだろう。そういえば部屋で宮子さんが電話を取るのを見たことがない。というか鳴ったことがない。

3人でアラックを飲み、また飲み過ぎた。楽しかった。ヨウちゃんの、海外で、たしかタイって言っていたと思うけど、ワニをさばいた話は、胃から骨や石が出てきたとか言っていたけれども、あの時は僕も酔っていたし、すっかり信じてしまったが、ヨウちゃんのああいう話はどうも真実味に欠ける。でもヨウちゃんが「適当！」と作りだしたパスタは、ツナ入りのペペロンチーノみたいな感じで意外にもとてもおいしくて気に入ってしまった。

目を覚ましたら、ヨウちゃんが宮子さんの体にしがみつくようにして眠っていた。可愛かったので写真を撮った。2人に見せるのを忘れてしまったので今度見せる。僕は吊るされたほうの椅子で1人で寝てしまっていた。ヨウちゃんは宮子さんに色々と聞いて欲しいことがあったから訪ねてきたんじゃないかと思うのだけど、僕が寝ているあいだに2人は話せただろうか。本当は僕がいいところで退散してあげなきゃいけなかったのだろうけど、帰る気になれなかった。だけど、ヨウちゃんのことが少し好きになれた。僕はそれがちょっと嬉しい。

10月5日（水）

僕は誰かの、かけがえのない人になりたかったのだ。宮子さんからそう思われたら、これ以上のことないけど、宮子さんから離れたっていい、誰かのかけがえのない人になりたい。僕じゃなきゃ駄目なんだって、嘘でも言ってくれる人がいたら、なびく。

10月8日（土）

昨日は笑えた。いやちょっと待ってよと自然に声が出た。大きなミミズが皮膚と背骨の間を這うような、ちょっとその気持ち悪さに、立っているのもつらいから、頭の中で適当に陽気な歌をうたって、体を縦に振りたくてスキップもしたりした。通りすがりの人に笑われるぐらいのほうが羞恥心で紛れると思った、けど誰ともすれ違わなかった。見上げてもないのに月があった。淋しくなって月に背を向けて歩いた。それなのに気づいたらまた道の先に月がいた。歩き続けた。馬鹿らしいことをしたかった。何してるんだ、どうするんだ、ここどこだ、なに哀しみに浸ってるんだ、その容姿でドラマの主人公にでもなったつもりかよ、気どってんじゃねえよ、独り言もじゃんじゃん吐いてうんざりするまで歩きつづけようって。光っている男が高く上げた手を大きく振りながら僕に向かって歩いてきて、あきらかにこっちを見てるから、咄嗟《とっさ》に僕は、へたな逃げ方すると追いかけられると思って角まで行って曲がってから走った。大きな道に出て時計を見たら2時を過ぎていて、タクシーに乗って帰ってきた。自分の冷静さに少し安心している。僕は見たくなかった。だけど未だごちゃついている感情の中に、痛快さのようなものがある。ついに尻尾《しっぽ》の毛数本捉えたと、叫びたくなるような笑いたくなるような、自分でも理解しがたい変な気持ち。

最初は、魂だけ抜け出して自分の姿を見ているのかと思った。男がこのあいだまで僕が乗せられていたのと同じ黒いレザーの車いすに乗っていたから。ドッペルゲンガーを目撃したようなホント気持ちの悪い光景だった。彼があの車いすの持ち主なのだろうか、でも彼もギプスだった。持ち主ではないのかもしれない。左腕と左脚の両方にギプスなんて何があったのか、どうでもいいことだ。

あれは本当に宮子さんだっただろうか、別人だったかもしれない。この世に同じ顔は3人いるのだ。事実、患者さんに先生を見かけましたと言われた所に僕が一度も行ったことがないという怪奇現象だってあった。昨日のあれは、僕らのドッペルゲンガーだったのだ。

もっと嫉妬に狂ったほうがいいだろう。でも案外平気だ。平気ではないけど、思ったより平気だ。昨日は、もやもやしたままカレー味のカップラーメンを食べて、しかも卵入りで食べて、それから布団に入り、そのまま寝入ってた。目覚めもいつもより良かったような気がしないでもない。

彼女はいつもより特別綺麗に見えた。これといって僕といる時より楽しそうだったとかそういうのがあったわけでもなく、いつものあの水のような宮子さんだったけど、知らない誰かといる彼女は、特別な人に思えた。

あの男がこれといって格好よくなかったというのも慰めになっているのかもしれない。関係ないな、むしろ格好いい男であってほしかった。全然似合ってない2人だった。いや、関係ある。たぶん僕はどこかであの男よりは僕のほうが愛されているだろうと信じているのだ、たぶん。だから少し冷静なんだ、信じているのだ、なんの根拠もないけど、僕は彼女が僕のことを大切に思ってくれていると信じたい。あんな男と、セックス、使いづらい言葉だ、しっくりこない、嫌いだ、字の感じとか音も、そぐわないとなぜか感じる。もっと恐ろしい、体を絡め合って、水分を含んでいて、鼓動が高まって、痛みがあって、弱点を締めつけられるような、耳鳴りや無力感に襲われたり、心が空っぽになったりする、だから、ずしっと怠《だる》い名前で呼びたい。だけど彼女との行為はもっと、受け入れられる、包まれる感じだった、なのにあんな男と、ビッチめどんな表情するんだよ、あんな男に体中触られて、なんなんだよ、歯もちゃんと磨かない、ああいう男は大抵そうだ、口を開けると歯石がびっしりで、そこらじゅうが歯周炎とカリエスに侵されてグラグラだ。爪なんかも伸びていて爪の隙間にごっそり垢がたまってる、不潔が好きだったのか？　そうかおまえが切ってやるのか、子どもみたいに扱って、そういう人だ。

なんで声をかけてしまわなかったのだろう。驚かせてしまえばよかった、僕にどんな顔を見せただろう。今までに見たこともない顔が見られたかもしれない。僕のための言い訳も聞けたかもしれない。動揺する彼女の姿が見たい。

「何してるの？　その人、誰？」と声をかけたら、彼女の反応に動揺するのは僕じゃないか、言い訳めいたことを言うのも、今までに見せたことないほどの見苦しい顔を晒すのも僕のほうだったんじゃないか、宮子さんは澄んだままの顔で僕にあの男を恋人だと紹介してきたかもしれない。僕のことは友人だと紹介する、これでやっと明確になった、そうか友人かと。

駄々っ子のように抱きついて、恋人は僕だろう？　なんて言ってみたらさすがに彼女も今までに見せたことのない顔を見せるだろう。いつも穏やかで優しい君が、怯えた目で僕を蔑んで、どうなっちゃうの？　見せてみろよ、一度くらいそういう本気の顔を。ちゃんと分からせてよ僕に、いつだって僕の気持ちを裏切り続ける、もういいよ。なにもかもどうでもいい。彼女はあの時、陰から見ていた僕に気づいていたかもしれない、それでいいと思っているのかもしれない、僕のことなんてその程度、そういうことなのだ。

10月10日（月）

やっぱり、左腕と左脚にギプスの場合、松葉杖は使えないから、彼が持ち主でなかった場合、病院で借りた車いすがあると思う、それなのにあの黒いレザーのやつに乗っていたというのは、どういうことだ？　彼は頻繁に怪我をするような仕事か、あとは趣味なんかで怪我が多いとか、それであの車いすを所有している、とか考えても答えが出るわけじゃないけど、気になっている。

10月18日（火）

週末会うことになっているが、どうすればいいのか。僕とあの人の関係はどうせ恋人ではない。このあいだのことを追及してはいけない。追及する資格が僕にはないのだ。「見たよ、車いすの男と親しげに散歩していたね、あの人は誰？」とでも言ってみようか、恋人と、はっきりそう言われて、そうなったら、おしまいになる。それでいい、そんなもんならいいよそれで、それでいいのだ。

10月23日（日）

ベランダに並んでいた。紫色の雲が限界まで薄く横に伸びていた。桃色の光に感覚が鈍って夢の中にいるようだった。特別な感じがして好きだったこの色の夕方にこれから先いい印象を持つことはない。鍋の中の甘辛い匂いがどんどん濃くなっていった。僕の好物を作ってくれていることには気づいていた。あの日なにも見ていなかったら、「この匂いはもしかしてスペアリブ？　やった」とか、言って、はしゃげたのに。

あの日見たことを伝えるつもりで行ったけど、できなかった。彼女がこんなことを言った、誰かの想像の中でどんなことをされようと防ぎようはない、だから仕方がないことだよね、と。何があって何を思って突然こんなことを言ったのか知らないが僕はあえて強く「厭だ」と言った。愛情を伝えたくなって僕は、自分の愛する人が勝手に誰かの想像で、たとえば都合のいいように操られたりするのは想像といえども絶対に厭だと、彼女に向けて言った。先生はそういうことしないのかと訊かれて、僕はしないと答えた。多少はまあ、あったけど、それは、男だからしょうがないという範ちゅうのものであって、こっちにだって罪悪感はちゃんとあるし。でもそれはたぶん彼女の言っていることとはまた違う次元の話だと思ったし、嘘ではないつもりだった。なのに彼女は「だけど誰の想像の中にも登場しない人間は、誰からも興味を持ってもらえてないってことなんだよ？」と言った。

僕は、「じゃあ僕が宮子さんをどんなふうに想像してもかまわないの？」と軽く笑って言ってみるべきだった。彼女の思いを少しでも引き出せるチャンスだっただろう、後悔している。あの時は「それは、淋しいね」と返すことしかできなかった。なぜなら彼女の言葉で僕は真っ先に、自分が宮子さんの想像の中に登場できているのか、できているとしたならそれはどんな僕なのか、そんなふうに考えて、訊きたくて、でも訊けなくて、だから余裕がなかった。淋しいねと言った僕の気持ちは彼女にどう届いたのか。奇麗すぎるあの目、子どものような無垢さで、僕を見る。感情を読み取ることはできない。いつだってそうだ。だけど僕はそんなあの人のそばにいたいと思ってる、苛立ちと共にますます強くなってる、宮子さんへの想いは僕の中でとても矛盾している。

勝手に僕の中に入ってきて苦しめる彼女を憎いとさえ感じていたけど違う、僕が入れた、彼女を僕の中に。どう思い返してみてもそう思う。哀しいけど、彼女が僕の中に入ろうとしたんじゃない、彼女はただ僕の前に現れただけだ。僕が彼女を選んで、特別にして、入れたんだ進んで僕の一番感じやすい場所に、望んで置いた。分かっていた、そこに僕が欲するものはないってことも、それでも会うことを僕は選んでた、だから今、こんなことになって、僕はそれでもまだ飲み込もうとしている。分かっていてこうなったのだ。

心が全然通じ合えなくても、はぐらかされても、違う時間を生きていても、僕が彼女にこだわるのは、僕が決めていることで、愛じゃないのかもしれない。彼女を好きになろうと決めて、盛り上げて、だから、自然と湧き上がる純粋な愛情ではないのだ。そんな僕に宮子さんは気づいているのかもしれない、僕以上に。だからいつもほんの少し僕を遠のける、そうなのだ。

11月3日(木)

帰るつもりだった。帰ればよかったのに、帰り損ねた。横になっていたら、あの男の前でもこの部屋で、僕の時と同じように、くっついたり微笑んだりしているのかと想像してしまい、胸が苦しくなった。

「宮子さんにとって、他人が特別になる瞬間って、何?」と訊いてみた。返事がないから「というか特別ってあるの?」と添えてみた。やっぱり返事はなかった。最初に「起きてる?」と声をかけた時は、「ん?」という返事があった。眠りの中で反応しただけというのもあるだろう。でも信じることができない。都合よく返事が返ってこないのはいつものことだ。僕の心臓だけが激しくポンプしていて、自分を情けなく思った。彼女の呼吸は安定していて、それがムカついた。

僕はたぶん、彼女にイヤミを言ってみたかっただけだ。人は嘘をつける。答えに意味なんてない。なのに言わずにはいられなかった。だけど、つらかった。恐かった。僕は攻撃する側に立ててない。

香水の匂いがここのところ、ますます変になっている。やっぱり作り直してもらうべきだろう。彼女が何か調合を間違えたのかもしれない。

11月23日(水)

次いつ会うかなんてことは、いちいち僕から口にするの、本当は厭だ。もっと気楽に連絡を取って、じゃあ明日会おうかとか、そうなるのがいい。だけど約束をしないで別れたら、連絡すらいつ取れるか分からない。今日は、僕が言わないでみたらあっちから言ってくれるかどうかを試してみた。帰り際、僕から言うことになった。

言わずに帰って、彼女から連絡が来るのを忍耐強く待ってみるべきだったのだろう。でもそんなことしたら平気で2ヶ月とか放っておかれるかもしれないから今の僕には無理だ。彼女は26日を希望した。僕は「26は駄目だな、次の日はどう？　それか金曜」と言ってみた。しばらく黙ってあの人は、どちらも無理だと言った。「なんで？」と訊くと、ちょっと驚いたような、それを悟られまいとするような硬直した顔になって、その日はもう友だちと約束があると言った。僕は、なら仕方ないねと返した。ものすごく妙な空気になって、どうせだから「誰？」と訊いてしまってもよかったけど、段階をおいてみる。今度また同じようなやり取りをしてみるつもり。どんな顔で、どんなふうに答えるだろう。ああいった空気を恐れてはいけない。関係が悪くなったらもう会わない、元の生活に戻るだけ、ただそれだけだ。明日の夜電話で決めようと言われたけど、ちゃんとかかってくるだろうか、かかってこない気がする。

12月2日（金）

「あの車いすだけど」と言ってみたら、ビックリするくらい声がうわずった。僕の声が。宮子さんが「ん？」と反応したので、「あれ、誰の？」と続けた。「車いす？」と、とぼけた返事をする彼女に対して続けるのは、とても面倒だったけど、「僕が骨折した時に借りてきてくれた車いすだよ」と言った。このあいだ君が誰かを乗せていた車いすでもあるけどね、とまでは言えなかった。「友だちのだよ」と彼女は言った。そんなの前に聞いたから知っている。だからそれがどんな友だちか、男なのか、全部訊いてスッキリさせたかったが、僕はまず、「その友だちは、車いすがない間どうするの？」と訊いた。どうしていたの、ではなくあえて、どうするの、と訊いた。彼女は黙った。僕が緊張しているのは明らかで、だから彼女は僕がただ何気なく訊いているのではないことを察知していただろう。

「その人は、よそで自分の話をされるのを嫌うから、ごめん」そう彼女は言った。予想もしていなかった言葉で、僕は絶句した。あの時、僕はどんな顔になっていただろう。必死に無表情をきめた顔から一番強くはみ出していたのは哀しみだろうか怒りだろうか屈辱かもしれない。あの人はそれを感じ取ったはずだ。あんなやり取り僕だって嫌いだよ、なにも解消されないで、ただ空気を悪くしているだけで、最近こんなことばっかりやってる。宮子さんの哀しそうな顔を見るたびに胸が痛む、本当に面白いくらいぎゅっと胸が絞られるように痛むのだから驚く。

こうなるって分かっていて攻撃しておいて、後には必ず、またやってしまったと思う。泣きたかった、どうすればいいんだ、こんなのやめたい。僕は夢を見ていたい。とことん惑わしていてほしい。その先に何があるか、本当は知りたくなんかないのに、剝がしてる、どんどん剝がしてる、その手が止められなくなっている、いいの？

12月4日（日）

宮子さんを待ち伏せしてしまった。どうかしているよ、だけどあの人はもっとどうかしている。また男と一緒だった、このあいだとは別の男と部屋に入っていった。父親ではないだろう、それにしては少し若い気がする。中で何をしているのか知りたくて裏にまわったけど、1階の住人がベランダに出てきて僕のことを見たまま動かなくなった。変態だとか、泥棒だとか、ストーカーだとか、とにかく怪しいやつと疑われたに違いない。いや、充分、こんなのストーカー行為と言える、気持ちが悪いことをしてしまった。

12月5日（月）

あのあと2人はどうしただろう、あの醜い男の粘ついた舌が、黄ばんだ歯が、年季の入った硬い手が、宮子さんの肌を汚す。だけど宮子さんに不潔な印象を抱けないのは、あの人が持つ、色気ある陰のようなものに、あの深い瞳とか、そういうものが、こういう行動に似合ってしまっているというか、変だけど、自分でもいま何書いてるのかよく分からないけど、でも、納得させられてしまうというか、ふしだらと軽蔑する気持ちよりむしろ僕の中でさらなる魅力として、大げさに言えば、僕はどこかであの人を崇めているようなところがあるのかもしれない。

12月11日（日）

頭が痛い。完全に風邪ひいた。昨日あの部屋のベランダで一夜を明かした。夕方に思い立って、お店を覗きに行ったら宮子さんがいたから、部屋のほうに行ってみた。案の定、鍵がかかっていなくて、それでうっかり入ってしまった。冷蔵庫を開けるとプリンがあって、胸がつかえていたけど食べた。観音開きの箪笥《たんす》の中に隠れようとしたけど難しくて、ベランダに置かれたロッカーみたいなものには余裕で入れた。入ってから20分くらいだろうか、長身の若い男が来て、ベランダでタバコを吸った。彼の手には、僕が宮子さんにプレゼントしている滋養強壮のドリンクが握られていた。

彼がタバコを吸い終えるよりも前に宮子さんが帰ってきて、「久しぶりだね」と言って彼を抱きしめた。彼はとても綺麗な顔をしていて、醜い中年男なんかとは違う、首筋から上品さが漂っていて、そういう人だった。あの人、いったい何人の男を部屋に入れているのか、彼は、飲みほした滋養強壮の瓶に吸い殻を入れた。

部屋の中は全然見えないし、声だって喋っているということだけは時々分かるという程度で、出たかった。すぐに自分のやっていることを後悔した。こんな現実、夢であってくれたらと思った。外に出て、帰りたかった、勝手に泣けてきた、だけどベランダの窓は寒いのにずっと開いていて、僕の入っていたロッカーは歪んでいて開閉の音がけっこう響くから静かに退散するなんてできなくて、もういっそ、どーんって2人の前に姿を現してやろうと何度か思ったけどその後の展開がまったく想像できなくて、動けなかった。

あんなに寒かったのに窓が開いたままだったということは、おそらく2人が何もしてないということだと思う。だけど2人は若いから、寒くてもへっちゃらでいくらでも裸になれるのかもしれない。むしろそのほうが互いの体温を確かめ合えるとかね。

あの彼も、ひんぱんにタバコを吸いにベランダに出てくるくせに窓を閉めないというのは、あの部屋に慣れている証拠だ、僕だって知っている、宮子さんが本当は窓を開けたままにしておきたいことを、知っていて僕は閉める。暑さ寒さのせいじゃない。いつも誰かに見られているようで誰かに聞かれているようで堪らないから閉める。彼は似合っている、見た目も嗜好《しこう》も全部彼女に似合っている。僕と彼女は全然違う。何もかもが違う。そんなことを確かめにいったわけじゃなかった。だったら何をしにいったんだ、帰れない僕は、体力を消耗して、死んじゃうかもしれないって思ったけど、厚着していったのもあるかもしれないけど、植物たちが風をだいぶ遮ってくれていたからだろうか、小さく体育座りしていたら、何度か眠ることもできた。眠ったというより、意識を失っていただけかもしれない。

朝になって宮子さんが植物たちに水をあげた。それから3時間待って部屋の電話を鳴らしてみたけど出なかった。出ないだけの可能性もあるから、でももう辛抱できず、なによりトイレに行きたかった。小さいほうは2回で済んだから、念のために用意していた2ℓのペットボトルで事足りたけど、お腹が痛かった。途中、おみそ汁の匂い、たぶんあの匂いは、もやしのおみそ汁、あの匂いに刺激されておかしくなりそうだったのを必死でこらえて、だけど次の波でもう限界だった。だからもういいや~ってなって飛び出したら誰もいなかった。彼はいつ帰ったのだろう、朝にはもう声もしなかったし、タバコを吸いにも来なかった。

彼女の部屋でトイレをして、わざとお風呂にも入ってやった。トイレも流さないでみようかって思ったけど、見るに堪えず、やめた。浴槽を洗わずに帰るのがせめてもの僕の報復だ。宮子さんだったら気づかないかもしれないけど、気づいても何も気に留めないかもしれないけど、報復。栓を抜かずに帰ってくるほどの勇気はなかった。

もうこんなことやめる。こんな過ちが露呈してもきっと彼女は僕を責めない。静かに軽蔑して、哀しい目で僕を見るだろうか、できることなら昨日に戻って、やめておけって自分を止めてあげたい。ただ辛かった、体も痛いし、明日仕事に行けるだろうか、僕がバカだった。

12月12日（月）

体の痛みと自己嫌悪が治まらない。さっき駅前で久しぶりに「しょうがないよ」おばさんに会った。本当に魔女みたいだ、僕の思考に「え、しょうがないよ」とタイミングよくぶつけてくる。だけど、しょうがないことなんてない。僕は宮子さんを、苦しめたくないし、軽蔑されるようなことをこれ以上したくない。甘えだよ、僕がどんなに愚かなことをしてもそれを僕の愛情の深さだと、彼女ならそう理解してくれるのではないかと、そんなふうにどこかでこの僕は期待しているのだ。

なにが愛情の深さだよ、こんなの違うだろ、僕は自分を彼女におしつけているだけだ。どうしようもない、けだものだ。僕を理解して、僕の想いを分かってよと、おまけには、君を見せて僕だけに、僕だけが君の理解者でありたいと、そんなことまで望んでいる、とんでもなく意地汚いエゴイスト、おまえはそれほどの人間か？

たいした顔でもない、金持ちでもない、心も小さいし、つまらない話しかできないような端から端まで冴えないおやじの分際で、良いところなにひとつ持たないまま愛されようとする。自分を良くする努力もしないで、卑屈になってばかりいて、それなのに特別扱いされたいなんて望むのだから、図々しいんだよ、なにやってんだ？
一回きりの人生を、大切に生きたいと思っていたはずなのに、都合のいい考えばかりで自分を甘やかしている、人の優しさをあてにして、いつまで経っても変わらないこの性分、このままじゃダメなんだ、僕は自分を変えたいんだいいかげん、そうだろ？
宮子さんを諦めればいい。これ以上こだわってもしょうがないことなのだこれはもう。僕らの縁は、僕が無理やりにつないだものだ。人間関係は意地を張ってどうにかなるものじゃないだろう。諦めて、自分を見つめ直したほうがいい。責めるべきは彼女ではなく、自分の乏しさなのだ。僕に魅力があればこんなことにはならないのだろうから。

12月15日（木）
あの日あんなことするべきではなかった、部屋に侵入するなんて犯罪なのだ、自分のやってしまったことを考える度にすごい吐き気で血の気が引く、もう忘れたい。忘れてはならない。忘れてしまったら僕はまた、同じようなことをしてしまうかもしれない。この強烈な後悔を忘れずに生きる。

囚　因　困

12月29日（木）
宮子さんから電話があった。来年もよろしくお願いしますなんて言われた。
違う時間を生きている時に何をしていようが、関係ないといってしまえばたしかにそれでいいような、そういう気持ちになってきた。僕の前で屈託なく笑うあの人、目の前にいるあいだは、それは確実に僕のために用意してくれた時間で、それだけで、嬉しいと思えてしまう自分もいる。それだけでいいはずだ。支配しようなんて、思っているつもりはないけどでも苛立つってことは、やっぱりそれに近い感情を抱いていたってことじゃないの？　相手を尊敬する気持ちがなければそれは愛じゃない。

複雑なようで単純にも感じられる、そんな彼女が僕は好きだ。人として好きだ。宮子さんと出逢った日からこれまで一緒にいた時間は全部、思い出だ。不安に囚《とら》われがちな僕にいつも安心をくれた。彼女から与えられる不安はあるけど、でも僕がもともと抱えていた日常の不安は彼女に出逢ってからあまり感じなくなっていたように思う。宮子さんと触れ合える仲にあるってだけでなぜか心強かった。僕に向けてくれるあの笑顔や言葉のすべてが嘘だとは、思いたくないし、思えない。自然とこぼれているような彼女の思わせぶりな言動は僕を幸福にする、何度も僕は頭の中でなぞってしまう。そんなことだから期待が拭《ぬぐ》えずに掻きむしられるけど、それは、安易に都合よく受けとめる僕の浅はかさが悪い。鍛えられるよ本当に。僕は自分という人間をもっと謙虚に受け止めなければならない。僕は、自分に自信のないわりに人から認められたい願望が過剰で、そんなに認められたいなら、認められるだけの魅力を備えてみろよ。魅力なんて、たしかに生まれつき持っている人もいるけど、自分の生き方しだいで自然と備わってくるものなんじゃないの？

他の男のこととか訊き出そうとするのやめる。彼女のこともっと深く知ろうとするのもやめる。

12月31日（土）

来年の抱負

・人としてこれ以上ないほど柔軟になる

・強く優しくどこまでも
・何事も一生懸命に取り組む
・甘えをなくし、他者に求めない
・余計なことは考えない

このノートを使いきるまでに日記からの離脱を図る。次のノートは買わない。芯から寡黙な男になりたい。

1月3日（火）

お正月なのにフランスパンを食べた。恋に溺《おぼ》れたおじさんは、冴えず、今日も焼けたフランスパンの破片が目に入る。もうフランスパンはカリカリに焼かない。

1月4日（水）

とうとうこの手でぶち壊した。本当に大切だったらできなかった。どうでもいいと、どうにでもなれと、思っていた、わかっていてぶち壊した。よかったのだ。

僕を愚弄しているあの女を、征服したい、でもできないから、これでいい。

聖女面して、無責任に人の感情を振り回す、誰のことも愛せない女。おまえのような心では、愛をいくら貰っても満足できないだろう。永遠に。

望んでないとすら言うのだろうか、愛なんて負担なだけだと思っているとするならなんで拒絶しないのか、そんな生き方は勝手すぎるよ

1月5日（木）

明日は仕事始めだ。明後日からまた3連休になるので忙しくなるだろう。何も考えず一刻も早く眠るのがいい。明日目覚めたら、僕を取り巻く世界がすべて僕の思い通りになっていたらいいのに。

欲張るつもりはないから、昨日だけやり直させてほしい。

1月7日（土）

一番言ってはいけなかった言葉は、いやしい、だろう。「いやしいよそういうの」と僕が言った時の彼女の顔、傷つけちゃいけない人を傷つけた。

あんなに誰かに感情を剝き出しにしたのは初めてだったし、内臓が躍り狂っていて恐かった。だけど止まらなかった。僕らのなんの約束もない関係で、罵倒できる資格があるのか、自分の思いをこんなにぶつけていいものなのか、そういう戸惑いもあったのに、宮子さんがあまりにも僕の気持ちを分かってくれないから手段を誤った。もっと慎重に話し合うべきだったのに、額縁を投げつけてしまった。僕は、あの時とことん嫌われようとしたのだろうか、そうじゃない、その逆だった、なのになにやってんだ、自分の行動全部に反吐《へど》が出る。彼女がどんな生活を送っていようと追及したりしないと決めていたのになにやらかしてんだよな。

道徳を越えているという意識は自分であるのと、僕が言った時、もしかしたら宮子さんは何か言おうとしていた。それが気になっている。

またどうせ訳の分からないことを言ってかわすつもりだったに違いない。どんな答えがあったっていうんだ。他の人に触れてほしくないんだよ、そう思っちゃいけないの、って、そんなことをあの人に言ってしまって、でもどうせ、そんな言葉もそのまま抜けていく。どんな言葉を投げても虚しかった。

あの日は、僕らは最初、本当に楽しい時間を過ごしていた。トムヤムクンの鍋の酸味と辛味のバランスが絶妙だったせいか僕はアラックプトゥリを飲み過ぎる。それがいけなかったのだ。僕はこのあいだ宮子さんを見かけたとつい言ってしまった。いつと訊かれて、10月7日の金曜日だとはっきり覚えていたけど、いつだったかなあなんて、とぼけた。彼女は、声をかけてくれたらよかったのにと言った。僕が、でも別の人といたからさと答えると、「へえ、そうなんだ」って他人事みたいな反応で、そして、そろそろ麵を入れるかを僕に訊ねた。僕は、そうだね入れようかと返事した。麵なんか、どうでもよかった。突然変な踊りでも始めておちゃらけたかった。心臓が壊れそうになっていた。麵の準備を始める彼女を見ていた。僕は、もうこれ以上この話はよそう、そう思った。だけど、宮子さんがお水とかお茶とかを飲むかと訊いてきたので、それが、飲み過ぎている僕を、僕のこの暴走を彼女が危険に感じて止めようとしているように思えて、だから僕は、もう1杯飲んだら自分はどうなるのだろうって、何かを前に進めることができるのではないかと、そんな思いに駆られた。だからもう1杯貰うと答えた。宮子さんはどうするのかと訊くと、彼女は休憩でお水を飲むと言った。強烈な淋しさが押し寄せた。僕との会話に警戒しているから水を飲む。なぜ僕に付き合ってもっと羽目を外してくれないのか、淋しさのわけは、いつもそういう、縮まっていくことのない心の距離を感じるからだ。最初急速に縮めてきたのは宮子さんのほうだったくせにこれ以上は駄目だという線を引いているのも彼女であることへの、苛立ち、淋しさ、それが水を飲むという選択からまたはっきりと感じられたからだ。

台所に行こうとする彼女より先に立ち上がって「僕が行くよ。お水でしょ?」と僕は、お水を強調した。水と自分の氷を用意しているうちに、言ってしまえという気持ちになった。この関係がどうなってもいいやという気持ちと、これを乗り越えたらもしかしたら今よりもっといい関係が築けるのかもしれないという期待、両方あって、賭けのようなものだっただろうか、こんな空気になる前は、本当に楽しかったから、いつも以上に気持ちよく息が合っていたというか、だから、恥ずかしいことに期待のほうが大きかった、愚かな勘違いをしていた、変な自信みたいなものに背中を押されて、僕は、「あの人は誰なの？」と切り出した。

宮子さんは「どの人だろう」って言った。僕は「どの人って、なにそれ」と言った。たしかに小さく言ったけど、聞こえていたと思う。だけど「え？」と訊き返してきた。

僕は、ギプスしてたよと伝えた。そしたら返ってきた答えが「ああ、あの人は、階段の上のほうから落ちて骨折しちゃったんだって」だった。なんでこの人はこうなのだろう、全然答えになってない、だから僕は攻撃するしかなくなる。その人の手を握ったり、顔を寄せ合ったりしてたよねって、そんなことまで言わなきゃいけなくなったのだ。宮子さんは黙ってしまった。僕はテーブルに戻った。だけど黙る彼女の顔を直視できなかった。自分の次の言葉も見つけられず、彼女の言葉を待った。待っているうちに感覚がほどけてきて彼女の顔を見ることができた。顔が下を向いていた。困っているだろう、面倒に思っているだろう、それでも感情を映さない顔、だから、彼女の気持ちを知りたくなる。でもいくら待ってもただ黙っていた。もうこんな詰問やめたかったけど、でも何か言ってほしくて、なんでもいいからちゃんと気持ちを表してほしくて、僕はさらに不満をこぼした、その日電話をかけたのに出てくれなかったと。うちの近くにいたのと訊かれて頷くと、「なんで？」と言われた。ちょっと渡したいものがあったからと僕は答えた。ぐつぐつとアピールを続けていた鍋に彼女が麺を入れた。麺を入れるんだ、と思った。そのまま鍋が干からびるのが一番自然な状況のはずなのに。そして僕に、何を持ってきてくれていたのと訊ねた。

そこまで考えずについた嘘だったものだから動揺した。なんだったかなあ、失笑しながら僕は、患者さんから貰った生魚だったっけ、そう答えて、もう別の友だちにあげちゃったけどなんてどうでもいいことまで言った。別の友だちなんてものを登場させたのは、つまらない僕の見栄みたいなものだ。

彼女は、「そっか、残念」なんて言った。僕が、声かけたほうが良かったのって訊いたら、「うん、どっちでも」と言った。やめておけばいいのに、口を開かずにはいられない、「なんかさ、付き合い方が、なんて言うか、難しいよね」みたいなことを僕は言った。つまり、この付き合いを友情とも恋愛ともはっきりさせてくれないよね、というクレームだけど、こんな曖昧な言い方になって、でも精一杯だった。だから彼女に正確に伝わったかは分からない。宮子さんは麵を取り分けていた手を止めて、僕に、ついに、「ごめん、今日は、これ以上一緒にいるとよくないと思うから、帰らない？」と言った。僕は精一杯の強がりで、うん、そうだよね、と返したけど、涙をこらえるのに必死で、頭がぐらぐらでうまく立ち上がれずにいた。「帰らない？」と言われて、恐かった。恐いだけじゃなくて、それを上回るくらいに僕は、悔しかったのだと思う。やけになった。他にもいるでしょ、と言った。彼女は、「なにが？」って言った。なにがとか、いちいちそうやって話がスムーズにいかないことに僕は、物凄く苛立っていた。他にも親密な関係のやつがいっぱいいるんだろーが、と言ってやりたかったけど、ここでは、そんなふうに具体的に口にするのにためらいがあった。こんなことになっていても彼女への遠慮があったのか、それともそんなことを言ってしまう自分がイヤだったというだけなのか、なぜあの時ためらったのかはちょっと分からない。

またも続く長い沈黙に、うんざりした。なんで黙ってるの、何か言えばいいじゃん、と言った。そしたら、「なにを言えばいいか分からない」って。語気を強めるでもなく、こんな時でも、いつものように凜と涼しげな声で、それが淋しかった。「なんで？　本当のこと言えばいいよ」と言ったら、「何を知りたいの？」と言われた。やっぱりそこにも焦りはなく、怒りもなく見えて、彼女はただ僕の思いを聞くためだけに向き合っているみたいな様子でしかなかった。なにをどう答えたらいいのか分からなくなった。次の僕の言葉一つで先の展開が大きく変わる、どの言葉を選んでも予想はつかなかった。「どういう関係？」「体の関係は？」「僕のこと好き？　あの人と僕、どっちのほうが好き？　別の男といるのも見たよ。あの綺麗な顔をした若い男は誰？　どんな関係？」訊けるわけないし、訊いたってしょうがない。じゃあなんで僕はこんな攻撃をそもそも始めてしまったのだろう。

僕は、全部だよと答えた。彼女はまた黙った。僕はその沈黙に耐えられなくなって、なんで黙っちゃうの、本当のこと言ってくれたらそれでいいからさ、とまた同じように伝えた。僕はこの時、この人はなんで本当のことを言わないのだろう、言えばいいのだ全部、そんなふうに思っていたけど、彼女は、僕に言えないのではなく、言うつもりがなかっただけだったのかもしれない。そんなことなんでおまえに説明してやらなければならないのかと内心では呆れていたのかもしれない。鈍感な男だな、さっさと帰れと言っているのが分からないのか、おまえに説明するべきことなど何もないのだから早く帰ってくれよ、って。それなのに僕は、勘違いして、ありもしない権利をかざして大暴れ。あの時、宮子さんは僕にどんな感情を抱いていたのだろう。本当に、この愚行、なかったことにしたい。時間を戻したい。まただ、いつの間にか、こんなふうに考えてばかりいる。その日の日記を破り捨てると、書かれている出来事が僕の記憶からだけでなく、世の中からまるごと消滅する。なんてことが、あったならば。

宮子さんは今頃、どう思っているのだろう、僕のことなんて、何も考えてないかもしれない。僕のことなんてもう、なかったことにして、別の時間を生きている。完全に引いているだろう、僕のことなんてもう考えたくないだろう。思い出したくもないに違いない。どうせならせめて、きれいなかたちで別れたかった。それが一番の後悔だ。あんな醜態をさらすべきじゃなかった。僕と会わなくたって、あの人の世界は進んでいる、順調に、あたりまえだ。

1月8日（日）

　あの時僕は本当のことを全部知りたいと言った、それなのに宮子さんはさんざん黙った挙げ句の果てに「また今度ゆっくり話そう」なんて言った、僕はこのまま帰れないと思った。ひどく気まずい空気のままで帰りたくなかった。ちゃんと話がしたかった。僕が自分の気持ちをちゃんと説明できれば、宮子さんの思っていることを訊き出せれば、互いに理解し合えて状況は好転するかもしれない、そんな細い希望めがけて進むしかなかった。だから僕は、そうやっていつもとぼけてばかりいないでちゃんと話してよと言った。とぼけたりなんかしてないよって言ってくる、どういうつもりか、だから僕は、だったら今のこの状況はなんなのかと訊いた、そしたら「ごめん、どうすればいい？」と言ってきた、それで、宮子さんがいったい何人の男とそういう関係なのかとか全部知りたいということを伝えたけど、「そういう関係？」ってまた言ってるから、僕は無視をした。そしたら「どうしてほしい？」なんて訊いてきて、質問してくる前にこっちの質問にひとつくらい答えろよと言い返すくらいのことをしてもよかったが、失笑するにとどまり、「どうしたいって、言ったらそうしてくれるの？」とイヤミを言ってやったのだが、「先生は大切な人だから、できるだけ先生の思いには応えたいけど、できないこともあると思う」と、あの女はなんだろう、どんな神経を持てばこんなことが言えるのか、大切って、バカ言うな、

　僕は、「何人いるの？」ともう一度訊いて、あの人は「大切にしたいと思ってる人は、先生を含めて、たくさんいる」って、だから、いやしいって言ってしまった。

　僕らの関係は、宮子さんにとって、大切という感情だけで結びつけられた曖昧なものであること、それがついに明確になった。そんなもの、心底嫌気がさす、大切なんて都合のいい言葉で何人もの人間の心を縛りつけていいわけない、でも、いやしいなんて言葉は、使うべきじゃなかった。彼女の顔の変化が、見て、つらかった。はじめて見る彼女の顔だった。どういう気持ちでああいう顔に

なったのか分からない、傷つけたことは間違いない。僕はそれでも、「なんでそんなことになるの？」だとか「君が全然分かんない」だとか言ったと思う。目的はなにかとも訊いた。「ないよ、目的なんて」と言っていた。たぶん本当にないのだろう、彼女の中に。目的があってくれたほうがまだ納得できる。

どう言ってけしかけても、この人ととことん話し合うなんていうのは不可能なのではないかと気づいた。もどかしかった、虚しかった。僕は額縁を投げた。正確には、壁に額を投げつけたかたちになった。子どもじみていたけど、彼女の心を見たくて必死だった。妙な冷静さもあった。こんなことしちゃったよ、って。だから額縁の角が刺さって壁に穴が空いたのも認識している。怒りに我を忘れて投げたわけでは決してない。だけどあの人には、危ない人だと思われてしまったかもしれない。やめてよだとか、なにするのだとか、もっと感情的になって言ってくれればいいのに、そんなことをしてもあの人は何も言わなかった。ちゃんと心を通わせたい、それだけだったのに、どうして物事はいつだって想像しているとおりにいかないのか、涙が出て、宮子さんもいつのまにか泣いていた。なんで泣くのか、なんのための涙なのか、あの人自身、分かっていないように思えた。不思議だったのだろう、こんな男のことでなぜ涙が流れるのかが。僕はひたすら泣きながら、心の読めない彼女の顔を見続けていた。その姿はきっと滑稽《こっけい》で、誰かが覗き見ていたなら笑っていただろう。

何か弁解してほしかった。僕を帰すことで鎮静させるのではなく、少しでも言葉で納得させようとしてくれたっていいだろう、得意なはずなのだ、口から甘い嘘ばかり吐いて、人をたらしこんで、生きてる。あの人のいいかげんな態度と中途半端な優しさが嫌いだ。

「どうすればいい？」と、言ってくれたけど、わきあがる涙で僕は声が出なくて、抱きしめられた、君のせいで泣いているのに、でも温かくて、柔らかい肌に甘えたくなった、すがるように泣いた。

このまま今日を何もなかったことにしたい、そう思った時、「先生とはもう会わない」と宮子さんが言った。なにも言い返せなくて、やっぱり今の全部冗談とか明るく言ってみようかとか真剣に考えたけど、僕は彼女の体から離れて部屋を出た。

どうせこんなことになってしまうなら、もっと早いうちに彼女の僕に対する気持ちとか、きちんとはっきり訊いておくべきだったのだと思う。出逢ってすぐの頃だったら、もっと簡単に引けたと思う。たとえ会うことを選んだとしても、もうちょっと楽に考えられていたかもしれない。ほんの少しの喜びを養分にして期待が育っていくのを、止められなかった。僕は自分を心底、アホだと思う。結局こんなふうになって暴れて、大事なものをぶっ壊した。

まだこうやって、大事なんて言葉を使ってしまうことが、おかしい。大事だったんじゃん、だったら、おとなしくあの時間を守ればよかったよ、僕の大事と彼女の大切は、同じだろうか、大切って、本当に思ってくれていたのだろうか、どれくらいの思いを大切というのだろうか、そんなものは信じることができない。だけどあの時間を取り戻せるなら、彼女の想いがどんなものであっても、いいじゃないか、いやムリだ。

彼女はたぶん、僕の気持ちを全部理解していた。理解していたからこそ終始あんな態度を取ったのだ。今となっては、そんな気がする。

彼女の部屋を出てから、しばらく歩いた。どこをどう歩いたかはほぼ記憶にない。一人になって気が抜けて、完全に酔いがまわったのだろうか、途中でイタチのようなものを見かけたことは覚えている。でもたぶん前にヨウちゃんと3人で見たやつとは違う。だって体が異様に長かった。前に見たのも長かったけど、それよりももっともっと長かった。

僕はどれくらい酔っ払っていたのだろう、あの日の彼女の様子をもっと具体的に思い起こそうとするんだけどとてつもない不安が押し寄せてきてもやもやする。僕は都合よく忘れているだけで本当はもっと酷いことをいっぱい言っているのではないだろうか、所々、記憶に自信がない。色んな感情が入り乱れていたのだからというのもあるとは思うけど、どこかで自分の都合のいいように塗り替えているのか。家にどうやって帰ったのか、タクシーに乗っていた時のことは断片で残っている、どこで乗ったのかは、覚えていない。たぶん僕が彼女に電話をかけたのは、イタチのようなものを見た後からタクシーに乗るまでのあいだだろう。僕を抱きしめてくれた時、彼女がガラスを踏んでしまっていたのじゃないかと気づいたから電話した。そのことにその場で気づけなかったのは、やはりそれだけ僕が酔っていたからではないかと思う。散らばったガラスの上を彼女が歩いてくるのが視界に入っていたらさすがに危ないよって思えるはずだけど、でも実際、僕の足にガラスを踏んだ形跡はない、本当にガラスは割れて散らばったのだろうか、あんな状況で僕はうまくガラスをよけて歩いたのだろうか、ありえないと思う。

宮子さんは電話に出てくれて、僕は額を割ってしまったこと、割ったのは僕なのに掃除もせずに出てきてしまったことを謝った。壁に穴を空けてしまったことについては、なんとなく触れることができず、気づいていないふりをした。声が、優しく聞こえて、僕は愚かにも、戻ってきてなんて言ってもらえないかと期待した。本当に僕は、些細な優しさにすぐに喰いつく、蹴り飛ばすくらいしてくれないと実感できないどうしようもないほどのアホ、ドアホ。

僕は、僕だけじゃ駄目なのかって、まだそんなことを言おうとしていた、だけど言えなくて良かった。僕は謝りついでに、魚を渡すために部屋に行ったなんていうのは嘘だと、宮子さんが何しているのか気になって見に行ってしまった、と言った。宮子さんはなぜか、「うん、ごめんね」と言った。僕はそれが苦しくて、本当は部屋に侵入したことだってあると白状しそうになったけど、さすがにそれは言えなくて、でも、軽蔑してよ、最低って怒ってよ、と言った。そしたら、怒れないよって、軽蔑されているのは私みたいだから、って。僕は、違うよって、そんなふうに思ってないよって言えなかった。宮子さんは、「先生に喜んでもらえるような生き方をしたいけど、できそうにない」と言った。僕は、なんでそんなずるい言い方なのかと責めた。ちょっと常識では考えられないよとか、道徳を越えてるって意識は自分にあるのかとか、また始めてしまった。彼女が何かを言おうとしたことに気づいたけど、僕の口が先にもう、「普通じゃない」と、動いてしまっていて、だから僕はいま何か言おうとしたのかと訊こうと思ったけど、彼女に「どう生きるのが普通なの？」と訊かれてしまい、それは分からない、と言った。あの人は、自分に心を許してくれる人を自分から切り離すことはたぶんできない、分からないと思った。僕は、それはどういうことかと訊いた。説明しても分かっては貰えないと思うと言われて頭にきたので僕は、人を拒絶できないってだけでしょと言ってしまった。宮子さんは少し黙って、そして、そうだねと言った。僕はさらに、偽善じゃないのかと言った。彼女は、自分の感情を分析したことがないのだろうか、それとも無垢を演じて逃れようとしているのか、まるで初めてそのことについて考えるみたいにして、ぽつぽつ答えた。良く思われたいとかいうことでもたぶんなくて、ただ自分は大切と思える人のために時間を使いたいと、それに、大切と思える人が多いほうがいいと。

なんだそれ！　と笑ってしまいたい。彼女は、終わりがないものはないってことも、ちゃんと分かっていると言った。私が私でいるために決めたことだからとか言っていた。僕は彼女の言っていることがよく分からなかった。分かってもらおうとは思わないと言われた。哀しすぎて、僕は素直に言った、他の人に触れて欲しくないって思っちゃいけないのって。そんなこと言わなきゃよかった。

「私が先生に甘えすぎたの。傷つけてしまったなら、ごめんなさい」これが、彼女の僕に対する決定的な別れの言葉だ。この言葉の示す意味は僕にもすぐに分かった。僕も別れの言葉として、そんなので宮子さんは幸せなのかと訊いた。「うん。幸せだよ」という答えが返ってきた。分からないとか言うだろうと思っていた。なのに結婚を決めた時の川西よりもはっきりと幸せを口にした。僕は自分が幸せとあんなふうに言えない。幻だったけど、宮子さんとの楽しかった時間が唯一、幸せだったと言える。僕が欲張りなのだろうか、幸せですかと街で手あたりしだいに訊いたなら、いったいどれくらいの人があんなふうに幸せだと答えられるのだろう。幸せでないと答える人の生活を覗いたら、僕からすれば幸せに思えるかもしれない。僕の生活も誰かから見たら幸せなんだ、たいした不幸に直面しているわけでもない、逃げ場を失っているわけでもない。自由もある。欲しいものが手に入らないというだけで、人生が自分の理想通りにならないというだけでそれを簡単に不幸だと感じてしまう僕のこの考えこそが僕を不幸にしている。

「一緒にいられて楽しかった」と宮子さんに言われた。「僕もだよ」って、そう口に出して、もっと哀しくなった。僕じゃなくてもいいくせに、僕には君しかいないのに、君は違う。

もう電話を切るべきなのだと分かったから、僕は潔いふりで電話を切った。「それじゃあ、元気で」「先生も」それが最後の言葉。もっともっと宮子さんに自分の不満をぶつけたいと思った僕は、いったい、なんなのだろう。

一緒にいられて楽しい、それだけでよかったのかもしれない。付き合っていたわけでもない、約束を交わしたわけでもない、それなのに彼女の生き方を否定して侮辱した。ガラスを踏んで痛んでも僕を抱きしめてくれるような人なのに。おかしいのは僕だ、僕は恋にいったい何を夢見ていたのか、彼女は僕なんかといて、何が楽しかったのか、僕には彼女を楽しませることなんてできなかった。それなのに一緒にいてくれた人、僕といて楽しかったと言ってくれた人、あの日をやり直せるのなら、僕はおとなしくあのまま余計なことなど言わずに、楽しいままでトムヤムクンの麺を食べて、楽しいままで

何がしたかったのか、何を知りたかったのか、何を手に入れようとした、いまほんと後悔しかな

い

1月9日（月）

こんなままでいてはいけないと分かっている。僕は生活を取り戻す。

1月13日（金）

電車の中、隣に立っていた若く綺麗な女の人の腕時計のリュウズ脇から、なぜなのか、陰毛と思われるうねった毛が元気に飛び出していた。卑猥《ひわい》だ。今日もこれにより、宮子さんを思い出す。彼女のことは早く忘れたい。

1月22日（日）

彼女は、情が深すぎて人を簡単に好きになれてしまう、ということなのかもしれない。僕は、人間嫌い。そのくせ優しくしてくれる人には弱い。僕のほうが間違っている気がする。

人間を容易く好きになれるということは、素直な心で他者に敬意を持てているからで、それってすごく純粋で美しいことだ。頭の汚れた僕とは違う。宮子さんに出逢うまで、植木のひとつもろくに育てられなかった僕と、あれだけの種類の植物を大切に扱える人とでは、能力というか、エネルギーというか、それって愛の大きさも違っていて当然だ。

彼女はもう、ガラスを片づけただろうか。片づけたに決まっている。あの壁の穴をどう思っているだろう。今となっては、あの部屋に自分の痕跡《こんせき》を残せたことが正直、嬉しい。

1月26日（木）

虚しい。今晩も眠れないだろう。こんなに疲れているのに。僕は今だけ、ちょっとどうかしている、大げさに感傷に浸ってみているだけだ。だって今になって悔やんで悩んだところでどうすることもできない。もう終わってしまったのだから。

しっかりする、大人だから。仕事に障ります。だけどどうしても楽しかった時間が惜しくて、僕は彼女に感情をぶつけたことを悔いている。あの人といて本当に楽しかった。それだけでよかった、僕が彼女の状況に目をつむれば、まだ一緒にいられる？　やめようそんな考え。できないだろう、そんなこと、いやだねほんと、しっかりしないと。

前にそば屋に行った時、彼女はハマグリそばを食べて、僕は天ざるを食べた。胃がもたれていたくせに、なんか天ざるを食べるほうが男らしく感じてしまって無理をした。そんなでも僕は、楽しかった。ハマグリそばが美味しそうだった。「食べる？」と言ってくれたのに、僕は大丈夫だと断ってしまった。そこに悔いが残っている。最近の僕だったら、もっと素直に食べると言えただろうに。あのハマグリそば、あの麻布十番《あざぶじゅうばん》のそば屋に、食べに行ってもいいけど、それで何が変わるのか、それにああいった店には、１人では行けない。彼女の存在によって僕は、まるで世界から安全を約束されているような気持ちになっていたようだ。

安全なんて気どった言い方をして、ようするに、勝者になったような気分でいたということだ。こうなって１人、外に出れば、僕は相変わらずの僕で、脳から汗をかく。

たくさん笑った。心が通じ合っていたことだってあったはずだ。あんなに優しい人はいない。そう思うのは間違っているだろうか、真の優しさってなんだろう、僕があの人を優しいと感じるのは、きっと僕に根付いた甘えが原因で、呆れる。正しく生きるって、なんだ？

2月2日（木）

まったく駄目な人間になっている。出逢わなければよかった。出逢いが、僕の退屈な人生を、乱して、より虚しいものにする。約束のない帰り道、これから先ずっと。誰からも愛されない僕という人間。元の生活に戻っただけだというのに

2月4日（土）

人生、うまくいくほうが稀《まれ》なのだ。1人の女が人生のすべてになるなんて、それは僕の人生が他に何もないからってだけだ。ちゃんと1人で上手に人生を楽しめないからこんな気持ちになるのだ。
この歳にして、なんてすかすかの人生だろう。僕が人生をもっと豊かにするための努力をしてきていれば、今回のことなんてひとつの通過点でいられたはずだ。何もない、こんなつまらない男を誰が愛すというのか、ということ。

2月9日（木）

歩いていたら、ちっちゃい犬に、邪悪な心を見抜かれて、吠えられた。恥は僕をがんじがらめにするけど、それは時に、僕の暴走を止める助けとなってくれているような気がしている。もう誰にも嫌われたくない。

2月24日（金）

月日が経てばあの人のいない日常にも慣れて忘れていくだろう。僕の感情なんてそんなものなのだどうせ、いまを越えれば楽になれる。彼女のことなど本当は愛してなんかいない。傍にいて居心地が良かったから、こんな煩わしい僕を受けとめてくれるから、だから一緒にいたかっただけだ。

正しい愛というものがなんなのか分からない。みんなだってそうではないのか。人を好きになるのは、1人ではとても生きてはいけないから、誰かに傍にいてほしい、しかも誰でもいいってわけじゃない、望むのは、自分が認めることのできる相手に、認められること。贅沢と言われようがなんだろうが、誰でもいいってわけじゃない、それが本音だ。

宮子さんの態度を見ていたら、好きな人を独占したいという気持ちのほうが間違った考えなのかもしれないと、思えなくもないから、分からなくなっている。僕は自分の考えを支持できない。いつだって自分本位なエゴイストだから。なら、思いやりのある人間から見たら、こういう宮子さんみたいな人ってどうなのか、なんかもう何も分からなくなった。

淋しいって感情がなかったら、愛を求めなくても生きていけそうな気がする。僕は、そんな考えだからいけない。情熱が欲しい。がむしゃらに生きて、朽ちたい、とか思う。

3月7日（水）

今日は仕事に没頭することができた。爽快だ。僕はもう、仕事人間になる。それが一番良いのだ。まずは自分の生き方に自信を持とう。いいかげん、自分を好きになってあげたい。会わなければ忘れる。そのうち想いも消える。

3月15日（木）

僕は気づいたら電車の座席の下にいた。寝転んだ状態で、はまっていた。目の前に脚がたくさんあるから、ラッシュ時だということがすぐに分かった。僕は焦って身を細くした。なぜこんな所にいるのか理解できなかった。純粋に困った。誰かに気づかれたら、その時は痴漢だ変態だと大騒ぎになる。その前にどうにか抜け出す方法、もしくはこの状態を許される言い訳を見つけなければならなかった。いや、あれは気づいたのに気づかないふりを決め込んだ人も中にはいたのではなかろうか、僕が危ない奴だから。そこから抜け出せないまま目を覚ましてしまった。
僕はどうすればあそこから抜け出せただろう。何事もなかったようにぬるりと這い出ることはまず不可能だっただろう。最大限に身を細めたまま終点を待つしかなかっただろうか、いや、人が減ってきたら絶対に目立つ。そうなったら、体を転がし、捜し物でもしているような素振りで誤魔化すことができただろうか、無理だろうな。捕まっただろう。それにしても体が痛い、目覚めたときはたしか、ベッドの隅で壁にへばりついていた。実際に身を細めて緊張させていたのだろう。虚しい。

3月28日（水）
最近また近くにいる人が咳き込んだり鼻をスンスンいわせたりするのが増えた。今日は隣に座ってきた女が隣の車両へと移動した。あの人の香水はもう駄目だ、すっかりおかしくなってしまった。やけに人の視線が気になる。そんなわけないと分かっているのに、みんなに見られている気がして、笑われているような。1人の人間にも愛されないのに、周囲の耳目を集める、そんなわけない。耳目というより鼻目だしな！

4月4日（水）
ずいぶん久しぶりに、スーパーららへ行った。宮子さんに会うかもしれないと思うと、心臓が激しく動いて、それは、恐いのと、期待が、入り乱れたもので、ものすごく疲れた。無駄に疲れた。ヨウちゃんの姿もなかったけど、辞めたのだろうか。引っ越したい。

4月5日（木）

だるさが抜けない。もう会えない。偶然会ったとしても、そして挨拶くらいはできたとしても、もう触れてはならない。僕はまだ、あの人の、あれこれにもう一度触れたいし、見たいし、こんなこと、川西なんかに読まれたら悲鳴をあげられる。読まれる機会なんて一生訪れないだろうけどな。

でもあの時僕は、無防備だった。自意識とか、自己嫌悪みたいな、そういったものからいっさい解放されて、無防備だったと思う。特別なのだ。思い返すだけで、こうして涙が出てくるからどうしようもない。どうして宮子さんは僕をそんなふうにできるのか、あんな女なのに。なんであんなにも気持ちよかったのだろう。行為そのもののせいじゃない、それももちろんそうだけど、だけどあの感覚は、受け入れられる、とかそんなもんじゃなく、許される、そうだ、許された感じ。自分という輪郭が消えて、なにもかも、柔らかく溶け込んでいく、僕はその中で永遠を望む、この熱が永遠と最もかけ離れたところにあるものと、分かっている。だからこそこんなにも神経が研ぎ澄まされて快感を得られるのだと分かっている。あの、はりつく滑らかな肌がまだ想起できて、でも消えてしまう一瞬で。虚しさにおそわれる。彼女は今もどこかで存在しているのに僕は会えない。あの人は僕の心を楽にしてくれる。あんな女でも、これは理屈ではないところでそうなのだ。

4月6日（金）

お米が切れていたし、またスーパーららに行ってしまった。ヨウちゃんがいた。レジにいたから帰ってきてしまった。お米を買いたい。宮子さんのように料理に合わせて大麦を入れたり、赤米にしてみたり、寝かせ玄米にも挑戦しようと思っているのに。僕はもう、あの人のせいで普通では満足しない。

もしも、偶然宮子さんに会ったら、僕は普通に話せるだろうか、それくらいできないとな、そうする。

5月8日（火）

懐かしさで大人買いしたままになっていた楳図かずおの漫画を全て読了。『洗礼』も『おろち』も『漂流教室』も、やっぱり全てが最高。人間って、なんだろう。

宮子さんのことを考えないようにして過ごすと決めていたので、日記を開けずにいた。近況報告としては、太った。何かを強く堪えたら、思いもよらぬ所が膨らんだ、といったところだろうか。健康的な食事を気遣っていたつもりでいたのに、太ったのだから量が過ぎたのだろう。チキンバターカレーにこだわりすぎたのも大きいだろう。こんな姿ではもう本当にあの人に会えない。道で見かけても、僕は逃げ出すだろう。初めて会った頃のように。

あの人の在り方を軽蔑したり、ふしだらと一蹴《いっしゅう》することもできる。だけど想いが残っている。柔らかい、甘い、温かい。ずるいとは思うけど、汚いとは思わない。なぜ宮子さんがあんなふうに生きるのか、知りたいと思うのは、いけないことだろうか。

楳図かずお全作品を揃えようと思う。読んでいる間は無我夢中になれるし、お風呂とか入っている時やトイレだったり、そういう時には恐いことが浮かぶから、そのぶん宮子さんのことを考える時間が減るので有難い。

5月12日（土）

彼女の顔を頭に思い描いてみても、何かが足りない。何かが違う。そうでありながら、存在を追い払えないというのは、これはやはりただの執着に他ならない。というか、もはや、彼女の名前を口にしてみたりするのは、耳につくCMソングを鼻歌しているようなのと同じと言える。ただそれだけだ。人を愛する感情の正体とは？
後悔を愛の証とするには、それは、不確かすぎる。

5月13日（日）
ヒノキの木材と彫刻刀の12本セットを買ってきた。実際の彼女はどうであれ、僕の記憶の中の彼女がどんなものだったか、形にしてみたくなった。僕は今夜から木彫りの宮子をつくる。だけど理想の大きさの木材がなかったので今日はボンドでつなぎ合わせるところまでしか作業ができないだろう。

5月17日（木）
仕事から急いで帰ってきては地道に木を削る毎日。充実している。少しだが、人間の頭の形に近づいてきた。

5月19日（土）
左手切った。そこまで深くなかったのにジンジン痛い。慎重にやらないと仕事に障る。

6月1日（金）
木彫りの宮子、形成されていくに伴って僕の中で彼女が整理されていく感覚がある。

6月5日（火）
スーパーららへ行った。ヨウちゃんのレジに並んだ。「まだ会ってるの？」と訊かれた。「いえ」と答えると、ヨウちゃんは、そのほうがいいと、あなたにはもっとちゃんと見合った人がいるだろうから、なんて言うので、どういう意味か訊いたけど、答えはなく、そのまま会計をさせられて終わった。

ヨウちゃんは宮子さんがどんな人間かどこまで分かっていて仲良くしているのだろう。どうして僕が彼女に見合わない男だと思ったのか、僕がどんな人間であれば彼女とうまくやれるというのだろう。見た目のことを言っているのだろうか。

ヨウちゃんは、僕の相談に乗ってくれるだろうか。もしかしたら宮子さんから何か僕についてのことを聞いている可能性だってある。だとしたら訊き出したい。宮子さんが僕のことどう思っていたかとか、このあいだの僕の暴れっぷりも本当は彼女に話しているかもしれないから、ヨウちゃんと話せば宮子さんの気持ちを知れるかもしれない。だけど、ヨウちゃんって、やっぱりなんか恐い人だ。相談するにはかなりの勇気を要する。最初に抱いていたイメージとは全然違っていた。彼女のいったいどこに僕はアジサイを感じていたのだったか、女って、ほんと表裏のようなものがありすぎて、難しい。それに今日、最初、僕だってことに気づかなかったような気がする。あの顔はたぶんそういう顔だった。早く痩《や》せたい。

あの人はいまごろ誰に祝われているのか。

6月9日（土）

彫っても彫っても彼女の感じにならない。むしろ彫りすぎたのかもしれない。どうすればいいのか。毎日寝不足なんだけど、なんでこんなことをしているのだろう、最近ちょっと熱っぽいし、苛々している。やめてしまいたい。

6月10日（日）

紙やすりと油絵の具と紙ねんどを買ってきた。あの艶《なま》めかしい肌を再現したい。上気すると頬と唇が赤くなる、あの感じ。まずは紙ねんどを貼りつける。

紙ねんどはやめた。直接油絵の具を塗りたくることにしたが全然乾かないので今日はもう作業ができない。宮子さんに会いたい。

6月13日（水）

無意識に、ゔ〜と唸《うな》る癖がついてしまった。今日治療中に垣内さんから「どうしたんですか？」と指摘された。近頃患者さんたちから妙な目で見られるなあとは思っていて、においのほうを気にしていたがどうやら原因はこの唸りにあるようだ。いつのまにこんな癖がついてしまったのだろう。

6月16日（土）

ヨウちゃんのうちに泊まってしまい、今しがた帰ってきた。のそのそ歩いても8分、近すぎる。

ヨウちゃんが丸太をひとつ譲ってくれたから木彫りの宮子をこれで作り直すことにした。実物に近い大きさのほうがイメージしやすいだろう。やりがいを感じている。もったいない気もするが、どうせあまり気に入ってないからあれは練習だったのだと考えることにする。

昨日はヨウちゃんのレジに並んで、そしたら、もうすぐあがるからご飯でもどうですかと誘われた。彼女を待っているあいだ、とても緊張したし、憂うつだった。「やっぱり今日は帰りますね」と言いに行こうとしたが動けないままで、ヨウちゃんの勤務時間が終わってしまった。

連れていかれたのは熟成肉が売りのワインＢａｒのようなところで、宮子さんともあそこへは何度か行っているらしい。熟成肉は実際かなりおいしくて、また機会があれば行ってみたいほど。久しぶりの牛肉だったというのもあるかもしれない。アスパラとエリンギのピクルスがおいしかったから真似て作ってみようかな。体に良さそうだ、ダイエットを助けてくれるような気がする。

店までの道は、ほとんど会話もなくてしんどかった。でも中に入るとヨウちゃんはよく喋った。ほとんどが宮子さんのことで、彼女はきっとずっと、宮子さんの話を誰かとしたかったのかもしれない。そんなように思えるのは、僕がそうだからかもしれない。

ヨウちゃんはワイングラスが妙に似合う。まだ22歳なのだそう。見た目はたしかに若いけど、彼女の喋りの感じからもっといっているものと思っていた。「若いんだ」と言ったら、「それがなんでしょうか？」と言われてしまった。若い人に若いと言うのは結構な禁句であるということを忘れていた。ヨウちゃんは、宮子さんをたまに、「あのコ」と言う。それが僕を変な気持ちにさせる。5年くらいの付き合いに2人はなるらしい。まだ高校生だったヨウちゃんが友だちの家の帰りに駅のあたりでよく見かける宮子さんを雰囲気のある人だとずっと気になっていて、これだけ会うのは縁があるってことなのではないかと思い、声をかけた、画《え》を描かせてくださいと。

ヨウちゃんは宮子さんがどういう人かを知っていた。このあいだ僕に言った、他に見合った人がいるというのは、なんてことはない、つまり宮子さんの状況を知って無理だと感じたのなら、何も彼女にこだわる必要なんてないだろう、ということだ。ヨウちゃんは宮子さんのふしだらさを知っている。だからといって宮子さんが自分のそういう話をヨウちゃんにほいほい話しているというわけではない。なのに知っている。ヨウちゃんは「そんなのだいたい分かる」と言った。友だちとしてそういう人を抵抗なく受け入れられるものなのかと訊いてみた。そしたら、「生き方の違いで相手を嫌いになったり軽蔑したりする人は、自分がそれを容認できないっていうことだけでジャッジしてしまうわけでしょう？　心がカッサカサの奴だよそんなのは」とヨウちゃんは言った。「自分はあのコが好きだから理解したい。それだけの話」だと。僕だって、だけど抵抗がないといったら嘘になる。だから黙認することはできなかった。それでも嫌いにはなれない。軽蔑だってできない。

ヨウちゃんは宮子さんと一緒にいると逆に自分を嫌う方向に傾くのだと言っていた。これでもかというほど自我を出してしまい、相手を喜ばせる気持ちを忘れ、別れた後にはいつも罪悪感のような不安に胸が塞がれると言う。それでは永遠に彼女を理解するほうにまわれないから次から気をつけようと毎回強く思うのに、一緒にいるとなぜかいつもそうなっている、本当にそれはうっかりなのだと。それが不思議でならないと。僕も彼女の気持ちを推し量れない自分がいつもいやだった。ヨウちゃんのそれと僕のとでは少し違うみたいだったけど、でも根本はきっと同じで、それは、やっぱり宮子さんの中にそうさせる何かがあるってことだろう。

「彼女の人間性が私たちみたいな人間を甘やかすのでしょうか」というヨウちゃんの投げかけに僕は、自分はもともと人に甘えがちであることを白状したうえで、それでも宮子さんには自然と人を我がままにさせてしまうような特異な才能があるだろうという考えを伝えたが、言い方を少し間違えたかもしれない。「我がまま」でなく、「寄りかからせてしまう」と言ったほうが僕が感じているものに近かった。ヨウちゃんは40代のような顔つきで、「誰かに甘えることで生きられる人と、甘えてもらうことで生きられる人がいるってことですかね、それは」なんて言った。

好きな人といて自分を嫌いになるっていうのは、どうなのか、幸せじゃないよね、と僕は言ってみた。ヨウちゃんは、「自己嫌悪によって自分が成長するのを楽しめる人間だっているし、自己嫌悪に陶酔したりしてどんどん何かが崩れていくことを楽しんでしまう人間だっているのだから幸せじゃないかっていったらそんなのは分からない」と言った。そしてヨウちゃんは「あえての自己嫌悪」であり、後者なのだそう。もしかしたら自分が宮子さんに会いたくなるのは、自分の中の思いもよらない醜い部分が引き出されてどうにもコントロールが利かなくなるからこそであって、そんな自分をもっと見たいと思っているのかもしれないなどと言いだした。変態だ。大切にしたいと強く思う反面、これからどうなってしまうのだろうと関係性の崩壊を待ちわびてしまう自分が確かに存在していて、自分といることで宮子さんが何かを失っているとしたら、どうしようと思うけど、そのどうしようには少しワクワクが含まれているとか言っていた。本当にそんな気持ちで接しているか？　変態ぶっているだけだろう。私は表現者で人とは一味違いますよっていうアピールは、面倒だ。ヨウちゃんのそういうところは、川西のとは明らかに違う。純粋という意味でいえばヨウちゃんのほうがそうなのかもしれないけど、どちらが本物かといったら、川西の気がする。2人が喋るところを見てみたいなんて考えた。個性的な意見をぶつけ合った時、はじくのか、受け入れるのか、もし今後、もうちょっとヨウちゃんと仲良くなるようなことがあったら、川西を誘って3人でご飯を食べたりしてみたい、そんなふうに思えた僕は、故障したか、タフになったか、でも悪くないだろう。

なんだか余韻があって消えない。僕は楽しかったのだと思う。ヨウちゃんは、きっといいコで、まがいものっぽい毒気とその鬱陶《うっとう》しいアピールも、可愛いものと受け取れなくもない。うちで泊まっていいかないかと誘われた時は驚いたけど。だって彼女の誘い方は、タクシー代ももったいないしうちはすぐそこだから泊まっていけばいいみたいなことで、店から僕の家だってすごく近いのに、そしたら自分のほうがもっと近いとか言って、「家が近いって楽しくないですか？」などと、意味の分からないものだった。だけど腕を摑まれて、そこに悪い気はせず、僕ももうちょっと彼女といてもいいかなという気持ちになってしまった。

僕らは宮子さんの話ばかりした。宮子さんの話以外で印象に残っていることといったら、「牙《きば》のところを金歯にしたい」とか、メタリックグリーンとかにはできないのかという相談ぐらいなものだ。僕と宮子さんの関係が行くところまで行っているのか確認された。本当のことを答えた。意味によっては僕ら、ちっとも行くところまで行けなかったけど。

もう会うことはないという思いを改めて伝えると、何があったのか訊かれたので、それにも答えた。僕が一方的に彼女を侮辱したと。ヨウちゃんはそんな僕をなぜか「優しい」と言った。だから、もっとちゃんと分かり合える方法があったはずなのに彼女を哀しませるいやな終わり方しかできなかったのがたまらないと打ち明けた。そしたら、分かり合おうなんて考えは一刻も早く捨てたほうがいいと言われた。「だけどもう会わないんだったね」と念を押された。僕は会わないのではなくて会えないのだと言った。勢いで、「あの人も僕に会わないでよくなって清々してるんだ」とまで言ってしまったが、そんな僕にヨウちゃんは何も言ってはくれなかった。

ヨウちゃんの情報だと、宮子さんの部屋の青い棚、上から2番目の引き出しに、糸巻きみたいな髪の束がしまわれているらしい。それは全部いままで知りあった人たちの髪の毛を巻きつけたものらしく、1本に繋げられているらしい。そんなのどう考えたって気持ち悪い代物でしかないが、ヨウちゃんいわく、けっこー奇麗らしい。僕のもそこに繋げられているのだろうか、何かの呪いみたいだ。その話を聞いてから、なんだか喉の奥に髪の毛が絡みついているような感じがしている。引き出しの中で、たとえば呪文のようなものがそこに添えられているとしたら、僕はその魔力でこんなにもあの人に気持ちが縛られているのかもしれない。ただ僕にはそれを確かめる術もない。

そんな資格がないのは重々承知で一応、宮子さんの部屋を物色しちゃダメだろと咎《とが》めたら、みゃーちゃんには見られて困るものなんてないんだと思いませんか、と言われた。僕の見解とは真逆だった。困るものだらけなんじゃないのと僕は言った。ヨウちゃんは、「訊いたらわりとなんでも答えてくれるんだけどなあ」なんて言っておきながら、「恐いくらいになんでも答えてくれるけど、ふわってかわされてる気分が残るからあの感じが人をムキにさせるんですよねえ」とか、「無理やりに摑んで自分の一番傍に引き寄せてやろうかなんて思う」って、だからそれってやっぱり、答えてもらえていることにはならないってことだろうよ。本当にあの人はふわりとかわすよね何もかも。

ヨウちゃんと宮子さんの関係を友情と理解しているふうに最後までシラを切り通したけど、彼女は本当は僕に知ってほしかったのだろう。だけど僕は聞きたくなかったから、なんと思われようと鈍感なふりを徹底させた。受け入れてしまったら、彼女は聞きたくもない話をどんどんしてきて、僕は彼女の想いに負かされる気がした。彼女がそういうニュアンスを僕に仕掛けてくる度に、僕は「え、なに？」なんてとぼけた顔をしたり、「友情っていいね」みたいなことをわざわざ言ってみたりした。すると彼女は意味深な顔でニヤつく。ものすごく面倒なやり取りだったし、バレバレだったのだろうと思うけど、でもそれによって回避できたものが絶対にあるはずだから、よかった。

ヨウちゃんのアトリエに行ってからのことはまた明日書く。

ちなみに以前あの白いワンピースを汚したのは、ヨウちゃんではない。

6月17日（日）

ヨウちゃんのアトリエは、期待を裏切らずグロテスクで、ひとつ〳〵の装飾品、また色合いに、強いアピールを感じた。画やオブジェのほとんどがヨウちゃんの作品とのことだが、正直感動できるものではなかった。反応の仕方によっては、圧倒されているように勘違いされて、彼女を喜ばせることになりそうだったので、「なるほど」なんて声に出しつつ余裕を持った顔で部屋を眺めた。

宮子さんを描いたものだという画は恐かった。画の中の彼女はどちらかといえば笑っているように見えるし、ならどこをもって恐いと感じてしまうのか、でも恐さしかなくて、『モナ・リザ』に子どもの頃、得体の知れない恐怖心を抱いたのに似ている。ヨウちゃんは、イメージではピカソが恋人を描いたといわれる『夢』のようなところに向かっていくはずだったのが見失ってこうなったと言った。木彫りの宮子にもそれに近い現象が起こっているから、宮子さんのイメージを、その見失うという感覚、分かるって思ったけど、言えずに、僕は「宮子さんはこんなんじゃないよ、全然違うよ」なんて言ってみた。そしたら、これはまぎれもなくみゃーちゃんだ、先生はみゃーちゃんから離れて正解だ、と言われた。なんでよと言い返したら、「先生はみゃーちゃんに自分の理想を押しつけてるんじゃないの？」なんて言われて、なんでそういう話になるんだよって思った。だから、だったらこの画だってヨウちゃんが宮子さんに抱いている理想が表れてるってことなんじゃないのと言ってやったのだが、彼女はあっさり「確かに」と言ったのだ。ややこしい性格に見せているくせに随所にそういうヨウちゃんの、本来の素直さが感じられるから僕を楽にする。彼女は面倒な人間に違いないけど、不思議と一緒にいて疲れはしなかった。それに比べて僕はやっぱり意地の悪い人間だと思う。彼女の力作を「いいね」と褒めるくらいしてあげたらよかった。僕がヨウちゃんに楽を感じるのだって、どこかで彼女を下に見ているところがあるからじゃないだろうか、僕とはまた違う稚拙さが、こんな僕を安心させてくれるのかもしれない。

画を宮子さんにあげたことがあるか訊いたら、昔にあげたことがあったがいつまでも飾られないので回収し、それ以来あげないようにしていると言っていた。

ヨウちゃんと宮子さんとのあいだで行われている会話というのがどうも、あまりにも変てこなものばかりで、またヨウちゃんがそういうものをチョイスして僕に聞かせているというのもあるだろうけど、ちょっと驚くというか……宮子さんは勘や感性に任せて生きているような人であって、ようするに決して賢い人とはいえないと、なんとなく感じてはいたが、たとえば宮子さんはヨウちゃんに、人間は進化したら均一化されるなんて話をしたという。信じられないことに宮子さんは、将来人間が今よりもっと進化したら、無駄に思考しない頭になっていき、容姿にも大差がなくなって、妬みのような感情は芽生えず、人を貶《おとし》めるような邪念や欲望も消える、そうなってやっと本来の世界が生まれる、つまり地球に存在する生命体として美しい生き方ができる、みたいなことを話したという。そして、それでも芸術は残るのだと。他者が表現したものに感動する力、共感すること、それは消えてはならない必要な感情なのではないか、とそんなふうに言ったのだそうだ。ヨウちゃんはその話に感動した。高校を卒業しても芸術家を続けることにしたのは、その言葉があったからだという。この話を聞いて、なんだそれ、というのが正直な僕の感想だ。それと、妙な不快感。均一化されるというのはまだいい、シンプルになっていくみたいなことなら分かってあげられるような気もする、だけどどうしてそうなって芸術が残るのかがさっぱり分からない。芸術を生み出したり、共感したり感動できたりするのには、そこにまさに邪念とか、欲望とか、自意識だとか、言ってみればそういった負の感情、そういうのを無視できるものではないだろうと僕は思っている。どんな芸術が残るっていうんだよ、均一化された中にどんな表現が生まれるっていうんだ、たとえばすべてが無垢であったなら無垢なものは特別ではなくなる、惹かれたりなどしないはずだ。ヨウちゃんは芸術家だというのにそんな宮子さんの話に何の疑問も持たないなんて、僕には不思議でならない。あんなにグロテスクアピールだって強いのに、その考えに感動できるなんて、そういうのがヨウちゃんのキャラクターを薄っぺらいものにしている気がする。宮子さんは、一体なにを言っているのだろう、なんでそんなことを言うのだろう、宮子さんが僕にそんなことを言ってきたら、なんて答えられただろう、なんのつもりでそんなことヨウちゃんに言ったのか、人間はそんなふうに生きられるわけがない。一生自分たちの欲深さと、ぎとぎとした思考に悶《もだ》えて死んでいくのだ。そんな僕のクソみたいな意見をヨウちゃんにぶつけてみてもよかったけど、僕は少し馬鹿にしたように「宮子さん、そんなこと言うの？」と言うにとどまった。それでも彼女は、しかめるような顔をした。そして、2人は普段一体どんな話してるのと訊いてきた。僕は、「別に普通だったよ」と返してやった。

ヨウちゃんは、自分たちの時間は特別なのだと思っている。そう思いたいのなら、そう思わせておけばいい。僕と宮子さんの時間はもっと澄んだものだった。僕の介在しないところの宮子さんを、遠く感じる。ヨウちゃんのことはいい、僕は、宮子さんに対して強く不快に思った。宮子さんは、僕の知らないところで妙な姿をしている。とはいえお兄さんの存在は、さすがにヨウちゃんの思い込みだと思ってる。

続きは、明日書くと思う。

6月20日（水）

ヨウちゃんに、宮子さんのお兄さんを見たことがあるかと訊かれた。宮子さんからは、幼い頃、公園の遊具で目をまわす度にお兄ちゃんが氷を持って走ってきてくれたという話を聞かせてもらったことがある。ヨウちゃんは、お兄さんをあの部屋やお店でたまに見かけるという。紹介してもらったわけではないが、似ているからお兄さんに違いないのだと言う。「紹介されてないってどういうこと？」と訊いたのだが、「なんかよく分かんないんですよね、すぐどこかいなくなっちゃって、ちゃんと喋ったことないし」と言うので、「分かんないってどういうこと、宮子さんに訊かないの？」と訊いたが、ヨウちゃんはもうそれ以上答えたくなさそうに、「まあそこはどうでもよくないですか、お兄さんってことで」と言った。お店はまだしも、部屋にいて紹介されないというのはどういうことだよ、不思議でならない、宮子さんといた時の変な、じれったさが蘇ってきた。ヨウちゃんなら強引に、追いかけてでも声をかけてみればよかったのに。またヨウちゃんにすらそれをさせない雰囲気を宮子さんが発しているのだろうか、変な話ばかりだ。

その宮子さんのお兄さんと思《おぼ》しき人物は、宮子さんに似て、すごく綺麗な顔をしており、そしてヨウちゃんいわく、宮子さんみたいに口で大きく笑顔を作る人なのだそう。「作る」というのがポイントなのだそうだ。いずれにせよ、かっこよさそうだ。その笑顔で宮子さんとどんな会話をしているのか、宮子さんはそのお兄さんにはどんなことを話すのか。ヨウちゃんは、2人がなんだか普通じゃないと言う。たぶんやっているのだと、もしかしたら宮子さんの初めての人なのではないか、とまで言った。さすがにそれは嘘だろうって、やっぱりそうやって自分の理想を押し付けているよと突っ込みを入れたら、ヨウちゃんはまたそれをすんなりと認めてしまった。自分の理想であることは事実であると。お腹の傷だってお兄さんのせいなのではないかとヨウちゃんは妄想をふくらましている。困った人だ。僕があれは無理心中の痕《あと》なんでしょと言うと、ヨウちゃんに少し驚いたような反応があり、「みゃーちゃんがそう言ってたの？」と訊いてきた。僕は「え、違う？」と訊き返したが、ヨウちゃんは「2人で醸すものが異様でなんか暗いんだ」なんて言ってちゃんと答えてくれなかった。あの傷痕のこと、ヨウちゃんは僕とは違うふうに聞かされているのだろうか、それをちゃんと訊き出すべきだったけど、僕はその時、違うことに気をとられていた。何に気をとられていたのかが、残念ながら思い出せない。ヨウちゃんはここでもまた僕に、宮子さんのことはスッパリ諦めなねと、言った。ほっといてよと言い返すと、僕が真面目だから心配しているなどと言ってくるから、じゃあ君はどうなのと、ついうっかり訊いてしまった。だからすぐに「そういう人と友だちでいたら悪い影響を受けるんじゃない？」と付け足した。ヨウちゃんは、自分は平凡な幸せを望んでないからいいのだと、あんな魅力的な人、周りに他にいないと言った。世の中無限の可能性があるというのが真実ならこだわらないが、残念ながら出逢いはとても限られているものでしょう、と。

ヨウちゃんと話していて一番興味深かった話を書いておく。

人間は同じ波長を持っている者同士でしか、実際のところ近づくことができないのではないかと考えるが、宮子さんはそのルールを破っている、だからおかしなことになっているのだとは思わないか、宮子さんといると自己嫌悪に陥るのはそもそもそんな無理からきているものなのではないかということ、波長のような、本能が決めているといえるルールは壊しちゃいけない絶対タブーだったりするのだろうということ。心に合わず、消化できないで毒となる。

ヨウちゃんの言っていること、分かると思った。宮子さんは、波長が合わないことを気にも留めない、もしくはそういうことに気づかない人だから、近づきたいと思ったこっちが自然と無理をすることになる。僕の意地だけで彼女との縁を繋いでいるのだろうという不安は最初からずっとあった。ただ、その無理をすることがタブーだなんて、考えたこともなかった。でもそうなのかもしれない。

タブーみたいなものをなぜか守ることができないように生まれてくる人間がいるんだよとヨウちゃんがしたり顔で言ってきたので、うざかった。

僕は宮子さんを、寛容なんだろうねと評価した。波長が合わなくても、深く受け入れてしまえるほどに寛容。僕の考えを伝えると、ヨウちゃんは難しい顔をして黙りこんでしまった。波長が合わない人を、付き合いにくい人だなって、苦手意識を持ったり、嫌ったり、排除しようとすることは誰にでもできるけど、宮子さんはそもそも人を面倒に感じたりしない人に見える、どういう心を持てば、本心で他者を受容できるのだろうかということを言ったら、「ほんとに本心だと思う?」と訊き返された。僕は、本心であってほしいと思う。そうじゃないと、宮子さんが精神的にキツイだろうから。ヨウちゃんは、「キツイところにあえて自分を置いて生きているのかも」と言った。僕らは宮子さんの本心を見つけられない。どんなに話し合ったって結局はすべてが妄想や、理想になる。

ヨウちゃんが、人間って深いねって言った。僕も頷いた。そしたら彼女は深くなんかないって言った。本当は深くなんかないのだと。他者が理解しようとする時に初めて複雑化されるだけであって、実際人間なんて自分が生きるために必要なことをやったり考えたりしているだけだと言った。

まあたしかに少なくとも僕はそういう人間だよと告白すると、ヨウちゃんは自分もだと言った。僕らはなんだか楽しくなった。僕ら、と書いてしまったが、たぶん。

あの人もそうなのだろうか、自分が生きるために必要なことをして、今の宮子さんがあるのだろうか。

「私たちが思っているよりも、ほんと普通の人間かもしれないんだけどさ、幻想を抱かせる何かがあるんだよね。だけどそういう人間て、だいたいなんにも考えてないんだよ、きっと、ビックリするくらいなにも考えてない」ヨウちゃんがそう言って、僕は、そうだといいねと答えた。僕も何度もそんなふうに考えたことある。実はあの人は、恐ろしいくらいに何も考えていないのだと。でも今は、本当に？　って思う。考えてないなんて嘘だ。

ヨウちゃんは突然、「みゃーちゃんの波長に合わせられない自分が虚しい！　そして、この虚しさが愛《いと》しいよー！」なんて叫んだ。青春っぽかった。ヨウちゃんは宮子さんとの関係を楽しんでいる。本音はどうか分からないけど、苦しみを楽しんでいるようだ。僕にはそれができない。

自己嫌悪に陥る僕らは本来、宮子さんに近づくべきではない人間なのだろう。人に期待し過ぎちゃ駄目なんだってことを本当は僕も、ヨウちゃんも気づいている。それなのに期待が拭えない。宮子さんのような無神経な人間が刺激してくるからだ。もっと入ってきていいよって言ってくれているように勘違いしてしまう。

ヨウちゃんはその後も、人間は深いみたいなことを言ってみたり、深くなんかないと叫んだりした。一緒に歌もうたった。そんなふうに僕らは、夜の眠気に従えず、ずるずると互いの興奮を受容していた。ヨウちゃんは、可愛い。わけ分かんないことばっかり聞かされて揺さぶられる部分も多かったけど、こんなふうに誰かとじっくり語り合えた時間が、こんなにも僕の心を満たしてくれるとは思わなかった。自分の中の常識では想像もつかない色んな考え方があって、だから人と分かり合うのは難しいし、すごくすごく難しいし、気持ち悪いことだったりするのに、それなのになんで僕はそれでも誰かと分かり合いたいとこんなにも強く思ってるのか、またこういう時間が持てたら嬉しいなんて思ってる。僕は、こんな自分を面倒に思う。

6月26日（火）

さっきから天井にクモがいるが、平気だ。アハハすごい、あの人のせいだ、あの部屋の床の、ちょっとざらついた砂ぼこりの感じも、顔の近くを通過する虫の羽音すら懐かしく、恋しい。あの部屋の窓は、ドアは、今日も開放されているのだろうか。特別なあの空間にいることを許されていたこと、それはとても幸せなことだった。

6月30日（土）

夕日が強くて、かくれんぼを思い出していた。程よいところで見つけてもらえるような場所に隠れられるような子じゃなかった自分を。真剣に隠れても、誰も僕と同じ熱量で捜してはくれない。僕は陰でみんなを見ていた。みんなはすぐに次の遊びに夢中になる。一緒に遊んでいたはずのみんなに存在を忘れられた。みんなの前におどけ出てみたり、素直に不満を言ったり、いじけてみたりする自分を想像しては、未知数の反応に怯え、僕は誰もいなくなるまでずっとそこに隠れ続けた。次の日の朝をどう乗り越えたのか、きっと教室のドアを開けるのをゲロが出るほど恐れたはずだ。だけど今もこうして生きている。あの頃の僕から少しでも成長できているのだろうか。かくれんぼの、僕は、鬼でありたい。

7月8日（日）

宮子さんの部屋を訪ねてみようと外に出たけど、緊張の為か駅のトイレでくだした。なんだか自分が不潔に思え、改札を出られずにふたたび電車に乗り、帰ってきた。冷房の効いた車内でも汗が止まらず、みんなが僕に軽蔑の目を向けた。服も、下着も、皮膚も、髪の毛も、なにもかもを自分から引きちぎってしまいたい気分になった、会っては駄目だという啓示かもしれない。僕を守ってくれるなんらかの力が存在するとする、それが僕にまともな道を歩ませようとしている。

7月15日（日）

地道に削ったり、やすりをかけたりすることで、日々の退屈をしのいでいたつもりが、この木の塊に触れるとどうも気持ちが淀むことに気がついた。木彫りの宮子は、球体に近づこうとしている。これも失敗だろうか、このあいだ買った電動彫刻刀は、夜うるさいし、仕事をしているような気分になって、しんどい。

何があの人をあの人らしく形作っているのか、水のように透明で、形を持たない、なのに顔を突っ込み目を開けると、そこには、たゆたう奇怪な世界……たとえばそんなイメージを木彫りで表現できるほど僕は芸術家ではない。

あの人の心には、いったい何があるのか、何もない、本当にそんなことはあるのだろうか、あるわけない。ここのところ削りながら考えているのは、主に、宮子さんという人間の分析。それと自分との違いも分析している。僕は、地味に人生を歩んできたから、彼女の中に何か抱えているものがあったとしても、今の僕ではおそらくそれを根本的に理解してあげることはできない。なぜ僕はもっと濃い人生を歩んでこられなかったのか、色んなことに目をつむって生きてきたからだ、波瀾《はらん》を好まず、堅く生きることを望んだ。そうかな、望んだわけじゃない。そんなふうにしか生きられなかっただけだ、誰よりも臆病だから、長めのものには必死で巻かれようとしたり、傷つく前に逃げ出したりして自分を甘やかし続けてきた。その結果が今のヤワな自分。

遺伝的に考えれば、父さん母さんどっちを取っても、自由を好むというか、型破りというか、そんな素質が本当は僕にだってあったはずだ。なのに凡人。僕は人の顔色ばかりうかがって生きている、変な人と思われることを何よりも恐れている。凡人の僕の周りを、常識から外れているとしか思えない価値観を持った人たちばかりがうろつく、いやがらせのように。そして僕を見下す、甘ったれだと、つまらない人間だと、根性なしだと。スマートに生きる人に憧れているのに、そういう人はいつも、僕を離れた所から冷めた目で見ている。僕はすべての視線に、いちいち傷ついて、どんどんぐらぐらになる。ヨウちゃんの言っていた、ルール、同じ波長を持っている者同士でしか本当は近づくことができない、それを破れば、無理が生じる。

同じでなくても、どこかしら波長が合うところがあったのだと、思いたい。僕は、宮子さんといて居心地が良かった。気が合っているのだと思いたかった。あの人は僕に優しかった。だから、僕といる時間を宮子さんもそれなりに楽しんでくれていると、無駄ではないと感じてくれているのだと、信じてやってこられたのだと思う。

本当の宮子さんがどんな人間であっても、いい人でなくても、苦しみを抱えているのならなおさら、僕が傍で支えになれたら、なれるわけないのに、あの人からこれまで一時もそんなふうに期待されたことなんてないかもしれない、かもでなく、そんなふうに思ってもらったことなんて一度だってないだろうけど、だけど、傍にいることを許されるなら、そのうちそんな存在になれるかもしれない。僕は変わるから。波長の合う人間になれるようにする。どんな無理が生じても、僕がひとつ残らず全部引き受ける。僕の努力しだいでどうにかなるものならば、もう一度、友人でいい、必要とするものを全て叶えてあげたい。僕のありったけの力で。

なんて、望まれてもいないことをこうやってあれこれ考える、僕はあの人にとって、ただの恐い人だ。なにが友人でいいなのか、それすら望まれてないよ、一度拒絶されたら受け入れてもらうのは難しい。どんなに変わると主張したって、ほぼ不可能だろうなってことくらい分かっている。

7月20日（金）

ここ最近は、ずっと苛立ってる。価値のない自分への苛立ち、誰の心も動かすことができない。僕は自分の口を隠しながら一方的に人の口の中を覗くことで少しでも安心を得ようとする、そんな人間。宮子さんのことだって、本当にあの人は僕にとって特別な存在だろうか、僕なんかを相手にしてくれた稀有《けう》な人だから、こんなふうに、こだわっているだけかもしれないのだ、それを会って確かめられたらと思うけど、そのために会うなんて、そもそもそんなの、ちょっと会ったからって分かるものじゃない。

僕は会う理由を探している。会いたい、理屈じゃない、ただ会いたいと、それだけ。会ってどうするとかは考えてない。

ヨウちゃんに頼んで3人で会えたら、3人であの店で熟成肉なんか食べて、僕はまた赤ワインを飲みすぎて、それで宮子さんに甘えたくなる、そんなの駄目だ。ひとつひとつを男らしく、立派に、強くなれ、打ち勝つのだ、すべてのことに。

7月23日（月）

今日は一日中雨がひどく、こんな日はなぜか、電車の中の照明までも暗く感じられるから、滅入る。異世界に連れていかれる、そんな不穏さがあった。駅に降りてからの帰り道もやけに静まりかえっていて、通り過ぎる人が灰色に見えた。マンションが忽然と消えていたり、もしくは玄関のド

ア を開けると、すでに僕が帰宅していて、本物の僕を驚いた顔で迎えたり、そんなおかしなことが起きてもおかしくなかった。朝になったら雨は止むのか、ちゃんと目覚められるだろうか、目覚められる、大丈夫だ。明日も頑張ろう。ちゃんと頑張ろう。

7月28日（土）

誰かの為になること。特別に想える人の為に生きること。望まれるなら。誰かに望まれて生きたい。望まれる人に僕はなりたい。

宮子さんのことを笑顔にできる力が、どんなに絞り出したって僕にないかも分からないけど、あの人の為ならどこまででも頑張れる気がする。だけど嫌われてしまっていたら、無理だ、姿を見せるだけで笑顔を殺す。もう無理なのか、会って確かめたいけど、さんざん責めて、それでこうなったのに、なんて言って会えばいいのか、ヨウちゃんに、僕が会いたがっていると、それとなく伝えてもらう、違う、人に頼っちゃ駄目だ。それにヨウちゃんにそんなこと頼んでも余計にややこしくなるだけって気がする。宮子さんは僕のことを忘れないでいてくれている、そう思いたい。だけど、あの人の冷たさは僕には計り知れない。

とにかく自分本位なものの考え方をやめる今すぐに。そうしたらあの人の考えていること、気持ち、少しは分かるかもしれない。もう会わないことが一番ってことも。

8月4日（土）

昨日、仕事の帰りに宮子さんのお店がある駅で降りた。お店までの道すがら、閉まっていたならもう二度とこんなふうに立ち寄るのはよそうとか、気持ち悪がられたり、恐がられたり困惑されたり、そんなような色が少しでも見えたなら、おとなしく帰る、そしてもうすっぱり諦めて、今度こそ本当にもう会うことはない、考えるのもやめる、そう決めた。近づくにつれ心臓がバクバクして、体が重たくなって、時間をかければお店の閉まる確率だってどんどんあがるのに、焦る気持ちと駅に戻りたい気持ち、激しく変動する感情で足がもつれて、やっと店に着いたら、OPENのプレートがかかっていた。

彼女の姿もお客さんの姿もなくて、戸惑っていたら奥から彼女が現れて、久しぶりに見たらやっぱり綺麗で、それに特別で、感情がわけ分かんなくなって、しんどかった。だから、帰ろうって思った。でもその時に彼女が僕を見た。動けなくなった僕に、近づいてきて、ドアを開けて微笑んだ、「久しぶり」って。「アイスあるよ。入って」って。僕は、汗だくだった自分が恥ずかしかった。店内は、風とか香りとか照明とか、すべてが心地よくて、グリーンのソファーの体を包み込む感触が懐かしかった。

宮子さんは僕に、酸味の効いたパイナップル酢のドリンクと熱いおしぼりを出してくれた。汗をそのおしぼりで拭ったらさぞかし気持ちが良かろうと思いながらも、宮子さんがアイスを用意してくれているあいだに自分のタオルで拭った。

これからまだ予約が入っているのと訊くと、なんとなく開けていただけだと言った。僕の突然の訪問に、彼女は「どうしたの?」なんて訊いたりしない。こんなふうに言った、「開けておいてよかった」。僕は聞こえなかったふりをした。言葉の意味も、分からなかったし、どう反応したらよいか分からなかった。彼女が近くの椅子に座って、でも僕はその顔を見られなかった。「アイス、溶けちゃうよ」と言われて慌てて口に入れると彼女が僕を真っすぐ見ているのを感じて困惑したけど、すぐにその理由が分かった。反応して見せると、先生の好きなココナッツと胡桃《くるみ》のアイスでしょと笑った。ちょうど昨日作っていたのだと嬉しそうに。嬉しそうに見えた。麦茶にしよっかと言われ、僕はまだパイナップルのやつが残っていたからそれで大丈夫だと言ってしまったけど、やっぱり貰おうと撤回した。あったかいのと冷たいのどっちがいいかと訊かれたので冷たいのとお願いしたはずだけど、彼女が持ってきてくれたのは、あったかい麦茶だった。飲むとあったかいのが体に気持ちよかった。彼女はそれを分かっていたのかもしれない。

「少し、痩せた？」と言われた。事実、日々減量に励んではいるが、まだ宮子さんと会っていた頃より確実に太っているのにそんなふうに言われた。「痩せてる？」と訊き返してみたけれど、それでも「うん」って言われた。誰かと勘違いしているのだろう、そう思ってしまう自分がいた。

頭のマッサージをするか訊かれ、時計を確認すると、9時になろうとしていた。遠慮したら、「帰るの？」と言われた。香水をお願いしようと思って来たことを伝えると、新しい香りを作ってみるかと訊かれて迷ったけど、前回の劣化の早さというか、匂いの変わり具合が気になっていたので、あえて同じもので様子をみることにした。

「完成したら送ったほうがいいの？」という彼女の言い方がなんだか気まずさを含んでいて、僕もどう答えたらいいのか分からなくて、結局、「そうだよね、うん」と返した。そしたら彼女は、「そっか」と言った。

これから用事があるのか訊かれて、家に帰るだけだと答えると、マッサージをもう一度勧めてくれた。遅いのにいいのかと訊くと、先生が迷惑じゃなければなんて言った。だから、そんなの全然迷惑じゃないよと言ってしまった。

久しぶりに彼女の指が僕の髪に触れた。それだけで、気持ちがよかった。初めてこの店に来た時、僕の寝不足を言い当てたよねと言うと、宮子さんはただ笑って返した。きっと覚えていなかったのだろう。僕は「あの時も、時間が遅かったのにこうやって頭のマッサージをしてくれた」と独り言のように呟いた。お腹を何度も鳴らしてしまう僕にレモンの皮とかが入っている体に良さそうなクッキーを出してくれたことも思い出していた。僕は、言った、つい言ってしまった、「僕がまた、宮子さんの部屋を訪ねたりしたら、いけないよね」と。彼女は、「どうして？」そう言った。僕は思わず、「どうして？」と訊き返してしまったが彼女は黙っているので、「困るだろ？」と言うと、「また一緒に、前みたいにごはんとか、一緒に食べられたら楽しいのにって、私は思ってる」あの人はそう言った。さらにこう続けた、「勝手なことばっかり言ってるでしょ？　こうしてまたお店に来てくれただけでも嬉しいのに」と。僕は、何も言えなくなって目を閉じた。眠ろうと思った。そのうちに気を失った。夢を見たのだろう。だけど、内容のない夢、何も思い出せない。感情だけが残ってる。哀しみ。得体の知れない哀しみ。そいつに引っぱられて目が覚めた。涙が止まらなかった。あの人は、どうしたのなんて訊かない。黙って優しく涙を拭いてくれていた。訊かれても困る。理由が自分でも分からないのだから。情けなかった。昨日のマッサージは、これまでのようなトリップとは違う感じで、どちらかといえば、まるで酒に酔っているような気分に近かった。起き上がってからずっと洟をかみつづけた。かみ過ぎて赤くなったところに宮子さんが何かいい匂いのするものを塗ってくれた。ミツロウ、たしかそう言っていた。彼女の優しい指つきと穏やかな香りに心が落ち着いていった。白湯《さゆ》を出してくれて、「ゆっくりしていって」と言われたけど、彼女が僕を黙ったまま見ていて、帰りたくなった。本心では早く帰ってもらいたいと思っているように感じた。お金を彼女は受け取らなかった。そしてまた、「顔が見られて嬉しかったから」と言う。「一人で帰れる？　家まで送ろうか？」とまで言ってきた。僕は大丈夫と答えて店を出た。彼女は「またね」と言った。その顔は少し疲れているように見えた、僕が泣いたせいだ。改めて僕にうんざりしただろう。最悪だ。

8月5日（日）

ヨウちゃんの言うように、宮子さんも自分が生きるために必要なことをしているだけなのかもしれない。理解しようとするから複雑になる、言動の意図が分からないから心の内を理解しようとする、でも人の考え方はあまりにも多種多様で、望むことだって全然違う、いくら想像してみたってそれは所詮僕の中から生まれたものなのだ。言葉なんて、どうせ心から素直に発せられているわけじゃないし、それは僕だってそうだ。人の心から100%混じりけなしで出される言葉なんて、存在するのかな。あるのなら大切に保管して美術館にでも並べたほうがいい。

理解することが一体なんなのか、理解したからってそれがなんなのか、理解というものは、相手に求められてはじめて成立するものではないのか、相手が微塵《みじん》も望んでいないのに、分かろうなんて思いは、勝手甚だしいよ、ただの干渉だろ、そうだよ、理解しようとするからいけないのだ、あの人は僕にそんなことちっとも望んでない。

理解されたいと求めているのはたぶん僕のほうだ。こうやって日記を書いていたって、僕の本心はどこにあるのだろう、僕ですら分からない僕を理解してくれて、どんな人間なのかを教えてくれる、そして認めてくれる、そんな人を求めている。だから宮子さんなのだ。あの人といると、言葉にはしてくれないけど、今この瞬間だって、あの人の存在が僕に自分がどんな人間かを教えてくれているような気がする。

8月11日（土）

香水が届かない。もう出来ているはずなのに。僕の連絡先を全て破棄してしまっていて、あの人のことだからそんな自分の行動をすっかり忘れていて、今ごろ困っているとか。へたしたら僕が香水をお願いしたことすら忘れてしまっているかもな……

8月15日（水）

このお盆休みで部屋を大掃除しようと計画していたのに、ちょっとしか片づかなかった。片づけるのは時間がかかるのに、散らかすのはあっという間、世の中はそうできている。作り上げるのは大変。壊れるのは、なんの容赦もなくあっという間。だいたいがそうだ。今度の土日できれいにすることにした。

8月17日（金）

香水が届かないので仕事の帰りに取りに行こうと思い、昼休み彼女のお店へ電話をかけたが出なかった。仕事終わりにかけても出なかった。少しためらったけど思いきって部屋に電話をかけた。そしたら出た。直接渡されることになった。今度の日曜お昼12時、彼女の部屋。お店を1週間お休みにしているとのこと。彼女は、直接渡せないかと思って僕に連絡しようとしていたと言う。香水が前と同じように作れなかったらしい。それで勝手にアレンジをしてしまった為、試してもらいたいのだという。気に入ってもらえなかったら前と同じものをもう一度作ってみるからと。

これって、ずっと感じていた香水の変化と関係があるのか、僕の体のにおいが何か変わったのかもしれない。加齢臭が進化しているとか、それをこのあいだお店で感じ取った彼女はアレンジを加えた。作れなかったなんて言い方をしてくれたのはきっと彼女の優しさだ。新しいアレンジに期待したい。でも、部屋に行きたくない。日曜日というのが急すぎる。

電話を切る時のあの「バイバイ」久しぶりに聞いたけどあれやっぱり可愛い。

8月19日（日）

時間に余裕を持って家を出たものの怖気《おじけ》づいた。このあいだはお店だったからまだよかった。あの部屋で、壁に穴だってある、どんな行動をとったらいいのか考えれば考えるほど憂うつで、だけどもう一つの考えが僕の足を動かしていた。このままでいいのか、もう会わないにしたってあんな格好悪いところばかり見せたままのさよならで本当にいいのか、もしもこれが最後に与えられた、善き別れのチャンスであるならば、覚悟を決めて最大限に演じきってみたいもんだ、余裕のある僕を。落ち着いた対応でいい印象を残して、僕との時間が無駄ではなかったと思ってもらえるように。嘘でも、そんなの本当の僕じゃなくても、今更なにをしたって印象を塗り替えられるわけじゃないのかもしれないけど、それでもほんの少しでも挽回したいと。どんな僕でいられるか、どんな態度を見せられるか、それが重要だった。

自由が丘でひとまず降りた。手土産を買いたかったし。雑貨店が目にとまり中に入ると、大粒のガラス玉がぶら下がっていて、お店の人が人気商品だと言うので、それにした。クリスタルサンキャッチャーというもの。

雑貨店を出て、まだ電車に乗る気になれず、街をウロついた。そしてふと、お店を1週間休みにしたと言っていたことが気になった。またいつもの失踪《しっそう》だろうか、決めつけるのはよそう、どこか体の具合でも悪いということだってある、もしそうであれば何か体に良さそうなものを手土産に選んだほうがよかったのではないか、そんなふうに考えて、自然派食品が揃うスーパーを見かけたことを思い出し、戻った。何を選べば喜んでもらえるのか、難題だった。お店の人に相談した。体に良くて、オーガニックやハーブなんかに造詣《ぞうけい》が深い人に喜んでもらえそうなものを買っていきたいが、できれば珍しいものにしたいと。その人は真剣に悩んでくれた。僕と同じくらいの年齢に思える女の人で、表情は物凄く無愛想な感じだったけど親切だった。嗜好もあるでしょうから難しいけど自分だったら嬉しい、そう薦めてくれたのは、グリーンナッツオイルとよもぎ粉末だった。オメガ3ですよね、そういう体に良いオイルは、彼女すでに各種揃えちゃっているんだよなあとわざわざその人に言ったのは、ちょっと、自慢だった。「そういう人に喜んでもらえるものとなるとレベルが高いですね」と言われて、なんだか照れくさかった。貧血や冷えなどにもよく女性に人気なのだというよもぎ粉末は、料理にはもちろん、お茶にしてよし、お風呂に入れてもよしとのことだった。宮子さんの部屋でよもぎ関係のものを目にしたことがなかった。ということは、苦手で避けているという可能性だってあると思ったけど、苦手だとしてもお風呂に入れるくらいならよもぎに対してアレルギーでも持ってない限り迷惑にはならないでしょう、お店の彼女も僕の考えに同意してくれたので、決めた。クリスタルサンキャッチャーも買ってあるわけで、万が一よもぎがどうにもならないほど苦手であるならば持ち帰って僕が食べればいいでしょう、その考えにも、「そうですよ」と同意を貰った。

約束の時間に遅れそうだった。少し遅れてしまいそうだということを電話しなければならなかった。電話をかけることを考えるだけでまたどっと疲れた。これから会う、想像すればするほど、どう接していいのか分からなくなってしまい、電話して断った。急用ができてしまって行くことができないと。彼女は香水を送ると言った。届いたものを試してみて気に入らなかったら連絡をするということでまとまった。僕が謝ると彼女は、自分のほうこそ面倒なことになってしまって本当にごめんなさいと言った。僕は、「それは全然いいんです。合っている匂いのほうが嬉しいんです。ちょうどいつもの香りが、たしかに違和感のようなものあったので」と伝えた。彼女は早めに送ってくれると言った。

彼女はお昼ごはんを用意していてくれた可能性が高かった。そこを詫びるべきかとも考えたが、彼女にそんな気はなく、ただ時間が空いていたのが12時だったからそこを指定しただけで香水を試したらすぐにお帰りくださいのつもりでいたとしたら、「もしかしてお昼ごはんなんか用意してくれていたなら本当にすみませんでした」なんてことを言っては勘違い甚だしく、それで「色々とごめんなさい」と訳も分からない中途半端な謝り方をしてしまい、そしたら、「そんなに謝らないでください」なんて言われてしまって、僕はさらに、「急に行けないなんてもう本当にすみません」と言ってしまった。そのせいで、彼女に、気にしないでくれと、家にまで来てもらうなんて私のほうが無理をお願いしたんですからとまで言わせてしまう始末、どんどん他人行儀になっていくのを感じて、いやだった。

もう一度電話をかけてやっぱり行くと言いたい。もうすぐ3時だし、別の約束もあるかもしれない、別の誰かともう約束をしてしまったかもしれない、手遅れだろう。

とりあえず電話してみて、様子を窺い、今日が無理だとしても別日の約束を取り付けるのは可能だろうか、もう送る手配をしてしまっただろうか、

「実は、急用というのが終わったんですけど、でも今からなんてもう無理ですよね」

ごめんなさいと言われたら、

「もう香水って宅配便に出しちゃいましたか?」

出したと言われたら、諦める。まだだと言われたら、

「ああ、よかった。やっぱり送ってもらうより、宮子さんにちゃんと診てもらいたいなと思いましてどこかまた時間作ってもらえますか?」と、会う約束をする。

はじめの時点で、今からでも大丈夫と言ってもらえた場合は、

「勝手言ってすみません。やっぱり送ってもらうより、宮子さんにちゃんと診てもらいたいなと思いまして。急いで向かいます! よろしくおねがいします! ありがとう」爽やかに。

ダメだ、興奮してる、まずシャワー行こう。

8月20日（月）

疲れていて9時には寝てしまったので、起きたがまだ夜明け前、3時。宮子さんとのことはこれが最後かもしれないから記しておこうと思う。

昨日電話をかけて、用事が終わったことを伝えると宮子さんは「来られるんですか、よかったー」と言ってくれた。電車を降りて歩き慣れた道を進み、見えてきたアパートメントは世界観がやっぱり凄くて、久しぶりに入り口をくぐると、細かいことを考えるのが不可能になった。階段をのぼりきる前に壊れるんじゃないかというほど心臓が強烈な暴れ方をして邪魔だった。ドアの前に立ってからもベルを鳴らすまでに5分ほどかかった。

ドアを開けた宮子さんは、僕を見て笑顔になった。その顔を見た瞬間僕は泣きそうになった。「来てくれてありがとう」そう言った後、彼女の顔は少し、切ないような、眉や目に、感情が溜まっているような、なんというか、険しさと違う歪みがあって、僕のここへ来るまでの葛藤を分かってくれているような気がして、いや、そんな気がしただけだ、そんなわけがない。そうやって考えるから駄目なのだ。どうせ僕が同情を誘うような情けない顔をしていたのだろうからそれであの人はあんな顔になった。どんな顔してしまっていたのか、昨日の自分が全部いやだ、整理するのに時間がかかりそうだ。続きは仕事から帰ってきてから書く。

宮子さんの部屋はやっぱりあの、幸せな匂いがした。中に入ると、僕はふたたびこの空間に居るという歓びで体がゾクッとした。手土産を渡すと、彼女はよもぎを先に開けた。クリスタルサンキャッチャーを先に開けてもらえるような渡し方をすればよかったと少し後悔した。サンキャッチャーは窓にぶら下げられた。曇っている空が憎かった。宮子さんは「晴れるといいね」と言った。よもぎはお餅を作る時に混ぜてみると言った。僕がお店の人に教えてもらった通りに伝えると、宮子さんは、さっそくお茶にしてみようと言い、一緒に飲んだ。おいしかった。宮子さんも気に入ってくれたみたいだった。自分の分も買えばよかった。

宮子さんはグレープフルーツも出してくれた。専用のスプーンはとても食べやすかった。こんな商品があるんだねと言うと、「いいでしょこれ」とスプーンを顔の横に寄せて笑う姿が可愛かった。でも、あのスプーンも誰かから貰ったものなのだろうか。グレープフルーツにお砂糖をかけるか当たり前のように訊かれたが、そんな食べ方は知らない。彼女だってかけずに食べていた。彼女は顔が広いから、色んなことを知っている。

僕が枯らしたオリーブの木はとても元気そうだった。おまえのことなんかもうすっかり忘れたよ、僕に向ける態度がそういう感じだった。棚の上には僕が投げつけてしまった絵とは違うものが新たな額縁で飾られていた。壁の穴は、あの日のまま残っていた。

「お昼は食べた？」と訊かれた。なので僕は「うん」と答えて、それから「ごめん」と言った。そしたら彼女は「どうしたの？」と言った。僕の為にお昼ごはんを用意してなどいなかったのかもしれない。僕が「なんでもない」と言うと彼女は笑った。なんで笑ったのだろう。

このあいだヨウちゃんに熟成肉のお店に連れていってもらったことを話そうかと思ったけど、なんとなくやめてしまった。

そう、宮子さんのしているイヤリングが綺麗だったので褒めると、彼女はそれに触って、ありがとうと言った。細い青のガラスが自由にうねったようなイヤリングだった。ガラス細工なのと訊くと、彼女は「たぶん」と言った。僕だって、常に宮子さんに似合いそうなイヤリングを探している。以前買ったふわふわのイヤリングは渡せないまま、いつのまにかどこかに消えた。変な隙間に入り込んでしまったのかもしれない。どうせセンスのいいものではなかった。

僕は彼女に、ちょっと明るくなった気がすると言った。前から明るい人だけど、その明るさの奥には、かげりがあった。そのかげりが薄まったような、少し普通っぽくなったという感じがしたから。僕の言葉で彼女はサンキャッチャーを見た。「じゃあ夕日出るかな」と言った。そうじゃなくて宮子さんのことだよ。彼女は「そう？　変わらないよ、なにも」そう言った。僕は変なことを言ってしまったとすぐに後悔した。ヨウちゃんのせいだ。でも、変わらないのか、なにも。変わらないのだ、なにも！

新しく作ってくれた香水は、気に入った。匂いの方向性は以前のものと一緒らしい。たしかに前の感じに少し甘さのようなものが加わった匂い。僕に合っているかどうかを確かめるために、手の甲を差し出すと、宮子さんはゆっくり顔を近づけた。彼女の長い睫毛《まつげ》。あの睫毛の1本になりたい。すでにあの睫毛の1本なのではないのか、すぐに抜け落ちてゴミと化す。彼女の瞳は常に新しい睫毛で守られる。いちいちこんなことを考える自分がいやだ。

雲が晴れて夕日がサンキャッチャーを照らしたなら、また会えるようになんらかの約束を取り付けよう、そう決めていた。だけど部屋は哀しいくらいに暗くなり、僕は落ち込んでトイレを借りた。帰ろうと心に決めトイレを出ると、酷い雨だった。すぐに止むだろう、でももしもこの雨が長引いたら約束を取り付けよう、今度はそう決めた。2杯目のよもぎ茶を飲んだ時、宮子さんはよもぎがいい匂いで落ち着くと言った。僕が雨の匂いと混ざっていいねと言うと、彼女も「ね」と言った。宮子さんはよく、「ね」と言う。僕はその感じが実は前からあまり好きじゃない。あの「ね」の音に、彼女の心がなんとなく透けて見えるような気がして、聞きたくない。

よもぎを、今晩さっそくお風呂に入れてみると言うので、僕は緑色のお湯に浸かる宮子さんを想像した。なぜかその緑色の液体はドロドロとしていた。

雨はあっけなくあがった。彼女が蚊取り線香しようかと言ってくれたのでお願いした。蚊取り線香に火をつけている彼女にどうして1週間お店を休みにしたのか訊ねた。「なんか、疲れちゃって」と彼女は言った。憂いがあった。僕は「どうしたの？　大丈夫？」と言った。体が悪いとかそういうのじゃないからと彼女は言った。ただなんとなく夏休みだと言った。僕はどんな言葉をかけたらいいのか分からなくて、こういうときにさらりと何かを言ってあげられる男になりたかった。明るくなったなんてことを言ったのは本当に愚かだった。宮子さんは何に疲れたのか、人と関わることに疲れたのか、いつも彼女の失踪の理由は、この疲れる、なのかもしれない。これを、誰かとどこかに旅行に行っているだとか、遠くの誰かに会いに行っているだとかの理由よりはマシと考えるかというと、僕はそうでもない。

僕はよもぎ茶を飲み終え、帰るねと言った。僕が長居することでさらに疲れさせるのがいやだった。彼女は「もう？」と言ってくれたけど、僕は、また雨降ってきちゃうかもしれないしなんて理由をつけた。彼女は「もう降らないいんじゃない？」と言った。だといいけど、と僕は答えた。いま帰らなければならないと思った。玄関で彼女は、あのサンキャッチャーに光があたるところを一緒に見たかったと言ってくれた。雨なんてねと僕が言うと、彼女は、「今度は晴れた日に」そう言って、言葉を途中にした感じで黙った。僕は「え？」と言ったけど、彼女は続きを言わなかったので、すぐに僕も「うん」と返事をしてしまった。晴れた日に、なんだよ。僕は雨上がりの道で蚊に5ヶ所も刺された。

新しい香水をしばらく使ってみて変更したいところが出てきたら連絡するということになっているから、変更しようか、いや、このまま終わらせてしまおう。僕はこれからは、香水を買うだけの客だ。それだけがいい。

8月26日（日）

昨日、ヨウちゃんに強引に誘われて宮子さんのところに行った。そしていま帰ってきて、書いている。いま僕は、複雑な心境。なんというか、僕に対する宮子さんの接し方というのがあまりにも優しすぎて傷ついた。傷ついたは、ちょっと違うけど、うまく他に当てはまる言葉が見つからない。この甘えた自分が、優しさに傷つくようなのは初めてのことだと思う。

馬鹿な女だ、本当に馬鹿な女、ややもやする。恐ろしくて、心が苦しい。優しかったから傷ついたのか、違うかも、テンションが上がっていることは間違いないから落ち着いたほうがいい。

8月27日（月）

僕はまず、土曜の夜に、ハンバーグなんかを食べようかと思って外に出たものの結局、角のラーメン屋に入った。久しぶりに行ったけど、相変わらずあそこは店員同士の雑談が多く感じが悪い。まあそんなことはどうでもいいのだが、それで、食べきれないほどいっぱい注文してやろうと思い、ラーメンにチャーシュー丼、そしてもやし炒めを選んだ。もやし炒めではなく、レバニラ炒めが本当は食べたかったけど、今日みたいな日にレバーが少なかったら幸先《さいさき》が悪い感じがしてかなり引きずると思ったので最初からもやし炒めにしておいた。それでもやし炒めを食べていたら、ヨウちゃんが入ってきた。「お、先生」なんて言って僕の隣に座ってきた。彼女は餃子《ギョーザ》と瓶ビールを注文し、僕にもビールを注いでくれた。僕はこの時、思っていた、レバニラ炒めにしておけばよかったと。彼女を相手に「見てよここのレバニラ炒め、レバーが少ないだろ？　急にこうなったんだよ」と大きめの声であいつらに聞かせることもできたわけだ。まあ、小さな話だ。

ヨウちゃんはバイト帰りではなく、たぶんあのアトリエで創作をしていたのだろう、「朝からなんも食べてなくて、出てきた」と言っていた。僕のラーメンとチャーシュー丼が立て続けに来た。空腹の彼女を前に僕は食べづらかった。早く彼女の餃子出せよと思ったけどあそこの店員はくっちゃべっているから、時間がかかる。仕方なく「どっちかあげようか」と言うと彼女は餃子が来るから平気と言ったけど、僕がここのチャーシュー丼うまいよと言うと、「そうなんですか？」なんて言って顔を輝かせた。ヨウちゃんは店員に取り皿をもらい、遠慮がちにレンゲで取った。もっと食べていいよと言うことで僕は安心してラーメンを食べることができた。そしたら彼女が、「せっかく痩せてきたのに食べすぎじゃないですか？」と言ってきた。痩せたと言われて嬉しかった。だから、ラーメンを食べる手が止まってしまった。ヨウちゃんにチャーシュー丼を全部あげると言うと、喜んでいた。最初からそれが狙いだったのかもしれない。

彼女の餃子が来て、僕にもくれると言った。ヨウちゃんは6個載った餃子をぱくぱく食べていって、それはものすごい速さで、残りが2つになったけど、彼女はとても美味しそうに食べていて、僕は手を伸ばすことができなかった。ヨウちゃんは平らげてから僕に、「あれ、餃子食べました？」と訊いてきた。大丈夫だからと言ったのだが、彼女はまるで僕が悪いみたいに「なんだよ、食べちゃった」と、なんかちょっと文句のような感じで言ってきた。「遠慮してたの？」とまで言われた。僕は別に、そんなに餃子が食べたかったわけじゃない。食べたかったのなら最初から注文している。

変な空気になって、そしたら彼女が、いまからみゃーちゃんの家に行かないかと言ってきた。そういう約束になっているのかと訊くと、なっていない、でも行こうと言う。僕は、そういうのいやがられるよとたしなめたけど、結局ついていってしまった。もちろん迷いはあった。正直、行きたくない気持ちのほうが強かったはずだ。だって、このまま会わないでいたほうが、せっかく前よりはいい感じで終われたわけだから、また会えば、その分、さよならの形が醜くなりそうでいやだったし、誰かが部屋にいたりしたら、ものすごく気まずいと思ったし、そういう状況を目の当たりにしてまた余計な感情が生まれるのもいやだった。なのに行ってしまった。

とりあえず、仕事へ行ってくる。今日も頑張ります。

ただいま。患者さんにご機嫌ですねなんて言われてしまった。別に全然ご機嫌なんかじゃない。それであの日はヨウちゃんと宮子さんのところに行ったわけだけど、電車に乗って、あの道を彼女と2人で歩くというのはとても変な気分だった。駅前のコンビニで赤ワインを2本買った時、僕は電話もせずに行くのとヨウちゃんに訊いたが、ヨウちゃんは「したら、つまんないんだよ」と言った。

彼女の部屋に辿り着くと、ヨウちゃんは「貸して」と僕からコンビニの袋を奪い取った。そして悪びれる様子もなくドアを開けた。台所に立っていた宮子さんは僕らに、「わあ」と明るい顔を見せた。特に驚いたという感じでもなく、困っているようにも見えなかった。そしてヨウちゃんは「偶然に近所の中華屋で会ったんだ」と言った。宮子さんは「ご近所さんだもんね」と言った。まるで最初から2人は約束をしていて、偶然に会った僕を連れてきた、というようなやりとりだった。

宮子さんはさらに「じゃあごはんはもう食べてきたの?」なんて言っちゃって、ヨウちゃんは「うん。みゃーちゃんは食べた?」と言って、それから「赤ワイン買ってきた。2本」と言った。買ったのは僕だ。コンビニに寄ってワインを買おうと気を利かせたのはたしかにヨウちゃんだったけど、お金を出したのも、運んだのも僕。ついでに言えばラーメン屋だって僕がおごった。まあラーメン屋では一応しおらしくお礼なんか言ってたけど。

「じゃあ飲もう」宮子さんはそう言って、ご機嫌だった。2人が台所で準備を始めた。僕も手伝うけどと声をかけると、ヨウちゃんにワインの準備を命じられた。グラスをテーブルに持っていくと、ワインはどちらともコルクではなく、僕の仕事は終わってしまった。2人の所へ戻って、「コルクじゃなかったよ」と伝えると、ヨウちゃんに「あっそ」と言われ、お皿を運ぶよう命じられた。宮子さんがベランダに出たので、僕も行った。ほおずきが赤く色づき始めていた。「夏がいくんだね」と言うと、宮子さんは振り返って微笑んだ。僕も、笑った。去年、宮子さんが言ってた、「ほおずきが赤く染まっていくのにならんで、夏がいく」と。去年の僕はそれを、ひどく淋しいと思った。だけどこの時の僕は秋の始まりを歓迎したい気分になっていた。なにか他に摘むものはあるか訊くと、もうないよと、もう終わるから座っていてと言われた。

摘んだ野菜を宮子さんが洗い、ヨウちゃんがそれを軽く拭いてガラスの器に盛り付けていく。僕はそれを見ていた。2人が何かを小声で喋っていたのが気になったけど、耳をそばだてても聞こえなかった。

テーブルに並んだのは、マッシュルームの入った摘みたてサラダと、里芋のポテトサラダ、チーズ、フランクフルト。ヨウちゃんは、みゃーちゃんお手製のフランクフルトはやっぱり美味《うま》いと絶叫していた。「ヨウちゃん大好きだもんね」と宮子さんが言うとヨウちゃんは宮子さんの肩にアゴを載せ、甘えるように笑った。僕はいままで食べさせてもらったことがなかった。食感も香りもよくてジューシーで僕も頑張って美味いをアピールした。なんだか終始、宮子さんが母親でまるで僕らが愛情を取り合う子どものようで、ほんとに、思い返すと不快だ。

ヨウちゃんは宮子さんにしきりにタイケンくんが結婚する話をしていた。タイケンくんは2人の共通の友人らしい。どんな男だろう、名前からがっちりしていそうなイメージが浮かんだのだが、お嫁さんのウエディングドレスをタイケンくんが自分で作るのだとか言っていたから、なんだか只《ただ》者《もの》ではない気がする。

そんなに飲んだつもりはなかったけど、僕がついていけないような話ばかりをヨウちゃんがするからか、ものすごく体が、肩の辺りからだるくなって、それでも結構がんばって参加していたはずなんだけど、気がついたら朝だった。たしか、挑戦する気持ちについて、何かに挑戦することの意義とか、最近何に挑戦しているかとか、そんなような話をしていて、その記憶が最後。

「挑戦」というのは、僕がこれまであまり考えてこなかった言葉の気がした。挑戦といえるものをやったことがあっただろうか、と考え始めてしまい、だいたいそんなことでアルコールが完全にまわってダウンでもしたのだろう。目を覚ましたら、宮子さんが隣で寝転んでいた。宮子さんが見ている先に目を向けると、すごかった。小さくてまるい虹《にじ》がたくさん部屋の壁や植物に映っていた。僕が目を覚ましたことに気づいた宮子さんが「綺麗でしょ」って言った。僕が、うん、と答えると、彼女は、おはよう、って言った。僕はなんか、おはようって返せなくてまた、うん、と言うと、彼女は僕を見た。そして、「一緒に見られてよかった」って、そう言った。僕はまた「うん」と答えた。2人でしばらく虹を見ていた。サンキャッチャーが風で振り子のように揺れると、虹もユラユラと動く。ずっと見ていられる。

ヨウちゃんがいなかった。「帰ったよ」宮子さんが言った。僕をおいて帰るなんて不思議だった。頭がぼーっとしていてしばらく動けなかったけど、さすがにもう帰らなければと体を起こした時、宮子さんが「おめでとう」って、「昨日、お誕生日だったよね」って。覚えていてくれた、それが嬉しかった。ヨウちゃんとケーキを作ってくれたのに、僕があまりにも気持ち良さそうに眠っていた為に2人は起こせなかったらしい。「今日はこれからどうするの?」と訊かれて、家に帰って、それだけだと言うと、お昼ごはんを食べていかないかと言われた。何が食べたいかと訊かれてすぐに答えられなかった。まずは朝ごはんを食べようと、用意するねと宮子さんは台所へ行った。宮子さんは僕に白湯をくれた。宮子さんが出してくれる朝の白湯の味、お別れしたことを忘れそうになった。朝食の準備をする宮子さんの後ろ姿をしばらく眺めていた。カップを返しに台所へ行くと、宮子さんが涙目だった。あくびをした後らしかったので、宮子さんは寝られたのと訊くと、寝たよと言っていたけど、いつ寝たというのか。のちにヨウちゃんが何時に帰ったのかという話になった時にも、2人でごろごろ寝てたと彼女は言っていた、ヨウちゃんは朝方に帰ったと言っていた、浴槽にお湯が入っていた、タオルはハンガーに2枚かかっていた、こういうことを考えるからいけない。別にそういうことを細かくチェックしたいわけではない。朝食を作る宮子さんに手伝おうかと言ったら、「お風呂でも入ってくる?」と言われ、汗を洗い流したかったので、シャワーだけ軽く浴びさせてもらうことにして、浴室に行った。ここですでに使われたと思われるタオルがハンガーに2枚かかっていたのを見ただけ。僕は、タオルを出して使ってと言われていたのでちゃんと棚からたたまれているのを出して使った。軽くなんて言っておきながら、髪と体を入念に洗った。浴槽のフタを開けると、オレンジのようないい匂いがした。僕はシャワーを浴びながら、40代スタートの年を良いものにしたいと考えていた。大人らしく穏やかに暮らそうと心に誓っていた。僕も同じところにタオルをかけて並べ、部屋に戻ると、パンの焼けるいい匂いがした。「あれ、ちゃんと髪、乾かしておいで」と叱られた。ドライヤーで髪を乾かし、戻ると、テーブルに朝食が並んでいた。ハムとチーズのホットサンド、かぼちゃのスープ、ブロッコリーのサラダだった。好物ばかりだった。

お昼ごはんはハンバーグをリクエストした。目玉焼きのせのデミグラスだとかチーズバジルソースなどの提案もあって迷ったけど和風にした。

朝食を食べて、2人で足りない食材を買いに行った。宮子さんは誕生日用のロウソクも買ってくれた。会計は僕に出させてと言ったのだが、お誕生日なんだから駄目だよと言われた。買い物の帰り道、お店は月曜日から再開させるという話になったのをきっかけに、お店の休みをどうやって決めているのか訊いてみた。「気分。って言うと、ワガママな感じだよね」と宮子さんは言った。マッサージは知っているお客さんしか受け付けていないからその予約が入っていないかぎりは気分で決めているという。それなので販売のほうでは、休みも開閉の時間もいいかげんになっていて、お客さんには、行ったのに開いていなかったなんてことをチクリと言われることもあるのだそう。こんなことを、いまさら知った。訊きたいことはあまり遠慮せずにその都度訊いておけばよかったのだろうと過去を悔やんだ。

ハンバーグは和風にして正解だったと思う。大根おろしと大葉を載せたハンバーグに、おろした玉ねぎなんかが入っているタレがかけられて、ほんのり甘くて、ジューシーで、最高だったから。一緒に作れたのが楽しかった。「手伝うよ」「お誕生日なのに?」「うん、一緒に作りたい。教えて」「いいよ」このやりとりが、なぜか無性に嬉しかった。レシピを貰ったのだった、台所に貼っておく。宮子さんの字が好きだ。

ハンバーグを食べると、ヨウちゃんと作ってくれたというケーキが登場した。それは、だいぶヨウちゃん色が強く、大胆で、どうなってるんだってくらいに斬新《ざんしん》な姿をしていた。切ると絶対に崩れちゃうからこのまま食べようと宮子さんも笑った。「さしちゃっていいかな」と、宮子さんは、長いロウソクを4本、水色、黄色、緑、ピンク、ケーキはさらに不思議なものとなった。火を消す時には、もう一度改めて、いい40代にすると、誓っていた。ケーキの味は宮子さんが管理してくれたのだろう、上品な甘さで、見た目とはずいぶんなギャップがあった。

僕の気持ちをおかしくしたのは彼女が言った、僕といるとやっぱり楽しいという一言だった。僕は笑って返すしかない。なんて言えばいい、僕といて何が楽しいの、楽しいって言うならさ、何が? もっと具体的に言ってよ、そんなふうに思った。思っただけ。そんなふうに彼女に言えない。結局わずらわしいのは、僕が、なんだかんだ言ったって喜んでしまっているということ。また遊びに来てと言われて、いつが空いてるのと言われて、僕は、僕なんかほとんど空いてるよなんて笑って答えちゃって、来週の土曜日に夜ご飯を食べに来てと言われて、喜んでいる。見送る宮子さんに手を振り返した、その手が震えた、みっともなく。

僕は、何に傷ついたのだろう、一緒にいるあいだはあまり感じなかったのに、家につく頃には、ものすごく、もやもやと、自分の言動に対する後悔のようなものというか、そんなのもあっていてもたってもいられなかった。

　僕はあの人にとってどうでもいい存在のはずだ。それはもう確定している。なのに僕をあんなに簡単に、受け入れる。それがいやだったのだろうか、あの人は、そうやって誰のことも受け入れてしまう怪物なのかもしれないもんな、忘れてるわけないんだあの日を、彼女を罵倒したあの日をなかったことにしたいって僕だって思っていたはずだけど、本当になかったことのようにされるのも、不安なんだものすごく、恐ろしいよ、宮子さんも、僕自身も。

　だって、特別なんだあの人は、僕にとって特別だ。好きになれる人はこの先、他にもいるかもしれない。でも僕はこんなに感情をぐちゃぐちゃにさせられても今はあの人のことしか考えられないみたいだ。受け入れてくれるのなら、傍で彼女を感じていたいと思ってしまっている。どんな関係でもいい、傍にいたい、この想いを、恋にしなければいい、そうすればうまくいくのだろうか、うまくいくというのは、どういう状態をいうのか、つまりは全部僕の心しだいなのではないか、そうだろう。僕の心が強ければ何も問題ない。

　来週の土曜、18時、宮子さんの部屋。

　ヨウちゃんにはケーキのお礼を一応言いに行かないと。

9月8日（土）
　約束の6時より1時間早く行った。ヨウちゃんのようにいきなりドアを開けるなんてことはできず、下で「ごめん、ちょっと早く着いちゃったんだけど、行っていいかな」と電話をかけて、階段を駆け上がり、ベルを鳴らした。ドアを開けた彼女に、「誰かいる？」と訊ねると、少し哀しいような顔をして、いないよと言った。午前に1件と昼過ぎに1件、マッサージの予約が入っていたらしい。ごはんの用意がまだできてないと言うので、僕も手伝いを申し出たけど、今日は断られた。

来る途中で酒屋に寄ってアラックプトゥリを探したけど、置いてなかったので白ワインを買った。アラックプトゥリ自体を店員さんは知らないようだった。そのことを宮子さんに話すと、置いているところが少ないらしく、宮子さんも知り合いに頼んで入手しているのだそう。彼女には、この世にいったい何人の知り合いがいるのだろう。

肉じゃがをものすごく久しぶりに食べたけど、宮子さんの作る肉じゃがは、うちの味と違ってあまり甘くなくて、じゃが芋も皮つきだし、母さんはだいたい上に刻んださやえんどうを散らしていたけど、宮子さんはネギだった。さやえんどうはお味噌汁の具にされていた。肉じゃがってそんなに好きじゃなかったけど、宮子さんが作ってくれた肉じゃがはおいしいと思えた。

あとは海藻となめこと手作り豆腐のサラダ、茄子《なす》のおひたし、赤米。

白ワインを開けず、冷蔵庫で冷やされていた白ビールを飲んだ。宮子さんは「次の時に開けよう。白ワインに合った料理にするね」と言った。次の時は、来週の金曜日になった。今日は早めに帰ってきた。あの部屋は長居してしまうと帰りづらくなる。これからも泊まらずに帰りたい。辛いから。

僕はきっと彼女を知り尽くせば嫌いになれる。彼女もきっと僕を嫌いになる。

10月5日（金）

荷づくり終えた。明日から社員旅行。行きたくない。パスポートを忘れてしまおうかと考えている。

10月13日（土）

社員旅行から帰ってきた。今の僕ならうまくやれるのではないかと思ったけど、やっぱりだめだった。最初のうちは、うまく一体感の中で楽しめているような気分でいたが、一度流れに乗り損ねたら、ついていけなくなった。なんでいつもこうなるのか。周りから浮いてしまう自分を持て余して惨めになって、いじけて情けなくて、嫌う。卑屈になっているのがみんなに知れたら、ますます冷たい目で見られて完全に孤立することは分かっているから、なんとか自分を鈍感に仕立て上げた。

限界だ！　と叫んで、家に帰りたくなったけど、何度も自分で鼓舞して、食いしばって、込み上げる惨めさを塞いでた。こんな自分を本当に愚かだと思う。でも僕にとって団体行動は、自分の人間性に自信が持てないことを再確認させられるものなのだ。

自分がこんな人間であることに耐えられなくなってきている。どうしても過剰に反応してしまう、いっそ全部どうでもいいと思いたいのに。

人から好意を持たれ温かい目で受け入れられるのが当然の人間性が欲しかった。このままじゃ駄目だと分かっていても一向に愛らしさを持てない僕の、つまらない発言、周りからどんな反応が返ってこようと気にせずいればいいのに、開き直ることもできない中途半端な性格をしている。

人と自分を比べて、卑屈になって自己嫌悪。それを繰り返す自分を変えたいといつだって思っているのに。こんな自分が本当にくだらなくていやだ。なんのために生きてるのだろう。煩悩を捨てたい。

誰かのせいにしてしまうのは、簡単で、人を敵視して自分はあくまでも被害者で、それでいられたなら。でも違うってことに、最近の僕は、もうすっかり気づいてしまっている。気づいているから仕方ない。自分の魅力のなさに打ちのめされている。人間ってそんなに簡単に変われないよ。

いま宮子さんに電話してしまった。明日、会ってくれるという。ヒトデのデザインの、ターコイズがついたイヤリングをハワイで彼女のために買った。

10月14日（日）

宮子さんのふとももを枕に寝転がったら、涙がこぼれた。恥ずかしかった。あの人は小さく笑った。「いっぱい泣いていいよ」と言った。どんどん流れ出た。眠気にたゆたう中で「涙は人間が排出するものの中で一番綺麗なものなんだって」なんて声が聞こえた。あの人はかなり不道徳な人生を歩んでいると思う、それなのになぜこんなにも僕に安らぎを与えるのか。嫌いになりたい。

10月17日（水）

「ずいぶん小さなものに縛られておいでなんですね」

最近よく見るゴキブリ退治製品のCMに出てくるセリフ。耳について離れない。

11月11日（日）

最近は、黙って一緒にいることが多い。息苦しさは不思議と感じないし、居心地もいい。ただ、そうしていると時々ふと、なぜ僕はここに通うのだろう、そんなふうに思う。僕らが会うことにいったいなんの意味があるのか、でもそんなことを言ってしまったら、誰とだって、なんのために会うんだってことになる。もう会わなくていいか、とは、まだ思えない。

11月23日（金）

「そもそもさ、なんで僕に興味持ってくれたの？」と訊いた。あの人は、「分からない。好きだって、思った」そう言った。宮子さんは、図々しい。僕は彼女を醜悪なものとして見なければならないのに、それができない。好きという言葉にやっぱり嬉しくなる。何が正しくて何が間違っているか、僕は分かっているはずだ。難しいことじゃない。それなのに僕は、甘いほうへと自分を許してしまう。

小説なんかでいうなら、禁断の恋に身を投じる少女、そんな感じで僕は未来を無視している、この歳で。代償を払う日が来るかもしれない。こんなふうに人生を費やすことで、大切な何かを見逃していくのかもしれない。本当は用意されているかもしれない僕に見合った運命の相手との出逢いとか、仕事でのチャンスとか。気を取られているあいだに過ぎていく。間違った選択をしていると分かっている。だけどもうちょっとだけ、このままでいたい。

11月29日（木）

とんでもない話を聞いた。宮子さんに電話してみたが特に変わった様子はなかった。混乱してる。仕事の帰りに、駅の近くで突然ヨウちゃんに後ろから肩を摑まれた。おととい宮子さんの部屋で男が首を吊って死んだ、ヨウちゃんはそう言った。駅にいれば会えるだろうと僕を待っていたらしい。この話をするためにわざわざ。ヨウちゃんの顔が恐かった。約束の時間に部屋に行ったら、首を吊った男の遺体を発見し、宮子さんが帰ってくるのを待って警察に連絡したと言っていた。遺書も残っているし自殺だろうということだったけど、宮子さんと彼女は取り調べを受けたそうだ。しかもヨウちゃんは、警察に連絡をする前にその遺書を読んでしまったらしい。なんて書いてあったのか訊いたけど、それは彼の名誉のためにも言えないと言われた。自分は勝手に読んでおいてどうしてそういうことが言えるのだろう。

宮子さんはその人を見て、ものすごく泣いていたと言っていた。でもさっき電話をかけたら宮子さんは電話に出たし、いつもと変わらない様子で、むしろ明るい声に感じて、だからどうしていいか分からなくなって僕は、明日か土日のどこかで行ってもいいかと言った。そしたら、明日から東京にいないらしい。いつ戻ってくるのかを絶対に訊いておかなければと思って、そしたらどこに行くのか訊くのを忘れた。なんの用事なのかも訊けてない。予約が入っているから月曜日の朝には帰ってこないといけないと言っていた。「木曜の夜でよかったらどう？」と言われた。木曜の仕事帰り、宮子さんの部屋で会うことに決まった。僕はそれでやっと、訊いた、「だいじょうぶ？」なんて漠然とした訊き方しかできなかったけど、彼女は思い当たるようなふしがないといった様子で「なにが？」と言った。だから、ヨウちゃんの言っていることは、嘘だと思う。でも、なんであんな嘘を言う必要があるのか、イタズラにしては悪質すぎるし笑えない。宮子さんは本当に明日から東京を離れるのだろうか、ちゃんと帰ってくるだろうか、月曜日に帰ると言っていたのだから、大丈夫だ。

ヨウちゃんに、若い人なのかと訊いたら、32歳だって、と言っていた。僕がベランダで見た男だろうか。あの男は、宮子さんのお兄さんなのかもしれないと思っていた。でもまず死んだ男はお兄さんではないだろう。そうであればさすがに宮子さんの言動でヨウちゃんが分かるはずだ。ヨウちゃんはお兄さんだと言っていなかったわけだから、それに取り調べでも死んだ男の名前は聞かされたのではないか。

ヨウちゃんのところに行ってもう一度ちゃんと話を聞こうか、でも、あの真剣な顔で嘘を言っているのなら、恐すぎてもう関わりたくない、しかも僕に、「そろそろなんじゃない？」って言ってきて、何がと訊いたら、最近のみゃーちゃんはなんか変だから気をつけたほうがいい、だなんて言われて、僕はなんかそのはっきりしない、じらすような物言いに、苛ついたから、「なに言ってるの」と感情のままに言ってしまったら、「まあ、ご自由に」と言われた。帰ろうとするヨウちゃんの腕を摑んで、なんだよって言ったけど、ヨウちゃんは笑って「バイバイ」と言った。物凄く頭にきて、だから思わず摑んでたその腕をできる限り乱暴に放った。なんであんなふうに笑ったのか、あいつはなにがしたいのだろう、わけわかんない、なんなんだよあいつ、絶対に嘘だ。

12月6日（木）

宮子さんにやっぱり変わった様子は見られなかった。部屋も特に変わったところは見つからなかった。どこに行っていたのか訊いたら、鳥取にお嫁に行った友だちに子どもが生まれたので会いにいったという実にめでたい話だった。

宮子さんがトイレに行っている時に青い棚の引き出しの2段目を開けてみたけど、ヨウちゃんの言うような髪巻きなど見当たらなかった。他の段も開けてみようと思ったけど、トイレから音がしてやめてしまった。

宮子さんに、ヨウちゃんと何かあったかというふうに訊いてみたら、「何かって？」と逆に訊き返されて、「呼ぶ？」と言われて、いやいやと断ったら、「先生はヨウちゃんと仲いいの？」と言われてしまったので、僕は強く「全然」と否定して、思い切って「ヨウちゃんって、ちょっと嘘が多いの？」と訊いた。そしたら彼女はちょっと顔を曇らせて、しばらく黙った、そして「どうして？」と言った。僕はなんとなくそういうタイプの人に見えるからと誤魔化した。逃げたくなった。何か言ってたのとさらに訊かれて、僕は、特に何もないと言い切って、無理やり話題を変えた。僕はヨウちゃんが嘘を言っていると思う。

危ないからドアの鍵はかけようよと改めて僕はお願いした。宮子さんは、そうだね分かったと言った。基本的にはかけているけど忘れることも多いなんて言い訳をしていたが、あれは嘘だ。日頃から鍵をかけないでいると悪いものを呼び込むって聞くよ、なんて、聞いたこともない嘘を僕も言った。でも「聞くよ」は嘘だけど、悪いものを呼び込むというのは嘘じゃない。僕は、鍵さえ開いていなかったらあんなふうに、侵入したりなんかしなかったのだ。

12月7日（金）

いてもたってもいられず、仕事が終わるとららに向かった。ヨウちゃんがいたので、待っているから少し話せないかと声をかけた。仕事を終えたヨウちゃんに、どこで話すか訊かれて、僕は帰りながら歩いて話すのでもよかったが、彼女がお腹が減ってるし、と角のラーメン屋を提案してきたので従った。

僕らはテーブル席に座った。僕は、このあいだの話は本当なのかと訊いた。彼女は、「嘘でそんな話すると思う？」と言った。

もちろんそんな嘘をつくなんてあり得ないと思うよ、だけど部屋に痕跡はなかったからどこで亡くなっていたのかな、と、そんなふうに訊いたら、「会ったんだ？」とまず言われた。あれから最近はまたちょくちょく会っているよと答えた。ヨウちゃんは「やっぱりね」と言った。そして、「みゃーちゃんがきれいさっぱり片づけたんでしょ」と言った。だから「やっぱりね」というのがどっちにかかっているものなのか分からなかった。

それからヨウちゃんは「首吊りは汚物ばー、目ん玉や内臓はぶらんぶらん、なんて思ってるでしょ。でも全然。きれいなもんでしたよ」と言った。「みゃーちゃん教えてくれなかったんだ」と言われた。そして、「まあ、言えないだろうね、この部屋で男に自殺されたなんて」と言った。それは、たしかにそうだろうけど、僕はでも、ヨウちゃんがどこまで詳細に説明できるか、それで真実を探ろうとした。もう一度、どこで首を吊っていたのかと訊いた。「あんまり聞かないほうがいいんじゃない？　それに、私だって動揺してるんだよ。見ず知らずの人が死んでる姿を目の前で見るなんて初めてだったんだから」そう言われた。もしも、ヨウちゃんの言っていることが本当だとするなら、僕はとても無神経なことをやっていると思った。だけど僕は宮子さんを信じたいから続けた。遺書を読んだんだよね、ともう一度確かめた。ヨウちゃんは、字の感じや内容なんかが強烈に焼きついてしまって後悔していると言った。その人は宮子さんとのことが原因だったのかと訊いたら、それだけじゃない感じだったけどみゃーちゃんに冷たくされたみたいだったよと言った。

こうやってここに整理していくと、結局肝心の具体的なこと全部はぐらかされているよな。でもヨウちゃんの表情や口調の感じはどうしても嘘をついているように思えなかった。

ヨウちゃんが「先生も気をつけなよ」と言ってきて、またちょっとムカついたけど、「ああいう人は急に前ぶれもなく冷たくなったりするから」という言葉には、否定できないものがあった。でも僕は、「なんでそんなことになるんだよ」と言った。彼女は、「さあ」と言って、「もちろんみゃーちゃんなりに理由があってのことなんだろうけど、でもきっと、その理由を絶対に口に出したりしてくれない。態度だけであらわすんだよ。あのコはそういう人なの」って。なんでヨウちゃんはそうやって、決めつけて言い切るのだろう、それで僕に「先生は追いまわすでしょ」と突然言ってきて、「は？」と乱暴に返したら、「そんなふうにされたら、しつこく追いまわすタイプじゃないですか？」って、しつこいのはおまえのほうだろうと思ったが、ここでムキになって言い返すといいようにやられそうだったから静かに「そんなことできないよ」と答えたら、笑われた。

ヨウちゃんは、「そんなことしたって、もう取り返せないですからね。もっともっと嫌われるだけだから。一方的で見苦しい求愛にほだされる人なんてほんの一部の人間だけだよ」と言った。私のこと、こんなに愛してくれるのねなんて感動する女は本当に稀で、ましてや宮子さんみたいな人はそういったアプローチには慣れている、とか、でも自殺されるのはさすがにこたえるみたいだね、だから彼は自分の存在を宮子さんにしっかり残すことには成功したのだろう、とか、言っていた。終わりが見えたなら自分はいい思い出だけを残したいけどとかそんなことも言っていた。前に話した時は崩壊の先にあるものがなんたらとか言っていたくせに。

宮子さんとのことで困ったことがあったら、まずは相談してみてと、力になってあげられるだろうと言われて、しまいには、「死んだりしないでよね。せっかく仲良くなったんだから」なんてことまで言われた。ヨウちゃんは、僕と宮子さんの信頼関係を壊すのが目的であんな変なことばかり僕に言ってくるのだろうか。もしそうならゾッとする。宮子さんを信じたいのに、ヨウちゃんの言葉が力を持っていて僕の心を曇らせている。哀しいことに、どちらかが僕に嘘をついているということは間違いがない。それが宮子さんであってもヨウちゃんであってもいやだと僕は思っている。もしも宮子さんが嘘をついているとするなら、僕は宮子さんを守りたい。強くなって、心をどこまでも強くして全力で宮子さんを支えたいし、どんな宮子さんであっても受けとめたい。

なにかと不便なのでヨウちゃんから携帯電話の番号を教えてもらったが、できるなら連絡を取らずにいられたらと思う。

12月14日（金）

「今度ヨウちゃんとはいつ会うの？」と何気ない会話の感じで言ったけど、なんでと返された。警戒された気がする。なんとなく訊いただけ、と言うと、宮子さんは近いうちに会うよと教えてくれた。ヨウちゃんにモデルを頼まれていると。

ヨウちゃんは、こんな時に宮子さんをモデルにして、今度は何をするつもりだろう。僕の木彫りの宮子は、ほったらかしになっている。

宮子さんがモデルをやっているところを見てみたいなあと言ってみたら、「たぶん裸だよ」と言うので、尚更《なおさら》見たいと冗談で言ったのに、宮子さんは笑ってくれず、僕は一人でヘラヘラしてた。「ヨウちゃんに訊いてみたら？」と言われ、僕が返事をするより先に「でも、いやがると思うな」と言った。宮子さんの言い方はどこか冷たかった。前ぶれもなく冷たくなったりするというヨウちゃんの言葉がよぎって、空気を変えたかった。でも宮子さんが、「ヨウちゃんと何かあったの？」

と訊いてきた。僕は「ないよ」をやたら連発してしまった。「今度また3人でごはん食べようよ」と宮子さんは言った。

僕は気分がすぐれなかったし、今日は、雰囲気が特に悪いというほどではないけどでもなんとなくいい感じでもなかったから、あまり長居せずに帰ってきた。なんだろうこの気持ち、宮子さんはやはり何か、変わったかもしれない。

ヨウちゃんに惑わされたくない。

12月23日（日）

僕が見たものは、なんだったのか、僕は宮子さんの部屋に向かっていて、立ち話をするヨウちゃんと宮子さんの姿があったから、隠れるというほどでもないが、ちょっとそんな感じで近づいていった。宮子さんが突然、道の真ん中に行って、仰向けに横たわった。でもヨウちゃんは塀に寄りかかりそれを黙って見ていて、奥から車が来て、僕は急いで走った。僕より先にヨウちゃんが前に出て、車を止めた。そのヨウちゃんの様子はいたって冷静で、宮子さんの手をひっぱり、ひきずるように道の隅へと宮子さんを動かした。何してるんだよって、頭にきて思わず僕は怒鳴った、けどヨウちゃんは見たこともないくらい真面目な顔で僕を一べつして、それからは、地べたに座りこんだままの宮子さんを黙ったまま見下ろし続けた。僕は宮子さんに「立てる?」と声をかけたけど、2人とも僕を無視して互いから目を逸らさず、とても異様だった。

宮子さんの目、ヨウちゃんを見上げているあの目、僕は思わず見入ってしまって、そしたらその顔がこっちを向いて、表情は変わってしまった。そして僕に、今日は帰ってと、連絡するからと言った。僕は、「とりあえず移動しようよ」と出しゃばってしまって、それをまた2人に完全に無視された。通りかかる人が変な目で見ていっても2人は動こうとせず、僕が邪魔だってことは分かっていたからその場を離れるしかなかった。

帰るふりをして、離れた所から見ていた。２人はそれからもかなり長いことそこから動かずにいた。そして宮子さんのアパートメントのほうへと消えた。

なんだったのか、宮子さんはヨウちゃんに何かを言われて、それで困ったように道の真ん中へ出たように見えた。命令されていたように思えた。たとえ宮子さんに原因があったとしたって、あんなことまでさせるのは、あの女は本当にどうかしている。でも僕も、どうかしている。宮子さんのあの姿、あの目、あんな顔するなんて、僕の想像の中からは生まれない顔だった。見ていて、切なくなって、正直僕は欲情した。気持ちの整理がつかない。

12月24日（月）

さっき、宮子さんから昨日はごめんなさいと電話があった。いま夜の10時過ぎだけど、今夜は１人であの部屋にいるらしい。

謝ってくれなくてもいいから、昨日の出来事を説明してほしかったけど、いつもの通り、僕には話したくないようだ。何があったのか、なぜあんなことしたのか、訊いてもあの人は黙ってばかりで、ヨウちゃんを怒らせた自分が悪いということしか教えてくれない。だからってあんなふうに言いなりになったりするのはおかしいでしょと言ったら、そういうのじゃないのと言っていた。何がそういうのじゃないのか、「先生は優しいから」とまたそんな言葉で誤魔化された。僕は負けじと、「何それ」というふうに返したのだが、「明日会いたい」と言われて、とりあえず、それ以上その流れで続けるのはやめた。僕は昨日のことを、見なかったことにするしかないのだろうか。嫌われたくないから。宮子さんはいったい何をしてヨウちゃんをあんなに怒らせたのか、いろんなものが胸につかえて苦しいのに、宮子さんのあの顔にあんなふうになってしまった気持ちとか、どう処理すればいいのか、とにかく明日は会いたい。クリスマスだし。クリスマスに会うの初めてだ。ケーキを買っていくのがいいか、でも宮子さんのことだから、作っているだろうか。とてもそんな気分ではないだろうか、僕は、クリスマスプレゼントを持っていく。明日のお昼休みを使って買いに出るしかなさそうだ。そんな短時間で、行けるところも限られていて、いい物が見つかる気がしないけど。

今日はもう寝て、なるべく何も考えないほうがいい。そのほうがあの人とはうまくいくってことは、分かっている。考える必要なんてない。そのほうが僕だって楽しいのだ。

12月26日（水）

昨日は、終わりがけに急患が入り少し遅くなった。ごはんも食べずに待ってくれているであろう宮子さんを思って急いだ。今日は楽しく過ごそう、僕は最大限に彼女に優しく接し、僕にできる精一杯の力で楽しませ、変なことを中途半端に訊いたりするのは絶対によそう、そうやって決めて行った。だけどまたヨウちゃんがいた。女サンタクロースの格好なんかしちゃって、僕のいないあいだにできあがった2人の雰囲気に乗っかっていけず、居場所がなかった。宮子さんは体のラインに沿った赤いワンピースで、白いふわふわが胸元と裾《すそ》のところに付いていたりして、その可愛さが、僕をますます孤独にした気がする。

ドアの前に立った時、中から奇声なのか笑い声なのか、なんともいえない下品な声がして、すぐに分かった、ヨウちゃんだって。ベルを鳴らす手が情けなくも震えて、ドアを開けた時の宮子さんの顔が物凄く楽しそうで、足蹴にされたようなっていうか、なんだかわけわかんねー、って、自分がいかに不必要な人間か、そんなふうに感じた1日だった昨日は、最初から。

ただの目撃者であって、言ってしまえば一番関係のない僕があの日のことを引きずっていて、僕はヨウちゃんのことだって少しは心配していた。でもそんな僕の気持ちは、あの人たちにとってはどうでもいいことで、むしろ、無遠慮な、干渉だよ、いくら宮子さんを心配したって、僕のそういう気持ちを、彼女がこれっぽっちも望んでいない。それを悔しく思うのは、僕が間違っている。だけど、僕との約束だったのだ、あの日だって昨日だって。それを邪魔しておいて、僕に対する配慮っていうか、ヨウちゃんはもちろん、宮子さんだって何かしらの、気遣いとか、特別扱いとか、少しはそういうのがあってもいいはずだろ、だから僕はドアを開けた笑顔の宮子さんに、「ヨウちゃんが来てるの？」とすぐに言いそうになったのを抑えた。こっちから切り出したら楽にさせる気がしたから。僕にこの状況をどう説明するか、それをちゃんと見たかった。でも、2人の口から何もなかった。当たり前のようにヨウちゃんは存在して、宮子さんの体にもべたべたくっつく。たとえば台所に立つ宮子さんの背中に甘えて抱きつく、僕と喋っている宮子さんの口にイチゴを食べさせる、そうやってやりたい放題で、僕がどんなに冷たい態度でヨウちゃんに接しても、彼女は、かえってそれを楽しんでいるようだった。僕の顔を覗きこんで、にやけてきたりした。露骨に迷惑そうな顔で「なんだよ」と言ってやったのに「機嫌悪いんですね」とか言い返してきて、女のこういうところが本当に嫌いだ。

「機嫌悪いに決まってるだろ、なんでおまえがいるんだよ。このあいだおまえのせいでオレは彼女と過ごせずに帰ったのに、図々しく今日もいるっていうのはどういうつもりだよ。帰れよ。あんだけ仲悪そうにしてただろうが。ほら帰れ」はっきりそう言ってやれてたらよかった。「は？　全然」となぜか言ってしまった。

あいつは、あの日からずっと宮子さんの部屋に泊まり続けていた。それはピアスを自慢された時に知った。イヴの日に電話があった時、1人でいると言っていたが、よくよく考えると僕の「いま1人？」という質問に彼女は「うん、いま1人」と答えたわけで、電話をくれた時にそこにヨウちゃんがいなくて、いまは1人で電話をしているという意味だったということだ。もしくは嘘をついていて、その時あいつはしっかり横にいたのか。あいつはしかも、宮子さんの耳たぶに穴を開けやがった。宮子さんの耳たぶ、オレンジ色の玉のピアスが突き刺さっていた。あいつのいっぱいガチャガチャしている耳にも同じピアスがあった。それで、「昨日開けっこしたんだー」と言ったから、いつからいるのかと訊ねたら、「ここんとこ。もう何日でしょうか。帰り損ねちゃうんですよね」って言ったのだ。僕は宮子さんを見たけど、彼女は僕に微笑みで返した。宮子さんがヨウちゃんに帰ってと言わないのは、なんだ、ピアスだって、本当は開けたくなかったのに無理やり開けられてしまったのだろう、全部あの日のことが関係しているかもしれないけど、僕が考えたところで彼女は僕に助けて欲しいなんてこれっぽっちも思っていないに決まっている。僕は無理やりヨウちゃんを連れて帰ったけど、宮子さんは、余計なお世話だと思っているのだろうか、でも、僕が寝ようとしているヨウちゃんをタクシーに一緒に乗せてあげるから帰ろうと説得している時、「そうしてもらいなよ。私も明日は朝からずっとお店なの」そう言っていた。彼女の役に立てたと思いたい。

一度だけ彼女は僕に、「ごめんね」と一応言っていた。ヨウちゃんがトイレに行った時に。それがヨウちゃんが今日ここにいることについてのごめんねだとすぐに理解できたけど、僕は「ん？何が？」と、とぼけて見せた。宮子さんは、「ヨウちゃん……」と言って、僕はその後に続く言葉を少し待ってみたけど、彼女は何も言わなかった。だから僕も「平気だよ、気にしないで」と優しく言ってあげることができなかった。「逆に大丈夫なの？」と訊いてみたが、宮子さんは不思議そうな顔で「え？」と言った。僕は、ヨウちゃんがあれからずっと居座っていることについての大丈夫かに決まっているだろうと思って、でも言い方に悩んでいたら、ヨウちゃんが戻ってきてしまった。

あと、ババ抜きをヨウちゃんがやると言い出して、3人じゃ物足りないなんて言って、誰かが近くで飲んでないか、「トキに連絡してみる」って言った時にはさすがにいいかげんにしろと、ついに怒ってしまおうと思ったが、そこは宮子さんが「3人でも楽しいよ」と言って治めた、それが逆に気になっている。トキというのは誰なのか、男だろうか、宮子さんはそのトキを僕に会わせたくなかった、「ヨウちゃんやめよう、いいでしょ、3人でも楽しいよ」たしかそう言った。あの言い方は、宮子さんらしくなかった気がする。もしかしたらヨウちゃんはトキを僕に会わせたかった、考えたところでしょうがないことだ。

ババ抜きは、だいたいそうなる気はしていたが2回続けて僕が負けて、ヨウちゃんがつまんないと言って終わった。1回目は、最初から僕にババがあって、最後まで僕から離れなかった。2回目はずっとババがなかったのに最後の最後でババをひいた。宮子さんは絶対に僕からババをひかない。さらりとそれをよける。いやになった。

帰りのタクシーは、運転手が非常に感じの悪い人だったし、ヨウちゃんはほとんど爆睡。僕は、なんだかまた自分を嫌いだと思って、何もかも投げ出して、つまりお金も払わずタクシーから降りて、ヨウちゃんをほったらかして、それで、走りたい！　そんなふうに考えたりしたけど、我慢したに決まっている。もうすぐ着くよとヨウちゃんを起こすと、「先生はあのコのために、何ができる？」と訊かれた。僕は、なんだってするよと答えた。いつだって支えるし、とも言った。ヨウちゃんは、「そういうこと望んでる人だと思う？」と僕に言った。僕は、答えられなかった。「僕にはそれを望んでくれていると思うから」と言えばよかった。ヨウちゃんの家の前に着いたので、僕はそこで支払いをし、彼女が家に入っていくのを見送ってから走って帰った。

宮子さんへのプレゼントは、帰り際、ヨウちゃんの目を盗んでさっと渡した。宮子さんは小さく顔で驚いて、黙って包みを受け取った。ヨウちゃんの目を盗んでのやりとり、その時の彼女の特別な微笑み、あれだけだ、昨日の僕に与えられた幸福は。あとは、3人で乾杯をした後に僕にだけもう一度グラスを合わせてくれた時も、ちょっと嬉しかった。その顔がまた可愛かったし。
今日、つけていてくれたりするだろうか。ホワイトゴールドの足首につけるアクセサリーにした。ブレスレットにしようと思っていて色々悩んだけど、結局デザイン性の強いものは僕のセンスでは判断がつかず、店員さんから意外と喜ばれると教えてもらったやつ。アンクレットっていうらしい。そんなアクセサリーがあることすら僕は知らなかった。イタリアのデザイナーなのだそうだ。シンプルだし、まあいやがられはしないだろうと思っている。宮子さんの足首についていたら、僕は、綺麗だと思う。

12月30日（日）

僕を変な気持ちにさせているものの正体をずっと探っている。あのクリスマスの日、宮子さんとヨウちゃんの仲が修復されていたことに対する、物足りなさのようなものがあって、それがしつこく自分の中に残っている。
僕はどうなっていれば満足だったのか、ヨウちゃんを見上げる宮子さんの目、あの日の目が忘れられずにいて苦しい。あの目を見た日からずっと、あの人が他の奴にどうにでもされているのをわざわざ想像しては、苛立ちながら、そして、欲情している。最低だと思う。自分の不純さに哀しくなるのに、その哀しみさえも僕を欲情させているひとつの要素なのではないかと思う。もっと純粋な愛がいいのに。僕は平和な家庭が持ちたいのに。誰かといたわり合って、静かに生きたい。

1月3日（木）

昨日、ヨウちゃんのところに行った。突然行った。彼女のやり方を真似た。ららら に行き、彼女がいないのを確認して、日本酒を買った。

当然のことながら彼女のところに正月らしい食べ物なんかあるわけがなく、コンビニに買い出しに行くことになった。彼女は、やたら丈の長いパーカーを着ていて、その下にブラジャーをつけていないのは、一目瞭然だった。彼女はそれを気にもせず、その上からコートをはおると、素足にサンダルをひっかけて外に出た。コンビニでは、おでん、ミートボール、鮨《すし》、コロッケ、フランクフルトなんかを買った。あと、カニカマとチーカマと、ヨーグルトも。もちろん会計は僕だった。コロッケを食べながら戻った。買ったものを広げて、日本酒で乾杯をしたら彼女はすぐに、「それで何しにきたんですか？」と訊いてきた。僕は、なぜか後ろめたいような気持ちになり、「何しにって、何？」と訊き返してしまった。そしたらヨウちゃんは、空笑いのようなものをした。

お正月だからという理由で日本酒にしてしまったけど、僕は日本酒だとそんなに飲めないから、ヨウちゃんばかりが酔った。ぐだぐだに。宮子さんのわきの毛を、自分が処理している、コツがあって自分は上手で、その仕上がりをちゃんと見ているかと、僕にそんなことを言ってくるから、あの人は甘えると可愛いもんねと反撃してみたらまんまと喰いついたので、僕といると赤ちゃんの頃みたいに戻れるって言ってくれるからさ、と嘘を言ってやったら、泣き出した。馬鹿げているけど僕も泣きそうになった。笑うべきだよ、あの人がそんなこと言うわけないのに。色んなことを無視して2人で勝手に宮子さんを奪い合うような不毛なやりとりが、自分でやっていて反吐が出るほどいやで、そっからだ、なんかものすごく、やけくそになったのは。ヨウちゃんに対して、もうコイツには会いたくないって心底思ったし、帰りたかった。それなのに、宮子さんと何回やったのかをしつこく知りたがったり、パーカーのチャックをゆっくりおろしてみたりなんかしてどんどん僕の気持ちをいじくった。男の人と経験があるのかと訊いてみたら、「大人ですから」という答えが返ってきたので、僕は黙ってしまったけど、

とにかく、やった。やってやったヨウちゃんと。あいつがキスしてきたんだ。で、気持ちよくな

って、パーカーのチャックを果てまでおろしてみた。やっぱり何もつけてなくて、それで自分のやってることに、いやになって、立ち上がって帰ろうと思った時にまた首に巻きついてきてキスされた。彼女の唇がいちいち濡れていて、それがうっとうしかった。やっぱりやめたいって、何度か思ったけど、やけくそだった。あっちが引くぐらい全力でやってやった。事を終えたら、ここ最近の悶々が一気に、血の気とともにひく感じがして、そしたら罪悪感ばかりがひどくなって、動けなくて目を閉じていた。ヨウちゃんが訊いてきた、私のことが好きかって。真剣そうな目だったから、本気で僕に答えを求めているのかと思った。だから言った、好きだよって。嫌いだって言えていたら、気持ちよかったのかもしれないけど、でもその時はなぜか嫌いとも思えなかった。笑われた。「先生って、最悪」そう言われた。好きだよなんて、ほんと最悪だと思う。「帰ったら?」と言われた。黙っていたら、「帰りたいんでしょ?」とさらに言われた。なんでって訊いたら、「私って、そういう気持ちが分かっちゃう人間なんです」と言われた。僕は、帰りたかったのだろうか、このあいだのヨウちゃんみたいに図々しく何日でも居座ることだってできたような気もする。それが、昨日の出来事。彼女のちゃんとした名前を初めて訊いた。ましたようこ

ましたようこは、宮子さんにこれをどう話すのか、彼女は、宮子さんがいやがることをしたかっただけ。僕はそんな彼女の企てに気づかないふりをしてわざとこんなことに乗っかった。最初からこうなることを分かっていて会いにいった、そう言えば格好いいのだろうか。どうなってしまうのか知りたい。単純な好奇心なんかじゃない。宮子さんが好きだから知りたいって思うのだ。そして僕はやっぱり、ましたようこのことが嫌いだ。どうしようもなく嫌い。

1月6日(日)

今日は宮子さんと会う約束をしていた日だけど、電話をして、断った。風邪をひいたと嘘をつい

た。僕は最近、嘘をつくことが楽になってきた。明日は仕事始め、仕事に専念する。

1月19日（土）

綿棒の形に似た木の棒で耳をマッサージしてくれた。耳たぶから、耳の裏、耳の付け根だったりも。

スイッチを入れないでほしい。単純な自分がいやになる。些細なことですぐ笑ってしまう宮子さんの陽気さが好きだ。そんな時の宮子さんは無邪気で、僕は、心が洗われる。この笑顔を失うかもしれないと思うと涙が出そうになる。彼女の背景にある複雑なものから目を背けたい。見返りを求めずに愛せる人になりたい。そう思う感情も嘘じゃない、それなのに反面、この、失うかもしれないという苦しみに、酔いしれそうにもなっているというか、どうしようって笑える自分がいる。ヨウちゃんじゃあるまいし、馬鹿だな。

2月17日（日）

また、木彫りの宮子を始めているが気持ちが入らない。

2月23日（土）

もうひとつのスーパーは遠くて、どうしてもお米を買う気になれなかったが、今日は魚沼《うおぬま》産コシヒカリが5kgで2，500円と安かったので頑張ってしまった。引っ越しを考えている。自由が丘に住みたいな、家賃高いだろうな。

2月27日（水）

夢を見た。耳のふちをハサミで切る。僕は綺麗な形を目指している。痛くなんかない。顔が少しばかり拡大されていた気がする。毛穴から力強く立ち上がってるヒゲの印象がある。耳だって大きくなっていたはずだ。だからとても切りやすかったのだ。

3月8日（金）

宮子さんと、特別な話をしたくて、とっかかりを模索するけどうまくいかない。そうやって僕が宮子さんに対して何かしらの期待とか目的のようなものを持って切り出す時は、たいてい、しらけた結末を迎えてきた。変な空気になったことを感じ取ってからの彼女の気遣いは、そのいい加減な優しさは、僕を谷底へ落とす。彼女に悪意がないだけに、いや本当に悪意がないと言えるのか、でも、悪意があってもなくても一緒だ、僕は、僕自身の能力のなさに打ちのめされている。自分が何もない、薄っぺらい人間であると気づかざるをえない。僕には宮子さんの心を引き出せるほどのセンスも知恵もユーモアも、強さもない。僕にはなにもない。優しさも、愛嬌も、笑い飛ばせる陽気さも、人を翻弄できるほどのあざとさだってない。このままじゃ駄目だ。

あれから2ヶ月も経っている、宮子さんはもうあいつに会っているはずなのに、それに対する反応をあの人の中からなにひとつ探り出すことができない。あいつはちゃんと話したのだろうか、どうやって話したのか、意地悪く、事細かにねちっこく、宮子さんの反応を窺いながら、自分に都合よく、僕に都合悪く、それで宮子さんはあいつの望みどおりにいい表情を見せたのだろうか、嫌悪感を剝き出しにしたり、あの人はしないだろう。悲しんだり、傷ついたり、するだろうか、あいつは絶対に話したはずだ、それなのに、僕の前でいつまでも平然としている宮子さんは、つまらない。つまらないと思っていながらも、宮子さんを直接刺激する勇気はどうしても出ない。問いただされたらなんて言おうなんて考えたことが全部無駄になった。そうやってあの人は、僕の気持ちをないがしろにするよな、いつものことだ。

3月10日（日）

自由が丘を1日中歩いた。いい街だ。カップルを多く見かけて、以前は、ただうらやましく、妬ましかった。最近は、どうやって2人が共に時間を過ごしているか想像するようになった。他人には分からない2人だけの何かが、どのカップルにも存在するのだろう。表では自分が幸せであることをアピールするために笑っているが、実際はもっと泣きたくなるような息苦しさで互いの心を圧《へ》し合っているのかもしれない。

傷つけ合っているように見える2人が案外互いの欲望を満たしているということだってあるだろう。いずれにせよ愛において、頑丈な約束など存在しない。結婚ですらそんな力を持たないのだろう。だから、愛を甘いものだと考える僕がいけない、そんなふうに考えるからおかしくなる。だいたいのことは、まやかしだろう。この世に自分の思いのままでいられる居心地のいい場所なんてない、そういうものだ。どうせいつか錆《さ》びるのだ、錆びていくのだ全て、そうなっている。

3月16日（土）

最近は、宮子さんのことを面倒に思うこともある。だけど、離れたいという気持ちになれない。あの人の中にもあるのだ、きっと淋しさが。そう思えるから、それが僕を摑んでくれている。

春分の日に、お弁当を持って久しぶりに森林公園に行くことになっている。僕は、彼女を優しく見守るだけの、ただそれだけの人間でいたい。そしたら、ちょうどいい距離で、いられるだろう。あの人とは、何も考えずにただのんびり過ごすのがいい。

そんなの嘘だ、平気なふりをして、自分の気持ちを無視してる。本当は彼女のことを丸ごと知りたいのに。僕は嘘つきだ。

3月23日（土）

宮子さんのところで食べたゼリーに、虫が閉じ込められていた。小さい、うすい緑の、あれは何かの幼虫だろうか。やがてそれがキウイへと変態するかのように同じ色だった。宮子さんに見せようと思ったけど、気を遣わせるかもしれないと思ってやめた。そういうこともある。春だ。そっとよけて、やさしくティッシュに包んで捨てた。どうせ死んでいるけど。

それよりも、今朝目を覚ますと、宮子さんがハサミでオリーブの間引きを行っていた。その枝も挿し木するのだろうと問うと、「ああ、これは捨てちゃう」と言った。茂った枝は、どんどんどんどん切られてスカスカになった。あそこまでやる必要があったのだろうか。僕は、早くうちのゼラニウムを宮子さんに見せてやりたいと思った。でもあともう少し。きっと喜んでくれる。

3月25日（月）

朝方起きたら、38・7℃もあった。クリニックを休み、ずっと寝ていた。ワイドショーを久しぶりに観たけど、このあいだ逮捕された女のことばかりやっていた。半年の間に5人もの男を、自殺に見せかけて殺していた女。女はどの男とも恋愛関係にあったといわれている。うち1人は、5年も交際していたらしい。残酷すぎる。殺される時、どんな思いだっただろう。女の年齢が宮子さんと同じだった。

明日も休むってわけにはいかないから、でも眠れなくなった。

3月29日（金）

僕は、高く吊るされていて、首を、自分でか、やられたのか、分からない。ただ、床には母さんが座っていて、僕を見ない。僕は母さんを見ている。涙を降らせたら上向くかなとか考えるんだけど、出てこない。首がどんどん伸びちゃうから早く気づいてほしいのに、こっちを見てくれないからこのまま足が床につきそうだ。もうちょっとで届いたら母さんの頭を蹴とばしたいなんて思って、そんなこと母さんにできないって思ったら涙がやっと出るけど、意味なかった。首が伸びているはずなのに全然床に近づけない。

3月30日（土）

荏田《えだ》まりこは、なんで突然、男を次々と殺したのだろう。時間をかけて信頼を築きお金を引き出す遣り口なのだと推測されているが、全員殺してしまっては、もうお金が入らない。生命保険に入らせていたわけでもない。他にいい金づるができたということなのだろうか。

面倒になったのかもしれない。全ての関係を断ち切りたかった、たとえば、疲れたから。もしくは、本当に好きな人ができたから。どうせ他人の僕が考えたって真相は分かりっこない。きっと被害者の男たちですら分かってないまま死んだのだ。

4月5日（金）

嫉妬とはなんだろうか、自分に向けられていたはずの愛情が奪われるという危機感だろうか。猫がいた。かっぷくがよく、柄も含めて牛のようなオス猫。しばらく預かることになったらしい。いつまで預からなければならないのか、分からないらしい。いったい誰の猫だ、宮子さんにとても懐いていた。「ドンちゃん。ドンちゃん」彼女はこれみよがしに可愛がる。僕がそこから何を想像するか、分かっているだろうに。
僕はいまも、くしゃみが出て、鼻水が止まらない。せっかく風邪が治ったのに、あいつ、ドンちゃんのせいだ。彼女は、僕の鼻がひどく皮むけしているのに、もうあのいい匂いのするクリームを塗ってはくれない。彼女の浴室の天井にはなぜか、髪の毛が1本貼りついていた。彼女の毛にしては短く、僕の毛にしては長い。なんであんなところにへばりつくのか。変だ。ヨウちゃんが言っていた髪巻き、あれ、本当にあるのだろうか。

4月17日（水）
蚊のおばけを見た。足がなかった。

4月20日（土）
宮子さんが忙しくて全然会えない。電話で、最近おかしな夢ばかり見るという話をしたら、今朝、バクという動物の置物が届いた。バクは悪い夢を食べてくれるのだと手紙に書いてあった。悪い夢なんか食べたら体を壊す。
おかしな夢を見るのは、おまえのせいだ。気づいているのだろう？　こんなものはいらない。

5月2日（木）
ヨウちゃんに待ちぶせされた。うちの近くのガードレールに座っていた。足がすくんだ。だけど覚悟を決めて傍に行き、淡々とした感じを装って「何、どうしたの？」と言った。「飲みに行きません？」と誘われて、ごめん今日は、と断った。「私のこと避けてる？」と言われて、「全然」と答えた。ひどく息苦しい沈黙に、つい優しい言葉なんかをかけようと考えてしまった。でも言う前に彼女が言った、「いいこと教えてあげるよ」と。

いいことであるわけがない。宮子さんが〝先生〟という肩書きに弱いだとか、苦悩を体にぶちまけられるのが好きな変態なんだとか、そんな話、くだらない。本当にまったく、笑いやがって、「びっくりした？」とか言いやがって。さすがに言い返してやった。おまえはなんなのだと、そういう話を僕に聞かせてどうしたいのかと。宮子さんのことが好きかと訊かれて「あなたには関係ないだろ」と言ってしまったが、果たしてそんな強気に言えた立場であったか、僕もとことん最低だ。

あんたなんか死んだらいいよ、そう言われた。「子どもじみている」と冷静に返すと、彼女は黙った。僕はそんな彼女を残して、中に入って、いまこうして日記を書いているが、まだ外にいるだろうか、

見てきたが、いなかった。いるわけがない。いたら、僕はどうしていただろう。

5月7日（火）

宮子さんと会う度に体の調子が悪くなっていってるかもしれない。お腹ゆるくなってるし、肩のあたりが重い。倦怠感がある。鼻水なんかはもう出ないけど、たぶん牛猫のせいだ。いつになったら帰るのか。

最近、あの部屋で僕は、やけに早く眠りについてしまう。もっと話していたいと思っても、あの人が僕の手を握る頃、眠気に負ける。目を覚ますと宮子さんはもう台所に立って朝食を作っている。

僕は間引かれるのだろうか、君のために、遺書を書いておいてあげてもいい。そしたら少しは感動してくれるのか。

会った後はいつも、虚しくなる。彼女の反応が、どこか冷たくなった。気のせいだろう。もとも

と彼女の態度はあんなものだった。もともと僕のことに興味がない。なんで僕を先生と呼ぶの、と訊いてみようとも思ったけど、ヨウちゃんの言っていることなんてどうでもいいのでやめた。あいかわらず僕は、彼女のことばかり考えているけど、考えれば考えるほど、滅入る。君のこと、今度会えば分かるかも、次には分かるかも、そうやって何度も、繰り返してきて、僕の思い通りにはいつだってならなくて、何年経った？　なにやってんのかな僕は、どうせ僕は、君のためになんか死ねない

5月12日（日）

外で子どもが騒がしい。子どもは、「うんこ」という言葉ひとつでハッピーになれる。きっと僕もそうだったはずだ。今ではなんの輝きも感じられなくなった。そうやっていろんな知識が付着して、感情の働きを鈍らせる。それが大人になるということだったら、哀しい。まっすぐに感動できるなら、僕はきっともう、あの人から離れているだろう。

5月19日（日）

木彫りの宮子は、洋梨のような形になった。すべすべとして親しみのある丸み。抱いて横になると、深い安心感に包まれるので、気に入っている。これを完成として、いいだろう。理想的な姿だ。

5月26日（日）

虫を踏んでしまった。たぶんコガネムシじゃないかと思う。しっかりと命の主張があって無視できなくて、しゃがんだ。もうどうにもならない形で、膿のような体液が飛び出していた。罪の意識に駆られてしまい、そのままにはしておけず、財布の中からレシートを出してそれですくい取った。

土に埋めることで少しでも楽になりたかった。許してくれと謝り、生まれ変わったら幸せになれるよう祈った。人間に生まれ変わらずにすむようにとも祈っておいた。長い駅までの帰り道でずっと靴底を執ように擦《こす》って歩いた。僕は、こんなだ。罪の意識とか、矛盾だらけで、気分次第、蚊やコバエを平気でやっつける。生命を食べて生きていることに感謝するのを忘れたり、それって、心からの感謝がないからそうなるってことだろう、今日のことだって、日によっては、最初から自分の靴底の汚れだけを気にして舌打ちなんかして、やってもせいぜい足先で階段の隅にひょいと亡骸《なきがら》をよけるくらいで、命のことなんて忘れてる。心を整えて自分の中の矛盾をなくそうと考えだすと、冷や汗が出て目がまわる。このまま考えずに生きたいと思える事が山ほどある。結局都合よく逃げている。でも頭のどこかに貼りついてる。ずっと消えない。だから、たとえ答えが出せなくても僕は考え続けるのだ。

6月1日（土）

宮子さんの携帯電話が鳴った。買ってこのかた、ほとんどお目にかかることもなく、僕がかけてもコール音が鳴らずに直接留守番電話につながるばかりのあの携帯電話が、棚の上に置かれていた。ぶーぶー響かせて強く主張してくるから、触ってしまった。吾くんと表示されていた。くん、なのだから、男だろう。ゴくん、だろうか、あだ名だろうか、お湯をはりに行っているあの人のところまで、そのまま「鳴ってるよ」と持っていこうか考えたが、元の位置に戻して黙っていた。戻ってきた宮子さんが何か飲み物を淹れてくれると言うので、このあいだ淹れてくれたやつがよいと言ってみた。このあいだ僕が飲んだものを、覚えていてくれ、そう願ったけど、「このあいだのって？」とあっさり訊かれてしまい、僕は、任せるよと言った。あの人が持ってきたのは、甘いミルク入りの、それが僕には何か分からなかった。これは何かと訊ねると、「違った？」と言った。「あれ？」

なんて可愛らしく笑って言っても駄目だ。何が入っているのか訊ねると、コーヒーに、ミルク、ココナッツオイル、シナモンとカルダモン、彼女はそう言った。僕は入っているのはそれだけかと訊いた。するとまた、「え?」と言って、困った顔を見せた。僕がちょっとでも変なふうにしつこさを出すと見せるあの反応が嫌いだ。

コーヒーとは言われないと分からないココアだと言われればそのように思えてしまうそれは、少なくとも、彼女がいつも砂糖代わりに使っている羅漢果は入っていたはずだ、甘かったから。もしくはハチミツとか。細かいことを言っているわけではない。

僕は、携帯電話が鳴っていたことを彼女に教えた。彼女は携帯電話を探したので、棚の上にあると言いたかったけど、やめた。着信を確認するとすぐにあの人はポケットにしまった。でもポケットの中でふたたび、ぶーぶーいうのが聞こえてしまった。彼女は、僕も、その音を無視しようとした。僕は明日の話をした。お昼を自由が丘かどこかで食べないかと誘ったが、明日のお昼は約束があると断られた。携帯電話が続けて鳴った。ハエだったら叩き潰してやりたい、咄嗟にそんなふうに浮かんで、僕はこのあいだのコガネムシを思った。「出たら?」と言った。「電話、何かあったんじゃないか」と言った。あの人は、そう言ってもらえるのを待っていたのかもしれない。「じゃあいい?」と、「ちょっと待ってて」と言って、ベランダへ行ってしまった。電話は僕の想像を超えて長く、僕は浴室に行った。お湯を止めて、浴槽のへりにしばらく座っていた。電話を終えた彼女が迎えに来てくれると思った。でも結局僕が待てたのは5分くらいだったと思う。部屋に戻った。電話は終わっていた。彼女が僕に向ける表情はあきらかに、ぎこちなく、近づくと、目には涙の跡があって、僕は動揺した。どうしたの大丈夫、と訊くと彼女は、「今日、帰ってもらっていいかな」と言った。僕は「なんで?」と訊いた。「出かけなきゃならなくなったから」、どこになのか訊いても、「知り合いのところ」、電話なんだったのって訊けば、「うん」と、得意の反応で防御する。

彼女が僕に説明する気などないことは分かっていた。それでも、誰なのとさらに質問を重ねた。彼女はついに黙った。僕は少しおちゃらけるようにして、「ここで待ってちゃダメ？」そう笑顔で言った。宮子さんはまた、何も言わないで済まそうとしている、またか、そう思った時、「そういうの、困る」と彼女は言った。困惑を表す顔つきの中に、さげすみがあった。ここのところ、不安とか、疲れみたいなものですっかりただれていた心に沁みた。痛すぎて逃げたかった。あの冷たさは凶器だと思う。

僕は素直に帰った。明日電話するからとか、謝られたりしたけど、もう何も言わないでほしかった。僕は、こりた。困るだなんて言葉を、あの人に言わせてしまったことに対する、恥のようなものもある。そろそろ僕に降参してほしいのだろう。違っていたとしても、そう思うほうが、楽だ。いずれにせよ、僕を一番大切に思っているということはまずないのだから、僕がいなくても彼女は困らないのだから、そんなこと、分かっていた。

終わりのないものはないって、前に彼女は言っていた。僕はそう思わない。でも、僕らの関係には終わりがあるだろう。どうせ終わるなら、今だ。

ここで待っていちゃだめ？　ではなく、「今日このまま別れたら、僕が悲しむって言ったら？」と訊いてみれば、もしそうやって訊いていたらなんて答えが返ってきただろう、訊くべきだった。

6月3日（月）

今日、宮子さんと会うことになっていたけど行かなかった。電話がかかってきて、出ないでみた。電話が1度で、その後、連絡はない。

ダニがこの紙の上を横切ったので指で潰した。迷いはなかった。句読点のようなシミが残った。彼女の中に残る僕もこれと同じだろう。彼女にとって僕は、哀れな、そして後ろ暗い、そういう対象に違いない。

6月5日（水）

彼女は誰に誕生日を祝ってもらっているのだろう。

6月12日（水）

1週間以上経った、彼女からの連絡はない。

6月26日（水）

山根が結婚するらしい。今日のお昼休みはその話で持ちきりだった。お見合いパーティーで知り合った4歳上の男だそうだ。出逢って半年なのだそう。原口とはどうなったのか、そうやって人は、別の誰かと出逢って、次に進んでいくのだなあ。

結婚、山根のことが、好きでもなんでもないのに、なんだろう、胸にあるこの、わだかまりのようなものは、山根にまでこんな気持ちになっている。納得がいかないというか、結婚しちゃうのかよ、って、なんていうか、僕って人間は、いったいなんなのだろう、幸せになってほしい。

6月30日（日）

あの女を痛めつけて壊し、自分の人生ごと壊してしまってもいいか、そんなことが頭をよぎったこともある。だけど、あの人だってどうせこんなこと、いつまでも、この先何十年も続けられっこない。歳をとる。僕だっていつまで傍にいたいなどと思い続けるか分からない。

生きることに歓びを見出せないのは自分のせいであって彼女のせいではない。凶暴な考えを持つのは甘えで、僕はどこまでいってもこんなでしかない自分の幼さが恥ずかしい、僕はどうしてこんな人間なのか、どうしていつまで経っても変わることができないのだろう。あの人は、僕がいなくても困らない。あの力強さで、幸せとほざくだろう。連絡が途絶えた、それが全てで、彼女にとって僕は、そういう存在、要らない人であるということ。

彼女を知り尽くす以外に抜け出す方法はないと、真剣に思い悩んでいた自分が、彼女を知ることは何にもならないということをついに受け入れることができつつあることに、少し満足している。彼女への想いは、ただの恐いもの見たさだったのかもしれない。恋愛における好きというものがどういうものなのか、完全に分からなくなった。

7月4日（木）

宮子さんから電話があった。平気で僕に会おうとする。勝手だ。あの人はそういう人だ。明日会うことになった。行く気はない。

「あなたは私といたらいけないと思う」みたいなやさしい言葉でもう一度、突き放してくれたらいいのに。僕は今度こそやめられる気がする。ずるい考え方だよね、でもちゃんと言ってくれないと、必要としてくれている、そう思えてしまうから困る。僕はひどくバカで、しかたない。

7月5日（金）

オリーブの木を持って帰りたいと言った。ごねてくれたらいいと思っていた。「どうして？」と疑問を抱いたりしてほしかった。でも、「じゃあ送るよ」と言われた。僕は、今日持って帰るとムキになり、「持っていける？」と心配する彼女を無視して持ち上げてはみたが、重かった。タクシーに載せられないだろうかなどと算段する僕に、彼女はもう一度、「送るよ？」と言った。僕は、やっぱりそうしてもらおう、と素直に応じた。その時に笑った宮子さんの顔、可愛かった。日曜日の午前中に届くよう手配してくれると言っていた。
帰り際、僕のシャツのボタンが取れかかっていたことに彼女が気づいて引き止められた。手際よく直してくれた。僕を甘やかさないでほしい。

7月7日（日）

オリーブの木は届かなかった。

7月13日（土）

オリーブの木が届いた。今度は枯らさない。

7月14日（日）

用意されたように雷が鳴り続けていて、セミの声と、うるさかった。部屋の色がトーンを変えた。
僕は、首を絞めてしまったのに、宮子さんがそれを許すから、最初は軽い冗談のようなものだったのに、目に浮かぶ涙と、あかくなっていく顔があまりにも切なくて綺麗だったので、やめ時が分からなくなってしまい、恐くなった。抵抗を見せない彼女が恐かった。
手の力を抜いて、彼女の開いた唇に触れてみた。指先にかかる息が温かかった。しばらくそのままでいたら、指を吸ってきた。下半身が一気に反応してしまい僕はもっと恐くなった。恐かったから、「ちょっと止めてよ」と笑ってみせた。彼女は黙ったままでいるから、「冗談だよ、分かってるよね？」と言った。彼女は、「そうなの？」と言った。当たり前だろと僕は彼女から離れてトイレに逃げた。全てお見通しみたいな顔するな。あの人って、なんで生きているのだろう。「お風呂に入る？」なんて言われたけど、断って、帰ってきてしまった。
　彼女へ抱く感情の中で、最も強くなっているのは、苛立ち。

7月18日（木）

　バクはちっとも悪い夢を食べてなどくれない。それでいい。宮子さんの部屋のベランダに僕は立っていて、大きな月が見えていて、腐っていく。ものすごい速さで。夜空の黒がハエになって月に群がると、空が白くなって、ハエはどこへ消えたのか。

7月19日（金）

　両足がつった。左がつって、右までつった。どうにもならなくて、寒気がして、自分が終わっていく気がした。動けないあいだに色々考えて、昔に宮子さんと行った演劇のことまで思い出していた。キリン男、あいつの気持ち、自分を食べてもらおう、それで喜んでもらおうというサービス精神、そんな生き方ができる人間が、この世にはいる。いるのか？
　僕はいったい何に挑戦しているのか、あの人は何がしたいのか、あの人のやることに、たいそうな理由なんてなにもない。ただ本能で生きている、なんだよそれ、無性に腹が立つ、「そういうの通用するかよふざけんな」と彼女に言えてしまったら、とりあえず、楽かもしれない。いや、また訳の分からないことを言われて、冷たくされて、こっちが傷つくだけだ。僕が彼女を嫌っても、彼女が僕を嫌うのはいやだ。あの人は、どんなふうに歳をとっていくのだろう。

7月20日（土）

　どんな彼女であっても許して、特殊な状況をも受け入れることができる、そういう柔軟な人間にだってなれるのではないか、その気になれば、と僕はどこかで思っていたのだと思う。できたとして、そんなことはどうせ途方もなくくだらない自己満足で、だけどそうであっても僕自身がそれで少しでも幸せを感じられるのならそれでいいわけだ。丸ごとを理解したかった。彼女がどんなに不純な考え方を持っていたとしても。

もう会わないと決めた。ずっと考えていたことだ。出逢った頃からずっと、もう会わないって何度思ってきたことか、でも今度こそ本気だ。もうこりた。淋しさを与えられることにうんざりできたから。誰かのせいで、淋しくなるのとか、そういうのがいやだ。人のせいにして、生きることを重くするのもいやだ。

最後にちゃんと向き合って、言いたいことをすべて言って言われて終わらせるべきだろうか、そんなことになんの意味が？　剝き出しの彼女が見たい。僕も自分の心に嘘をつかずに話がしてみたい。思いっきり嫌われたら見られるかもしれない。

8月2日（金）

気が抜ける時、どうしても彼女のことが浮かぶ。ただ漠然と「宮子さん」と名前が浮かぶ。やはりトイレの時はほぼほぼという感じだし、湯ぶねに浸かっている時とか、お昼休みの余った時間や帰り道だったり、階段を上がる時、優しい味に出逢った時なんかも。

連絡したら、会ってくれるだろう。関係性をはっきりさせたくなかったのは、僕のほうだったかもしれない。そんなわけないけど、そんな気がしたりもする。いいように宮子さんを利用して人生の退屈をしのいでいたのだ。だからまた会うってか？　あれほどうんざりしていたくせにすぐに忘れて感情を都合のいいように整理するのよせよ、よく分かっている。

8月6日（火）

また夢を見ていた。宮子さんがいた。横たわる僕の目に宮子さんがレモンを搾って落とす。レモンの雫《しずく》は不思議と沁みず、でも、強烈に哀しみが湧きあがってきて、その胸のつまりで目が覚めた。僕のすべてに触った人。いや、違うか。

今日も暑い。早く夏が終わればいいのに。

8月8日（木）

宮子さんから電話があった。びっくりして携帯電話を落とした。そのまま壊れてくれたらよかったのに鳴り続けるから無視できずに電話に出てしまった。明日会う約束をしてしまった。度胸がなかった。

8月23日（金）

紹興酒を買って飲んだ。おいしく感じられなかった。コップに入れた分も飲みきれず。満足したい。満足したいだけだ。僕も、あの人だって。きっと何かを期待して、でも満ち足りないから、虚しくなる。満足したって、その先にすぐ次の期待が芽生えてしまう。あの人を満足させるものはないんだろう。贅沢だよ、おまえも僕も。

8月25日（日）

今日、シークエンシャル咬合《こうごう》のセミナーに行ったのだが、来週の間違いだった。頑張らなければならないもっと。明日は始発に乗ろう。

9月5日（木）

川西さんと電話で話した。夢に出てきたから、朝、元気なのかメールを入れてみたら、昼休みに電話をくれた。子どもは、男の子なのだそう。女の子なのだとずっと勝手に思っていた。僕みたいな子にならないようにしてねと言ったら、「ならないよ」と笑われた。いい先生をやれているか疑われたので、僕の最近の落ち着きっぷりを見せたくて、子どもを連れて顔出せばいいと誘うと、「そろそろ行きましょうかね」と言った。「みんなまだいるの？」なんて言うから郡司さんとは連絡とってないのか訊くと、子どもが生まれてからはメールのやり取りを何度かしたくらいで喋ってないらしく、いま近くにいるかと訊かれたが、姿が見えなくて代わってあげることができなかった。

断られる覚悟でお昼ごはんに誘った。土曜日ならいいと言われて、とはいえ今月の土曜日はもう埋まっているらしく、来月最初の土曜日に新宿で「長くてニョロニョロしているもの」を食べに行く約束をした。僕はパスタのことかと思ったのだが、「ご飯にのっけて食べるやつだよぉ」と言われた。新宿の駅で12時。何口で待ち合わすのかを訊いたのに、電話が切れた。

院長から新宿の美味しい鰻屋《うなぎや》を教えてもらった。「デート？」と訊かれたので、久しぶりに川西さんと会うことを伝え、一応、長くてニョロニョロしたやつでご飯にのせて食べるものといったら鰻ですよねと確認すると、院長は、そんな言い方をしたのと笑い、相変わらずだねと言った。会ったりしてるんだ、と言われて、そんな仲ではないけれど久しぶりに会うことを説明した。よろしく言っておくよう頼まれた。星川さんにも頼まれた。お店の情報をインターネットからプリントしたものを星川さんがくれた。やはり星川さんも、子どもを連れて遊びに来てほしいと言ったので、近々来るようなことを言っていましたよと伝えた。

星川さんは僕にこのプリントを渡してくれた時、「ここ美味しいみたいですよ、感想教えてください」と、わざわざそんなことを言った。連れて行ってもらったことないのだろうか、それなのに院長はこのお店の情報を星川さんにプリントさせるというのは、どういうことなのだろう。それとも本当は星川さんは院長とこのお店に行っているのにあんなふうに言った、僕のうがちを避けたかったから。どうでもいいことを分析してしまった。2人がたとえできていようと全てを分かち合うわけではないのだ。
鰻屋は12時半に予約済。

9月28日（土）
来週か、待ちどおしい。

10月5日（土）
川西がまた泣いた。何からどう書いたらいいか分からない。長くてニョロニョロというのは、鰻で当たっていた。川西の子どもの年齢は3歳。彼女が辞めて、そんなに時間が経っていた。
僕らは南口で会うと、鰻屋まで10分ちょっとの道を歩いた。日々の子育てで疲れているであろう彼女を気遣ってタクシーに乗るか訊いたつもりだったのに、そんなに遠いのと驚かれ、10分ほどだと伝えると、そんなに痩せちゃって体力大丈夫なのかと心配されてしまった。一時期は太ったりもしたんだよと教えてあげると、彼女は写真を見たがった。写真なんてない。彼女はこの世に僕の写真がどれくらいあるのだろうと言った。きっと数えられるほどしかない。子どもの頃の写真すら把握できていない僕に彼女は、あるのなら見るべきだと、自分の子どもの頃の写真はないから淋しいと言った。中学1年生の時に家が火事に遭い、おばあちゃんの家にあるわずかな写真をコピーして大切にとっているのだと教えてくれた。今は将来子どもが開くのを想像しながらアルバム作りに励んでいるらしい。いいお母さんだ。僕のはたぶん、アルバムなんてないだろう。見た記憶がない。

僕から誘っておいて、川西には、申し訳なかった。きっと、つまらなかっただろう。変な気持ちにもさせてしまった。どう書くべきか、明日になって気が向いたら書く。

お風呂に入っているうちに気が変わった。やっぱりこれは、きちんと書き残しておくべきことだと思う。

僕らは、鰻重《うなじゅう》の松を頼んだ。見た目に似合わず大食いの川西が迷いなく松だと言ったからだ。肝《きも》串《ぐし》が美味しかった。昼間から2人でビールを飲んだ。そのせいもあるけど、僕はあとから来た鰻重になかなか箸《はし》が進まなかった。川西は僕の顔をじっと見て、大丈夫なのかって、変だって、さらには、顔がなんか濁っているだとか、雰囲気が変わっちゃっただとか、そんなふうに言われた。僕が、老けただけだよと言っているのに、彼女は、なんだか良さが消えちゃったと、つまらない人になったと言って首を横に振った。ショックだった。そんなふうに言われて、じゃあいま僕はどんなふうにして川西の前に存在したらいいのだろうって苦しくなった時、僕は、彼女の脚を思い切りドンと蹴ってしまった。わざとじゃない。脚が凄くだるかったから組みかえようとしてそしたら足先が思いのほか跳ねてしまった。「痛い〜」とかなり大きな声を出されて隣のテーブルの夫婦が密かに笑ったけど川西はそういうことを気にしない。僕は必死で謝った。それからしばらくしんどい沈黙が続いて、どうにもならず、それで僕は言い訳のように、あんなことを言ってしまった。やめておけばよかったと後悔している。

10月6日（日）

僕は昨日、最近何を食べてもおいしく感じられないということ、くどく感じてしまい、一口一口が憎いのだということを川西に話した。そういえばそんなこと言っておきながら肝串は、おいしいと思って食べたけどな。とにかくそんな恥ずかしい話をしてしまった。本当にやめておけばよかった。川西は、「何があったの?」と訊いてくれて、僕は「たぶん自分に疲れただけ」と言った。そしたら、どうしたのか熱く込み上げるものがあって、ものすごく疲れたと、心からもう一度その言葉が出た。いまでは本当に恥ずかしいと思っている。恥の極みだ。よく言えたと思うよこんなこと。こんな生ぬるいこと。川西は黙って聞いてた。相変わらずの甘ったれだなとか言わないのかと訊ねたら、彼女は僕のうな重を取って、いっぱいに頬張った。リスみたいな顔で、川西はなぜか泣いた。僕の視線を避けるように下を向いた。ぽとぽと綺麗に涙が落ちていった。笑わせたかったけど、こんな僕だからもちろん何も言えなくて、結局僕も泣いてしまった。こらえたけど、無理だった。

咀嚼《そしゃく》する彼女の目から涙は引いていった。真っ赤な顔のままで彼女は言った、「どうしてそんなの? 頑張れって、それしかない」と、「なにも出てこなくてごめん」って、彼女は自分のおでこに手をあてて、「私も薄っぺらいな〜、なんだろ〜なー」って。甘ったれていると怒ってくれたらよかったのに、泣くから、僕は調子づいて、弱さを垂れ流してしまった。喋りすぎて、そしたら彼女はすっかり黙ってしまった。しばらくして川西は、「かゆい」と言った。そしてどこも掻かなかった。

川西とは駅の南口で別れた。時計を見ると、2時を少し過ぎたところだった。電車を待つホームで僕は彼女に、「今日はありがとう。久しぶりに会えて嬉しかった。みんなも会いたがっているし、クリニックに子ども連れて本当に遊びに来てよ」とメールを入れた。家に着いて少しした頃、返事が来た。

「君は自分で思ってるほど、ダメでも変でもないよ、無器用なところも持ち味ってもっと早く伝えておけばよかった」って、それで僕は、自分の言ったことを思い返して、「かゆい」と感じた。それは、かゆいと感じても掻けるところではなかった。

川西に何を言ってしまったかというと、それはいつも日記に書いてしまうようなことで、しかも日記のように時間をかけて言葉を整理できるわけではないから、ごたごたと変なことばかり言ってしまった。思い返すだけでも恥ずかしくてなしにしたいけど、だけどこれを書いておかなくては意味がないと思う。簡潔に記すとたとえば、僕が誰よりも僕という人間を疎ましく思っていること。これまでの生き方で培われてしまった、醜く、もろくて情けなく、陰湿で気持ちの悪い思考回路からいまだに抜け出せないでいるということ。せめて表面上だけでも美しく振る舞いたいと考えても、一挙手一投足に、声にまでこびりついたうっとうしい自分っぽさが、しつこく付きまとって僕を苦しめる、心の格好悪さがはみ出てどうにもならない。違う考えを、切り開いて強く踏み出したいと思うし、昨日より強い自分になって少しでも自分を認めてあげたいとだって思っているが、だけど自分に対する飽きが最高潮に達していて、もう駄目かもしれないと放棄してしまいたくなっていること。人と接することが、自分にだけでなく相手にも害を与えていることになるならば、もういっそ誰とも関わらないで生きていこうかなんて思い始めているということ。

こんな話、してはいけなかった、しかも久しぶりに会った川西に。本当に後悔で吐きそうだ。自分が気持ち悪くていやになる。あの時、脚を蹴ってしまってからすべてが狂った、あの前からやり直したい。

10月13日（日）

昨日、川西にメールをしたけど返事がない。やっぱり嫌われてしまったのだろうか。

10月15日（火）

僕の目にしている世界は、僕の思いひとつで存在しているのであって、無いと気づいてしまった途端、すべて消えるようなものなのかもしれない。今日、そんな予感がふと降りてきて、人ごみの中、1秒もかけぬ速さで振り返ってみたけど、僕はまだ有ると信じているみたいだ。人も有った。建物も有った。喧騒は、このださい僕に向けられた嘲笑《ちょうしょう》だった。有る。泣きたかった。ありがたくてなのか、落胆だったのかも。生きるってなんだろう。

10月18日（金）

僕の欲望こそ生きる理由だろうか、それとも足かせだろうか。欲望と言ったって、僕なんて、わずかなものだ。そのわずかが手に入らないから、こんなことばかり考えてしまうし、自分にも自信が持てない。欲張りだろうか。欲張りだと自分に言い聞かせて現状に納得したい。誰かと比べるからいけないのだ。僕は幸せだよ。僕の生活は、誰と比べなくとも、幸せであると感じよう。

10月23日（水）

一緒にスーパーで買い物をしていて、手をつないでいる。彼女は楽しそうで、僕に信頼の笑顔を向ける。僕が彼女を笑わせる。楽しかった。夢から覚めて、前に電話越しで声を聞いただけの赤ちゃん、その子のパパになった自分を想像して、幸せってものが何か少し分かったような気分になった。いい朝だった。いい時間だった。

あの日、川西から子どもの写真、見せてもらえばよかった。言えば見せてくれただろうに。あんなにつまらない話をするんじゃなくて川西の話をもっと聞きたかった。あの時、マスク越しの接触のあの時に僕が、結婚を止めていたらどうなっていたのだろう。どうにもなるわけないよな。ちょっと優しくしたからって勘違いしないでと、かゆいよって、きれいに振られるだけだっただろう。どのみち僕には、何かを壊してでもこの手に摑もうとする情熱が足りない。だから僕はいつもこんななのだ。それでいいと思っている。

10月25日（金）

今日は紹興酒がうまい。宮子さんに会いたくなった。しかし、会わないために今こうして書いている。宮子さんなんか嫌いだ。人は勝手。無論、僕もそうだ。みんなそうだ。宮子さんも、ヨウちゃんも、川西も、みんなだよ、だから、自分をしっかり持たずに生きるということは、宙吊り状態なのだ、悪意のある誰かに手を踏まれたら、すぐ堕ちる。

疲れているのに眠れない。なにかとんでもないことをしでかしたような不安がすごくて落ち着かない。体が変だ。みぞおちの辺りに産みつけられていた卵からクモの子たちが一斉に出てきたようだ。

僕は、大丈夫。ダメじゃない。まじめに生きている、だから、それでいい。誰かに会いたい。こんな時、会える人がいない。誰かとくだらない話がしたい。

今、帰ってきた。早朝の道はいい。脱色された景色、澄んだ空気、動くものは、ほぼない。ストレスなく堂々と歩くことができる。やはり来週から出勤時間を以前のように戻そう。

さっきまでの出来事を書こうと思うけど、まずはこのまま眠りたい。

10月26日（土）

僕はあれから、コンビニで雑誌を買った。戻ってからデリバリーヘルスに電話をかけた。自宅かホテルかと訊かれて思わずホテルだと答えてしまい、すると当然のことながらどこのホテルに泊まっているかを訊かれた。僕は答えられずに電話を切り、駅の反対側のホテルに入ると、声色を変えてもう一度やり直した。指名があるかと訊かれたけど、ないと答えると、2人の女のコの名前を言われて、その2人の何がどう違うのか訊ねると、どういうタイプのコがいいのかと逆に問われてしまったので、性格の明るい人がいいですと答えたら、笑われた。なにがおかしいというのか。みんな明るくていいコだと言われた。とくにルミちゃんなんかは胸も大きくてちょっとエッチで可愛らしいだなんて薦めてくるからその人にしたけど、歳だって、28歳だって言ったのに、色々だまされた。ドアの外に立っていた彼女は、ちっとも可愛らしくなんかなかった。あんな信用できないところに本名を教えてしまったけど大丈夫だろうか、最初は原口の名前を使っていたのに、宿泊の名前かと訊かれて、つい正直に答えてしまった。

ドアを開けたら彼女は、「寒ーい」と言いながらズケズケ中に入ってきた。シャワーは浴びたばかりだったし、そもそも裸になるつもりなどなかったのに浴室へ連れていかれて体を洗われた。そういうので呼んだのではないんですよとはなんだか言えなかった。のどが渇いたという彼女に僕はほうじ茶をふるまった。彼女は、ほうじ茶っておいしいよねと、ほっとするみたいなことを言ったけど、僕は宮子さんが淹れてくれるお茶が恋しかった。

どうしたいかだとか、どういうのが好きかだとか、質問攻めにあいながらされるがままになっていたけど味気なくてすべての行為が疑問に思えるほどばからしかった。彼女が悪いわけではない。僕に「疲れてるんじゃないの?」と言ってきたけど、その彼女が、疲れた態度を見せていた。だから僕は言った「ずいぶん露骨なんだね」と。僕がどういう意味で露骨と言ったのか彼女に伝わっていないように思えた。でも彼女は僕の言うことの意味が分からなくても、どうでもよさそうだった。ちょっと考えてみることすら面倒といった感じだった。だけど付き合ってもらわなければ困る、お金だって払っているし、つい流されるままになったけど、そういうことがしたくてホテルまで取って呼んだわけではないのだ。だから僕は喋った。つまらないと思われたって平気だった。くだらない話がしたかったのだから。どうでもいい話を、なにも継続されない、あとで何を話したか思い返しても自己嫌悪に陥らずに済むようにもう二度と会わない人と、何も引きずることなく、どう思われたかなどを気にしないで明日を生きられるような。

強気になれた。相手がなんと思おうが、僕が話したいことを、言いたいことを自由に口にするのだと。彼女はあきらかに僕を見下していた。僕は彼女を見下すまいと思っていたが、見下されていると感じても一度も臆病になったりせずに平気でいられたというのは、僕もつまり彼女を見下していたからではないだろうか。

知らない人と2人きりになって裸になるのは恐いことじゃないのかと訊くと、意外と優しい人が多いなどという言葉が飛び出すから、鼻で笑ってやった。「は?」と言って反撃してきたが、「は?」ではないよと、あなたの言う優しいというものは一体どういうものなのかと、正直そんな曖昧なものの意味など、どうでもよかったが、相手の反応なんかお構いなしに食い下がれたので快感だった。「は?」みたいに言われてまったくひるまずにいられたのなんて、初めてのことではないだろうか。

彼女は、たいしたことじゃないんだけど、と面倒くさそうに言った。そして、「厭なことする人なんて意外といないという言い方をすればよかった?」と、軽く笑った。

僕はあることを思いつき彼女に字を書いてもらったのだが、その計画は断たれた。彼女が書いたのは『気体』だった。僕が頼んだのは『期待』のつもりだったので、そっちかと驚いてしまった。「どのキタイがいいの?」と言われたけど、もう必要なかった。彼女の字がとても下手くそだったから。僕が下手くそだねと言うと、テキトーだからと言うので、真剣に書くよう言うと、彼女はまたわざとか癖か溜息をつき、たいして変わらぬ下手くそな気体を書いた。違いを感じられないと突っこむと、「別に必要？」と開き直るから、手紙や日記なんかを書いたりはしないのか訊くと、あっさり書かないと言われ、手紙を渡すような友人や恋人はいないのかと訊いたら、ボタンでぴっぴっぴで済む時代だろうということで、もちろん日記など書かない。字を書かないということは自慢できることではないからねと説教めいたことを言ってしまった。そしたら、「だいたい日記ってなに？」と訊かれ、日々のことを書き残すのだと説明すると、「で？　それが？」なんて言われた。日記を書くのは忘れないためだろうと言うと、忘れたくないことたくさんあるんだ、などと返された。僕は、忘れちゃいけないことがあるんじゃないのかと言った。彼女は、「忘れちゃいけないことなんて」と言い、そして、むせた。とても苦しそうにして、しばらく黙った。僕も黙って待った。彼女にはもう触りたくなかった。つかえが解消した彼女は、「よく分かんないけど」と前置きをして、書いておかなきゃ忘れるくらいのことに意味があるのかということを言ってきた。人間の頭なんてほとんどを忘れていってしまうから意味はあると答えると、「読んだら取り戻せる？」と訊かれた。僕はその質問に「さあ、僕は日記を書かないから」と答えた。彼女は「じゃあこの話なに？」と呆れていた。

　改めて年齢を訊くと、彼女は32歳だなんて言う。僕が、誰にも言わないしもう二度と会うことはないのだから本当のことを答えていいと言うと、「おじさんいくつ？」と逆に訊かれた。なぜか僕まで37歳と偽ってしまった。すると彼女は同い年だと言ったので、よくもおじさんなんて言ったねと文句を言うと、全然年上かと思ったからなんて言われたから、自分はいまちょっと色々あったせいで老けているだけだと、それよりもあなただってまだ詐称しているんだろと突っこむと、本当は35歳だということが判明し、気まずかった。僕には女の人の年齢なんて本当はよく分からないと謝った。なぜ彼女はわざわざ年齢を上に言ったのかというと、中途半端に違うより同い年と言ったほうが喜ばれると思ったからなのだそう。

最後にはまた浴室に連れていかれた。子どもの頃にもこんなふうにして僕は母さんに洗われたのだろうか、ということをぼやいたら、「いい子だからきちんとキレイキレイしましょうねー」とあやされた。彼女は母親なのかもしれない。

また僕は先に浴室から出された。僕は彼女に今度は緑茶を用意した。戻ってきた彼女はすでに服を着ていて「じゃあね」と、それ以上はもう何も言わず、出ていった。

僕はしばらくごろごろと過ごし、ホテルを出た。彼女の書いた気体は、残していった。ホテルの掃除をする人はあのメモを見て何を思うのか、なんて考えたから。たとえば僕だったら、掃除をしながら宿泊客が男であるか女であるかを想像し、年齢や人物像、そして、どんな夜を過ごしたかを密かに分析する。あのメモは、そのヒントには成り得ない。

同じ気持ちじゃない人と一緒にいたら、いけないのだ。誰からも必要とされてない僕と、僕を含めた沢山の人を夢中にさせる宮子さんとでは、やっぱり全てが違いすぎる。僕はこれ以上、あの人と一緒にいることを考えちゃいけない。自分を愛してくれない人をいつまでも追いかけ続けてはいけない。そこにはなにもない。一緒に生きられて幸せだった、おじいちゃんになった時にそう言いたくなるような人がいい。

10月31日（木）

帰りの電車で眠っていた。目を覚ますと、この場所に僕はいないはずの人間で、不安はしだいに薄れて、僕は新しい光景を楽しむことができる。少しわくわくしている自分に気づく。ドアは何度も開くけど、僕は動かなかった。自分のいるべき世界からどんどん遠のいていく。嘘みたいに心が軽くなった。

人は人を好きになるし、嫌いにもなる。そこに納得のいく理由がない時だってある。理由がないことのほうが大半かもしれない。季節が変われば、環境が変われば、心も変われる。世間が僕に冷たかろうと、独りぼっちだとしても、こだわらず前を向いて歩ける強さを持つ。世間が冷たいのは、当たり前のことで、期待は、甘え。人間が嫌いなんて言葉で自分をなだめて生きるのは、甘えだ。僕は自分を受け入れる。

11月5日（火）

今日院長に長崎へ行くことを伝えた。これでもう、引き返すことができない。なぜ長崎なのか、伝手《つて》でもあるのと訊かれ、ありませんと答えると、勤め先は決まっているのかなどと訊かれたので、分からないけど漠然と長崎だと思ったこと、調べてみてもとてもいいところだと思ったこと、勤め先は決まっておらず、貯金がなくなるまでに歯科医師を続けるかどうかということも含めて身の振り方を決めようと思っていることなどを伝えると、「なんか君らしくない決断だね」と院長は腑《ふ》に落ちない顔をした。僕が嘘をついていると思ったのかもしれない。僕は、僕らしくないのならなおさらいいですねと答えた。そして、想いを院長に語りたくなった。ほぼ一方的な語りだった。なのに不思議なもので、一人でさんざん考えていた時よりもずっと考えが整理された気がした。違うところに身を置いて、それでも自分は自分のままなのかを試してみたい、それは元々ずっと考えていたことだということ。自分はいま、変われるかもしれないということ、変われるための最大限のことをやろうと決めたこと。そのためにとりあえず選んだステージが長崎であって、土地が合わなければまた考えようと思っていること、本当は外国に行ってしまうぐらいのことではあるが、まあ、順番ってものがあると思っている。そんなふうに語った。

院長は僕の話にどう思ったか知らない。突然のことで困ったとは言いながらも、あっさり受け入れてくれた。院長にとっても僕は引き止めるに値しない人間だった。

気分はとてもスッキリしている。1月24日までに全ての引き継ぎを終えなければならない。

12月20日（金）

クリニックを去る準備に忙しい。どんどん自分がここにいる必要性を感じられなくなっていく日々。部屋の片づけもそろそろ始めなければならない。

12月29日（日）

部屋の片付けを始めている。あきらめる、というのは悪いことではない。これは不要な物だと判断できる度、快感が押し寄せる。彼女が作った万華鏡を捨てた時はその最たるものだった。

これは、これまでの自分の人生に片を付ける作業だと思っている。遠いところへの引っ越しを決めて良かった。最後まで丁寧に取り組んでいけたらと思う。

1月1日（水）

今日は母さんのところへ行った。長崎へ行くことを報告するために。明日行こうと思って電話をかけたのだが、今日来ればカニがあるという誘い文句に負けた。

母さんの家にはコタツがあった。2人とも冷え性の為、もう我慢ならず購入したらしい。長崎の冬はどうだろう。僕も欲しくなっている、すごく良かった。

朋子さんの運転でわざわざ新潟まで行って買ったというベニズワイガニはとても美味しかった。2人はよくドライブに行くらしい。2週間に1回は行くらしい。母さんはとても楽しそうだ。素直に朋子さんにありがたいと思えた。僕が心配なく長崎に行けるのも朋子さんのおかげだから、本人にも感謝の気持ちを伝えた。

肝心の報告は、電話で話があると伝えた時、結婚の報告と勘違いされて余計切り出しづらくなっていたけど、母さんがちょうど車の免許が欲しくなったという話をしてきたので、僕も欲しいのだとそこに便乗したら、予想通り母さんが「あれほど取らないって言ってたのに？」と訊いてきてくれたので話しやすくなった。僕は東京だったら運転する気になれないけど長崎に行くことになったのだと、言えた。やっぱりいろいろ詮索された。働き先が未定なことや、僕が長崎に行ったこともないのに決めたことが納得いかないようだった。安心させるために長崎が合わなかったらまた別のところに移るという話をしたのに、それがさらに母さんを驚かせてしまったようで、何があったのかと、心配された。そういう生き方もあると思いついただけだと言うと、理解はできてなさそうだったけど、何も言わなかった。朋子さんは長崎に旅行で行ったことがあるらしく、いいところだと言ってくれた。僕のほうが落ち着いたら2人で車で遊びに来るらしい。

ほとんどなにも持たずに行くつもりだからオリーブの木を貰ってほしいという話をしたら、家電をどうするのかと訊かれたので、あの家にあるものよりも新しいものや、良いものはあげることになった。「助かるわぁ」と喜んでもらえたのでなによりだ。空気清浄機、オーブンレンジ、掃除機、テレビ、引き払う直前に車で取りに来てもらう。その要るもののリストを朋子さんが書いてくれたのだが、意外にも字がとても綺麗で感心した。僕はまた、キタイを書いてもらった。朋子さんは、ひらがなで大きく書いた。「き、た、い」と声に出しながら。そういうところ、なんか母さんと似ていると感じた。「ごめんなさい、漢字です」とお願いしたら、どのキタイかと訊かれたので、一番に思い浮かぶキタイをと言ったら、心理テストだと思われてそれこそ期待されてしまった。母さんも「書こうか？」と言ってくるから、書いてもいいよと言ってあげた。母さんが書いたのは、『来たい』、朋子さんは、『期待』を書いた。母さんの字が懐かしかった。字を書いたところでなんのオチもないことを知った2人からブーイングを受けた。僕はなんだか少し気持ちが良くなって、みかんジュースから、2人と同じ日本酒へと切り替えた。

僕の子どもの頃の写真も見せてもらった。朋子さんは今とそんなに変わらないねと言った。母さんは女の子とよく間違えられたと言っていた。おばあちゃんに抱かれている写真や、3歳の七五三の着物姿とか、自分よりも大きい雪だるまと並んでいるものとか、思いっきり口を尖らせてケーキのロウソクを消しているのだとか、だけど笑顔の写真はなく、あえてやっているとしか思えないようなしかめっ面をしているものばかりだった。この頃からきっと写真が嫌いで、愛嬌もなかったのだろう。一体あいつのどこが女の子なのか。アルバムはまだあるはずとのことで、今度遊びに来るまでには探しておいてくれると言っていた。笑顔だけを集めたアルバムなんかが存在するといいのだけれど。

何枚か持っていくかと訊かれたけど、母さんが持っていてと断った。僕は眠たくなってしまい、お雑煮を食べたら帰ると宣言すると、2人に引き止められた。だけど、お雑煮の後に、みかんを食べて緑茶を飲んだくらいの延長で帰ってきた。母さんの作るお雑煮は相変わらず卵の具合が絶妙で、久しぶりに食べることができて、良かった。写真も、見られて良かった。母さんの愛情を感じることができた。

1月23日（木）

去年の忘年会の日程が決まった時に僕は院長に、自分で言うのもなんだが、送別会をやってもらえるのなら時間ももったいなく思うのでその日にまとめてもらっていいと申し出たのだが、僕があえてそうしたいというのでなければそこはきちんとやろうと言われて、そう言ってもらえたことは嬉しく思っている。ついに明日がその送別会となったわけだが、挨拶を整理しておく。

「今日は、こういった会を開いていただき、ありがとうございます。いままで本当にお世話になりました。僕は、すごく細かいことを気にしてしまう性格で、たぶん皆さんを変な気分にさせたり、迷惑も沢山かけてきたと思います。それでもいつもこんな僕を助けてくれたこと感謝しています。僕は長崎に行きます。長崎に行ったら、趣味なんかも見つけてみたいと思っています。皆さんの趣味なんか、もしよかったら教えてください。参考にさせてもらおうかななんて思います。僕に合いそうな趣味なんかも、お薦めしてもらえると嬉しいです。皆さん、本当にこれまでありがとうございました。」

なんだろう、この気持ち、明日は絶対に泣かない。僕はもう二度と自分のためには泣かない。

1月24日（金）

みんなと離れられることは、嬉しいことだったはずなのに、実際の僕は、感傷に浸っていた。だけどその気分を、院長の一言が変えた。「今日、一応マイカちゃんにも声かけてあるんだよ」

それはすでに11時になろうとしている頃で、「でももうこの時間じゃ来ないかな」と院長は言った。11時、もうきっと来ないだろうと分かってはいても、来る可能性がゼロではないと考えると、なぜか心拍が乱れ、いてもたってもいられなくなった。電話をしてみようか、思いきって会いたいと言ってみようか、何度も考えたけどできなかった。

最後の挨拶は、とても簡単なものになってしまった。つまらないことしか言えなかった。その前の会話の中でみんなからあっちに行ったらどうするのかを訊かれてしまったのでその時に趣味を探したいという話をしてしまったために、用意していた言葉が破綻《はたん》した。まあそれが話せたとしてどうせつまらない挨拶に変わりはない。

みんなに送りだされておきながら、まだ1週間クリニックに行って顔を合わせなければならないのは、とても苦痛だ。

2月18日(火)

引き払う準備が完了した。今日明日必要なもの以外を箱に詰めた。奮発して買ったものや気に入っている洋服合わせて5着。2度しか履いていない深緑色の革靴。そして革ジャン1着、これは似合わないのに高かったのでどうしても捨てることができない。似合う男になるかもしれない。あっちで暮らすうちに。あとは楳図かずおの漫画たち、CD5枚、お気に入りのペン2本、ラジオ付きの懐中電灯、未開封の下着2枚、未開封のティッシュ3箱、トイレットペーパー2ロール、未開封の歯ブラシ3本、未開封のパスタ麵、田端さんから貰った送別会の写真。社員旅行などの写真は捨ててしまったけど、これだけは一応、悩んだけど持っていくことにした。テカテカと赤い顔で無理やり笑っていたりして全然気に入ってないけど。

計3箱。宅配便の人が取りに来てくれるのを待っている。お腹がすいた。

お腹がへって、角のラーメン屋に行った。最後に一度行こうとは思っていた。できるのを待っているあいだに一番よく見かける店員に話しかけてみた。「この近くに住んでいたんですけど、引っ越すんですよ」って。遠いのか訊かれて、長崎ですと答えたら、お仕事ですかと言われたので、僕は、まあそうですと答えた。カウンターにコップが置かれて、ビールが注がれた。「新しい門出に」って、その店員は自分のコップにも少し注いで乾杯してきた。これまでずっといやな奴だと思ってきたけど、話しかけてみて良かった。まさかビールをご馳走になるなんて、思いもしなかった。レバーの少ないレバニラ炒めにも、満足できた。僕は彼のおかげで、この街にちゃんとお別れができた気がした。とくにこの街に愛着があったわけではなかったのに。あとは明日の朝10時頃に母さんと朋子さんが約束の家電とオリーブの木を取りに来たら終わり。今日の日記が最後になるかもしれない。このノートともお別れだ。

2月19日（水）

僕はずっと、誰かに僕のことを知って欲しかったのだと思う。何年もこうやって書き続けてきたけど、いつか誰かにこの日記を読まれてしまう日が来るかもしれないという意識は、ずっとあった。たとえば僕がこの世から消えても、僕みたいな人間がいたということを、誰かに知って欲しいなんて思ってしまう。この、何者でもない、物語の主人公には成り得ない、何の変哲もない僕みたいな人間がいたことを。

それで、あなたに読んでもらうことに決めました。よりによってあなたに読んでもらうというのは、きっと僕は、後悔するだろうなあと思うのだけれど、でも君にこの日記を読ませたいという欲望が、芽生えてしまったから、まだ迷いがあるけど、こうやって君に向けて最後の日記を書いている。もしいまこれを読んでいるのなら、たぶんだけど最後まで目を通してくれたということなのだろう。ごめんね。謝る必要はないかな。もしかして誰かと読んで笑った？　君が本当はどんな人間なのか、腹の底にどんなものを抱えているのか、僕には全然分かりません。これは捨ててくれていいからね。どうせ捨てるつもりだったのだから。どうせなら君に押しつけたほうが面白いかもしれないと思っているだけなのだから。どんな気分になった？

僕はね、読んだなら分かると思うけど、長崎に発《た》つよ。二度と会うことはないけど、万が一、会ってしまったとしても、僕は逃げるよ。こんな日記を読ませてしまった人にどんな顔したらいいか、分からないからね。

僕の人生が、君に出逢ってどんなふうに変わったか分かる？

君といるために強くなって、どんなことにだって耐えてやろうとした気持ちに嘘はありません。でも、僕はものすごく自分の底の浅さと愚かさを知った。見返りを求めずに人を愛せたらいいのに、それができない自分に、がっかりした。真に向き合ってもらえていないと気づかされる時の淋しさを僕はどうしても、君のせいにしてしまう。期待してしまった自分を責めるよりも強く、自分の未熟さを責めるよりも強く、僕はどうしても君の冷たさに憎しみを向けてしまった。君に意地の悪さがあるわけじゃないと思う。人を攻撃するような悪意もないと思ってる。むしろそんな心を持っているのは、僕のほうです。きっとそれを君には見透かされていただろう。だから君の尊敬を受けられなかったのだと思う。他人を他人と思い切れない自分や、どうしても強くなれない自分に直面するたび、僕もうんざりした。

僕があなたをあきらめるのを、こうやって自ら離れられるようになる日を待っていてくれたんですか？　あなたはそういう優しい人だから。時間がかかってしまいました。

ある人が言ったんです。その人は僕が信頼している人です。この日記を読んでくれたのなら、誰のことか分かるでしょうか。先日、僕はその人に先生という存在について訊ねました。彼女は少し考えて、そしてこう答えてくれました。ちゃんと助けてくれる人、苦しいところを救ってくれる人、つまり、人の助けになる人だと。

僕は長年、先生と呼ばれる職に就いていながら、そんなふうに考えたことは一度もありませんでした。恥じています。

あなたが何を望んでいるか、僕には知る由もないけど、僕はあなたのいい先生にはなれなかったです。それなのにあなたはよく僕を「先生」と呼んだ。その度にいつも変な気分でいました。ごめんね。でも、歯科医師として、いい先生になろうと強く思っています。苦しみからちゃんと患者さんを助けられるように励んでいくつもり。

あと、ここ1ヶ月くらいの間にファーンリーフゼラニウムが増えていったと思うけど、さすがに気づいていたよね？　君から貰ったものから挿し木を繰り返して、たくさん育ったろう？　返すよ。

あなたに出逢えて良かったと思っています。心から。本当です。あなたには、そう思ってはもらえないでしょう。望みません。

ありがとう。そして、ごめんなさい。さようなら。

一緒に投函《とうかん》したのは、誕生日プレゼントです。買ってしまっていたからあげる。気に入らなかったら、それも捨ててください。

僕は、逃げるんじゃありません。始めるのです。これからが僕の人生です。ヤッホーって気分でいます。

伊藤ちひろ（いとう　ちひろ）
1982年生まれ。行定勲監督作品に脚本家として多く参加。主な映画に「世界の中心で、愛をさけぶ」「春の雪」「今度は愛妻家」「つやのよる」など。その他にも押井守監督のアニメ作品「スカイ・クロラ」、宮本亜門演出の舞台「金閣寺」の脚本も手がける。本作は10年の歳月をかけた初の小説作品である。

本作は書き下ろしです。
本文中に引用したロダンの言葉は『ロダンの言葉』（2007年・高村光太郎編・講談社文芸文庫）を底本としております。

ひとりぼっちじゃない

2018年 8 月31日　初版発行

著者／伊藤《いとう》ちひろ

発行者／郡司 聡

発行／株式会社KADOKAWA
〒102-8177　東京都千代田区富士見2-13-3
電話　0570-002-301(ナビダイヤル)

印刷所／旭印刷株式会社

製本所／本間製本株式会社

ISBN 978-4-04-106746-8　C0093
JASRAC 出 1807811-801